MINETTE WALTERS

Anglaise, Minette Walters a été élevée à Salisbury. Au terme de ses études de français à l'université de Durham, elle travaille pour un magazine féminin dont elle devient rédactrice en chef, puis écrit dans divers journaux. Après avoir interrompu pendant sept ans son activité professionnelle pour se consacrer à l'éducation de ses deux fils, elle se lance dans l'écriture et choisit d'inscrire son premier livre dans la plus pure tradition du roman noir britannique : *Chambre froide* (1993) est immédiatement salué par la critique. *Cuisine sanglante* (1994), lauréat du Edgar Allan Poe Award aux États-Unis, et *La muselière* (1995), qui obtient le Gold Dagger Award, connaissent un très large succès. Dans son œuvre, qui se poursuit notamment avec *Lame de fond* (1999), *Ni chaud ni froid* (2000), *Un serpent dans l'ombre* (2001), *Intime pulsion* (2002) et *Le sang du renard* (2004), Minette Walters fait reposer l'énigme sur un réseau enchevêtré de relations humaines, tout en levant le rideau sur les multiples facettes de la société anglaise. Projetant ainsi une lumière contrastée et insolite sur ses contemporains, elle apporte une contribution magistrale au genre du roman policier.

LE SANG DU RENARD

DU MÊME AUTEUR
CHEZ POCKET

MINETTE WALTERS

LE SANG
DU RENARD

Traduit de l'anglais
par Odile Demange

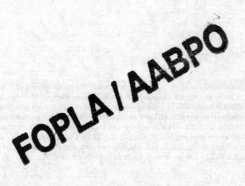

ROBERT LAFFONT

Titre original :
FOX EVIL

© 2002 by Minette Walters
© 2004, Éditions Robert Laffont pour la traduction française
ISBN : 2-266-15124-X

Pour tous mes cousins Jebb et Paul, proches et lointains.
Le sang est toujours plus épais que l'eau.

Du lion, du renard et de l'âne

Un Lion, un Renard et un Âne étant allés de compagnie à la chasse prirent un Cerf et plusieurs autres bêtes. Le Lion demanda à l'Âne de partager le butin ; il fit les parts parfaitement égales, et laissa aux autres la liberté de choisir les premiers. Le Lion, indigné de cette égalité, se jeta sur l'Âne et le mit en pièces. Ensuite il s'adressa au Renard, et lui dit de faire un autre partage ; mais le Renard mit tout d'un côté, ne se réservant qu'une très petite portion. « Qui vous a appris, lui demanda le Lion, à faire un partage avec tant de sagesse ? — C'est la funeste aventure de l'Âne, lui répondit le Renard. » Heureux l'homme qui tire les leçons de l'infortune d'autrui.

Ésope

PELADE : chute des cheveux laissant des plaques arrondies de cuir chevelu blanc, lisse, sans pellicules ni inflammation, entourées de zones de cheveux intactes. Cf. *alopécie, teigne.*

Le Petit Robert, 2000

ALOPÉCIE : chute des cheveux, des sourcils, des poils, accidentelle et prématurée ou sénile, partielle ou totale. *Alopecie vient du mot grec* alopex, ... *parce que les malades ont cheute de poil comme regnards*, Paré, *Introd. 21.*

Littré

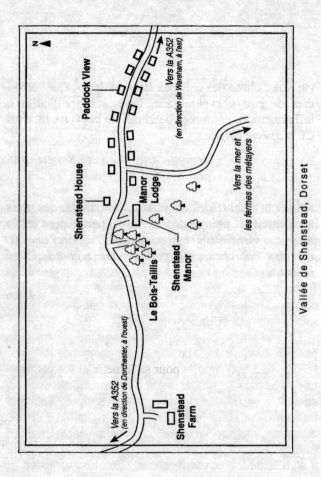

Vallée de Shenstead, Dorset

1

Juin 2001

Le renard se glissait sans bruit dans la nuit en quête de subsistance, ne signalant sa présence que par l'éclair fugace du pinceau blanc de sa queue. L'odeur d'un blaireau fit frémir sa narine, et il contourna les quelques mètres de piste où l'animal avait marqué son territoire. Farouche et nerveux, il était trop avisé pour croiser le chemin d'un prédateur vorace aux mâchoires puissantes et aux dents meurtrières.

Le parfum du tabac en combustion ne lui inspirait pas la même crainte. Il évoquait du pain et du lait pour lui, des débris de poulet pour sa femelle et ses petits — une prise plus facile que le butin d'une laborieuse nuit de chasse aux campagnols et aux mulots. Toujours méfiant, il se figea quelques minutes, l'œil et l'oreille aux aguets, à l'affût d'un mouvement insolite. Rien. Le fumeur était aussi silencieux et immobile que lui. Enfin, cédant avec confiance au stimulus pavlovien, il se coula en direction de l'odeur familière, sans percevoir la différence entre une cigarette roulée et la pipe à laquelle il était accoutumé.

Le piège, deux rangées de dents métalliques conçues pour mutiler, se referma d'un coup sec sur sa délicate patte antérieure, déchirant les chairs et brisant l'os, puissant comme la morsure d'un énorme blaireau. Il hurla de douleur et de colère, se débattant dans la nuit béante à la recherche de son adversaire imaginaire. Malgré sa ruse légendaire, il n'avait pas été assez subtil pour discerner que la silhouette qui se tenait, sans bouger, à côté d'un arbre n'était pas celle du vieil homme patient qui venait régulièrement le nourrir.

Le bois tout entier réagit bruyamment à sa terreur. Les oiseaux s'envolèrent de leurs perchoirs, les rongeurs nocturnes regagnèrent précipitamment leurs abris. À l'autre bout du champ, un deuxième renard — sa femelle peut-être — émit un glapissement d'alerte. Lorsque la silhouette se tourna vers lui, tirant un marteau de la poche de son manteau, les sillons tondus de sa crinière suggérèrent sans doute au renard un ennemi trop grand, trop puissant pour lui. Il cessa alors de hurler et se laissa tomber sur le ventre, avec un gémissement d'humilité. Mais le coup s'abattit sans pitié, broyant le petit museau pointu. Le piège s'ouvrit et un rasoir trancha la queue de la bête encore vivante, la séparant du corps.

Son bourreau jeta sa cigarette par terre et l'écrasa sous son talon, avant de fourrer la queue dans sa poche et d'attraper l'animal par la nuque. Il se glissa à travers les arbres tout aussi silencieusement que sa victime tout à l'heure, s'arrêtant à la lisière de la forêt pour se fondre dans l'ombre d'un chêne. À quinze mètres de là, de l'autre côté du saut-de-loup, le vieil homme se tenait sur sa terrasse, scrutant la limite des arbres, un fusil de chasse braqué, à hauteur d'épaule, vers son guetteur invisible. Le halo des lampes allumées au-delà des portes-fenêtres ouvertes révélait un visage crispé de colère. Il connaissait le cri d'un animal qui souffre, il n'ignorait pas que s'il s'était soudain interrompu, c'était parce que la mâchoire de la bête avait été fracassée. Il était bien placé pour le savoir. Ce ne serait pas la première fois que l'on jetterait à ses pieds un corps disloqué.

Il ne vit pas le bras recouvert d'une manche et d'un gant noirs tournoyer et lancer vers lui le renard agonisant, mais il distingua les zébrures blanches tandis que les pattes de la bête étaient prises dans le rai lumineux des lampes. Rempli d'une rage homicide, il visa un peu plus bas et vida les deux canons de son arme.

DES VOYAGEURS À NOTRE PORTE

Les pentes vallonnées de la route des Crêtes du Dorset abritent le plus grand campement illégal de l'histoire de notre comté. La police estime que près de deux cents camping-cars et plus de cinq cents routards et gens du voyage se sont rassemblés pour une rave dans le cadre pittoresque de Barton Edge à l'occasion de ce week-end prolongé.

Le littoral jurassique du Dorset, site qui devrait être prochainement inscrit au Patrimoine mondial de l'humanité, se déploie dans toute sa splendeur depuis les fenêtres du bus psychédélique de Bella Preston. À gauche les falaises majestueuses de Ringstead Bay, à droite l'escarpement prodigieux de Portland Bill, en face le bleu éblouissant de la Manche.

« C'est la plus belle vue de toute l'Angleterre », nous a déclaré Bella, 35 ans, entourée de ses trois petites filles. « Les gamines adorent cet endroit. On vient passer l'été ici chaque fois qu'on peut. » Chef de famille monoparentale, Bella est originaire de l'Essex et se dit « travailleuse sociale ». Elle a été l'une des premières arrivées. « On a parlé de cette rave quand on était à Stonehenge, en juin, pour le solstice. La nouvelle a circulé, mais on ne pensait pas qu'il y aurait autant de monde. »

La police du Dorset s'est inquiétée en constatant la densité insolite de la circulation sur les routes du comté hier matin. Des barrages ont été mis en place sur toutes les voies d'accès à Barton Edge pour essayer d'éviter l'invasion, ce qui a provoqué une série de bouchons, longs de huit kilomètres pour certains. On imagine l'irritation de la population locale et des vrais touristes pris au piège. Les véhicules des itinérants ne pouvant faire demi-tour sur le réseau routier secondaire fort étroit du Dorset, les autorités ont finalement décidé d'autoriser ce rassemblement.

Will Harris, cultivateur de 58 ans dont les champs ont été investis par ces campeurs illégaux, ne décolère pas. Il accuse la police et les autorités locales d'inefficacité et de négligence « Figurez-vous que je risque des poursuites si j'interviens pour défendre mes terres », fulmine-t-il. « Ces types-là détruisent mes barrières et mes récoltes, mais si je me plains et s'il y a du grabuge, c'est sur moi que ça retombe. Elle est belle, notre justice ! »

Sally Macey, 48 ans, déléguée des autorités locales chargée des relations avec les gens du voyage, nous a confirmé hier soir qu'une injonction officielle de quitter les lieux a bien été adressée aux itinérants. Mais elle reconnaît l'inutilité de telles mesures. « Ils savent que la police n'intervient pas avant sept jours d'occupation illégale », dit-elle. « Généralement, ils se mettent en route juste avant l'expiration de ce délai. Entre-temps, nous leur demandons de s'abstenir de tout comportement menaçant et de veiller à déposer leurs déchets aux endroits expressément désignés. »

Une précision qui n'a guère convaincu Mr Harris ! Il nous a montré les sacs-poubelle entassés à l'entrée de sa ferme. « Il va y en avoir partout demain, quand les renards auront éventré les sacs. Qui va payer la remise en état de tout ça ? Un fermier du Devon en a eu pour 10 000 £ de frais de nettoyage après un campement deux fois moins important que celui-ci. »

Bella Preston fait preuve de compréhension. « Si j'habitais ici, je ne serais pas contente non plus. La dernière fois qu'on a organisé une rave de cette importance, deux mille jeunes des villes voisines nous ont rejoints. Je ne vois pas pourquoi ça ne recommencerait pas. On va faire de la musique toute la nuit. Un boucan d'enfer. »

Un porte-parole de la police confirme : « Nous avertissons la population que la nuisance sonore va durer tout le week-end. Malheureusement, nos moyens d'intervention sont plutôt limités dans ce genre de situation. Notre priorité est d'éviter tout affrontement inutile. » Il a ajouté que l'on attendait effectivement un afflux de jeunes de Bournemouth et de Weymouth. « Une rave en plein air et gratuite, ça attire du monde. La police sera sur place ; nous espérons que tout se passera bien. »

Un optimisme que ne partage pas Mr Harris : « Si ça dégénère, ma ferme va se retrouver juste au milieu du champ de bataille. Les forces de police du Dorset n'arriveront jamais à déloger cette bande. Il faudra faire appel à l'armée. »

2

Barton Edge — week-end du 25 août 2001

P'tit Loup, dix ans, prit son courage à deux mains pour affronter son père. Sa mère avait remarqué que tous les autres partaient, et elle avait peur que leur présence ne finisse par attirer une attention importune.

— Si on reste trop longtemps, geignit-elle tout bas contre la joue du petit en lui entourant les épaules de ses bras maigres, les « sociaux » vont venir voir si t'as des bleus, et puis ils vont t'emmener.

Son premier enfant lui avait été retiré plusieurs années auparavant, et elle avait inculqué aux deux plus jeunes une terreur invétérée de la police et des services sociaux. Les hématomes étaient un moindre mal en comparaison de ce qui les attendait s'ils tombaient entre leurs mains.

P'tit Loup grimpa sur le pare-chocs avant du car et regarda à travers le pare-brise. Inutile de songer à entrer si Renard dormait. Il devenait fou quand on le réveillait. Un jour où P'tit Loup lui avait touché l'épaule par inadvertance, il lui avait entaillé la main avec le rasoir qu'il dissimulait sous son oreiller. La plupart du temps, P'tit

Loup et Loupiot, son petit frère, restaient assis sous le car pendant que leur père dormait et que leur mère pleurait. Même quand il faisait froid et qu'il pleuvait, personne n'osait entrer tant que Renard était là.

P'tit Loup trouvait que ce nom allait bien à son père. Comme un renard, il chassait de nuit, profitant de l'obscurité, se glissant, invisible, d'ombre en ombre. Certains jours, sa mère lui demandait d'espionner Renard, mais P'tit Loup avait trop peur du rasoir pour le suivre bien loin. Il l'avait vu s'en servir sur des animaux, il avait entendu le râle d'agonie d'un chevreuil dont il avait tranché lentement la gorge, et le cri perçant d'un lapin suivi d'un gargouillis. Renard ne tuait jamais vite. P'tit Loup ne savait pas pourquoi — mais il sentait confusément que Renard se délectait de la peur de ses victimes.

Ce même instinct lui disait bien des choses sur son père, mais il gardait tout cela enfermé dans sa tête, avec d'étranges visions fugitives d'autres hommes, et d'un temps où Renard n'était pas là. Ces images étaient trop floues pour qu'il soit sûr de leur authenticité. La vérité, pour P'tit Loup, c'était la terrifiante réalité de l'existence de Renard, et les tiraillements d'une faim de chaque instant que seul le sommeil parvenait à apaiser. Malgré les nombreuses idées qui lui traversaient l'esprit, il avait appris à tenir sa langue. Enfreindre la moindre règle établie par Renard, c'était risquer le rasoir, et la plus rigoureuse de toutes était de « ne jamais parler de la famille à personne ».

Son père n'était pas au lit ; alors, le cœur battant la chamade, P'tit Loup serra les dents et grimpa par la portière avant restée ouverte. Il avait fini par apprendre que le mieux était encore de traiter d'égal à égal avec cet homme — « *Ne lui montre jamais que tu as peur* », disait sa mère. Roulant des épaules à la John Wayne, il avança donc d'une démarche nonchalante dans ce qui avait été autrefois l'allée centrale du véhicule. Il entendait un bruit d'éclaboussures. Son père était sans doute masqué par le rideau qui assurait un peu d'intimité au coin toilette.

— Eh, Renard, tu fais quoi, mec ? demanda-t-il, s'arrêtant à quelques pas.

Le clapotis s'interrompit immédiatement.

— Qu'est-ce que ça peut te faire ?

— J'demandais juste comme ça. Ça fait rien.

Le rideau s'écarta, révélant son père, torse nu, des gouttes d'eau dégoulinant de ses bras velus qu'il avait plongés dans la vieille cuvette émaillée qui servait de baignoire et de lavabo.

— *Ne !* aboya-t-il. Ça *ne* fait rien. Combien de fois faudra-t-il te le dire ?

L'enfant tressaillit, mais ne recula pas. Le désarroi que lui inspirait la vie tenait en grande partie au hiatus qu'il discernait entre le comportement de son père et sa manière de s'exprimer. En entendant Renard parler, P'tit Loup avait l'impression d'être en présence d'un acteur qui savait des trucs que personne d'autre ne savait ; mais quand il se mettait en rogne, il ne ressemblait à rien de ce que P'tit Loup avait pu voir au cinéma. Sauf peut-être à Commode dans *Gladiator* ou au prêtre aux yeux chassieux d'*Indiana Jones et le Temple maudit*, celui qui arrache le cœur des gens. Dans les rêves de P'tit Loup, Renard était toujours l'un de ces deux personnages. C'était d'ailleurs pour ça que son nom de famille était Teigneux.

— Ça *ne* fait rien, répéta-t-il solennellement.

Son père attrapa son rasoir.

— Alors pourquoi me demandes-tu ce que je fais, si la réponse ne t'intéresse pas ?

— C'est juste une façon de dire salut. Ils font ça au

ciné. Salut, mec, ça boume, qu'est-ce que tu fais ? (P'tit Loup leva une main qui se refléta dans le miroir, au niveau de l'épaule de Renard, paume en face, doigts écartés.) Et puis tu fais comme ça.

— Tu regardes trop de films. Tu commences à parler comme un Ricain. Où est-ce que tu vois tout ça, d'ailleurs ?

P'tit Loup choisit l'explication la moins compromettante.

— C'est ce garçon qu'on a connu, moi et Loupiot, là où on était avant. Il habitait dans une maison… il nous laissait regarder les vidéos de sa maman quand elle était au travail.

C'était vrai… dans une certaine mesure. Le petit les avait invités chez lui, jusqu'au jour où sa mère l'avait appris et les avait fichus dehors. Le plus souvent, P'tit Loup profitait de l'absence de Renard pour chiper de l'argent dans la boîte de conserve rangée sous le lit de ses parents et il allait au cinéma dès qu'ils s'installaient près d'une ville. Il ne savait pas d'où venait cet argent, ni pourquoi il y en avait tant, mais son père ne remarquait jamais qu'il en manquait.

Renard émit un grognement désapprobateur, utilisant l'extrémité de son rasoir pour racler les sillons rasés sur son crâne aux cheveux coupés ras.

— Et la salope, où est-ce qu'elle était ? Avec vous ?

P'tit Loup avait l'habitude de l'entendre traiter sa mère de « salope », au point qu'il lui arrivait même de l'appeler comme cela, lui aussi.

— C'est quand elle était malade.

Il s'était toujours demandé comment son père faisait pour ne pas se couper. Ce n'était pas normal d'arriver à se passer une lame aussi aiguisée sur la peau sans faire jaillir la moindre goutte de sang. Renard n'utilisait même pas de savon pour que ça glisse mieux. Il aurait

mieux fait de se raser complètement, au lieu de transformer les zones dégarnies en sillons irréguliers et de
laisser les mèches de la nuque et des côtés pendre au-
dessous des épaules en dreadlocks de plus en plus
emmêlées au fur et à mesure qu'il perdait ses cheveux.
Il se doutait vaguement que ça dérangeait Renard de
devenir chauve, mais il ne comprenait pas pourquoi.
Les vrais mecs, au cinéma, Bruce Willis par exemple,
avaient souvent le crâne rasé.

Ses yeux croisèrent ceux de Renard dans la glace.

— Qu'est-ce que tu regardes ? grogna l'homme.
Qu'est-ce que tu veux ?

— Tu seras bientôt chauve comme un œuf si ça
continue, remarqua l'enfant en montrant les mèches de
cheveux noirs qui flottaient à la surface de l'eau. Tu
devrais aller chez le docteur. C'est pas normal que tes
cheveux tombent dès que tu secoues la tête.

— Qu'est-ce que tu en sais, toi ? C'est peut-être une
question de gènes. Ça t'arrivera peut-être aussi un jour.

P'tit Loup observa son reflet blond.

— Ça risque pas, dit-il, enhardi par la loquacité
inhabituelle de l'homme. J'te ressemble même pas.
J'suis comme M'man, moi, et elle sera jamais chauve.

Il n'aurait pas dû dire cela. Il comprit son erreur
avant même d'avoir terminé sa phrase, en voyant son
père plisser les yeux.

Il essaya d'esquiver, mais Renard le saisit par le cou
d'une main puissante et, de la pointe de son rasoir,
entailla légèrement la peau tendre, sous le menton.

— Qu'est-ce que ça veut dire ? Qui est ton père ?

— C'est toi, gémit le petit, les larmes aux yeux.
C'est toi, Renard, j' le dira plus.

— Bon sang ! (Il repoussa brutalement l'enfant.) Tu
n'es même pas capable de retenir ça ? Je *dirai*… tu

diras… il *dira…* nous *dirons…* Ça s'appelle comment, P'tit Loup ?

Il tendit la main et l'agrippa par les cheveux.

— De la g-g-grammaire ?

— De la conjugaison, petit con. C'est un verbe.

Le garçon recula, levant les mains dans un geste d'apaisement.

— C'est pas la peine de te fâcher, Renard, dit-il, cherchant désespérément à prouver à son père qu'il n'était pas aussi bête qu'il le croyait. Maman et moi, on a regardé ce truc des cheveux sur Internet, la dernière fois qu'on est allés à la bibliothèque. Je crois que ça s'appelle… (il essaya de se souvenir du nom)… a-lo-pé-si. Il y a tout un tas de trucs dessus… et ça se soigne.

Les yeux de l'homme s'étrécirent à nouveau.

— Alopécie, espèce d'idiot. Ça vient du grec, d'un mot qui veut dire renard, parce que les renards ont la pelade. Merde alors, tu n'as vraiment aucune éducation. Cette salope ne t'apprend donc rien ? À ton avis, pourquoi est-ce que je m'appelle Renard Teigneux ?

P'tit Loup avait son idée sur la question. Dans son esprit d'enfant, Renard représentait l'intelligence et Teigneux la cruauté. Un nom qui convenait bien à son père. Ses yeux s'emplirent à nouveau de larmes.

— Je voulais t'aider, c'est tout. Il y a plein de types qui perdent leurs cheveux. C'est pas grave. La plupart du temps, cette alo… enfin cette maladie s'en va, et les cheveux repoussent. Peut-être que tu vas guérir. Faut pas t'énerver — il paraît que, des fois, c'est quand on s'énerve que les cheveux tombent.

— Et les autres fois ?

Le petit se cramponna au dossier d'une chaise, les genoux flageolants. Il n'avait pas voulu aller aussi loin — tous ces mots qu'il n'arrivait pas à prononcer, ces idées qui allaient sûrement fâcher Renard.

— Y avait des trucs sur le cancer… (il prit une profonde inspiration)… et puis y a le di-a-bè-te et l'ar-thrite qui donnent ça. (Il se précipita pour ne pas laisser à son père le temps de se mettre en colère.) M'man et moi, on se dit que tu devrais voir un docteur parce que, si tu es malade, ça sert à rien de faire semblant de pas l'être. C'est pas compliqué de s'inscrire à une consultation. La loi, elle dit que les gens du voyage ont les mêmes droits aux soins que tout le monde.

— La salope t'a dit que j'étais malade ?

L'inquiétude se peignit sur le visage de P'tit Loup.

— N-n-non. Elle parle jamais de toi.

Renard enfonça le rasoir dans la planche.

— Tu mens, gronda-t-il. Tu vas me répéter ce qu'elle a dit ou je t'étripe.

« *Ton père est cinglé… Ton père est méchant comme une teigne…* »

— Rien, réussit à balbutier P'tit Loup. Elle dit jamais rien.

Renard plongea son regard dans les yeux terrifiés de son fils.

— Tu ferais mieux de me dire la vérité, P'tit Loup, ou ce sont les tripes de ta mère que tu ramasseras par terre. Fais un effort. Qu'est-ce qu'elle dit sur moi ?

Les nerfs de l'enfant lâchèrent. Il se précipita vers la porte arrière, plongea sous le bus et enfouit son visage dans ses mains. Il n'y avait pas d'issue. Son père allait tuer sa mère, et les « sociaux » verraient ses bleus. Il aurait bien prié Dieu s'il avait su comment, mais Dieu n'était qu'une entité nébuleuse à laquelle il ne comprenait rien. Un jour, sa mère lui avait dit : « Si Dieu était une femme, je suis sûre qu'elle nous aiderait. » Et une autre fois : « Dieu, c'est un flic. Si tu obéis aux règles, il est sympa, sinon, il t'expédie en enfer. »

La seule vérité absolue que P'tit Loup comprît était qu'il ne pouvait échapper à cette vie de misère.

*

Renard fascinait Bella Preston comme peu d'hommes l'avaient fait. Il devait être plus âgé qu'il n'en avait l'air — elle lui donnait un peu plus de quarante ans —, et son visage singulièrement inexpressif était celui de quelqu'un qui tenait ses émotions en bride. Il parlait peu, préférant se draper dans le silence, mais ses rares interventions révélaient de l'instruction, de la distinction même.

Après tout, il n'aurait pas été le premier « rupin » à prendre la route — combien de moutons noirs avaient ainsi été chassés du giron familial au fil des siècles ? — mais, pour cadrer avec le tableau, Renard aurait dû être toxico. Les moutons noirs du XXIe siècle se défonçaient au crack, quelle que soit leur origine sociale. Ce mec-là n'acceptait même pas un joint, et ça, c'était bizarre.

Une femme moins bien dans sa peau se serait sans doute demandé pourquoi il lui tournait autour comme ça. Grande, corpulente, les cheveux décolorés coupés court, Bella n'avait à première vue rien pour séduire cet homme svelte, charismatique, aux yeux pâles et au crâne parcouru de sillons glabres. Il ne répondait jamais aux questions. Qui il était, d'où il venait et pourquoi on ne l'avait encore jamais vu dans le milieu — tout cela ne regardait que lui. Bella, qui en avait vu d'autres, ne lui contestait pas le droit de garder le silence sur son passé — *Tout le monde a ses secrets, non ?* — et elle le laissait aller et venir dans son bus aussi librement que les autres.

Bella n'avait pas parcouru le pays avec trois enfants en bas âge et un mari junkie qui avait fini par y laisser

26

sa peau sans avoir appris à ouvrir l'œil. Elle savait parfaitement qu'il y avait une femme et deux gosses dans le bus de Renard, même s'il faisait comme s'ils n'existaient pas. Ils avaient l'air complètement paumés. Ils avaient peut-être été largués par un autre et recueillis par Renard un jour de bonté. Bella avait pourtant remarqué que les deux gamins se blottissaient dans les jupes de leur mère dès que Renard approchait. C'était révélateur. Les étrangers avaient beau le trouver séduisant — *et il l'était* —, Bella était prête à parier son dernier penny que, dans l'intimité, le personnage était bien différent.

Ça ne l'étonnait pas. Une zombie complètement défoncée et ses deux bâtards : il y avait de quoi emmerder n'importe quel mec. Mais elle restait sur ses gardes. Les gamins étaient des clones miniatures de leur mère, des petits gars craintifs, blonds aux yeux bleus, pelotonnés dans la crasse sous le bus de Renard, le regard fixé sur leur mère qui passait de véhicule en véhicule, la main tendue en quête d'un comprimé pour dormir. Bella se demandait si elle en donnait souvent aux gamins pour qu'ils se tiennent tranquilles. Sûrement. Leur léthargie n'était pas normale.

Elle avait de la peine pour eux, bien sûr. Elle se disait « travailleuse sociale », parce qu'elles attiraient les paumés chaque fois qu'elles s'installaient quelque part, ses filles et elle. Leur télévision à batterie n'y était pas pour rien, mais Bella était si généreuse et si rassurante que tout le monde l'appréciait. Pourtant, le jour où elle avait demandé à ses filles d'aller proposer aux deux petits garçons de jouer avec elles, ils s'étaient faufilés sous le bus de Renard et s'étaient sauvés.

Elle avait essayé d'engager la conversation avec la femme en lui offrant de partager un pétard avec elle, mais elle n'en avait rien tiré. Toutes ses questions avaient été accueillies par le silence ou l'incompréhension. Elle n'avait réagi que lorsque Bella avait dit que le plus dur, quand on faisait la route comme ça, c'était d'élever des gosses. La créature squelettique avait acquiescé d'un air songeur.

— P'tit Loup aime bien les bibliothèques, avait-elle murmuré, comme si Bella savait forcément de qui elle parlait.

— C'est lequel, P'tit Loup ? avait-elle demandé.

— Celui qui tient de son père…, le malin, avait-elle marmonné avant de s'éloigner pour aller taper quelqu'un d'autre.

Le sujet de l'éducation était revenu sur le tapis le lundi soir ; les routards discutaient, allongés devant le bus rose et violet de Bella.

— Demain, je laisse tomber tout ça, avait-elle dit rêveusement, contemplant le ciel étoilé et la lune qui se reflétait sur l'eau. Tout ce que je voudrais, c'est une baraque à moi, avec un jardin, qui soit pas dans une cité de merde dans une ville de merde pleine de délinquants de merde. Quelque part dans le coin, ça me plairait bien… un endroit sympa où mes gamines puissent aller en classe sans que des racailles viennent leur bourrer le crâne… c'est tout ce que je demande.

— Elles sont mignonnes, tes gamines, Bella, dit une voix ensommeillée. Tu peux être sûre qu'elles vont se faire bourrer autre chose que le crâne dès que t'auras le dos tourné.

— Tu crois que je le sais pas ? Le premier qui essaie, je les lui coupe.

Un rire étouffé se fit entendre depuis l'endroit où Renard se tenait, tapi dans l'obscurité.

— Ce sera trop tard, murmura-t-il. C'est maintenant qu'il faut agir. Mieux vaut prévenir que guérir.

— Tu as quelque chose à me proposer ?

Surgissant des ténèbres, il s'approcha de Bella et l'enjamba, sa haute silhouette masquant la lune.

— Oui. Trouver un terrain vacant, faire valoir tes droits d'occupation sans titre et te construire une maison.

Elle leva les yeux vers lui.

— Qu'est-ce que c'est que ces conneries ? De quoi tu parles ?

Les dents de Renard étincelèrent dans un bref sourire.

— Du gros lot.

3

Métairie basse, Ferme de la Combe, Herefordshire — 28 août 2001

Chose plutôt rare pour une jeune personne de vingt-huit ans, Nancy Smith avait vu le jour dans la chambre à coucher maternelle. Pourtant, elle ne devait pas cette naissance à domicile aux idées d'avant-garde de sa mère. Adolescente perturbée et révoltée, Elizabeth Jolly-Renard s'était imposé un régime de famine pendant les six premiers mois de sa grossesse et, constatant que le fœtus tenait bon, elle s'était enfuie du pensionnat et avait supplié sa mère de l'en débarrasser. Comment pourrait-elle trouver un mari avec un gosse sur les bras ?

La question était pertinente — après tout, Elizabeth n'avait que dix-sept ans —, et la famille avait fait front pour préserver la réputation de la jeune fille. Les Jolly-Renard appartenaient à une vieille lignée de militaires dont les membres s'étaient illustrés dans tous les conflits, depuis la guerre de Crimée jusqu'à l'impasse de Corée, sur le 38e parallèle. Il était trop tard pour envisager un avortement. Pour échapper aux stigmates de la maternité hors mariage et d'une naissance illégitime, il ne restait donc que la solution de l'abandon. Naïvement peut-être, et alors que le mouvement féministe était déjà bien engagé — on était en 1973 —, les Jolly-Renard estimèrent qu'un « bon mariage » était la seule issue aux débordements de leur fille. Une fois casée, espéraient-ils, elle apprendrait le sens des responsabilités.

Elizabeth était atteinte de mononucléose : telle fut la version officielle. Les amis et connaissances de la famille — qui n'éprouvaient pas grande sympathie pour les enfants Jolly-Renard — exprimèrent une vague compassion en apprenant que cette affection était suffisamment invalidante et assez contagieuse pour imposer à la jeune fille trois mois de quarantaine. Quant aux autres, les métayers et les employés des Jolly-Renard, ils retrouvèrent l'Elizabeth qu'ils avaient toujours connue, une jeune fille dépravée, échappant la nuit à la surveillance de sa mère pour boire et baiser jusqu'à l'abrutissement, indifférente au tort qu'elle pouvait faire à son enfant. Puisqu'elle n'aurait pas à s'en occuper, à quoi bon s'en soucier ? Elle n'avait qu'une envie, s'en débarrasser au plus vite, et la débauche était une méthode d'une efficacité avérée.

Le médecin et la sage-femme firent preuve d'une parfaite discrétion, et c'est un enfant d'une étonnante santé qui fit son entrée dans la vie, à la date prévue. Au terme de cette expérience qui lui avait laissé une pâleur et une langueur séduisantes, Elizabeth fut envoyée à Londres dans une institution pour jeunes filles de bonne famille, d'où elle sortit pour rencontrer et épouser le fils d'un baronnet, charmé par sa fragilité et ses larmes faciles.

Quant à Nancy, son séjour à Shenstead Manor avait été de courte durée. Quelques heures après sa naissance, elle avait été remise par l'intermédiaire des services d'adoption à un couple sans enfants qui vivait dans une ferme du Herefordshire, ignorait tout de ses origines et y était parfaitement indifférent. Les Smith étaient des gens charmants, qui adoraient la petite fille qu'on leur avait confiée. Ils ne lui cachèrent jamais qu'ils l'avaient adoptée, attribuant systématiquement toutes ses qualités — et avant tout l'intelligence brillante qui la conduisit à Oxford — à sa famille biologique.

Nancy, au contraire, imputait toutes ses réussites à son statut d'enfant unique, à l'éducation bienveillante de ses parents, à l'importance qu'ils avaient toujours attachée aux études, et au soutien indéfectible qu'ils avaient accordé à ses ambitions. Elle songeait rarement à son héritage biologique. Assurée de l'amour de deux êtres d'une grande bonté, Nancy n'avait aucune raison de fantasmer au sujet de celle qui l'avait abandonnée. L'histoire n'était que trop banale. C'était celle de milliers de femmes. Pas de mari. Une grossesse accidentelle. Un bébé non désiré. La mère n'avait pas place dans l'histoire de sa fille…

… ou n'en aurait pas eue, sans l'obstination d'un notaire qui retrouva la trace de Nancy dans les dossiers des services d'adoption, avec l'adresse des Smith, dans le comté de Hereford. Après avoir envoyé plusieurs lettres demeurées sans réponse, il vint frapper à la porte de la ferme. Le hasard voulut que Nancy fût à la maison, en permission.

*

C'est sa mère qui la persuada de le rencontrer. Elle trouva sa fille à l'écurie, en train d'étriller Red Dragon, dont les flancs étaient couverts de boue après une course fougueuse. La réaction du cheval à la présence d'un notaire sur les lieux — un ébrouement dédaigneux

— répondait si bien aux sentiments de Nancy qu'elle posa un baiser approbateur sur ses naseaux.

— Tu vois bien, dit-elle à Mary. Red reconnaîtrait le diable à cent mètres. Alors, ce Mr Ankerton ? Il t'a dit ce qu'il voulait ou bien il continue à tourner autour du pot ?

Ses lettres étaient des chefs-d'œuvre de finasserie juridique. À première vue, on aurait pu croire à un héritage — « *Nancy Smith, née le 23.05.73... dans votre intérêt...* » En lisant entre les lignes — « *reçu instructions de la famille Jolly-Renard... des questions relatives à... vous prie de confirmer votre date de naissance...* » —, on avait plutôt tendance à y voir une démarche précautionneuse de sa mère biologique, contraire à toutes les règles d'adoption. Nancy s'était cabrée — « Je suis une Smith » —, mais sa mère adoptive l'avait exhortée à faire preuve de compréhension.

L'idée de rabrouer qui que ce fût, et plus encore une femme qui n'avait jamais connu son enfant, était insupportable à Mary Smith. « Elle t'a donné la vie », avait-elle argumenté, comme si c'était une raison suffisante pour nouer des relations avec une parfaite étrangère. Nancy, qui avait les pieds sur terre, avait cherché à la mettre en garde — « Ça va être un fichu sac de nœuds. » — mais, comme d'habitude, elle n'avait pas eu le cœur de s'opposer à sa mère. Mary avait l'art de révéler ce qu'il y avait de meilleur en chacun, parce que son refus de voir les défauts des gens les rendait inexistants — à ses yeux du moins. Mais ce trait de caractère lui avait déjà valu bien des déboires.

Nancy redoutait que ce ne fût le cas, une fois de plus. Cyniquement, elle n'imaginait que deux scénarios possibles pour cette « réconciliation », raison pour laquelle elle n'avait pas répondu au notaire. Soit elle s'entendrait bien avec sa mère biologique, soit celle-ci ne lui inspirerait qu'antipathie. Dans un cas comme dans l'autre, c'était la culpabilité assurée. Elle estimait que chacun ne pouvait avoir qu'une mère dans sa vie, et que le poids affectif d'une seconde ne pouvait qu'entraîner des complications superflues. Mary, qui se mettait à la place de l'autre femme, ne voyait pas les choses ainsi. « Personne ne te demande de choisir, expliquait-elle, pas plus que tu n'as à choisir entre ton père et moi. Nous aimons tous de nombreuses personnes au cours de notre vie. En quoi est-ce différent ? »

C'était une question à laquelle on ne pouvait répondre qu'après, se disait Nancy, et alors, il serait trop tard. Une fois la relation nouée, il serait impossible de la défaire. Dans le fond, elle se demandait si Mary ne réagissait pas ainsi par orgueil. Avait-elle envie d'épater cette inconnue ? Le cas échéant, pouvait-on le lui reprocher ? Nancy n'était pas insensible au sentiment de vanité qu'elle-même pourrait en tirer. *Regarde-moi. Je suis l'enfant dont tu n'as pas voulu. Voilà ce que je suis devenue, sans ton aide.* Peut-être aurait-elle résisté plus fermement si son père avait été là pour la soutenir. Ayant grandi entre une mère et une belle-mère qui ne s'entendaient pas, il comprenait mieux que sa femme les ressorts de la jalousie. Mais on était en août, il faisait les moissons, et elle céda. Après tout, ce n'était pas une telle affaire. Dans la vie, la réalité n'était jamais aussi terrible que ce qu'on pouvait imaginer.

*

Enfermé au salon, à côté du vestibule, Mark Ankerton commençait à se sentir très mal à l'aise. Le nom de Smith, associé à l'adresse — Métairie basse, Ferme de la Combe — lui avait inspiré l'image d'une famille d'ouvriers agricoles habitant un logement de fonction.

Mais dans cette pièce remplie de livres et meublée de fauteuils de cuir patiné, il se demandait si l'importance qu'il avait donnée dans ses lettres aux liens de parenté avec les Jolly-Renard en imposerait à la fille adoptive des Smith.

Sur une carte du XIXᵉ siècle suspendue au-dessus de la cheminée, la Métairie basse et la Métairie de la Combe figuraient comme deux domaines distincts, alors qu'une carte plus récente, formant pendant, montrait les deux terres en un ensemble d'un seul tenant, rebaptisé Ferme de la Combe. Le bâtiment de la Métairie de la Combe donnant sur une route à grande circulation, la famille avait tout naturellement choisi de s'installer à la Métairie basse, plus isolée. Mark se maudit d'avoir tiré des conclusions aussi hâtives. Le monde avait changé. Il aurait dû être assez avisé pour savoir que ce n'était pas parce qu'un couple s'appelait John et Mary Smith qu'ils étaient forcément ouvriers agricoles.

Il avait du mal à détourner son regard du manteau de la cheminée, où trônait la photographie d'une jeune femme en toge et en toque carrée, riant aux éclats, au-dessus de l'inscription *St Hilda's, Oxford, 1995*. « Ça ne peut être qu'elle », se dit-il. L'âge correspondait. Pourtant, elle ne ressemblait pas du tout à son écervelée de mère, avec son physique de poupée. L'affaire, qu'il avait cru mener rondement, tournait au cauchemar. Il s'attendait à une version plus fruste, plus inculte, d'Elizabeth — au lieu de quoi, il se retrouvait avec sur les bras une diplômée d'Oxford issue d'une famille probablement aussi aisée que celle qu'il était chargé de représenter.

La porte s'ouvrit. Il se leva de son fauteuil et fit un pas en avant pour serrer vigoureusement la main de Nancy. « C'est très aimable à vous de bien vouloir me recevoir, Miss Smith. Je m'appelle Mark Ankerton et je représente la famille Jolly-Renard. Je suis désolé de faire ainsi intrusion dans votre intimité, mais mon mandant a beaucoup insisté pour que je vous retrouve. »

Grand, brun, il avait une petite trentaine d'années et correspondait parfaitement à l'image que Nancy s'était faite de lui d'après le ton de ses lettres : arrogant, arriviste, avec un vernis de charme professionnel. Un genre qu'elle connaissait bien. Elle en rencontrait tous les jours dans son métier. S'il n'arrivait pas à la convaincre par la séduction, il passerait à l'intimidation. Son étude avait l'air de bien marcher. Si son costume avait coûté moins de mille livres, c'était une bonne affaire, mais elle sourit intérieurement en remarquant la boue qui maculait ses chaussures et les revers de son pantalon. Il avait un peu pataugé pour rejoindre la ferme.

Elle était grande, elle aussi, et d'allure plus athlétique que son portrait ne le laissait supposer, les cheveux noirs coupés court, les yeux bruns. En chair et en os, vêtue d'un ample sweat-shirt et d'un jean, elle était si différente de sa blonde mère aux yeux bleus que Mark se demanda un instant s'il n'y avait pas eu confusion dans les dossiers. Mais d'un vague sourire, elle lui fit signe de se rasseoir. Et ce sourire, un jeu de physionomie de pure courtoisie auquel les yeux ne participaient pas, était une reproduction si précise de celui de James Jolly-Renard qu'il en fut saisi.

— Seigneur ! murmura-t-il.

Elle le regarda en fronçant légèrement les sourcils avant de prendre place dans l'autre fauteuil.

— *Capitaine* Smith, rectifia-t-elle doucement. Je suis officier du génie.

Ce fut plus fort que lui.

— Seigneur ! répéta Mark.

Cette fois, elle préféra l'ignorer.

— Vous avez eu de la chance de me trouver. Je rentre du Kosovo et j'ai deux semaines de permission. Normalement, j'aurais dû être à ma base. (Elle remarqua que sa bouche faisait mine de s'entrouvrir.) Je vous en prie, ne redites pas « Seigneur ». Ça me donne l'impression d'être un singe savant.

Bon sang ! C'était James craché.

— Excusez-moi.

Elle hocha la tête.

— Que me voulez-vous, Mr Ankerton ?

La question était si directe qu'il bredouilla.

— Avez-vous reçu mes lettres ?

— Oui.

— Dans ce cas, vous savez que je représente les Joll…

— Vous me l'avez déjà dit, coupa-t-elle avec impatience. Ce sont des gens célèbres ? Suis-je censée les connaître ?

— Ils sont du Dorset.

— *Vraiment !* (Elle laissa échapper un petit rire amusé.) Dans ce cas, je ne suis pas la Nancy Smith que vous cherchez, Mr Ankerton. Je n'ai jamais mis les pieds dans le Dorset. Par-dessus le marché, il ne me semble pas connaître qui que ce soit qui *habite* le Dorset. Je n'ai *certainement* aucun lien avec des gens qui portent le nom de Jolly-Renard… qu'ils soient du Dorset ou d'ailleurs.

Il s'appuya contre le dossier de son fauteuil et plaça ses mains jointes devant sa bouche.

— Elizabeth Jolly-Renard est votre mère biologique.

S'il avait cru la surprendre, il fut déçu. Mais sans doute n'aurait-elle pas été plus émue s'il lui avait annoncé que sa mère appartenait à la famille royale.

— Dans ce cas, votre démarche est illégale, dit-elle calmement. Les règles concernant les enfants adoptés sont parfaitement explicites sur ce point. Un parent biologique ne peut que faire connaître son désir de prendre contact, l'enfant n'est pas obligé d'y donner suite. Le fait que je n'aie pas répondu à vos lettres indiquait aussi clairement que possible que je n'ai pas la moindre envie de rencontrer la personne que vous représentez.

Elle tenait de ses parents un léger accent du Herefordshire, mais son attitude était aussi assurée que celle de Mark, ce qui le plaçait en situation d'infériorité. Il avait pensé changer son fusil d'épaule et faire appel à sa compassion, mais de toute évidence, elle n'en éprouvait aucune. Il ne pouvait tout de même pas lui dire la vérité. Elle serait certainement encore plus furieuse si elle apprenait qu'il avait tout fait pour s'éviter cette corvée. Personne ne savait où était l'enfant, ni comment elle avait été élevée, et Mark avait vivement déconseillé de se mettre à la recherche d'une petite aventurière de bas étage. La famille risquait fort de se retrouver avec des problèmes encore plus insolubles sur les bras.

(« *Je ne vois pas bien comment ce serait possible* », avait répondu James laconiquement.)

Son embarras s'accrut encore quand il vit Nancy regarder ostensiblement sa montre.

— Si vous en veniez au fait, Mr Ankerton ? Je regagne mon unité vendredi, et j'aimerais autant profiter du temps qui me reste. Dans la mesure où je n'ai jamais manifesté la moindre envie de rencontrer l'un ou l'autre de mes parents biologiques, pouvez-vous m'exposer les raisons de votre présence ici ?

— Je n'étais pas certain que vous ayez reçu mes lettres.

— Vous auriez dû vous en assurer auprès de la poste. Elles ont toutes été envoyées en recommandé. Deux m'ont même suivie au Kosovo, grâce à ma mère, qui a signé les reçus.

— J'espérais que vous en accuseriez réception grâce

aux enveloppes timbrées que j'y avais jointes. Ne recevant rien, j'en ai déduit qu'elles ne vous étaient pas parvenues.

Elle secoua la tête. *Sale menteur !*

— Si c'est tout ce que vous avez trouvé, nous ferions mieux de nous en tenir là. Personne n'a la moindre obligation de répondre à un courrier qu'il n'a pas sollicité. Ces lettres ont été envoyées en recommandé… (son regard lui fit baisser les yeux)… et je n'y ai pas répondu. Vous auriez dû comprendre que je n'avais pas l'intention d'engager une correspondance avec vous.

— Excusez-moi, répéta-t-il, mais les seuls détails dont je disposais étaient le nom et l'adresse enregistrés au moment de votre adoption. Vous auriez très bien pu déménager, votre famille et vous, votre adoption aurait pu être un échec. Auquel cas, vous n'auriez pas reçu mes lettres. Bien sûr, j'aurais pu charger un détective privé d'interroger les voisins, mais il m'a semblé qu'une telle démarche serait encore plus indélicate que de vous imposer ma visite.

Il avait toujours de bonnes excuses. Il lui rappelait un de ses petits amis, qui lui avait posé deux lapins avant qu'elle ne se décide à le plaquer. *Ce n'était pas sa faute… Il avait des problèmes au boulot… Un empêchement de dernière minute…* Nancy ne tenait pas suffisamment à lui pour le croire.

— Pouvez-vous vraiment imaginer démarche plus indélicate que celle d'une inconnue qui prétend avoir des droits sur moi ?

— Il ne s'agit pas de prétendre à quoi que ce soit.

— Dans ce cas, pourquoi m'avez-vous donné son nom ? Vous pensiez sans doute qu'une vulgaire Smith tomberait à la renverse en apprenant qu'elle est apparentée à une Jolly-Renard…

Seigneur !

— Si telle est votre impression, vous m'attribuez des intentions qui n'étaient pas les miennes. (Il se pencha en avant, l'air sincère.) Loin de prétendre à des droits, mon mandant est en position de demandeur. Vous lui feriez une grande faveur en acceptant une entrevue.

Sale petit con !

— Il s'agit d'une question juridique, Mr Ankerton. Il existe des lois qui protègent les enfants adoptés. Vous n'avez pas à me transmettre des informations que je n'ai pas réclamées. Vous n'avez pas songé un instant que je pourrais ignorer avoir été adoptée ?

Mark se réfugia dans des arguties de juriste.

— Je tiens à souligner qu'aucune de mes lettres ne faisait mention d'une quelconque adoption.

Pendant un moment, Nancy avait éprouvé un certain plaisir à démolir ses défenses si soigneusement édifiées. Mais l'amusement commençait à laisser place à la colère. S'il exprimait, d'une manière ou d'une autre, le point de vue de sa mère biologique, elle n'avait pas la moindre intention de lui accorder une « faveur ».

— *Je vous en prie !* Que vouliez-vous que j'en déduise d'autre ? (La question était de pure forme, et elle se tourna vers la fenêtre pour essayer de retrouver son calme.) Vous n'aviez pas le droit de me donner le nom de ma famille biologique ni de m'indiquer où elle vit. Je n'ai jamais demandé ces informations, et je n'ai jamais souhaité qu'on me les donne. Est-ce que je vais être condamnée à éviter le Dorset pour ne pas risquer de tomber sur un Jolly-Renard ? À m'inquiéter chaque fois qu'on me présentera une inconnue, surtout si elle s'appelle Elizabeth ?

— J'ai reçu des instructions, dit-il, mal à l'aise.

— Je n'en doute pas un instant. (Elle se retourna vers lui.) Vous croyez vous en sortir comme ça ? La vérité : voilà un mot que les juristes ne connaissent pas plus que les journalistes et les agents immobiliers. Vous devriez faire un boulot comme le mien. La vérité prend un autre sens quand on dispose du pouvoir de vie ou de mort.

— Parce que vous n'obéissez pas à des instructions, comme moi ?

— Sûrement pas. (Elle leva la main dans un geste dédaigneux.) Les ordres que *je* reçois sont destinés à préserver la liberté… les *vôtres* ne font que refléter les tentatives d'un unique individu pour obtenir ce qu'il veut, aux dépens d'un autre.

Piqué au vif, Mark protesta faiblement :

— Les individus n'ont donc pas place dans votre philosophie ? Si la légitimité était fonction du nombre, une poignée de suffragettes n'aurait pas suffi à arracher le droit de vote pour les femmes… et vous ne seriez pas dans l'armée aujourd'hui, capitaine Smith.

Elle eut l'air amusée.

— L'analogie avec les droits des femmes ne me paraît pas particulièrement pertinente dans le cas qui nous occupe. Qui a la priorité ? Celle que vous représentez ou la fille qu'elle a abandonnée ?

— Vous, bien sûr.

— Merci. (Nancy se redressa dans son fauteuil.) Vous pourrez dire à votre cliente que je vais bien, que je suis heureuse, que je ne regrette pas un instant mon adoption, que les Smith sont les seuls parents que je reconnaisse et que je n'en souhaite pas d'autres. Cela vous paraîtra peut-être peu charitable, j'en suis navrée, mais au moins ça a le mérite d'être *honnête*.

Mark s'avança jusqu'au bord de son siège pour l'empêcher de se lever.

— Ce n'est pas Elizabeth qui m'a demandé de venir, capitaine Smith. C'est votre grand-père, le colonel James Jolly-Renard. Il a jugé préférable de vous faire croire que c'était votre mère qui cherchait à vous retrouver… (il s'interrompit)… mais si j'en crois vos propos, je crains qu'il n'ait fait fausse route.

Elle mit quelques secondes à réagir. Son expression était aussi indéchiffrable que celle de James, et ce ne fut que lorsqu'elle reprit la parole que son mépris apparut clairement.

— Bon sang ! Vous êtes un vrai salaud, Mr Ankerton. Imaginez que je vous *aie* répondu… imaginez que je n'aie eu qu'un désir, retrouver ma mère biologique… à quel moment aviez-vous l'intention de me dire que je ne devais pas attendre mieux qu'une entrevue avec un colonel gâteux ?

— Nous avons toujours eu l'intention de ménager une rencontre avec votre mère.

Sa voix était lourde de sarcasme :

— Avez-vous pris la peine d'en informer Elizabeth ?

Mark sentait qu'il s'empêtrait, mais il était incapable de redresser la situation sans s'enfoncer encore. Il préféra changer de sujet et lui parler de son grand-père.

— James a peut-être quatre-vingts ans, mais il est en excellente forme. Vous devriez bien vous entendre, tous les deux. Il regarde les gens dans les yeux quand il leur parle et il ne tolère pas les imbéciles… comme vous. Je suis vraiment désolé si ma manière de présenter les choses vous a paru un peu… (il chercha ses mots)… *maladroite*, mais James n'était pas très sûr que l'attrait d'un grand-père l'emporte sur celui d'une mère.

— Il avait raison.

On aurait cru entendre le colonel. Un aboiement bref et dédaigneux qui laissait son interlocuteur interdit. Mark commençait à regretter de n'être pas tombé sur une aventurière. Il aurait su réagir à la vénalité. Ce mépris absolu pour la famille Jolly-Renard le déboussolait. Elle n'allait certainement pas tarder à lui demander

42

pourquoi son grand-père tenait à la retrouver, et c'était une question à laquelle il n'était pas habilité à répondre.

— Vous êtes issue d'une très vieille famille, capitaine. Les Jolly-Renard sont établis dans le Dorset depuis cinq générations.

— Et les Smith dans le Herefordshire depuis deux siècles, rétorqua-t-elle. Ils exploitent cette ferme sans interruption depuis 1799. Quand mon père prendra sa retraite, je lui succéderai. Vous avez raison. Je suis effectivement issue d'une très vieille famille.

— La plupart des terres des Jolly-Renard sont louées à des métayers. Il y a une sacrée superficie.

Elle lui jeta un regard furibond.

— Mon *arrière-grand-père* était propriétaire de la Métairie basse et la Combe appartenait à son frère. Mon *grand-père* a hérité des deux fermes et les a réunies. Cela fait trente ans que mon *père* exploite toute la vallée. Si je me marie et si j'ai des enfants, comme j'en ai bien l'intention, les *petits-enfants* de mon père seront propriétaires de ces mille hectares après moi. Et comme je compte bien ajouter le nom de Smith à celui de mon mari, il y a de fortes chances pour que ces champs soient cultivés par des Smith pendant deux siècles encore. Que pourrais-je vous dire d'autre pour vous faire comprendre clairement ma position ?

Il poussa un soupir résigné.

— Vous n'éprouvez aucune curiosité ?

— Pas la moindre.

— Puis-je vous demander pourquoi ?

— À quoi bon réparer ce qui n'est pas cassé ? (Elle attendit une réponse qui ne vint pas.) Je me trompe peut-être, Mr Ankerton, mais il me semble que c'est la vie de votre client qui a besoin d'être rafistolée… j'ajouterai que je ne vois absolument pas pourquoi ce serait à moi de m'en charger.

Il se demanda ce qui, dans ses propos, avait pu lui inspirer une conclusion aussi proche de la réalité. Peut-être son insistance avait-elle trahi un certain désespoir.

— Il voudrait faire votre connaissance, c'est tout. Avant de mourir, sa femme lui a demandé à plusieurs reprises d'essayer de savoir ce que vous étiez devenue. Je crois qu'il considère de son devoir de respecter ce vœu. Pouvez-vous comprendre cela ?

— Ont-ils été pour quelque chose dans mon adoption ?

Il acquiesça.

— Dans ce cas, vous pouvez rassurer votre client. Dites-lui que c'est une réussite et qu'il n'a pas à se sentir coupable.

Il secoua la tête, déconcerté. Des expressions comme « colère refoulée » et « crainte d'être rejetée » lui brûlaient les lèvres, mais il eut l'intelligence de se taire. Même si son abandon lui avait effectivement laissé un ressentiment tenace — ce dont il doutait —, elle ne se laisserait pas amadouer par du jargon psy.

— Et si je vous répétais que vous feriez une grande faveur au colonel en acceptant de le rencontrer ? Vous laisseriez-vous convaincre ?

— Non. (Elle l'observa un instant, puis esquissa un geste d'excuse.) Écoutez, je suis navrée, je vois bien que vous êtes déçu. Peut-être comprendrez-vous mieux mon refus en m'accompagnant dehors. Je voudrais vous présenter au vieux Tom Figgis. C'est un chic type, ça fait des années qu'il travaille pour Papa.

— Et ça servira à quoi ?

Elle haussa les épaules.

— Tom en sait plus que quiconque sur l'histoire de la vallée de la Combe. C'est un patrimoine étonnant. Il aurait beaucoup de choses à vous apprendre, à votre client et à vous-même.

Il remarqua que chaque fois, elle accentuait le mot « client », comme pour prendre ses distances avec les Jolly-Renard.

— Ce n'est pas nécessaire, capitaine. Vous êtes très attachée à cet endroit, je l'ai parfaitement compris.

Elle fit comme si elle n'avait pas entendu.

— Savez-vous qu'il y avait un camp romain ici, il y a deux mille ans ? Tom est le grand spécialiste de la question. Il radote un peu, mais il est toujours enchanté de faire profiter quelqu'un de ses connaissances.

Il déclina l'offre poliment.

— Merci, mais j'ai une longue route à faire pour rentrer à Londres et un tas de paperasses qui m'attendent au bureau.

Elle lui jeta un regard compatissant.

— Vous êtes un homme très occupé… pas le temps de faire du tourisme. Tom sera déçu. Il adore tailler une bavette, surtout avec les Londoniens qui ignorent tout des traditions antiques du Herefordshire. Nous les prenons très au sérieux, par ici. C'est notre lien avec le passé.

Il soupira intérieurement. *Croyait-elle qu'il n'avait pas encore compris ?*

— Oui, sans doute, mais avec la meilleure volonté du monde, capitaine, écouter un parfait étranger me parler d'un endroit dont je ne sais rien ne figure pas en tête de mes priorités à l'heure actuelle.

— Bien sûr, admit-elle froidement en se levant, je ne peux que vous donner raison. Nous avons, vous comme moi, mieux à faire qu'à écouter des étrangers d'un certain âge évoquer leurs souvenirs concernant des gens et des lieux qui ne présentent aucun intérêt pour nous. Si vous expliquez mon refus à votre client en ces termes, je suis sûre qu'il comprendra que sa proposition représente pour moi une corvée fastidieuse dont je peux fort bien me passer.

« *J'ai foncé dans le piège tête baissée* », maugréa Mark intérieurement tout en quittant son fauteuil, lui aussi.

— Une dernière chose, à titre de curiosité, demanda-t-il. Les choses se seraient-elles passées autrement si j'avais annoncé la couleur tout de suite en vous disant que c'était votre grand-père qui vous recherchait ?

Nancy secoua la tête.

— Non.

— Tant mieux. Je n'ai donc pas tout gâché.

Elle se détendit suffisamment pour lui adresser un sourire chaleureux.

— Je n'ai rien d'un cas isolé, vous savez. Les enfants adoptés parfaitement satisfaits de leur sort sont aussi nombreux que ceux qui éprouvent le besoin de chercher les pièces manquantes du puzzle. Je ne sais pas, ça dépend peut-être de ce qu'on attend de la vie. Si vous êtes content de ce que vous avez, pourquoi aller au-devant de désagréments probables ?

Mark n'aurait certainement pas réagi ainsi, mais il n'avait pas autant d'aplomb que Nancy.

— Je ne vois pas les choses sous cet angle, lui dit-il en attrapant son porte-documents, mais vous devez beaucoup aux Smith. Vous seriez sans doute très différente si vous aviez été élevée par les Jolly-Renard.

Elle eut un petit sourire ironique.

— Dois-je le prendre comme un compliment ?

— Certainement.

— Ça va faire rudement plaisir à ma mère.

Elle le raccompagna jusqu'à la porte d'entrée et lui tendit la main.

— Au revoir, maître. Si vous avez un peu de bon

sens, dites au colonel qu'il s'en est tiré à bon compte. Ça devrait le calmer.

— Je peux toujours essayer, répondit-il en lui serrant la main, mais il ne me croira pas… pas si je vous décris fidèlement.

Elle se déroba et recula vers le fond du couloir.

— Je parlais d'action en justice, Mr Ankerton. Je n'hésiterai pas à engager des poursuites si vous continuez à m'importuner, vous ou lui. Je compte sur vous pour le lui faire savoir.

— Je n'y manquerai pas.

Sur un bref signe de tête, elle referma la porte. Il ne restait à Mark qu'à se frayer un chemin à travers la boue. Il était moins tracassé par son échec que par le sentiment d'une occasion manquée.

Reprise des hostilités entre partisans et adversaires
de la chasse au renard

La réouverture de la chasse au renard a été fixée au 26 décembre, après la levée, hier, des mesures prises à la suite de l'épidémie de fièvre aphteuse. Ce sport a fait l'objet d'une suspension volontaire au mois de février dernier ; les sociétés de chasse nationales ont en effet approuvé l'interdiction de tous les déplacements d'animaux durant l'épidémie. Ces dix mois auront ainsi été les plus paisibles que nous ayons connus depuis la naissance du mouvement de lutte contre la chasse, il y a une trentaine d'années. Mais la réouverture de la chasse le 26 va certainement s'accompagner d'une reprise des hostilités, en veilleuse depuis près d'un an.

« Nous attendons beaucoup de monde », nous a confié un porte-parole de l'Alliance rurale pour la défense des droits des chasseurs. « Plusieurs milliers de personnes reconnaissent que la chasse est un élément indispensable de la vie rurale. La population de renards a doublé au cours de ces dix derniers mois, et les éleveurs ont perdu un nombre d'agneaux préoccupant. »

Les opposants à la chasse ont eux aussi promis de venir en force. « Les gens sont très remontés », a déclaré un militant de l'ouest de Londres. « Nous voulons protéger les renards de ceux qui cherchent à les tuer pour le plaisir. Il est inconcevable que l'on continue à pratiquer des sports aussi sanguinaires et brutaux au xxie siècle. On prétend que les effectifs de renards ont doublé. C'est un mensonge éhonté. La chasse a toujours été fermée l'été. J'attends qu'on m'explique comment trois mois supplémentaires de fermeture pourraient entraîner pareil "pullulement". C'est de la désinformation caractérisée. »

Un récent sondage de l'agence Mori a révélé que 83 % des personnes interrogées jugent la chasse à courre cruelle, inutile, inacceptable ou démodée. Toutefois, même si le Premier ministre tient son engagement et prononce l'interdiction de la chasse au renard avant les prochaines élections, le débat est loin d'être clos.

Les « pour » affirment que le renard est un animal nuisible et que, chasse ou non, il faudra bien prendre des dispositions pour en contrôler la population : « Aucun gouvernement ne peut légiférer contre les instincts prédateurs du renard. Dès qu'il est de l'autre côté du grillage, il tue toutes les poules du poulailler, non parce qu'il a faim mais parce qu'il aime tuer. À l'heure actuelle, il faut abattre 250 000 renards par an pour maintenir leur nombre à un niveau acceptable. Sans la chasse, les populations de renards échapperont à tout contrôle. Les gens finiront par changer d'avis, c'est sûr. »

Les « contre » contestent cette analyse : « Comme tout autre animal, le renard s'adapte à son environnement. Si un fermier ne prend pas la peine de protéger ses volailles, il doit s'attendre à en perdre. C'est la loi de la nature. Les chats tuent pour le plaisir, mais personne n'aurait l'idée d'envoyer une meute aux trousses de nos chers petits minous. Pourquoi s'en prendre au renard, alors qu'il s'agit d'un problème d'élevage ? »

Les « pour » : « Les chiens tuent proprement et rapidement, alors que les collets, les pièges et le fusil sont des méthodes peu sûres, qui provoquent souvent de graves blessures sans que l'on puisse être certain que l'animal capturé soit bien un renard. Les animaux blessés meurent lentement dans de terribles souffrances. L'opinion publique nous donnera raison dès qu'elle en aura pris conscience. »

Les « contre » : « Si le renard est aussi nuisible que le prétendent les chasseurs, pourquoi encouragent-ils sa reproduction à l'aide de terriers artificiels ? Un garde-chasse a reconnu récemment que cela fait trente ans qu'il produit des renards et des faisans pour la chasse. Un garde-chasse est censé fournir des bêtes à tuer, autrement, c'est le chômage. »

De part et d'autre, les accusations et les récriminations ne manquent pas. En présentant l'affaire comme un conflit entre ville et campagne, l'Alliance rurale n'est pas plus honnête que la Ligue contre les sports cruels qui affirme qu'il n'y aura aucune suppression d'emploi si les chasseurs de renards se « convertissent au *drag* ». L'aversion qu'inspire la mise à mort par pur plaisir d'un animal bien de chez nous est aussi vive dans les régions rurales qu'en ville. Le Woodland Trust, par exemple, interdit aux chasses la traversée de ses forêts. En revanche, pour que le *drag* crée des emplois, il faudrait convaincre les chasseurs, dont beaucoup sont cultivateurs, de consacrer du temps et de l'argent à une activité collective qui ne présente aucune utilité pour la communauté.

Chaque camp cherche à présenter ses adversaires comme des destructeurs — d'un mode de vie traditionnel ou d'un animal vulnérable. Mais, en dernier recours, la décision d'interdire ou de maintenir la chasse dépendra de l'image que l'opinion publique se fait du renard. Ce n'est pas une bonne nouvelle pour le lobby de la chasse. En effet, un autre sondage d'opinion récent demandait aux personnes interrogées de classer par ordre de nuisance pour l'environnement les trois catégories suivantes : 1) les renards ; 2) les touristes ; 3) les itinérants. 98 % ont placé ces derniers en tête. 2 % (sans doute des chasseurs soupçonnant un piège) ont choisi les renards. Ils sont donc 100 % à avoir estimé que les touristes représentent un danger moindre, en raison de l'apport financier qu'ils représentent pour l'économie rurale.

Goupil en manteau roux et en pantoufles blanches nous séduit. Un RMIste dans un véhicule sans vignette beaucoup moins. Le gouvernement ferait bien d'en tenir compte. *Vulpes vulgaris* n'est pas une espèce en danger, mais il fera peut-être bientôt l'objet de mesures de protection grâce aux nombreuses campagnes de défense qu'il inspire. Aujourd'hui, la vermine s'appelle « nouveaux routards ». Car telle est la force de l'opinion publique.

Mais depuis quand la force prime-t-elle le droit ?

Anne Cattrell

4

Shenstead — 21 décembre 2001

Bob Dawson s'appuya sur sa bêche et regarda sa femme traverser le potager couvert de givre pour rejoindre la porte de service de Shenstead Manor, les lèvres pincées par une rancœur amère contre un monde qui l'avait terrassée. Menue et voûtée, le visage plissé de rides, elle marmonnait perpétuellement entre ses dents. Bob n'avait pas besoin de l'entendre pour savoir ce qu'elle disait ; elle ne cessait de répéter la même chose, jour après jour, en un flot intarissable qui lui inspirait des envies meurtrières.

Ce n'était pas normal qu'une femme de son âge soit obligée de s'échiner comme ça… Elle avait passé toute sa vie à faire la bonniche, l'esclave… À soixante-dix ans, elle devrait tout de même avoir le droit de se reposer un peu… Et Bob, qu'est-ce qu'il fichait toute la journée ? Le cul sur une tondeuse, tu parles d'un boulot. Et encore, seulement l'été… En plus, il avait le culot de lui ordonner d'aller au Manoir… Elle ne se sentait pas en sécurité dans la maison avec le colonel…

Tout le monde savait que… Et Bob ?… Il s'en fichait pas mal, évidemment… « Boucle-la, qu'il lui disait, ou je t'en colle une… Tu veux qu'on se retrouve à la rue ? »

Vera avait perdu tout discernement depuis longtemps et ne savait que ressasser ses ressentiments de martyre. Elle était incapable de se mettre dans le crâne qu'ils ne payaient pas de loyer, Bob et elle, parce que Mrs Jolly-Renard leur avait promis la jouissance de leur pavillon jusqu'à leur mort. Mais elle n'avait pas oublié que le colonel lui versait des gages pour qu'elle fasse le ménage, et son unique but dans l'existence était de soustraire cet argent à son mari. Bob était une brute, un tyran domestique ; alors, elle dissimulait ses économies dans des cachettes qu'elle s'empressait d'oublier. Elle aimait les secrets, elle s'en était toujours délectée, et Shenstead Manor n'en manquait pas. Cela faisait quarante ans qu'elle était chargée du ménage chez les Jolly-Renard, quarante ans qu'elle se faisait exploiter, avec la complicité de son mari.

Un psychiatre aurait expliqué que sa démence sénile avait libéré toutes les frustrations refoulées depuis ses vingt ans, depuis qu'elle s'était mariée en espérant améliorer sa condition et s'était rendu compte — trop tard — qu'elle n'avait pas épousé l'homme qu'il fallait. La jouissance d'un pavillon de gardiens et un salaire de misère en échange de travaux de jardinage et de tâches ménagères au Manoir avaient suffi à assouvir les ambitions de Bob. Vera, elle, avait toujours espéré être propriétaire de sa maison, avoir des enfants et pouvoir choisir ses employeurs.

Les quelques proches voisins qu'ils avaient eus avaient déménagé depuis longtemps, et les nouveaux l'évitaient, fuyant ses méandres obsessionnels. Bob était sans doute un homme taciturne qui n'aimait guère la société, mais au moins, il n'avait pas encore perdu la tête et supportait sans mot dire les agressions publiques de sa femme. Comment il réagissait en privé ne regardait qu'eux, mais les gifles que lui flanquait Vera à la moindre contradiction donnaient à penser que la violence physique leur était coutumière. Les gens avaient pourtant tendance à prendre le parti de Bob. Personne ne lui reprochait de la mettre dehors et de l'envoyer *manu militari* travailler au Manoir. Passer toute la journée en compagnie de Vera ? Il y avait de quoi rendre fou n'importe qui.

Bob la regardait traîner les pieds, le regard tourné vers l'angle sud-ouest du Manoir. Il lui arrivait de raconter qu'elle avait vu le corps de Mrs Jolly-Renard sur la terrasse… mise à la porte avec presque rien sur elle par une nuit glaciale. Elle ne pouvait que mourir de froid. Le froid, elle connaissait ça, Vera. Elle avait tout le temps froid. Pourtant elle avait dix ans de moins que Mrs Jolly-Renard.

Bob menaçait de la rosser si elle répétait cette histoire de porte fermée à clé, mais ça n'empêchait pas Vera de continuer à radoter. Son affection pour la défunte s'était accrue de manière exponentielle depuis le décès d'Ailsa, toutes ses récriminations emportées par des épanchements dégoulinants de sentimentalisme au souvenir des bontés que son ancienne patronne lui avait prodiguées. Ce n'était sûrement pas *elle* qui aurait obligé une pauvre vieille à continuer à travailler alors qu'elle avait fait son temps. *Elle* aurait permis à Vera de se reposer maintenant.

Les policiers avaient refusé de l'écouter, évidemment — dès l'instant où Bob, faisant pivoter son index sur sa tempe, leur avait expliqué qu'elle était gâteuse. Ils avaient souri poliment et lui avaient déclaré que le colonel avait été innocenté ; il n'était pour rien dans la mort de sa femme. Pourtant, il était seul à l'intérieur de la maison… et les portes-fenêtres donnant sur la terrasse ne pouvaient être verrouillées que de l'intérieur. Vera restait persuadée qu'il y avait anguille sous roche, mais Bob jurait comme un beau diable dès qu'elle remettait le sujet sur le tapis.

À quoi bon remuer la boue ? Croyait-elle vraiment que le colonel la laisserait lancer de telles accusations sans réagir ? Qu'il passerait sous silence les vols qu'elle avait commis et oublierait sa colère devant la disparition des bagues de sa mère ? On ne mord pas la main qui vous nourrit, lui rappelait-il, même si cette main s'était levée contre Vera le jour où le colonel l'avait trouvée en train de dévaliser ses tiroirs.

De temps en temps, quand elle le regardait du coin de l'œil, Bob se demandait si elle n'était pas plus lucide qu'elle ne le prétendait. Cela l'inquiétait. L'idée que sa femme ruminait des pensées qui échappaient à son contrôle ne lui plaisait guère…

*

Vera ouvrit le portillon qui donnait dans la cour italienne de Mrs Jolly-Renard et passa rapidement devant les immenses jarres de terre où ne gisaient plus que des plantes desséchées. Elle fouilla sa poche à la recherche de la clé de l'office, et sourit intérieurement en apercevant la queue de renard clouée au montant, près du verrou. Elle était vieille — elle devait dater de l'été —, et Vera la détacha, caressa la fourrure contre sa joue avant de la dissimuler dans la poche de son manteau. Sur ce point-là, au moins, son esprit restait parfaitement clair. La queue de renard était une carte de visite qu'elle n'avait jamais oubliée.

Hors de portée de son mari, ses grommellements prirent une nouvelle direction. Vieux salaud… Elle allait lui faire voir… Ça, un homme ?… Il y avait de quoi rire… Il n'avait même pas été capable de lui faire des enfants…

5

Shenstead — 25 décembre 2001

Les véhicules se dirigèrent vers la parcelle de forêt vacante, à l'ouest de Shenstead Village, à huit heures le soir de Noël. Personne ne les entendit approcher ou n'imagina que ce bruit de moteurs pouvait signaler une invasion de « nouveaux routards ». Quatre mois s'étaient écoulés depuis les événements de Barton Edge, et les mauvais souvenirs s'étaient estompés. Malgré le tapage fait par la feuille de chou locale, la « rave » avait plutôt inspiré aux habitants de Shenstead un soupir de soulagement. Ils étaient désormais à l'abri de tels ennuis : le Dorset était un trop petit comté pour que la foudre y tombe deux fois.

Le clair de lune permettait à la caravane de suivre lentement, tous feux éteints, l'étroite route de la vallée. À l'approche de l'entrée du Bois-Taillis, les six bus se rangèrent sur le bas-côté et arrêtèrent les moteurs, attendant qu'un membre du groupe explore le chemin forestier pour s'assurer que la voie était libre. L'âpre vent d'est qui soufflait depuis plusieurs jours avait durci le sol sur une cinquantaine de centimètres d'épaisseur et promettait de nouvelles gelées pour le matin. Un silence absolu régnait, tandis que le faisceau d'une lampe torche vacillait d'un côté à l'autre, révélant la largeur du sentier et la clairière qui s'ouvrait en croissant, à l'entrée du bois, suffisamment vaste pour permettre aux véhicules de stationner.

Si la nuit avait été plus tiède, le convoi délabré se serait embourbé dans l'argile meuble et humide du chemin avant d'atteindre la sécurité relative du sol de la forêt, étayé par les racines. Cette nuit, ils ne risquaient rien. Dans un ordre impeccable et avec une précision qui n'avait rien à envier aux mouvements des appareils sur un porte-avions, les six véhicules suivirent les injonctions de la torche et se rangèrent approximativement en demi-cercle sous les branches dépouillées de la première rangée d'arbres. Le guide échangea quelques mots avec chaque conducteur. Les vitres furent ensuite obturées par du carton, et les occupants se retirèrent pour la nuit.

À son insu, Shenstead Village avait vu sa population permanente plus que doubler en moins d'une heure. Ce hameau était désavantagé par sa situation au fond d'une vallée reculée, qui coupait la route des Crêtes du Dorset pour rejoindre la mer. Sur ses quinze maisons, onze étaient des résidences secondaires appartenant à des agences de location ou à des citadins le plus souvent absents. Les quatre habitations occupées toute l'année n'abritaient que dix personnes, dont trois enfants. Les agents immobiliers ne manquaient pas de présenter Shenstead Village comme un « bijou miraculeusement préservé » chaque fois qu'une résidence secondaire était mise en vente à un prix exorbitant, mais la vérité était tout autre. Ce qui avait été jadis une communauté prospère de pêcheurs et de cultivateurs n'était plus qu'un lieu de villégiature occasionnel de gens qui n'avaient aucunement l'intention de se battre pour un bout de terrain.

Du reste, qu'auraient pu faire les résidants permanents s'ils avaient compris que leur mode de vie était menacé ? Appeler la police et devoir reconnaître, contraints et forcés, que ce terrain n'appartenait à personne ?

Trois ans plus tôt, quand il avait acheté Shenstead Farm, Dick Weldon, qui habitait à moins d'un kilomètre à l'ouest du village, avait cherché, sans grande conviction, à clôturer ce demi-hectare de bois. Sa barrière n'avait pas tenu une semaine. À l'époque, il avait accusé les Jolly-Renard et leurs métayers : avec sa ferme, leur domaine était en effet le seul limitrophe de la forêt, mais il avait rapidement compris qu'à Shenstead personne n'était prêt à laisser un nouveau venu accroître la valeur de sa propriété au prix dérisoire de quelques piquets de bois.

Tout le monde savait qu'il fallait douze années d'occupation ininterrompue pour pouvoir revendiquer légalement une parcelle à l'abandon, et les vacanciers eux-mêmes n'avaient pas l'intention de renoncer sans broncher au terrain de promenade de leurs chiens. Avec un permis de construire, l'emplacement vaudrait de l'or, et Dick eut beau protester du contraire, tout le monde était convaincu qu'il n'avait pas autre chose en tête. Quel intérêt un bois pouvait-il présenter pour un agriculteur, à moins, bien sûr, qu'il ne coupe les arbres et ne mette les terres en culture ? Dans un cas comme dans l'autre, le Bois-Taillis serait abattu.

Weldon avait fait valoir que ce terrain avait très probablement appartenu un jour à Shenstead Farm, car il dessinait une enclave en U à l'intérieur de ses terres. Il ne jouxtait le domaine des Jolly-Renard que sur une centaine de mètres. En leur for intérieur, la plupart des gens lui donnaient raison, mais sans documents probants — un défaut d'inscription au cadastre d'un notaire du passé, sans doute — et, sans garantie d'obtenir gain de cause, il avait renoncé à porter l'affaire devant les tribunaux. Les frais de justice pouvaient très bien dépasser la valeur de la parcelle même avec un permis de construire, et Weldon était trop réaliste pour courir ce risque. Comme toujours à Shenstead, l'apathie l'emporta et le bois redevint un simple « terrain communal ». Dans l'esprit des villageois du moins.

Malheureusement, personne n'avait pris la peine de le signaler au cadastre, comme le prévoyait la loi d'enregistrement des terrains communaux de 1965, une démarche qui lui aurait conféré un statut juridique inattaquable. En l'état, n'importe quel squatter pouvait s'installer sur ce lopin vacant et défendre son droit d'occupation.

*

Renard avait ordonné aux membres de son convoi de ne pas bouger. Cela ne l'empêcha pas de descendre le sentier à pas furtifs et d'aller rôder vers les habitations. Exception faite du Manoir, la seule propriété de dimensions respectables était Shenstead House, où logeaient Julian et Eleanor Bartlett. La maison était reliée à la route par une petite allée de gravier, et Renard longea le bas-côté gazonné pour amortir le bruit de ses pas. Il resta immobile quelques instants derrière la fenêtre du salon, observant par l'interstice des rideaux la maîtresse des lieux, occupée à faire une sérieuse razzia dans la cave de son mari.

Eleanor n'avait pas loin de soixante ans, mais des séances régulières d'aérobic, un THS bien suivi et des injections de Botox avaient réalisé des prodiges. De loin, elle faisait nettement moins que son âge. Pas ce soir. Affalée sur le canapé, son visage de fouine bouffi et couperosé par la bouteille de cabernet sauvignon qui gisait par terre, elle avait les yeux rivés sur l'écran de télévision qui occupait l'angle de la pièce et diffusait *East Enders*. Inconsciente de la présence d'un intrus, elle glissait régulièrement la main dans son soutien-gorge pour se gratter les seins, faisant bâiller son chemisier et révélant un cou flétri et un décolleté avachi.

C'était l'image tristement humaine d'une snob, d'une parvenue, et Renard s'en serait amusé si cette femme lui avait inspiré la moindre sympathie. Mais le spectacle ne fit qu'aggraver son mépris. Il contourna la maison pour essayer de repérer le mari. Julian était dans son bureau, comme d'habitude ; il avait, lui aussi, le visage empourpré par la bouteille de Glenfiddich posée devant lui, sur sa table de travail. Il était au téléphone et son gros rire faisait trembler les vitres.

— … Ne sois pas parano… elle regarde la télé au salon… Bien sûr que non… Tu penses, de toute façon, elle ne s'intéresse qu'à elle… Oui, oui, je serai là à neuf heures et demie au plus tard… Geoff me dit que les chiens manquent d'exercice et qu'on attend une flopée de manifestants…

Il ne faisait pas son âge, lui non plus, mais conservait dans son placard une réserve secrète de Grecian 2000, dont Eleanor ignorait l'existence. Renard avait mis la main dessus lorsqu'il était venu fouiller la maison, un après-midi de septembre où Julian était sorti en oubliant de verrouiller la porte de derrière. La teinture capillaire n'était pas la seule chose qu'ignorait Eleanor et, jouant avec son rasoir plié au fond de sa poche, Renard se délectait à l'avance de la découverte du pot aux roses. Le mari était incapable de dominer ses pulsions, mais la femme avait une nature vicieuse qui en faisait une proie rêvée pour un chasseur comme Renard.

Il abandonna Shenstead House pour aller inspecter les maisons de week-end, en quête de signes de vie. La plupart étaient fermées pour l'hiver, mais l'une d'elles était occupée par deux couples. Les deux fils obèses du banquier londonien à qui appartenait la villa y avaient amené deux filles qui gloussaient, suspendues au cou des jumeaux, soulignant leurs moindres propos de cris perçants. Renard, qui avait des goûts délicats, trouva le spectacle écœurant : Tweedledum et Tweedledee, chemise souillée et front luisant de la sueur d'abus en tout genre, venus passer Noël avec deux putes complaisantes.

Le seul charme qu'elles pouvaient trouver aux jumeaux était la fortune de leur père — dont ils ne manquaient pas de se vanter —, et l'ardeur avec laquelle les deux filles, déjà passablement éméchées, se mettaient au diapason suggérait qu'elles étaient bien décidées à en profiter. S'ils avaient l'intention d'émerger avant que leur libido ne soit à plat, ils ne s'intéresseraient certainement pas au campement du Bois-Taillis.

Deux des gîtes de location abritaient des familles à l'air guindé. Pour le reste, il n'y avait que les Woodgate de Paddock View — le couple qui s'occupait des locations et leurs trois enfants —, sans compter Bob et Vera Dawson, à Manor Lodge. Renard se demandait comment Stephen Woodgate réagirait à la présence de routards à sa porte. Le type était paresseux comme une couleuvre ; il laisserait probablement James Jolly-Renard et Dick Weldon se débrouiller. Si rien n'avait bougé d'ici janvier, Woodgate passerait peut-être un coup de fil à ses employeurs, mais il ne mettrait certainement pas le feu aux poudres avant le début de la saison, au printemps.

En revanche, Renard savait très précisément comment les Dawson réagiraient. Ils s'enfonceraient la tête dans le sable, comme toujours. Ils étaient mal placés pour poser des questions. Ils devaient leur logement à la générosité de James Jolly-Renard et, tant que le colonel respecterait la promesse de son épouse et ne les mettrait pas dehors, ils le soutiendraient pour la forme. Étrange reflet de la scène qui se déroulait chez les Bartlett, Vera ne quittait pas *East Enders* des yeux, tandis que Bob s'était enfermé à la cuisine pour écouter la radio. S'ils s'adressaient la parole ce soir, ce serait pour se disputer. L'amour qui avait pu les rapprocher jadis était mort depuis longtemps.

Il s'attarda un moment, regardant la vieille femme parler toute seule. À sa manière, elle était aussi mauvaise qu'Eleanor Bartlett, mais sa méchanceté, fruit d'une vie gâchée et d'un cerveau malade, n'avait qu'une cible : son mari. Renard n'éprouvait pas moins de mépris pour elle que pour Eleanor. Après tout, elles étaient l'une comme l'autre responsables de leur sort.

Il retourna au Bois-Taillis et se fraya un passage à travers les arbres jusqu'à son point d'observation, près du Manoir. Parfait, pensa-t-il, en apercevant Mark Ankerton assis, penché au-dessus du bureau du vieil homme, dans la bibliothèque. Même le notaire était là. Ça ne ferait pas l'affaire de tout le monde, mais Renard n'en était pas mécontent.

C'était leur faute à tous s'il en était arrivé là.

*

La première personne à apercevoir le campement fut Julian Bartlett, qui passa devant en voiture à huit heures du matin, le 26 décembre, pour rejoindre le rendez-vous de chasse de West Dorset, à Compton Newton. Il ralentit en apercevant une corde qui barrait le chemin, avec un écriteau indiquant « Entrée interdite » accroché au milieu. Son regard fut attiré par les véhicules rangés parmi les arbres.

En tenue de chasse, chemise jaune, cravate blanche et culotte de cheval couleur chamois, traînant un van derrière sa Range Rover, il n'avait pas la moindre envie d'être mêlé à cette affaire. Il enfonça la pédale d'accélérateur. Dès qu'il fut sorti de la vallée, il se rabattit sur le bas-côté et appela Dick Weldon, dont la ferme était contiguë à la parcelle de forêt.

— Nous avons des visiteurs au Bois-Taillis, annonça-t-il.

— Quel genre ?

— Je ne me suis pas arrêté. J'imagine que ce sont des copains des renards, et je n'avais pas tellement envie de les avoir sur le dos, avec Bouncer derrière.

— Des opposants à la chasse ?

— Peut-être. En fait, on dirait plutôt des romanos. Leurs véhicules ont franchement l'air de sortir d'une casse.

— Tu as vu du monde ?

— Non, personne. Ils ne sont sûrement pas encore réveillés. Ils ont accroché un panneau « Entrée interdite » en travers du chemin. Si j'étais toi, je ne m'y rendrais pas tout seul.

— Et merde ! Je savais bien qu'on finirait par avoir des ennuis avec ce bout de terrain. Il va sans doute falloir payer un avocat pour s'en débarrasser… ça va encore coûter un paquet.

— À ta place, j'appellerais la police. Ils s'occupent de ce genre de choses tous les jours.

— Hmm.

— Je te laisse faire, d'accord ?

— Salaud, lança Dick avec conviction.

Un petit rire lui répondit.

— Ça sera du gâteau par rapport à ce qui m'attend. Il paraît que les mecs ont passé toute la nuit à tracer de fausses pistes. Je m'attends à une sacrée pagaille. Je t'appelle à mon retour.

Bartlett éteignit son portable.

Agacé, Weldon enfila sa veste Barbour et siffla ses chiens, criant à sa femme, du bas de l'escalier, qu'il faisait un saut au Bois-Taillis. C'était à la police de régler ça, Bartlett avait sans doute raison, mais il préférait en avoir le cœur net avant de téléphoner. Son intuition lui disait que c'étaient des opposants à la chasse. On avait fait un sacré battage autour de la sortie du 26 et, après dix mois de trêve pour cause de fièvre aphteuse, les deux camps brûlaient d'en découdre. Dans ce cas, ils seraient partis d'ici ce soir.

Il fit monter les chiens à l'arrière de sa Jeep maculée de boue et parcourut les huit cents mètres qui séparaient la ferme du Bois-Taillis. La route était couverte de gelée blanche et il distingua les traces de pneus de Bartlett, provenant de Shenstead House. Il n'y avait pas le moindre signe de vie. Comme sa femme, les gens profitaient de ces quelques jours fériés pour faire la grasse matinée.

Ce n'était manifestement pas le cas au Bois-Taillis. Quand il s'engagea dans le sentier, une rangée d'individus prit position derrière la corde, pour lui bloquer le passage. Ils avaient un aspect plutôt menaçant, le visage masqué par des passe-montagnes et des foulards, le corps engoncé dans d'épais manteaux. Deux bergers allemands tenus en laisse aboyèrent et se précipitèrent en avant, montrant agressivement les crocs, quand il coupa son moteur. Les deux labradors de Dick leur répondirent bruyamment. Il maudit Bartlett de ne pas s'être arrêté. S'il avait eu l'intelligence de retirer la corde et d'appeler des renforts avant que ces salauds aient eu le temps de s'organiser, ils n'auraient pas pu barrer l'accès à qui que ce fût. En l'état actuel des choses, Dick soupçonnait qu'ils étaient peut-être dans leur droit, et ça ne lui plaisait pas.

Il ouvrit sa portière et sortit.

— Eh bien, que se passe-t-il ici ? demanda-t-il. Qui êtes-vous ? Qu'est-ce que vous fichez là ?

— Nous pourrions vous retourner la question, répondit une voix au milieu de la rangée.

Les foulards qui dissimulaient leurs bouches empêchaient Dick de repérer son interlocuteur. Il se dirigea donc vers l'individu qui se tenait au centre.

— Si vous êtes des opposants à la chasse, je n'ai pas l'intention de discuter avec vous. Tout le monde sait ce que j'en pense. Le renard n'est pas un animal nuisible pour les cultivateurs. J'interdis aux chasseurs de traverser mes terres parce qu'ils bousillent mes cultures et mes haies. Si vous êtes venus pour ça, vous perdez votre temps. La chasse de West Dorset ne passera pas par cette vallée, je vous en donne ma parole.

Cette fois, ce fut une voix de femme qui lui répondit :

— C'est chic à vous, mon vieux. C'est rien que des sadiques. Ces salauds, ils mettent des vestes rouges pour qu'on voie pas le sang quand ces pauv' p'tites bêtes sont mises en pièces.

Dick se détendit.

— Vous vous êtes trompés d'endroit. Ils ont rendez-vous à Compton Newton. C'est à une quinzaine de kilomètres à l'ouest d'ici, de l'autre côté de Dorchester. Prenez la bretelle de contournement en direction de Yeovil, et vous verrez Compton Newton signalé sur la gauche. Les chasseurs se retrouvent devant le pub ; la meute doit partir à onze heures.

La femme reprit la parole, probablement parce que Dick avait les yeux fixés sur sa silhouette androgyne :

grande et solidement charpentée dans un pardessus des surplus de l'armée, et avec un accent qui sentait l'Essex à cent lieues.

— Désolée, mec, mais j'suis la seule à être d'accord avec toi. Les autres s'en branlent pas mal. Les renards, ça se bouffe pas, tu sais, alors on n'en a pas grand-chose à foutre, nous autres. Les cerfs, c'est pas pareil, parce que c'est comestible, alors on voit pas pourquoi faudrait les laisser aux chiens… surtout quand on a la dalle.

Espérant encore avoir affaire à des opposants à la chasse, Dick se laissa entraîner dans le débat.

— Il n'y a pas de chasse à courre au cerf dans le Dorset. Dans le Devon, peut-être, mais pas ici.

— Bien sûr que si. Tu t'imagines que si les chiens trouvent une piste, ils vont pas se faire un cerf ? Personne y peut rien si un p'tit Bambi se fait descendre parce que les chiens ont suivi la mauvaise odeur. C'est la vie, qu'est-ce que tu veux. J'sais pas combien de fois on a posé des pièges pour trouver quelque chose à bouf-fer, et c'est la patte d'un pauvre p'tit minou qui s'est prise dans les mâchoires. Tu peux parier ta chemise qu'il y a une vieille dame, quequ'part, qui pleure toutes les larmes de son corps parce que Minet est jamais rentré… mais bon, s'il est mort il est mort, même si c'était pas prévu comme ça.

Dick secoua la tête, comprenant que toute discussion était vaine.

— Si vous refusez de me dire ce que vous faites ici, je vais être obligé de prévenir la police. C'est une propriété privée, et vous n'avez pas le droit de vous y installer.

La remarque fut accueillie par un silence de plomb.

— Bien, reprit Dick, sortant son portable de sa poche, je vous aurai prévenu. Et si vous causez le moin-dre dégât, j'engagerai des poursuites contre vous. Je travaille dur pour préserver l'environnement et j'en ai plus que ma claque de voir des vandales venir tout saccager.

— Seriez-vous en train de dire, Mr Weldon, que ce terrain vous appartient ? demanda la voix distinguée qui lui avait répondu la première fois.

Pendant un fragment de seconde, il lui sembla reconnaître ce timbre — il l'avait déjà entendu quelque part, mais n'arrivait pas à mettre un visage dessus. Il passa la rangée en revue pour repérer celui qui avait parlé.

— Comment connaissez-vous mon nom ?

— Nous avons consulté la liste électorale.

Cette fois, les voyelles avaient pris un accent plus grossier, comme si l'homme avait remarqué son intérêt subit et cherchait à éviter d'attirer l'attention.

— Ça ne me dit pas comment vous m'avez reconnu.

— R. Weldon, Shenstead Farm. Vous avez dit vous-même que vous étiez cultivateur. Combien êtes-vous dans la vallée ?

— Il y a encore deux métayers.

— P. Squires et G. Drew. Leurs fermes sont au sud. Si vous étiez l'un des deux, vous seriez arrivé par l'autre côté.

— Vous êtes trop bien informé. Ce n'est pas la liste électorale qui vous aura appris tout ça, remarqua Dick, en faisant défiler le menu de son portable à la recherche du numéro du poste de police. (Il l'avait en mémoire parce qu'il lui arrivait d'appeler pour signaler des braconniers ou des voitures brûlées dans ses champs — un fléau de plus en plus fréquent depuis que le gouvernement avait décrété la tolérance zéro pour les véhicules sans vignette.) Je connais votre voix. Je n'arrive pas à vous remettre pour le moment… (il sélectionna le numéro et appuya sur le bouton d'appel, approchant le téléphone de son oreille)… mais ces messieurs sauront sans doute vous identifier.

Les étrangers l'observèrent en silence pendant qu'il discutait avec l'agent de police, à l'autre bout du fil. Si certains s'amusèrent de l'irritation évidente que lui inspiraient les conseils qu'on lui donnait, les sourires restèrent dissimulés sous les foulards. Il leur tourna le dos et s'éloigna, cherchant à parler bas, mais la colère qui voûtait ses épaules trahissait mieux que toute parole que ce qu'il entendait ne lui plaisait guère.

La police avait pour consigne de ne pas intervenir en présence de campements de moins de sept véhicules, surtout s'ils s'étaient installés à une distance respectable de toute habitation et ne présentaient aucun danger pour la sécurité routière. Le propriétaire pouvait demander l'expulsion, mais cela prenait du temps. Le mieux était de négocier la durée du séjour par l'intermédiaire de l'officier de liaison chargé des relations avec les gens du voyage auprès des autorités locales, et d'éviter tout affrontement inutile avec les visiteurs. L'agent rappela à Dick que des fermiers avaient été arrêtés récemment dans le Lincolnshire et dans l'Essex pour attitude menaçante à l'égard de groupes qui avaient envahi leurs terres. La police comprenait parfaitement le point de vue des propriétaires, mais son premier devoir était d'éviter tout incident.

— Bon sang ! grinça Dick, mettant la main devant la bouche pour assourdir ses propos. Qui a décidé ça ? Vous êtes en train de me dire qu'ils peuvent s'installer où bon leur semble, faire ce qu'ils veulent, et que si le pauvre couillon à qui appartient ce foutu terrain a le malheur de râler, vous l'arrêtez ? C'est franchement dégueulasse. Oui, oui… excusez-moi… je ne voulais pas vous offenser. Et quels sont les droits des pauvres cons qui vivent ici ?

En échange de l'occupation des lieux, les voyageurs devaient se soumettre à certaines obligations. Celles-ci comprenaient l'enlèvement des ordures et des déchets humains, l'interdiction de laisser errer les animaux domestiques, certaines mesures d'hygiène et de sécurité, et la promesse de ne pas réoccuper le même site dans une période de trois mois et d'éviter tout comportement menaçant.

Le visage rubicond de Dick s'empourpra encore.

— Vous appelez ça des *droits* ? siffla-t-il. Nous sommes censés offrir le gîte à une bande de voyous et tout ce que nous obtenons en échange, c'est la vague promesse qu'ils se conduiront comme des êtres plus ou moins civilisés ! (Il jeta un regard furibond vers les intrus toujours alignés.) D'ailleurs, quelle est la définition d'un comportement menaçant ? Ils sont une bonne dizaine à me barrer le passage, et ils ont tous le visage masqué... sans parler de leurs foutus chiens et du panneau « Entrée interdite » en travers du chemin. Ce n'est pas menaçant, ça ? (Ses épaules se voûtèrent encore davantage.) Oui, bien sûr, je suis au courant, murmura-t-il, personne ne sait à qui il appartient. Il s'agit d'un demi-hectare de bois à la lisière du village. (Il écouta un moment.) *Nom de Dieu !* Mais de quel côté êtes-vous, bon sang ?... Ouais, je vois, ça ne vous concerne peut-être pas, mais je peux vous dire que moi, si. Vous pointeriez au chômage si je ne payais pas mes impôts.

Il referma son portable brusquement et l'enfonça dans sa poche avant de rejoindre sa Jeep. Il ouvrit la portière d'un geste sec. Une cascade de rires parcourut la ligne de défenseurs.

— Vous avez un problème, Mr Weldon ? fit la voix moqueuse. Voyons, laissez-moi deviner. J'y suis. Les flics vous ont conseillé d'appeler le médiateur local.

Dick l'ignora et prit place au volant.

— N'oubliez pas de lui dire que cette terre est sans propriétaire. C'est une femme, elle habite Bridport et risque de ne pas apprécier de faire tout ce trajet un jour férié pour l'apprendre de notre bouche.

Dick démarra et fit tourner la Jeep parallèlement à la rangée d'individus masqués.

— Qui êtes-vous ? demanda-t-il par la vitre baissée. Comment êtes-vous aussi bien informés sur Shenstead ?

Le silence lui répondit. Faisant grincer sa boîte de vitesses de rage, Dick fit demi-tour et rentra chez lui pour découvrir que le médiateur était effectivement une femme, qu'elle habitait Bridport et refusait d'interrompre son congé pour s'occuper d'une parcelle vacante que des squatters avaient tout autant le droit d'occuper que n'importe quel villageois.

Mr Weldon n'aurait jamais dû mentionner que le terrain n'appartenait à personne. Si ce point n'avait pas été mis en évidence, elle aurait pu négocier une durée de séjour qui n'aurait évidemment convenu pleinement à aucune des parties. Trop courte pour les routards, trop longue pour les villageois. Toutes les terres d'Angleterre et du pays de Galles appartenaient à quelqu'un, mais un défaut d'enregistrement au cadastre laissait la voie libre aux opportunistes.

Dieu sait pourquoi, Mr Weldon avait spontanément laissé entendre qu'il envisageait de faire appel à des hommes de loi — « Non, je regrette monsieur, vous avez eu tort de prendre l'avis des squatters. Sur ce point, la législation comporte une zone d'ombre… » — et elle ne pouvait faire grand-chose tant que l'identité du propriétaire n'était pas élucidée. *Bien sûr*, c'était injuste. *Bien sûr*, cela allait à l'encontre de tous les critères d'équité juridique. *Bien sûr*, elle était du côté des contribuables.

Mais…

Cher capitaine,

Mon notaire m'a fait connaître votre intention de me poursuivre en justice si je cherchais à prendre contact avec vous. Je tiens donc à vous préciser d'emblée que je vous écris à l'insu de Mark Ankerton et que j'assume l'entière responsabilité de cette lettre. Soyez assurée, par ailleurs, que je n'ai pas l'intention de me dérober aux procédures judiciaires que vous jugerez bon d'engager, et m'acquitterai des éventuelles indemnisations auxquelles un tribunal pourrait me condamner.

Dans ces circonstances, vous vous demandez certainement pourquoi j'écris une lettre potentiellement aussi onéreuse. Considérez cela comme un pari, capitaine Smith. Le montant des dommages et intérêts contre la chance (une sur dix ? une sur cent ?) que vous me répondrez.

Mark me dit que vous êtes une jeune femme intelligente, équilibrée, courageuse, et que vous réussissez fort bien dans la vie. Il m'a également affirmé qu'une loyauté sans faille vous lie à vos parents et que vous ne tenez pas le moins du monde à avoir la moindre information concernant des personnes qui vous sont totalement étrangères. Il paraît que votre famille est très ancienne et que vous avez l'intention de reprendre l'exploitation agricole de votre père lorsque vous quitterez l'armée. Il prétend également que vous faites honneur à Mr et Mrs Smith et m'a laissé entendre que votre adoption a certainement été la meilleure chose qui ait pu vous arriver.

Croyez, je vous en prie, que rien n'aurait pu me faire plus plaisir. Mon épouse et moi-même avons toujours espéré que votre avenir était entre les mains d'honnêtes gens. Mark m'a répété à maintes reprises que vous n'éprouvez aucune curiosité à l'égard de votre parenté, au point même de ne pas souhaiter en connaître le nom. Si votre détermination demeure aussi inflexible, jetez cette lettre dès à présent et renoncez à en poursuivre la lecture.

J'ai toujours été grand amateur de fables. Quand mes enfants étaient petits, je leur lisais Ésope. Ils aimaient tout particulièrement les histoires qui parlent du renard et du lion, pour des raisons que vous comprendrez plus tard. J'hésite à faire figurer trop d'informations dans cette lettre, de crainte que vous ne me croyiez indifférent aux sentiments qui vous animent. C'est pourquoi je joins à ce courrier une variante d'une fable d'Ésope et deux coupures de presse. Si j'en crois Mark, vous saurez certainement lire entre les lignes de ces trois documents et en tirer les conclusions qui s'imposent.

Je me contenterai de reconnaître que mon épouse et moi-même avons lamentablement échoué à donner à nos deux enfants une éducation aussi remarquable que celle que les Smith vous ont assurée. Il serait facile d'en imputer la faute à l'armée — l'absence de figure paternelle chaque fois que j'étais en service commandé, les affectations à l'étranger qui ont entraîné une absence parentale prolongée, les influences auxquelles nos enfants ont été soumis à l'internat, le manque de surveillance lors de retours à la maison pour les vacances —, mais il me semble que cela serait injuste.

Nous sommes seuls responsables. Nous leur avons passé tous leurs caprices dans l'espoir de compenser nos absences, et n'avons vu dans leur comportement extravagant que la volonté d'attirer l'attention. Nous avons également considéré — je l'admets avec honte — que le nom de notre famille était une chose précieuse et nous ne leur avons demandé que très rarement de faire face aux conséquences de leurs erreurs. La perte la plus douloureuse a été la vôtre, Nancy. Pour la plus mauvaise des raisons — le snobisme —, nous avons aidé notre fille à faire un « bon mariage » en dissimulant sa grossesse et, ce faisant, nous avons sacrifié notre unique petite-fille. Si j'étais croyant, j'y verrais le juste châtiment de l'orgueil que nous inspirait l'honneur familial. Nous vous avons abandonnée inconsidérément pour préserver notre réputation, sans songer à vos qualités ni à ce que l'avenir pouvait réserver aux uns et aux autres.

L'ironie de tout cela m'a frappé de plein fouet lorsque Mark m'a appris à quel point votre lien de parenté avec les Jolly-Renard vous laisse indifférente. En définitive, un nom n'est qu'un nom, et la valeur d'une famille réside dans la somme de ses éléments et non dans l'étiquette qu'ils ont choisi de s'attacher. Si j'en avais pris conscience plus tôt, je ne serais sans doute pas en train d'écrire cette lettre. Mes enfants auraient, en grandissant, trouvé leur place dans la société, et nous aurions accueilli en vous *celle* que vous étiez, au lieu de vous rejeter pour *ce* que vous étiez.

Je terminerai en vous informant que cette lettre sera la seule que je vous adresserai. Si vous ne me répondez pas ou si vous demandez à un avocat de saisir la justice, je reconnaîtrai que j'ai perdu mon pari. C'est à dessein que je ne vous ai pas exposé le véritable motif pour lequel je souhaite vous rencontrer, mais sans doute soupçonnez-vous que le fait que je n'aie pas d'autres petits-enfants que vous n'y est pas étranger.

Je crois que Mark vous a dit que vous me feriez un plaisir infini en acceptant de me voir. Puis-je ajouter que vous me donneriez également l'espoir de pouvoir redresser un tort commis envers une personne aujourd'hui disparue ?

Je vous prie d'agréer, cher capitaine, l'expression de mes sentiments les meilleurs.

James Jolly-Renard

Le lion, le vieux renard et l'ânesse généreuse

Le lion, le renard et l'âne vivaient ensemble en bonne intelligence depuis plusieurs années quand le lion se prit de mépris pour le grand âge du renard et se moqua de la générosité dont l'ânesse faisait preuve à l'égard des étrangers. Il réclama le respect dû à la supériorité de sa force physique, et insista pour être l'unique bénéficiaire de sa générosité. L'ânesse, fort inquiète, fit un gros tas de toute sa fortune et l'offrit au renard, lui demandant de la mettre à l'abri jusqu'à ce que le lion fût revenu à de meilleurs sentiments. Le lion se mit dans une rage épouvantable et dévora l'ânesse. Il demanda ensuite au renard de bien vouloir procéder au partage de la fortune de l'ânesse. Le vieux renard, sachant qu'il ne pourrait se mesurer au lion, lui montra le tas et invita le lion à s'en emparer. Pensant que le renard avait tiré les leçons de la mort de l'ânesse, le lion lui demanda : « Qui t'a enseigné, cher ami, l'art du partage ? Tu t'en es acquitté à la perfection. » Le renard répondit : « J'ai appris de mon amie l'ânesse la valeur de la générosité. » Il éleva alors la voix et appela tous les animaux de la jungle à mettre le lion en fuite et à se partager la fortune de l'ânesse. « Ainsi, déclara-t-il au lion, tu n'auras rien, et l'ânesse sera vengée. »

Mais le lion dévora le renard et s'empara de ses richesses.

Jolly-Renard — Ailsa Flora, décédée subitement à son domicile le 6 mars 2001, à l'âge de 78 ans. Épouse bien-aimée de James, mère de Leo et d'Elizabeth, amie généreuse de tous. Service funèbre à St Peter's, Dorchester, le jeudi 15 mars à 12 h 30. Ni fleurs ni couronnes. Les personnes qui le souhaitent peuvent faire des dons à l'œuvre du Dr Barnardo ou à la Société protectrice des animaux.

Conclusions du coroner

Une enquête judiciaire a conclu hier qu'Ailsa Jolly-Renard, 78 ans, est décédée de causes naturelles, malgré un rapport d'autopsie ambigu et l'incapacité du médecin légiste à établir précisément la cause de la mort. Une enquête avait été diligentée après la découverte de traces de sang près du corps ; des voisins avaient également fait état d'une violente querelle la nuit même du décès.

Mrs Jolly-Renard a été trouvée par son mari sur la terrasse de Shenstead Manor, le 6 mars au matin. Elle était vêtue d'une chemise de nuit et le décès remontait à plusieurs heures. Appelé à témoigner lors de l'enquête, le colonel Jolly-Renard a déclaré que, selon lui, son épouse avait dû se relever dans la nuit pour nourrir les renards, hôtes réguliers de Shenstead Manor. « Je suppose qu'elle a dû perdre connaissance et qu'elle est morte de froid. » Il a nié que les portes-fenêtres aient été fermées de l'intérieur et que Mrs Jolly-Renard ait été dans l'incapacité de regagner l'intérieur de la maison si elle avait cherché à le faire.

Le coroner a fait allusion aux propos d'une voisine prétendant avoir entendu un homme et une femme se quereller peu après minuit, le 6 mars. Le colonel Jolly-Renard a nié que son épouse et lui-même aient été les personnes en question et le coroner n'a pas jugé bon de contester son allégation. Il a également admis que les traces de sang découvertes sur les dalles de la terrasse, à deux mètres du corps, étaient d'origine animale et non humaine. Réfutant les hypothèses formulées à propos du décès d'Ailsa Jolly-Renard, il a déclaré : « Toutes ces rumeurs sont sans fondement. J'espère que la conclusion que nous rendons aujourd'hui y mettra fin. Mrs Jolly-Renard a décidé, pour une raison que nous ignorons, de sortir par une nuit glaciale, dans une tenue peu adéquate, et elle a été victime d'un malaise fatal. »

Fille d'un riche propriétaire écossais, Ailsa Jolly-Renard était connue pour ses campagnes en faveur de la protection des animaux. « Elle nous manquera beaucoup », a déclaré un porte-parole de la section Dorset de la Ligue contre les sports cruels. « Elle estimait que toute forme de vie était précieuse et devait être traitée avec respect. » Elle finançait également avec une grande générosité les foyers d'enfants à l'échelle locale et régionale et les œuvres en faveur de l'enfance maltraitée. Sa fortune personnelle, estimée à 1,2 million de livres sterling, revient à son époux.

Debbie Fowler

Cher colonel,

Ma mère m'a fait parvenir votre lettre. J'apprécie beaucoup les fables, moi aussi. La vôtre s'inspire évidemment du Lion, du Renard et de l'Âne, dont l'une des morales pourrait être « La raison du plus fort est toujours la meilleure ». Vous auriez pu appliquer une morale comparable à votre propre récit : « La raison *des plus forts* est toujours la meilleure », puisque vous donnez à entendre que vous avez décidé de vous dépouiller de la fortune de votre épouse au bénéfice de causes plus méritantes que votre fils — des œuvres de protection des enfants et des animaux, si j'ai bien compris. Il me semble que c'est un parti des plus raisonnables, surtout s'il a été responsable de sa mort. Je ne crois guère à la domestication des fauves ni des lions, et l'idée qu'il puisse « revenir à de meilleurs sentiments » m'inspire donc un certain scepticisme.

La coupure de presse concernant les conclusions du coroner me laisse un peu sur ma faim. Qui a été mis en cause par les hypothèses formulées après la mort de votre femme ? J'imagine que c'est vous. Pourtant, si j'ai correctement interprété votre fable, votre fils Leo est le lion, votre femme Ailsa l'ânesse et vous-même le renard, qui a assisté au meurtre. Dans ce cas, pourquoi n'en avez-vous pas informé la police au lieu de laisser se répandre des rumeurs ? Ou serait-ce un nouvel exemple de votre habitude de dissimuler les « erreurs » familiales ? Votre stratégie consisterait, si je comprends bien, à réparer les torts causés à votre femme en refusant à votre fils sa part d'héritage. Ne croyez-vous pas que la justice pénale est seule à même d'obtenir réparation ? Les problèmes d'instabilité de votre fils, quels qu'ils soient, ne se régleront certainement pas si vous le laissez commettre un meurtre impunément.

Vous semblez y faire allusion dans votre dernière phrase. « Mais le lion dévora le renard et s'empara de ses richesses. » Il s'agit évidemment d'une prédiction et non d'un fait. Dans le cas contraire, vous n'auriez pas pu m'écrire. Mais je me demande sincèrement comment le fait de me reconnaître pour votre unique petite-fille pourrait modifier cette prédiction en votre faveur. Je redouterais plutôt l'effet inverse : pareille attitude risque en effet de pousser votre fils à agir inconsidérément. Dans la mesure où je n'éprouve pas le moindre intérêt pour votre fortune, ni pour celle de votre femme — et que je n'ai aucune envie de m'opposer à votre fils à ce sujet —, il me paraîtrait infiniment plus raisonnable de demander conseil à votre notaire, Mark Ankerton, sur les moyens dont vous disposez pour mettre cet argent à l'abri de votre fils.

Sans vouloir vous offenser, je ne vois absolument pas pourquoi vous devriez accepter de vous laisser « dévorer » aussi docilement, ni pourquoi je devrais vous servir de paravent.

Très cordialement,

Nancy Smith
Capitaine, Royal Engineers

Chère Nancy,

N'y pensez plus, je vous en prie. Vous avez raison sur toute la ligne. Je vous ai écrit dans un instant de faiblesse et j'ai employé un langage d'un sentimentalisme parfaitement impardonnable. Je ne voudrais surtout pas vous donner l'impression que vous risquez d'avoir à affronter Leo. Mark a rédigé un testament qui respecte mes obligations à l'égard de mes proches, tout en léguant la majeure partie de mes biens à des œuvres de charité. Vouloir que « l'argenterie reste dans la famille » n'était que lubie et arrogance de vieillard.

Je crains que ma précédente lettre ne vous ait donné une fausse impression de Leo et de moi-même. Peut-être ai-je laissé entendre par inadvertance que les gens ont meilleure opinion de moi que de lui. C'est loin d'être le cas. Leo est quelqu'un d'absolument charmant. En revanche, Ailsa — quand elle était encore de ce monde — et moi-même sommes (étions) des êtres plutôt réservés, que l'on peut juger collet monté et suffisants. Jusqu'à une date récente, j'aurais eu tendance à penser que telle n'était pas l'image que nos amis se faisaient de nous, mais la solitude dans laquelle je me trouve plongé aujourd'hui a ébranlé mon assurance. Mark Ankerton fait sans doute exception mais, en règle générale, il semble qu'il soit plus facile d'éveiller les soupçons que de les dissiper.

Vous me demandez en quoi le fait de vous reconnaître pour mon unique petite-fille pourrait me profiter. *En rien.* Je le comprends aujourd'hui. C'est une idée qui m'avait effleuré il y a quelque temps, au moment où Ailsa avait fini par se ranger à mes vues et par admettre que nous ferions plus de tort que de bien à nos enfants en leur permettant de disposer d'une importante fortune à notre mort.

Mark était d'avis que Leo contesterait tout testament qui léguerait des sommes importantes à des œuvres de charité, sous prétexte qu'il s'agissait d'un patrimoine familial qui doit se transmettre de génération en génération. Que Leo ait obtenu gain de cause ou non, il aurait certainement eu plus de mal à récuser un héritier légitime qui se serait présenté sous les traits d'une petite-fille.

Mon épouse a toujours tenu à donner une seconde chance aux gens — à leur permettre de « revenir à de meilleurs sentiments » comme vous le relevez —, et je crois qu'elle espérait également qu'en reconnaissant notre petite-fille, nous inciterions notre fils à mieux se conduire à l'avenir. Depuis que vous m'avez écrit, j'ai décidé de renoncer à ce projet. Cette tentative égoïste pour conserver notre succession intacte ne tenait aucun compte de votre amour et de votre loyauté à l'égard de votre famille légale.

Vous êtes une jeune femme admirable et raisonnable, et vous avez devant vous un avenir superbe. Je vous souhaite tout le bonheur dont vous pouvez rêver. Puisque l'argent ne vous intéresse pas, il est inutile de vous mêler aux problèmes de ma famille.

Soyez sûre que votre identité et vos coordonnées resteront un secret entre Mark et moi et qu'*en aucune circonstance* vous ne figurerez dans aucun document juridique concernant ma famille.

Je vous remercie de votre réponse et vous adresse tous mes vœux pour ce que la vie vous réserve,

James Jolly-Renard

6

Shenstead Manor
24-26 décembre 2001

Mark Ankerton avait beau être persuadé que James Jolly-Renard aurait été parfaitement incapable de lever la main sur sa femme, tout, à commencer par le principal intéressé, s'employait à lui faire perdre cette belle assurance. Bien sûr, Mark lui avait imposé sa présence au Manoir, refusant d'admettre, malgré les calmes allégations du colonel, que celui-ci pouvait fort bien affronter son premier Noël solitaire depuis près de cinquante ans. Mais l'attitude dissimulée de James et son impuissance à entretenir la conversation pendant plus de quelques minutes inquiétaient son notaire.

James ne regardait jamais Mark dans les yeux, ses mains et sa voix tremblaient. Il avait beaucoup maigri. Lui qui avait toujours pris grand soin de sa toilette se laissait visiblement aller, il avait les cheveux en bataille, ses vêtements étaient tachés et une barbe de plusieurs jours ombrait son menton. Ce délabrement physique et mental bouleversait Mark, pour qui le colonel avait toujours incarné l'autorité. Une odeur de crasse et d'abandon avait envahi jusqu'à la maison elle-même, et Mark se demandait si la paresse légendaire de Vera Dawson s'était aggravée au point que le ménage n'était plus fait du tout.

Il se reprochait de n'être pas venu depuis le mois d'août, date à laquelle il avait transmis au vieil homme l'ultimatum de Nancy Smith. James avait eu l'air de bien prendre la chose, et avait demandé à Mark de rédiger un testament prévoyant la dispersion du patrimoine des Jolly-Renard, ne laissant à ses deux enfants que le minimum légal. Mais il n'avait toujours pas signé ce document. Cela faisait des mois qu'il tergiversait, hésitant apparemment à accomplir une démarche qu'il pensait irrévocable. Lorsque Mark l'avait exhorté au téléphone à lui confier ses préoccupations, il s'était mis en colère :

— Cessez donc de me harceler. Je jouis de toutes mes facultés mentales. Je prendrai ma décision le jour où je le jugerai bon.

L'inquiétude de Mark s'était aggravée quelques semaines plus tôt, quand un répondeur avait soudain fait son apparition sur la ligne téléphonique du Manoir. Le goût de James pour la solitude allait-il désormais jusqu'à faire barrage à toute possibilité de communication ? Les rares fois où James avait pris la peine de rappeler Mark, sa voix lui avait paru lointaine et indifférente, comme s'il avait perdu tout intérêt pour la gestion de la fortune familiale. En guise d'excuse, il avait imputé sa nonchalance à la fatigue. Il ne dormait pas très bien, avait-il reconnu. Une ou deux fois, Mark lui avait demandé s'il était déprimé, mais cette question avait toujours suscité l'irritation de son interlocuteur. « Je vais parfaitement bien », répondait James avec une obstination qui dissimulait mal la crainte que cette idée lui inspirait.

C'était parce qu'il partageait cette crainte que Mark avait fini par lui imposer sa présence. Il avait décrit les symptômes de James à un ami médecin qui avait diagnostiqué, à première vue, une dépression et des problèmes de stress post-traumatique. Il s'agissait de réactions normales face à des situations insoutenables : refus de tout contact social, fuite devant les responsabilités, apathie, insomnie, angoisse à l'idée d'être incapable de gérer ses affaires, *angoisse* tout court.

— Mets-toi à sa place, lui avait dit son ami. Tout homme de l'âge du colonel serait accablé de chagrin et de solitude à la mort de sa femme. Tu imagines l'effet que ça doit faire, d'être soupçonné de l'avoir tuée et d'être interrogé par la police ?… Il subit un choc à retardement. Ce pauvre homme n'a même pas pu pleurer sa femme tranquillement.

Mark était arrivé la veille de Noël, bardé d'excellents conseils sur le soutien psychologique au travail de deuil et sur l'efficacité de faibles doses d'antidépresseurs pour remonter le moral et redonner goût à la vie. Il s'était préparé à affronter la tristesse, et il n'en trouvait pas. Parler d'Ailsa mettait James en colère, c'est tout.

— Elle est morte, avait-il aboyé. Vous ne la ressusciterez pas, si ?

Et, une autre fois :

— Elle aurait mieux fait de s'occuper de sa fortune elle-même au lieu de me laisser ça sur les bras. De la lâcheté, voilà ce que c'est. Cette idée de donner une seconde chance à Leo… Ça n'a jamais servi à rien.

Une question à propos d'Henry, le vieux danois d'Ailsa, ne fut pas accueillie plus aimablement :

— Mort de vieillesse. C'est ce qu'il pouvait faire de mieux. Il passait son temps à la chercher.

Pour le réveillon, Mark avait apporté un panier garni de chez Harrod's, son ami médecin lui ayant expliqué que les déprimés avaient tendance à négliger leur alimentation. La vérité de cette observation lui apparut crûment quand il ouvrit le réfrigérateur pour y ranger ses deux faisans, son foie gras et son champagne. Pas étonnant que le pauvre vieux ait maigri, se dit-il en contemplant les claies vides. Le congélateur de l'office était relativement bien garni en viandes et en légumes surgelés, mais l'épaisse couche de givre donnait à penser que l'essentiel de ces provisions datait du temps où Ailsa était encore là. Déclarant qu'il ne pouvait pas se passer de pain, de pommes de terre et de laitages, Mark se rendit au supermarché de Dorchester avant la fermeture et fit le plein de produits de première nécessité — y ajoutant, pour faire bonne mesure, des détergents, de l'eau de Javel, du shampooing, de la mousse à raser et un lot de rasoirs.

Il se mit au travail avec ardeur, récurant et désinfectant les revêtements de la cuisine avant de passer la serpillière sur les dalles de l'entrée. James le poursuivait comme une guêpe agacée, fermant à clé les portes de pièces dans lesquelles il n'était pas censé entrer. Toutes ses questions étaient accueillies par des réponses évasives. Vera Dawson s'occupait-elle toujours de son ménage ? *Elle était sénile et paresseuse.* Quand avait-il pris son dernier repas correct ? *Il ne se dépensait pas beaucoup ces derniers temps.* Ses voisins venaient-ils le voir ? *Il préférait encore sa propre compagnie.* Pourquoi n'avait-il pas répondu à ses lettres ? *C'était une telle corvée d'aller jusqu'à la boîte aux lettres.* Avait-il songé à remplacer Henry, ce qui lui donnerait une bonne raison de prendre un peu d'exercice ? *C'est trop de souci.* Ne se sentait-il pas seul dans cette immense maison, sans personne à qui parler ? Silence.

Le téléphone sonnait dans la bibliothèque à intervalles réguliers. James l'ignorait, bien que le bourdonnement de voix laissant des messages fût audible à travers la porte fermée. Mark remarqua que la prise téléphonique du salon était débranchée mais, quand il se baissa pour la remettre en place, le vieil homme lui ordonna de n'en rien faire.

— Je ne suis ni aveugle ni imbécile, Mark, maugréat-il, et j'aimerais bien que vous cessiez de me traiter comme si j'étais atteint d'un Alzheimer avancé. Est-ce que je me permets de venir mettre de l'ordre chez vous ? Bien sûr que non. C'est d'un tel sans-gêne. Alors je vous en prie, abstenez-vous de le faire chez moi.

Retrouvant enfin l'homme qu'il avait connu, Mark réagit immédiatement.

— Je n'aurais pas à le faire si je comprenais ce qui se passe ici, répliqua-t-il, avec un geste du pouce en direction de la bibliothèque. Pourquoi ne répondez-vous pas ?

— Je n'en ai pas envie.

— C'est peut-être important.

James secoua la tête.

— J'ai l'impression que c'est tout le temps la même personne… elle n'insisterait pas comme ça si ce n'était pas important, objecta Mark en nettoyant les cendres de la cheminée. Permettez-moi au moins d'aller vérifier si ce n'est pas pour moi. J'ai donné votre numéro à mes parents en cas d'urgence.

La colère embrasa à nouveau le visage du colonel.

— Vous avez un sacré culot, Mark. Dois-je vous rappeler que c'est vous qui vous êtes invité ?

— J'étais inquiet, dit Mark calmement tout en préparant le feu. Et je le suis encore plus depuis que je suis ici. Vous trouvez peut-être que j'abuse, James, mais ce n'est pas une raison pour vous montrer impoli. Je peux très bien passer la nuit à l'hôtel, mais je ne partirai pas avant d'être sûr que vous vous en sortez. Mais que fabrique Vera, bon sang ! Quand avez-vous fait du feu pour la dernière fois ? Vous tenez vraiment à mourir d'hypothermie, comme Ailsa ?

Ses réflexions ne suscitant pas de réaction, il se retourna vers le vieil homme.

— Oh mon Dieu, murmura-t-il, bouleversé, en apercevant des larmes dans ses yeux. (Il se leva et posa une main compatissante sur le bras de James.) Écoutez, ça peut arriver à tout le monde de déprimer. Ça n'a rien de honteux. Accepteriez-vous d'en parler à votre médecin, au moins ? Il existe des traitements tout à fait efficaces… Je vous ai apporté quelques brochures à ce sujet… Tous les spécialistes s'accordent à dire qu'il n'y a rien de pire que de s'enfermer dans le silence.

James retira son bras d'un geste brusque.

— Décidément, vous tenez absolument à me convaincre que je souffre de troubles mentaux, bougonna-t-il. Qu'est-ce qui vous prend ? Vous avez discuté avec Leo ?

— Non, fit Mark, surpris. La dernière fois que je lui ai parlé, c'était avant les obsèques. (Il secoua la tête, perplexe.) Et quand bien même ? Personne n'a l'intention de vous mettre sous tutelle simplement parce que vous êtes déprimé… De toute façon, j'ai une procuration permanente. Leo n'est pas habilité à saisir le juge des tutelles à moins que vous n'annuliez le document que je détiens et que vous n'en établissiez un autre à son nom. Est-ce cela qui vous inquiète ?

Un rire étranglé s'arrêta dans la gorge de James.

— M'*inquiéter* ? Pas vraiment, lança-t-il d'un ton amer avant de se laisser tomber dans un fauteuil et de s'enfoncer dans un silence morose.

Avec un soupir résigné, Mark s'accroupit pour allumer le feu. Du temps d'Ailsa, la maison était menée tambour battant. Mark avait passé un certain nombre de week-ends de travail dans le Dorset pour s'« initier » à la gestion des biens des Jolly-Renard et il avait pensé avoir décroché le gros lot. Une fortune ancienne — *bien investie* ; de riches clients — *sans prétention* ; des gens sympathiques — *avec qui le courant passait*. Malgré la mort d'Ailsa, ses liens avec James étaient restés solides. Il avait soutenu le vieil homme tout au long de son interrogatoire et pensait mieux le connaître que son propre père.

À présent, il avait l'impression d'être un étranger. Il ne savait même pas si on lui avait préparé un lit. C'était peu probable, et il se voyait mal fouiller la maison pour trouver des draps. Lors de ses précédents séjours, il avait occupé la « chambre bleue », dont les murs étaient couverts de photographies du XIXᵉ siècle et dont les étagères croulaient sous le poids de volumes reliés, journaux de famille et documents juridiques relatifs à l'industrie du homard, florissante dans la vallée de Shenstead du temps de l'arrière-grand-père de James.

— Cette chambre est faite pour vous, lui avait dit Ailsa la première fois qu'il était venu. Vos deux sujets préférés — l'histoire et le droit. Les journaux sont vieux et poussiéreux, mon cher, mais ils méritent le coup d'œil.

La mort d'Ailsa l'avait affligé plus qu'il n'aurait su le dire parce qu'il n'avait pas eu, lui non plus, le temps de la pleurer. Ce drame avait suscité tant d'agitation et tant d'émoi — dont il avait lui-même eu plus que sa part — qu'il était resté sur son quant-à-soi de peur de s'effondrer. Il avait aimé Ailsa pour toutes sortes de raisons : sa bonté, son humour, sa générosité, l'intérêt personnel qu'elle lui témoignait. Ce qu'il n'avait jamais compris, c'était l'abîme qui s'était ouvert entre elle et ses enfants.

Elle prétendait souvent avoir pris le parti de James, comme si la rupture n'était pas de son fait, mais le plus souvent, elle évoquait les torts de Leo, tous les péchés qu'il avait commis par omission et par action.

— Il nous a volés tant et plus, lui avait-elle confié un jour, nous ne l'avons pas remarqué tout suite… Des objets très précieux, pour la plupart. James s'est mis dans une colère noire quand il a fini par s'en rendre compte. Figurez-vous qu'il avait accusé Vera… Vous imaginez les désagréments.

Elle s'était réfugiée dans un silence embarrassé.

— Que s'est-il passé ?

— Oh, la même chose que d'habitude, avait-elle soupiré. Leo a avoué. Il trouvait cela très drôle. « Comment une idiote comme Vera aurait-elle pu savoir que ça avait de la valeur ? » disait-il. Pauvre femme — je crois que Bob lui a fait un œil au beurre au noir tellement il avait peur que nous ne les mettions à la porte. Ça a été effroyable… Depuis, elle nous traite comme des tyrans.

— Je croyais que Leo aimait beaucoup Vera. Ce n'est pas elle qui s'est occupée de lui et d'Elizabeth pendant vos absences ?

— Je ne pense pas qu'il éprouve le moindre sentiment pour elle — pour personne du reste, sauf peut-être pour Elizabeth —, mais Vera l'adorait, c'est un fait… Elle l'appelait son « chérubin aux yeux bleus » et se faisait mener par le bout du nez.

— Elle n'a jamais eu d'enfant ?

Ailsa avait secoué la tête.

— Non. Elle a reporté toute son affection sur Leo. Elle le protégeait envers et contre tous. Ça ne lui a certainement pas fait de bien.

— Pourquoi ?

— Parce qu'il s'est servi d'elle contre nous.

— Qu'a-t-il fait de l'argent ?

— Quelle question ! avait-elle répondu sèchement. Il l'a claqué au jeu, comme toujours.

Une autre fois :

— Leo était un enfant remarquablement intelligent. À onze ans, il avait un QI de 145. Je me demande bien de qui il tient ça — nous avons une intelligence tout à fait moyenne, James et moi —, mais ça a été la cause de graves problèmes. Il a cru pouvoir tout se permettre, surtout quand il a découvert à quel point il était facile de manipuler les gens. Nous nous sommes évidemment demandé quelles erreurs nous avions commises. James se reproche de ne pas lui avoir serré la vis plus tôt. Je regrette, quant à moi, que nous ayons passé tant de temps à l'étranger et que nous ayons compté sur l'école pour lui inculquer un minimum de discipline. (Elle avait soupiré.) La vérité est plus simple, me semble-t-il. Un cerveau oisif est l'atelier du diable, et Leo a toujours été affreusement paresseux.

À propos d'Elizabeth :

— Elle vivait dans l'ombre de Leo. La pauvre enfant cherchait désespérément à attirer l'attention. Elle adorait son père et se mettait en colère dès qu'elle le voyait en uniforme. Elle savait sans doute que cela signifiait qu'il allait repartir. Je me souviens qu'un jour, elle devait avoir huit ou neuf ans, elle a coupé les jambes de son pantalon d'uniforme. Il était furieux, évidemment. Elle, elle criait, elle hurlait que c'était bien fait pour lui. Quand je lui ai demandé pourquoi elle avait fait ça, elle m'a dit qu'elle détestait le voir en grande tenue. (Elle avait secoué la tête.) Elle a eu une adolescence extrêmement perturbée. James a reproché à Leo de l'avoir présentée à ses amis… Cette fois encore, j'ai mis cela sur le compte de nos absences. Nous l'avons perdue pour de bon quand elle a eu dix-huit ans. Nous lui avons pris un appartement qu'elle partageait avec des amies, mais presque tout ce qu'elle nous disait de sa vie n'était qu'un tissu de mensonges.

Ses propres sentiments étaient ambivalents.

— Comment voulez-vous cesser d'aimer vos enfants ? lui avait-elle demandé. Vous espérez toujours que les choses vont s'arranger. Le problème est qu'un beau jour, ils ont abandonné les valeurs que nous avions essayé de leur inculquer et se sont imaginé que tout leur était dû. Ça a été à l'origine de tant de rancœur ! Ils pensent que si nous leur avons coupé les vivres, c'est à cause du caractère de cochon de leur père. Ils feraient mieux de reconnaître que tant va la cruche à l'eau…

Mark se rassit sur ses talons, observant le feu qui commençait à crépiter dans la cheminée. Ses propres sentiments à l'égard de Leo et d'Elizabeth n'avaient rien d'ambigu. Il les détestait cordialement. Loin de porter la cruche à l'eau une fois de trop, ils avaient installé des robinets permanents qui fonctionnaient à grand renfort de chantage sentimental, d'honneur familial et de culpabilité parentale. Pour lui, Leo était un psychopathe, un joueur invétéré, et Elizabeth une nymphomane alcoolique. Il ne trouvait à leur conduite aucune circonstance atténuante. Ils avaient bénéficié de tous les avantages que l'on peut espérer de la vie, et ils n'avaient pas su en tirer parti.

Pendant des années, ils avaient abusé d'Ailsa, déchirée entre son amour maternel et la culpabilité que lui inspiraient ses échecs. Pour elle aussi, Leo était le chérubin aux yeux bleus que Vera adorait, et elle avait réagi à tous les efforts de James pour réprimer les excès de son fils en le suppliant de lui accorder une « seconde chance ». Il ne fallait pas s'étonner qu'Elizabeth ait tout fait pour attirer l'attention, ni qu'elle ait été incapable de nouer des relations durables. La personnalité dominatrice de Leo pesait sur toute la famille. Elle vivait dans la guerre ou dans la paix, au gré de ses sautes d'humeur. Personne ne pouvait, à aucun moment, oublier son existence. Il pouvait être tellement adorable que les oiseaux seraient venus lui manger dans la main ; mais il pouvait aussi transformer en enfer la vie de tous. De Mark comme des autres…

La sonnerie du téléphone interrompit le cours de ses pensées, et il leva les yeux. Le regard de James était posé sur lui.

— Allez écouter si vous voulez, dit le colonel en lui tendant une clé. Ils cesseront peut-être s'ils vous voient dans la bibliothèque.

— Qui donc ?

Un hochement de tête fatigué.

— De toute évidence, ils savent que vous êtes là, se borna-t-il à répondre.

*

Quand il entra dans la pièce, Mark crut que qu'on avait raccroché. Mais alors qu'il se penchait sur le répondeur posé sur le bureau, il entendit à travers l'amplificateur un bruit de halètement. Il souleva le combiné.

— Allô ?

Pas de réponse.

— Allô ?… Allô ?

La ligne était coupée. *Que diable… ?*

Par habitude, il composa le 1471 et chercha des yeux un stylo pour noter le numéro du correspondant. Inutile, songea-t-il en écoutant la voix synthétique et en remarquant une carte, appuyée contre un encrier démodé, sur laquelle figurait déjà le même numéro, à côté du nom « Prue Weldon ». Intrigué, il reposa le combiné.

Le répondeur était un modèle ancien, qui utilisait encore des bandes magnétiques au lieu d'une messagerie vocale. Une lumière clignotait sur le côté de l'appareil, indiquant qu'il y avait des messages, le chiffre 5 apparaissant à côté de la touche « appels ». Des boîtiers de bandes magnétiques miniatures étaient empilés derrière la machine, et un bref coup d'œil lui apprit qu'elles étaient toutes datées. Apparemment, James les conservait soigneusement au lieu de les effacer régulièrement. Mark appuya sur le bouton « nouveaux messages » et entendit la bande se rembobiner.

Après une succession de déclics, une voix de femme sortit du haut-parleur.

« *Tu ne pourras plus feindre l'innocence bien longtemps… en tout cas si ton notaire écoute ces messages. Si tu te figures qu'il suffit de nous ignorer pour que nous arrêtions… tu te trompes. Mr Ankerton est-il au courant pour la petite ? Sait-il qu'il existe une preuve vivante de tes ignominies ? À ton avis, de qui tient-elle ?… De toi ? De sa mère ? C'est tellement facile avec l'ADN… il suffirait d'un cheveu pour prouver que tu es un menteur et un assassin. Pourquoi n'as-tu pas dit à la police qu'Ailsa était allée à Londres pour parler à Elizabeth la veille de sa mort ? Pourquoi refuses-tu d'admettre qu'elle t'a traité de malade parce qu'Elizabeth lui a avoué la vérité ?… C'est pour ça que tu l'as frappée, hein ?… C'est pour ça que tu l'as tuée… Est-ce que tu t'es demandé un instant ce qu'a pu penser ta pauvre femme en découvrant que son unique petite-fille était ta fille ?… »*

*

Mark n'avait plus le choix. Il ne pouvait que rester. Dans une curieuse inversion de rôles, ce fut James qui s'efforça de le rassurer. Mark devait bien comprendre qu'il n'y avait pas un mot de vrai dans tout cela. James

94

n'aurait jamais conservé les bandes s'il avait été coupable. Toute l'affaire avait commencé à la mi-novembre, deux ou trois appels par jour l'accusant d'obscénités en tout genre. Récemment, la campagne de harcèlement avait pris un rythme encore plus soutenu, le téléphone sonnant plusieurs fois en pleine nuit pour l'empêcher de dormir.

Sur ce point en tout cas, James disait vrai. Bien que la sonnerie fût étouffée par la porte fermée de la bibliothèque, Mark, infiniment plus sensible au bruit que son hôte, demeura éveillé, l'oreille aux aguets, à l'écoute du cliquetis lointain. Chaque fois qu'il l'entendait, il se sentait étrangement soulagé. Il avait une heure pour essayer de s'endormir avant le prochain appel. Mais chaque fois, son esprit battait la campagne. Si rien de tout cela n'était vrai, de quoi James avait-il peur ? Pourquoi n'en avait-il pas parlé à Mark dès les premiers appels ? Et comment — *pourquoi ?* — supportait-il une chose pareille ?

L'odeur de pipe qui parvenait jusqu'à sa chambre lui confirma que James ne dormait pas non plus. Il eut envie de se lever et d'aller lui parler, mais ses pensées étaient trop confuses pour qu'il s'engage dans une discussion en pleine nuit. Ce ne fut qu'au bout d'un certain temps qu'il se demanda comment il pouvait sentir la fumée alors que la chambre de James était située de l'autre côté de la maison. La curiosité l'attira vers sa fenêtre, dont un battant était resté entrouvert. Il aperçut avec stupeur le vieil homme assis sur la terrasse où Ailsa était morte, emmitouflé dans un épais manteau.

Le matin de Noël, James ne mentionna pas sa veille. Il se donna la peine de prendre un bain, de se raser et d'enfiler des vêtements propres, comme pour convaincre Mark qu'il avait dormi à poings fermés et pris conscience que l'hygiène personnelle — ou plus exactement son absence — était l'indice d'un esprit dérangé. Il n'émit aucune objection quand Mark demanda à écouter les bandes pour se faire une idée de la situation — il déclara même que c'était une des raisons qui l'avaient poussé à les conserver —, mais rappela à son notaire que ce n'était qu'un tissu de mensonges.

Mark avait pourtant du mal à le croire, ce qui ne faisait qu'ajouter à son malaise. Certains détails revenaient à maintes reprises, et il les savait véridiques. Le voyage d'Ailsa à Londres la veille de sa mort… Les allusions répétées à la haine d'Elizabeth pour son père en uniforme… La fureur de James apprenant qu'Elizabeth n'avait pas avorté et que l'enfant avait été abandonné… L'assurance de Prue Weldon affirmant avoir entendu Ailsa accuser James de détruire la vie de sa fille… L'état d'Elizabeth, qui était de toute évidence une femme ravagée… L'évocation de la troublante ressemblance avec James que présenterait peut-être sa petite-fille, si on la retrouvait…

L'une des voix enregistrées était altérée par un dispositif électronique. On aurait dit Dark Vador. C'était la plus effrayante, la mieux informée. De toute évidence, il ne pouvait s'agir que de Leo. Les descriptions du passé étaient trop précisées pour pouvoir provenir d'un étranger : la chambre d'Elizabeth enfant, son nounours, qu'elle avait appelé Ringo comme le batteur des Beatles et qu'elle avait encore chez elle, à Londres, les posters de Marc Bolan et de T-Rex, qu'Ailsa avait soigneusement mis de côté parce qu'on lui avait dit que c'étaient des pièces de collection, la couleur dominante de son dessus-de-lit en patchwork — bleu —, qui se trouvait désormais dans la chambre d'amis…

Mark savait qu'en interrogeant James, il donnait l'impression de ne pas être imperméable aux accusations d'inceste. S'il avait reconnu d'emblée que ces appels étaient évidemment malveillants, il avait cependant nuancé son propos en ajoutant qu'il n'en comprenait pas l'intention. S'il s'agissait bien de Leo, qu'espérait-il obtenir ? Si c'était du chantage, pourquoi ne réclamait-il rien ? Pourquoi mêler autrui à cette affaire ? Qui était cette femme qui avait l'air si bien informée ? Pourquoi Prue Weldon ne disait-elle rien ? Comment une personne étrangère à la famille pouvait-elle avoir eu connaissance d'une telle profusion de détails ?

Tout ce que James pouvait dire manquait de conviction, d'autant qu'il refusait catégoriquement de prévenir la police. Il ne voulait pas, prétendait-il, que la presse « exhume » la mort d'Ailsa. L'exhumation tournait d'ailleurs à l'obsession. Il ne voulait pas que Mark « exhume » ce « fichu ours en peluche d'Elizabeth » ni la querelle à propos de l'adoption. Il ne voulait pas qu'on « exhume » les larcins de Leo. C'était du passé, le chapitre était clos, et l'affaire n'avait rien à voir avec cette campagne d'intimidation. Mais oui, bien sûr, il savait parfaitement de quoi il retournait. Ces satanées bonnes femmes — Prue Weldon et Eleanor Bartlett — voulaient l'obliger à reconnaître qu'il avait assassiné Ailsa.

À reconnaître ? Mark chercha à dissimuler son inquiétude.

— Eh bien, elles ont tout de même raison sur un point, dit-il. Il suffirait d'un test ADN pour réfuter toutes ces allégations. Le mieux serait peut-être de faire, avec toute la délicatesse nécessaire, une démarche auprès du capitaine Smith. Si elle accepte de coopérer, vous pourrez apporter les bandes magnétiques à la police. Quel que soit le motif de ces appels, il s'agit de harcèlement, cela ne fait pas de doute.

James soutint son regard un moment, avant de détourner les yeux.

— Il est impossible de faire cela avec délicatesse, comme vous dites. Je ne suis pas complètement idiot, j'y ai pensé.

Pourquoi cette attitude défensive à propos de ses facultés mentales ?

— Nous n'aurions même pas besoin de la mêler à cela. Sa mère pourrait certainement nous aider. Elle a bien dû laisser dans sa chambre un cheveu, ou un autre élément qui permettrait de procéder à l'analyse. Cela n'a rien d'illégal, James... pas pour le moment, en tout cas. On trouve des sociétés sur Internet qui se spécialisent dans l'analyse de l'ADN pour les tests de paternité.

— Hors de question.

— C'est le meilleur conseil que je puisse vous donner. Ça, ou de prévenir la police. Une solution provisoire pourrait être de changer de numéro et de vous mettre sur liste rouge... mais si Leo est dans le coup, il ne mettra pas longtemps à dénicher le nouveau. Vous ne pouvez pas rester passif éternellement. D'abord, je ne vous donne pas un mois avant d'être mort d'épuisement. De plus, les langues vont se délier et vous serez couvert de boue si vous ne réfutez pas immédiatement ces allégations.

James ouvrit un tiroir de son bureau et en sortit un dossier.

— Lisez ça, dit-il, et ensuite donnez-moi une bonne raison de transformer la vie de cette enfant en cauchemar. S'il y a une chose de sûre, Mark, c'est qu'elle n'a pas choisi l'homme qui l'a engendrée — *et qu'elle n'en est pas responsable.*

*

« *Cher capitaine, Mon notaire m'a fait connaître votre intention de me poursuivre en justice…* »

*

Une heure plus tard, ayant annoncé à James qu'il avait besoin de marcher un peu pour s'éclaircir les idées, Mark traversa le potager et se dirigea vers Manor Lodge. S'il espérait que Vera Dawson pourrait éclairer sa lanterne, il dut rapidement déchanter. Il fut même bouleversé de constater à quel point elle avait décliné depuis le mois d'août. Elle le reçut sur le pas de la porte, mâchonnant et ressassant ses rancœurs de ses lèvres flétries. Il comprit mieux que la veille pourquoi le Manoir était aussi mal tenu. Il lui demanda où était Bob.

— Sorti.

— Vous savez où il est allé ? Au jardin ?

Un sourire de satisfaction vacilla dans ses yeux chassieux.

— L'a dit qu'i r'viendrait pas avant huit heures. L'a dû aller pêcher.

— Le jour de Noël ?

Le sourire s'effaça.

— Vous croyez quand même pas qu'i va l'passer avec moi ? J'suis bonne qu'à trimer, moi. File là-bas, va nettoyer pour le colonel, qu'il dit. Y a des matins où j'arrive pus à m'lever, mais ça, i s'en fiche pas mal.

Mark sourit, gêné.

— Bien, quand vous le verrez, pourriez-vous demander à Bob de passer à la maison ? Je voudrais lui parler. Dans la soirée, peut-être, ou bien demain ? Donnez-moi un papier et un crayon, je vais lui laisser un mot. Comme ça, si vous oubliez…

Elle plissa les yeux, soupçonneuse.

— J'ai pas de problèmes de mémoire. J'ai toute ma tête.

On aurait cru entendre James.

— Je n'ai jamais dit le contraire. Je cherchais simplement à vous faciliter les choses.

— De quoi qu'vous voulez lui causer ?

— Rien de spécial. Deux, trois détails à régler.

— Vous avisez pas de parler de moi, siffla-t-elle, haineuse. J'ai des droits, comme tout le monde. C'est pas moi qu'ai volé les bagues de Madame. C'est le p'tit. Dites-le bien au colonel, hein. Ce vieux salaud — c'est lui qui l'a assassinée.

Elle claqua la porte.

Shenstead Village

26 décembre 2001

7

Après une vaine tentative pour joindre son avocat — le répondeur du cabinet informait les correspondants que tous les associés étaient en congé jusqu'au 2 janvier —, Dick Weldon serra les dents et composa le numéro de Shenstead Manor. Si quelqu'un pouvait avoir un homme de loi sous la main, c'était James Jolly-Renard. À en croire Prue, la femme de Dick, il risquait à tout instant de se faire arrêter.

— Tu vas voir, répétait-elle, la police va bien être forcée d'intervenir. Ce n'est qu'une question de temps.

Mais surtout, étant, avec lui, l'unique propriétaire dont le domaine jouxtât le Bois-Taillis, James serait mêlé à l'affaire tôt ou tard. Inutile de lanterner.

Pourtant, Dick n'avait pas grande envie de l'appeler. Les relations entre Shenstead Farm et le Manoir étaient inexistantes depuis que Prue avait rapporté à la police la querelle qu'elle avait surprise la nuit où Ailsa était morte. C'était la main du destin, disait-elle, qui avait voulu qu'elle soit le témoin auditif de cette scène. En l'espace de trois ans, elle n'avait pas éprouvé une seule fois le besoin d'aller promener les chiens dans le Bois-Taillis à la nuit tombée, alors pourquoi ce soir-là ?

Elle était allée rendre visite à leur fille à Bournemouth et rentrait chez elle quand un des labradors s'était mis à geindre, à mi-chemin de la vallée. Quand elle était arrivée au niveau du Bois-Taillis, le remue-ménage à l'arrière du break était tel qu'en maugréant, elle s'était arrêtée sur le chemin boueux et avait lâché les deux chiens.

Elle avait prévu un simple arrêt pipi, mais la chienne, que sa vessie ne préoccupait guère, avait flairé une piste et filé dans le bois. N'ayant pas l'intention de la suivre dans le noir, Prue était retournée à la voiture prendre le sifflet à ultrasons, posé sur le tableau de bord. Au moment où elle se redressait, elle avait entendu des voix irritées s'élever quelque part, sur sa gauche. Elle avait d'abord supposé que le labrador avait fait des siennes, puis elle avait reconnu la voix d'Ailsa Jolly-Renard et la curiosité l'avait dissuadée de siffler la chienne.

Les Jolly-Renard lui inspiraient une attitude ambiguë. Elle aurait bien voulu, par pur arrivisme, être une habituée du Manoir, pouvoir compter ses occupants au nombre de ses amis et lâcher négligemment leur nom dans la conversation. Malheureusement, Dick et elle n'avaient été invités qu'une fois depuis leur arrivée à Shenstead trois ans plus tôt — pour un simple apéritif. Elle en était d'autant plus désappointée que toutes ses invitations à dîner à la ferme avaient été accueillies par un refus poli. Dick ne comprenait pas qu'elle fasse tant d'histoires.

— Ils n'aiment pas les mondanités, disait-il. Va donc bavarder avec eux à la cuisine. C'est ce que tout le monde fait.

Prue s'y était rendue plusieurs fois, mais Ailsa lui avait fait clairement comprendre qu'elle avait mieux à faire qu'écouter ses ragots. Après quoi, leurs rencontres s'étaient limitées à quelques mots échangés dans la rue, lorsqu'il leur arrivait de se croiser, et à de rares apparitions d'Ailsa dans la cuisine de Prue, quand elle faisait la quête pour ses nombreuses œuvres. En son for intérieur, Prue reprochait à Ailsa et à James de la traiter de haut et ne jugeait pas au-dessous de sa dignité d'aller fouiner un peu. Peut-être trouverait-elle de quoi leur rabaisser le caquet.

La rumeur — répandue principalement par Eleanor Bartlett, qui prétendait les avoir entendus se chamailler un jour — attribuait aux Jolly-Renard de fichus caractères, malgré la réserve qu'ils manifestaient en public. Prue n'en avait jamais relevé le moindre indice, mais la chose ne lui paraissait pas improbable. James, notamment, semblait inaccessible à la moindre émotion, et l'expérience avait appris à Prue qu'une censure aussi draconienne devait forcément trouver un exutoire. De temps à autre, un des enfants annonçait sa visite, mais cette perspective n'avait pas l'air d'enthousiasmer leurs parents. Il y avait dans la famille, racontait-on, un certain nombre de secrets honteux, liés pour la plupart aux débordements sexuels que l'on imputait à Elizabeth. Mais les Jolly-Renard n'étaient pas plus bavards à ce sujet que sur le reste.

Prue était d'avis que pareille discrétion n'était pas naturelle, et elle harcelait Dick pour qu'il cherche à en apprendre davantage.

— Les métayers doivent savoir, disait-elle. Pourquoi ne les interroges-tu pas ? Il paraît que le fils est voleur et joueur, et que la fille n'a obtenu qu'une pension alimentaire ridicule après son divorce, tellement elle avait d'amants.

Mais toutes ces histoires n'intéressaient pas Dick et le seul conseil qu'il donnait à Prue était de la boucler si elle ne voulait pas qu'on la traite de commère. Shenstead était un trop petit patelin pour qu'ils puissent se permettre de se mettre à dos la plus ancienne famille du pays.

Ce soir-là, tandis que la voix d'Ailsa, portée par l'air de la nuit, s'élevait rapidement, Prue tendit l'oreille avec avidité. Le vent l'empêchait de comprendre certains mots, mais la teneur de son discours était parfaitement limpide.

— Non, James… ne peux en tolérer davantage !… c'est *vous* qui avez détruit Elizabeth… quelle cruauté ! C'est une maladie… tenait qu'à moi… consulté un médecin depuis longtemps…

Prue mit sa main en cornet pour essayer d'identifier la voix de l'homme. Même si Ailsa ne s'était pas adressée à lui en l'appelant James, elle aurait reconnu le timbre de baryton et l'élocution saccadée du colonel. Mais ses propos étaient inintelligibles. Elle en déduisit qu'il était tourné dans l'autre direction.

— … *mon* argent… pas question de céder… plutôt *mourir* que de vous le laisser… Pour l'amour du ciel… *Non, je vous en prie ! Ne faites pas ça… NON !*

Le dernier mot s'intensifia en cri, suivi par un bruit de coup et un grommellement de James :

— Salope !

Un peu inquiète, Prue fit un pas en avant, hésitant à se porter au secours de la femme, mais Ailsa reprit la parole presque aussitôt.

— Vous êtes fou… Je ne vous pardonnerai jamais… me débarrasser de vous depuis des années.

Une ou deux secondes plus tard, elle entendit une porte claquer.

Cinq minutes s'écoulèrent avant que Prue ne se risque à porter le sifflet à ses lèvres pour rappeler le labrador. La publicité affirmait que les ultrasons étaient imperceptibles pour l'oreille humaine, mais c'était très relatif, et la curiosité de Prue avait cédé la place à l'embarras. Une bouffée de chaleur l'envahit — cette fichue ménopause ! — lorsqu'elle songea à la honte qu'Ailsa ne manquerait pas d'éprouver si elle apprenait que quelqu'un avait été témoin de son humiliation. Ce James était vraiment un type épouvantable, se dit-elle, ruminant avec étonnement les paroles qu'elle avait surprises. Comment pouvait-on être aussi imbu de soi en public et aussi grossier dans l'intimité ?

Tout en faisant monter les chiens à l'arrière de la voiture, elle cherchait à combler les lacunes de la conversation et, quand elle arriva chez elle pour trouver son mari déjà endormi, elle avait reconstitué un ensemble cohérent. Aussi fut-elle bouleversée mais pas vraiment surprise quand Dick revint du village le lendemain matin et lui apprit qu'Ailsa était morte et que la police interrogeait James à propos de taches de sang découvertes près du corps.

— C'est ma faute, dit-elle, effondrée, avant de lui raconter ce qui s'était passé. Ils se sont disputés. Des histoires d'argent, je crois. Elle lui a dit qu'il était fou et qu'il devrait voir un médecin, alors il l'a traitée de salope et il l'a frappée. J'aurais dû intervenir, Dick. Mon Dieu, pourquoi est-ce que je n'ai rien fait ?

Dick était consterné.

— Tu es sûre que c'étaient eux ? C'était peut-être un des couples des gîtes de location.

— Non, non, c'était bien eux, j'en suis certaine. J'ai compris presque tout ce qu'elle disait. À un moment, elle l'a même appelé James. Je n'ai pas entendu ce qu'il disait, mais il l'a traitée de « salope », et c'était bien sa voix, ça ne fait aucun doute. Qu'est-ce que tu crois que je dois faire ?

— Prévenir la police, répliqua Dick, l'air malheureux. Que veux-tu faire d'autre ?

Depuis, les conclusions du coroner et la remise en

liberté immédiate de James avaient alimenté des rumeurs sournoises et prolongées. La plupart de ces commérages — qui mêlaient poisons indétectables, franc-maçonnerie, jusqu'à des rituels de magie noire avec sacrifices d'animaux et James dans le rôle du sorcier — n'étaient que balivernes grotesques aux yeux de Dick. Quant au reste — le vieil homme refusait de quitter sa demeure et sa propriété, il s'était réfugié à l'abri des regards un jour où Dick l'avait aperçu près du portail, ses enfants lui avaient battu froid aux obsèques, on disait qu'il avait rompu avec toutes les amies d'Ailsa, envoyé au diable toutes ses œuvres de charité et claqué la porte au nez de ceux qui venaient lui présenter leurs condoléances —, tout semblait confirmer le désordre mental dont Ailsa et Prue, témoin de leur ultime altercation, l'avaient accusé.

*

On décrocha à la seconde sonnerie.

— Shenstead Manor.

— James ? Ici Dick Weldon. (Il attendit vainement une réaction.) Écoutez… euh… ce n'est pas très facile… je ne me serais pas permis de vous appeler si ce n'était pas urgent. Je me doute bien que ce n'est pas exactement le genre de sujet que vous avez envie d'aborder le lendemain de Noël, mais il y a un problème au Bois-Taillis. J'ai averti la police, mais il paraît que ça ne les concerne pas. Ils m'ont dit de m'adresser au médiateur local — une certaine Sally Macey. J'ai discuté avec elle, mais elle refuse d'intervenir tant que nous n'aurons pas un nom de propriétaire à lui donner. Je lui ai dit qu'il n'y en avait pas… je n'aurais pas dû faire ça, j'en conviens… maintenant, il faut que nous nous adressions à un homme de loi… et mon avocat est en congé. Vous êtes aussi concerné que moi — ces voyous sont à deux pas de chez vous… (Il se réfugia dans un silence embarrassé, intimidé par le silence qui régnait au bout de la ligne.) Je me demandais si vous n'auriez pas quelqu'un…

— Ce n'est pas James, Mr Weldon. Je peux lui demander de venir vous parler si vous le souhaitez, mais peut-être pourrai-je vous être plus utile que lui. Je m'appelle Mark Ankerton, je suis le notaire de James.

Dick eut l'air décontenancé.

— Je suis navré. Je ne me doutais pas…

— Je sais. Une voix peut être trompeuse… (Un bref silence.) Les mots aussi, surtout sortis de leur contexte.

L'allusion à Prue était limpide, mais Dick ne la releva pas. Il regardait fixement le mur, songeant au timbre familier du routard. Il n'arrivait toujours pas à mettre un visage dessus.

— Vous auriez dû me le dire tout de suite, répondit-il sans grande conviction.

— Je préférais savoir ce que vous vouliez avant d'ennuyer James. Cette demeure reçoit peu d'appels aussi courtois que le vôtre, Mr Weldon. En général, Mr Jolly-Renard ne décroche le téléphone que pour s'entendre traiter de « salaud d'assassin » — ou autres amabilités du même genre.

Dick était choqué. Pareille éventualité ne lui avait jamais effleuré l'esprit.

— Qui pourrait avoir l'idée de faire une chose pareille ?

— Je peux vous fournir une liste si vous le souhaitez. Votre numéro y figure régulièrement.

— C'est impossible, protesta Dick. Je n'ai pas appelé James depuis plusieurs mois.

— Dans ce cas, vous feriez bien de vous adresser aux services téléphoniques, reprit impassiblement son interlocuteur. Le 1471 a indiqué votre nom en dix occasions distinctes. Tous les appels sont enregistrés, et le contenu en a été soigneusement noté. Il est vrai que les appels provenant de votre ligne ne contiennent pas à proprement parler de messages… (sa voix était devenue terriblement sèche)… seulement des halètements tout à fait déplaisants. La police parlerait sans doute d'appels obscènes, mais je dois avouer que la connotation sexuelle m'échappe un peu, leur unique destinataire étant un homme de plus de quatre-vingts ans. Le dernier en date a eu lieu le soir de Noël. Vous n'êtes pas sans savoir que les appels téléphoniques injurieux ou menaçants constituent un délit.

Bon sang ! Qui pouvait être aussi bête ? Prue ?

— Vous avez évoqué un problème au Bois-Taillis, poursuivit Mark devant le silence de son interlocuteur. Je crains de ne pas avoir très bien compris. Auriez-vous l'amabilité de m'expliquer de quoi il s'agit ? Quand je me serai fait une idée de la situation, j'en informerai James… mais je ne vous promets pas qu'il vous rappellera.

Dick ne fut que trop heureux de changer de sujet. C'était un brave homme à qui l'image de sa femme haletant au téléphone inspirait autant d'inquiétude que de répulsion.

— C'est James qui risque d'être le plus embêté, expliqua-t-il. Il y a six véhicules de routards qui stationnent à deux cents mètres de la terrasse du Manoir. Je m'étonne même que vous n'ayez rien entendu. J'y suis passé tout à l'heure, et ça a un peu bardé.

Il y eut un bref instant de silence, comme si son interlocuteur avait éloigné le combiné de son oreille.

— Il semblerait que le son ne porte pas aussi bien que le prétend votre épouse, Mr Weldon.

La vivacité d'esprit n'était pas la qualité première de

Dick. Son métier exigeait qu'il sache évaluer les problèmes consciencieusement, en prenant son temps, et fasse des prévisions à long terme pour permettre à sa ferme de traverser les périodes d'excédent et de pénurie de la manière la plus rentable possible. Au lieu d'ignorer la pique — le parti le plus sage —, il chercha à la détourner.

— Il ne s'agit pas de Prue, dit-il. Le village est envahi. C'est le moment de se serrer les coudes… pas de se tirer dans les pattes. J'ai l'impression que vous ne comprenez pas la gravité de la situation.

Un petit rire lui répondit.

— Si j'étais vous, je réfléchirais avant de dire cela, Mr Weldon. James est parfaitement en droit de porter plainte contre votre épouse pour diffamation… Laisser entendre que je ne comprends pas la gravité de la situation me paraît un peu naïf.

Agacé par le ton condescendant de son interlocuteur, Dick s'enferra.

— Prue sait ce qu'elle a entendu, lança-t-il avec agressivité. Elle en aurait parlé à Ailsa en privé dès le lendemain si la pauvre femme avait encore été là — nous ne pouvons pas admettre, ni l'un ni l'autre, qu'on se permette de maltraiter une femme —, mais Ailsa était morte. Comment auriez-vous agi à la place de Prue ? Vous auriez fait comme si de rien n'était ? Surtout ne pas faire de vagues, c'est ça ? Je vous écoute.

La voix impassible répondit immédiatement.

— Je me serais demandé ce que je savais de James Jolly-Renard… Je me serais demandé pourquoi l'autopsie n'avait pas révélé la moindre contusion… Je me serais demandé pour quelle raison une femme intelligente et fortunée aurait accepté pendant quarante ans de vivre avec un mari brutal, alors qu'elle avait les moyens intellectuels et financiers de le quitter… Je me serais

111

certainement demandé si mon propre goût du commérage ne m'avait pas conduit à enjoliver la conversation que j'avais surprise pour me rendre intéressant aux yeux des voisins.

— C'est insultant, grommela Dick, irrité.

— Moins que d'accuser d'assassinat un mari attentionné et d'inciter les autres à en faire autant.

— C'est moi qui vais vous poursuivre pour diffamation si vous dites des choses pareilles. Prue a confié à la police ce qu'elle a entendu, ni plus ni moins. Ce n'est pas sa faute si des imbéciles en tirent des conclusions hâtives.

— Vous feriez bien de discuter avec votre femme avant d'engager des poursuites, Mr Weldon. Vos frais de justice risquent d'être très élevés. (Le son d'une voix se fit entendre à l'arrière-plan.) Un instant, je vous prie. (La ligne redevint muette quelques secondes.) James est à côté de moi. Si vous souhaitez revenir sur cette histoire d'itinérants, je vais brancher le haut-parleur afin que nous puissions vous entendre tous les deux. Je vous rappellerai pour vous faire part de notre décision quand nous en aurons discuté… mais je ne suis pas sûr qu'elle aille dans le sens que vous souhaitez.

Dick avait passé une matinée épouvantable et son tempérament irascible prit le dessus.

— Vous pouvez décider ce que vous voudrez. Je m'en fiche pas mal. Si je vous ai appelé, c'est simplement parce que Julian Bartlett n'a pas eu le cran de régler l'affaire lui-même et que la police n'en a rien à cirer. Vous n'avez qu'à vous débrouiller tout seuls, James et vous. Qu'est-ce que vous voulez que ça me fasse ? Ma maison est à près d'un kilomètre. Ce n'est pas mon problème.

Il raccrocha brutalement et partit à la recherche de Prue.

*

Mark reposa le combiné.

— Je lui ai simplement rappelé quelques vérités, expliqua-t-il pour répondre, un peu tardivement, au trouble qu'avait manifesté James en entrant dans la pièce et en entendant son notaire parler d'incitation à la diffamation. Cette Mrs Weldon est une vraie plaie. Je ne comprends pas que vous n'ayez pas cherché à la réduire au silence.

James s'avança vers la fenêtre et regarda en direction de la terrasse, la tête inclinée comme pour mieux voir. Ils en avaient déjà parlé la veille.

— Je vis ici, dit-il, reprenant les mêmes arguments. À quoi bon envenimer les choses inutilement ? Ces bonnes femmes finiront bien par se lasser.

Le regard de Mark parcourut le bureau et se posa sur le répondeur.

— Ça m'étonnerait, dit-il sans ménagement. Il y a eu cinq appels la nuit dernière, et pas un seul ne venait d'une femme. Vous voulez les entendre ?

— Non.

Mark ne fut pas surpris. Ils ne contenaient rien de nouveau. C'étaient toujours les mêmes litanies, ressassant les accusations qui figuraient sur les bandes qu'il avait écoutées la veille ; mais la voix anonyme, déformée par un procédé électronique, vous vrillait les nerfs comme une roulette de dentiste. Il tourna son fauteuil pour faire face au vieil homme.

— Vous savez aussi bien que moi que ça ne va pas s'arrêter tout seul, dit-il doucement. La personne qui appelle, quelle qu'elle soit, sait qu'elle est enregistrée et elle s'obstinera jusqu'à ce que vous preniez le parti d'avertir la police. C'est probablement ce qu'elle

113

recherche. Elle veut que la police entende ce qu'elle a à dire.

Le colonel regardait toujours par la fenêtre comme s'il était réticent à croiser les yeux du jeune homme.

— C'est un tissu de mensonges, Mark.

— Je le sais bien.

— Et vous croyez que la police sera de votre avis ?

Sa voix avait pris une légère inflexion qui pouvait passer pour de l'ironie.

Mark l'ignora et répondit franchement.

— Certainement pas, si vous ne vous décidez pas à la prévenir au plus vite. Vous auriez dû me parler de ces appels dès qu'ils ont commencé. Si nous étions intervenus tout de suite, nous aurions pu étouffer l'affaire dans l'œuf. Maintenant, évidemment, la police va se demander ce que vous aviez à cacher. (Il se massa la nuque, endolorie par une nuit sans sommeil ponctuée par les sonneries du téléphone et par les assauts du doute.) Il faut voir les choses en face. De toute évidence, ce salaud a transmis des informations à Mrs Bartlett ; autrement, elle ne serait pas aussi bien renseignée… et s'il lui a parlé, qu'est-ce qui vous dit qu'il n'est pas déjà allé voir la police ? Il ou *elle*, d'ailleurs…

— On m'aurait interrogé.

— Pas forcément. Les policiers mènent peut-être leur enquête dans la plus grande discrétion.

— S'il disposait de la moindre preuve, il serait allé les voir avant l'enquête — c'était le moment ou jamais de m'abattre —, mais il savait bien qu'on ne l'écouterait pas. (Il se retourna et jeta un regard furieux au téléphone.) C'est une forme de terreur, Mark. Quand il verra que je ne me laisse pas démonter, il abandonnera la partie. Ce n'est qu'une question de patience. La seule chose à faire, c'est de garder son sang-froid.

Mark secoua la tête.

— Ça fait deux jours que je suis ici, James, et je n'ai pas fermé l'œil. Combien de temps pensez-vous tenir le coup ?

— Quelle importance ? demanda le vieil homme d'un air las. Il ne me reste pas grand-chose, hormis ma réputation. Ne comptez pas sur moi pour lui faire le plaisir de porter ces ignominies sur la place publique. Quant au devoir de silence de la police, il est très relatif. L'enquête sur la mort d'Ailsa nous l'a suffisamment montré. Il y a eu un certain nombre de fuites, c'est le moins qu'on puisse dire.

— Vous devez vous confier à quelqu'un. Imaginez que vous mouriez demain. Ces allégations se transformeront immédiatement en faits, simplement parce que vous n'aurez pas pris la peine de les réfuter. Que restera-t-il alors de votre réputation ? Une même histoire peut se raconter de différentes manières, James.

Cette réflexion fit naître un léger sourire sur le visage du colonel.

— C'est exactement ce que dit mon ami, au téléphone. Il est remarquablement convaincant, n'est-ce pas ? (Il s'interrompit, laissant s'installer un silence pesant avant de poursuivre.) Je n'ai pas été bon à grand-chose dans ma vie, mais j'ai été un bon soldat et c'est au combat qu'un soldat se fait une réputation, pas en courbant l'échine devant des maîtres chanteurs sordides. (Il posa doucement la main sur l'épaule de son notaire avant de se diriger vers la porte.) Je préfère régler cela à ma manière, Mark. Voulez-vous un café ? Il me semble que c'est l'heure. Venez me rejoindre au salon quand vous aurez fini.

Il sortit sans attendre la réponse, et Mark resta immobile jusqu'à ce qu'il ait entendu le pêne retomber. Par la fenêtre, il voyait la dalle décolorée, dont la surface usée s'était imbibée de sang animal. On avait retrouvé Ailsa à un ou deux mètres à gauche, près du cadran solaire. Le correspondant anonyme avait-il raison ? se demanda-t-il. Existe-t-il des chocs qui peuvent tuer, des vérités intolérables ? En soupirant, il retourna vers le bureau et rembobina le dernier message. C'est forcément Leo, songea-t-il en appuyant sur « marche » pour réécouter la voix de Dark Vador. À l'exception d'Elizabeth, personne n'était aussi bien informé sur la famille, et cela faisait dix ans qu'Elizabeth était incapable de prononcer une phase qui se tienne.

« *Tu ne t'es jamais demandé pourquoi Elizabeth couche avec n'importe qui... ni pourquoi elle est bourrée du matin au soir ?... Qui lui a appris à s'abaisser ainsi ?... Tu as vraiment cru qu'elle garderait éternellement le secret ?... Tu pensais sans doute que ton uniforme te protégerait ? Ça impressionne les gens, tous ces bouts de métal sur la poitrine... Tu te prenais pour un héros chaque fois que tu sortais ta badine, hein... »*

Écœuré, Mark ferma les yeux, mais il ne pouvait chasser de son esprit l'image du capitaine Nancy Smith, qui était le portrait craché de son grand-père.

*

Dick Weldon trouva sa femme dans la chambre d'amis, occupée à faire les lits pour leur fils et leur bru qu'ils attendaient dans la soirée.

— Tu as appelé James Jolly-Renard ? demanda-t-il.

Tout en enfonçant un oreiller dans sa taie, elle tourna les yeux vers lui, sourcils froncés.

— De quoi parles-tu ?

— Je viens d'avoir le Manoir au téléphone. Son notaire prétend que James a reçu des appels obscènes et qu'ils venaient d'ici. (Son visage coloré s'était encore empourpré sous l'effet de la colère.) Je peux te dire que ce n'était pas moi, alors qui est-ce ?

Prue lui tourna le dos pour tapoter l'oreiller.

— Tu vas faire un infarctus si tu ne soignes pas ton hypertension, lui dit-elle sévèrement. À te voir, on pourrait croire que ça fait des années que tu picoles.

Dick était habitué à ce qu'elle se dérobe aux questions gênantes en prenant l'offensive.

— Donc, c'était bien toi, lança-t-il. Tu es complètement malade, ou quoi ? Il paraît qu'on t'entend haleter.

— C'est ridicule. (Elle fit demi-tour pour prendre une autre taie d'oreiller, avant de lui jeter un regard désapprobateur.) Il n'y a pas de quoi te mettre dans des états pareils. Si tu veux mon avis, ce sale type n'a que ce qu'il mérite. Tu imagines à quel point je m'en veux de ne pas avoir arraché Ailsa à ses griffes ? J'aurais dû me précipiter à son secours au lieu de prendre la fuite. Si j'avais eu un peu plus de cran, elle serait encore en vie.

Dick se laissa tomber sur un coffre à couvertures, près de la porte.

— Et si tu t'étais trompée ? Et si c'était quelqu'un d'autre que tu as entendu ?

— Mais non, voyons.

— Comment peux-tu être aussi sûre de toi ? J'ai bien pris le notaire pour James, jusqu'à ce qu'il se présente. J'ai vraiment cru que c'était lui quand il a dit : « Shenstead Manor ».

— Parce que tu t'attendais à ce que ce soit James qui réponde, c'est tout.

— Je peux te retourner l'argument. Tu t'attendais à ce qu'Ailsa se dispute avec le colonel. Tu as toujours été à l'affût de tout ce qui pouvait les salir.

— Oh ! Je t'en prie, rétorqua-t-elle exaspérée. Combien de fois faut-il que je te le dise ? Elle l'a *appelé*

James. Elle a dit : « Non, James, je ne peux en tolérer davantage. » Pourquoi aurait-elle dit ça si elle s'adressait à quelqu'un d'autre ?

Dick se frotta les yeux. Il avait entendu ce récit plusieurs centaines de fois, mais la réflexion du notaire au sujet des propos sortis de leur contexte l'avait ébranlé.

— Tu m'as dit l'autre jour que tu n'as rien entendu de ce que James disait… eh bien, peut-être que tu n'as pas très bien entendu Ailsa non plus. Écoute, ça ferait une sacrée différence si, au lieu de parler *à* James, elle avait parlé *de* James. Peut-être qu'elle n'a pas dit « je »… elle aurait pu dire « James ne peut en tolérer davantage ».

— Je sais quand même ce que j'ai entendu, s'obstina Prue.

— C'est toi qui le dis.

— Parce que c'est vrai.

— Bon, bon, d'accord… et le coup que tu prétends qu'il lui a donné ? Pourquoi est-ce qu'ils n'en ont pas trouvé trace à l'autopsie ?

— Comment veux-tu que je le sache ? Peut-être qu'elle est morte avant qu'un bleu ait eu le temps d'apparaître. (D'un geste irrité, elle tira les courtepointes sur les lits et effaça les plis.) D'ailleurs, pourquoi est-ce que tu as appelé James ? Je croyais que nous avions décidé de prendre le parti d'Ailsa.

Dick baissa les yeux.

— Depuis quand ?

— C'est toi qui m'as dit de prévenir la police.

— Je t'ai dit que tu n'avais pas le choix. De là à prendre tel ou tel parti, il y a de la marge. (Il se frotta à nouveau énergiquement les yeux.) Le notaire prétend qu'ils peuvent porter plainte contre toi pour diffamation. Selon lui, tu as incité les gens à traiter James d'assassin.

L'accusation n'eut pas l'air d'émouvoir Prue.

— Alors pourquoi est-ce qu'il ne porte pas plainte ? Eleanor Bartlett dit que ça prouve qu'il est coupable. Tu devrais entendre ce qu'*elle* dit de lui. (Une idée fit passer une lueur amusée dans ses yeux.) D'ailleurs, si quelqu'un passe des coups de fil obscènes, c'est elle. J'étais là un jour, quand elle l'a appelé. Elle appelle ça le « débusquer ».

Pour la première fois depuis des années, Dick observa sa femme d'un regard objectif. Elle avait pris un certain nombre de kilos et pas mal d'assurance depuis qu'il l'avait épousée. La jeune fille qu'il avait connue à vingt ans était douce et effacée. À cinquante-quatre ans, c'était un dragon. Il ne savait plus grand-chose d'elle : elle partageait son lit, c'est tout. Cela faisait des années qu'ils n'avaient plus de relations sexuelles et qu'ils n'abordaient plus aucun sujet personnel. Il travaillait toute la journée à la ferme, elle jouait au golf ou au bridge avec Eleanor et ses snobi-nardes d'amies. Ils passaient leurs soirées en silence devant la télévision, et il dormait déjà quand elle montait se coucher.

Son expression consternée arracha à Prue un soupir d'impatience.

— Ce n'est que justice. Ailsa était l'amie d'Ellie… la mienne aussi. Qu'est-ce que tu crois ? Qu'on allait laisser James s'en sortir comme ça ? Si tu t'intéressais un tout petit peu à autre chose qu'à la ferme, tu saurais que l'histoire ne se limite pas à la conclusion ridicule du coroner. James est une brute épaisse et toi, tu montes sur tes grands chevaux, simplement parce que tu as parlé à son notaire… un type qui est *payé* pour défendre son client. Ce que tu peux être lourd, mon pauvre.

C'était indéniable. Dick avait toujours pris le temps

de considérer les choses sous tous leurs angles. Ce qu'il se reprochait, c'était son indifférence.

— Ailsa ne peut pas être morte aussi rapidement, protesta-t-il. Tu m'as dit que si tu ne t'étais pas interposée, c'est parce qu'elle lui avait parlé, après le coup de poing. Je ne suis pas médecin légiste, d'accord, mais il faudrait que la circulation sanguine s'arrête immédiatement pour que les vaisseaux sanguins endommagés ne s'épanchent pas sous la peau. Et même dans ce cas, ça m'étonnerait qu'il n'y ait pas de trace.

— Pas la peine de faire le malin, tu ne me feras pas changer d'avis, fit Prue agressivement. Je ne sais pas, moi, c'est peut-être le froid. J'ai entendu une porte claquer juste après. Je suis sûre que c'est James qui l'a bouclée dehors. Si ça t'intéresse tant que ça, pourquoi est-ce que tu n'appelles pas le médecin légiste pour en discuter avec lui ? Encore que tu ne risques pas d'en tirer grand-chose. Eleanor dit que c'est tous des francs-maçons et que c'est pour ça que James n'a pas été arrêté.

— C'est grotesque. Pourquoi est-ce que tu écoutes tout ce que raconte cette idiote ? Et depuis quand est-ce que vous êtes, toi ou elle, les amies d'Ailsa ? Les seules fois où elle t'a adressé la parole, c'était quand elle venait faire la quête pour ses œuvres. Ça a bien fait râler Eleanor. Je me souviens de votre tête quand vous avez lu dans le journal qu'elle laissait 1,2 million de livres. Je vous entends encore : « Pourquoi est-ce qu'elle venait mendier comme ça, alors qu'elle roulait sur l'or ? »

Prue préféra l'ignorer.

— Tu ne m'as toujours pas dit pourquoi tu as appelé James.

— Il y a des types qui se sont installés au Bois-Taillis, des routards, grommela-t-il. Il nous faut un homme de loi pour nous en débarrasser. J'espérais que James pourrait me donner les coordonnées du sien.

— Et notre avocat ?

— Il est en congé jusqu'au 2.

Prue secoua la tête, incrédule.

— Mais enfin, pourquoi est-ce que tu n'as pas appelé les Bartlett ? Ils ont un avocat. Quelle mouche t'a piqué d'appeler James ? Tu es complètement idiot, mon pauvre Dick.

— Parce que Julian m'avait déjà refilé le bébé, siffla Dick, les dents serrées. Il est parti à la chasse de Compton Newton, fringué comme un pingouin, et il a cru que c'étaient des opposants à la chasse. Il n'a pas eu envie de se salir, comme d'habitude. Tu sais comment il est… cossard comme pas deux, il ne tenait pas à se colleter avec des casseurs… il s'est défilé. Ça me rend dingue, franchement. Je suis certainement celui qui bosse le plus dans la vallée, mais toutes les corvées sont pour moi.

Prue renifla avec mépris.

— Tu aurais dû me prévenir. J'aurais réglé ça avec Ellie. Elle aurait très bien pu nous donner les coordonnées de leur avocat… même si Julian n'est pas là.

— Tu dormais, lança Dick. Mais je t'en prie. Vas-y. La voie est libre. De toute façon, vous êtes sans doute les mieux placées pour nous débarrasser des intrus. Ils vont avoir la trouille de leur vie en voyant débouler deux rombières en train de hurler des insultes dans un mégaphone.

Furieux, il sortit de la pièce d'un pas pesant.

*

Ce fut Mark Ankerton qui répondit au carillon de la vieille cloche de laiton. Suspendue à un ressort dans le vestibule du Manoir, elle était actionnée par un câble relié au portail. Il était assis avec James devant un feu de bois dans le salon lambrissé, quand ce bruit inattendu les fit sursauter. Mark en éprouva un certain soulagement. Un silence oppressant s'était établi entre eux, et toute diversion, fût-elle déplaisante, était la bienvenue.

— Dick Weldon ? suggéra-t-il.

Le vieil homme secoua la tête.

— Il sait que nous ne nous servons jamais de cette entrée. Il aurait fait le tour par-derrière.

— Vous voulez que j'aille voir ?

James haussa les épaules.

— À quoi bon ? C'est sûrement une blague — les petits Woodgate, le plus souvent. Avant, je criais pour les chasser... Je ne me donne plus cette peine. Ils finiront par se lasser.

— Ils font ça souvent ?

— Quatre ou cinq fois par semaine. C'est assez agaçant.

Mark se leva.

— Permettez-moi au moins d'intervenir, dit-il, revenant au sujet qui avait provoqué ce silence prolongé. Rien de plus facile. Nous pouvons leur interdire d'approcher à moins de cinquante mètres de votre portail. Nous pouvons obliger leurs parents à prendre leurs responsabilités... les menacer de prison si leurs enfants continuent à vous importuner.

James sourit faiblement.

— Vous croyez vraiment que j'ai envie de me faire traiter de fasciste, en plus du reste ?

— Ça n'a rien à voir avec le fascisme. La loi rend les parents responsables de leurs enfants mineurs.

James secoua la tête.

— Je suis mal placé pour leur faire la leçon. Leo et Elizabeth ont fait bien pire que tout ce que les petits Woodgate feront jamais. Je ne vais pas me dissimuler derrière un bout de papier, Mark.

— Il n'est pas question de se dissimuler. Considérez plutôt ça comme une arme.

— Je ne peux pas. Papier blanc. Drapeau blanc. Ça sent la reddition. (Il fit un signe en direction du vestibule.) Allez leur passer un savon. Ils ont tous moins de douze ans, précisa-t-il avec un petit sourire, mais vous vous sentirez mieux quand vous les aurez vus filer, la queue entre les jambes. La satisfaction, me semble-t-il, n'est pas fonction de la taille de l'adversaire. Le mettre en déroute procure toujours un certain plaisir.

Il posa le menton sur ses mains jointes et écouta les pas de Mark traverser le sol pavé du vestibule. Il l'entendit tirer les verrous et perçut un bruit de voix, avant que l'ombre noire de la dépression, sa compagne de chaque instant, momentanément tenue en échec par la présence de Mark dans la maison, ne se jette sur lui sans sommation, inondant ses yeux de larmes indignes. Il appuya la tête contre le dossier de son fauteuil et regarda le plafond, essayant de les faire battre en retraite. Pas maintenant, se dit-il, au désespoir. Pas devant Mark. Le jeune homme s'était donné tant de mal pour l'aider à passer le cap de ce premier Noël solitaire.

8

P'tit Loup était recroquevillé sous une couverture, dans un coin du bus. Il frottait délicatement une queue de renard contre sa bouche. Elle était douce comme la fourrure d'un ours en peluche et, sans la lâcher, il suçait subrepticement son pouce. Il avait tellement faim. Quand il rêvait, c'était toujours de nourriture. Renard se désintéressait de lui depuis que sa mère et son frère avaient disparu. Cela faisait longtemps maintenant — des semaines peut-être —, et P'tit Loup ignorait toujours où ils étaient, et pourquoi ils étaient partis. De temps en temps, une vague terreur tapie au fond de sa mémoire lui disait qu'il le savait, mais il évitait de fouiller davantage. Ça avait quelque chose à voir, pensait-il, avec les dreadlocks que Renard avait rasées.

Il avait pleuré des jours durant, implorant Renard de le laisser partir lui aussi jusqu'à ce que l'homme le menace de son rasoir. Alors, il s'était caché sous sa couverture et n'avait plus rien dit, tout en imaginant des plans d'évasion. Il n'avait pas encore eu le courage de les mettre à exécution — il avait trop peur de Renard, de la police et des travailleurs sociaux, trop peur de *tout* —, mais un jour, croix de bois, croix de fer, il partirait.

La plupart du temps, son père oubliait jusqu'à sa présence. En ce moment, par exemple. Renard avait fait venir dans son bus d'autres membres du groupe, et ils étaient en train d'établir un tableau de garde pour surveiller l'entrée du campement vingt-quatre heures sur vingt-quatre. Recroquevillé, parfaitement immobile, comme une souris terrifiée, P'tit Loup trouvait que son père avait l'air d'un général donnant des ordres à ses soldats. Fais ci. Fais ça. C'est moi le chef. Mais P'tit Loup était inquiet, parce que les autres n'arrêtaient pas de le contredire. Ils ne savaient donc pas, pour le rasoir ?

— Dans tous les cas de figure, nous avons sept jours devant nous avant qu'ils ne puissent prendre la moindre mesure. D'ici là, nous aurons transformé ce site en forteresse.

— Ouais, ben, t'as intérêt à pas te gourer quand tu dis qu'y a pas de proprio, dit une voix de femme. J'ai pas l'intention de me casser le tronc à construire des palissades pour qu'ils se pointent avec des bulldozers le jour où on aura fini. En plus, ça caille à mort ici, j'sais pas si t'as remarqué.

— Ne t'en fais pas, Bella, je connais les lieux. Dick Weldon a essayé de clôturer ce terrain il y a trois ans, mais il a renoncé. Il ne voulait pas se ruiner en frais de justice sans la moindre garantie d'obtenir gain de cause. La situation n'a pas changé. Même si le reste du village accepte qu'il mène une action en revendication, il sera obligé de payer un avocat pour nous obliger à partir. Son altruisme ne va pas jusque-là.

— Et s'ils se mettent tous ensemble ?

— Aucun risque. Pas à court terme, en tout cas. Leurs intérêts sont trop conflictuels.

— Comment tu sais ça, toi ?

— Je le sais.

Il y eut un bref instant de silence.

— Allez, Renard, vide ton sac, dit une voix d'homme. Comment ça se fait que tu connaisses aussi bien le coin ? T'as habité par ici ? Qu'est-ce que tu sais de plus que nous ?

— Ça ne te regarde pas.

— Bien sûr que si, ça nous regarde, rétorqua l'autre, haussant le ton. Il y a un paquet de trucs que tu voudrais nous faire avaler les yeux fermés. Et si les flics se pointent et nous coffrent pour occupation illégale ? Tu veux d'abord qu'on barre l'accès… puis qu'on se barricade… Tout ça pour quoi ? Une chance sur un million que dans douze ans, ce qu'on construit ici soit à nous ? Conneries, ouais. Quand t'en as parlé en août, t'as dit que c'était un bout de campagne sans rien dessus. T'as jamais dit qu'y avait un village à côté.

— Boucle-la, Ivo, dit une autre femme. Une vraie tête de Gallois, celui-là, ajouta-t-elle à l'intention des autres. Faut toujours qu'il cherche la bagarre.

— C'est toi qui vas me trouver si tu continues, Zadie, fit Ivo furieux.

— Ça suffit. Ça *doit* marcher. (La voix de Renard avait pris un timbre métallique qui fit frémir P'tit Loup. Si l'autre type ne se taisait pas, son père allait sortir son rasoir.) Il n'y a que quatre maisons occupées en permanence dans ce village — le Manoir, Shenstead House, Manor Lodge et Paddock View. Les autres sont des maisons de week-end ou des gîtes de location — il ne s'y passera rien avant l'été, jusqu'à ce que les femmes y viennent en week-ends prolongés et se plaignent à leurs maris que leurs gamins traînent avec la racaille du Bois-Taillis.

— Et les fermes ? demanda Bella.

— La seule qui nous concerne est celle de Dick Weldon. Le Bois-Taillis touche ses terres sur une bonne partie de son périmètre, mais je sais, de source sûre, qu'il n'existe aucun document prouvant qu'il ait appartenu un jour à Shenstead Farm.

— Comment tu sais ça ?

— Ça ne te regarde pas. Fais-moi confiance.

— Et la maison qu'on voit à travers les arbres ?

— C'est le Manoir. Il n'y a qu'un vieux, tout seul. Il ne nous fera pas d'ennuis.

— Qu'est-ce t'en sais ?

Ivo avait repris la parole.

— Je le sais.

— Bordel ! (Le bruit d'un poing s'abattant violemment sur la table.) Tu sais dire que ça ? (Ivo entreprit d'imiter le langage châtié de Renard.) « Je le sais… Ça ne te regarde pas… Fais-moi confiance. » C'est quoi cette histoire ? Je vais te dire un truc, mec. Tu vas arrêter de nous raconter des salades. Il faut que tu t'expliques. Pour commencer, comment tu sais que le vieux ne nous fera pas d'ennuis ? Tu peux être sûr que si j'habitais une bicoque pareille et que je voie débouler une bande de routards, je ferais un sacré foin.

Renard ne répondit pas tout de suite, et P'tit Loup ferma les yeux, terrifié, persuadé que son père était en train de taillader le visage de l'autre. Mais les cris qu'il attendait ne vinrent pas.

— Il sait que ce terrain ne lui appartient pas, reprit Renard calmement. Il a fait vérifier tout cela par ses hommes de loi quand Weldon a essayé de se l'approprier, mais ils n'ont pas non plus trouvé de document faisant état de ses droits. Si nous sommes ici aujourd'hui, c'est parce qu'il est le seul à avoir assez d'argent pour payer la note pour les autres… et qu'il ne le fera pas. Il l'aurait peut-être fait l'année dernière. Plus maintenant.

— Pourquoi ?

Quelques secondes de silence.

— Vous en entendrez sûrement parler. On dit qu'il a assassiné sa femme. Les autres cherchent à le faire arrêter. Il vit en reclus, il ne sort plus, il ne voit plus personne… Un livreur dépose ses courses à la porte. Il ne nous dérangera pas… il a déjà assez de problèmes comme ça.

— Merde ! lança Bella, ébahie. C'est vraiment lui qui a fait le coup ?

— Qu'est-ce que ça peut te faire ? dit Renard, l'air indifférent.

— Tout de même. Il est peut-être dangereux, ce type. T'as pensé aux gamins ?

— Si tu crains quelque chose, conseille-leur d'éviter ce côté de la forêt. De toute façon, il ne sort que la nuit.

— Merde ! répéta-t-elle. C'est un cinglé, ou quoi ? Pourquoi ils l'ont pas collé à l'asile ?

— Ça n'existe plus, dit Renard dédaigneux.

— Quel âge il a ?

— Quatre-vingt et des poussières.

— Comment il s'appelle ?

— Qu'est-ce que ça peut bien te faire ? aboya Renard. Tu n'as pas l'intention d'aller lui parler, si ?

— Et alors ? Je peux avoir envie de savoir qui c'est puisqu'on parle de lui. C'est un secret ? (Elle s'interrompit.) Ah, ah… c'est ça ! Tu le connais d'avant, Renard, pas vrai ? C'est lui qui t'a filé toutes ces infos ?

— Je ne l'ai jamais rencontré de ma vie… Mais je sais un certain nombre de choses sur lui. *Comment* je les ai apprises, c'est mon problème.

— D'accord. Alors, comment il s'appelle ?

— Jolly-Renard *de merde*. Ça va, tu es contente ?

Il y eut un rire en cascade.

— T'as peur de la concurrence ? reprit la femme. Y a pas la place pour deux renards par ici, c'est ça ?

— Ça suffit, Bella, coupa Renard d'une voix dure.

— Ça va, ça va. C'était qu'une blague, chéri. Faut te détendre un peu… Défonce-toi… Une petite pilule et tu verras la vie en rose. On est avec toi, mon chou… t'en fais pas. Fais-nous confiance, c'est tout.

— Respectez les règles, et tout se passera bien. Règle numéro un, tout le monde participe au tour de garde et personne ne se défile. Règle numéro deux, personne ne baise avec les gens du coin. Règle numéro trois, personne ne quitte le campement la nuit tombée.

*

P'tit Loup sortit de sa cachette en rampant dès qu'il entendit la porte du bus se refermer. Sur la pointe des pieds, il s'approcha d'une des fenêtres qui donnaient sur l'entrée du Bois-Taillis. Une rangée de queues de renard servait de rideau, et il les écarta pour épier son père, qui prenait position derrière la barrière de corde. Il y avait tant de choses qu'il ne comprenait pas. Qui étaient tous ces gens, ceux des autres bus ? Où Renard les avait-il trouvés ? Qu'est-ce qu'ils faisaient là ? Pourquoi sa mère et son frère n'étaient-ils pas avec eux ? Que construisaient-ils ? Une forteresse ? Il appuya son front contre la vitre, essayant de donner un sens à ce qu'il avait entendu. Il savait que le nom complet de Renard était Renard Teigneux. Il avait demandé à sa mère un jour si ça voulait dire que Teigneux était son nom de famille à lui aussi, mais elle avait ri et lui avait dit : « Non, toi, tu es P'tit Loup, c'est tout. Renard est le seul Teigneux de la famille. » Son esprit logique en avait conclu que Teigneux devait être le prénom de son père, et Renard leur nom de famille à tous.

Et ce vieil homme qui s'appelait Joli Renard ? Son père devait forcément le connaître, puisqu'ils portaient le même nom. Dans son cœur, la curiosité le disputait à la peur. La curiosité à l'idée que « Joli Renard » fasse peut-être partie de sa famille… qu'il sache même où était sa mère ; la peur à l'idée que ce soit un assassin…

*

Mark recula, refermant doucement la porte du salon derrière lui. Il se tourna vers la visiteuse avec un sourire gêné.

— Verriez-vous un inconvénient à ce que nous retardions les présentations de quelques instants ? James est… euh… (Il s'interrompit.) Écoutez, je suis sûr qu'il sera absolument ravi de vous voir, mais il vient de s'endormir.

Nancy en avait vu plus que Mark ne le pensait, et elle s'empressa d'acquiescer.

— Préférez-vous que je revienne après le déjeuner ? Ça ne pose aucun problème. Je dois me présenter à la base militaire de Bovington avant dix-sept heures… mais je peux très bien m'y rendre tout de suite et repasser plus tard. (La situation était bien plus embarrassante qu'elle ne l'avait imaginé. Elle ne s'attendait évidemment pas à la présence de Mark Ankerton.) J'aurais dû téléphoner avant de venir, conclut-elle sans grande conviction.

Il se demanda pourquoi elle ne l'avait pas fait. Le numéro figurait dans l'annuaire.

— Mais non. (Il s'était interposé entre la porte d'entrée et elle, comme s'il craignait qu'elle ne se précipite vers la sortie.) Ne partez pas, je vous en prie. James serait effondré. (Il esquissa un geste en direction d'un couloir qui s'ouvrait sur la droite, les mots se bousculant sur ses lèvres tandis qu'il essayait de la convaincre qu'elle était la bienvenue.) Allons nous installer à la cuisine. Il y fait chaud. Je peux vous faire un café en attendant qu'il se réveille. Je pense que d'ici dix minutes…

Elle céda et lui emboîta le pas.

— Le courage m'a manqué au dernier moment, avoua-t-elle, répondant à sa question tacite. Tout cela était plutôt improvisé et je me suis dit qu'il n'apprécierait sans doute pas que je l'appelle tard le soir ou de bonne heure ce matin. J'ai eu peur que les choses ne deviennent très compliquées s'il ne comprenait pas tout de suite qui j'étais. Il m'a paru plus simple de venir.

— Vous avez très bien fait, la rassura Mark en ouvrant la porte de la cuisine. C'est le plus beau cadeau de Noël que vous pouviez lui faire.

Vraiment ? Mark espérait que sa voix ne trahissait pas son scepticisme. Il ne savait absolument pas comment James allait réagir. Serait-il content ? Effrayé ? Que révélerait un test d'ADN ? Nancy ne pouvait pas plus mal tomber. Il n'avait qu'à ramasser un cheveu sur son épaule, elle n'en saurait rien. Son sourire se figea lorsque leurs regards se croisèrent. *Elle avait exactement les mêmes yeux que James !*

Déconcertée, Nancy retira son chapeau de laine et ébouriffa ses cheveux bruns du bout des doigts. Ce geste féminin contredisait sa tenue franchement masculine. Une grosse veste polaire sur un pull à col roulé, un pantalon cargo enfoncé dans de lourdes bottes, le tout intégralement noir. Un choix d'autant plus révélateur qu'elle rendait visite à un homme âgé, dont les goûts et les opinions en matière de vêtements et de comportement ne pouvaient être que conservateurs.

Mark y décela une provocation délibérée. Elle voulait obliger James à l'accepter telle qu'elle était. Le message était limpide : pas de compromis. Prenez-moi comme je suis, ou pas du tout. Si vous trouvez qu'une jeune femme aux allures de garçon détonne dans la famille Jolly-Renard, allez vous faire voir. Si vous aviez cru que j'allais vous faire du charme, au temps pour vous. Si vous vouliez une petite-fille facile à manipuler, c'est raté. L'ironie était que, tout à fait inconsciemment, elle jouait sur le contraste absolu entre sa mère et elle.

— J'ai été détachée à Bovington comme instructeur dans le cadre des opérations au Kosovo, expliqua-t-elle, j'ai regardé la carte et… eh bien… je me suis dit que si je partais aux aurores, j'aurais la journée devant moi… (Elle s'interrompit avec un haussement d'épaules embarrassé.) Je ne me doutais pas qu'il avait du monde. Si j'avais vu des voitures dans l'allée, je n'aurais pas sonné, mais…

Mark enchaîna laborieusement :

— J'ai rangé la mienne au garage, derrière la maison, et nous sommes seuls ici, lui et moi. Franchement, capitaine, c'est… (il chercha un mot susceptible de dissiper sa gêne)… *formidable*. Vous ne pouvez pas imaginer à quel point c'est *formidable*, en fait. C'est son premier Noël depuis la mort d'Ailsa. Il fait bonne figure, mais la présence d'un notaire peut difficilement remplacer celle d'une épouse. (Il tira une chaise vers elle.) Je vous en prie. Vous prenez du sucre ?

Un gros fourneau de fonte était allumé, et Nancy sentait ses joues s'empourprer sous l'effet de la chaleur. Son malaise ne cessait de grandir. Elle n'aurait pu choisir pire moment pour s'imposer ainsi. Elle imaginait la honte qu'éprouverait le colonel si, se mettant à la recherche de Mark, les yeux encore embués de larmes, il la trouvait attablée dans sa cuisine.

— Pour être franche, je crois que ce n'était pas une très bonne idée, dit-elle brusquement. Je l'ai aperçu par-dessus votre épaule. Il ne dort pas. Et s'il se demande où vous êtes passé ? Il serait consterné de me découvrir ici. (Elle tourna les yeux vers une porte, dans l'angle de la pièce.) Est-ce qu'elle donne sur l'extérieur ? Je vais filer par là. Il ne saura même pas que je suis venue.

Sans doute Mark commençait-il à hésiter, lui aussi, car il jeta un coup d'œil indécis en direction du couloir.

— Il en voit de dures en ce moment, vous savez. J'ai l'impression qu'il ne dort pas beaucoup.

Elle remit son chapeau.

— Je reviendrai dans deux heures, mais j'appellerai avant pour lui laisser le temps de se préparer. C'est ce que j'aurais dû faire.

Il la dévisagea un moment.

— Non, dit-il, en la prenant doucement par le bras et en la dirigeant vers le couloir. J'aurais trop peur que vous ne changiez d'avis. Mon manteau et mes bottes sont à l'office. Nous pouvons sortir par là. C'est à l'opposé de la pièce où se trouve James. Allons faire un tour, voulez-vous, pour vous remettre les idées en place après ce long trajet. Nous viendrons jeter un coup d'œil discret par la fenêtre du salon d'ici une demi-heure, pour voir où il en est. Qu'en dites-vous ?

Elle se détendit immédiatement.

— Ça me va très bien. Je préfère de loin les balades aux situations inconfortables.

Il rit.

— Moi aussi. Par ici.

Prenant sur sa droite, il la guida vers une pièce qui contenait un vieil évier de pierre d'un côté, et un fatras de bottes, de couvertures de cheval, d'imperméables et de gros pardessus de l'autre. Le sol était jonché de morceaux de boue tombés des rainures de semelles en caoutchouc ; la poussière et la crasse s'étaient accumulées dans l'évier, sur l'égouttoir et sur les rebords de fenêtre.

— C'est un peu en désordre, s'excusa-t-il, échangeant ses mocassins Gucci contre de vieilles bottes de caoutchouc et enfilant d'un mouvement d'épaules un ciré Dryzabone. Il m'arrive d'avoir l'impression que tous ceux qui ont vécu ici y ont laissé des vestiges d'eux-mêmes comme preuve de leur passage. (Il donna une chiquenaude à un pardessus brun d'aspect antédiluvien, suspendu à une patère.) Il appartenait à l'arrière-grand-père de James. James l'a toujours vu là, et il dit qu'il aime le voir à sa place tous les jours… Cela lui donne un sentiment de continuité.

Ouvrant la porte extérieure qui donnait sur une cour fermée, il s'effaça devant Nancy.

— Ailsa l'appelait son jardin italien, dit-il en désignant du menton les grandes jarres de terre cuite disposées en périphérie. En été, le soleil donne de ce côté-ci, le soir, et elle cultivait dans ces pots des fleurs qui embaument la nuit. Je ne sais combien de fois je l'ai entendue regretter que cette cour se trouve reléguée au fond du manoir. Elle trouvait que c'était l'endroit le plus agréable. Voilà l'arrière du garage. (Il désigna un bâtiment d'un seul étage sur leur droite.) Et par ici… (il souleva le loquet d'une porte de bois voûtée percée dans le mur qui leur faisait face)… on arrive au potager.

La cour avait l'air étrangement négligée, comme si personne n'y avait mis les pieds depuis la mort de la maîtresse des lieux. De mauvaises herbes poussaient à profusion entre les pavés ronds, et les jardinières ne contenaient que des squelettes friables de plantes mortes depuis longtemps. Mark semblait penser que Nancy savait forcément qui était Ailsa, alors qu'il ne lui en avait jamais parlé. La jeune femme se demanda si le colonel lui avait fait lire les lettres qu'il lui avait envoyées.

— James a des domestiques ? demanda-t-elle en le suivant dans le potager.

— Un couple âgé, des gens du village, c'est tout…

Bob et Vera Dawson. Il s'occupe du jardin et elle du ménage. Malheureusement, ils sont presque aussi vieux que James, alors ils ne font plus grand-chose. (D'un geste circulaire, il lui montra le potager laissé à l'abandon.) J'ai l'impression que ces derniers temps, Bob arrive tout juste à passer la tondeuse. Quant à Vera, elle est complètement sénile. Elle vient remuer la poussière de temps en temps. C'est sans doute mieux que rien, mais ça ne ferait pas de mal à James d'avoir quelqu'un d'un peu plus énergique pour l'aider.

Ils empruntèrent les vestiges d'un sentier de gravier entre les plates-bandes ; Nancy contempla le mur de deux mètres cinquante qui entourait le jardin.

— C'était certainement superbe quand ils avaient du personnel pour entretenir cette propriété, dit-elle. On dirait qu'ils faisaient pousser des fruitiers en espalier le long du mur sud. Il y a encore les fils de fer. (Elle indiqua un monticule allongé au centre du potager.) C'est une planche d'asperges ?

Il suivit son regard.

— Je n'en sais rien. Je suis complètement ignare en jardinage. Comment poussent les asperges ? À quoi ça ressemble, avant d'être en bottes dans les supermarchés ?

Elle sourit.

— À la même chose. Les tiges sortent de terre à partir d'un important système racinaire. Si vous prenez soin de butter la terre, comme le font les Français, les tiges restent blanches et tendres. Ma mère utilise cette méthode. Elle en a une planche à la ferme, qui en produit des kilos.

— C'est elle qui s'occupe du potager ? demanda-t-il, la guidant vers la grille de fer forgé du mur ouest.

Nancy acquiesça.

— C'est son métier. Elle a une grande surface de

cultures maraîchères à la Métairie de la Combe. Vous n'imaginez pas ce que ça peut rapporter.

Mark se rappela avoir aperçu les panneaux en se rendant à la Métairie basse.

— Elle a suivi une formation ?

— Oui, oui. Elle est allée à Sowerbury House comme aide-jardinier quand elle avait dix-sept ans. Elle y est restée dix ans, elle est devenue jardinier chef, puis elle a épousé mon père et est venue s'installer à la Métairie de la Combe. Ils ont vécu là jusqu'à la mort de mon grand-père, ce qui lui a laissé le temps de monter son entreprise. Elle a commencé toute seule. Maintenant, elle a trente employés... L'affaire tourne drôlement bien.

— Elle doit être très calée, dit-il avec une chaleur sincère, tout en ouvrant la porte et en reculant pour laisser passer Nancy.

Il se surprit à espérer qu'elle n'ait jamais l'occasion de faire la connaissance de sa vraie mère. La comparaison serait trop cruelle.

Ils pénétrèrent dans un autre jardin clos, les façades en L de la maison formant deux carrés du côté, tandis qu'une haie touffue d'arbustes persistants partait du mur de la cuisine pour rejoindre l'angle de gauche. Nancy remarqua que toutes les fenêtres qui donnaient de ce côté étaient fermées par des volets intérieurs ; derrière les vitres, le bois peint posait sur eux un regard blanc et aveugle.

— C'est une aile désaffectée ? demanda-t-elle.

Mark suivit son regard. S'il se repérait correctement, une des pièces du deuxième étage devait être la chambre d'Elizabeth — celle où Nancy était née —, juste au-dessus du bureau où les documents de son adoption avaient été signés.

— Depuis des années, oui, répondit-il. Ailsa avait fermé les volets pour protéger le mobilier.

— Je trouve ça triste, une maison qui devient trop grande pour ses occupants.

Elle ne dit rien de plus et reporta son attention sur le jardin. Le centre était occupé par un bassin, couvert d'une épaisse couche de glace, des roseaux et des tiges mortes de plantes aquatiques dépassant de la surface gelée. Un banc, vert de mousse, nichait parmi les bouquets d'azalées et de rhododendrons nains, et un sentier de dalles irrégulières, très abîmées par la végétation, serpentait à travers des érables nains, des bambous graciles et des graminées ornementales en direction d'une autre grille, du côté opposé.

— Le jardin japonais ? devina Nancy, s'arrêtant à côté du bassin.

Mark sourit en hochant la tête.

— Ailsa aimait créer des chambres de verdure. Elles portaient toutes un nom différent.

— Ça doit être magnifique au printemps quand les azalées sont en fleur. Être assis là, dans l'air tout embaumé. Il y a des poissons ?

Mark secoua la tête.

— Il y en avait du vivant d'Ailsa, mais James a oublié de les nourrir après sa mort. Il m'a dit qu'il n'en a pas vu la dernière fois qu'il est venu ici.

— Ils ne sont certainement pas morts de faim. Le bassin est assez grand pour fournir des larves d'insectes à plusieurs dizaines de poissons. (Elle s'accroupit pour essayer de distinguer quelque chose à travers la couche de glace.) Ils se sont sans doute cachés au milieu des plantes aquatiques. Il devrait demander à son jardinier de les éclaircir un peu quand il fera meilleur. C'est une vraie jungle, dans le fond.

— James ne s'occupe pas du jardin. C'était le domaine d'Ailsa, et il ne s'y intéresse plus du tout depuis qu'elle est morte. La seule partie où il lui arrive de se rendre, c'est la terrasse, et encore, uniquement la nuit. (Il haussa les épaules, l'air malheureux.) Ça m'inquiète, je dois l'avouer. Il installe son fauteuil juste à côté de l'endroit où il l'a trouvée morte, et il reste assis là pendant des heures.

Nancy ne fit pas semblant d'ignorer de quoi il parlait.

— Même par ce temps ? demanda-t-elle en levant les yeux vers lui.

— En tout cas, il l'a fait ces deux dernières nuits.

Elle se redressa et le rejoignit sur le sentier.

— Vous lui en avez parlé ?

Un nouveau signe négatif de la tête.

— Je ne suis pas censé le savoir. Il se retire dans sa chambre à dix heures tous les soirs, puis il se glisse dehors une fois que j'ai éteint. Il était près de quatre heures du matin quand il est rentré.

— Mais qu'est-ce qu'il fait ?

— Rien. Il reste recroquevillé dans son fauteuil à regarder dans le vide. Je le vois de ma fenêtre. La veille de Noël, j'ai failli sortir lui passer un savon. Le ciel était si clair que j'ai eu peur qu'il meure d'hypothermie. Je me suis même demandé si ce n'était pas ce qu'il voulait — c'est probablement la cause du décès d'Ailsa —, mais comme je l'ai vu rallumer régulièrement sa pipe, j'ai su qu'il n'avait pas perdu connaissance. Il n'en a pas parlé hier matin… pas plus qu'aujourd'hui… et quand je lui ai demandé s'il avait bien dormi, il m'a répondu : « Oui, très bien. » (Il tourna la poignée de la porte suivante et la poussa d'un coup d'épaule.) C'était peut-être une veillée de Noël pour Ailsa, conclut-il sans grande conviction.

Ils débouchèrent sur une vaste étendue de parc, la masse de la demeure se dressant sur leur droite. Quelques plaques de givre s'accrochaient sous les buissons et sous les arbres qui dessinaient une allée donnant plein sud. L'éclatant soleil d'hiver l'avait fait fondre en une rosée étincelante sur la pente engazonnée qui se perdait au loin, offrant une vue parfaitement dégagée sur Shenstead Valley et sur la mer, au-delà.

— Oh ! dit simplement Nancy.

— Renversant, hein ? La baie que vous voyez, là-bas, c'est Barrowlees. On ne peut y accéder que par le chemin de terre qui conduit aux fermes… ce qui explique que les prix aient tellement grimpé dans le village. Toutes les maisons possèdent un droit de passage qui les autorise à rejoindre la plage en voiture. C'est une catastrophe.

— Comment ça ?

— Elles sont devenues inaccessibles pour les gens d'ici, ce qui a transformé Shenstead en village fantôme. Si Bob et Vera Dawson sont encore là, c'est uniquement parce que leur pavillon est un logement de fonction et qu'Ailsa s'est engagée à leur en laisser l'usage jusqu'à leur mort. J'aurais préféré qu'elle s'en abstienne, pour être honnête. C'est la seule dépendance qui appartienne encore à James, mais il tient à respecter la promesse d'Ailsa. Il aurait bien besoin d'aide, pourtant. Il avait un autre pavillon, mais il l'a vendu il y a quatre ans, à la suite de problèmes avec des squatters. Je lui avais conseillé de le louer avec un bail à court terme plutôt que de le vendre — dans cette éventualité précisé-ment —, mais je n'étais pas son notaire à l'époque.

— Pourquoi est-ce qu'il ne prend pas quelqu'un qui s'installerait avec lui, dans la grande maison ? Il y a lar-gement la place.

— Bonne question, répondit Mark avec une pointe d'ironie. Vous réussirez peut-être à le convaincre. Tout ce que j'en ai tiré, c'est (il prit une voix chevrotante de baryton) : « Je n'ai pas l'intention de laisser je ne sais quelle fouineuse fourrer son nez dans mes affaires. »

Nancy rit.

— On ne peut pas lui en vouloir. Vous aimeriez ça, vous ?

— Non, mais je ne me laisse pas aller comme lui.

Elle hocha la tête, compréhensive.

— Nous avons eu le même problème avec une de mes grands-mères. Pour finir, il a fallu que mon père lui fasse signer une procuration. Vous avez établi un document de ce genre pour James ?

— Oui.

— À quel nom ?

— Au mien, répondit-il à contrecœur.

— Ça ne plaisait pas à mon père non plus, dit-elle avec compassion. Mais il a bien été obligé de s'y résoudre quand on a menacé grand-maman de lui couper l'électricité. Elle trouvait que les factures rouges étaient plus jolies que les autres, et elle les alignait soigneusement au-dessus de sa cheminée pour égayer la pièce. Elle n'a pas songé un instant à les payer. (Elle rendit son sourire à Mark.) Ce qui ne l'empêchait pas d'être absolument adorable. Alors, qui sont les autres habitants de Shenstead ?

— Les résidents permanents ? Il n'y en a presque pas. C'est bien le problème. Il y a les Bartlett de Shenstead House — ils ont pris leur retraite de bonne heure. On dit qu'ils ont liquidé tout ce qu'ils possédaient à Londres, ce qui leur a rapporté un vrai pactole. Les Woodgate de Paddock View. Ils versent un loyer ridicule à la société à qui appartiennent la plupart des gîtes ; en échange, ils s'occupent des locations. Et puis les Weldon, de Shenstead Farm. (Il pointa l'index vers un bois qui bordait le parc à l'ouest.) Ils sont propriétaires de ce domaine-là, si bien qu'à strictement parler, ils sont hors des limites du village. Comme les Squire et les Drew, au sud.

— Ce sont les métayers dont vous m'avez parlé ?

Il acquiesça.

— James possède toutes les terres qui s'étendent d'ici jusqu'à la côte.

— Eh bien ! Ça fait une sacrée superficie. Mais comment se fait-il que les villageois aient un droit de passage sur ses terres ?

— L'arrière-grand-père de James — celui à qui appartenait le fameux pardessus — avait accordé aux pêcheurs le droit de transporter leurs bateaux et le produit de leur pêche pour monter une industrie du homard à Shenstead. Paradoxalement, il se trouvait devant le même problème que celui que nous connaissons aujourd'hui — un village à l'agonie, un exode de main-d'œuvre. C'était l'époque de la révolution industrielle et les jeunes partaient travailler en ville où ils étaient mieux payés. Il espérait s'engouffrer dans la brèche de Weymouth et Lyme Regis.

— Ça a marché ?

— Pas mal, pendant près de cinquante ans. Tout le village s'est lancé dans l'industrie du homard. Certains s'occupaient du transport, d'autres les ébouillantaient, les vidaient ou les emballaient. Ils faisaient venir des tonnes de glace qu'ils stockaient dans des glacières. Il y en avait dans tout le village.

— Elles existent toujours ?

— Les glacières ? Pas à ma connaissance. Elles sont devenues inutiles avec l'invention des réfrigérateurs et l'arrivée de l'électricité. (Il tourna la tête vers le jardin japonais.) Celle qui se trouvait ici a été transformée en bassin : nous l'avons vu tout à l'heure. James a toute une collection de chaudrons de cuivre dans une des remises, mais c'est à peu près tout ce qui reste de l'entreprise.

— Qu'est-ce qui l'a coulée ?

— La Première Guerre mondiale. Les hommes sont partis se battre. Ils ne sont pas revenus. Ça a été la même chose partout, bien sûr, mais ici, les conséquences ont été désastreuses. On ne pouvait pas se passer des hommes pour mettre les bateaux à l'eau et les remonter. (Il la conduisit jusqu'au milieu de la pelouse.) Vous devez distinguer la côte, d'ici. Le mouillage n'est pas fameux, alors ils étaient obligés de tirer les bateaux au sec. Il y a des photos dans une des chambres, au Manoir.

Elle abrita ses yeux du soleil.

— S'il fallait autant de main-d'œuvre que ça, c'était fichu dès le départ, dit-elle. Les prix n'auraient jamais pu s'aligner sur les coûts de production, et l'industrie ne pouvait que péricliter. Papa dit toujours que le pire fléau des communautés rurales a été la mécanisation de l'agriculture. Un seul type sur une moissonneuse-batteuse peut abattre le travail de cinquante hommes, et il le fait plus vite, mieux, et avec moins de perte. (Elle désigna les champs qui s'étendaient en face d'eux.) Je suppose que ces deux exploitations sous-traitent les labours et les moissons ?

Il était impressionné.

— Comment pouvez-vous voir cela, comme ça, au premier coup d'œil ?

— Je ne vois rien du tout, dit-elle en riant, mais vous n'avez pas mentionné de cultivateur parmi les habitants du village. Le fermier qui est à l'ouest sous-traite aussi ?

— Dick Weldon ? Non, il travaille ses champs lui-même. Il a monté une affaire de l'autre côté de Dorchester, puis il a racheté Shenstead Farm pour presque rien il y a trois ans, quand le précédent propriétaire a fait faillite. Il est loin d'être idiot. Il a confié à son fils sa grosse exploitation à l'ouest et il se développe par ici.

Nancy le dévisagea avec curiosité.

— Vous ne l'aimez pas beaucoup, remarqua-t-elle.

— Qu'est-ce qui vous fait croire ça ?

— Le ton de votre voix.

Elle était plus perspicace que lui, se dit-il. Malgré ses sourires et ses rires, il n'était pas encore parvenu à déchiffrer ses mimiques ni les inflexions de sa voix. Son attitude n'était pas aussi cassante que celle de James, mais Nancy était certainement aussi indépendante que son grand-père. En n'importe quel autre lieu, et avec une femme différente, il aurait déployé toutes les armes de la séduction — pour finir fasciné ou déçu —, mais il ne voulait pas risquer de couper l'herbe sous le pied de James.

— Pourquoi avez-vous changé d'avis ? demanda-t-il à brûle-pourpoint.

Elle se retourna vers la demeure.

— Pourquoi je suis ici, c'est cela que vous voulez dire ?

— Oui.

Elle haussa les épaules.

— Il vous a dit qu'il m'avait écrit ?

— Je ne l'ai appris qu'hier.

— Et vous avez lu ses lettres ?

— Oui.

— Alors vous devriez être capable de trouver la réponse tout seul… mais je vais vous donner un indice. (Elle lui jeta un petit coup d'œil en coin.) Ce n'est pas pour son argent que je suis venue.

9

Comme Julian Bartlett l'avait prévu, la chasse fut une belle pagaille. Étonnamment, les opposants avaient d'abord fait profil bas, mais dès qu'un renard fut débuché à Blantyre Wood, ils avancèrent leurs voitures à toute allure pour créer des voies de sécurité, attirant la meute sur de fausses pistes à l'aide de cors de chasse. Rouillés par la longue trêve, les chiens se retrouvèrent complètement désorientés. Quant au maître d'équipage et à ses piqueurs, ils ne savaient où donner de la tête. Les cavaliers tournaient en rond, impatients, attendant que l'ordre soit rétabli, mais un retour à Blantyre Wood pour lever un second renard se solda par un nouvel échec.

Ceux qui suivaient la chasse en voiture essayèrent de barrer le passage aux opposants ; par des cris, ils cherchaient à indiquer au maître d'équipage la direction qu'avait prise le renard, mais l'enregistrement d'une meute donnant de la voix, diffusé par des haut-parleurs montés sur le toit d'une camionnette, détourna les chiens de la bonne piste. L'exaspération des cavaliers — déjà considérable — ne connut plus de bornes quand certains des opposants envahirent le terrain et agitèrent les bras devant les chevaux, dans une tentative criminelle et dangereuse pour démonter les cavaliers. Julian abattit sa cravache en direction d'un imprudent qui essayait d'attraper les rênes de Bouncer, avant de jurer comme un charretier en constatant qu'il avait été photographié.

Il fit demi-tour et revint à la hauteur de la journaliste, s'efforçant laborieusement de retenir Bouncer.

— Je vous colle un procès si vous publiez ça, siffla-t-il, les dents serrées. Ce type cherchait à effrayer mon cheval. J'étais parfaitement dans mon droit. Je ne faisais que me protéger et protéger ma monture.

— Puis-je vous citer ? demanda-t-elle en pointant l'objectif vers son visage et en le mitraillant aussitôt. Vous vous appelez comment ?

— Ça ne vous regarde pas.

Laissant son appareil photo retomber au bout de sa lanière, elle donna une petite tape dessus en souriant, avant de sortir un carnet de sa poche de veste.

— Je trouverai facilement… avec ces photos. Debbie Fowler, du *Wessex Times*, dit-elle, en reculant prudemment de quelques pas. Je suis neutre… rien qu'une petite journaliste qui essaie de gagner sa vie. Alors… (nouveau sourire)… et si vous me disiez ce que vous avez contre les renards… à moins que vous ne préfériez que je laisse libre cours à mon imagination ?

Julian lui jeta un regard féroce.

— Vous en seriez bien capable.

— Eh bien, parlez-moi, je suis là… Je vous écoute. Exposez-moi le point de vue du chasseur.

— À quoi bon ? Vous allez évidemment me présenter comme l'agresseur et ce pauvre imbécile là-bas… (il pointa le menton en direction du manifestant maigrichon qui s'éloignait, se frottant le bras à l'endroit où la cravache l'avait touché)… sera le héros. Vous vous fichez pas mal qu'il ait délibérément cherché à me rompre le cou en me désarçonnant.

— Vous ne croyez pas que vous exagérez un peu ? Vous ne me faites pas l'effet d'un cavalier débutant, et j'imagine que ce n'est pas la première fois que vous vous trouvez dans cette situation. (Elle jeta un regard circulaire autour d'elle.) Vous saviez bien que vous alliez tomber sur eux à un moment ou à un autre. Ça fait partie du jeu, non ?

— Foutaises, aboya-t-il, et il se baissa pour dégager son étrier gauche, qui s'était coincé contre son talon lors de son altercation avec le manifestant. Vous pouvez en dire autant de ces voyous avec leurs putains de cors.

— En effet, et je ne m'en priverai pas, rétorqua-t-elle joyeusement. C'est la guerre des gangs. Les voyous contre les bourges. Aristos contre prolos. J'ai la vague impression que le renard n'a pas grand-chose à voir là-dedans. Simple prétexte pour en découdre.

Julian n'était pas homme à refuser le débat.

— Vous ferez rire les mouches si vous publiez ça, lui dit-il en se redressant et en rassemblant les rênes. Vous pouvez penser ce que vous voulez des renards, mais admettez au moins que tous, autant que nous sommes — hostiles ou favorables à la chasse —, nous agissons par amour de la campagne. Vous feriez mieux de vous intéresser aux vandales.

— Certainement, je ne demande pas mieux, répondit-elle avec hypocrisie. De qui voulez-vous parler ?

— Des romanos, des routards… appelez-les comme vous voudrez, grommela-t-il. Ils sont arrivés par bus entiers à Shenstead Village, la nuit dernière. Ils bousillent l'environnement et ne pensent qu'à cambrioler les habitants. C'est sur eux que vous devriez faire votre papier, Miss Fowler. Voilà la vraie vermine. Occupez-vous d'eux et vous rendrez un fier service à la communauté.

— Seriez-vous prêt à lâcher vos chiens contre eux ?

— Plutôt deux fois qu'une, dit-il, faisant pivoter Bouncer pour rejoindre la chasse.

*

Tapi dans le bois, P'tit Loup observait les gens qui se promenaient sur la pelouse. Il avait d'abord cru que c'étaient deux hommes, mais quand l'un des deux avait ri, il lui avait semblé reconnaître la voix d'une femme. Ils étaient trop loin pour qu'il entende ce qu'ils disaient, mais ils ne ressemblaient pas à des assassins. En tout cas pas au vieil assassin dont Renard avait parlé. Il distinguait un peu mieux l'homme vêtu d'un grand manteau brun que l'autre, dont le visage était en partie dissimulé par un chapeau, et il lui trouvait l'air gentil. Il souriait souvent et, une ou deux fois, il avait posé la main dans le dos de l'autre pour lui montrer le chemin.

P'tit Loup eut soudain terriblement envie de sortir de sa cachette et de courir vers l'homme pour lui demander de l'aide. C'était une mauvaise idée, il le savait. Les gens se détournaient dès qu'il demandait de l'argent… Pourtant l'argent, ce n'était pas grand-chose. Comment réagirait un étranger s'il réclamait du secours ? Il le livrerait à la police, sûrement, ou bien il le reconduirait chez Renard. Il tourna son visage gelé vers la maison et s'émerveilla une fois encore de ses dimensions. « Tous les voyageurs du monde pourraient y tenir, se dit-il, alors pourquoi est-ce qu'un assassin a le droit d'y habiter tout seul ? »

Ses yeux attentifs perçurent un mouvement dans la pièce du bas, à l'angle de la maison, et après s'être concentré quelques secondes, il distingua une silhouette, derrière la vitre. Un frisson de terreur le parcourut lorsqu'un visage blafard se tourna vers lui, un rayon de soleil éclairant la chevelure argentée. Le vieux ! Il regardait droit dans la direction de P'tit Loup ! Le cœur battant, le petit garçon recula à quatre pattes jusqu'à ce qu'il soit hors de vuc, puis il prit ses jambes à son cou pour regagner le refuge du bus.

*

Mark enfonça ses mains dans ses poches pour les réchauffer.

— J'ai l'impression que c'est la volte-face de James qui vous a persuadée de venir, dit-il à Nancy, mais je ne comprends pas pourquoi.

— C'est plutôt la soudaineté de sa décision, répondit-elle, rassemblant ses idées. Sa première lettre donnait à penser qu'il tenait tellement à prendre contact avec moi qu'il était prêt à dépenser une fortune en dommages et intérêts, simplement pour avoir une réponse. Son courrier suivant suggérait exactement le contraire. « Ne vous manifestez pas… personne ne saura jamais qui vous êtes. » Je me suis d'abord dit que j'avais eu tort de lui répondre. Il cherchait peut-être à m'inciter à lui intenter un procès qui aurait dilapidé la fortune familiale et empêché son fils de mettre la main dessus…

Elle s'interrompit sur une inflexion ascendante, transformant son affirmation en interrogation.

Mark secoua la tête.

— Je n'y crois pas. Il n'est pas assez retors pour cela.

« Ou du moins, il ne l'était pas autrefois », songea-t-il.

— Non, admit-elle. Autrement, il aurait donné une description très différente de lui-même et de son fils. (Elle s'interrompit encore, essayant de se remémorer l'effet que lui avait fait cette correspondance.) Cette petite fable qu'il m'a envoyée était vraiment bizarre. Elle laissait clairement entendre que Leo avait tué sa mère de colère, parce qu'elle refusait de continuer à le renflouer. Vous pensez que c'est vrai ?

— Que Leo a tué Ailsa ?

— Oui.

Mark secoua la tête.

— Impossible. Il était à Londres cette nuit-là. Un alibi en béton. La police a vérifié tout cela de très près.

— Mais James ne l'a pas cru ?

— Sur le moment, si, dit Mark, mal à l'aise, c'est du moins l'impression que j'ai eue. (Il s'interrompit.) Vous ne croyez pas que vous poussez votre interprétation de la fable un peu loin, capitaine Smith ? Si je me souviens bien, James s'excusait dans sa seconde lettre de s'être laissé aller à un certain sentimentalisme. Il faut certainement lui donner un sens plus symbolique que littéral. Supposons qu'il ait écrit « vitupéra contre » au lieu de « dévora » ? La formulation aurait été beaucoup moins haute en couleur... mais bien plus proche de la vérité. Leo n'hésitait pas à se disputer avec sa mère, mais il ne l'a pas tuée. Personne ne l'a tuée. Elle a fait un arrêt cardiaque.

Nancy hocha la tête d'un air absent, comme si ses pensées étaient ailleurs.

— Ailsa a refusé de lui donner de l'argent ?

— Dans la mesure où elle a révisé son testament au début de l'année pour déshériter ses deux enfants, on pourrait dire ça, oui... (Il secoua la tête.) En fait, j'ai toujours considéré que c'était une excellente raison pour que Leo ne l'ait *pas* tuée. Sa sœur et lui avaient été informés de cette modification, ils savaient donc que sa mort ne leur rapporterait rien... en tout cas pas le demi-million qu'ils espéraient. Ils avaient plus de chances de l'obtenir si elle restait en vie.

Nancy tourna les yeux vers la mer. Une ride pensive se creusa entre ses sourcils.

— Ce serait à cela que James faisait allusion en parlant de « revenir à de meilleurs sentiments » ?

— Certainement. (Mark sortit ses mains de sa poche et souffla dessus.) Il vous a dit que ses enfants l'avaient déçu et je ne commettrai donc pas d'indiscrétion en insistant sur ce point. Ailsa était toujours à la recherche de moyens de pression, et ce nouveau testament devait sans doute les inciter à mieux se conduire.

— D'où la nécessité de me retrouver, fit Nancy sans hostilité. J'étais un autre moyen de pression.

— Je n'irais pas jusque-là, corrigea Mark d'un air contrit. Il s'agissait plutôt de renouer avec la génération suivante. Leo n'a pas d'enfant… l'avenir génétique de la famille dépend de vous.

Elle se tourna vers lui.

— Je n'avais jamais pensé à mes gènes avant que vous ne vous manifestiez, dit-elle avec un petit sourire. Maintenant, ils me terrifient. Les Jolly-Renard ne pensent-ils donc jamais qu'à eux-mêmes ? Mon seul patrimoine serait-il l'égoïsme et la cupidité ?

Mark se remémora le contenu des bandes magnétiques de la bibliothèque. Comment réagirait-elle si elle les entendait ?

— Il faut que vous parliez à James. Je ne suis qu'un simple notaire, qui obéit aux instructions. Faites-en ce que vous voudrez, mais je ne crois pas que l'on puisse accuser d'égoïsme l'un ou l'autre de vos grands-parents. Je pense que James a eu tort de vous écrire — et je le lui ai dit — mais, de toute évidence, il était déprimé quand il l'a fait. Ce n'est sans doute pas une excuse, mais cela pourrait expliquer, au moins en partie, son apparente confusion.

Elle soutint son regard un moment.

— La fable suggérait aussi que Leo le tuerait s'il donnait une partie de l'argent à quelqu'un d'autre. Est-ce que *ça*, c'est vrai ?

— Je n'en sais rien, dit Mark franchement. La première fois que j'ai lu ce truc, c'était hier, et je n'ai pas la moindre idée de ce que ça veut dire. Il n'est pas très facile de parler à James en ce moment, vous vous en doutez, et moi-même, je ne sais pas très bien ce qu'il a en tête.

Elle ne répondit pas tout de suite, semblant examiner le bien-fondé de ses idées avant de prendre la peine de les exprimer.

— Pour le plaisir d'ergoter, murmura-t-elle enfin, admettons que ce que James a écrit correspond exactement à sa pensée : Leo s'est mis en colère et a tué sa mère parce qu'elle lui refusait de l'argent ; il menace son père de lui faire subir le même sort s'il a le culot de faire profiter quelqu'un d'autre de cette fortune. Pourquoi a-t-il renoncé à me mêler à cette affaire entre sa première et sa deuxième lettre ? Qu'est-ce qui a changé entre octobre et novembre ?

— Vous lui avez fait savoir on ne peut plus clairement que vous ne vouliez pas de son argent et que vous refusiez d'affronter Leo à ce sujet. Il a peut-être pris ça au sérieux.

— La question n'est pas là.

Il prit l'air intrigué.

— Où est-elle alors ?

Nancy haussa les épaules.

— Si son fils est aussi dangereux que la fable le laisse entendre, pourquoi ne s'est-il pas inquiété d'emblée à l'idée de me mêler à cette affaire ? Ça faisait plusieurs mois qu'Ailsa était morte quand il vous a demandé de me rechercher. Au moment où il a écrit sa première lettre, il était persuadé que Leo était pour quelque chose dans sa mort. Ça ne l'a pas empêché de m'écrire.

Mark suivait sa démonstration point par point.

— Est-ce que ça ne prouve pas justement que vous déduisez trop de choses de sa lettre ? Si James avait cru vous mettre en danger, il ne m'aurait jamais demandé de vous rechercher… et si personnellement j'avais eu le moindre doute, je m'en serais abstenu.

Un nouveau haussement d'épaules.

— Dans ce cas, pourquoi le revirement de sa deuxième lettre ? Pourquoi toutes ces promesses de discrétion, ces assurances de respect de mon anonymat ? Je m'attendais à ce qu'il renchérisse, qu'il me dise que j'avais mal compris ; au lieu de quoi, j'ai reçu une lettre assez confuse, dans laquelle il s'excusait de m'avoir écrit. (À voir son expression perplexe, elle craignit de n'avoir pas été suffisamment explicite.) J'ai eu l'impression qu'entre ses deux lettres, quelqu'un lui a fait une peur du diable, reprit-elle, et je suppose que c'est Leo. Il est le seul que James ait l'air de craindre.

Elle scrutait son visage et remarqua son regard circonspect.

— Et si nous allions nous asseoir là-bas pour bavarder quelques instants, voulez-vous ? proposa-t-elle brusquement, se dirigeant vers un banc qui surplombait la vallée. Est-ce que la description que James m'a donnée de Leo est exacte ?

— Tout à fait, dit Mark en lui emboîtant le pas. Il est absolument charmant jusqu'au moment où vous le contrariez… et là, il se transforme en salaud fini.

— Il vous est arrivé de le contrarier ?

— James et Ailsa sont mes clients depuis deux ans.

— Et alors ? demanda-t-elle, en faisant le tour du banc et en observant les lattes gorgées d'eau.

— Jusqu'à ce que j'entre en scène, les affaires de la famille étaient administrées par le meilleur ami de Leo.

— Je vois… (Elle désigna le banc d'un signe de tête.) Vous me prêteriez un bout de votre ciré ? Je n'ai pas très envie de me mouiller les fesses…

— Bien sûr. (Il commença à défaire les pressions.) Très volontiers.

Les yeux de Nancy brillèrent de malice.

— Êtes-vous toujours aussi courtois, Mr Ankerton, ou réservez-vous un traitement de faveur aux petites-filles de vos clients ?

Il se débarrassa de son ciré d'un mouvement d'épaules et le jeta sur le banc d'un geste auguste.

— Effectivement, capitaine Smith, les petites-filles de mes clients ont droit à un traitement de faveur. Je ne sais jamais quand… ni si… je vais hériter de leur clientèle.

— Dans ce cas, vous allez vous geler pour rien, l'avertit-elle, parce que je pense que je n'aurai jamais besoin de vos services. Vous en faites un peu trop, vous ne croyez pas ? Je n'ai besoin que d'un petit triangle… Si vous défaites le rabat, vous n'êtes même pas obligé de le retirer.

Il s'assit au milieu du banc et étendit ses jambes devant lui.

— Vous me faites bien trop peur, murmura-t-il. Que suis-je censé faire de mon bras ?

— Je n'avais pas l'intention de me mettre aussi près de vous, répliqua-t-elle en posant inconfortablement un bout de fesse sur le petit espace de banc resté libre.

— Je ne vois pas bien comment vous pouvez faire autrement, si vous vous asseyez sur le manteau d'un monsieur… et qu'il est encore dedans.

Il avait des yeux brun foncé, presque noirs, un peu trop insistants.

— Vous devriez faire un stage de survie, rétorqua-t-elle cyniquement. Vous découvririez vite qu'on se fiche pas mal de ce qu'on touche, pourvu qu'on ait chaud.

— Mais ce n'est pas un stage de survie, capitaine, dit-il négligemment. Nous sommes assis en pleine vue de mon client, qui ne trouvera certainement pas amusant du tout de voir son notaire enlacer sa petite-fille.

Nancy regarda derrière elle.

— Oh, mon Dieu, vous avez raison, s'écria-t-elle en se levant d'un bond. Le voilà qui arrive.

Mark se retourna d'un bond.

— Où ça ? Oh ! ha, ha, ha ! lança-t-il d'un ton sarcastique. Vous trouvez sans doute ça drôle ?

— Désopilant, dit-elle en se rasseyant. Et les affaires de la famille étaient en ordre ?

Mark reprit sa place, ménageant ostensiblement une certaine distance entre elle et lui.

— Oui, dans la mesure où, à l'époque, mon prédécesseur suivait les instructions de James. Je l'ai remplacé le jour où James a voulu modifier ses dispositions sans en avertir Leo.

— Comment Leo a-t-il réagi ?

Il regarda pensivement l'horizon avant de répondre lentement :

— C'est la question à un million de dollars.

Elle le dévisagea avec curiosité.

— Je veux dire, comment a-t-il réagi à votre égard ?

— Oh… il m'a invité à dîner plusieurs fois, avant de comprendre que je n'avais pas l'intention de trahir la confiance de ses parents. Alors, il s'est vengé.

— Comment ?

Il secoua la tête.

— Rien de grave. Des histoires personnelles, c'est tout. Comme on vous l'a dit, il peut se montrer tout à fait charmant quand il s'en donne la peine. Les gens se font avoir.

Sa voix était amère et Nancy soupçonna que ces « histoires personnelles » avaient eu grande importance pour lui. Elle se pencha, les coudes sur ses genoux. « Remplacez "les gens" par "les femmes" et ajoutez "par Leo" », se dit-elle. *Les femmes se font avoir par Leo*… Une femme ? La femme de Mark ?

— Que fait Leo ? Où habite-t-il ?

Pour quelqu'un qui ne voulait rien savoir de sa famille biologique, elle se montrait soudain bien curieuse.

— Il joue, il fait la noce et vit dans un appartement de Knightsbridge qui appartient à son père. (Sa mine désapprobatrice amusa Nancy.) Ou plus exactement, il est sans emploi et incapable d'en trouver parce qu'il a volé de l'argent à la banque où il travaillait. Il n'a évité la prison et la ruine que parce que son père a remboursé sa dette. Ce n'était pas la première fois, d'ailleurs. Ailsa avait dû le faire libérer sous caution à plusieurs reprises déjà. Il est incapable d'arrêter de jouer.

— *Mon Dieu !* (Nancy était sincèrement choquée.) Mais quel âge a-t-il ?

— Quarante-huit ans. Il passe ses nuits au casino. Ça fait des années que ça dure… même à l'époque où il travaillait. C'est un arnaqueur, ni plus ni moins. Les gens se font rouler dans la farine parce qu'il présente bien. Je ne sais pas où il en est — ça fait des mois que je ne lui ai pas parlé —, mais sa situation ne doit pas être brillante depuis que le contenu du testament d'Ailsa a été rendu public. Il se servait de son héritage futur comme garantie pour emprunter de l'argent à droite et à gauche.

« Voilà qui explique bien des choses », songea Nancy.

— Pas étonnant que ses parents aient refait leur testament, dit-elle sobrement. Il aurait probablement vendu

155

cette propriété et tout perdu à la roulette s'il en avait hérité.

— Hmm.

— Quel *sale type* ! cracha-t-elle avec mépris.

— Vous le trouveriez certainement sympathique si on vous le présentait, l'avertit Mark. Il embobine tout le monde.

— Ça ne risque pas, dit-elle fermement. J'ai connu un type comme ça un jour, et je vous assure que je ne me ferai plus avoir. Il travaillait comme saisonnier à la ferme, quand j'avais treize ans. Tout le monde en était toqué — moi comme les autres —, jusqu'au jour où il m'a renversée sur une botte de foin et m'a fourré sa queue sous le nez. Il n'est pas allé très loin. Il était bien plus costaud que moi. Il avait dû se dire que je ne résisterais pas. Dès qu'il a desserré son étreinte, je me suis dégagée et j'ai attrapé une fourche. J'aurais mieux fait de me sauver, mais j'étais furieuse. Un salaud pareil, tout sucre tout miel, tu parles ! J'ai toujours détesté les types comme ça.

— Qu'est-ce qu'il lui est arrivé ?

— Il s'est pris quatre ans pour agression sexuelle sur mineure, répondit-elle, les yeux fixés sur l'herbe. Une vraie ordure… il a essayé de faire croire que je l'avais coincé avec la fourche parce qu'il se soulageait contre le mur de l'étable — heureusement, j'avais crié si fort que deux autres ouvriers sont arrivés. Ils l'ont trouvé accroupi par terre, son pantalon sur les chevilles. Sans quoi, il s'en serait peut-être tiré. C'était sa parole contre la mienne et, selon Maman, il s'est montré très convaincant à la barre. Pour finir, le jury a considéré qu'un homme n'a pas besoin de se mettre les fesses à l'air pour uriner contre un mur, d'autant que les cabinets du jardin n'étaient qu'à vingt mètres.

— Vous avez assisté au procès ?

— Non, j'étais trop jeune pour faire l'objet d'un contre-interrogatoire. Ma version des faits a été présentée sous forme de déposition écrite.

— Quelle a été sa ligne de défense ?

Elle lui jeta un coup d'œil.

— Que je m'étais jetée sur lui sans aucun motif, et qu'il n'avait pas cherché à se défendre de crainte de me blesser. Son avocat a fait valoir que dans la mesure où son client était plus amoché que moi, et où une gamine de treize ans n'aurait pas pu blesser aussi grièvement un homme adulte s'il s'était défendu, c'était forcément moi la coupable. Quand j'ai lu le procès-verbal d'audience, j'étais folle de rage. Il m'a décrite comme une sale gamine pourrie, une gosse de riches, avec un caractère de cochon, qui n'hésitait pas à estropier les employés de ses parents. Dans un cas comme ça, vous avez l'impression que c'est vous qui êtes sur le banc des accusés.

— Vous l'aviez vraiment amoché ?

— Pas assez. Une égratignure au derrière qui lui a valu dix points de suture. Quelques troubles de la vision aussi : une des dents de la fourche l'avait touché au coin de l'œil. C'était bien visé… il ne pouvait plus accommoder correctement… c'est pour ça qu'il n'a pas riposté. S'il avait pu voir la fourche, il me l'aurait arrachée des mains, et c'est moi qui me serais retrouvée à l'hôpital. (Son expression se durcit.) Ou au cimetière, comme Ailsa.

10

Bella monta dans son bus et retira sa cagoule, passant ses doigts gourds dans ses cheveux raides, là où la peau commençait à la démanger. Les capotes militaires, les passe-montagnes et les écharpes leur avaient été fournis par Renard la veille, au moment du rendez-vous, avec instruction de les porter chaque fois qu'ils sortaient. Sur le coup, personne n'avait discuté : avec le froid qu'il faisait, ils étaient plutôt contents de les avoir, mais Bella commençait à se demander à quoi rimait ce déguisement. Décidément, Renard connaissait trop bien les lieux.

Un léger bruit en provenance du coin cuisine, dissimulé par un rideau, attira son attention. C'était sans doute une de ses filles, et Bella tendit le bras pour écarter l'étoffe.

— Qu'est-ce qu'il y a, mon chou ? J'croyais que t'étais avec les gosses à Zadie…

Mais l'enfant qu'elle découvrit n'était pas à elle : elle reconnut immédiatement le petit maigrichon aux cheveux blonds qui lui tombaient jusqu'aux épaules. C'était un des deux gamins qui étaient dans le bus de Renard, à Barton Edge.

— Mais qu'est-ce que tu fous là, bordel ? demanda-t-elle, surprise.

— C'est pas moi, murmura P'tit Loup, en reculant pour éviter une gifle imminente.

Bella l'observa un moment, avant de se laisser tomber sur la banquette, devant la table, et de sortir une blague à tabac de la poche de son manteau.

— Comment ça, c'est pas toi ? demanda-t-elle, en ouvrant l'étui pour en sortir un paquet de Rizzla.

— J'ai rien pris.

Du coin de l'œil, elle le vit serrer un morceau de pain dans son poing fermé.

— Alors, c'était qui ?

— Je ne sais pas, dit-il, imitant le langage châtié de Renard, mais ce n'était pas moi.

Elle le dévisagea avec curiosité, se demandant où était passée sa mère et pourquoi il n'était pas avec elle.

— Et alors, qu'est-ce que tu fais ici ?

— Rien.

Bella étala le papier sur la table et disposa une fine ligne de tabac au milieu.

— T'as faim, p'tit gars ?

— Non.

— On dirait, pourtant. Et ta maman, elle te nourrit pas comme il faut ?

Il ne répondit pas.

— Le pain est gratuit. Tu peux en prendre autant que tu veux. Tout ce que t'as à dire, c'est s'il te plaît. (Elle roula le papier et en lécha le bord.) T'as envie de manger avec nous ? Tu veux que j'aille demander la permission à Renard ?

Le petit la regarda comme si elle était une ogresse, puis il prit ses jambes à son cou et fila hors du bus.

*

Mark laissa tomber sa tête entre ses mains et se massa les paupières. Cela faisait deux nuits qu'il n'avait pour ainsi dire pas fermé l'œil, et il était au bout du rouleau.

— James est manifestement le suspect numéro un dans cette affaire, dit-il à Nancy, allez savoir pourquoi. Du côté de la police et du coroner, il n'y a pourtant plus l'ombre d'une accusation. C'est une histoire de fous. Je ne sais combien de fois je lui ai demandé de démentir les rumeurs qui courent sur son compte, mais il prétend que c'est inutile… que ça va bien finir par cesser.

— Il a peut-être raison.

— Je l'ai cru moi aussi, au début, mais plus maintenant. (D'un geste inquiet, il se gratta la tête.) Il y a des gens qui le harcèlent au téléphone et certains de ces appels sont d'une méchanceté incroyable. Il les a enregistrés sur son répondeur. Tous les messages l'accusent d'avoir tué Ailsa. Ça le mine… physiquement et mentalement.

Nancy cueillit une tige d'herbe entre ses pieds.

— L'enquête a établi qu'il s'agissait d'une mort naturelle, non ? Pourquoi subsiste-t-il des doutes ?

Mark ne répondit pas tout de suite, et elle tourna la tête vers lui ; il se frottait les yeux avec les jointures des doigts. Manifestement, il manquait de sommeil. Elle se demanda combien de fois le téléphone avait sonné la nuit précédente.

— Parce que, sur le coup, tous les indices semblaient suggérer une mort *criminelle*, dit-il d'un air las. James lui-même a pensé qu'Ailsa avait été assassinée. Elle était sortie en pleine nuit… il y avait du sang sur les dalles… elle était de constitution robuste. C'est lui qui a mis la puce à l'oreille de la police en lui demandant de rechercher des traces d'effraction et comme elle n'en a pas trouvé, elle a commencé à s'intéresser à lui. C'est

160

toujours comme ça — les maris sont les premiers soup-çonnés. Mais ça l'a mis dans une colère noire. Au moment où je suis arrivé, il était en train d'accuser Leo de l'avoir tuée… ce qui n'a pas arrangé les choses.

Il se tut.

— Pourquoi ?

— Trop d'accusations sans queue ni tête. D'abord un cambrioleur, puis son fils. En fait, il était le seul sur les lieux. Son comportement avait tout de la fureur du désespoir. Il ne manquait plus qu'un témoignage pré-tendant qu'il s'était disputé avec Ailsa pour qu'il ait l'air doublement coupable. Ils l'ont cuisiné sur la nature de ses relations avec Ailsa. Est-ce qu'ils s'enten-daient bien ? Avait-il l'habitude de la frapper ? La police l'a accusé de l'avoir enfermée dehors dans un mouvement de colère, après une scène de ménage ; il a fini par leur demander pourquoi elle n'avait pas brisé une vitre ou appelé Vera et Bob à l'aide. Je vous laisse imaginer dans quel état il était après l'interrogatoire…

— Cela s'est passé au poste de police, j'imagine… alors pourquoi les gens ont-ils jasé ?

— Tout le monde a su que la police l'interrogeait. Une voiture de patrouille est venu le chercher deux jours d'affilée. Difficile de garder le secret. La police a classé le dossier quand le rapport d'autopsie a établi qu'il n'y avait rien d'anormal et qu'on a pu prouver que les traces retrouvées sur les dalles étaient du sang animal. Mais ça n'a pas suffi à faire taire les mauvaises langues. (Il soupira.) Si le médecin légiste avait été plus précis quant à la cause de la mort… Si ses enfants ne lui avaient pas battu froid à l'enterrement… Si Ailsa et lui avaient admis plus ouvertement leurs problèmes fami-liaux au lieu de faire comme si de rien n'était… Si cette fichue Mrs Weldon n'était pas tellement bouffie de vanité… (Il s'interrompit.) J'y vois une bonne illustration de la théorie du chaos. Il suffit d'une infime irrégularité pour déclencher des événements en chaîne qui aboutissent au chaos.

— Qui est Mrs Weldon ?

Du pouce, il esquissa un petit geste vers la droite.

— La femme du fermier qui habite là-bas. Celle qui prétend avoir entendu James et Ailsa se disputer. C'est l'accusation la plus compromettante qui ait été portée contre lui. Selon elle, Ailsa l'aurait accusé de lui gâcher la vie, il l'aurait traitée de salope et lui aurait flanqué un coup de poing. Ce qui fait que maintenant on l'accuse d'avoir battu sa femme, en plus du reste.

— Mrs Weldon a assisté à la scène ?

— Non. Elle les a entendus, c'est tout. C'est pour ça que la police et le coroner n'ont pas retenu son témoignage... mais elle n'en démord pas.

Nancy fronça les sourcils.

— Elle regarde trop la télé. Personne ne peut reconnaître un coup de poing au bruit... en tout cas, on ne peut pas en identifier la cible. Cuir contre cuir... un claquement de mains... ça pouvait être n'importe quoi.

— James nie l'existence même de cette querelle.

— Pourquoi Mrs Weldon mentirait-elle ?

Mark haussa les épaules.

— Je ne l'ai jamais vue, mais d'après ce que j'en sais, c'est assez le genre à inventer une histoire ou à l'exagérer pour se faire mousser. Ailsa n'en pouvait plus de ses ragots. C'est en tout cas ce que James m'a dit. Ailsa lui aurait conseillé de faire attention à ce qu'il disait quand cette femme était dans les parages, parce qu'elle n'aurait pas hésité à utiliser ses propos contre lui à la première occasion. (Il se frotta la mâchoire, perplexe.) C'est exactement ce qu'elle a fait. Plus le temps passe, plus elle est péremptoire : elle sait parfaitement ce qu'elle a entendu et qui parlait.

— Et vous, quelle est votre version des faits ?

Éludant la question, il donna une réponse manifestement préparée.

— James souffre d'arthrite et cela faisait une semaine qu'il dormait très mal. Le médecin a confirmé qu'il lui avait prescrit des somnifères le jour de la mort d'Ailsa, et qu'il manquait deux comprimés dans le flacon. James a exigé que la police lui fasse une prise de sang pour prouver qu'il était vaseux au moment où cette dispute est censée avoir eu lieu. L'analyse a effectivement établi la présence de traces de barbituriques dans son organisme. Ça n'a pas satisfait les sceptiques, évidemment — il aurait pu avaler les comprimés après la mort d'Ailsa —, mais le coroner s'en est contenté. (Il garda le silence un moment, et Nancy l'imita.) Ça n'aurait pas suffi si l'assassinat avait été prouvé, mais les choses étant ce qu'elles sont…

Il ne prit pas la peine d'achever.

— Votre théorie du chaos me paraît assez juste, dit-elle, compatissante.

Il émit un rire rauque.

— C'est une drôle de pagaille, pour tout vous dire. Même le fait qu'il ait pris un somnifère est considéré comme suspect. Pourquoi ce jour-là ? Pourquoi deux comprimés ? Pourquoi exiger une prise de sang ? Il lui fallait un alibi, voilà ce qu'on raconte.

— C'est ça, les appels téléphoniques dont vous parliez ?

— Hmm. J'ai écouté les enregistrements… La situation aurait plutôt tendance à empirer. Vous m'avez demandé s'il s'était passé quelque chose entre octobre et novembre… eh bien, oui, il y a eu ces appels, par exemple. Il en avait reçu un ou deux pendant l'été — rien de bien terrible, de longs silences, c'est tout —, mais le rythme s'est accéléré en novembre. La fréquence est passée à deux ou trois par semaine. (Il s'arrêta, se demandant visiblement ce qu'il pouvait lui confier.) C'est insupportable, reprit-il brusquement. Actuellement, nous en sommes à cinq par *nuit*. Ça doit faire des semaines qu'il ne dort plus… c'est peut-être pour cela qu'il va s'asseoir sur la terrasse. Je lui ai proposé de changer de numéro, mais il refuse de passer pour un lâche. Il dit que le harcèlement téléphonique est une forme de terrorisme et qu'il n'a pas l'intention de plier l'échine.

Nancy comprenait cette attitude.

— Qui fait ça ?

Nouveau haussement d'épaules.

— Nous n'en savons rien. La plupart des appels viennent d'un numéro ou de plusieurs numéros cachés… le correspondant doit faire le 141 pour empêcher qu'on identifie sa ligne. James a repéré quelques correspondants en composant le rappel automatique sur le 1471. Il en a dressé la liste. Ça ne va pas bien loin. Mais le plus malfaisant… (il s'interrompit)… ou *les* plus malfaisants — il est difficile de savoir si c'est toujours la même personne —, n'est pas assez idiot pour se faire connaître.

— Il parle ? Vous n'avez pas reconnu sa voix ?

— Oh, ça, pour parler, il parle, dit Mark amèrement. L'appel le plus long dure une demi-heure. J'ai l'impression que c'est un homme et qu'il n'y en a qu'un — probablement Leo, car il est très bien informé sur la famille —, mais il utilise un déformateur de voix. On dirait Dark Vador.

— J'ai déjà vu des engins comme ça. Ils marchent tout aussi bien avec les voix de femmes.

— Je sais… c'est bien le problème. Les choses seraient plus simples si nous étions sûrs que c'est Leo… mais ça peut être n'importe qui.

— Je suppose que c'est illégal, non ? Vous ne pouvez pas demander aux télécommunications d'intervenir ?

— Elles ne peuvent rien faire sans autorisation de la police, et James refuse de la prévenir.

— Pourquoi ?

Mark recommença à se frotter les paupières, et Nancy se demanda pourquoi cette question l'embarrassait.

— Je crois qu'il a peur d'aggraver les choses en faisant entendre à la police ce que raconte Dark Vador, dit-il enfin. Il y a des détails sur certains événements… (un long silence)… James nie tout, bien sûr, mais à force de les entendre…

Il se réfugia dans le silence.

— Ils finissent par avoir l'air convaincants, acheva-t-elle à sa place.

— Hmm. Certains faits sont certainement véridiques. Alors forcément, on s'interroge sur les autres.

Nancy se rappela que le colonel avait fait allusion à la loyauté indéfectible de Mark Ankerton, alors que tous le vouaient aux gémonies, et elle se demanda s'il se doutait que son homme de loi commençait à faiblir.

— Vous me feriez écouter ces bandes ? demanda-t-elle.

Il prit l'air épouvanté.

— Vous n'y songez pas ! James ferait une attaque s'il l'apprenait. Elles sont franchement ignobles, vous savez. Si c'était à moi que ces appels étaient destinés, j'aurais changé de numéro et je me serais fait mettre sur liste rouge immédiatement. Cette saleté de Weldon n'a même pas le cran de parler… elle téléphone au milieu de la nuit pour le réveiller… et puis elle reste là, à haleter pendant cinq minutes.

— Pourquoi est-ce qu'il décroche ?

— Il ne décroche pas… mais ça n'empêche pas le

téléphone de sonner et de le réveiller, et la bande enre-
gistre ses halètements.

— Pourquoi est-ce qu'il ne le débranche pas, la nuit ?

— Il rassemble des preuves… dont il n'a pas l'intention de se servir.

— À quelle distance se trouve la ferme des Weldon ?

— À moins d'un kilomètre, sur la route de Dorchester.

— Pourquoi n'allez-vous pas lire à cette femme
quelques articles de loi sur le harcèlement moral ? Elle
ne doit pas être bien redoutable, d'après ce que vous en
dites. Si elle n'a même pas le courage de parler à James,
elle va probablement tourner de l'œil en voyant débouler son notaire.

— Ce n'est pas si facile. (Il souffla dans ses mains
pour les réchauffer.) J'ai tenté le coup avec son mari, ce
matin, au téléphone, je l'ai averti que nous allions
porter plainte contre sa femme pour diffamation. James
est arrivé au milieu de la conversation et il m'a passé un
savon. Il refuse toute action en justice… il parle de drapeau blanc… ça sent la reddition, voilà ce qu'il dit. Je
dois avouer que son raisonnement m'échappe complètement. Il multiplie les métaphores de siège, comme s'il
menait une guerre d'usure, au lieu d'agir comme je le
voudrais et de porter le combat dans le camp de l'ennemi. Je sais qu'il redoute qu'une action en justice ne
ranime l'intérêt de la presse — ce qu'il tient à éviter —,
mais j'ai aussi l'impression qu'il a vraiment peur que la
police ne se penche de plus près sur la mort d'Ailsa.

Nancy retira son chapeau et fourra ses mains dans
ses poches.

— Ce qui ne veut pas dire qu'il soit coupable, dit-
elle. Il est certainement bien plus affreux d'être innocent et de ne pas pouvoir en apporter la preuve que
d'être coupable et de passer son temps à effacer les

traces de son crime. L'une des démarches est passive, l'autre active. Et James est un homme d'action.

— Dans ce cas, pourquoi ne pas suivre mon conseil et attaquer ces salauds ?

Elle se leva.

— Pour les raisons que vous m'avez indiquées. Allons, je vous entends claquer des dents. Remettez votre manteau et marchons un peu. (Elle attendit qu'il eut reboutonné son ciré puis reprit délibérément le chemin du jardin japonais.) Il ne sert à rien de se lancer à l'assaut si vous êtes sûr de vous prendre une balle, remarqua-t-elle. Peut-être devriez-vous lui suggérer des opérations de guérilla plutôt qu'un déploiement de troupes en bonne et due forme avec dépôt de plainte et recours à la police. Envoyer un tireur descendre l'ennemi dans son abri n'a rien de déshonorant.

— Mon Dieu ! gémit-il, enfonçant subrepticement le chapeau de Nancy dans sa poche, conscient d'avoir mis la main sur une mine d'or. (Si elle ne s'en rendait pas compte, le problème du test d'ADN serait facilement réglé.) Vous ne valez pas mieux que lui. Vous pourriez me traduire ça en langage de civil ?

— Éliminez tous ceux que vous pouvez identifier, comme Mrs Weldon, puis concentrez-vous sur Dark Vador. Il sera plus facile à neutraliser une fois que vous l'aurez isolé. (Sa mimique lui arracha un sourire.) C'est de la tactique élémentaire.

— Je n'en doute pas, fit-il d'un air morose. Mais dites-moi comment vous avez l'intention d'y parvenir sans porter plainte.

— Diviser pour mieux régner. Vous avez fait un bon début avec le mari de Mrs Weldon. Comment a-t-il réagi ?

— Il était furieux. Il ignorait tout de ces appels.

— Excellent ! Avez-vous pu identifier quelqu'un d'autre avec le 1471 ?

— Eleanor Bartlett… Elle habite Shenstead House, à une cinquantaine de mètres d'ici. C'est une amie de Prue Weldon.

— Dans ce cas, elles doivent constituer l'axe majeur de la campagne contre James. Il faut les diviser.

Il découvrit ses dents dans une grimace sarcastique.

— Et comment suis-je censé procéder ?

— Commencez par croire à la cause pour laquelle vous vous battez, dit-elle sans émotion. Mieux vaut ne rien faire que d'agir sans conviction. Si la version de Mrs Weldon est exacte, James ment. Si James dit la vérité, c'est Mrs Weldon qui ment. C'est blanc ou noir. Même si elle croit dire la vérité — mais que ce n'est *pas* la vérité —, c'est un mensonge. (Elle lui retourna sa grimace.) À vous de choisir votre camp.

Pour Mark, qui ne voyait dans toute cette histoire qu'un déroutant mélange de gris, cette présentation des faits était incroyablement simpliste, et il se demanda ce que Nancy avait bien pu étudier à Oxford. Une discipline aux paramètres parfaitement établis ; la physique, ou quelque chose comme ça, où torsion et poussée avaient des limites définies, et où des équations mathématiques produisaient des résultats probants. Bien sûr, elle n'avait pas entendu les bandes, mais quand même…

— La réalité n'est jamais toute blanche ni toute noire, protesta-t-il. Et si les deux camps mentent ? Et s'ils sont honnêtes sur un point, et mentent sur un autre ? Et si leur point de désaccord n'a rien à voir avec le prétendu crime ? (Il pointa un doigt vers elle.) Que faites-vous dans ce cas… à supposer que vous ayez une conscience et refusiez de tirer sur un innocent ?

— Il ne vous reste plus qu'à démissionner, répondit

Nancy catégoriquement. À devenir pacifiste. À déserter. Écouter la propagande ennemie, c'est saper votre moral et celui de vos troupes. Tactique *élémentaire*. (Elle pointa à son tour son index vers lui pour souligner ses propos.) La propagande est une arme puissante. Tous les tyrans de l'Histoire l'ont prouvé.

11

Eleanor Bartlett ne fut pas mécontente quand Prue l'appela pour lui annoncer la présence de routards au Bois-Taillis. C'était une femme envieuse, qui adorait les conflits. Si elle avait été assez riche pour céder à ses lubies, elle serait allée en justice pour un oui ou pour un non, et se serait fait traiter de procédurière. Les choses étant ce qu'elles étaient, elle se contentait de déstabiliser ses relations sous prétexte de « franchise ». Cela ne la rendait sans doute pas sympathique, mais cela lui donnait de l'influence. Les villageois, et notamment les propriétaires de résidences secondaires qui ne venaient que pour le week-end et ne pouvaient défendre leur réputation, préféraient généralement ne pas se la mettre à dos.

C'était Eleanor qui avait incité son mari à prendre une retraite anticipée pour s'installer à la campagne. Julian avait accepté à contrecœur, uniquement parce qu'il savait que ses jours dans la société où il travaillait étaient comptés. Ce qui ne l'empêchait pas de douter de la sagesse de cette décision. Son existence en ville ne lui déplaisait pas — un salaire de cadre supérieur, un bon petit portefeuille d'actions, de quoi se payer une ou deux croisières pendant sa retraite, des amis agréables qui aimaient bien prendre un verre après le boulot et faire une partie de golf le week-end, des voisins accommodants, un abonnement au câble, ses enfants d'un premier lit dans un rayon de dix kilomètres.

Comme d'habitude, un savant mélange de bouderies et de scènes avait eu raison de ses atermoiements, et cela faisait à présent quatre ans que la vente de leur modeste appartement (selon les critères londoniens) à la limite de Chelsea leur avait permis d'acheter une maison bien plus imposante dans un village du Dorset où l'inflation immobilière n'avait pas encore atteint les niveaux de la capitale. Shenstead House, une construction victorienne cossue, apportait à ses propriétaires une aura de tradition et d'histoire que le 12 Croydon Road, un immeuble des années 1970, était bien incapable de leur offrir. Eleanor mentait allègrement à propos de leur précédent domicile — « *à deux pas de chez Margaret Thatcher* » —, de la situation de son mari dans la société qui l'employait — « *directeur* » — et du montant de son salaire — « *à six chiffres* ».

Paradoxalement, ce déménagement lui avait mieux réussi qu'à elle. Alors que l'isolement de Shenstead et le faible nombre de ses résidants permanents donnaient à Eleanor le statut de gros poisson dans une petite mare — ce à quoi elle avait toujours aspiré —, ces mêmes éléments avaient rendu son triomphe un peu vain. Toutes ses tentatives pour s'insinuer dans les bonnes grâces des Jolly-Renard avaient échoué — James l'avait évitée, Ailsa s'était montrée polie mais distante —, et elle refusait de s'abaisser à fréquenter les Woodgate ou, pire encore, le jardinier des Jolly-Renard et sa femme. Les difficultés financières des prédécesseurs des Weldon à Shenstead Farm avaient rendu leur compagnie plutôt déprimante, et les vacanciers — tous suffisamment riches pour posséder une maison à Londres *et* une résidence secondaire à la mer — n'étaient manifestement pas plus impressionnés que les Jolly-Renard par la nouvelle maîtresse de Shenstead House.

Si encore Julian avait eu, comme elle, l'ambition de se faire accepter par la bonne société du Dorset ou avait bien voulu, au moins, la soutenir dans ses efforts, la vie aurait peut-être été plus supportable ; mais, affranchi de la nécessité de gagner sa vie et agacé par les critiques incessantes d'Eleanor qui lui reprochait sa paresse, il avait cherché à s'occuper. D'un naturel grégaire, il avait mis le cap sur le pub hospitalier du village voisin et, levant le coude aussi bien qu'un autre, s'était fait son trou dans cette communauté rurale, sans se soucier de savoir si ses compagnons de bordée étaient des propriétaires fonciers, des cultivateurs ou des ouvriers agricoles. Ayant grandi dans le Wiltshire, il eut moins de mal que sa femme à adopter le rythme de la campagne. Et, au grand dam de son épouse, il ne voyait aucun inconvénient à partager une pinte avec Stephen Woodgate ou avec Bob Dawson, le jardinier des Jolly-Renard.

Il n'invitait jamais Eleanor à l'accompagner. Maintenant qu'il passait plus de temps avec elle et avait plus de mal à échapper à sa langue acérée, il comprenait mieux pourquoi il avait tant hésité à prendre sa retraite. S'ils étaient arrivés à se supporter pendant vingt ans, c'est parce qu'il avait été absent toute la journée. Il avait donc décidé de s'en tenir à ce mode de vie. En l'espace de quelques mois, il avait redécouvert les joies de l'équitation qu'il avait pratiquée dans son enfance, il avait pris des leçons, retapé l'écurie qui se trouvait à l'arrière de sa maison, clôturé la moitié du jardin pour en faire un enclos, acheté un cheval et s'était inscrit à la société de chasse locale. Grâce à ces activités, il s'était fait des partenaires de golf et de billard tout à fait acceptables. Il faisait aussi un peu de voile de temps en temps et, au bout de dix-huit mois, s'était déclaré pleinement satisfait de sa nouvelle existence.

Évidemment furieuse, Eleanor lui reprochait de gaspiller leur argent en passe-temps égoïstes, dont il était le seul à profiter. Elle nourrissait une rancœur tenace à l'idée qu'ils avaient manqué d'un an le boom immobilier, et ne décoléra pas le jour où elle apprit que leurs anciens voisins de Chelsea avaient vendu un logement identique au leur deux ans plus tard pour cent mille livres de plus. Ne reculant pas devant une contradiction de plus, elle avait fort opportunément oublié son rôle dans cette décision et en voulait à son mari d'avoir vendu trop tôt.

Elle s'acharnait contre lui. Son indemnité de départ n'avait pas été si généreuse, en toute conscience, et ils ne pouvaient pas se permettre de faire des folies. Comment pouvait-il gaspiller de l'argent pour remettre l'écurie en état, alors qu'il y avait les papiers peints et les moquettes à changer ? Que penseraient les gens en voyant les peintures écaillées et les moquettes usées ? Il s'était mis à la chasse exprès, pour la couler auprès des Jolly-Renard. Il savait bien, tout de même, qu'Ailsa soutenait la Ligue contre les sports cruels !

Exaspéré par sa femme et par ses prétentions sociales, Julian lui conseilla d'en faire moins. À quoi bon se monter la tête si les gens n'étaient pas aussi mondains qu'elle l'aurait souhaité ? Ailsa se consacrait essentiellement à ses œuvres de charité. James préférait s'enfermer dans sa bibliothèque pour se plonger dans l'histoire de sa famille. C'étaient des gens tout à fait discrets qui n'avaient pas la moindre envie de perdre leur temps en bavardages, ni de se mettre sur leur trente et un pour des apéritifs et des dîners. Comment savait-il tout cela ? avait demandé Eleanor. Il avait discuté avec un type, au pub.

L'arrivée des Weldon à Shenstead Farm avait été une véritable planche de salut pour Eleanor. Elle avait trouvé en Prue une âme sœur qui lui avait rendu un peu d'assurance. Prue l'admirait et, comme elle avait passé dix ans de l'autre côté de Dorchester, elle avait de nombreuses relations. Bref, elle était la personne dont Eleanor avait besoin. Le passé londonien et les allures chic de cette dernière rejaillissaient sur Prue qui n'hésitait plus à critiquer ouvertement les hommes et le mariage. Elles s'inscrivirent à un club de golf et apprirent à jouer au bridge. Elles faisaient des virées de shopping ensemble à Bournemouth et à Bath. C'était une amitié paradisiaque — ou infernale : deux femmes en parfaite intelligence.

Quelques mois auparavant, lors d'un dîner particulièrement atroce au cours duquel Eleanor et Prue, éméchées, s'étaient liguées pour les insulter, Julian avait aigrement fait remarquer à Dick qu'on aurait dit Thelma et Louise atteintes par la ménopause — sans le sex-appeal des modèles originaux. Il fallait se féliciter qu'elles ne se soient pas rencontrées plus tôt : il n'y aurait plus un homme vivant sur la planète — qu'il ait eu le courage de les violer ou non. Dick n'avait pas vu le film, mais il avait ri quand même.

La légère distorsion que Prue infligea aux faits lors de sa conversation avec Eleanor en ce 26 décembre au matin n'avait donc rien de très surprenant. La « dérobade » de Julian relevait d' « une réticence typiquement masculine à assumer ses responsabilités » ; la « stupidité » de Dick, qui avait téléphoné à Shenstead Manor, était « une réaction de panique devant une situation qu'il n'arrivait pas à gérer » ; quant aux « coups de fil injurieux » et « calomnieux » du notaire, elle les interprétait comme « de lâches menaces parce que James avait trop peur de se retrouver devant les tribunaux ».

— Combien de routards y a-t-il ? demanda Eleanor. J'espère bien qu'ils ne vont pas remettre ce qui s'est passé à Barton Edge. D'après le *Dorset Echo*, ils étaient quatre cents, là-bas.

— Je ne sais pas. Dick a pris la mouche et il est parti sans me donner de détails. Mais ils ne doivent pas être très nombreux. Autrement, leurs véhicules bloqueraient la route. Rappelle-toi : à Barton Edge, il y a eu huit kilomètres de bouchons.

— Il a prévenu la police ?

Prue poussa un soupir agacé.

— Ça m'étonnerait. Il a le chic pour éviter les affrontements, tu le connais.

— C'est bon, tu peux compter sur moi, dit Eleanor, habituée à prendre les choses en main. Je vais aller jeter un coup d'œil sur place, puis j'appellerai la police. Inutile d'engraisser des avocats si on peut l'éviter.

— Rappelle-moi quand tu en sauras plus long. Je ne bouge pas de la journée. Nous attendons Jack et Belinda en fin d'après-midi... mais pas avant six heures.

— Parfait, dit Eleanor, et elle raccrocha sur un « à plus tard » enjoué, avant de passer dans la véranda située à l'arrière de la maison pour prendre sa veste matelassée à rayures multicolores et ses chaussures de marche griffées.

Elle avait quelques années de plus que son amie — la soixantaine approchait à grands pas —, mais elle mentait systématiquement sur son âge. Les hanches de Prue avaient tendance à prendre une ampleur catastrophique, mais Eleanor était bien décidée à garder la ligne. Cela faisait huit ans qu'un THS lui permettait de conserver une peau correcte, mais elle avait la hantise de prendre

175

du poids. Elle n'avait pas envie d'avoir soixante ans ; et moins encore de les *faire*.

Elle se glissa sur le côté de sa BMW rangée dans l'allée, et se dit que depuis la mort d'Ailsa tout allait vraiment mieux. Il n'y avait plus à se demander, maintenant, qui était la plus grande dame du village. Quant à leur situation financière, elle s'était spectaculairement améliorée. Elle s'en était vantée auprès de Prue en évoquant une Bourse en hausse et de judicieux investissements dans des sociétés offshore, tout en se félicitant que son amie fût trop bête pour comprendre de quoi il retournait. Elle préférait éviter les questions gênantes.

Pour se rendre au Bois-Taillis, elle devait passer devant Shenstead Manor et, comme d'habitude, elle s'arrêta pour jeter un regard inquisiteur vers le fond de l'allée. Elle s'étonna de voir une Discovery vert foncé garée devant la fenêtre de la salle à manger et se demanda à qui elle pouvait bien appartenir. Certainement pas au notaire, qui était arrivé dans une Lexus gris métallisé le 24 au soir, ni à Leo avec qui elle avait circulé dans Londres quelques mois plus tôt à bord d'une Mercedes noire. Elizabeth ? Impossible. La fille du colonel arrivait à peine à aligner deux phrases, alors de là à conduire une voiture…

*

Mark tendit la main pour retenir Nancy à l'instant où ils passaient l'angle de la maison en venant du garage.

— C'est cette fichue Bartlett, dit-il avec agacement, en faisant un signe de tête en direction de la grille. Elle voudrait bien savoir à qui est votre voiture.

Nancy jaugea du regard la silhouette lointaine en veste rose et fuseau pastel.

— Quel âge a-t-elle ?

— Aucune idée. Son mari a la soixantaine bien sonnée, mais c'est sa seconde épouse — son ancienne secrétaire. Elle doit être nettement plus jeune que lui.

— Depuis combien de temps vivent-ils ici ?

— Je ne sais pas trop. Trois, quatre ans…

— Et qu'est-ce qu'Ailsa pensait d'elle ?

— Elle l'avait surnommée « Phytolaque »… c'est une plante des zones humides, tout à fait commune, très envahissante et qui pue atrocement. (Mark suivit des yeux Eleanor qui s'éloignait, avant de se tourner vers Nancy en faisant la grimace.) Elle est originaire d'Amérique et elle est assez dangereuse. Si vous avez l'imprudence d'en manger, vous êtes bon pour des maux de tête et des nausées carabinées. Votre mère doit la connaître, si elle s'intéresse à la flore autant qu'Ailsa. Elle a de jolies baies et des pousses comestibles, mais les racines et les tiges sont toxiques.

Nancy sourit.

— Et Prue Weldon, comment l'appelait-elle ?

— Kalmia. Une sorte de bruyère qui empoisonne les moutons. On l'appelle d'ailleurs « crevard des moutons » au Canada.

— Et vous ?

Il s'engagea dans l'allée.

— Pourquoi pensez-vous qu'elle m'ait donné un surnom ?

— Une idée, comme ça, murmura-t-elle en lui emboîtant le pas.

— Mandragore, dit-il avec une pointe d'ironie.

Nancy éclata de rire.

— C'était un compliment ou une insulte ?

— Je me le suis toujours demandé. J'ai regardé dans un bouquin. Il paraît que la racine a la forme d'un homme et qu'elle pousse un cri déchirant quand on l'arrache de terre. Les Grecs s'en servaient comme émétique

177

et comme anesthésique. Elle est toxique à forte dose, soporifique en petite quantité. Je préfère penser qu'elle s'est inspirée de mon nom. Une simple question d'assonances. Mark Ankerton, Man… dragore, ce n'est pas très éloigné.

— Ça m'étonnerait. Phytolaque et Kalmia sont remarquablement bien trouvés. Je suppose que Mandragore est tout aussi évocateur. Mandragore, l'homme-dragon. (Ses yeux pétillèrent.) Doublement macho, donc. Mais je suis sûre que dans sa bouche, c'était un compliment.

— Et l'aspect toxique ?

— Vous oubliez ses autres propriétés. La légende lui attribue des vertus magiques, notamment contre la possession démoniaque. Au Moyen Âge, on en posait une racine au-dessus de la cheminée pour conjurer le mal et apporter bonheur et prospérité au foyer. On s'en servait aussi comme philtre d'amour et comme remède contre la stérilité.

Il eut l'air amusé.

— Vous êtes bien la petite-fille d'Ailsa ! C'est presque mot pour mot ce qu'elle m'a dit quand je lui ai reproché de me mettre dans le même sac que Phytolaque et Kalmia.

— Hmm, dit-elle froidement, s'adossant à sa voiture, ostensiblement indifférente à son héritage génétique. Et comment appelait-elle James ?

— Chéri.

— Mais non ! Pas quand elle s'adressait à lui. Quel surnom lui donnait-elle quand il n'était pas là ?

— Aucun. Elle disait toujours « James » ou « mon mari ».

Elle croisa les bras et le regarda fixement, l'air songeur.

— Quand elle l'appelait « chéri », est-ce qu'elle avait l'air de le penser ?

— Que voulez-vous dire ?

— La plupart des gens ne le pensent pas. C'est un terme d'affection qui ne signifie pas grand-chose… comme : « Je t'aime de tout mon cœur. » Ça me ferait vomir qu'on me dise un truc pareil.

« Combien de fois ai-je dit "chérie" à une femme sans y penser ? » se demanda Mark.

— Comment préférez-vous qu'on vous appelle ?

— Nancy. Mais je n'ai rien contre Smith ou capitaine.

— Même s'il s'agit d'un de vos amants ?

— Surtout dans ce cas-là. Je tiens à ce qu'un homme sache qui je suis quand il me baise. « Chérie », ça peut être n'importe qui.

— Alors, ça ! s'écria-t-il avec fougue. Est-ce que toutes les femmes pensent comme vous ?

— Certainement pas, autrement elles s'abstiendraient de dire des petits mots tendres à leurs mecs.

Il éprouva le besoin irrationnel de prendre la défense d'Ailsa.

— Je suis sûr qu'Ailsa le pensait. Elle ne l'employait pour personne d'autre… pas même pour ses enfants.

— Dans ce cas, ça m'étonnerait beaucoup que James ait jamais levé la main sur elle, reprit Nancy d'un ton neutre. Si j'ai bien compris, elle se servait des noms pour définir les gens, certainement pas pour renforcer leur violence par de jolis mots. Comment appelait-elle Leo ?

Mark prit l'air intéressé, comme si le regard plus objectif de Nancy avait perçu une vérité qui lui avait échappé.

— Aconit, répondit-il. C'est une plante terriblement vénéneuse.

— Et Elizabeth ?

— Belladone, dit-il avec un sourire pincé. Tout aussi mortelle…

*

À la vue des braises qui couvaient au milieu du campement désert, Eleanor n'éprouva que de l'irritation. Il fallait être irresponsable pour laisser un feu de bois sans surveillance, même sur un sol gelé. Ignorant l'écriteau « Entrée interdite », elle posa la main sur la corde pour la soulever. Elle tressaillit en apercevant deux silhouettes cagoulées surgir de derrière les arbres, de part et d'autre du sentier.

— Vous désirez quelque chose, Mrs Bartlett ? demanda l'homme qui se trouvait à sa gauche.

Il parlait avec un léger accent du Dorset, mais aucun autre indice ne permettait de le situer, à part deux yeux pâles qui l'observaient attentivement au-dessus de l'écharpe plaquée sur le bas de son visage.

Eleanor se sentit plus décontenancée qu'elle ne l'aurait cru.

— Comment savez-vous qui je suis ? fit-elle, indignée.

— Liste électorale. (Il tapota une paire de jumelles qui pendait sur sa poitrine.) Je vous ai vue sortir de Shenstead House. En quoi pouvons-nous vous être utiles ?

Elle ne trouvait pas ses mots. Le personnage du routard courtois ne figurait pas dans son répertoire de stéréotypes, alors elle s'interrogea immédiatement sur la véritable nature de cet étrange campement. Sans raison logique — si ce n'est que les visages masqués, les capotes et les jumelles suggéraient des manœuvres militaires —, elle pensa avoir affaire à un soldat.

— J'ai dû faire erreur, reprit-elle en reposant la main

180

sur la corde pour la relever. On m'avait dit que des nomades avaient envahi le Bois-Taillis.

Renard fit un pas en avant pour maintenir la corde en place.

— Vous n'avez pas vu le panneau ? À votre place, je n'avancerais pas. (Il pointa le menton en direction des deux bergers allemands couchés par terre à côté d'un des bus.) Leurs laisses sont très longues. Il vaudrait mieux ne pas les déranger.

— Mais que se passe-t-il ? demanda-t-elle. Il me semble que le village est en droit de le savoir.

— Ce n'est pas mon avis.

La sécheresse de la réponse la laissa sans voix.

— Enfin… vous ne pouvez pas… (Elle leva une main impuissante.) Avez-vous l'autorisation d'être ici ?

— Si vous pouvez m'indiquer les coordonnées du propriétaire, je suis tout prêt à aller discuter avec lui des conditions de notre séjour.

— Ce terrain appartient au village, dit-elle.

Il tapota l'écriteau « Entrée interdite ».

— Je crains bien que non, Mrs Bartlett. Il n'existe aucun document prouvant qu'il appartienne à qui que ce soit. Il n'a même pas été enregistré comme terrain communal en vertu de la loi de 1965. Or, selon la théorie de la propriété de Locke, une parcelle vacante peut être revendiquée dans le cadre d'une appropriation par occupation de toute personne qui la clôturera, y édifiera des bâtiments et défendra son titre. Nous revendiquons donc la possession de ce terrain, à moins que et jusqu'à ce que quelqu'un nous présente un acte de propriété en bonne et due forme.

— C'est scandaleux !

— C'est la loi.

— C'est ce que nous verrons, aboya-t-elle. Je vais avertir la police dès que je serai rentrée chez moi.

— Comme vous voulez. Mais vous perdrez votre temps. Mr Weldon l'a déjà fait. Vous feriez mieux de vous chercher un bon avocat. (Il tourna la tête vers Shenstead Manor.) Peut-être devriez-vous demander à Mr Jolly-Renard l'autorisation de prendre conseil auprès de maître Ankerton… Il a l'avantage d'être sur place et je suppose qu'il est informé des dispositions et des réglementations relatives à une *terra nullius*. Ou bien auriez-vous brûlé tous vos vaisseaux de ce côté-là, Mrs Bartlett ?

Une nouvelle bouffée d'inquiétude envahit Eleanor. Qui était ce type ? Comment savait-il le nom du notaire de James ? Il ne figurait certainement pas sur la liste électorale de Shenstead.

— Je ne comprends pas de quoi vous parlez.

— *Terra nullius*. Un terrain qui n'appartient à personne.

Son regard clair la troublait — elle le trouvait étrangement familier — aussi, se retourna-t-elle vers la silhouette plus petite et plus trapue qui se tenait à ses côtés.

— Qui êtes-vous ?

— Tes nouveaux voisins, mon chou, fit une voix de femme. Et comme on a l'intention de rester un bon bout de temps, tu ferais mieux de t'y faire.

Le timbre féminin et l'accent — les diphtongues avalées d'une native de l'Essex — rassurèrent Eleanor. Elle allait pouvoir reprendre la situation en main. De plus, la femme était grosse.

— Cela m'étonnerait fort, dit-elle d'un ton hautain. Vous allez rapidement vous rendre compte que Shenstead n'est pas à votre portée.

— Pour le moment en tout cas, ça baigne, fit l'autre. Vous êtes que deux à vous être pointés depuis que ton jules est passé, à huit heures et demie. On peut pas dire que les gens se précipitent pour nous virer, vu que c'est un jour férié et que tout le monde est en congé. Qu'est-ce qu'ils foutent, les autres ? Personne leur a dit qu'on est là… ou bien ils en ont rien à cirer ?

— La nouvelle ne va pas tarder à se répandre, ne vous en faites pas.

Un rire amusé lui répondit :

— J'pense que c'est plutôt à toi de t'en faire, mon chou. On peut pas dire que les communications marchent du tonnerre chez vous. Si j'ai bien compris, c'est ton mec qu'a prévenu Mr Weldon, et puis il t'a prévenue toi… ou alors c'est ton mec qui t'a prévenue et il t'a fallu des heures pour te pomponner. En tout cas, ils t'ont envoyée au casse-pipe sans rien te dire. Mr Weldon était tellement furax qu'on a bien cru qu'il allait nous envoyer toute une armée d'avocats… et qu'est-ce qui se pointe ? De la barbe à papa. Tu parles d'un truc ! Ils ont rien de plus effrayant que toi au village ?

Les lèvres d'Eleanor se crispèrent de colère.

— Vous êtes grotesque. De toute évidence, vous ne savez pas grand-chose de Shenstead.

— J'en suis pas si sûre, murmura la femme.

Eleanor non plus. Elle était troublée par l'exactitude de leurs renseignements. Comment savaient-ils que c'était Julian qui était passé à huit heures et demie ? Quelqu'un leur aurait-il dit quelle voiture il avait ?

— Bien. Il y a pourtant un point sur lequel vous avez raison, dit-elle, croisant les doigts de ses deux mains pour remettre ses gants en place. Vous allez effectivement avoir affaire à un certain nombre d'hommes de loi. L'avocat de Mr Weldon a été prévenu, ainsi que le notaire du colonel Jolly-Renard, et maintenant que j'ai vu à quel genre de personnes nous avons affaire, je vais m'empresser de prendre contact avec le nôtre.

L'homme attira son attention en pianotant une nouvelle fois sur l'écriteau.

— N'oubliez pas de lui préciser qu'il s'agit d'une affaire de propriété vacante et d'appropriation par occupation, Mrs Bartlett. Vous vous épargnerez bien des frais si vous expliquez qu'au moment où Mr Weldon a voulu clôturer ce terrain, il lui a été impossible de trouver le moindre titre de propriété pour cette parcelle.

— Je n'ai pas besoin de vos conseils pour exposer la situation à mon avocat.

— Dans ce cas, vous feriez peut-être mieux d'attendre le retour de votre mari. Je ne pense pas qu'il ait l'intention de dépenser une fortune pour un bout de terrain qui ne l'intéresse pas. Il vous dira que c'est à Mr Weldon et à Mr Jolly-Renard de s'en occuper.

Il avait raison, Eleanor le savait, mais la simple suggestion qu'il pouvait lui falloir l'autorisation de son mari pour agir fit monter sa pression artérielle en flèche.

— Vous êtes décidément très mal informé, lança-t-elle d'un ton cinglant. Mon mari prend les affaires du village très à cœur… vous ne tarderez pas à vous en rendre compte. Il n'est pas du genre à refuser de se battre simplement parce que ses intérêts personnels ne sont pas en jeu.

— Vous m'avez l'air bien sûre de lui.

— Évidemment. C'est un homme qui respecte les droits d'autrui… contrairement à vous, espèces de vandales.

Il y eut un bref silence, qu'Eleanor interpréta comme une victoire. Avec un petit sourire de triomphe, elle fit demi-tour et s'éloigna avec raideur.

— Tu devrais peut-être lui poser deux ou trois questions sur sa copine, lança encore la femme, celle qui se pointe dès que t'as le dos tourné… une blonde… aux yeux bleus… si elle a trente ans, elle les fait pas… on peut appeler ça prendre les affaires du village à cœur, c'est sûr… moi, j'dirais plutôt qu'il s'est trouvé une jeune poule pour remplacer une vieille peau qu'aurait bien besoin d'un lifting.

*

P'tit Loup regarda la femme s'éloigner. Il l'avait vue pâlir quand Renard s'était penché vers Bella et que Bella lui avait crié quelque chose. Il se demanda si c'était une assistante sociale. En tout cas, c'était le genre, se dit-il, autrement elle n'aurait pas tellement froncé les sourcils quand Renard avait posé la main sur la corde pour l'empêcher de passer. P'tit Loup était content qu'il l'ait fait, il n'aimait pas son allure. Elle était maigre, elle avait le nez pointu et pas de rides de sourire autour des yeux.

Sa mère lui avait dit de ne jamais faire confiance aux gens qui n'avaient pas de rides autour des yeux.

— Ça veut dire qu'ils ne savent pas rire, lui avait-elle expliqué, et les gens qui ne savent pas rire n'ont pas d'âme.

— Qu'est-ce que c'est, une âme ? avait-il demandé.

— Toutes les gentilles choses que les gens ont faites, avait-elle dit. Ça se voit sur leur figure quand ils sourient, parce que le rire est la musique de l'âme. Si l'âme n'entend jamais de musique, elle meurt. C'est pour ça que les gens qui ne sont pas gentils n'ont pas de rides de sourire autour des yeux.

Il y croyait dur comme fer, même si sa compréhension de l'âme se résumait à un recensement de rides. Sa mère en avait beaucoup. Renard aucune. L'homme qu'il avait aperçu sur la pelouse avait eu les yeux tout plissés chaque fois qu'il souriait. Ses idées devenaient plus confuses quand il pensait au vieil homme à la fenêtre. Dans sa philosophie rudimentaire, l'âge vous conférait forcément une âme. Mais comment un assassin pouvait-il en avoir une ? Tuer quelqu'un, c'était ce qu'on pouvait faire de moins gentil, non ?

*

Bella regarda la femme s'éloigner, elle aussi. Elle s'en voulait d'avoir répété mot pour mot ce que Renard lui avait soufflé. À quoi bon gâcher la vie des autres ? Ce n'était pas son genre. Et elle ne voyait pas à quoi cela pouvait leur servir.

— Tu crois qu'avec ça, on va se faire bien voir des voisins ? dit-elle tout haut.

— S'ils se chamaillent entre eux, ils nous ficheront la paix.

— T'es un vrai salaud, hein ?

— Ça se peut… quand je veux vraiment quelque chose.

Bella le regarda.

— Et tu veux quoi au juste, Renard ? Tu ne nous as sûrement pas amenés ici pour nos beaux yeux. J'suis sûre que t'as déjà essayé un coup, et que ça a foiré.

Un éclair de colère brilla dans ses yeux.

— Tu peux préciser ?

— T'es déjà venu dans le coin, mais ils se sont pas laissé faire, voilà ce que j'pense, mon chou. Faut croire qu'avec ces types-là… (elle pointa son pouce en direction du village)… tes grands mots, ça marche pas comme avec une bande de routards à la con… et tu t'es fait foutre dehors avec un coup de pied au cul. Y a pas

186

que ta gueule que tu planques, y a aussi ta voix… tu peux me dire pourquoi ?

Le regard de Renard se fit glacial.

— Surveille la barrière.

Ce furent ses seules paroles.

12

Nancy recula vers la grille, plissant les yeux à cause du soleil pour observer la façade du Manoir, pendant que Mark faisait le pied de grue, quelques mètres derrière elle. Eleanor Bartlett pouvait revenir à tout moment et il aurait préféré éloigner Nancy de la route. Mais elle était plongée dans la contemplation d'une glycine vigoureuse dont les tiges se glissaient sous les ardoises du toit.

— Le bâtiment est classé ? demanda-t-elle.

Mark hocha la tête.

— Inscrit, plus exactement. Il est du XVIIIe.

— Et que font les Monuments historiques ? Est-ce qu'il leur arrive de vérifier l'état des lieux ?

— Aucune idée. Pourquoi ?

Elle désigna du doigt les bordures de rive, sous l'avant-toit ; le bois en train de se déliter révélait des traces de pourriture humide. Elle avait relevé des dégâts de même nature à l'arrière de la demeure, où les magnifiques murs de pierre présentaient des traces de lichen dues à des fuites dans les gouttières.

— Il y a beaucoup de réparations à faire, dit-elle. Les gouttières se détachent parce que dessous le bois est pourri. C'est la même chose sur l'arrière. Il faudrait remplacer toutes les bordures de rive.

Il fit quelques pas vers elle tout en jetant un coup d'œil en direction de la route.

— Comment se fait-il que vous vous y connaissiez si bien en bâtiment ?

— Je suis dans le génie.

— Je pensais que vous construisiez des ponts et que vous répariez des chars.

Elle sourit.

— Il faut croire que notre service de relations publiques n'est plus ce qu'il était. Nous sommes des touche-à-tout. À votre avis, qui est-ce qui construit des logements pour les réfugiés dans les zones de conflit ? Certainement pas la cavalerie.

— Ça, c'est le corps de James.

— Je sais. J'ai regardé dans l'annuaire de l'armée. Vous devriez vraiment le convaincre de faire des travaux, reprit-elle d'un ton grave. Le bois humide est un milieu propice aux champignons de la pourriture sèche, pour peu que la température s'élève… Après, pour s'en débarrasser, c'est une vraie galère. Savez-vous si la charpente a été traitée de l'intérieur ?

Il secoua la tête.

— Ça m'étonnerait. C'est obligatoire lorsqu'on souscrit un emprunt assorti d'une hypothèque ; en général, on le fait donc quand une propriété change de mains… mais celle-ci est dans la famille depuis bien avant l'invention des produits de protection du bois.

Elle mit ses deux mains en visière au-dessus de son front.

— Il risque d'en avoir pour une fortune s'il n'intervient pas rapidement. Le toit donne l'impression de s'enfoncer par endroits… Vous voyez ce creux, sous la cheminée centrale ?

189

— Ce qui veut dire ?

— Pour vous répondre, il faudrait d'abord que j'examine les chevrons. Je me demande si ça fait longtemps que les choses sont dans cet état. Il faudrait vérifier sur d'anciennes photos. Il n'est pas impossible qu'ils aient utilisé du bois vert pour cette partie de la construction et qu'il ait ployé sous le poids des ardoises. Sinon… (elle laissa retomber ses mains)… les poutres du grenier sont peut-être aussi pourries que le bois des bordures de rive. En général, ça se sent. Ça répand une odeur franchement désagréable.

Mark se rappela les relents de pourriture qui avaient frappé ses narines à son arrivée, la veille de Noël.

— Franchement, il ne lui manquerait plus que ça, remarqua-t-il sombrement. La toiture qui s'effondre. Vous avez lu *La Chute de la maison Usher*, de Poe ? Vous savez ce que ça symbolise ?

— La réponse est non… et non.

— La corruption. Une famille corrompue contamine le gros œuvre de sa maison, et finit par se prendre toute la maçonnerie sur la tête. Ça ne vous évoque rien ?

— Pittoresque, mais tout à fait improbable, dit-elle en souriant.

Une voix agitée s'éleva derrière eux.

— C'est bien vous, Mr Ankerton ?

Mark jura dans sa barbe tandis que Nancy sursautait. Se retournant, elle se trouva nez à nez avec Eleanor Bartlett, qui se tenait de l'autre côté de la grille. De près, elle faisait largement son âge. La première réaction de Nancy fut la compassion — cette femme avait l'air terrifiée —, mais Mark lui manifesta une froideur qui frisait la grossièreté.

— Il s'agit d'une conversation strictement privée, Mrs Bartlett.

Il prit Nancy par le bras pour l'entraîner à l'écart.

— C'est extrêmement important, insista Eleanor. Dick vous a-t-il parlé de ces gens qui se sont installés au Bois-Taillis ?

— Posez-lui la question, répondit-il sèchement. Je n'ai pas l'habitude de jouer les intermédiaires. (Il approcha sa bouche de l'oreille de Nancy.) Partez, implora-t-il. Tout de suite.

Sur un bref signe de tête, elle s'enfonça dans l'allée. Dieu merci, enfin une femme qui ne posait pas de questions. Il se retourna vers Eleanor.

— Je n'ai pas de commentaire à vous faire. Bonne journée, Mrs Bartlett.

Mais Eleanor n'était pas du genre à se laisser rembarrer aussi facilement.

— Ils savent votre nom, souligna-t-elle avec une pointe d'hystérie dans la voix. Ils savent le nom de *tout le monde*… ils connaissent les marques de toutes les voitures… ils savent *tout*. Ils ont dû nous espionner.

Mark fronça les sourcils.

— Qui ça, « ils » ?

— Je n'en sais rien. Je n'en ai vu que deux. Ils portaient des écharpes qui leur cachaient le bas du visage. (Elle tendit la main pour le tirer par la manche, mais il recula brusquement, avec un geste de répulsion.) Ils savent que vous êtes le notaire de James.

— Grâce à vous, sans doute, fit-il, dégoûté. Avec toutes vos manigances, vous avez persuadé la moitié du pays que je défends les intérêts d'un assassin. Il n'est pas interdit de révéler mon nom, Mrs Bartlett, mais il existe des lois contre la diffamation et la calomnie, et il est de mon devoir de vous faire savoir que vous les avez enfreintes. J'espère que vous avez les moyens de vous défendre… *et* de vous acquitter des dommages et intérêts auxquels vous ne manquerez pas d'être condamnée quand le colonel Jolly-Renard aura obtenu gain de cause… (d'un geste de la tête, il indiqua la direction de Shenstead House), … faute de quoi, vous risquez la saisie.

Tout cela allait trop vite pour Eleanor. Pour le moment, la question qui la préoccupait était la présence de routards au Bois-Taillis, et elle était incapable de suivre Mark sur son terrain.

— Je ne leur ai rien dit du tout, protesta-t-elle. Quelle idée ? Je ne les avais jamais vus de ma vie avant aujourd'hui. Ils disent que ce terrain est *terra nullius*… je crois que c'est l'expression qu'ils ont employée… quelque chose à voir avec la théorie de Locke… et ils se réclament d'un principe d'appropriation par occupation. C'est légal ?

— C'est un avis professionnel que vous me demandez ?

— Oh, mon Dieu ! s'exclama-t-elle avec impatience, l'inquiétude lui mettant un peu de rose aux joues. Évidemment. James est le premier concerné. Ils parlent de construire sur le terrain du Bois-Taillis. (Elle agita la main en direction de la route.) Allez voir par vous-même, si vous ne me croyez pas.

— Mes honoraires s'élèvent à trois cents livres par heure, Mrs Bartlett. Je suis prêt à négocier un montant forfaitaire pour une expertise juridique concernant une affaire d'occupation sans titre, mais en raison de la complexité du sujet, je serai certainement obligé de consulter un avocat. Ses frais s'ajouteront au montant de départ, ce qui risque de porter le total à une somme supérieure à cinq mille livres. Souhaitez-vous toujours faire appel à mes services ?

Eleanor, dont le sens de l'humour excluait toute ironie, le soupçonna de mauvaise foi délibérée. « Dans quel camp est-il ? » se demanda-t-elle en suivant du regard la silhouette vêtue de noir de Nancy qui s'éloignait dans l'allée. Cette personne faisait-elle partie de leur groupe ? James conspirait-il avec ces gens ?

— C'est vous qui avez monté tout ça ? demanda-t-elle, furieuse. C'est comme ça qu'ils en savent aussi long sur tout le village ? C'est vous qui leur avez indiqué que ce terrain n'appartient à personne ? Ils ont affirmé que vous étiez sur place et que vous étiez parfaitement au courant de ces idioties de *terra nullius*.

Mark éprouvait pour cette femme une répulsion égale à celle de P'tit Loup. Ailsa avait toujours prétendu qu'Eleanor était plus vieille qu'elle n'en avait l'air et, la voyant d'aussi près, Mark ne pouvait que lui donner raison. Il était plus que temps qu'elle se fasse refaire les racines, et elle avait la bouche plissée par des rides de contrariété, dues aux moues de mauvaise humeur qui lui déformaient le visage dès qu'elle n'arrivait pas à imposer ses vues. Quelle harpie ! songea-t-il. Si elle avait été belle un jour, il n'en restait pas grand-chose. Il posa les mains sur la grille et se pencha en avant, les yeux plissés d'antipathie.

— Il faut vraiment avoir l'esprit tordu pour poser de telles questions et porter des accusations aussi mensongères, lança-t-il d'une voix que l'écœurement rendait criarde. C'est une vraie maladie chez vous. Vous ne vous conduisez pas comme un être normal, Mrs Bartlett. Les gens normaux ne s'immiscent pas dans les conversations privées et ne refusent pas de se retirer quand on les en prie… et ils ne lancent pas des allégations extravagantes.

Elle recula de quelques pas.

— Alors pourquoi prenez-vous cela à la légère ?

— Quoi donc ? Les propos d'une femme dérangée qui affirme que des gens au visage masqué ont cité mon nom ? Ça vous paraît sensé, à vous ? (Son expression lui arracha un sourire.) Je ne veux pas vous accabler,

Mrs Bartlett. Mais si vous voulez mon avis, vous devriez vous faire soigner… Ce diagnostic se fonde sur l'enregistrement des appels téléphoniques que vous avez passés à James. Je les ai écoutés. Peut-être serez-vous heureuse d'apprendre que votre amie, Prue Weldon, s'est montrée plus intelligente que vous. Elle préfère ne rien dire. Ce qui ne l'empêchera pas d'être poursuivie pour harcèlement téléphonique ; mais *vos* appels… (il esquissa un cercle en réunissant son pouce et son index)… je vous garantis que vous allez en voir de toutes les couleurs. Le seul conseil que j'aie à vous donner, c'est d'aller voir un médecin avant de consulter votre avocat. Si votre état est aussi grave que je le pense, vous devriez bénéficier de circonstances atténuantes. Une bonne expertise psychiatrique pourrait vous être utile quand nous diffuserons l'enregistrement de vos propos en pleine audience.

— C'est tout à fait ridicule, siffla-t-elle. Je vous mets au défi de prouver l'inexactitude d'un seul de mes propos.

— *Tout* ce que vous dites n'est qu'un tissu de mensonges, rétorqua-t-il, et j'aimerais bien savoir d'où vous tirez vos prétendues informations. Leo n'accepterait jamais de vous adresser la parole. Il est bien plus snob que James et Ailsa réunis, et une arriviste comme vous risque peu de le séduire… (il contempla sa tenue pastel)… surtout si elle porte des vêtements qui ne sont plus de son âge. Quant à Elizabeth, si vous ajoutez foi à ce qu'elle peut dire, c'est que vous êtes complètement idiote. Elle vous dira tout ce que vous voulez… à condition que vous lui remplissiez son verre.

Eleanor esquissa un petit sourire fielleux.

— Si ce sont des mensonges, pourquoi James n'a-t-il pas averti la police de ces appels ?

— *Quels* appels ? répliqua-t-il agressivement.

Elle marqua une infime hésitation.

— Les miens, et ceux de Prue.

Mark fit un effort méritoire pour prendre l'air amusé.

— Parce que c'est un gentleman… et que ça l'ennuie pour vos maris. Vous devriez vous entendre, sincèrement. (Il retourna le couteau dans la plaie qui lui semblait la plus à vif.) L'interprétation la plus charitable que l'on puisse donner à vos diatribes contre les hommes et les objets de leur désir est que vous êtes une lesbienne honteuse qui n'a jamais eu le cran de s'affirmer. Un esprit plus réaliste dirait que vous êtes une mégère frustrée, qui ne rêve que de coucher avec des inconnus. Quel que soit le cas de figure, on ne peut qu'en conclure que vos relations conjugales ne vous apportent pas toute satisfaction. Ça ne tente plus beaucoup votre mari, c'est ça, Mrs Bartlett ?

Il avait porté le coup au hasard, pour la blesser dans sa fierté, mais la violence de sa réaction l'étonna. Elle le dévisagea, l'air hagard, fit demi-tour et prit la fuite vers sa maison. « Tiens, tiens, se dit-il avec une satisfaction étonnée. On dirait que j'ai touché juste. »

*

Il retrouva Nancy adossée contre un chêne, à droite de la terrasse, le visage tourné vers le soleil, les yeux fermés. Derrière elle, la longue perspective de la pelouse, ponctuée d'arbres et de buissons, plongeait en direction des champs et de la mer, au loin. Ce n'était ni le bon comté, ni la bonne époque, mais on se serait cru dans un tableau de Constable : *Paysage rural avec jeune garçon en noir.*

« On dirait vraiment un garçon, se dit Mark qui l'observa attentivement en s'approchant. *Un vrai mec !* Musclée, la mâchoire carrée, pas une trace de maquillage, trop grande. Vraiment pas mon type », songea-t-il avec assurance. Il aimait les blondes aux yeux bleus, un peu fragiles.

Comme Elizabeth ?…

Comme Eleanor Bartlett ?… Merde !

Même lorsqu'elle était détendue, les yeux fermés, l'empreinte des gènes de James était indéniable. Elle n'avait rien de la beauté pâle, de l'ossature délicate qu'Ailsa avait transmises à Elizabeth. On ne retrouvait chez elle que le charme sombre, sculptural, dont avait hérité Leo. Ça n'aurait pas dû marcher. Tant de force dans un visage féminin aurait dû rebuter. Au lieu de quoi, Mark était fasciné.

— Comment avez-vous fait ? murmura-t-elle, sans relever les paupières. Vous lui avez passé un savon ?

— Comment avez-vous su que c'était moi ?

— Qui vouliez-vous que ce soit ?

— Votre grand-père, par exemple.

Elle ouvrit les yeux.

— Vos bottes sont trop grandes pour vous, lui dit-elle. Tous les dix pas, vous êtes obligé de faire glisser votre pied à l'intérieur pour assurer une meilleure prise à vos orteils.

— Bon sang ! On vous apprend des trucs comme ça ?

Elle lui sourit.

— Vous ne devriez pas être aussi crédule, Mr Ankerton. J'ai su que ce n'était pas James parce qu'il est au salon… si mon sens de l'orientation ne me fait pas défaut. Il m'a observée à la jumelle, puis il a ouvert la porte-fenêtre. Je crois qu'il faut que nous y allions.

— Appelez-moi donc Mark, dit-il en lui tendant la main. En plus, vous avez raison. Ces bottes sont trop grandes. Je les ai prises à l'office, parce que je n'en ai pas moi. Je n'en ai guère l'usage à Londres.

— Nancy, dit-elle, avec une poignée de main solennelle. J'ai remarqué. Vous marchez comme si vous aviez des palmes depuis que nous sommes sortis de la maison.

Il soutint son regard un instant.

— Vous êtes prête ?

Nancy n'en était pas très sûre. Toute son assurance s'était évanouie dès qu'elle avait aperçu les jumelles et distingué la silhouette qui les tenait. *Serait-elle jamais prête ?* Elle avait su que son plan était voué à l'échec dès l'instant où Mark Ankerton avait ouvert la porte. Elle avait imaginé une petite conversation intime, un tête-à-tête avec le colonel, selon un programme qu'elle-même aurait établi, mais c'était avant d'avoir pris la mesure de sa détresse et d'avoir compris dans quelle solitude il vivait. Naïvement, elle avait cru pouvoir préserver une certaine distance affective — lors d'une première entrevue en tout cas —, mais les hésitations manifestes de Mark l'avaient poussée à embrasser la cause du vieil homme, sans même l'avoir rencontré et sans savoir si cette cause était juste. Une crainte terrible s'empara d'elle. Et si elle découvrait qu'elle ne l'aimait pas ?

Mark avait dû lire dans son regard, car il sortit son chapeau de sa poche et le lui tendit.

— La maison Usher n'est tombée que parce qu'il n'y avait personne comme vous dans les parages, dit-il.

— Vous êtes un romantique, et un naïf.

— Je sais. C'est l'enfer.

Elle sourit.

— Il a dû deviner qui je suis — sans doute à cause de la publicité pour le bétail du Herefordshire collée sur mon pare-brise — autrement, il n'aurait pas ouvert la porte-fenêtre. À moins que je ne ressemble à Elizabeth, évidemment, et qu'il ne m'ait prise pour elle.

— Aucun risque, dit Mark, posant son bras dans le dos de la jeune femme pour l'encourager à avancer. Vous pouvez me croire… personne au grand jamais n'aurait l'idée de vous prendre pour Elizabeth.

*

Eleanor commença par le dressing de Julian : elle fouilla les poches de toutes ses vestes et retourna le contenu de sa commode. Puis elle passa dans son bureau, dévalisant son classeur et mettant ses tiroirs sens dessus dessous. Avant même d'avoir allumé son ordinateur et consulté sa boîte aux lettres électronique — il était trop négligent pour prendre un mot de passe —, elle avait fait main basse sur une multitude de preuves de trahison. Il n'avait même pas pris la peine de se montrer discret. Elle avait trouvé un numéro de portable sur un bout de papier dans une poche de veste, un carré de soie au fond de son tiroir à mouchoirs, des notes d'hôtel et de restaurant dans son bureau, et plusieurs dizaines d'e-mails, archivés sous les initiales « GS ».

Cher J. Pourquoi pas mardi ? Je suis libre à partir de 6 heures…
Pourras-tu venir au steeple-chase ? Je monte Monkey Business dans la course de 15 h 30…

N'oublie pas que tu m'as promis mille livres pour les factures de véto de MB…

Tu viens à l'assemblée générale de la chasse ?

Tu étais sérieux à propos du nouveau van ? JE T'ADORE…

Retrouve-moi sur la piste cavalière, derrière la ferme. J'y serai vers 10 heures du matin…

Je suis désolée pour l'antérieur de Bouncer. Fais-lui la bise de ma part pour qu'il guérisse vite…

La rage au cœur, Eleanor consulta les « messages envoyés », cherchant les missives de Julian à GS.

Thelma emmène Louise faire des courses vendredi. Lieu et heure habituels ?

T et L jouent au golf — 19 sept.

T sera à Londres la semaine prochaine — de mardi à vendredi. 3 jours de liberté ! Ça te dit ?

T est une idiote. Elle gobe tout…

Tu crois que T pourrait avoir un amant ? Elle passe son temps au téléphone. Elle raccroche dès que j'arrive…

T manigance quelque chose, c'est sûr. Elle est tout le temps à chuchoter avec L à la cuisine…

Tu crois qu'on pourrait être cocus, Dick et moi ? Ce serait un miracle qu'elles se soient trouvé des gigolos toutes les deux !

La sonnerie soudaine du téléphone posé sur le bureau fit sursauter Eleanor, prise en faute. Ce bruit strident, rappel de la vie réelle par-delà les secrets sordides qui s'affichaient sur l'écran, lui mit les nerfs à vif. Elle s'enfonça dans son siège, le cœur battant à tout rompre, le ventre noué de colère et de peur, prise de nausées. Qui était-ce ? Qui était au courant ? Tout le monde allait se moquer d'elle. Les gens la nargueraient. Ils diraient qu'elle ne l'avait pas volé.

Quatre secondes plus tard, l'appel passa sur le répondeur et la voix contrariée de Prue sortit du haut-parleur. « Tu es là, Ellie ? Tu m'avais promis de m'appeler dès que tu aurais parlé au notaire. Tu en mets du temps…

En plus, Dick refuse de répondre sur son portable. Je ne sais même pas où il est, ni s'il déjeune à la maison. » Elle poussa un soupir furieux. « C'est tellement puéril de sa part. Il pourrait quand même m'aider à tout préparer pour Jack et Belinda… je suis sûre qu'il va de nouveau être de mauvaise humeur et nous gâcher la soirée. Appelle-moi dès que possible. Je préférerais savoir ce qui se passe avant son retour. Autrement, je peux m'attendre à une nouvelle scène à propos de ce foutu notaire. »

Eleanor attendit le déclic indiquant que Prue avait raccroché, puis elle appuya sur « effacer » pour supprimer le message. Elle sortit de sa poche de chemise le billet portant le numéro de portable, le contempla un instant, puis souleva le combiné et composa le numéro. Un geste tout à fait irrationnel. Peut-être l'habitude d'accuser James de tous les maux — et l'absence de réaction de celui-ci — lui avait-elle appris que c'était ainsi qu'il fallait traiter les pécheurs. Elle dut tout de même s'y reprendre à deux fois pour obtenir la communication, car ses doigts tremblaient tellement qu'ils avaient du mal à trouver les touches. Pas de réponse. Quelques secondes de silence, puis l'appel fut dirigé vers une messagerie. Elle écouta le message l'invitant à laisser ses coordonnées puis, songeant un peu tard que ce n'était peut-être pas le téléphone de GS, elle raccrocha précipitamment.

Qu'aurait-elle fait, de toute façon ? Crié, hurlé, réclamé son mari ? Traité l'autre de pute ? L'abîme effrayant du divorce s'ouvrit devant elle. Elle ne voulait pas se retrouver seule, pas à soixante ans. Les gens l'éviteraient, comme ils l'avaient fait quand son premier mari l'avait plaquée pour épouser la femme qui portait son enfant. À l'époque, elle avait donné libre cours à son désespoir, mais elle était encore assez jeune et tout n'était pas perdu. Julian avait été son dernier coup de dés, une aventure de bureau qui avait finalement abouti au mariage. Pas question de repasser par là. Perdre sa maison, son rang social, être obligée de refaire sa vie ailleurs…

Prudemment, soucieuse d'éviter que Julian ne découvre qu'elle l'avait espionné, elle quitta Windows et éteignit l'ordinateur avant de refermer les tiroirs du bureau et de remettre la chaise en place. *C'était mieux comme ça. Elle avait de nouveau les idées claires.* Comme disait Scarlett O'Hara : « Demain est un nouveau jour. » Rien n'était perdu tant que l'existence de GS restait secrète. Julian détestait qu'on le mette au pied du mur. Si Eleanor était arrivée à lui forcer la main vingt ans plus tôt, c'était simplement parce qu'elle s'était débrouillée pour que sa première femme apprenne qu'il avait une maîtresse.

Elle n'allait certainement pas aider GS à en faire autant.

Ayant repris confiance, elle remonta à l'étage et remit le dressing de Julian en ordre. Puis elle s'installa devant son miroir et se refit une beauté. Pour une femme aussi superficielle, l'absence d'amour que lui inspirait son mari et réciproquement n'était pas en cause. C'était une question de propriété, un peu comme pour le Bois-Taillis.

N'ayant pas de portable, elle ne songea pas un instant qu'elle avait amorcé une bombe à retardement. Un « appel interrompu » était consigné sur l'écran de visualisation, à côté du numéro d'appel, et Gemma Squires, ramenant au pas Monkey Business à côté de Bouncer puisque la chasse était annulée, s'apprêtait à montrer à Julian que le numéro de sa ligne fixe figurait sur son portable. Il y avait eu un appel dix minutes plus tôt exactement.

*

Prue Weldon commença, elle aussi, à sentir vaciller les fondements de son univers lorsque sa bru l'appela pour lui dire que, finalement, Jack et elle ne resteraient pas pour la nuit. Ils avaient tous les deux la gueule de bois parce qu'ils avaient un peu trop fêté Noël, lui expliqua Belinda. Ils préféraient ne pas boire du tout ce soir, ce qui leur permettrait de rentrer tranquillement après le dîner.

— Je voulais t'éviter de faire les lits pour rien, ajouta-t-elle.

— C'est un peu tard, rétorqua Prue, agacée. Tu ne pouvais pas appeler plus tôt ?

— Désolée, fit la fille en bâillant. On émerge à peine. C'est un des rares jours de l'année où on peut traîner au lit.

— Peut-être, mais ce n'est pas une raison. Je n'ai pas que ça à faire, tu devrais le savoir.

— Désolée, répéta Belinda. Il était plus de deux heures quand on est rentrés de chez mes parents. On a laissé la voiture là-bas et on est rentrés à travers champs. Ils doivent nous la ramener dans une demi-heure. Jack est en train de leur préparer à déjeuner.

L'irritation de Prue s'accentua. Eleanor n'avait pas appelé, elle ne savait pas où était Dick et ces histoires de poursuites pour calomnie et harcèlement téléphonique commençaient à la tracasser. S'y ajoutait que son fils s'entendait bien mieux avec sa belle-famille qu'elle-même avec Belinda.

— Je t'avouerai que je suis un peu déçue, dit-elle d'une voix pincée. On ne vous voit jamais… et les rares fois où vous venez, vous repartez à peine arrivés.

Un soupir exaspéré lui répondit.

— Allons, Prue, vous savez bien que ce n'est pas vrai. Nous voyons Dick presque tous les jours. Il vient jeter un coup d'œil à l'exploitation. Il vous tient certainement au courant.

Ce soupir alimenta la colère de Prue.

— Ce n'est pas la même chose, lança-t-elle. Jack n'était pas comme ça avant son mariage. Il venait très volontiers à la maison, surtout à Noël. Serait-ce trop te demander que de laisser mon fils passer une nuit sous le toit de sa mère ?

Il y eut un bref silence.

— Parce que c'est comme ça que vous voyez les choses ? Une question de rivalité : savoir qui, de vous ou de moi, exerce le plus d'influence sur Jack ?

Prue n'aurait pas reconnu un piège s'il lui avait sauté au nez.

— Exactement, aboya-t-elle. Passe-le-moi, s'il te plaît. J'aimerais lui parler. J'imagine qu'une fois de plus, c'est toi qui as décidé pour lui.

Un petit rire lui répondit.

— Écoutez, Prue, Jack n'a pas envie de venir du tout. Il vous le dira si vous le lui demandez.

— Je n'en crois pas un mot.

— Dans ce cas, posez-lui la question ce soir, répliqua froidement sa bru. Il se trouve que c'est moi qui l'ai persuadé de venir — pour Dick. Il n'a accepté qu'à condition que nous ne restions pas trop longtemps et en tout cas pas pour la nuit.

« *Pour Dick* » fut la goutte d'eau qui fit déborder le vase.

— Tu as monté mon fils contre moi. Je sais que tu ne supportes pas que je consacre tant de temps à Jenny. Tu es jalouse parce qu'elle a des enfants, *elle*… mais vois-

203

tu, il se trouve qu'elle est ma fille et que je n'ai pas d'autres petits-enfants.

— Oh, *je vous en prie* ! reprit Belinda sur un ton tout aussi cinglant. Tout le monde ne partage pas vos valeurs mesquines, heureusement. Les gosses de Jenny passent plus de temps ici que chez vous… vous le sauriez si vous veniez nous voir de temps en temps au lieu de nous snober et d'aller au golf.

— Je n'irais pas aussi souvent au club si j'étais la bienvenue chez toi, siffla Prue, venimeuse.

Elle entendit un grand soupir à l'autre bout du fil, tandis que la jeune femme essayait de conserver son calme. Quand Belinda reprit la parole, sa voix était cassante.

— C'est la paille et la poutre, vous ne croyez pas ? Quand *nous* avez-vous donné l'impression que *nous* étions les bienvenus ? C'est le même rituel tous les mois. Du poulet en cocotte dans du jus de chaussette parce que votre temps est trop précieux pour que vous vous donniez un peu de mal pour faire la cuisine… vous n'arrêtez pas de vous en prendre au père de Jack… ni de critiquer le monsieur qui habite Shenstead Manor… (Elle prit une inspiration grinçante.) Jack en a encore plus marre que moi. Il se trouve qu'il adore son père et qu'on se lève tous les deux à six heures du matin tous les jours pour faire marcher l'exploitation. Ce pauvre vieux Dick ne tient plus sur ses jambes à neuf heures du soir, parce qu'il bosse comme un forcené toute la journée… pendant que vous restez là à vous empiffrer et à débiner tout le monde… et nous, on est trop crevés à essayer de gagner de quoi payer vos foutus frais de golf pour vous dire que vous êtes une vraie salope.

L'attaque était tellement inattendue qu'elle réduisit Prue au silence. Son regard se porta involontairement vers la cocotte posée sur le plan de travail. En fond sonore, elle entendit la voix de son fils qui disait à Belinda que son père venait de rentrer et qu'il n'avait pas l'air content.

— Jack vous rappellera plus tard, dit sèchement Belinda avant de raccrocher.

13

Eleanor se servit un copieux whisky pour se donner du courage avant d'appeler Prue. Elle savait que son amie serait contrariée d'apprendre qu'il n'y aurait pas d'avocat, pas de police, et pas de Bartlett. Ce n'était pas le moment d'importuner son mari en lui imposant d'importants frais de justice, et elle n'avait pas l'intention d'expliquer pourquoi à Prue. Il était déjà assez humiliant que Julian se soit entiché d'une fille de trente ans et quelques sans porter l'affaire sur la place publique.

Ses relations avec Prue reposaient sur la confiance absolue qu'elles avaient l'une et l'autre dans la fidélité de leurs maris, dont elles prenaient un malin plaisir à critiquer les moindres travers. Dick était lent. Julian était assommant. Ils laissaient leurs femmes porter la culotte parce qu'ils étaient trop paresseux et trop médiocres pour prendre des décisions eux-mêmes. Ils étaient tellement nuls que si leurs femmes décidaient un jour de les plaquer, ils seraient complètement perdus, incapables de retomber sur leurs pieds. Ces diatribes étaient très amusantes quand on se trouvait en position de force. Elles l'étaient beaucoup moins avec une blonde en coulisses.

Prue décrocha à la première sonnerie comme si elle attendait l'appel.

— Jack ?

Elle avait la voix tendue.

— Non, c'est Ellie. Je viens de rentrer. Ça va ? Tu as l'air énervée.

— Oh, c'est toi, bonjour. (Prue semblait faire un gros effort pour feindre l'enjouement.) Oui, oui, ça va. Alors, comment ça s'est passé ?

— Pas très bien, j'en ai peur. La situation n'est pas du tout celle que tu m'avais décrite, dit Eleanor d'un ton légèrement accusateur. Ce ne sont pas simplement des routards qui se sont installés pour quelques jours, Prue. Ils sont décidés à s'incruster jusqu'à ce que quelqu'un leur présente un acte de propriété en bonne et due forme. Ils revendiquent ce terrain en vertu du principe d'appropriation par occupation.

— Qu'est-ce que ça veut dire ?

— Ils veulent le clôturer et bâtir... exactement ce que Dick et toi avez essayé de faire quand vous êtes arrivés ici. Si j'ai bien compris, le seul moyen de s'en débarrasser serait que Dick ou James apporte la preuve que le Bois-Taillis fait partie de leur propriété.

— Mais nous n'avons aucune preuve. C'est bien pour ça que Dick a renoncé à le clôturer.

— Je sais.

— Et ton avocat, qu'est-ce qu'il en dit ?

— Rien. Je ne lui ai pas parlé. (Eleanor avala paisiblement une gorgée de whisky.) Ça ne sert à rien, Prue. La seule chose qu'il pourrait me dire c'est que cette histoire ne nous concerne absolument pas... ce qui est parfaitement vrai — nous n'avons aucune raison de revendiquer un droit quelconque sur le Bois-Taillis. Comment veux-tu que, dans ces conditions, notre avocat ait accès aux documents et nous donne un avis compétent ? Je sais

207

bien que c'est embêtant, mais je pense qu'en fait Dick a bien fait d'appeler le notaire de James. Dick et James sont les seuls à avoir un intérêt là-dedans. Il faudra qu'ils se mettent d'accord pour décider qui va porter l'affaire en justice.

Prue ne répondit pas.

— Tu es toujours là ?

— Tu as appelé la police ?

— Apparemment Dick l'a appelée, depuis le Bois-Taillis. Tu aurais dû en parler avec lui. Franchement, tu m'as fait perdre mon temps en m'envoyant là-bas. (Elle laissa grandir sa rancœur pour réduire Prue à la défensive.) En plus, je n'étais pas tellement rassurée. Ces types sont masqués… et ils sont étonnamment bien informés sur tous les gens du village. Ils savent le nom de tout le monde… ils savent qui est propriétaire de quoi… tout ça.

— Tu as parlé à Dick ? demanda Prue.

— Non.

— Alors comment sais-tu qu'il a prévenu la police ?

— Le type que j'ai vu au Bois-Taillis me l'a dit.

La voix de Prue se chargea de mépris.

— Oh, *franchement*, Ellie ! Comment peux-tu être aussi crédule ? Tu m'avais *promis* d'appeler la police. Ce n'était pas la peine d'accepter si tu n'avais pas l'intention de le faire. Je l'aurais fait moi-même il y a deux heures ; ça nous aurait évité bien des ennuis.

Eleanor se rebiffa immédiatement.

— Alors pourquoi ne l'as-tu pas fait ? Si tu avais écouté Dick au lieu de l'accuser de s'esquiver, comme toujours, vous auriez pu régler le problème vous-mêmes au lieu d'essayer de nous le refiler. Nous n'y sommes pour rien si des gens s'installent sur vos terres… et ce n'est certainement pas à *nous* de payer un avocat pour vous sortir de là.

Si la volte-face d'Eleanor étonna Prue, elle n'en montra rien. Elle reprit avec humeur :

— Ce ne sont pas *nos* terres, à en croire les actes notariés en tout cas. Alors pourquoi veux-tu que ce soit à nous de nous occuper de cette histoire ?

— Dans ce cas, c'est à James d'intervenir… ce qui est très précisément ce que Dick cherchait à te dire avant que tu ne te mettes en colère. Si tu veux mon conseil, tu ferais bien de mettre un peu d'eau dans ton vin avant de reprendre cette discussion avec lui… ou alors, va parler toi-même aux squatters. Pour le moment, ils font les malins, parce que Dick et moi sommes les seuls à avoir pris la peine d'aller voir ce qui se passe… ils pensent que le reste du village s'en fiche pas mal.

— Et le notaire de James ? Il a fait quelque chose ?

Eleanor hésita avant de mentir.

— Je ne sais pas. Je l'ai aperçu dans le parc, mais il était avec quelqu'un. Ils avaient l'air de s'intéresser davantage à l'état de la toiture qu'à ce qui se passe au Bois-Taillis.

— Qui était-ce ?

— Quelqu'un qui a une Discovery verte. Elle est garée dans l'allée.

— Un homme ? Une femme ?

— Comment veux-tu que je le sache ? s'impatienta Eleanor. Je ne suis pas restée là à les espionner. Écoute, Prue, j'ai déjà perdu assez de temps comme ça… Discutes-en avec Dick, c'est la seule chose à faire.

Il y eut un silence, lourd de soupçon, comme si Prue s'interrogeait sur la valeur de l'amitié d'Ellie.

— Je te préviens, si j'apprends que tu lui as parlé dans mon dos, tu auras affaire à moi.

— C'est complètement ridicule ! Je n'y suis pour rien si vous êtes brouillés. Tu aurais mieux fait de l'écouter tout de suite.

Les soupçons de Prue se confirmèrent.

— Je te trouve vraiment bizarre, tu sais.

— Oh, je t'en prie. Je viens d'avoir une entrevue avec des gens franchement désagréables. Si tu penses pouvoir faire mieux, vas-y, va leur parler. Tu verras !

*

Toutes les craintes que Nancy avait pu éprouver à l'idée de rencontrer James Jolly-Renard furent balayées par la simplicité de son accueil. Pas de sentiment forcé, pas de feinte affection. Il la rejoignit sur la terrasse et lui prit brièvement la main entre ses deux paumes.

— Vous êtes la bienvenue, Nancy, plus que vous ne pourriez le croire.

Ses yeux étaient un peu humides, mais sa poignée de main était ferme, et Nancy lui sut gré de lui éviter toute gêne. La situation aurait pu être embarrassante.

Pour Mark, relégué dans le rôle de l'observateur, ce fut un instant de tension effroyable. Il retint son souffle, persuadé que la feinte assurance de James n'allait pas résister. Et si le téléphone se mettait à sonner ? Et si Dark Vador entamait un monologue sur l'inceste ? Coupable ou innocent, le vieil homme était trop fragile et trop épuisé pour donner le change bien longtemps. Il était certainement difficile de trouver un moment ou un moyen opportuns pour aborder la question d'un test d'ADN, mais la simple idée d'en discuter en présence de Nancy mettait Mark dans tous ses états.

— Comment m'avez-vous reconnue ? demanda Nancy à James avec un sourire.

Il s'effaça pour l'inviter à franchir la porte-fenêtre et à entrer au salon.

— Parce que vous ressemblez étonnamment à ma mère, répondit-il simplement.

Il la conduisit vers un bureau situé dans l'angle de la pièce, sur lequel était posée une photographie de mariage dans un cadre argenté. L'homme était en uniforme, la femme portait une robe très sobre, à taille basse, style années 1920, une traîne de dentelle enroulée à ses pieds. James la prit et la contempla un instant avant de la tendre à Nancy.

— Vous ne trouvez pas ?

Elle fut surprise de constater une ressemblance, effectivement, mais il est vrai que c'était la première fois de sa vie qu'elle était amenée à se comparer à quelqu'un.

Elle avait le même nez et la même mâchoire que cette femme — pas de quoi se réjouir, se dit-elle —, ainsi que son teint mat. Elle chercha de la beauté sur ce visage de celluloïd, mais n'en décela pas davantage que sur le sien. La femme fronçait même légèrement les sourcils, comme si elle s'interrogeait sur l'intérêt d'immortaliser ainsi son histoire. La même ride creusait le front de Nancy pendant qu'elle observait ce portrait.

— Elle n'a pas l'air très décidée, remarqua-t-elle. A-t-elle été heureuse en ménage ?

— Non. (Le vieil homme sourit de sa perspicacité.) Elle était nettement plus intelligente que mon père. Je crois que l'état de sujétion du mariage l'étouffait. Elle avait envie de faire quelque chose de sa vie, et rongeait son frein.

— Elle y est arrivée ?

— Aujourd'hui, je vous répondrais non… mais, si l'on songe à la manière dont on vivait dans le Dorset des années 1930 et 1940, j'aurais tendance à dire oui. Elle a monté une écurie de courses ici : elle a entraîné plusieurs très bonnes bêtes de concours — pour les courses de haies essentiellement —, et un de ses chevaux est arrivé deuxième au Grand National. (Il décela une lueur d'approbation dans les yeux de Nancy et rit de bonheur.) Oh, ça été une journée épatante ! Elle avait persuadé l'école de nous laisser prendre le train à Aintree, mon frère et moi, et nous nous sommes fait une fortune en jouant placé. Tout l'honneur en est revenu à mon père, évidemment. À l'époque, les femmes n'avaient pas le droit d'être entraîneuses professionnelles, l'écurie était donc officiellement au nom de mon père, pour que ma mère puisse établir des factures et assurer la rentabilité de l'entreprise.

— Ça la dérangeait ?

— Que l'honneur revienne à son mari ? Pas vraiment, non. Tout le monde savait que c'était elle qui entraînait les chevaux. C'était un simple subterfuge pour satisfaire le Jockey Club.

— Que sont devenues les écuries ?

— La guerre a mis fin à tout cela, dit-il à regret. Mon père est parti, et elle n'a pas pu poursuivre en son absence, … à son retour, il les a fait transformer en garage.

Nancy reposa la photo sur le bureau.

— Ça n'a pas dû lui faire plaisir, dit-elle avec une lueur espiègle dans le regard. Comment s'est-elle vengée ?

Un nouveau rire étouffé.

— Elle est entrée au Parti travailliste.

— Ça alors ! Quel caractère ! (Nancy était sincèrement impressionnée.) Était-elle le seul membre du Dorset ?

— Dans le milieu où mes parents évoluaient, certainement. Elle y a adhéré après les élections de 1945 ; les travaillistes avaient présenté un projet d'assurance maladie. Elle avait été infirmière pendant la guerre, et la difficulté qu'avaient les pauvres à se faire soigner l'avait scandalisée. Mon père était consterné ; il avait toujours été conservateur. Il ne pouvait pas imaginer que sa femme soit prête à renverser Churchill en faveur de Clement Attlee — une marque d'ingratitude terrible, selon lui —, mais cela a provoqué quelques débats animés.

Elle rit.

— Dans quel camp étiez-vous ?

— J'ai toujours pris le parti de mon père. Tout seul, il ne faisait pas le poids contre ma mère. Elle était bien trop forte pour lui.

— Et votre frère ? Il défendait votre mère ? (Elle posa les yeux sur la photographie d'un jeune homme en uniforme.) C'est lui ? Ou bien vous ?

— Non, c'est John. Il est mort à la guerre, malheureusement. Autrement, c'est lui qui aurait hérité du domaine. Il était mon aîné de deux ans. (Il posa doucement la main sur le bras de Nancy et la conduisit vers le canapé.) Ça a été une tragédie pour ma mère, bien sûr — ils étaient très proches —, mais elle n'était pas du genre à se terrer pour autant. Elle a eu une remarquable influence sur moi... elle m'a appris qu'une femme dotée d'un esprit indépendant est un bien inestimable.

Elle s'assit au bord de son siège, le buste tourné vers le fauteuil de James, les pieds écartés comme un homme, les coudes sur les genoux.

— C'est ce qui vous a poussé à épouser Ailsa ? demanda-t-elle, en jetant un coup d'œil à Mark.

Elle fut étonnée de lire une intense satisfaction sur le visage du jeune homme ; on aurait dit un instituteur exhibant la meilleure élève de sa classe. Ou était-ce de James qu'il était content ? Peut-être était-il plus difficile pour un grand-père de rencontrer la petite-fille qu'il avait contribué à placer dans une famille adoptive que pour cet enfant d'offrir une seconde chance à sa famille biologique.

James s'enfonça dans son fauteuil, se penchant vers Nancy comme vers une vieille amie. Leur attitude exprimait une réelle intimité, mais ils ne paraissaient pas en avoir conscience. Nancy n'imaginait certainement pas l'impression qu'elle produisait, songea Mark. Elle ne pouvait pas savoir que James ne riait pas souvent — et qu'une heure auparavant, il aurait été incapable de tenir une photographie sans que ses mains soient agitées de tremblements si violents qu'elle l'aurait forcément remarqué —, pas plus qu'elle ne pouvait savoir que c'était elle qui avait allumé l'étincelle qui brillait dans ses yeux délavés.

— Certainement, oui, dit James. Ailsa était encore plus rebelle que ma mère. Quand j'ai fait sa connaissance, elle était avec un groupe d'amies et elles cherchaient à empêcher une partie de chasse de son père en Écosse en agitant des pancartes. Elle ne supportait pas qu'on tue des animaux par plaisir — elle trouvait cela cruel. Elles sont arrivées à leur fin. La chasse a été interrompue parce que tous les oiseaux s'étaient envolés. Mais vous savez, ajouta-t-il d'un air pensif, tous ces jeunes gens ont été beaucoup plus sensibles aux jolies jambes que dévoilaient les jeunes filles en brandissant leurs pancartes au-dessus de leurs têtes qu'à la force de leurs arguments. Ce n'était pas une cause très à la mode dans les années 1950. Par rapport à la brutalité de la guerre, cela semblait plutôt insignifiant.

Son visage se fit grave.

Redoutant une crise de larmes, Mark essaya de détourner son attention.

— Et si nous prenions un verre, James ? Voulez-vous que je m'en charge ?

Le vieil homme acquiesça.

— Excellente idée. Quelle heure est-il ?

— Une heure passée.

— Oh mon Dieu ! Vraiment ? Et le déjeuner ? Cette pauvre enfant doit être morte de faim.

Nancy secoua la tête énergiquement.

— Je vous en prie, ne…

— Que diriez-vous d'un peu de faisan froid et de foie gras avec du pain de campagne ? intervint Mark. Tout est prêt à la cuisine… j'en ai pour une minute. (Il sourit d'un air engageant.) Pour la boisson, vous devrez vous contenter du contenu de la cave. Ce sera donc du vin blanc ou rouge. Que préférez-vous ?

— Plutôt du blanc ? proposa-t-elle. Mais très peu. Je dois prendre la route.

— James ?

— La même chose. Vous trouverez un chablis tout au fond. Il n'est pas mal. C'était le préféré d'Ailsa. Prenez-en donc une bouteille.

— Entendu. Je m'occupe de tout.

Il croisa le regard de Nancy et leva son pouce gauche à hauteur de hanche, hors de vue de James, comme pour dire « bien joué ». Elle lui répondit par un clin d'œil, qu'il interpréta à juste titre comme un « merci ». S'il avait été un chien, il aurait remué la queue. Il mourait d'envie d'être plus qu'un simple spectateur.

James attendit que la porte se soit refermée.

— Il m'a été d'un précieux secours, dit-il. J'étais ennuyé de l'arracher à sa famille pour Noël, mais il tenait absolument à venir.

— Il est marié ?

— Non. Il me semble qu'il a été fiancé. Mais je crois qu'il a rompu, je ne saurais vous dire pourquoi. Il vient d'une grande famille anglo-irlandaise… sept filles et un garçon. Ils passent toujours Noël ensemble — une vieille tradition familiale, si j'ai bien compris —, c'était vraiment gentil de sa part de venir s'enterrer ici. (Il garda le silence un instant.) J'ai l'impression qu'il avait peur que je ne fasse des bêtises si je restais seul.

Nancy lui jeta un regard curieux.

— Il avait raison ?

La brutalité de la question lui rappela Ailsa. Elle avait toujours estimé que marcher sur des œufs pour respecter la sensibilité d'autrui n'était qu'une perte de temps exaspérante.

— Je n'en sais rien, répondit-il franchement. Je ne suis pas du genre à baisser les bras, mais d'un autre côté, je ne suis jamais parti au combat sans avoir mes camarades à mes côtés… Qui d'entre nous saurait mesurer son courage avant de se retrouver seul ?

— Il faudrait commencer par définir le courage, commenta-t-elle. Mon sergent vous dirait que c'est une simple réaction chimique qui envoie de l'adrénaline dans le cœur quand la peur le paralyse. Le pauvre soldat, fou de terreur, s'en prend une décharge massive et se conduit comme un automate sous l'effet d'une surdose hormonale.

— Il explique ça à ses hommes ?

Elle acquiesça.

— Ils adorent ça. Ils s'entraînent à déclencher des poussées d'adrénaline pour maintenir leurs glandes en forme.

James eut l'air dubitatif.

— Ça marche ?

— Plus dans la tête que dans le corps, d'après moi, dit-elle en riant, mais psychologiquement, c'est assez efficace. Si le courage n'est qu'un phénomène chimique, nous y avons tous accès, et il est plus facile d'affronter la peur si elle constitue un élément bien défini du processus. Pour dire les choses plus simplement, il faut avoir peur pour pouvoir être courageux, sinon, il n'y a pas de décharge d'adrénaline… et si on arrive à être courageux sans avoir peur d'abord… (elle leva un sourcil amusé)… alors c'est qu'on est ramolli du cerveau. Parce que ce qu'on imagine est toujours pire que la réalité. Voilà pourquoi mon sergent estime qu'un civil sans défense, qui attend jour après jour que les bombes lui tombent dessus, est plus courageux qu'un soldat.

— Ça m'a l'air d'être un drôle de bonhomme.

— Les hommes l'aiment bien, dit-elle sèchement.

— Ah !

— Hmm…

— Et vous, qu'en pensez-vous ? demanda James avec un petit rire.

Nancy esquissa une grimace ironique.

— C'est une brute, têtu comme une mule, qui estime que les femmes n'ont pas leur place dans l'armée… encore moins dans le génie… encore moins si elles sont diplômées d'Oxford… et encore moins à un poste de commandement.

— Mon Dieu !

Elle haussa les épaules.

— Ça n'aurait pas d'importance si c'était amusant… mais ça ne l'est pas.

Elle avait l'air si sûre d'elle qu'il se demanda si elle cherchait à lui faire une faveur, à échanger un aveu de faiblesse contre un conseil, afin de lui permettre d'en faire autant.

— C'est un problème que je n'ai jamais connu, évidemment, lui dit-il. Mais je me souviens d'un sergent particulièrement coriace qui avait pris l'habitude de me ridiculiser devant les hommes. C'était fait avec beaucoup de subtilité. Le ton de sa voix suffisait… je ne pouvais pas le remettre en place sans avoir l'air idiot. On ne peut quand même pas dégrader un homme simplement parce qu'il prend un ton condescendant pour répéter vos ordres.

— Qu'avez-vous fait ?

— Ravalé mon orgueil et signalé les faits. Moins d'un mois plus tard, il était muté dans une autre compagnie. Apparemment, je n'étais pas le seul à avoir eu des problèmes avec lui.

— Malheureusement, ses subalternes sont prêts à se prosterner devant lui. Il a pu échapper à une accusation de crime de guerre parce qu'il mène bien ses hommes. Je me dis que je devrais quand même pouvoir m'en sortir. J'ai été formée pour cela, et je ne suis pas sûre que mon commandant voie la présence de femmes dans l'armée d'un meilleur œil que lui. Il me dira certainement que si je ne supporte pas la chaleur, je n'ai qu'à sortir de la cuisine, ou plus exactement, rectifia-t-elle avec ironie, à y retourner, puisque c'est la place des femmes.

Comme James l'avait deviné, elle avait choisi ce sujet pour le faire parler, mais elle n'avait pas eu l'intention de lui faire toutes ces confidences. Après tout, James avait été dans l'armée, et il savait quel pouvoir un sergent pouvait exercer sur ses hommes.

Il l'observa un instant.

— Comment cherche-t-il à vous nuire ?

— Il me débine, dit-elle d'une voix neutre qui s'efforçait de relativiser des soucis bien concrets. J'entends chuchoter des « salope » et des « putain » dans mon dos, et des ricanements dès que j'arrive. La moitié des hommes me considère apparemment comme une gouine qu'il faudrait ramener dans le droit chemin, l'autre est convaincue que toute la section m'est passée dessus. Ce n'est pas grand-chose, mais c'est un goutte-à-goutte toxique qui finit par être lassant.

— Vous devez vous sentir bien seule, murmura James, se demandant ce que Mark lui avait confié de sa propre situation.

— Je commence, oui.

— Vous ne croyez pas que si vos subalternes plient l'échine devant lui, c'est parce qu'ils ont des problèmes, eux aussi ? Est-ce que vous leur en avez parlé ?

Elle acquiesça.

— Ils nient… ils disent qu'il les traite exactement comme doit le faire un sous-officier. (Elle haussa les épaules.) À en juger par ses sourires en coin, j'ai eu l'impression que cette conversation lui était immédiatement revenue aux oreilles.

— Ça dure depuis combien de temps ?

— Cinq mois. Il a été affecté dans mon unité pendant que j'étais en permission, en août. Je n'avais jamais eu de problèmes avant et — bing ! — je me retrouve avec Jack l'Éventreur. Pour le moment, je suis détachée à Bovington pour un mois, mais je m'inquiète déjà de ce que je vais trouver à mon retour. Ce sera un miracle si je ne suis pas complètement déconsidérée. Le problème, c'est qu'il fait bien son boulot, il pousse nos hommes à donner le meilleur d'eux-mêmes.

Ils levèrent les yeux à l'instant où la porte s'ouvrait. Mark entra, portant un plateau.

— Mark aura peut-être des idées, suggéra James. Il y a toujours eu des brutes dans l'armée, mais je dois dire que je ne vois pas comment vous pourriez vous tirer de ce mauvais pas.

— Que se passe-t-il ? demanda Mark en tendant un verre à Nancy.

Elle n'avait pas très envie de lui en parler.

— Oh, rien, des problèmes de bureau, répondit-elle d'un ton désinvolte.

James eut moins de scrupules.

— Un nouveau sergent, muté récemment dans son unité, sape l'autorité de Nancy auprès de ses hommes, dit-il en prenant son verre. Il se moque des femmes

219

dans son dos — les traite de putains ou de lesbiennes —, il cherche sans doute à rendre la vie impossible à Nancy et à la faire partir. Il fait bien son travail et ses hommes l'apprécient ; elle craint que, si elle le signale, elle n'en supporte les conséquences, alors qu'elle n'a encore jamais eu de problèmes d'autorité. Que doit-elle faire ?

— Le dénoncer, répondit Mark sur-le-champ. Demander combien de temps en moyenne il a servi dans chaque unité où il est passé. S'il est muté régulièrement, vous pouvez être sûre que vous n'êtes pas la première à qui il en ait fait voir. Si tel est le cas — et même dans le cas contraire —, il faut réclamer de vraies mesures disciplinaires au lieu de s'en décharger sur autrui. Les types comme ça s'en sortent parce que les commandants préfèrent les muter discrètement plutôt que d'attirer l'attention sur la discipline médiocre qui règne dans leurs rangs. C'est un grave problème dans la police. Je siège dans une commission qui cherche à trouver des solutions. Règle numéro un : ne jamais faire comme s'il ne se passait rien.

James opina.

— Ça me paraît un conseil judicieux, dit-il doucement.

Nancy sourit.

— Vous saviez sans doute que Mark fait partie de ce comité ?

Il acquiesça.

— Mais que voulez-vous que je signale ? demanda-t-elle en soupirant. Un chic type échange des blagues avec ses hommes. Vous connaissez celle de la pute qui est entrée à l'armée parce qu'elle voulait tirer un coup ? Ou celle de la gouine qui a trempé son doigt dans le carter pour vérifier le niveau de lubrification ?

James jeta un regard perplexe à Mark.

— Ça n'a pas l'air simple, reconnut Mark, compatissant. Si vous manifestez de l'intérêt pour un homme, vous êtes une pute… dans le cas contraire, une lesbienne.

— Exactement.

— Dénoncez-le. C'est du harcèlement moral, pur et simple. La loi est de votre côté, mais elle ne peut rien si vous n'exercez pas vos droits.

Nancy échangea un regard amusé avec James.

— Il va bientôt me conseiller de réclamer une ordonnance interdisant les plaisanteries salaces.

14

— Où est-ce que tu vas, comme ça ? siffla Renard en attrapant P'tit Loup par les cheveux et en le faisant pivoter sur lui-même.

— Nulle part, dit l'enfant.

Il s'était déplacé, silencieux comme une ombre, mais Renard avait été plus discret encore. Rien ne signalait la présence de son père derrière l'arbre, et pourtant Renard l'avait entendu. Du cœur de la forêt leur parvenait le vrombissement sonore et persistant d'une tronçonneuse, qui couvrait tous les autres bruits. Comment Renard avait-il pu percevoir les pas furtifs de P'tit Loup ? Et si c'était un magicien ?

Enveloppé dans son foulard et sa cagoule, Renard avait les yeux fixés, par-delà la pelouse, sur la porte-fenêtre ouverte, d'où le vieil homme et les deux personnes que P'tit Loup avait aperçues un peu plus tôt essayaient de repérer la source du vacarme. La femme — sans son chapeau ni son épaisse veste polaire, il voyait bien que ce n'était pas un homme — sortit et porta une paire de jumelles à ses yeux. « Par là », esquissèrent ses lèvres tandis qu'elle abaissait l'instrument et pointait le doigt à travers les arbres décharnés vers l'endroit où l'équipe d'abattage était à l'œuvre.

Malgré son regard perçant, P'tit Loup avait du mal à distinguer les silhouettes vêtues de couleurs sombres contre la noirceur des troncs plantés dru, et il se demanda si la dame aussi était une magicienne. Ses yeux s'écarquillèrent quand le vieil homme la rejoignit à l'extérieur et parcourut du regard la rangée d'arbres derrière laquelle Renard et lui se dissimulaient. Il sentit Renard qui reculait à l'abri du tronc avant que sa main n'attrape P'tit Loup et ne l'oblige à se retourner, le bâillonnant contre la serge rugueuse de son manteau. « Tais-toi », murmura Renard.

P'tit Loup n'avait pas la moindre intention de piper mot. La bosse que dessinait le marteau dans la poche du manteau de Renard était assez visible. Si le rasoir l'inquiétait, le marteau le terrorisait, il n'aurait pas su dire pourquoi. Il n'avait jamais vu Renard s'en servir — il savait seulement qu'il était là —, mais cet objet était pour lui une source de terreurs infinies. Il avait dû faire un cauchemar, mais il ne se rappelait plus quand, ni de quoi il s'agissait. Prudemment, soucieux de ne pas attirer l'attention de Renard, il retint son souffle et ménagea un petit espace entre le manteau et lui.

La tronçonneuse toussa et se tut ; les voix en provenance de la terrasse du Manoir leur parvenaient clairement à travers la pelouse.

— … raconté toutes sortes d'absurdités à Eleanor Bartlett. Elle a parlé de *terra nullius* et m'a cité la théorie de Locke comme une sorte de mantra. Elle doit tenir ça des routards. Je la vois mal connaître des termes pareils. Un peu archaïques, il faut en convenir.

— Une terre qui ne serait à personne ? demanda la voix féminine. C'est une règle valable ?

223

— Ça m'étonnerait. C'est une théorie de droit territorial très ancienne. Pour dire les choses simplement, les premiers à mettre le pied dans une région inhabitée peuvent émettre des prétentions sur ce territoire au nom de leur protecteur, un roi le plus souvent. Je vois mal comment on pourrait l'appliquer dans l'Angleterre du XXIe siècle. Les seuls à pouvoir revendiquer le Bois-Taillis sont James ou Dick Weldon… ou le village, en tant que terrain communal.

— Et la théorie de Locke ? C'est quoi ?

— Une autre conception de la propriété privée. John Locke était un philosophe du XVIIe siècle qui a érigé en système les théories sur la propriété. Le premier arrivé en un lieu acquérait des droits sur cette terre qui pouvaient ensuite être vendus. Les premiers pionniers américains ont appliqué ce principe pour clôturer des terres qui ne l'étaient pas encore, sans se soucier du fait qu'elles appartenaient à une population indigène qui ignorait toute notion de clôture.

Un autre homme parla, un timbre plus doux, plus âgé.

— C'est un peu ce que font ces gens, alors. Emparez-vous de ce que vous pouvez en ignorant les usages de la communauté établie antérieurement. C'est intéressant, non ? D'autant plus qu'ils se considèrent sans doute davantage comme des Indiens vivant en harmonie avec la nature que comme des cow-boys violents bien décidés à l'exploiter.

— Vous pensez qu'ils peuvent obtenir gain de cause ? demanda la femme.

— Je ne vois pas comment, dit l'homme âgé. Au moment où Dick Weldon a cherché à clôturer le Bois-Taillis, Ailsa l'a fait classer comme site d'intérêt scientifique. Il suffit que quelqu'un fasse mine d'abattre les arbres pour que la police intervienne plus vite que s'ils campaient sur ma pelouse. Elle avait peur que Dick n'agisse comme ses prédécesseurs et ne détruise un habitat naturel pour gagner un demi-hectare de terres cultivables. Dans mon enfance, la forêt s'étendait plus à l'ouest de presque un kilomètre. On aurait peine à le croire aujourd'hui.

— James a raison, approuva l'autre homme. Presque tout le monde au village — même les vacanciers — peut invoquer un droit d'usage bien plus ancien que cette bande. Il faudra peut-être un certain temps pour les faire décamper, et la gêne risque de ne pas être négligeable… mais à court terme, nous pouvons certainement les empêcher de couper les arbres.

— Je n'ai pas l'impression qu'ils les coupent, dit la femme. Si je vois bien, ils se contentent de débiter le bois mort qui est tombé à terre… ou du moins, ils le débiteraient si leur tronçonneuse n'avait pas rendu l'âme. (Elle s'interrompit.) Je me demande comment ils ont su que ça pouvait valoir la peine d'essayer de s'installer ici. Si la propriété de Hyde Park était contestée, la presse en aurait parlé… mais *Shenstead* ? Qui connaît cet endroit ?

— Il y a beaucoup de vacanciers, par ici, expliqua l'homme âgé. Certains reviennent tous les ans. Un des routards venait peut-être dans la région quand il était petit.

Il y eut un instant de silence, puis le premier homme reprit la parole.

— Eleanor Bartlett prétend qu'ils savent le nom de tout le monde… même le mien, paraît-il. Ils ont dû faire des recherches approfondies, ou alors quelqu'un de bien informé leur a donné des renseignements. Elle était drôlement remontée, je ne sais pas trop pourquoi. Je ne suis pas sûr qu'il faille prendre tout ce qu'elle dit pour parole d'Évangile, mais elle était persuadée qu'ils avaient espionné le village.

— Ce serait assez logique, admit la femme. Il faudrait être idiot pour ne pas partir en reconnaissance avant d'envahir un endroit. Avez-vous vu des gens traîner dans les parages, James ? Ce bois offre une couverture idéale, surtout l'élévation, à droite. Avec une bonne paire de jumelles, on doit avoir vue sur presque tout le village.

Sachant que l'attention de Renard était concentrée sur la conversation, P'tit Loup tourna doucement la tête pour ne rien manquer. Certains mots étaient trop compliqués pour lui, mais il aimait bien leurs voix. Même celle de l'assassin. On aurait dit des acteurs, comme quand Renard parlait, mais il aimait surtout la voix de la femme, parce que ses inflexions douces lui rappelaient sa mère.

— Vous savez, Nancy, je crois que j'ai été d'une bêtise incroyable, dit alors le vieil homme. J'étais persuadé que mes ennemis étaient proches de moi… je me demande si vous avez raison… et si c'étaient ces gens qui avaient mutilé les renards d'Ailsa ? Une telle cruauté. Il faut être malade — les museaux broyés, les queues coupées alors que les pauvres bêtes sont encore viv…

Sans qu'il pût comprendre pourquoi, le monde de P'tit Loup explosa soudain dans un déferlement d'agitation. Des mains se plaquèrent brutalement sur ses oreilles, l'assourdissant, et il se retrouva tête en bas, jeté sur l'épaule de Renard. Désorienté, sanglotant de terreur, il fut transporté au pas de course à travers la forêt et brutalement déposé par terre, devant le feu. Tout contre son visage, la bouche de Renard crachait des mots dont il n'entendait qu'une partie.

— Tu… regardé ? Cette femme… quand… arrivée ici ?… entendu ce qu'ils disent ? Qui est Nancy ?

P'tit Loup ne savait pas pourquoi Renard était tellement en colère, mais ses yeux s'écarquillèrent quand il
le vit enfoncer la main dans sa poche pour y prendre
son rasoir.

— Mais qu'est-ce tu fous ? cria Bella, furieuse,
repoussant Renard et s'agenouillant devant l'enfant terrifié. C'est un gosse, bon sang ! Regarde-le, il est mort
de peur.

— Je l'ai surpris en train d'épier le Manoir.

— Et alors ?

— Je n'ai pas envie qu'il fiche notre plan en l'air.

— C'est pas vrai ! grommela-t-elle. Et tu t'imagines
que c'est en lui foutant la trouille que tu arriveras à
quelque chose. Viens là, mon chéri, dit-elle en prenant
P'tit Loup dans ses bras et en se relevant. Il n'a que la
peau sur les os, reprit-elle d'un ton accusateur. Tu lui
donnes rien à bouffer, ou quoi ?

— Tu n'as qu'à t'en prendre à sa mère, c'est elle qui
l'a abandonné, rétorqua Renard froidement, en sortant
un billet de vingt livres de sa poche. Nourris-le, toi. Je
n'ai pas que ça à faire. Avec ça, tu devrais avoir de quoi
pour un moment.

Il fourra le billet entre son bras et le corps de P'tit
Loup.

Bella lui jeta un regard soupçonneux.

— Comment ça se fait, que tu sois plein aux as
comme ça, d'un coup ?

— Ce n'est pas ton problème. Quant à toi, dit-il en
plantant son doigt sous le nez de P'tit Loup, si je te
reprends à traîner là-bas, tu regretteras d'être né.

— J'faisais rien de mal, gémit le petit. Je cherchais
juste maman et le p'tit Loupiot. Ils sont *forcément* quelque part, Renard. Ils sont *forcément* quelque part…

*

Bella fit taire ses trois enfants et posa des assiettes de spaghettis à la bolognaise sur la table.

— Il faut que je parle à P'tit Loup, dit-elle en s'asseyant à côté de lui et en l'encourageant à manger.

Les trois petites filles dévisagèrent solennellement l'étranger avant de se pencher docilement sur leurs assiettes. L'une avait l'air plus grande que P'tit Loup, mais les deux autres avaient à peu près son âge. Leur présence l'intimidait, parce qu'il avait une conscience aiguë de l'état de saleté dans lequel il se trouvait.

— Qu'est-ce qui est arrivé à ta maman ? demanda Bella.

— J'sais pas, marmonna-t-il, les yeux fixés sur son assiette.

Elle ramassa sa fourchette et la glissa dans la main du petit.

— Allons, mange. C'est pas de la charité, P'tit Loup. Renard a payé, tu as bien vu, et il va être furieux s'il en a pas pour son argent. Voilà un bon garçon, dit-elle d'un ton approbateur. Il faut encore que tu grandisses. Quel âge tu as ?

— Dix ans.

Bella fut atterrée. Sa fille aînée avait neuf ans et P'tit Loup était beaucoup moins grand et moins développé qu'elle. La dernière fois qu'elle l'avait vu, c'était pendant l'été, à Barton Edge. P'tit Loup et son frère ne quittaient pour ainsi dire pas les jupes de leur mère et Bella avait attribué leur timidité à leur jeune âge : elle donnait six ou sept ans à P'tit Loup, et trois à son frère. La mère était plutôt farouche, elle aussi, et Bella n'arrivait pas à retrouver son nom. Peut-être ne l'avait-elle jamais su.

Elle regarda l'enfant avaler goulûment, comme s'il n'avait pas mangé depuis des semaines.

— Loupiot, c'est ton frère ?

— Oui.

— Quel âge il a ?

— Six ans.

Bon sang ! Elle faillit lui demander si quelqu'un avait pris la peine de le peser un jour, mais elle craignait de l'alarmer.

— Tu es déjà allé en classe, P'tit Loup ? À l'école des itinérants ?

Il posa sa cuiller et sa fourchette en secouant la tête.

— Renard, il dit que c'est pas la peine. Maman nous a appris à lire et à écrire, à moi et à Loupiot. Des fois, on allait à la bibliothèque. Ce que j'aime le mieux, c'est les ordinateurs. Maman m'a montré comment aller sur Internet. J'ai appris des tas de choses comme ça.

— Et le médecin ? Tu es déjà allé chez le médecin ?

— Non. J'suis jamais été… Je n'ai jamais été malade, se reprit-il.

Bella se demanda s'il avait un certificat de naissance, si, au moins, les autorités étaient informées de son existence.

— Comment s'appelle ta mère ?

— Vulpa.

— Elle a pas d'autre nom ?

Il répondit la bouche pleine.

— Tu veux dire comme Teigneux ? Je lui ai demandé un jour, et elle m'a dit qu'il y a que Renard qui s'appelle Teigneux.

— Si tu veux. Un nom de famille. Le mien, c'est Preston. Je m'appelle Bella Preston. Mes filles s'appellent Tanny, Gabby et Molly Preston. Est-ce que ta mère avait un deuxième nom ?

P'tit Loup secoua la tête.

— Renard ne l'appelait jamais autrement que Vulpa ?

P'tit Loup jeta un coup d'œil en coin vers les filles.

— Seulement « salope », dit-il avant de se remplir la bouche.

Bella sourit pour ne pas laisser voir son trouble aux enfants. Renard était tellement différent de ce qu'il avait été à Barton Edge ! Elle n'était pas la seule du groupe à se demander s'il ne poursuivait pas un autre objectif que cette fameuse occupation d'un terrain vacant qu'il leur avait fait miroiter cinq mois plus tôt. À l'époque, il avait beaucoup insisté sur la famille.

— On a plus de chances de réussir qu'en achetant un billet de loterie, et c'est tout aussi légal, leur avait-il assuré. Au pire, on restera sur place le temps qu'il faudra aux parties concernées pour constituer un dossier contre nous… assez longtemps pour que les gosses soient inscrits chez un médecin de quartier et aillent en classe régulièrement… six mois… plus longtemps peut-être. Au mieux, nous aurons tous une maison à nous. Ça vaut quand même la peine de tenter le coup, non ?

Personne ne l'avait vraiment cru. Certainement pas Bella. Ce qu'elle pouvait espérer de mieux, c'était un logement social dans une cité sordide, et elle préférait encore être sur la route. Elle voulait que ses filles grandissent dans la liberté et la sécurité, pas dans un cloaque de pauvreté et de crime, soumises à la mauvaise influence de jeunes délinquants. Mais Renard s'était montré assez convaincant pour persuader certains d'eux de tenter le coup.

— Qu'est-ce que vous avez à perdre ? avait-il demandé.

Bella ne l'avait revu qu'une fois, entre Barton Edge et le départ du convoi, la veille au soir. Toutes les dispositions avaient été prises par téléphone ou par radio. Personne ne lui avait dit où était situé le terrain vacant

— tout ce qu'elle savait, c'était qu'il se trouvait quelque part au sud-ouest. Cette dernière entrevue avait eu pour objet de sélectionner les candidats. À cette date, la nouvelle s'était répandue et les postulants étaient nombreux. Six bus, pas plus, avait annoncé Renard, et c'était lui seul qui choisirait. Des gens avec des gosses, uniquement. Bella lui avait demandé de quel droit il se prenait pour Dieu le Père, comme ça, et il avait répondu :

— Parce que je suis le seul à savoir où nous allons.

La seule logique de la sélection était l'absence d'alliances préalables au sein du groupe, ce qui rendait la position de Renard inexpugnable. Bella avait vivement protesté contre cette idée : des gens qui s'entendaient bien constitueraient une communauté plus soudée que des étrangers disparates, mais devant son ultimatum brutal — à prendre ou à laisser —, elle avait capitulé. N'importe quel rêve — *fût-il chimérique* — ne valait-il pas la peine d'être poursuivi ?

— Renard, c'est ton papa ? demanda-t-elle à P'tit Loup.

— J'crois. Maman disait que oui.

Bella se posait des questions. Elle se rappelait que la mère du petit prétendait qu'il tenait de son père, mais elle ne voyait aucune ressemblance entre le garçon et Renard.

— Tu as toujours vécu avec lui ? insista-t-elle.

— J'crois, sauf la fois où il est parti.

— Où est-ce qu'il est allé ?

— J'sais pas.

« En taule », se dit Bella.

— Il est resté parti combien de temps ?

— J'sais pas.

Elle sauça son assiette avec un morceau de pain et le lui tendit.

— Tu as toujours été sur la route ?

Il fourra le pain dans sa bouche.

— J'suis pas sûr.

Elle retira la casserole de la cuisinière et la posa devant lui avec une tranche de pain.

— Tu peux racler ça aussi, chéri. Tu as bon appétit, c'est sûr. (Elle l'observa, se demandant quand il avait pris un repas correct pour la dernière fois.) Alors, depuis quand est-ce que ta maman est partie ?

Elle s'attendait à une nouvelle réponse laconique et ce fut un déluge de paroles.

— J'sais pas. J'ai pas de montre, tu sais, et Renard veut jamais me dire quel jour on est. Il croit que ça compte pas, mais pour moi, si. Un matin, elle était plus là, et Loupiot non plus. J'crois que ça fait déjà des semaines. Renard, il devient fou si je lui demande. Il dit qu'elle est partie parce qu'elle voulait plus de moi, mais moi, j'crois pas que c'est vrai, parce que c'était moi que je m'occupais d'elle. J'crois bien qu'elle est partie à cause de lui. Il lui faisait drôlement peur. Il aime pas — il *n'aime pas*, corrigea-t-il — que les gens discutent avec lui. Il ne faut pas trop dire « je suis été » ou « j'aime pas », non plus, ajouta-t-il gravement, imitant soudain l'élocution de Renard. C'est une faute de grammaire, et il n'aime pas ça.

Bella sourit.

— Et ta maman, elle parle chic comme ça, elle aussi ?

— Tu veux dire comme au ciné ?

— Oui.

— Des fois. Elle parle pas beaucoup en vrai. C'est toujours moi que je parle à Renard, parce qu'elle a trop peur.

Bella se rappela la réunion de sélection, quatre semaines plus tôt. La femme était-elle là ? Difficile à dire. Renard avait une telle présence qu'on ne voyait que lui. Bella s'était-elle souciée de savoir si sa « femme » était dans les parages ? *Non*. S'était-elle demandé si les enfants traînaient dans le coin ? *Non*. Elle avait eu beau contester ses prétentions à tout régenter, elle s'était laissé embobiner comme les autres. Il avait un tel aplomb. C'était un type qui faisait bouger les choses. Un foutu salaud, sans doute — il valait sûrement mieux ne pas le prendre à rebrousse-poil —, mais un salaud qui avait des projets…

— Qu'est-ce qu'il fait quand les gens se disputent avec lui ? demanda-t-elle à P'tit Loup.

— Il sort son rasoir.

*

Julian referma les portes sur Bouncer, et partit à la recherche de Gemma, dont le van était garé à cinquante mètres du sien. C'était la fille d'un des métayers de Shenstead Valley, et la passion qu'elle inspirait à Julian était irrépressible comme peut l'être celle d'un sexagénaire pour une jeune femme consentante. Il avait suffisamment les pieds sur terre pour reconnaître qu'il tenait sans doute plus à son corps juvénile et à son absence d'inhibitions qu'au charme de sa conversation, mais pour un homme de son âge, marié à une femme qui avait perdu toute séduction depuis longtemps, l'association entre le plaisir sexuel et la beauté physique composait un cocktail revigorant. Cela faisait des années qu'il ne s'était pas senti aussi en forme et aussi jeune.

Pourtant, l'inquiétude qu'avait manifestée Gemma en découvrant que c'était Eleanor qui l'avait appelée sur son portable l'avait étonné. Pour sa part, il se sentait plutôt soulagé de savoir que la mèche était enfin vendue — il se laissait même aller à fantasmer, imaginant qu'Eleanor aurait déjà décampé quand il arriverait chez lui, laissant sur la table un petit mot acerbe le traitant de salaud. Julian ne s'était jamais senti coupable, peut-être parce qu'il n'avait jamais été trahi. Malgré tout, une petite voix lui disait qu'il devait s'attendre à une scène. Et après ? Il était assez indifférent et aveugle — « des défauts typiquement masculins », prétendait sa première épouse — pour se convaincre qu'Eleanor n'avait pas plus envie que lui de prolonger une union sexuellement insipide.

Il trouva Gemma à côté de sa voiture, hérissée de colère.

— Comment peut-on être aussi con ? lui demanda-t-elle, le fusillant du regard.

— Comment ça ?

— Tu aurais pu faire attention à ne pas laisser traîner mon numéro !

— Je ne l'ai pas laissé traîner. (Dans une tentative maladroite pour détourner sa fureur, il la prit par la taille.) Tu la connais. À tous les coups, elle a fouillé dans mes affaires.

Gemma lui donna une tape sur la main.

— On nous regarde, le mit-elle en garde, retirant sa veste d'un mouvement d'épaules.

— Qu'est-ce que ça peut faire ?

Elle plia la veste et la posa sur la banquette arrière de son break Volvo noir.

— Ça me dérange, dit-elle avec raideur, le contournant pour aller vérifier la barre de remorquage de son van. Tu n'as pas remarqué cette foutue journaliste ? Elle est à moins de vingt mètres… Tu veux vraiment voir ta photo en train de me peloter dans le journal de demain ? Il faudrait qu'Eleanor soit *vraiment* idiote pour ne pas comprendre.

— Ça m'éviterait d'avoir à donner des explications, lança-t-il, désinvolte.

Elle lui jeta un regard méprisant.

— À qui ?

— À Eleanor.

— Et mon père ? Tu imagines dans quel état ça le mettrait ? J'espère simplement que ta salope de femme ne l'a pas déjà appelé pour me traiter de tous les noms. Elle n'est vraiment bonne qu'à remuer la merde. (Elle tapa du pied d'exaspération.) Tu es *sûr* qu'elle n'a pas pu trouver mon nom ?

— Tout à fait sûr, ne t'en fais pas. (Julian se passa la main dans la nuque et regarda derrière lui. La journaliste regardait ailleurs, plus intéressée par le piqueur qui rassemblait sa meute que par eux.) Pourquoi est-ce que ça t'inquiète tellement que ton père soit au courant ?

— Tu le sais très bien, lança-t-elle. Je ne peux pas faire courir Monkey Business sans lui. Avec ce que je gagne comme secrétaire, je n'ai même pas de quoi *entretenir* un cheval. Papa paie tout… même la bagnole… alors, à moins que tu aies l'intention de prendre le relais, il vaudrait mieux qu'Eleanor la boucle. (L'air accablé de Julian lui arracha un soupir d'irritation.) Oh, bon sang, réfléchis un peu, siffla-t-elle. Tu ne comprends donc rien ? Papa voudrait un gendre capable de l'aider à la ferme… pas un type de son âge.

Il ne l'avait encore jamais vue en colère, et il songea, consterné, qu'elle ressemblait à Eleanor. Blonde, jolie, cupide. Deux clones de sa première épouse, qui lui avait toujours préféré ses enfants. Julian ne se faisait pas beaucoup d'illusions. Dieu sait pourquoi, il était incapable de résister aux jeunes blondes aux dents longues… et le pire était qu'elles ne lui résistaient pas. Il ne se l'expliquait pas plus qu'il ne comprenait pourquoi il s'entichait d'elles aussi facilement.

— Il faudra bien que ça se sache, tôt ou tard, murmura-t-il. Comment avais-tu l'intention de l'annoncer à ton père ?

— Eh bien justement, c'est *moi* qui devais le lui annoncer. J'espérais le faire avec un peu plus de tact… lui faire accepter les choses en douceur. Mais tu *sais* tout ça, reprit-elle avec impatience. Pourquoi crois-tu que je passe mon temps à te demander d'être discret ?

Julian n'y avait pas beaucoup réfléchi ; tout ce qui lui importait était de savoir où et quand auraient lieu leurs prochains ébats. Les détails techniques comptaient peu tant qu'il pouvait disposer du corps de Gemma. S'il avait fait preuve de discrétion, c'était dans son intérêt à lui. Il avait assez d'expérience pour préférer ne pas dévoiler son jeu avant d'être sûr de son coup. Si Eleanor apprenait l'existence de Gemma et que celle-ci le plaquait, ce serait l'enfer jusqu'à la fin de ses jours.

— Mais alors que veux-tu que je fasse ? demanda-t-il mollement.

L'idée que Peter Squires puisse se chercher un gendre l'avait déstabilisé. Bien sûr, il avait envie de s'affranchir du joug d'Eleanor, mais il tenait aussi à préserver le *statu quo* avec Gemma. Quelques instants d'intimité dérobés, entre une partie de golf et un verre au pub, qui mettaient un peu de piment dans sa vie sans lui imposer de responsabilités. Il avait goûté au mariage et aux enfants, et ni l'un ni l'autre ne le tentaient plus. Une maîtresse, en revanche, offrait des perspectives tout à fait alléchantes… tant que ses exigences ne dépassaient pas les bornes.

— S'il y a une chose que je déteste, c'est bien les hommes qui se défilent. Je ne suis pas ta nounou, Julian. C'est *toi* qui nous as fourrés dans le pétrin… c'est à *toi* de nous en sortir. Enfin merde ! Ce n'est pas moi qui ai laissé traîner mon numéro de portable !

(D'un geste brutal, elle s'assit à la place du conducteur et actionna le démarreur.) Je ne laisserai pas tomber Monkey Business… alors, si ça arrive aux oreilles de papa… (Elle s'interrompit, furieuse, enclenchant la première.) Monkey peut rester à l'écurie chez toi tant qu'Eleanor n'est pas dans le coup. (Elle claqua la portière.) C'est à toi de voir, lança-t-elle par la vitre ouverte avant de démarrer.

Il la regarda s'engager sur la route, puis il enfonça ses mains dans ses poches et regagna sa voiture d'un pas pesant. Pour Debbie Fowler, qui avait suivi l'altercation du coin de l'œil, la situation était claire comme de l'eau de roche. Ce vieux salaud aux cheveux teints avait une liaison avec une bimbo gâtée que l'horloge biologique commençait à travailler.

Elle se tourna vers une des participantes de la chasse qui se trouvait à ses côtés.

— Sauriez-vous comment s'appelle ce monsieur ? demanda-t-elle en pointant le menton en direction de Julian qui s'éloignait. Il m'a donné son nom tout à l'heure quand je l'ai interviewé, mais j'ai perdu la feuille sur laquelle je l'avais noté.

— Julian Bartlett, répondit la femme avec obligeance. Il joue au golf avec mon mari.

— Où habite-t-il ?

— Shenstead.

— Il a l'air plein aux as, non ?

— Il vient de Londres.

— Dans ce cas, évidemment…, fit Debbie en trouvant la page de son carnet où elle avait noté « romanos, Shenstead ».

Elle griffonna « Julian Bartlett » dessous.

— Merci, dit-elle à la femme avec un sourire. Vous m'avez été d'un grand secours. Alors si j'ai bien compris, vous trouvez moins cruel d'éliminer les animaux nuisibles à l'aide de chiens qu'avec des appâts empoisonnés ou au fusil ?

— Oui. C'est évident. Les chiens tuent proprement. Ce n'est le cas ni du poison ni des plombs.

— C'est vrai pour tous les animaux nuisibles ?

— Que voulez-vous dire ?

— Je ne sais pas, moi, est-ce qu'on ferait mieux d'employer les chiens contre les lapins ? Ou contre les petits-gris… les rats… les blaireaux ? Ce sont tous des nuisibles, non ?

— Certains vous diront que oui. Les chiens de terrier ont d'ailleurs été sélectionnés pour ça.

— Et vous trouvez ça bien ?

La femme haussa les épaules.

— Un animal nuisible, c'est un animal nuisible. Il faut bien en contrôler la population d'une manière ou d'une autre.

*

Bella laissa P'tit Loup avec ses filles et rejoignit l'équipe chargée de la tronçonneuse. La machine fonctionnait à nouveau et une douzaine de poteaux de longueurs et de diamètres variés avaient été équarris grossièrement dans des branches. Le projet, qui avait paru réalisable lorsqu'ils en avaient parlé mais que Bella trouvait à présent bien naïf, consistait à enfoncer des pieux dans le sol pour construire une palissade. La tâche semblait insurmontable. Ces poteaux aux formes aléatoires ne tenaient pas droit et il n'y en avait pas assez pour clôturer plus de quelques mètres de terrain. Sans parler du travail de titan qu'il fallait fournir pour les enfoncer dans le sol gelé.

Le Bois-Taillis avait été classé terrain d'intérêt scientifique, leur avait annoncé Renard ce matin, et tout arbre abattu serait prétexte à les faire expulser. Il y avait suffisamment de bois par terre pour commencer. Pourquoi ne les avait-il pas prévenus plus tôt ? avait demandé Bella, fâchée. Qui allait les laisser bâtir quoi que ce soit sur un site protégé ? Il n'était pas encore protégé, avait-il précisé. Ils feraient opposition pendant qu'ils s'installeraient. Il parlait comme si cette installation devait être chose facile.

Ça n'en prenait pourtant pas l'allure. Une grande partie du bois était pourrie et tombait en morceaux, des champignons poussant sur l'écorce gorgée d'humidité. L'impatience commençait à gagner et Ivo, exaspéré, lorgnait déjà le bois vert.

— On perd notre temps, grommela-t-il en donnant un coup de pied dans l'extrémité d'une branche qui tomba en poussière sous sa botte. Regarde ça. Il n'y en a qu'un mètre d'utilisable, et encore. On ferait mieux de prendre un de ces arbres, là, au milieu. Ils n'y verront que du feu.

— Où est Renard ? demanda Bella.

— Il garde la barrière.

Elle fit non de la tête.

— J'en viens. Les deux gars qui y sont commencent à en avoir marre.

Ivo fit signe au type qui maniait la tronçonneuse et attendit que le bruit s'interrompe.

— Où est Renard ? demanda-t-il.

— Pas la moindre idée. La dernière fois que je l'ai vu, il se dirigeait vers le Manoir.

Ivo jeta un regard interrogateur aux autres membres de l'équipe, mais ils secouèrent tous la tête.

— Bon sang, fit-il, écœuré, ce mec a un sacré culot. Fais ci, fais ça. Et lui, qu'est-ce qu'il glande ? Si je me souviens bien des règles, il faut se serrer les coudes pour avoir une chance que ça marche, mais pour le moment, il n'a pas foutu grand-chose, à part faire le mariole devant un fermier de mes deux et une conne en anorak. Vous n'êtes pas d'accord ?

Des murmures de mécontentement lui répondirent.

— Le fermier a reconnu sa voix, dit Zadie, qui était mariée à celui qui maniait la tronçonneuse. (Elle repoussa son foulard et son passe-montagne et alluma une cigarette roulée.) C'est pour ça qu'il nous fait porter ces cochonneries. En fait, il est le seul à vouloir se cacher, mais il ne veut pas qu'on le sache.

— Il a dit ça ?

— Non… c'est juste une idée. Toute cette affaire pue. Gray et moi, on est venus parce qu'on voulait avoir une maison pour les gosses… mais j'ai bien l'impression que c'est une combine à la noix. On est là pour faire diversion. Pendant que tout le monde a les yeux fixés sur nous, Renard fait ses petites combines dans son coin.

— En tout cas, la baraque l'intéresse sacrément, ajouta son mari en posant la tronçonneuse et en tournant la tête vers le Manoir. Chaque fois qu'il se tire, c'est par là.

Ivo jeta un regard soucieux à travers les arbres.

— Qui c'est ce mec, d'ailleurs ? Quelqu'un le connaît ? Vous l'aviez déjà vu ?

Ils secouèrent tous la tête.

— Il ne passe pas inaperçu, reprit Zadie, mais la première fois qu'on l'a vu, c'était à Barton Edge. Quant à savoir où il était avant… et où il s'est planqué tous ces derniers mois…

Bella intervint.

— À l'époque, il était avec la mère et le frère de P'tit Loup. Je me demande où ils sont passés. Quelqu'un sait quelque chose ? Le pauvre gosse est complètement paumé… il dit que ça fait des semaines qu'ils sont partis.

Son intervention fut accueillie par le silence.

— Ça fait réfléchir, non ? dit Zadie.

Ivo prit une décision soudaine.

— C'est bon, retournons aux bus. Je n'ai pas l'intention de continuer à me casser les couilles tant que je n'en saurai pas plus long. S'il s'imagine…

Il s'interrompit pour tourner les yeux vers Bella, qui venait de poser la main sur son bras pour l'avertir.

Une brindille craqua.

— S'il s'imagine quoi ? demanda Renard, émergeant de derrière un arbre. Que tu vas obéir aux ordres ? (Un sourire mauvais joua sur son visage.) Bien sûr que oui. Tu n'aurais pas le cran de te battre, Ivo. (Il jeta un regard méprisant sur le groupe.) Aucun de vous, d'ailleurs.

Ivo baissa la tête comme un taureau sur le point de charger.

— Tu veux parier, espèce d'enculé !

Bella vit une lueur d'acier briller dans la main droite de Renard. *Et merde !*

— Allons manger avant que quelqu'un ne fasse une bêtise, dit-elle, prenant Ivo par le bras et se dirigeant vers le camp. Je suis venue ici pour que mes gamines s'en sortent… pas pour regarder deux néandertaliens traîner leurs poings par terre.

15

Ils déjeunèrent à la cuisine. James présidait, en bout
de table. Les deux hommes préparèrent le repas — le
contenu du panier que Mark avait apporté de Londres —,
et Nancy fut chargée de trouver des assiettes. James
tenait, Dieu sait pourquoi, à utiliser le « beau service »
et il lui demanda d'aller le chercher dans la salle à
manger. Elle devina que les deux hommes avaient envie
d'échanger quelques mots en tête à tête. Ou peut-être
était-ce une manière subtile de la mettre en présence
de portraits d'Ailsa, d'Elizabeth et de Leo. Les deux,
peut-être.

La salle à manger était manifestement inutilisée
depuis longtemps, et servait de débarras à des fauteuils
et à des commodes au rebut. Elle n'était pas chauffée et
la poussière recouvrait tout. On y percevait nettement
l'odeur de moisissure dont Mark avait parlé, mais
Nancy avait tendance à l'attribuer au manque d'aéra-
tion et à l'humidité plutôt qu'à des problèmes de charpente. La peinture était écaillée au-dessus des plinthes
et dessous, le plâtre était mou au toucher. Cette pièce
avait sans doute été le domaine d'Ailsa, et elle se
demanda si James l'évitait, comme il évitait son jardin.

Une table d'acajou sombre occupait toute la longueur d'un mur ; une de ses extrémités était couverte de papiers et de piles de cartons. Certains portaient en grosses lettres noires « SPA », « Barnado » ou « Aide à l'enfance ». L'écriture était énergique, et Nancy devina que c'était là qu'Ailsa rangeait tout ce qui concernait ses œuvres de charité. Des taches de moisissure révélaient que les préoccupations d'Ailsa avaient été enterrées avec elle. Quelques cartons n'étaient pas identifiés, et ils étaient posés sur la tranche, laissant échapper des documents. Factures de ménage. Quittances de jardinier. Assurance voiture. Relevés de banque. Comptes d'épargne. Le tissu de la vie quotidienne.

Il n'y avait pas de toiles aux murs, uniquement des photographies. Pourtant, autour de certains cadres, des traces rectangulaires pâlies donnaient à penser que des tableaux avaient jadis été accrochés là. Il y avait des photos partout. Sur les murs, sur toutes les surfaces libres, dans des albums empilés sur le buffet où étaient rangées les assiettes. Nancy n'aurait pu les ignorer même si elle l'avait voulu. La plupart étaient très anciennes. Reflets de générations passées, images de l'entreprise de homards de Shenstead, vues du Manoir et de la vallée, clichés de chevaux et de chiens. Un portrait photographique de la mère de James était suspendu au-dessus de la cheminée. Dans l'alcôve de droite, une photo du mariage de James, avec sa jeune épouse.

Contemplant Ailsa, Nancy eut l'impression d'écouter aux portes, en quête de secrets. Elle avait un joli visage, plein de caractère, aux antipodes de celui de la mère de James avec ses cheveux noirs et sa mâchoire carrée. Blonde et délicate, des yeux bleus éclatants, espiègles comme ceux d'un chat siamois. Nancy fut étonnée. Elle n'imaginait pas du tout Ailsa comme cela. Involontairement, elle avait attribué à sa grand-mère biologique les traits de sa défunte grand-mère adoptive — une robuste fermière, ridée, aux mains noueuses et au caractère irascible —, la transformant en quelqu'un d'intimidant, d'impatient, au verbe acéré.

Son regard fut attiré par deux autres clichés présentés dans un support en cuir, sur le bureau, sous la photo de mariage. Dans le cadre de gauche, James et Ailsa avec deux tout jeunes enfants ; à droite, le portrait de deux adolescents, une fille et un garçon. Tout de blanc vêtus, ils posaient de profil contre un fond noir, le garçon derrière la fille, sa main posée sur son épaule, leurs deux visages tournés vers l'objectif. « *Croyez-moi, avait dit Mark, personne au grand jamais n'aurait l'idée de vous prendre pour Elizabeth.* » Il avait raison. Il n'y avait rien en elle qui rappelât cette Barbie à la moue maussade et au regard blasé. C'était la réplique de sa mère, mais sans l'impétuosité d'Ailsa.

Juger quelqu'un d'après photo n'était pas très équitable, se dit Nancy — surtout quand la pose était aussi étudiée. Mais curieusement, Leo arborait la même expression d'ennui que sa sœur. On ne pouvait qu'en conclure que c'étaient eux qui avaient choisi cette mise en scène ; pourquoi James et Ailsa auraient-il voulu conserver une image aussi singulière de leurs enfants ? Leo l'intéressait. Du haut de ses vingt-huit ans, elle ne pouvait s'empêcher de sourire des efforts du jeune garçon pour avoir l'air irrésistible, mais elle était assez honnête pour admettre qu'à quinze ans elle l'aurait probablement trouvé séduisant. Il avait les cheveux sombres de sa grand-mère et les yeux bleus de sa mère, en plus pâles. L'association était intéressante, mais Nancy fut troublée de se découvrir plus de points communs avec lui qu'avec sa sœur.

Elle éprouvait de l'aversion pour l'un comme pour l'autre, mais elle aurait été bien en peine de dire si ce sentiment était instinctif, ou s'il était dû à ce que Mark lui avait appris d'eux. Peut-être à cause des vêtements blancs et des faux cils d'Elizabeth, cette photo lui rappelait le visage faussement innocent de Malcolm McDowell dans *Orange mécanique*, au moment où il balafre et taillade ses victimes dans une orgie de violence. Que recherchaient-ils, se demanda-t-elle ? Était-ce une image codée d'amoralité destinée à amuser leurs amis, et à abuser leurs parents ?

Le service de table se trouvait sur le buffet, couvert de poussière ; elle prit la pile d'assiettes et la déposa sur la table pour en choisir des propres, au-dessous des premières. Il était facile d'extrapoler à partir d'une photo, se dit-elle, songeant à la masse de clichés sans prétention, généralement pris par son père, éparpillés un peu partout à la ferme. Quelle image ces portraits sans imagination donnaient-ils d'elle ? Celle d'une personne franche comme l'or, qui n'avait de secret pour personne ? Ce ne serait pas la vérité.

En reposant les assiettes sur le buffet, elle remarqua dans la poussière, à l'endroit où elle les avait prises, une petite trace en forme de cœur. Elle se demanda quel être ou quel objet avait dessiné ce symbole d'amour poignant dans cette pièce froide et morte, et fut parcourue d'un frisson de superstition. Décidément, on pouvait lire trop de choses dans n'importe quoi, pensa-t-elle avec un dernier regard aux visages souriants de ses grands-parents le jour de leurs noces.

*

Renard ordonna à P'tit Loup de regagner le bus, mais Bella intervint.

— Laisse-le, dit-elle en attirant le petit contre elle. Il s'inquiète pour sa maman et pour son petit frère. Il veut savoir où ils sont, et je lui ai dit que je te le demanderais.

La peur de P'tit Loup était palpable. Bella le sentait trembler à travers l'épaisseur de son manteau. Il secoua la tête anxieusement.

— Ça-ça fait rien, bégaya-t-il. Re-Renard me le dira plus tard.

Les yeux pâles de Renard se posèrent sur son fils.

— Fais ce que je t'ai dit, lança-t-il froidement, avec un mouvement de tête en direction du bus. Attends-moi là-bas.

Ivo tendit la main pour arrêter l'enfant.

— Non. Ça nous concerne tous. Tu as choisi des familles pour ce projet, Renard... Fonder une communauté... c'est bien ce que tu disais, non ?... Alors, où est la tienne ? Tu avais une nana et un autre gamin à Barton Edge. Où est-ce qu'ils sont passés ?

Le regard de Renard parcourut le groupe. Ce qu'il lut sur leurs visages l'incita probablement à répondre. Il haussa les épaules.

— Elle a foutu le camp il y a cinq semaines. Je ne l'ai pas vue depuis. Ça vous va ?

Personne ne pipa mot.

Bella sentit la main de P'tit Loup se glisser dans la sienne. Elle se passa la langue à l'intérieur des joues pour essayer de stimuler ses glandes salivaires.

— Avec qui elle est partie ? Pourquoi est-ce qu'elle a pas emmené P'tit Loup ?

— Je voudrais bien le savoir, répondit Renard avec dédain. J'avais des trucs à faire et quand je suis revenu, elle était partie avec le petit. Je ne sais pas pourquoi elle a laissé P'tit Loup. Quand je l'ai trouvé, il était complètement défoncé... il ne se souvient de rien. Elle avait embarqué toutes ses affaires. Manifestement, il y avait eu quelqu'un d'autre avec eux dans le bus. Elle devait camer les gamins pendant qu'elle se faisait sauter. Pour de l'héro, je suppose. Elle était complètement accro.

Les doigts de P'tit Loup se tortillèrent à l'intérieur de la main de Bella et elle se demanda ce qu'il essayait de lui faire comprendre.

— C'était où ? Sur un terrain de camping ?

— Dans le Devon. Dans le coin de Torquay. On faisait les champs de foire. À la fin de la saison, elle est devenue cinglée, il n'y avait plus beaucoup de clients. (Il baissa les yeux vers P'tit Loup.) Loupiot était plus facile à porter que celui-là. Elle a dû se donner bonne conscience en emmenant le plus petit. (Il vit des larmes briller dans les yeux de l'enfant, et sa bouche se pinça dans un sourire cynique.) Tu devrais essayer de vivre avec une zombie, Bella. Le manque, ça vous flingue le cerveau. Tout peut aller au diable — les gosses, la nourriture, les responsabilités, la vie —, il n'y a que la drogue qui compte. Mais peut-être que tu ne vois pas les choses comme ça… peut-être que tes propres dépendances t'inspirent de la pitié pour ces gens-là.

Bella serra la main de P'tit Loup.

— Mon mec était toxico, dit-elle, alors c'est pas la peine de me faire la leçon. Je suis passée par là, je connais ça comme ma poche. Il avait le cerveau flingué, d'accord, mais j'allais le chercher chaque fois qu'il se tapait une overdose. T'as fait ça, toi, Renard ? T'es allé la chercher ? (Il baissa les yeux sous son regard.) Peu importe ce qu'elle a fait pour trouver une dose. Ce qu'il y a de sûr, c'est qu'elle a dû se retrouver à la rue en moins de deux. Ne me raconte pas de conneries. Une nana avec un gamin sur les bras ? Les flics et les services sociaux ont même pas dû attendre qu'elle se réveille pour la mettre en sûreté quelque part. T'es allé les voir ? Tu leur as demandé ?

Renard haussa les épaules.

— Je l'aurais fait si j'avais cru que ça pouvait servir à quelque chose, mais c'est une vraie pute. Elle doit être fourrée dans un squat avec un mac qui la supportera tant qu'cllc aura assez de dope et qu'elle bossera pour lui. Ça serait pas la première fois. On lui a retiré son premier gosse à cause de ça… depuis, elle a tellement la trouille des flics et des assistantes sociales qu'elle les sent à des kilomètres.

— Tu peux pas simplement la laisser comme ça, protesta Bella. Et Loupiot ?

— Quoi, Loupiot ?

— C'est ton fils, non ?

Il prit l'air amusé.

— Ça m'étonnerait. C'est un autre salaud qui lui a collé ce petit bâtard.

*

James tenait à discuter de l'affaire des routards, ce dont Nancy lui sut gré. Elle n'avait pas très envie de parler d'elle, ni de l'impression que lui avaient faite les photos. Chaque fois qu'elle échangeait un regard avec Mark, assis en face d'elle, il avait l'air déconcerté par la soudaine curiosité de James à propos des squatters du Bois-Taillis. Elle se demanda de quoi ils avaient bien pu s'entretenir pendant qu'elle cherchait les assiettes. Le sujet des renards mutilés avait été abandonné immédiatement.

— Je ne veux pas parler de ça, avait dit James.

*

— *Nettoyez bien la table, Mark. Elle me fait l'effet d'une jeune personne très bien élevée. Je n'ai pas envie qu'elle raconte à sa mère que je vis dans une porcherie.*

— *Elle est propre.*

— *Je ne me suis pas rasé ce matin. Ça se voit ?*

— *Non, non, Vous êtes impeccable.*

— *J'aurais dû enfiler un costume.*

— *Vous êtes très bien.*

— *Je vois bien que je la déçois. Elle devait s'attendre à quelqu'un de plus impressionnant.*

— *Pas du tout.*

— *Je suis un vieil homme barbant. Vous pensez qu'elle aimerait voir les albums de famille ?*

— *Pas maintenant, non.*

— *Je devrais peut-être lui poser des questions sur les Smith ? Je ne sais pas très bien ce que l'étiquette recommande dans de telles circonstances.*

— *Rien, sans doute. Soyez vous-même, c'est tout.*

— *C'est affreusement difficile. Ces coups de téléphone m'obsèdent.*

— *Vous vous en sortez très bien. Je suis sûr qu'elle vous apprécie beaucoup, James.*

— *Vous croyez ? Vous ne dites pas cela pour me faire plaisir ?*

*

James pressa Mark de questions sur la législation concernant les occupations sans titre, le cadastre, les droits d'habitation et d'usage. Enfin, il repoussa son assiette et demanda au jeune homme de lui répéter ce que Dick Weldon et Eleanor Bartlett lui avaient dit des intrus.

— C'est tout à fait curieux, remarqua-t-il, songeur, quand Mark mentionna les écharpes qui masquaient le bas de leur visage. Pourquoi font-ils cela ?

Mark haussa les épaules.

— Ils doivent craindre une descente de police, suggéra-t-il. Tous les commissariats d'Angleterre ont sûrement leur photo dans leurs fichiers.

— N'avez-vous pas dit que, selon Dick, la police aurait refusé d'intervenir ?

— Si, en effet, mais… (Il s'interrompit.) Pourquoi cette affaire vous intéresse-t-elle tant ?

James secoua la tête.

— Nous allons bien finir par faire leur connaissance, alors à quoi bon dissimuler leurs visages ?

— Ceux que j'ai observés à la jumelle portaient des foulards *et* des passe-montagnes, dit Nancy. Ils étaient même sacrément emmitouflés. Ça aurait tendance à confirmer ce que pense Mark : ils n'ont pas envie d'être reconnus.

James acquiesça.

— Sans doute, mais par qui ?

— Certainement pas par Eleanor Bartlett, dit Mark. Elle a été catégorique : elle ne les a jamais vus.

— Hmm. (Il garda le silence un instant avant de leur adresser un sourire.) C'est peut-être de moi qu'ils ont peur. Comme mes voisins prennent plaisir à le souligner, c'est à *ma* porte qu'ils campent. Et si nous allions bavarder avec eux ? Il suffit de franchir le saut-de-loup et de traverser le bois pour les prendre par surprise. Une petite promenade nous ferait le plus grand bien.

Mark retrouvait l'homme qu'il avait connu autrefois — *l'homme d'action* — et il lui sourit avant de jeter un regard interrogateur à Nancy.

— Je marche, fit-elle. Comme l'a dit je ne sais plus qui : « Connais ton ennemi. » Ce serait dommage de tirer par erreur sur des gens qui n'ont rien fait, non ?

— Ce ne sont pas forcément des ennemis, protesta Mark.

Elle lui jeta un regard taquin.

— Tant mieux. Dans ce cas, ce sont peut-être les ennemis de nos ennemis.

*

Julian était en train d'étriller Bouncer, dont les jambes étaient couvertes de boue séchée, quand il entendit des pas. Il se retourna, méfiant, à l'instant où Eleanor apparaissait à la porte de l'écurie. Cela lui ressemblait si peu qu'il pensa qu'elle était venue lui faire une scène.

— Ce n'est pas le moment, dit-il sèchement. Je vais prendre un verre. On en parlera plus tard.

Parler de quoi ? se demanda Eleanor, paniquée. Elle avait l'impression de patiner les yeux bandés sur une mince couche de glace. Julian n'avait rien à lui dire, à sa connaissance. Ou alors ?

— Si tu penses à ces sales types du Bois-Taillis, je m'en suis occupée, dit-elle d'un ton jovial. Prue a essayé de me refiler le bébé, mais je lui ai fait comprendre que c'était un peu facile. Tu veux un verre, mon chéri ? Je vais t'en chercher un.

Il lança la brosse dans un seau et attrapa la couverture de Bouncer. *Mon chéri ?*

— Qu'est-ce que c'est que cette histoire avec Prue ? demanda-t-il en étendant la couverture sur le dos de Bouncer et en se baissant pour la fixer sous son ventre.

Eleanor se détendit un peu.

— Dick n'est pas arrivé à joindre son avocat, alors elle voulait que je mette Gareth sur le coup. Je lui ai dit que je ne voyais pas pourquoi : après tout, ce terrain ne nous intéresse pas le moins du monde, et c'est toi qui aurais eu à payer les honoraires. (Son caractère autoritaire reprenait vite le dessus.) En fait, j'ai trouvé ça drôlement culotté de sa part. Dick et le notaire de James ont eu une prise de bec à ce sujet… ensuite, Prue s'en est prise à Dick… et c'est nous qui devrions recoller les

251

morceaux. J'ai dit à Prue : « Pourquoi est-ce que ce serait à Julian de payer ? Après tout, nous n'avons rien à gagner dans cette affaire. »

Julian essayait de suivre tant bien que mal.

— Quelqu'un a prévenu la police ?

— Dick, oui.

— Et alors ?

— Tout ce que je sais, c'est ce que Prue m'a dit, mentit Eleanor. Une sombre affaire de droits de propriété foncière. Il va falloir passer par un avocat.

Il se tourna vers elle, sourcils froncés.

— Qu'est-ce que Dick a l'intention de faire ?

— Je n'en sais rien. Il s'est énervé et il est parti. Prue ne sait pas où il est.

— Qu'est-ce que tu disais, à propos du notaire de James ?

Elle fit la grimace.

— Dick lui a parlé, et il l'a envoyé bouler. C'est probablement pour ça qu'il était de si mauvaise humeur. Mais je ne sais pas si ce type a fait quelque chose.

Julian garda ses réflexions pour lui tout en remplissant le seau d'eau et en rajoutant du foin dans la mangeoire de Bouncer. Il flatta l'encolure du vieux cheval puis ramassa le seau de pansage et attendit ostensiblement devant la porte qu'Eleanor dégage le passage.

— Pourquoi est-ce que Dick a appelé le notaire de James ? En quoi est-ce que ça le concerne ? Je croyais qu'il était à Londres.

— Il est venu rendre visite à James. Il est arrivé le 24.

Julian ferma le loquet de l'écurie.

— Moi qui croyais que le pauvre vieux était seul.

— Il n'y a pas qu'Ankerton. Il y a quelqu'un d'autre au Manoir.

Julian plissa le front.

— Qui ça ?

— Je n'en sais rien. Un des routards, apparemment.

Le front de Julian se creusa davantage.

— Pourquoi James recevrait-il des routards chez lui ?

Eleanor sourit vaguement.

— Après tout, ça ne nous regarde pas.

— Bien sûr que si, protesta-t-il. Ils campent au Bois-Taillis, merde ! Alors comme ça, le notaire a envoyé bouler Dick ?

— Il a refusé d'en discuter avec lui.

— Pourquoi ?

Elle hésita.

— Je suppose qu'il en veut à Prue d'avoir prévenu la police à propos de la querelle entre James et Ailsa.

— Allons donc ! dit Julian avec impatience. Il n'apprécie sûrement pas Prue — et peut-être pas Dick non plus —, mais il ne va pas refuser de discuter d'une affaire qui concerne directement son client. Tu dis que les Weldon se sont disputés. À quel sujet ?

— Comment veux-tu que je le sache ?

Il s'engagea sur le sentier qui conduisait à la maison. Eleanor trottinait derrière lui.

— Je ferais mieux de l'appeler, dit-il, irrité. Toute cette affaire est grotesque. Je n'ai jamais vu un notaire se disputer avec quelqu'un.

Il ouvrit la porte de derrière.

Elle le retint par le bras.

— Qui veux-tu appeler ?

— Dick, fit-il, en se dégageant aussi brutalement que Mark Ankerton un peu plus tôt. Je veux savoir ce qui se passe. De toute façon, je lui avais dit que je le rappellerais dès mon retour.

— Il n'est pas à la ferme.

— Et alors ? (Il coinça son talon droit dans le tire-bottes pour retirer sa botte de cheval.) Je n'ai qu'à l'appeler sur son portable.

Elle le contourna pour entrer dans la cuisine.

— Ça ne nous regarde pas, mon chéri, lança-t-elle gaiement par-dessus son épaule, cherchant un verre à whisky dans le placard. (Elle déboucha la bouteille pour rallonger le sien et en verser une généreuse rasade à son mari.) Je te l'ai dit. Dick et Prue se sont déjà chamaillés à ce sujet. À quoi bon s'en mêler ?

Les « mon chéri » commençaient à lui porter sur les nerfs, et il se dit que c'était sans doute sa réponse à Gemma. Pensait-elle le reconquérir à grand renfort de mots doux ? Ou peut-être croyait-elle que « chérie » était un terme qu'il employait couramment avec ses maîtresses ? *L'avait-il appelée « chérie » quand il trompait sa première femme ?* Comment le savoir ? Cela faisait si longtemps !

— D'accord, dit-il, en entrant dans la cuisine en chaussettes. Je vais appeler James.

Eleanor lui tendit son verre de whisky.

— Franchement, je me demande si c'est une très bonne idée, dit-elle avec un peu trop d'empressement. Il a de la visite, ne l'oublie pas. Pourquoi ne pas attendre demain ? D'ici là, l'affaire se sera peut-être réglée toute seule. Tu as mangé ? Un petit risotto de dinde, ça te dirait ?

Julian observa avec intérêt son visage empourpré, la bouteille de whisky à moitié vide et ses yeux visiblement remaquillés de frais. Pourquoi tenait-elle tant à l'empêcher de téléphoner ? Il leva son verre à sa santé.

— Ça me va, dit-il avec un sourire naturel. Appelle-moi quand ce sera prêt. Je vais prendre une douche.

Ouvrant la penderie de son dressing, il contempla ses costumes et ses vestes de sport soigneusement rangés.

Il les avait repoussés de côté pour prendre sa veste de chasse et se demanda ce qui avait bien pu inciter sa femme à fouiller dans son placard. Elle avait toujours refusé de s'occuper des affaires de son mari — une forme d'esclavage, selon elle —, et il avait appris depuis longtemps à se débrouiller sans elle, surtout dans les pièces qu'il se réservait. En fait, il préférait ça. Une confortable pagaille lui convenait mieux que l'ordre ostentatoire qui régnait dans le reste de la maison.

Après avoir ouvert tout grand le robinet de la douche, il sortit son portable et parcourut le carnet d'adresses pour trouver le numéro de Dick. Quelqu'un décrocha, et il referma doucement la porte du dressing.

*

James et ses deux compagnons ne cherchaient pas à se cacher. Mais d'un commun accord, ils n'échangèrent plus un mot après avoir quitté la terrasse et traversé la pelouse en direction du saut-de-loup. Il n'y avait plus trace de la présence de l'équipe à la tronçonneuse, mais Nancy pointa le doigt vers l'engin, abandonné sur une petite pile de bûches. Ils prirent à droite, contournant les buissons touffus de frênes et de coudriers qui, jadis éclaircis en futaie, formaient désormais un écran naturel entre le Manoir et le campement.

Réfléchissant aux hypothèses de James sur la volonté des squatters de ne pas se faire reconnaître, Nancy se demanda si la disposition de leurs véhicules était calculée. S'il s'étaient avancés davantage à l'intérieur du bois, ils auraient été visibles à travers les arbres dépouillés, car le Bois-Taillis s'enfonçait vers la vallée. James n'aurait eu aucun mal à les surveiller à la jumelle depuis les fenêtres du salon. Elle tourna la tête, l'oreille aux aguets. Pas un bruit. Si les voyageurs étaient là, ils étaient aussi silencieux que leurs visiteurs.

James les guida sur le sentier qui menait à l'entrée. Ici, les arbres étaient plus clairsemés et ils distinguaient parfaitement le campement. Deux bus arboraient des couleurs vives. L'un était peint en jaune d'or et jaune citron, l'autre en violet avec le nom de « Bella » bombé en rose sur le côté. Par comparaison, les autres véhicules étaient étrangement ternes — d'anciens camping-cars de location dans des tons gris et crème, les logos recouverts de peinture.

Ils étaient rangés plus ou moins en arc de cercle à partir de l'entrée et, malgré la distance, Nancy remarqua que chaque bus était relié au suivant par une corde, ornée systématiquement d'un écriteau « Entrée interdite ». Une Ford Cortina déglinguée était rangée derrière le bus jaune citron, et des vélos d'enfants gisaient par terre. Un feu de bois brûlait au centre du campement, qui avait l'air désert à l'exception des deux silhouettes encapuchonnées qui se tenaient plus loin, assises sur des chaises, à chaque extrémité de la corde qui barrait la route. Deux bergers allemands étaient couchés à leurs pieds, à la longe.

Mark pointa du menton en direction des deux gardiens, puis posa ses index sur ses oreilles pour indiquer la présence d'écouteurs, et Nancy acquiesça en voyant un des personnages battre la mesure du pied, tout en frappant sur les cordes d'une guitare imaginaire. Elle leva ses jumelles. Ce n'étaient certainement pas des adultes. Leurs épaules juvéniles étaient trop étroites pour leurs manteaux d'emprunt ; des poignets minces et des mains osseuses sortaient des manches retroussées, comme des cuillers. Une proie facile pour un individu prêt à couper la corde et à reconquérir le Bois-Taillis au nom du village. Trop facile. Les chiens étaient vieux et fatigués, mais ils étaient sans doute encore capables d'aboyer. Leurs maîtres devaient être à portée de voix.

Elle parcourut du regard les vitres des véhicules, mais elles étaient toutes occultées par des plaques de cartons qui bouchaient toute visibilité de ce côté. Intéressant, songea-t-elle. Aucun moteur ne tournait. L'intérieur des véhicules devait donc être éclairé à la lumière naturelle — à moins que leurs occupants ne fussent assez fous pour tirer sur les accus —, pourtant ils se privaient de la puissante clarté du sud. Pourquoi ? Parce que le Manoir se trouvait dans cette direction ?

À voix basse, elle confia à James le fruit de ses réflexions.

— Les gosses qui tiennent la barrière ne sont pas de force à résister. Il doit y avoir des adultes au moins dans un des bus. Voulez-vous que je m'en assure ?

— Ça servira à quelque chose ? répondit-il sur le même ton.

La main de Nancy esquissa un mouvement de balance.

— Ça dépend de leur agressivité et de l'importance des renforts dont ils disposent. Mieux vaut certainement les affronter dans leur tanière que de se faire prendre à l'air libre.

— Ça vous obligerait à franchir une des barrières, entre les camping-cars.

— Hmm.

— Et les chiens ?

— Ils sont vieux, et sans doute trop loin pour nous entendre si nous faisons attention. Ils aboieront si les occupants font du grabuge, mais à ce moment-là, nous serons déjà à l'intérieur.

Une lueur d'amusement brilla dans les yeux du vieil homme qui jeta un regard en direction de Mark.

— Vous allez effaroucher notre ami, l'avertit-il,

inclinant légèrement la tête en direction du notaire. Ses règles de combat ne l'autorisent certainement pas à s'introduire illégalement sur la propriété d'autrui.

Elle sourit.

— Et les vôtres ? Qu'autorisent-elles ?

— L'action, répondit-il sans hésitation. Donnez-moi une cible, et je fonce.

Elle forma un cercle entre son pouce et son index et s'éloigna entre les arbres.

— J'espère que vous savez ce que vous faites, murmura Mark en se penchant vers James.

Le vieil homme s'étrangla de rire.

— Ne jouez pas les rabat-joie. Voilà des mois que je ne me suis pas autant amusé. Elle ressemble *tellement* à Ailsa.

— Il y a une heure, vous me disiez qu'elle ressemblait à votre mère.

— Je retrouve les deux en elle. Le meilleur des deux mondes… elle a hérité de tous les bons gènes, Mark, et laissé tous les mauvais.

Mark espérait qu'il ne se trompait pas.

*

En s'approchant de « Bella », Nancy perçut des voix de plus en plus distinctes. La porte devait être ouverte de l'autre côté, laissant passer le son, mais trop de gens parlaient en même temps pour qu'elle puisse suivre le fil de la conversation. Parfait. Cela voulait dire que les chiens ne prêtaient pas attention aux disputes qui pouvaient avoir lieu dans les véhicules.

Elle s'accroupit à côté de la roue avant droite, aussi près de la porte qu'elle le pouvait sans se mettre en danger, consciente que les caches en carton la rendaient aussi invisible aux yeux des occupants que ces derniers l'étaient pour elle. L'oreille tendue, elle dénoua la corde attachée à l'extrémité de « Bella » et la laissa tomber au sol, l'écriteau « Entrée interdite » face contre terre. Puis elle fouilla les arbres du regard en direction du sud et de l'ouest, attentive à toute éventuelle trace de mouvement. La discussion portait apparemment sur la personne la plus apte à diriger l'opération, mais les arguments échangés étaient essentiellement négatifs.

— Personne d'autre n'y connaît rien en droit… — Il prétend s'y connaître, mais est-ce que c'est vrai… ? — Ce mec est complètement allumé… — Chttt, les gosses écoutent…, — Peut-être, mais j'en ai plus que marre… — P'tit Loup dit qu'il a toujours un rasoir sur lui…

Elle leva les yeux, espérant que des interstices à la base des feuilles de carton lui permettraient de distinguer l'intérieur et de dénombrer approximativement les occupants. À en juger par le nombre de voix, tout le campement devait être réuni, à l'exception de l'homme dont ils parlaient. L'allumé. Elle aurait préféré savoir où lui était, mais le silence absolu qui régnait à l'extérieur des bus signifiait qu'il était remarquablement patient, ou absent.

La dernière fenêtre qu'elle inspecta se trouvait juste au-dessus de sa tête, et son cœur eut un raté lorsque son regard croisa un autre regard, près du bord corné du carton. Les yeux trop ronds et le nez trop petit révélaient un enfant. Instinctivement, elle sourit et posa un doigt sur ses lèvres. La seule réaction fut un léger mouvement de recul. Le carton fut remis en place. Elle attendit deux ou trois minutes. Constatant que le bourdonnement de la conversation se poursuivait imperturbablement, elle se coula entre les arbres et fit signe à James et à Mark de la rejoindre.

*

P'tit Loup s'était faufilé sur le siège du conducteur du bus de Bella, isolé par un rideau. Il ne voulait pas se faire voir, craignant qu'on ne lui dise d'aller retrouver son père. Il s'était roulé en boule par terre, entre le tableau de bord et le siège, se cachant autant de Renard, dehors, que de Bella et des autres, dedans. Au bout d'une demi-heure, claquant des dents à cause du froid qui montait du sol, il grimpa sur le siège et regarda par-dessus le volant, essayant de repérer la présence de Renard.

Sa peur était plus intense que jamais. Si Loupiot n'était pas le fils de Renard, c'était peut-être pour ça que sa mère l'avait emmené en laissant P'tit Loup. Peut-être que P'tit Loup n'avait rien à voir avec Vulpa, peut-être qu'il appartenait seulement à Renard. Cette idée le terrifiait. Cela voulait dire que Renard pouvait faire de lui ce qu'il voulait, quand il voulait, et que personne ne pourrait l'arrêter. Au fond de lui, il savait que ça ne changeait rien. Sa mère n'avait jamais pu empêcher Renard d'agir bizarrement, elle ne savait que hurler et pleurer et dire qu'elle ne serait plus méchante. Il n'avait jamais compris ce qu'elle faisait de si méchant, mais il commençait à se demander si les siestes qu'elle les obligeait à faire, Loupiot et lui, n'y étaient pas pour quelque chose. Un minuscule nœud de colère — première suspicion d'une trahison maternelle — lui étreignait le cœur.

Il entendit Bella dire que s'il était vrai que Renard avait travaillé sur des foires, cela expliquerait que personne ne l'ait croisé depuis Barton Edge, et il avait envie de crier : « Il ment. » P'tit Loup ne se rappelait pas une seule fois où Renard ait rangé leur bus près de ceux d'autres gens, sauf l'été de la rave. La plupart du temps, il les plantait là, au milieu de nulle part, et disparaissait plusieurs jours d'affilée. Il était arrivé à P'tit

Loup de le suivre, pour essayer de savoir où il allait, mais chaque fois, une voiture noire s'était arrêtée et son père était monté dedans.

Quand sa mère en avait le courage, elle les emmenait à pied sur les routes, Loupiot et lui, jusqu'à une ville. Mais la plupart du temps, elle restait sur son lit, roulée en boule. Il avait cru que c'était parce qu'elle se faisait du souci à cause des « sociaux », mais maintenant il se demandait pourquoi elle passait tant de temps à dormir. Peut-être qu'après tout, ce n'était pas le courage qui la poussait à les emmener en ville, mais le besoin de trouver cette chose, il ne savait pas quoi, qui lui permettait de se sentir mieux.

P'tit Loup essayait de se rappeler le temps où Renard n'était pas là. Il lui revenait parfois en rêve des souvenirs d'une maison, d'une vraie chambre. Il était persuadé que c'était vrai, que ce n'était pas simplement quelque image empruntée au cinéma… mais il ne savait pas quand ça s'était passé. Tout était tellement compliqué. *Pourquoi Renard était-il son père et pas celui de Loupiot ?* Il ne comprenait pas le monde des parents. Tout ce qu'il en savait venait des films américains qu'il avait vus — où les mamans disaient « Je t'aime », appelaient leurs enfants « mon chaton » et où les indicateurs téléphoniques étaient 555 —, des images aussi factices que sa démarche à la « John Wayne ».

Il observa attentivement le bus de Renard, mais la position de la clenche signifiait que la porte était fermée de l'extérieur. P'tit Loup se demanda où était passé Renard, et il corna le bord du carton de la fenêtre latérale pour surveiller la forêt, du côté de la maison de l'assassin. Il repéra Nancy bien avant qu'elle ne l'ait aperçu, il la vit se glisser hors du bois et s'accroupir près de la roue, sous son siège, il vit la corde tomber par terre. Il était sur le point de prévenir Bella, quand

Nancy releva la tête et posa un doigt sur ses lèvres. Il trouva que ses yeux étaient pleins d'âme, alors il remit le carton en place, et se laissa retomber entre le siège et le tableau de bord. Il aurait bien voulu l'avertir que Renard était sûrement en train de l'observer, lui aussi, mais il avait tellement l'habitude de se protéger qu'il préféra éviter d'attirer l'attention.

Il suça son pouce et ferma les yeux, faisant comme s'il ne l'avait pas vue. Il avait déjà fait ça — fermer les yeux et faire semblant de ne rien voir —, mais il ne se rappelait plus quand… d'ailleurs, il n'avait pas envie de se le rappeler…

*

La sonnerie du téléphone fit sursauter Vera. Ce bruit n'était pas si fréquent à Shenstead Lodge. Elle jeta un regard furtif vers la cuisine où Bob écoutait la radio, et souleva le combiné. Un sourire éclaira ses yeux fanés lorsqu'elle reconnut la voix.

« Bien sûr, je comprends, dit-elle en caressant la queue de renard dans sa poche. C'est Bob qui est bête… pas Vera. »

Au moment où elle raccrocha, quelque chose frémit dans son cerveau. Le vague souvenir que quelqu'un avait demandé à parler à son mari. Elle se suçait l'intérieur des joues, essayant de se rappeler de qui il s'agissait, mais l'effort était trop grand. Seule sa mémoire lointaine continuait à fonctionner, et encore, elle était pleine de trous…

16

Pas besoin de clés, cette fois. Les habitudes du colonel n'avaient plus aucun secret pour Renard. Il fermait la porte d'entrée et celle de derrière avec un soin maniaque, mais songeait rarement à verrouiller la porte-fenêtre quand il quittait la maison par la terrasse. Il ne lui fallut que quelques secondes pour traverser la pelouse au pas de course après avoir vu James et ses visiteurs disparaître dans la forêt. Il se glissa dans le salon. Il s'immobilisa un moment, écoutant le silence pesant de la demeure vide, mais la chaleur du feu de bois était trop vive après le froid du dehors, et d'un geste brusque, il retira sa cagoule et desserra l'écharpe qui lui masquait la bouche. Il étouffait.

Les tempes battantes, couvert de sueur, il tendit la main pour se cramponner au fauteuil du vieil homme. Une maladie mentale, avait dit la salope, mais c'était peut-être le gamin qui avait raison. Peut-être l'alopécie et les tremblements avaient-ils une cause physique. Son état ne faisait d'ailleurs qu'empirer. Il s'agrippa au siège en cuir, attendant que l'étourdissement se dissipe. Il ne craignait personne, mais la peur du cancer lui tordait les tripes.

*

Contrairement à son habitude, Dick avait beaucoup bu — son fils l'avait copieusement servi. Pendant que Jack préparait à manger, Belinda lui avait résumé les points essentiels de sa conversation téléphonique avec Prue. D'humeur plus belliqueuse que jamais, Dick Weldon n'avait pas la moindre envie de prendre la défense de sa femme.

— Je suis désolée, Dick, avait dit Belinda, s'excusant sincèrement. Je n'aurais pas dû me fâcher, mais je n'admets pas qu'elle m'accuse d'empêcher Jack de venir la voir. C'est *lui* qui n'a pas envie d'y aller. J'essaie simplement de ne pas envenimer les choses… Je n'y réussis pas très bien. (Elle soupira.) Écoutez, je ne devrais peut-être pas dire ça, mais pour être franche, nous nous détestons, Prue et moi. Incompatibilité d'humeur totale. Je ne supporte pas ses grands airs, et elle ne supporte pas mon côté tout-le-monde-se-vaut. Elle voulait une bru dont elle puisse être fière… pas une péquenaude qui n'est même pas capable de faire un gosse.

Dick vit des larmes perler sur ses cils. Sa colère contre sa femme monta d'un cran.

— Ce n'est qu'une question de temps, dit-il d'un ton bourru, prenant la main de Belinda entre les deux siennes et la tapotant maladroitement. Quand j'étais garçon de laiterie, j'ai connu une paire de vaches comme ça. Il leur a fallu un sacré bout de temps pour y arriver, mais ça a fini par marcher. J'avais bien dit au véto qu'il n'enfonçait pas le machin assez loin… ça a marché du tonnerre quand il y a fourré le bras jusqu'au coude.

Belinda émit un petit bruit, mi-rire, mi-sanglot.

— C'est peut-être ça qui ne va pas. Peut-être que Jack n'utilise pas le bon machin.

Il poussa un grognement amusé.

— J'ai toujours pensé que le taureau s'y prendrait mieux. La nature a ses propres lois… c'est quand on essaie de la prendre de vitesse qu'on a des problèmes. (Il l'attira contre lui.) Écoute, je veux que tu saches que personne n'est plus fier de toi que moi. Depuis qu'il est avec toi, notre gars n'est plus le même. Je lui confierais ma vie aujourd'hui… et je t'assure que je n'aurais jamais imaginé que je dirais ça un jour. Il t'a raconté qu'il a mis le feu à la grange, un jour, en fumant avec ses copains ? Je l'ai emmené au poste et je leur ai dit de lui coller un avertissement. (Il gloussa.) Ça n'a pas servi à grand-chose mais moi, ça m'a fait un bien fou. Crois-moi, Lindy, il a fait de sacrés progrès depuis qu'il t'a épousée. Je ne t'échangerais pas pour tout l'or du monde.

Elle pleura à chaudes larmes pendant une demi-heure, et quand Julian téléphona, quelques verres plus tard, Dick était prêt à vider son sac.

— Ne crois pas un mot de ce que te dit Ellie, dit-il d'une voix pâteuse. Elle est encore plus conne que Prue. Elles font bien la paire : bêtes comme leurs pieds, et méchantes comme des teignes. Je me demande pourquoi j'ai épousé Prue… une petite chose tout en os et sans nichons il y a trente ans — un cul de jument aujourd'hui. Je ne l'ai jamais aimée. Asticoter les gens du matin au soir, c'est tout ce qu'elle sait faire. Je vais te dire un truc… si elle s'imagine que je vais payer les frais de justice quand elle sera condamnée pour diffamation et pour harcèlement téléphonique, elle se fourre le doigt dans l'œil. Elle n'aura qu'à les payer avec sa pension alimentaire, après le divorce. (Il y eut une courte interruption : il avait renversé son verre.) Et si tu as deux doigts de bon sens, tu diras la même chose à cette poule que tu as épousée. D'après ce que dit Prue, elle s'est mis dans l'idée de débusquer James.

— Qu'est-ce que ça veut dire ?

— Je n'en sais foutrement rien, mais j'ai l'impression que James n'a pas apprécié la plaisanterie.

*

Dans la bibliothèque, la curiosité de Renard le poussa à brancher le répondeur pour écouter les messages enregistrés. Une voix de femme résonna dans le haut-parleur. Il reconnut immédiatement Eleanor Barlett. Haut perchée. Stridente. Des accentuations révélatrices, mises en relief par l'électronique, qui trahissaient des origines bien différentes de celles dont elle se flattait.

« … j'ai vu ta fille… vu de mes propres yeux le résultat de ce que tu lui as fait. Vieux dégueulasse. Tu croyais sans doute t'en tirer à bon compte… tu t'imaginais que personne ne saurait jamais rien. Ça faisait si longtemps qu'Elizabeth se taisait… De toute façon, qui l'aurait crue ? C'est ça que tu pensais ? Ça a raté, hein ?… Pauvre Ailsa. Ça a dû être un choc pour elle de découvrir qu'elle n'était pas ta seule victime… pas étonnant qu'elle t'ait traité de malade… J'espère bien que tu crèves de trouille, maintenant. Qui croira que tu ne l'as pas tuée, quand on saura la vérité ? Tout se joue pendant l'enfance… C'est pour ça que tu voulais qu'Elizabeth avorte ? C'est pour ça que tu t'es mis en colère quand le médecin a dit que c'était trop tard ? Ailsa a fini par tout comprendre quand elle s'est rappelé dans quel état tu t'es mis… Elle a dû te haïr. »

Renard laissa la bande défiler pendant qu'il fouillait les tiroirs. Le message d'Eleanor s'arrêta, un cliquetis annonça celui de Dark Vador, suivi d'un autre. Il ne prit pas la peine de rembobiner après avoir appuyé sur

« arrêt ». James avait cessé d'écouter quand il s'était mis à surveiller la terrasse avec son fusil de chasse, et il était peu probable que Mark Ankerton fasse la différence entre un monologue de Dark Vador et un autre. Avec indifférence, Renard songea que le plus efficace n'était pas la répétition interminable des faits, mais les cinq secondes de silence qui précédaient les interventions de Dark Vador. Ce petit jeu ne pouvait que porter sur les nerfs…

Et Renard avait vu assez souvent le visage hagard et les mains tremblantes du vieil homme à la fenêtre pour savoir que le poison faisait son effet.

*

Julian aborda sa femme avec un peu plus de subtilité que Dick, mais il était en position de force car Eleanor avait décidé de ne pas évoquer son infidélité. Manifestement, elle préférait s'enfouir la tête dans le sable et espérer que le problème disparaîtrait de lui-même. La tactique étonnait Julian — Eleanor avait un tempérament trop agressif pour accepter de s'effacer —, mais les propos de Dick lui suggéraient une explication. En admettant que le notaire de James mette ses menaces de procès à exécution, ce n'était pas le moment de se brouiller avec son mari. S'il y avait une chose qu'elle connaissait, c'était la valeur de l'argent.

La seule théorie qu'il n'envisageait pas était qu'elle puisse redouter la solitude. Pour son esprit logique, la vulnérabilité était incompatible avec le despotisme. Mais même s'il avait soupçonné la vérité, cela n'aurait rien changé. Il n'agissait jamais par compassion. Il n'en attendait pas des autres, et ne voyait pas pourquoi il leur en aurait manifesté. En tout cas, il ne fallait pas compter qu'il paie pour éviter des ennuis judiciaires à une femme dont il avait plus qu'assez.

— Je viens de parler à Dick, dit-il à Eleanor en revenant à la cuisine et en prenant la bouteille de whisky pour en vérifier le niveau. Tu y vas un peu fort avec ça, tu ne crois pas ?

Elle lui tourna le dos pour inspecter le contenu du réfrigérateur.

— Je n'en ai pris qu'un ou deux. Je suis morte de faim. J'attendais que tu sois rentré pour déjeuner.

— Une fois n'est pas coutume. En général, je me débrouille tout seul. Qu'est-ce qui t'arrive ?

Elle garda le dos tourné et prit un bol de choux de Bruxelles de la veille avant de se diriger vers la cuisinière.

— Rien, dit-elle avec un rire forcé. Tu veux bien qu'on finisse les choux de Bruxelles, ou tu préfères des petits pois ?

— Des petits pois, dit-il par pure méchanceté, en se servant un nouveau verre qu'il compléta avec de l'eau du robinet. Tu sais ce qu'a fait cette idiote de Prue Weldon ?

Eleanor ne répondit pas.

— Elle a passé des coups de téléphone obscènes à James Jolly-Renard, poursuivit-il, se laissant tomber sur une chaise et observant son dos apparemment impassible. Des halètements insistants, ce genre de choses. Elle ne dit pas un mot… se contente de souffler comme un phoque. Plutôt lamentable, non ? Ça doit être la ménopause. (Il gloussa, sachant que c'était la pire hantise d'Eleanor. Lui-même préférait traiter sa crise de la soixantaine avec de jolies blondes.) Comme dit Dick, elle est grosse comme un cheval de trait, et franchement, il ne lui trouve plus rien. Je dois dire que j'imagine mal qui elle pourrait encore séduire. Il a parlé de divorce… il n'a pas l'intention de casquer si elle se retrouve avec un procès sur le dos.

Il vit la main d'Eleanor trembler en retirant un couvercle d'une casserole.

— Tu étais au courant ? Après tout, vous êtes copines… tout le temps à chuchoter des trucs quand j'arrive. (Il s'arrêta pour lui donner le temps de répondre, en vain.) Tu sais, ces disputes dont tu m'as parlé, poursuivit-il d'un air indifférent, entre Dick et le type de James… et entre Dick et Prue… en fait, ça n'a rien à voir avec les squatters. Dick n'a même pas eu l'occasion de parler au notaire de ce qui se passe au Bois-Taillis, il s'est pris un savon à cause de Prue. Il n'a fait ni une ni deux, il a demandé des explications à Prue. Alors elle est montée sur ses grands chevaux, comme si c'était tout à fait normal de faire des trucs pareils. Elle est tellement conne qu'elle pense que si James n'a pas réagi, c'est parce qu'il est coupable… elle appelle ça le « débusquer ». (Un nouveau rire, plutôt méprisant.) Tu parles d'une connerie ! Ça me fait de la peine pour Dick. Prue est bien trop débile pour avoir trouvé ça toute seule… Quelqu'un a dû lui monter le bourrichon. C'est ce salaud-là qui devrait être poursuivi pour calomnie. Prue n'est qu'une idiote qui répète ce qu'on lui dit.

Une fois encore, un long silence lui répondit.

— Prue a peut-être raison. Peut-être que James est coupable, parvint-elle enfin à balbutier.

— Coupable de quoi ? D'avoir dormi paisiblement pendant que sa femme mourait de mort naturelle ?

— Prue l'a entendu frapper Ailsa.

— Enfin, bon sang ! dit Julian avec impatience. Prue *voulait* l'entendre frapper Ailsa. Voilà tout. Tu es tellement crédule, Ellie ! Prue est une arriviste insupportable qui s'est vexée parce que les Jolly-Renard n'ont jamais accepté ses invitations à dîner. Je ne mettrais pas les pieds chez elle non plus s'il n'y avait pas Dick. Ce pauvre type mène une vie de chien et il s'endort toujours avant que le pudding n'arrive.

— Tu aurais dû le dire si tu ne voulais pas y aller.

— Je l'ai fait… je ne sais combien de fois… tu ne m'écoutes jamais. Tu la trouves drôle. Tu es bien la seule. Je préfère mille fois aller au pub plutôt que d'écouter ses commérages. (Il posa les pieds sur la chaise qui était en face de lui, sachant qu'elle détestait cela.) À entendre Prue, on dirait qu'elle passait son temps au Manoir. Mais tout le monde sait que c'est du vent. Ailsa était la discrétion même… pourquoi aurait-elle choisi la pire commère du Dorset pour amie ? Ça me fait bien rigoler.

Depuis deux bonnes heures, Eleanor avait l'impression de découvrir son mari pour la première fois. La paranoïa commençait à envahir son esprit. *Pourquoi ces allusions à la ménopause ? Pourquoi ces allusions au divorce ?*

— Prue est vraiment gentille, dit-elle sans grande conviction.

— Tu parles ! C'est une salope aigrie et frustrée. Au moins, Ailsa faisait quelque chose de sa vie, alors que Prue passe son temps à se délecter de ragots. J'ai dit à Dick qu'il faisait bien : « Dégage-toi le plus vite possible, avant que les assignations ne pleuvent. » Ce n'est quand même pas sa faute si sa femme imagine la fin d'une conversation, parce qu'elle est tellement chiante que personne ne veut l'écouter.

Eleanor se rebiffa.

— Comment peux-tu être tellement sûr que James n'a rien à cacher ?

Il haussa les épaules.

— Évidemment que si, il a des choses à cacher. Il ne serait pas normal autrement.

Il s'attendait à l'entendre dire : « Tu es bien placé pour en savoir quelque chose », mais elle baissa les yeux et fit mollement :

— Bien, bien.

— Ça ne passe pas l'épreuve du « et après », Ellie. Pense à tout ce que tu as cherché à dissimuler depuis que nous nous sommes installés ici… le quartier où nous habitions… le montant de mon salaire… (Il rit encore.) Ton âge. Je parie que tu n'as pas avoué à Prue que tu as près de soixante ans… Je suis sûr que tu lui as dit que tu étais plus jeune qu'elle. (Un instant, la bouche d'Eleanor esquissa une moue de colère, et il l'observa avec curiosité. Sa retenue était vraiment admirable. La veille encore, une remarque comme celle-ci aurait provoqué une réponse cinglante.) S'il y avait le moindre indice que James ait pu tuer Ailsa, la police l'aurait trouvé, dit-il. Ceux qui sont d'un autre avis feraient mieux d'aller voir un psy.

— Enfin, c'est quand même toi qui as dit qu'il arriverait à s'en tirer s'il avait commis un crime. Tu n'as pas cessé d'épiloguer là-dessus.

— J'ai dit que s'il l'*avait* assassinée, c'était un crime parfait. C'était une blague, bon sang ! Tu ferais bien d'écouter de temps en temps, au lieu de vouloir que tout le monde t'écoute.

Eleanor se retourna vers la cuisinière.

— C'est *toi* qui ne m'écoutes jamais. Tu es tout le temps dehors ou enfermé dans ton bureau.

Il vida son whisky. « Nous y voilà », se dit-il.

— Eh bien profites-en, je suis là, proposa-t-il. De quoi veux-tu me parler ?

— De rien. Ce n'est pas la peine. De toute façon, tu prends toujours la défense des hommes.

— J'aurais certainement pris celle de James si j'avais su ce que fabriquait Prue, dit Julian froidement. Et Dick aussi. Il savait que sa femme était chiante, mais de là à imaginer qu'elle déversait sa hargne sur James… Le pauvre vieux ! La mort d'Ailsa a déjà dû être assez douloureuse pour lui sans qu'il soit condamné à se faire harceler au téléphone par une tordue pareille. Il faut être malade… c'est le genre de truc que font les vieilles filles frustrées…

Eleanor sentait ses yeux, comme des vrilles, entre ses omoplates.

— … ou, pour en revenir à Prue, conclut-il brutalement, les rombières qui ne font plus bander leurs maris.

*

Dans la cuisine de Shenstead Farm, Prue n'était pas moins soucieuse que son amie. En fait, elles étaient terrifiées, l'une comme l'autre. Elles ne reconnaissaient plus leurs époux.

— Papa n'a pas envie de te parler, avait dit sèchement le fils de Prue au téléphone. Il dit que si tu n'arrêtes pas de l'appeler sur son portable, il changera de numéro. Il reste ici pour la nuit.

— Passe-le-moi, un point c'est tout, lança-t-elle. Il se rend complètement ridicule.

— J'avais cru que ça, c'était ta spécialité, rétorqua Jack. Qu'est-ce que c'est que cette histoire invraisemblable, ces appels que tu as passés à ce pauvre vieux ? C'est à devenir fou ! Mais bon sang, qu'est-ce que tu as en tête ?

— Tu ne peux pas comprendre, répondit-elle froidement. Et Dick non plus.

— C'est sûr… On n'a pas tellement l'habitude de faire ce genre de trucs. Mais enfin, maman ! Comment est-ce que tu as pu faire ça ? Passe encore de vider ton venin en le débinant à la maison, mais le harceler au téléphone ! Et pour ne *rien* dire en plus !… D'ailleurs, personne ne croit un mot de ce que tu racontes. Tu passes ton temps à réécrire l'histoire pour te faire mousser.

— Comment oses-tu me parler sur ce ton ? demanda Prue comme s'il était encore un adolescent révolté. Depuis que tu as épousé cette fille, tu passes ton temps à me critiquer.

Un rire plein de colère lui répondit.

— Tu vois que j'avais raison… *Mère*. Tu retiens ce qui t'arrange, et le reste disparaît dans un trou de ton cerveau. Si tu as un peu de sens commun, essaie de réfléchir à la conversation que tu prétends avoir surprise, et de reconstituer ce que tu as oublié… c'est quand même bizarre que la seule personne à te croire soit cette imbécile de Bartlett. (Un bruit de voix se fit entendre à l'arrière-plan.) Attends un peu. Les parents de Lindy s'en vont. (Il s'interrompit et, quand il reprit la parole, c'était sur un ton sans réplique.) Il va falloir que tu te tires d'affaire toute seule cette fois, alors n'oublie pas de dire à la police et à tous les hommes de loi qui se pointeront que nous n'étions au courant de rien, autant que nous sommes. On bosse tous trop dur pour accepter de voir couler l'exploitation simplement parce que tu n'es pas fichue de la boucler. Papa a déjà fait le nécessaire de ce côté-ci, en mettant l'affaire à mon nom et à celui de Lindy. Demain, il bloquera tout de votre côté pour éviter de perdre Shenstead en dommages et intérêts.

Sur ces paroles, il raccrocha brutalement.

La première réaction de Prue fut physique. Ses glandes salivaires cessèrent de fonctionner, elle n'arrivait plus à déglutir. Désespérée, elle reposa le combiné sur son support et remplit un verre au robinet. Elle se mit à pester contre tout le monde. *Eleanor avait fait bien pire qu'elle... Dick était une chiffe molle, il avait eu la trouille... Belinda avait monté la tête à Jack dès le début... Si quelqu'un est bien placé pour connaître James, c'est Elizabeth... Elle n'avait fait que prendre le parti de cette pauvre fille... et défendre la mémoire d'Ailsa...*

Tout de même, elle savait ce qu'elle avait entendu. Évidemment.

« ... *tu passes ton temps à réécrire l'histoire... tu retiens ce qui t'arrange...* »

Et si Dick avait raison ? Et si Ailsa avait parlé *de* James et non *à* James ? Impossible de s'en souvenir. La vérité était celle qu'elle avait créée en rentrant chez elle depuis le Bois-Taillis, quand elle s'était employée à combler les lacunes pour donner plus de cohérence à la conversation qu'elle avait surprise. Et elle gardait, au fond de son esprit, le souvenir taraudant d'un inspecteur de police la mettant en garde contre cette éventualité.

— La mémoire n'est jamais infaillible, Mrs Weldon, lui avait-il dit. Il faut que vous soyez absolument certaine de la véracité de votre récit, car vous risquez d'être appelée à le jurer devant un tribunal. En êtes-vous suffisamment sûre ?

— Non, avait-elle répondu.

Mais Eleanor l'avait persuadée du contraire.

*

Il y avait forcément un dossier — James rangeait sa correspondance avec tant de soin —, mais Renard eut beau fouiller les classeurs alignés contre le mur, il ne trouva rien. Il finit par mettre la main par hasard sur ce qu'il cherchait. La chemise, qui portait l'inscription

« Divers » en haut à droite, se trouvait au fond d'un des tiroirs du bureau poussiéreux. Il n'y aurait pas prêté attention si elle n'avait pas été en meilleur état que les autres, ce qui donnait à penser que les informations qu'elle contenait avaient été classées plus récemment que les documents sur l'histoire des Jolly-Renard empilés par-dessus. Poussé par la curiosité plus que par la conviction d'avoir gagné le gros lot, il ouvrit le dossier et découvrit la correspondance entre James et Nancy Smith, avec, au-dessous, les rapports d'enquête de Mark Ankerton. Il s'empara du tout, parce qu'il n'y avait aucune raison de ne pas le faire. Rien ne détruirait le colonel aussi vite que de savoir que son secret était éventé.

*

Nancy frappa légèrement sur le côté du bus avant de gravir les marches et de surgir dans l'embrasure de la porte.

— Salut ! dit-elle d'une voix enjouée. On peut entrer ?

Neuf adultes étaient réunis autour d'une table, du côté de la porte. Ils étaient assis sur une banquette en U recouverte de vinyle violet, trois tournant le dos à Nancy, trois lui faisant face et les trois autres devant la fenêtre qui n'était pas occultée. De l'autre côté de l'étroit couloir, un vieux fourneau à côté d'une bouteille de gaz, et un élément de cuisine avec évier intégré. La partie située entre la porte et la banquette abritait encore deux des sièges d'origine — destinés sans doute aux passagers lorsque le véhicule roulait —, tandis que des rideaux rose vif et violet suspendus à des triangles entouraient l'habitacle, permettant de cloisonner l'espace et d'assurer un minimum d'intimité aux occupants. En plus psychédélique, cet aménagement rappelait à Nancy celui des péniches que ses parents louaient pour passer leurs vacances sur les canaux quand elle était petite.

Ils venaient de finir de déjeuner. Des assiettes sales jonchaient la table et une odeur d'ail et de cigarette planait dans l'air. La soudaineté de son apparition et la vivacité avec laquelle Nancy s'avança dans l'allée en trois longues enjambées les prirent par surprise. L'expression comique du visage de la grosse femme, assise au bout de la banquette, la fit sourire intérieurement. Elle était en train d'allumer un joint et avait sans doute cru à une descente de police : ses sourcils noirs s'élevèrent en accents circonflexes à la rencontre de ses cheveux décolorés, coupés ras. Sans trop savoir pourquoi — sinon parce que la beauté était le dernier de ses attributs et qu'elle portait une ample robe violette —, Nancy se dit que c'était certainement Bella.

Elle fit un signe de main amical en direction d'un groupe d'enfants installés autour d'un petit téléviseur à piles derrière un rideau à demi tiré et prit position entre Bella et l'évier, clouant la femme sur son siège.

— Nancy Smith, se présenta-t-elle avant de désigner les deux hommes qui arrivaient sur ses talons. Mark Ankerton. James Jolly-Renard.

Assis dos à la fenêtre, Ivo fit mine de se lever, mais il en fut empêché par la table et par ses compagnons, qui le coinçaient de l'autre côté.

— Certainement pas, aboya-t-il, pointant un menton insistant vers Zadie qui, assise en face de Bella, était encore libre de ses mouvements.

Trop tard. James le poussant par-derrière, Mark s'avança jusqu'au bout de la table, tandis que James barrait la sortie du côté de Zadie.

— La porte était ouverte, dit Nancy avec bonne

humeur. Dans le pays, on considère ça comme une invitation.

— Vous n'avez pas vu le panneau accroché à la corde ? Il y a marqué « Entrée interdite », dit Ivo agressivement. Ou bien vous ne savez pas lire ?

Nancy regarda successivement Mark et James.

— Vous avez vu un panneau ? demanda-t-elle, l'air ingénu.

— Non, répondit James sincèrement. Et pas de corde non plus. Je sais bien que ma vue n'est plus ce qu'elle était, mais je pense que si le chemin avait été barré, je l'aurais tout de même remarqué.

Mark secoua la tête.

— L'entrée en provenance du Bois-Taillis est parfaitement dégagée, confirma-t-il courtoisement. Vous pouvez vous en assurer par vous-mêmes. La disposition de vos véhicules devrait vous permettre de vérifier de la fenêtre la présence d'une corde. Je puis vous assurer qu'il n'y en a pas.

Ivo se retourna pour observer le flanc du bus.

— Elle est tombée, dit-il avec colère. Quel est le con qui l'a fixée ?

Personne ne répondit.

— C'est Renard, fit une voix d'enfant inquiète derrière James.

Ivo et Bella réagirent en même temps.

— Ferme-la, grommela Ivo.

— Chut, mon chéri, murmura Bella, cherchant à se redresser malgré la pression apparemment fortuite du bras de Nancy, appuyé sur le dossier de la banquette.

Toujours en position d'observateur, Mark se retourna en direction de la voix. Ces histoires de gènes Jolly-Renard commençaient à l'obséder, se dit-il en croisant le regard étonnamment bleu de P'tit Loup sous sa crinière blond pâle ébouriffée. Ou peut-être était-ce simplement le nom de « Renard » qui lui avait inspiré cette association d'idées. Il fit un petit signe au garçon.

— Salut, p'tit gars, qu'est-ce qui se passe ? dit-il, imitant l'élocution de ses nombreux neveux tout en se demandant ce qu'avait voulu dire le gamin. Un renard aurait-il rongé la corde ?

La lèvre inférieure de P'tit Loup trembla aussitôt.

— Je sais pas, murmura-t-il, tout son courage envolé. (Il savait bien que c'était Nancy qui avait dénoué la corde, et il avait voulu la protéger. Mais la colère d'Ivo l'avait effrayé.) Personne me dit jamais rien.

— C'est quoi ce « renard » ? Un animal domestique ?

Repoussant soudain Nancy d'une violente bourrade, Bella se heurta à une force inflexible.

— Voyons, mon petit, laissez-moi passer, grogna-t-elle. Je suis quand même chez moi, ici. Vous avez pas le droit de vous imposer comme ça.

— Je me tenais simplement derrière vous, Bella, dit Nancy d'une voix conciliante. C'est vous qui me bousculez. Nous sommes venus bavarder un moment, c'est tout… pas nous battre. (Elle désigna du pouce l'élément de cuisine, derrière elle.) Je tiens à vous faire remarquer que je suis appuyée contre votre évier, et que si vous me poussez comme ça, tout risque de s'écrouler… Ce serait vraiment dommage. Je vois que vous avez installé un réservoir et une pompe. Vous n'aurez plus d'eau si les tuyaux cèdent.

Bella la jaugea du regard, puis relâcha sa pression.

— T'es une sacrée maligne, toi. Comment tu sais mon nom ?

Nancy leva un sourcil amusé.

— Il est écrit en gros sur votre bus.

— T'es flic ?

— Non. Je suis officier du génie. James Jolly-Renard est colonel de cavalerie à la retraite, et Mark Ankerton est notaire.

— Merde alors ! siffla Zadie, ironique. C'est la brigade lourde, les mecs. Ils ont rentré le sucre d'orge et envoyé la division blindée. (Elle jeta un regard malicieux autour de la table.) Qu'est-ce qu'ils veulent, selon vous ? Qu'on capitule ?

Bella la foudroya du regard avant d'observer Nancy attentivement une nouvelle fois.

— Au moins, laisse le gosse passer, il est mort de peur, le pauvre chou. Il sera mieux avec les autres devant la télé.

— Bien sûr, dit Nancy en faisant un signe à James. Il n'a qu'à passer devant nous.

Le vieil homme fit un pas un arrière, tendant la main vers P'tit Loup pour le guider. Mais le petit recula brusquement.

— J'y vais pas.

— Personne te fera rien, chéri, dit Bella.

P'tit Loup recula encore, prêt à prendre la fuite.

— Renard, il dit que c'est un assassin, murmura-t-il, les yeux fixés sur James. Moi, je veux pas aller de ce côté-là du bus, des fois que ce serait vrai. Y a pas de sortie.

Un silence gêné tomba, brisé enfin par le rire de James.

— Tu es un petit garçon très raisonnable. Si j'étais toi, je n'irais pas non plus par là. C'est Renard qui t'a appris à te méfier des pièges ?

P'tit Loup n'avait jamais vu autant de rides autour des yeux de quelqu'un.

— J'ai pas dit que je crois que t'es un assassin. J'ai juste dit que j'aime mieux faire attention.

James acquiesça.

— Cela montre que tu as du bon sens. Le chien de ma femme s'est fait prendre dans un piège, il n'y a pas très longtemps. Il n'y a pas eu de sortie pour lui, non plus.

— Il lui est arrivé quoi ?

— Il est mort… pour tout t'avouer, il a beaucoup souffert. Sa patte a été brisée par le piège et il a eu le museau écrasé à coups de marteau. Je crois bien que l'homme qui l'a attrapé n'était pas quelqu'un de gentil.

P'tit Loup eut un brusque mouvement de recul.

— Comment savez-vous que c'était un homme ? demanda Ivo.

— Parce que celui qui l'a tué l'a déposé sur ma terrasse, dit James en se tournant vers lui. C'était un trop gros chien pour qu'une femme puisse le porter — enfin, il me semble.

Ses yeux se posèrent pensivement sur Bella.

— Me regardez pas comme ça, fit-elle, indignée. La cruauté, c'est pas mon truc. C'était quoi, comme chien ?

James ne répondit pas.

— Un danois, dit Mark, se demandant pourquoi James avait prétendu que le chien était mort de vieillesse. Vieux… à moitié aveugle… la meilleure bête du monde. Tout le monde l'adorait. Il s'appelait Henry.

Bella haussa les épaules de compassion.

— C'est drôlement moche. On avait un chien, nous aussi. Il s'appelait Frisbee et il s'est fait écraser par un mec en Porsche… on a mis des mois à s'en remettre. Ce connard devait se prendre pour Michael Schumacher.

Un murmure de sympathie parcourut la table. Ils avaient tous vécu la douleur de perdre un animal.

— Tu devrais en prendre un autre, conseilla Zadie, la maîtresse des bergers allemands. C'est le seul moyen d'oublier son chagrin.

Les autres approuvèrent.

— Bien, et Renard, c'est qui ? demanda Nancy.

Les visages se figèrent immédiatement, toute bien-veillance évanouie.

Elle se tourna vers P'tit Loup, dont elle reconnaissait les yeux et le nez.

— Et toi, mon bonhomme ? Tu veux bien me dire qui est Renard ?

Le petit tortilla les épaules. Il aimait bien qu'on l'appelle « mon bonhomme », mais il sentait la tension monter dans le bus, sans comprendre pourquoi. Tout ce qu'il savait, c'est qu'il valait mieux que ces gens ne soient plus là quand Renard reviendrait.

— C'est mon papa, et il va être drôlement fâché si vous êtes là. Je crois que vous devriez partir avant qu'il rentre. Il aime pas — il n'aime pas — les étrangers.

James inclina la tête, cherchant le regard de P'tit Loup.

— Ça t'inquiète, si nous restons ?

P'tit Loup se pencha en avant, dans un geste incons-cient d'imitation.

— Un peu. C'est qu'il a un rasoir, tu sais, et il va pas seulement être fâché contre vous… contre Bella aussi… et c'est pas juste, parce qu'elle est gentille.

— Hmm. (James se redressa.) Dans ce cas, nous ferions mieux de nous retirer. (Il s'inclina légèrement en direction de Bella.) Merci de nous avoir permis d'échanger ces quelques propos avec vous, madame. J'y ai pris un vif intérêt. Me permettrez-vous de vous donner un conseil ?

Bella le dévisagea un instant, puis hocha la tête brus-quement.

— OK. Allez-y.

— Interrogez-vous sur les raisons de votre présence ici. Je crains qu'on ne vous ait pas dit toute la vérité.

— Et c'est quoi, la vérité ?

— Je ne le sais pas exactement, dit James lentement, mais il me semble que la maxime de Clausewitz affirmant que la guerre est un prolongement de la politique par d'autres moyens est peut-être au cœur de tout cela. (Il la vit froncer les sourcils, perplexe.) Si je me trompe, tant mieux… dans le cas contraire, vous trouverez généralement ma porte ouverte.

Il fit signe à Nancy et à Mark de le suivre.

Bella rattrapa Nancy par sa veste.

— Qu'est-ce qu'il veut dire ?

Nancy baissa les yeux vers elle.

— Clausewitz justifiait la guerre en lui attribuant un objectif politique… autrement dit, il ne s'agit pas seulement de brutalité, ou de sauvagerie. Ces derniers temps, c'est l'argument favori des terroristes pour justifier leurs actes… défendre une cause politique par d'autres moyens — la terreur en l'occurrence — quand l'action politique légitime échoue.

— Qu'est-ce que ça a à voir avec nous ?

Nancy haussa les épaules.

— Sa femme est morte et quelqu'un a tué ses renards et son chien, dit-elle. Il doit se dire que vous n'êtes pas là par hasard.

Elle se dégagea de l'étreinte de Bella et suivit les deux hommes. Au moment où elle les rejoignait au bas des marches, une voiture s'arrêta devant la barrière, provoquant les aboiements des bergers allemands. Ils tournèrent brièvement les yeux dans cette direction. Aucun d'eux ne reconnut le conducteur. Puis les gardiens et leurs chiens se déplacèrent, leur bouchant la vue. Ils se dirigèrent alors vers le sentier qui traversait le Bois-Taillis et reprirent le chemin du Manoir.

Debbie Fowler, qui était sur le point de saisir son appareil photo, pesta intérieurement. Elle avait immédiatement reconnu James grâce aux articles consacrés à l'enquête sur sa femme. Franchement, sa photo aurait magnifiquement complété son cliché de Julian Bartlett. *Discorde au cœur de la vie villageoise : le colonel Jolly-Renard, qui a récemment fait l'objet d'une enquête de police, vient bavarder amicalement avec ses nouveaux voisins, tandis que Mr Julian Bartlett, chasseur et ennemi juré des animaux nuisibles, menace de leur envoyer ses chiens.*

Elle ouvrit sa portière et sortit, tirant son appareil photo par la courroie.

— Presse locale, dit-elle aux deux personnages masqués. Voudriez-vous bien me dire ce qui se passe ici ?

— N'approchez pas ou on lâche les chiens, avertit une voix d'adolescent.

Elle rit en actionnant le déclencheur.

— Excellente réplique, dit-elle. Vous devriez faire du théâtre.

Combats de chiens dans le Dorset

La chasse du 26 à l'ouest du Dorset s'est achevée dans le plus grand désordre, des opposants à la chasse fort bien organisés ayant attiré les chiens sur de fausses pistes. « Il y a eu dix mois d'interruption et les chiens manquent de pratique », a expliqué le piqueur Geoff Pemberton en essayant de reprendre sa meute en main. Le renard, motif allégué de cette querelle idéologique, est demeuré insaisissable.

D'autres membres de la chasse ont accusé les opposants d'avoir délibérément cherché à les désarçonner. « J'étais parfaitement dans mon droit. Je ne faisais que me protéger et protéger ma monture », a déclaré Julian Bartlett (photo) après avoir frappé Jason Porritt, 15 ans, avec sa cravache. Le bras endolori, Porritt nie toute intention de nuire. Il reconnaît cependant avoir essayé d'attraper les rênes du cheval de Mr Bartlett. « Je n'étais même pas dans le coin. Il a foncé sur moi parce qu'il était furieux. »

L'exaspération et le nombre de décibels ont augmenté en proportion, les adversaires n'hésitant pas à employer un vocabulaire des plus crus. Manifestement, l'élégance de l'art équestre et l'élévation morale des défenseurs des animaux étaient bien oubliées. On a assisté à des échauffourées qui n'avaient rien à envier à celles qui entachent tristement les rencontres de football, le sport n'étant que prétexte à en découdre.

Il est vrai que ni les chasseurs ni leurs défenseurs n'ont prétendu pratiquer un sport. La plupart ont présenté la chasse comme un exercice de salubrité publique, une méthode rapide et humaine d'extermination des nuisibles. « Un animal nuisible est un animal nuisible, a déclaré Mrs Granger, une épouse d'agriculteur, il faut contrôler leur population. Les chiens tuent proprement. »

Jane Filey, adversaire de la chasse, n'est pas de cet avis. « Le dictionnaire définit la chasse comme un sport », a-t-elle dit. « S'il s'agissait simplement d'exterminer un animal nuisible, pourquoi tant d'émoi à l'idée que la chasse soit annulée ? Traquer et tuer, voilà ce qu'ils aiment. C'est une variante cruelle et inéquitable des combats de chiens, les cavaliers jouissant d'une vue privilégiée. »

Autre combat de chiens en perspective hier dans le Dorset. Des itinérants se sont installés sur une parcelle boisée de Shenstead Village et font garder leur campement par des bergers allemands. Des barrières de corde et des écriteaux tiennent les visiteurs à distance, le tout assorti de menaces verbales on ne peut plus explicites : « N'approchez pas ou on lâche les chiens. »

« Nous revendiquons ce terrain en vertu des règles d'appropriation par occupation, nous a déclaré un porte-parole cagoulé, et comme tous les citoyens, nous avons le droit de protéger notre territoire. »

Julian Bartlett, de Shenstead House, conteste ce point de vue. « Ce sont des voleurs et des vandales, a-t-il dit. Nous ferions bien de leur envoyer les chiens. »

Les combats de chiens, semble-t-il, demeurent une tradition vivace dans notre beau comté.

Debbie Fowler

17

Il ne restait pas beaucoup de temps à Nancy. Elle devait se présenter au camp de Bovington moins d'une heure plus tard. Quand elle le rappela à Mark en tapotant sa montre, il eut l'air consterné.

— Vous ne pouvez pas partir maintenant, protesta-t-il, James est méconnaissable. Vous allez le tuer.

Ils étaient allés faire du thé à la cuisine, pendant que James remettait du bois dans la cheminée du salon. Il s'était montré remarquablement loquace depuis qu'ils avaient quitté le campement, mais sa conversation avait exclusivement porté sur la faune du Bois-Taillis. Il n'avait parlé ni des routards ni du chien Henry. Il s'était montré tout aussi réticent à poursuivre sur ce thème qu'au moment où il avait refusé, juste avant le déjeuner, de continuer à évoquer les renards d'Ailsa, prétextant que ce n'était pas un sujet de discussion pour Noël.

Ils n'avaient pas insisté. Nancy ne le connaissait pas suffisamment pour pouvoir se le permettre, et Mark hésitait à s'égarer dans un territoire où les questions risquaient d'être plus nombreuses que les réponses. Ce qui ne les empêchait pas de s'interroger, notamment à propos de ce nom de « Renard ».

— Drôle de coïncidence, non ? avait murmuré Nancy sur le seuil de la cuisine. Des renards mutilés, et un type qui se fait appeler Renard et vient s'installer à deux pas. Qu'est-ce que ça peut bien vouloir dire ?

— Je n'en sais rien, répondit Mark sincèrement, l'esprit obnubilé par l'étrange similitude entre les noms de Renard et de Jolly-Renard.

Nancy était sceptique, mais elle ne se sentait pas en droit d'exiger des explications. Son grand-père l'intriguait et l'intimidait tout à la fois. Après tout, se disait-elle, c'était dans l'ordre des choses, à l'armée : les colonels étaient les supérieurs des capitaines. C'était aussi dans l'ordre des choses dans la société : les vieux étaient les supérieurs des jeunes. Mais ce n'était pas la seule raison. Elle percevait chez James une agressivité rentrée — malgré son âge et sa vulnérabilité —, qui proclamait « Entrée interdite » aussi efficacement que les écriteaux des routards. Mark lui-même marchait sur des œufs, remarqua-t-elle, alors même que ses relations avec son client trahissaient une évidente estime mutuelle.

— Il faudrait plus que mon départ pour le tuer, reprit-elle alors. On ne devient pas colonel par hasard, Mark. Vous ne le savez peut-être pas, mais il s'est battu dans la jungle coréenne… Il s'est fait prendre par les Chinois et a passé un an dans un camp de prisonniers où il a subi un lavage de cerveau… et il a été décoré pour acte de bravoure. Il est plus solide que nous ne le serons jamais, vous et moi.

Mark la regarda.

— Qu'est-ce que c'est que cette histoire ?

— La vérité pure et simple.

— Pourquoi ne m'en avez-vous pas parlé plus tôt ?

— Ce n'était pas à moi de le faire. Vous êtes son notaire, après tout. Je pensais que vous saviez tout ça depuis belle lurette.

— Eh bien non.

Elle haussa les épaules.

— Maintenant, vous le savez. Votre client n'est pas n'importe qui. C'est une figure légendaire de son régiment.

— Comment l'avez-vous découvert ?

Elle commença à débarrasser les assiettes du déjeuner.

— Je vous l'ai dit… j'ai fait mon enquête. Il est cité dans plusieurs ouvrages. Il était chef d'escadron à l'époque et, à la mort de son supérieur, il est devenu l'officier supérieur le plus gradé du groupe britannique détenu dans ce camp de prisonniers de guerre. Il a été mis à l'isolement pendant trois mois parce qu'il a refusé d'interdire les assemblées religieuses. Sa cellule avait un toit en tôle ondulée, et quand il en est sorti, il était cuit, littéralement. Tellement déshydraté qu'il avait la peau comme du cuir. La première chose qu'il a faite a été de célébrer un office laïque — avec un sermon sur le thème de la « Liberté de pensée ». Une fois l'office terminé, il a accepté un verre d'eau.

— Seigneur !

Nancy rit en remplissant l'évier.

— Si vous voulez. Pour ma part, je parlerais plutôt de tripes et d'un foutu caractère. Il ne faut pas le sous-estimer. Il n'est pas du genre à céder à la propagande. Autrement, il ne citerait pas Clausewitz. C'est ce même Clausewitz qui a forgé l'expression de « brouillard de guerre » en voyant que les nuages de fumée qui sortaient des canons ennemis au cours des guerres napoléoniennes abusaient l'adversaire et lui faisaient croire que l'armée qu'il avait en face de lui était plus importante qu'elle ne l'était en réalité.

Mark ouvrit les portes du placard. C'était elle la romantique, songea-t-il, le cœur dévoré de jalousie devant l'héroïsme du vieil homme.

— Formidable, mais je préférerais qu'il soit un peu plus communicatif. Comment voulez-vous que je l'aide, s'il ne me raconte rien ? Je ne savais pas qu'Henry s'était fait tuer. James a prétendu qu'il était mort de vieillesse.

Elle assistait, amusée, à sa quête infructueuse.

— Il y a une boîte à thé sur le plan de travail, dit-elle en indiquant du menton une boîte en fer-blanc portant l'étiquette « thé ». La théière est à côté.

— En fait, ce sont les tasses que je cherche. James est un hôte trop courtois. La seule chose qu'il m'ait laissé faire depuis que je suis arrivé, c'est le déjeuner d'aujourd'hui… et c'était uniquement parce qu'il avait envie de vous parler seul à seule.

« Il avait trop peur que je ne rebranche le téléphone et n'intercepte un appel de Dark Vador », songea-t-il.

Elle pointa un doigt en l'air.

— Suspendues au-dessus de la cuisinière.

Il leva les yeux.

— Ah, oui, désolé. (Il parcourut du regard la paillasse à la recherche de prises électriques.) Vous n'auriez pas vu une bouilloire, par hasard ?

Nancy réprima un rire.

— À mon avis, c'est ce grand machin rond, sur la cuisinière. Inutile d'essayer de le brancher. On fait chauffer l'eau à l'ancienne, ici. En admettant que la bouilloire soit pleine, vous soulevez simplement le couvercle de chrome sur la gauche et vous portez l'eau à ébullition en posant le récipient sur la plaque chauffante.

Il obéit aux instructions.

— Votre mère a la même, c'est ça ?

— Hmm. Elle laisse toujours la porte de derrière ouverte pour ceux qui ont envie d'une tasse de thé.

Elle remonta ses manches et commença à faire la vaisselle.

— Même les étrangers ?

— Le plus souvent, c'est papa et ses ouvriers, mais il peut arriver qu'un passant entre par hasard. Un jour, elle a trouvé un chemineau dans sa cuisine, en train d'écluser du thé comme si c'était une question de vie ou de mort.

Mark mit des feuilles de thé dans la théière.

— Qu'a-t-elle fait ?

— Elle lui a proposé un lit et il est resté deux semaines. Il a emporté l'argenterie en partant, mais elle parle toujours de lui comme de « ce drôle de vieux qui se droguait au thé ». (Elle s'interrompit en le voyant tendre la main vers la bouilloire.) Si j'étais vous, je ne ferais pas ça. La poignée doit être brûlante. Il y a une manique, là, à droite.

Il prit le gant et l'enfila.

— Je ne connais que les appareils électriques, dit-il. Avec un four à micro-ondes et un plat surgelé, je suis au septième ciel. Tout cela est un peu trop compliqué pour moi.

Elle gloussa.

— Vous êtes vraiment le candidat rêvé pour un stage de survie. Je vous assure que vous auriez une tout autre vision de la vie si vous étiez pris sous un orage tropical au milieu de la jungle avec un feu qui refuse de s'allumer.

— Comment on fait ?

— On mange ses vers de terre crus… ou on s'en passe. Tout dépend de votre appétit et de la solidité de votre estomac.

— Ça a quel goût ?

— Infect, répondit-elle en posant une assiette sur l'égouttoir. Le rat, ça va encore… mais ils n'ont pas grand-chose sur les os.

290

Il se demanda si elle le taquinait à cause de sa petite vie ordinaire.

— Je préfère m'en tenir au micro-ondes, dit-il d'un ton rebelle.

Elle lui jeta un regard amusé.

— On ne peut pas dire que vous viviez très dangereusement, si ? Comment saurez-vous de quoi vous êtes capable si vous ne vous mettez jamais à l'épreuve ?

— Vous croyez que c'est vraiment indispensable ? Pourquoi ne pas se contenter d'affronter le problème le jour où il se posera ?

— Parce que ce n'est pas ce que vous conseilleriez à un de vos clients, répliqua-t-elle. Je l'espère, du moins. Vous lui feriez certainement la recommandation contraire... trouver le maximum d'informations pour se prémunir contre toute éventualité. Quand on est bien préparé, on a moins tendance à sous-estimer l'opposition.

— Vous ne risquez pas au contraire de *surestimer* l'opposition ? rétorqua-t-il avec humeur. C'est certainement tout aussi dangereux, vous ne croyez pas ?

— Non. Prudence est mère de sûreté, c'est bien connu.

Ses réponses tranchées avaient le don de l'agacer.

— Et s'il s'agit de votre propre camp ? Comment pouvez-vous être sûre de ne pas surestimer James ? Vous le croyez solide à cause de ce qu'il a vécu il y a cinquante ans, mais vous oubliez que c'est un vieillard. Hier, ses mains tremblaient tellement qu'il n'arrivait pas à tenir une verre.

— Je ne parle pas de résistance physique. Je parle de résistance *mentale*. (Elle posa les derniers couverts dans l'égouttoir et leva la bonde.) La vieillesse ne suffit pas à transformer le caractère. (Elle attrapa un torchon.) Elle aurait tout au plus tendance à l'accentuer. La mère de ma mère a été une harpie toute sa vie... et à quatre-vingts ans, c'était une super-harpie. Elle ne pouvait plus marcher tellement elle souffrait d'arthrite, mais ça ne l'empêchait pas de râler. Les personnes âgées sont souvent remplies de colère et de rancœur, je ne crois pas qu'il y en ait beaucoup qui acceptent de s'éclipser docilement. « Brûler et tempêter au crépuscule », disait Dylan Thomas. Pourquoi James ferait-il exception ? C'est un lutteur… c'est dans sa nature.

Mark lui prit le torchon des mains et le suspendit à la cuisinière pour le faire sécher.

— Dans la vôtre aussi.

Elle sourit.

— C'est peut-être le métier qui veut ça.

Alors qu'il ouvrait la bouche pour lui répondre, elle l'interrompit d'un doigt levé :

— Ne recommencez pas à me parler de mes gènes. Toute ma personnalité va finir par être écrasée par votre besoin obsessionnel de trouver une explication à ce que je suis. Je suis le produit complexe des circonstances de ma vie… et non le résultat prévisible et linéaire d'un accouplement accidentel qui s'est produit il y a vingt-huit ans.

Ils avaient conscience d'être trop près l'un de l'autre. Elle s'en rendit compte à l'éclair de vigilance qui s'alluma dans les yeux de Mark. Il s'en rendit compte au doigt de Nancy qui hésita à quelques centimètres à peine de sa bouche. Elle laissa retomber sa main.

— N'y songez pas, dit-elle, en retroussant les lèvres dans un sourire vulpin. J'ai assez de problèmes avec mon foutu sergent sans ajouter le notaire de famille à la liste de mes soucis. Vous n'étiez pas censé vous trouver ici, Mr Ankerton. J'étais venue parler à James.

Désarmé, Mark leva les paumes dans un geste de capitulation.

— C'est votre faute, capitaine Smith. Vous ne devriez pas porter des tenues aussi provocantes.

Elle éclata de rire.

— Je me suis habillée en mec, exprès pour l'occasion.

— Je m'en doute, murmura-t-il en disposant les tasses sur un plateau, et j'ai l'esprit qui s'emballe. Je ne peux m'empêcher d'imaginer toute la douceur qui se cache sous ce blindage.

*

P'tit Loup trouvait que les adultes étaient vraiment bêtes. Renard saurait forcément qu'ils avaient eu de la visite — il savait tout. Il essaya de prévenir Bella, mais elle le fit taire et jurer de ne rien dire.

— On va garder ça pour nous, expliqua-t-elle. Pas la peine de l'énerver pour rien. On lui dira juste pour la journaliste… ça, c'est normal… on savait bien que la presse allait venir fourrer son nez ici un jour ou l'autre.

P'tit Loup secoua la tête devant tant de naïveté, mais il ne discuta pas.

— Crois pas que je veux te faire mentir à ton papa, poursuivit-elle en s'accroupissant et le serrant contre elle. Lui dis rien, c'est tout. Il va encore péter les plombs s'il apprend qu'on a laissé des étrangers entrer ici. On peut pas faire ça, tu sais, si on veut construire des maisons.

Il posa une main réconfortante sur la joue de Bella.

— D'accord.

Elle était comme sa mère, espérant toujours contre toute attente que tout se passerait bien. Elle savait sûrement qu'elle n'aurait jamais de maison, mais ça lui faisait du bien de rêver, se dit-il. Lui aussi aimait bien imaginer qu'il s'en irait un jour.

— N'oublie pas de rattacher la corde, lui rappela-t-il.

Seigneur Dieu ! Elle avait complètement oublié. Quelle vie ce petit avait dû mener pour être aussi attentif au moindre détail… Scrutant son visage, elle y vit une sagesse et une intelligence qui dépassaient largement son immaturité physique. Elle se demanda comment elle avait pu ne pas s'en rendre compte plus tôt.

— Y a autre chose que j'dois pas oublier ?

— La porte, dit-il solennellement.

— Quelle porte ?

— Celle du Joli Renard. Il a dit que d'habitude, elle était ouverte. (Il secoua la tête devant son expression perplexe.) Ça veut dire que tu as un endroit pour te cacher.

*

La main de James se remit à trembler quand Nancy lui annonça son départ, mais il ne fit rien pour la retenir. « L'armée est un maître exigeant » — telles furent ses seules paroles. Et il se détourna pour regarder par la fenêtre. Il ne l'accompagna pas jusqu'à la porte, si bien que Mark et elle prirent congé sur le seuil, en tête à tête.

— Combien de temps comptez-vous rester ? lui demanda-t-elle, en enfonçant son chapeau et en remontant la fermeture Éclair de sa polaire.

— Je repars demain matin. (Il lui tend une carte.) Si ça vous dit, voilà mon e-mail, ma ligne fixe et mon numéro de portable. Sinon, j'espère quand même vous revoir un jour.

Elle sourit.

— Vous êtes un chic type, Mark. Il n'y a sûrement pas beaucoup de notaires qui viennent passer Noël avec leurs clients. (Elle sortit un morceau de papier de sa poche.) Voici mon numéro de portable… que ça vous dise ou non… simplement au cas où.

Il lui adressa un sourire taquin.

— Au cas où quoi ?

— En cas d'urgence, répondit-elle sérieusement. Il ne passe certainement pas toutes ses nuits sur la terrasse pour le plaisir… et je suis sûre que ces routards ne sont pas ici par hasard. Je les ai entendus parler d'un psychopathe quand j'étais dehors, à côté du bus, et à voir l'attitude du petit, il devait s'agir de son père… ce fameux Renard. Je ne peux pas croire à une coïncidence, Mark. Avec un nom pareil, il doit y avoir un lien quelconque. Ça expliquerait les foulards.

— Oui, fit-il pensivement, en songeant aux cheveux blonds et aux yeux bleus de P'tit Loup. (Il plia le bout de papier et le mit dans sa poche.) J'apprécie beaucoup, dit-il, mais ne serait-il pas plus raisonnable d'appeler la police en cas d'urgence ?

Elle ouvrit la portière de la Discovery.

— Peut-être… à vous de voir. (Elle se glissa derrière le volant.) Je devrais pouvoir revenir demain soir, reprit-elle gauchement, en se penchant pour enfoncer la clé de contact dans le démarreur afin de dissimuler son visage. Pourriez-vous demander à James s'il est d'accord et m'envoyer la réponse par SMS ?

Mark fut étonné par la question, et par la soudaine timidité de Nancy.

— Ce n'est sûrement pas la peine. Il ne jure que par vous.

— Il ne m'a pas invitée à revenir, pourtant.

— Vous ne le lui avez pas proposé non plus.

— C'est vrai, admit-elle en se redressant. Après tout, il n'est pas aussi facile de faire la connaissance de son grand-père que je le pensais.

Elle démarra le moteur et enclencha la première.

— Pourquoi ? demanda-t-il, posant la main sur son bras pour l'empêcher de refermer la portière.

Elle lui adressa un sourire narquois.

— Les gènes. Je pensais rencontrer un étranger et

pouvoir rester indifférente... J'ai découvert que non. J'étais un peu naïve, hein ?

Sans attendre la réponse, elle lâcha la pédale d'embrayage et accéléra doucement, obligeant Mark à la lâcher. Puis elle claqua la portière et s'engagea dans l'allée conduisant au portail.

*

Quand Mark regagna le salon, il trouva James affalé dans son fauteuil. Il était redevenu un vieillard solitaire et désespéré, comme si l'énergie qui l'avait animé l'après-midi durant avait été le résultat d'une éphémère transfusion sanguine. On aurait eu peine à relever la moindre trace de l'officier qui avait préféré être condamné à l'isolement plutôt que de sacrifier sa foi à l'athéisme communiste.

Persuadé que c'était le départ de Nancy qui l'affligeait ainsi, Mark s'installa devant la cheminée et lança d'un ton enjoué :

— Un sacré numéro, n'est-ce pas ? Elle propose de revenir demain soir si vous êtes d'accord.

James ne répondit rien.

— Je lui ai promis de lui transmettre votre réponse, insista Mark.

Le vieil homme secoua la tête.

— Dites-lui que je préfère que non, voulez-vous ? Dites-le-lui le plus gentiment possible, mais de manière à lui faire clairement comprendre que je n'ai aucune envie de la revoir.

Mark en eut les jambes coupées.

— Et pourquoi diable...

— Parce que vous aviez raison. Je n'aurais pas dû vous demander de la retrouver. C'est une Smith, pas une Jolly-Renard.

La colère de Mark s'embrasa d'un coup.

— Il y a une demi-heure, vous la traitiez comme une princesse, et maintenant vous êtes prêt à la laisser tomber comme une moins que rien ? Vous ne pouviez pas le lui dire en face, au lieu de me refiler la corvée ?

James ferma les yeux.

— Je vous rappelle que c'est vous qui avez prévenu Ailsa qu'il pouvait être dangereux de ressusciter le passé, murmura-t-il. Un peu tard, je vous l'accorde.

— Eh bien, j'ai changé d'avis, répliqua sèchement le jeune homme. D'après la loi de Sod, votre petite-fille aurait dû être la réplique exacte d'Elizabeth, puisque c'est exactement ce que vous redoutiez. En fait — Dieu sait pourquoi — vous vous retrouvez en face de votre propre clone. La vie n'est pas souvent comme ça, James. En temps normal, c'est plutôt un mauvais rêve, où chaque pas en avant vous fait reculer de deux. (Il serra les poings.) Pour l'amour de Dieu, James. Je lui ai dit que vous étiez fou d'elle. Vous voulez me faire passer pour un menteur ?

À son grand désarroi, il vit des larmes perler aux paupières du vieil homme et rouler sur ses joues. Mark ne s'attendait pas à une nouvelle crise. Il était lui-même las et dérouté ; le portrait de l'officier intrépide tracé par Nancy avait commencé à remplacer dans son esprit le spectre qu'il avait côtoyé tout au long des deux journées précédentes. Peut-être le valeureux soldat avait-il été le vrai James Jolly-Renard pendant les quelques heures de présence de Nancy, mais Mark reconnaissait à présent l'homme brisé, dont l'écheveau de secrets se dévidait peu à peu. Tous les soupçons qu'il avait pu éprouver l'envahirent à nouveau, lui broyant le cœur.

— Et *merde* ! lança-t-il, désespéré. Vous ne pouviez pas être un peu plus honnête avec moi ? Que voulez-vous que je lui dise ? « Désolé, capitaine Smith, vous ne vous êtes pas montrée à la hauteur des espérances de votre grand-père. Vous vous habillez comme une gouine… Le colonel est un peu snob, vous savez. En plus, vous avez l'accent du Herefordshire. » (Il prit une violente inspiration.) Ou bien préférez-vous que je lui dise la vérité ? poursuivit-il durement : « Il y a un point d'interrogation concernant l'identité de votre père… et votre grand-père préfère vous renier une seconde fois plutôt que de se soumettre à une analyse d'ADN. »

James se pinça l'arête du nez entre le pouce et l'index.

— Dites-lui ce que vous voudrez, réussit-il à articuler, pourvu qu'elle ne remette jamais les pieds ici.

— Vous n'avez qu'à le lui dire vous-même, dit Mark, sortant son portable de sa poche et programmant le numéro de Nancy avant de laisser tomber le morceau de papier qu'elle lui avait donné sur les genoux de James. Puisque c'est comme ça, je vais me soûler.

*

C'était une ambition démesurée. Il n'avait pas songé combien il pouvait être difficile de s'enivrer un lendemain de Noël au fin fond du Dorset et il tourna en rond longuement, à la recherche d'un pub ouvert. Finalement, reconnaissant la vanité de ses efforts, il s'arrêta sur la route des Crêtes, au-dessus de Ringstead Bay et, dans le jour qui déclinait rapidement, regarda les vagues turbulentes battre la grève.

Le vent avait tourné au sud-ouest dans l'après-midi, et des nuages remontaient de la Manche, portés par l'air plus chaud. Il se trouvait devant une étendue sauvage et crépusculaire de ciel menaçant, de mer en colère et de puissantes falaises, et la beauté élémentaire du paysage lui remit les idées en place. Une demi-heure plus tard, alors que l'écume n'était plus qu'une lueur phosphorescente sous la lune qui se levait, Mark, claquant des dents, mit le moteur en marche et reprit la route de Shenstead.

Sa colère s'était apaisée, permettant à certaines évidences de se faire jour. Nancy avait raison de penser que James avait changé d'avis entre sa première et sa deuxième lettre. Au début, sa volonté de retrouver sa petite-fille avait été inflexible, au point qu'il envisageait sereinement d'être condamné à lui verser des dommages et intérêts s'il lui écrivait. Fin novembre, il avait changé son fusil d'épaule. « *Vous ne figurerez* en aucune circonstance *dans le moindre document juridique concernant cette famille.* »

Que s'était-il passé ? Les appels téléphoniques ? Les renards mutilés ? La mort d'Henry ? Tous ces événements étaient-ils liés ? Dans quel ordre s'étaient-ils produits ? Et pourquoi James n'en avait-il jamais parlé à Mark ? Pourquoi envoyer une fable à Nancy et refuser de discuter avec son notaire ? Pensait-il que contrairement à Mark, Nancy pourrait se laisser convaincre de la culpabilité de Leo ?

James avait beau insister sur le fait que l'homme que Prue Weldon avait entendu était certainement son fils — « *Nous avons la même voix... il était furieux contre sa mère parce qu'elle avait modifié son testament... Ailsa lui reprochait les problèmes d'Elizabeth* » —, Mark savait que c'était impossible : pendant qu'Ailsa mourait dans le Dorset, Leo se trouvait à Londres, en train de baiser avec la fiancée de Mark. Ce dernier avait beau mépriser aujourd'hui la bécasse qu'il avait jadis adorée, il n'avait jamais douté de sa parole. À l'époque, Becky n'avait eu aucun scrupule à servir d'alibi à Leo. Dans son esprit, cela donnait du poids à leur liaison — tellement plus passionnée que tout ce qu'elle avait pu vivre avec Mark. Mais depuis que Leo l'avait plaquée, elle avait si souvent supplié Mark de lui accorder une deuxième chance qu'il était probable qu'elle accepterait de se rétracter si elle avait menti à la demande de Leo.

Neuf mois plus tôt, elle avait eu au contraire toutes les raisons de le couvrir. Leo — le beau Leo — n'attendait qu'une occasion de se venger du notaire qui avait eu l'audace de prendre la place de son ami et qui, pire encore, refusait de trahir le secret professionnel. Il n'avait pas eu à se donner beaucoup de mal. Les longues journées de travail de Mark et son peu de goût pour les mondanités avaient offert à Leo un fruit mûr ; il n'avait eu qu'à tendre le bras pour le cueillir. Pourtant, Mark n'avait jamais imaginé que la destruction de son mariage imminent ait pu n'être qu'un jeu pervers pour Leo. Ailsa l'avait pourtant prévenu. « Méfiez-vous de Leo, lui avait-elle dit quand Mark lui avait confié qu'il leur arrivait, à Becky et lui, de dîner avec son fils. Il est absolument charmant quand il le veut, mais il peut se montrer tout à fait déplaisant dès que les choses ne se passent pas selon ses vœux. »

Déplaisant était un faible mot pour désigner le comportement de Leo, se dit-il alors. Sadique, tordu, pervers : tous ces qualificatifs convenaient mieux à l'insensibilité avec laquelle il avait ravagé la vie de Mark et de Becky. Mark avait mis plusieurs mois à s'en remettre. Tant de confiance, tant d'espoir investis dans un être, deux ans de vie commune, un mariage prévu pour l'été, et la terrible humiliation des explications à donner. Ne jamais dire la vérité, bien sûr — « *Elle se faisait sauter dans mon dos par un débauché qui pourrait être son père* » ; toujours des mensonges — « *C'était préférable… nous avions besoin de respirer… nous avons compris que nous n'étions pas prêts à nous engager durablement.* »

À aucun moment, il n'avait eu le temps de prendre du

recul et de faire le point. Vingt-quatre heures après l'arrivée de Mark dans le Dorset pour soutenir James pendant l'enquête de police, Becky en larmes l'appelait sur son portable : elle était désolée, elle aurait préféré éviter ça, mais la police lui avait demandé de confirmer où elle se trouvait deux nuits plus tôt. Or elle ne se trouvait pas à Birmingham, avec un groupe d'hommes d'affaires japonais que l'agence de développement dans laquelle elle travaillait lui avait demandé d'accompagner, comme elle l'avait prétendu. Elle se trouvait avec Leo, dans son appartement de Knightsbridge. Non, non, ce n'était pas une aventure d'un soir. Leur liaison durait depuis trois mois déjà, et cela faisait des semaines qu'elle essayait de l'avouer à Mark. Puisque la mèche était vendue, elle s'installait chez Leo. Elle serait partie avant le retour de Mark.

Elle était désolée… désolée… désolée…

Il avait serré les dents et n'avait rien laissé transparaître de son désespoir. Le rapport du médecin légiste — *pas le moindre indice d'acte criminel… des traces de sang animal sur la terrasse* — avait calmé le jeu, et la police avait rapidement laissé James tranquille. À quoi bon apprendre à son client que si les accusations qu'il avait portées contre son fils avaient été écartées comme « extravagantes et sans fondement », c'était parce que Leo avait été mis hors de cause par la fiancée de son notaire ? Mark n'aurait pas pu le dire, même s'il l'avait jugé indispensable. Ses plaies étaient trop à vif pour être exhibées publiquement.

Il se demanda soudain si Leo ne s'en était pas douté. Avait-il deviné que l'orgueil de Mark l'empêcherait de reconnaître la vérité devant James ? Dès l'instant où Becky était passée aux aveux, Mark avait su que cette histoire n'avait rien à voir avec la mort d'Ailsa. Il pouvait retrouver un peu d'estime de soi en prétendant que

Leo avait cherché à se venger — il arrivait même à y croire, de temps en temps —, mais la vérité était bien plus prosaïque. Qu'avait-il fait de mal ? avait-il demandé à Becky. Rien, avait-elle répondu en larmes. C'était bien le problème. Leur relation avait été tellement *ennuyeuse*.

Mark n'envisageait pas un instant de revenir en arrière maintenant. Mais Becky s'accrochait. Une réconciliation lui aurait permis de sortir la tête haute de cette aventure désastreuse. Le répondeur de Mark avait enregistré l'essentiel de ses messages. « *J'ai commis une erreur. Avec Leo, c'était purement sexuel. Tu es le seul homme que j'aie jamais aimé.* » Elle avait supplié, imploré. Mark n'avait jamais répondu à ses appels et les rares fois où elle l'avait trouvé chez lui, il avait posé le combiné près du téléphone et était sorti de la pièce. Ses sentiments oscillaient entre la haine et la colère, l'apitoiement sur son sort et l'indifférence, mais il n'imagina pas un seul instant que Leo ait pu obéir à un autre mobile qu'à la rancune.

Il aurait dû. Si les bandes magnétiques de la bibliothèque de James prouvaient une chose, c'était qu'un individu qui le connaissait fort bien était décidé à jouer une longue partie. Trois mois de liaison ? Simplement afin de disposer d'un alibi en béton pour une unique nuit de mars ? Pourquoi pas ? Il ne lui restait qu'à se battre seul contre ses démons, songea-t-il... ce ridicule orgueil de classe des Britanniques qui oblige à rester impassible, à ne jamais montrer ses larmes. Et si James et lui se battaient contre le même démon ? Et si ce démon était assez malin pour exploiter la situation ?

« *Diviser pour mieux régner... brouillard de guerre... la propagande est une arme puissante...* »

Sa froide veille sur cette falaise du Dorset lui avait tout de même fait comprendre que James n'aurait pas insisté aussi lourdement pour retrouver sa petite-fille s'il y avait le moindre risque qu'il en fût le père. Ce n'était pas pour lui qu'il redoutait un test d'ADN, c'était pour Nancy...

... et ce depuis le jour où les appels avaient commencé...

... il préférait encore se faire détester d'elle parce qu'il la rejetait une seconde fois que de l'entraîner dans une sale guerre, un bourbier d'accusations d'inceste...

... surtout s'il savait qui, en réalité, était son père...

Message de Mark
J'ai choisi mon camp. James est un chic type. S'il vous a dit le contraire, il a menti.

18

P'tit Loup admira l'habileté de Renard qui feignait l'ignorance en présence de Bella. Il faisait comme s'il ne savait pas que des visiteurs étaient venus. Mais P'tit Loup savait que Renard savait. Il le savait au sourire qu'il esquissa quand Bella lui annonça que tout allait bien : Ivo était parti avec l'équipe à la tronçonneuse, elle s'apprêtait à prendre le relais à la barrière avec Zadie.

— Oh, et puis il y a une journaliste qui est venue, ajouta-t-elle comme si de rien n'était. Je lui ai expliqué le truc de l'appropriation par occupation et elle s'est tirée.

Il le savait à l'amabilité de Renard.

— Parfait.

Bella eut l'air soulagée.

— On va y aller, alors, dit-elle avec un signe de tête en direction de Zadie.

Renard se mit en travers de son chemin.

— Il faudrait que tu passes un coup de fil pour moi, tout à l'heure, lui dit-il. Je te ferai signe.

Elle est trop confiante, se dit P'tit Loup, en voyant Bella réagir brutalement à cet accès d'autorité.

— Va te faire foutre, lança-t-elle, agacée. J'suis pas ta secrétaire. T'as qu'à téléphoner toi-même.

— Il me faut l'adresse de quelqu'un dans la région, et un homme risque d'avoir un peu de mal à l'obtenir. Ce sera sûrement plus facile pour une femme.

— L'adresse de qui ?

— De quelqu'un que tu ne connais pas. (Il soutint le regard de Bella.) Une femme. Le capitaine Nancy Smith des Royal Engineers. Il suffit d'appeler ses parents pour leur demander où elle est. Ça te pose un problème, Bella ?

Elle haussa les épaules avec indifférence, mais P'tit Loup aurait préféré qu'elle ne baisse pas les yeux. Ça lui donnait l'air coupable.

— Qu'est-ce que tu fricotes avec une salope de l'armée, Renard ? Tu trouves pas ton bonheur ici ?

Les lèvres de l'homme s'étirèrent en un lent sourire.

— C'est une proposition ?

P'tit Loup sentit passer entre eux comme un éclair dont il ne comprit pas la nature. Mais Bella fit un pas de côté et s'éloigna.

— T'es trop compliqué pour moi, Renard, dit-elle. Franchement, j'aurais peur de me fourrer dans un guêpier en te prenant dans mon lit.

*

Mark trouva le colonel dans la bibliothèque, assis à son bureau. Absorbé, il n'entendit pas le jeune homme approcher.

— Vous l'avez appelée ? demanda Mark, posant les mains sur la surface de bois, avec un signe de tête en direction du téléphone.

Surpris, le vieil homme recula son fauteuil, frottant

ses pieds sur le parquet à la recherche d'un point d'appui. Il avait les traits gris et tirés, l'air effrayé.

— Excusez-moi, dit Mark, en reculant d'un pas et en levant les mains dans un geste de reddition. Je voulais simplement savoir si vous aviez appelé Nancy.

James se passa nerveusement la langue sur les lèvres, mais il lui fallut plusieurs secondes pour retrouver sa voix.

— Vous m'avez fait peur. Je vous ai pris pour…

Il s'interrompit brusquement.

— Pour qui ? Pour Leo ?

James écarta les questions d'une main lasse.

— Je vous ai écrit une lettre officielle… (il désigna une feuille posée sur le bureau)… vous demandant une facture finale et la restitution de tous les documents concernant mes affaires. Je vous réglerai aussitôt que possible, Mark, et vous pouvez être assuré que je mettrai définitivement fin à tous vos liens avec ma famille. Je vous exprime ma reconnaissance — sincère, je vous assure — pour tout ce que vous avez fait pour Ailsa et pour moi-même. La seule chose que je vous demande est de continuer à respecter mes confidences… (il y eut une pause douloureuse), … notamment en ce qui concerne Nancy.

— Je ne trahirai jamais votre confiance, vous le savez bien.

— Merci. (James signa la lettre d'une main tremblante et essaya de la plier pour la glisser dans une enveloppe.) Je suis navré que les choses se terminent ainsi. J'ai eu de nombreuses occasions d'apprécier votre gentillesse au cours de ces deux dernières années. (Il renonça à l'enveloppe et tendit la lettre à Mark.) Je comprends combien toute cette affaire a dû être pénible pour vous. Je crois qu'Ailsa nous a beaucoup manqué à tous les deux. Elle avait une vision saine et réaliste des choses qui semble nous faire cruellement défaut, à vous comme à moi.

Mark refusa de prendre la lettre. Il se laissa tomber dans un fauteuil en cuir, à côté du bureau.

— Je ne vois pas comment je pourrais vous empêcher de me virer, James — je suis un piètre notaire et je comprends parfaitement —, mais je tiens à vous présenter toutes mes excuses pour les propos que je vous ai tenus. Je suis impardonnable d'avoir pu penser une chose pareille. Avouez tout de même que vous m'avez imposé l'écoute de ces enregistrements sans le moindre avertissement, sans un mot d'explication. En masse, ces messages ont un effet redoutable — d'autant plus que je sais que certains faits sont parfaitement véridiques. Mais je crois que c'est Nancy elle-même qui m'a le plus ébranlé. Elle *pourrait* être votre fille. Son physique, ses attitudes, sa personnalité — *tout*… on dirait une version féminine de vous-même. (Il secoua la tête.) Elle a même votre couleur d'yeux — *bruns* — alors que ceux d'Elizabeth sont bleus. Je sais bien qu'il y a une règle — la loi de Mendel, si je ne me trompe — qui dit qu'elle ne peut pas avoir un père aux yeux bleus, mais ce n'était pas une raison pour accuser le premier homme aux yeux bruns de son entourage. Ce que j'essaie de vous dire, c'est que je regrette de vous avoir trahi. C'est la deuxième fois que j'entends des faits désagréables au téléphone, et c'est la deuxième fois que j'y ajoute bêtement fois. (Il s'interrompit.) J'ai manqué de professionnalisme.

James le dévisagea attentivement pendant un moment avant de reposer la lettre sur le bureau et de la recouvrir de ses mains.

— Leo a toujours accusé Ailsa de s'attendre au pire, murmura-t-il pensivement, comme si un souvenir lui revenait soudain. Elle disait qu'elle n'aurait pas à le faire si le pire n'était arrivé qu'une ou deux fois. L'avenir finissait toujours par confirmer ses craintes, ce qui avait fini par lui inspirer une telle horreur qu'elle refusait de faire le moindre commentaire sur quoi que ce soit... voilà pourquoi tout *ceci*... (il esquissa un ample geste embrassant la terrasse et la pile de bandes magnétiques)... a été un tel choc. De toute évidence, elle me cachait quelque chose, mais je ne sais absolument pas quoi. Ces terribles accusations, peut-être. La seule chose qui me réconforte dans les heures froides de la nuit, c'est qu'elle-même n'y aura pas cru.

— Non, admit Mark. Elle vous connaissait trop bien.

Le vieil homme sourit doucement.

— Leo est certainement derrière tout ça... et c'est certainement une question d'argent — mais dans ce cas, pourquoi ne dit-il pas clairement ce qu'il veut ? Je passe mon temps à me torturer l'esprit avec ça, Mark. Je n'arrive pas à comprendre l'objet de cette interminable litanie d'affabulations. Est-ce du chantage ? Ou bien croit-il vraiment ce qu'il dit ?

Le jeune homme haussa les épaules, dubitatif.

— Dans ce cas, c'est Elizabeth qui lui aura raconté ça. (Il réfléchit un instant.) Ou bien pensez-vous que Leo ait pu lui faire avaler une histoire pareille et qu'elle la répète à qui veut l'entendre ? Elle est extrêmement influençable, surtout si ça lui permet de rejeter la responsabilité de ses problèmes personnels sur autrui. Un faux souvenir d'inceste serait parfaitement dans ses cordes.

— Sans doute, dit James avec un petit soupir. (De *soulagement* ?) Cela expliquerait que Mrs Bartlett soit si sûre d'elle. Elle a affirmé à plusieurs reprises avoir rencontré Elizabeth.

Mark hocha la tête.

— Mais si Leo sait que ce n'est pas vrai, il sait également qu'il suffit que je sorte Nancy de ma manche pour réfuter toutes ces divagations. Alors pourquoi chercher à ruiner ainsi ma réputation ?

Mark posa son menton dans ses mains. Il était tout aussi perplexe que James, mais au moins il avait retrouvé un peu de lucidité.

— Je me demande si le vrai problème n'est pas le caractère tout à fait abstrait de Nancy aux yeux de Leo ou d'Elizabeth. Ils ne savent même pas comment elle s'appelle. Elle se résume à un point d'interrogation sur un formulaire d'adoption, vieux de plus de vingt ans. Tant qu'elle reste un point d'interrogation, ils pourront vous accuser de tout ce qu'ils veulent. Je ne suis pas sûr que ce soit très utile, mais j'ai passé l'heure qui vient de s'écouler à essayer de remonter de l'effet à la cause. Vous devriez peut-être en faire autant. Demandez-vous quelle a été la conséquence de ces appels téléphoniques et tâchez de déterminer si tel était bien le résultat voulu. Cela pourrait vous renseigner sur les intentions de celui qui les passe.

James réfléchit.

— J'ai été obligé de rester sur la défensive, reconnut-il lentement, s'exprimant en termes militaires, j'ai dû mener un combat d'arrière-garde et attendre que l'ennemi se démasque.

— Personnellement, j'y vois plutôt une tactique d'isolement, objecta Mark brutalement. Il a fait de vous un reclus, il vous a coupé de tous ceux qui auraient pu prendre votre défense... voisins... police... (il inspira profondément par le nez)... *notaire*... et même votre petite-fille. Il doit savoir que vous préférez encore qu'elle reste un point d'interrogation plutôt que de la soumettre au cauchemar d'une analyse d'ADN.

— Il ne peut pas en avoir la certitude.

Mark secoua la tête en souriant.

— Bien sûr que si. Vous êtes un homme bien, James, et vos réactions sont prévisibles. Reconnaissez au moins que votre fils est plus fin psychologue que vous. Il sait parfaitement que vous préférerez souffrir en silence plutôt que de laisser soupçonner à une pauvre fille qu'elle est le fruit d'un inceste.

James acquiesça en soupirant.

— Mais alors que veut-il ? À quoi servent ces mensonges ? Il m'a déjà fait savoir on ne peut plus clairement qu'Elizabeth et lui n'hésiteront pas à porter plainte si j'essaie de les déshériter entièrement — il a évoqué l'obligation légale de soutien aux membres dépendants de la famille du testateur. Or, en m'accusant d'inceste, il donne à celle qu'il prétend être mon enfant une bonne raison de faire valoir ses droits. (Il secoua la tête, perplexe.) Un troisième héritier ne pourrait que réduire sa part. Il n'a rien à y gagner.

— C'est vrai, dit Mark, songeur, mais Nancy aurait de bonnes chances d'être déboutée. Contrairement à Leo et Elizabeth, elle n'a jamais été financièrement dépendante de vous. C'est une situation inextricable, comme je vous l'ai expliqué la première fois que vous m'avez consulté… Si vous aviez immédiatement refusé d'aider vos enfants quand ils se sont trouvés dans une mauvaise passe, ils ne pourraient rien contre vous. Mais parce que vous leur avez accordé assistance, ils sont en droit d'exiger que vous assuriez correctement leur avenir… surtout Elizabeth, qui sombrerait effectivement dans l'indigence si vous l'abandonniez.

— Elle n'a à s'en prendre qu'à elle. Elle a gâché tout ce que nous lui avons donné. Un legs ne ferait que lui permettre de financer ses vices jusqu'à ce que mort s'ensuive.

C'était l'argument d'Ailsa, songea Mark. Ils en avaient discuté maintes et maintes fois, et il avait réussi à convaincre James qu'il était préférable d'accorder à Elizabeth une aide pécuniaire équitable au lieu de la mettre en position de réclamer une part plus importante après sa mort. La législation sur la protection de la famille votée en 1938 faisait obligation à un testateur de pourvoir aux besoins des personnes à sa charge. Finie, l'époque victorienne où le droit de disposer librement de ses biens était inviolable et où un chef de famille pouvait laisser sa veuve ou ses enfants dans le plus complet dénuement s'ils avaient eu le malheur de lui déplaire. La justice sociale privilégiée par les parlements britanniques du XXᵉ siècle, aussi bien en matière de divorce que de succession, avait imposé un devoir d'impartialité ; mais les enfants ne disposaient d'un droit de succession automatique que s'ils pouvaient prouver qu'ils étaient financièrement dépendants de leurs parents.

Le cas de Leo était plus ambigu. En effet, rien ne l'empêchait objectivement de pourvoir seul à ses besoins, et Mark estimait qu'il ne lui serait pas facile de faire valoir ses droits sur une part du patrimoine familial, dans la mesure où James l'avait rayé de son testament à la suite du vol commis à la banque. Mark lui avait pourtant conseillé de lui accorder la même rente qu'à Elizabeth, d'autant qu'Ailsa avait elle-même modifié ses dispositions testamentaires. Alors qu'elle avait initialement promis à ses enfants la moitié de tous ses biens, elle ne leur avait finalement laissé qu'une somme symbolique de cinquante mille livres, le reste revenant à son mari. Si cette solution n'était pas très avantageuse fiscalement, elle accordait à Leo et à Elizabeth la deuxième chance qu'Ailsa souhaitait leur donner.

Mais cela ne réglait pas la question de l'essentiel de la fortune familiale, et plus particulièrement de la demeure, de son contenu et des terres, de tous ces biens qui appartenaient depuis si longtemps à la famille Jolly-Renard. En définitive, James et Ailsa étaient comme tout le monde : ils n'avaient pas envie de voir leur patrimoine dispersé et vendu morceau par morceau, les archives et les photographies de famille détruites par des étrangers indifférents, ignorants des générations qui les avaient précédés. D'où la nécessité de retrouver Nancy.

Le résultat avait été d'une perfection qui frisait l'ironie. Nancy faisait l'affaire à tous égards. Il est vrai que, comme Mark l'avait laissé entendre à James après sa première entrevue avec elle, son indifférence ne faisait qu'accroître son charme, aussi bien d'héritière potentielle que de petite-fille disparue de longue date. Comme une femme fatale, elle séduisait par sa froideur.

Croisant les mains derrière la tête, il regarda le plafond. Il n'avait jamais parlé de ses clients à Becky, mais un soupçon l'effleurait : aurait-elle fouillé dans son porte-documents ?

— Leo savait-il que vous essayez de retrouver votre petite-fille ? demanda-t-il.

— Non, à moins que vous le lui ayez dit. À part vous, nous étions les seuls, Ailsa et moi, à être au courant.

— Pensez-vous qu'Ailsa aurait pu lui en parler ?

— Certainement pas.

— Et à Elizabeth ?

Le vieil homme secoua la tête.

— Bien. (Mark se pencha en avant.) Écoutez, James, je suis presque sûr qu'il le sait, et c'est peut-être ma faute. Sinon, il a dû deviner que vous adopteriez cette ligne de conduite. À mon avis, il cherche à supprimer de l'équation votre seule autre héritière pour vous obliger à rétablir votre testament précédent.

— Mais cela fait des mois que Nancy ne fait plus partie de l'équation.

— Hmm. Mais ça, Leo ne le sait pas… comment voulez-vous qu'il devine… *Nous* ne l'avons pas deviné. Comme je vous le disais tout à l'heure, nous pensions découvrir un clone d'Elizabeth… et Leo ne s'attendait certainement pas à autre chose. On juge d'après ce que l'on connaît, et en toute logique, la fille d'Elizabeth aurait dû sauter à pieds joints sur cette bonne aubaine.

— Que voulez-vous dire ? Que ces appels cesseront si je fais savoir qu'elle n'est pas mon héritière ?

Mark secoua la tête.

— Ils risquent plutôt d'empirer, selon moi.

— Pour quelle raison ?

— Parce que Leo a besoin d'argent et qu'il est sans scrupules. Plus vite vous mourrez d'épuisement ou de dépression, mieux cela vaudra.

— Quel recours a-t-il si je choisis de léguer l'essentiel de ma fortune à des œuvres de charité ? Que je sois perdu de réputation ne les empêchera pas d'accepter mon argent. La propriété sera dispersée, c'est écrit noir sur blanc. Il ne peut plus rien faire.

— Mais vous n'avez pas signé ce testament, James, lui rappela Mark, et si Leo le sait, il sait aussi que votre testament précédent, qui lui laissait l'essentiel du patrimoine familial, reste valable.

— Comment pourrait-il le savoir ?

— Par Vera ? suggéra Mark.

— Elle est complètement sénile. De toute façon, je ferme la porte de la bibliothèque à clé chaque fois qu'elle vient à la maison.

Mark haussa les épaules.

— Ça ne change rien. Même si vous l'aviez *signé*, ce testament peut être déchiré et révoqué à tout instant… au même titre qu'une procuration permanente. (Il se pencha, insistant, et tapota le répondeur.) Vous disiez que ces appels étaient une forme de chantage… Mieux vaudrait parler de coercition. Vous faites exactement ce qu'il veut… vous vous isolez… vous sombrez dans la dépression… vous fermez votre porte à tout le monde. Il vient de remporter sa plus grande victoire en vous incitant à dresser une barrière entre Nancy et vous. Il ne saura sans doute pas ce qu'il a accompli, mais l'effet est exactement celui qu'il recherche. Aggravation de la dépression… aggravation de l'isolement.

James ne nia pas.

— Il m'est déjà arrivé d'être à l'isolement, fit-il remarquer, et je vous garantis que cela ne m'a pas fait céder. Il n'y a aucune raison pour que ça marche mieux cette fois-ci.

— Vous faites allusion au camp de prisonniers de guerre en Corée ?

— Oui, fit-il, surpris. Comment savez-vous cela ?

— C'est Nancy qui m'en a parlé. Elle a fait sa petite enquête… il paraît que vous êtes une véritable légende.

Un sourire de plaisir illumina le visage du vieil homme.

— Alors ça ! Je croyais cette histoire oubliée depuis longtemps.

— Il semblerait que non.

Le regain d'estime de soi était presque tangible.

— Eh bien, vous voyez que je ne me laisse pas abattre facilement… en tout cas pas par des brutes.

Mark secoua la tête d'un air navré.

— Ce n'est pas le même type d'isolement, James. Vous défendiez un principe… vos hommes vous soutenaient… et vous en êtes sorti en héros. Nous n'en sommes pas là. Vous ne voyez pas à quel point vous êtes seul ? Vous refusez d'avertir la police de peur que Nancy ne soit mêlée à cette affaire. (Il fit un mouvement du pouce en direction de la fenêtre.) Et pour la même raison, vous ne savez rien de ce qu'ils pensent,

tous, parce que vous refusez de les affronter. *En plus*…
(il pointa son pouce vers la lettre posée sur le bureau)…
vous êtes prêt à me mettre à la porte parce que vous
doutez de ma loyauté… alors que si ma loyauté a flan-
ché, c'est parce que vous ne me dites rien.

James soupira.

— J'espérais que ça cesserait si je ne réagissais pas.

— C'est sans doute ce que pensait Ailsa — voyez ce
qui lui est arrivé.

Le vieil homme sortit un mouchoir de sa poche et se
tamponna les yeux.

— Oh, mon Dieu ! murmura Mark, penaud. Écoutez,
loin de moi l'envie de vous faire de la peine, mais dites-
vous qu'Ailsa a dû se sentir aussi seule que vous. Vous
disiez tout à l'heure qu'elle ne supportait plus de voir
ses pires soupçons se réaliser… ne pensez-vous pas
qu'on a dû lui raconter ces mensonges, à elle aussi ?
Cette salope de Bartlett se gargarise en évoquant la
détresse de cette pauvre Ailsa. La personne qui a livré
ces informations à Mrs Bartlett savait certainement
qu'Ailsa était effondrée. Elle aurait évidemment dû
vous en parler — je suppose qu'elle cherchait à vous
protéger comme vous le faites pour Nancy —, mais l'*effet* est le même. Plus vous essayez de garder un secret,
plus il est difficile de le révéler. (Il se pencha à nouveau
en avant et son ton se fit plus pressant.) Vous ne pouvez
en aucun cas ne pas réagir à ces accusations, James. Il
faut les contester.

Le colonel chiffonna le mouchoir entre ses doigts.

— Comment ? demanda-t-il d'un air las. Rien n'a
changé.

— Alors là, vous vous trompez complètement. *Tout*
a changé. Nancy n'est plus le fruit de votre imagination… elle existe pour de bon, James… et elle peut
réfuter tout ce que raconte Leo.

— Elle a toujours existé pour de bon.

— Oui, mais elle refusait d'être mêlée à cette affaire. Ce n'est plus le cas aujourd'hui. Autrement, elle ne serait pas venue vous voir, et elle n'aurait certainement pas demandé à pouvoir revenir si elle n'était pas prête à vous soutenir. Faites-lui confiance, je vous en prie. Expliquez-lui ce qui se passe, faites-lui écouter les bandes, demandez-lui si elle accepterait de se soumettre à un test d'ADN. Une simple détermination de groupe sanguin suffirait peut-être. Peu importe… Je vous parie tout ce que vous voudrez qu'elle sera d'accord. Comme ça, vous aurez de solides preuves de menaces calomnieuses et de tentatives de chantage à apporter à la police. Ne voyez-vous pas à quel point votre position s'est renforcée depuis son arrivée ce matin ? Elle est prête à vous défendre, envers et contre tout. Si vous ne voulez pas le lui demander vous-même, je veux bien le faire pour vous. (Il sourit.) En plus, cela vous permettra de clouer le bec à Phytolaque et à Kalmia. Ça aurait fait drôlement plaisir à Ailsa.

Il n'aurait pas dû prononcer son nom. Le mouchoir se rapprocha précipitamment des yeux de James.

— Tous ses renards sont morts, vous savez, dit-il avec un désespoir tranquille. Il les prend au piège, puis il leur broie le museau avant de les jeter sur la terrasse. Je suis obligé de les achever pour abréger leurs souffrances. Henry a subi le même sort… il l'a laissé à l'endroit même où Ailsa est morte, une patte brisée, le museau en sang. La pauvre bête a grogné en me voyant approcher pour poser le canon du fusil contre sa tête. Il a cru que c'était moi qui lui avais fait du mal. Je vois une démence insensée derrière tout cela. Je suis certain qu'Ailsa en a été le témoin. Ce que je crois, c'est que le crâne d'une de ces malheureuses créatures a été broyé sous ses yeux. C'est sans doute cela que Prue Weldon a entendu. Je suis certain que c'est à cause de cela qu'Ailsa est morte. Elle ne supportait pas la cruauté. Si la bête était encore en vie, elle sera restée à ses côtés jusqu'à sa mort.

Cela expliquerait bien des choses, songea Mark. Les traces de sang près du corps. Les accusations de démence portées par Ailsa. Le bruit de coup.

— Vous auriez dû le dire à la police, dit-il faiblement.

— J'ai essayé. Au début en tout cas. La présence d'un renard mort sur ma terrasse n'intéressait personne.

— Et les preuves de cruauté ?

James soupira et serra le mouchoir dans son poing.

— Avez-vous une idée des dégâts que cause un coup de fusil tiré à bout portant sur le crâne d'un animal ? J'aurais peut-être dû les laisser souffrir le martyre en attendant l'arrivée d'un policier ? En admettant, évidemment, qu'il s'intéresse à une bête pleine de puces que tout le monde chasse ou empoisonne à longueur d'année… Peu probable. Ils m'ont dit d'appeler la SPA.

— Et ?

— Ils étaient désolés, mais impuissants. Le renard est un animal nuisible. Ils m'ont dit qu'il devait s'agir d'un braconnier, furieux d'avoir attrapé un renard au lieu d'un cerf.

— C'est pour cela que vous passez la nuit sur la terrasse ? Vous espérez le prendre ?

Un faible sourire joua sur les lèvres du vieil homme, comme si la question l'amusait.

— Faites attention, James. Un usage mesuré de la force : voilà tout ce qui est autorisé pour protéger votre propriété. Si vous faites quoi que ce soit qui frôle l'auto-défense, vous êtes bon pour la prison. Les tribunaux n'aiment pas beaucoup les gens qui font justice eux-mêmes. (Il aurait aussi bien pu se taire : James resta impassible.) Je ne vous reproche rien, poursuivit-il. Dans votre situation, j'éprouverais exactement la même chose. Je vous demande simplement de bien réfléchir avant de commettre un geste que vous pourriez regretter.

— J'y réfléchis plus que vous ne le croyez, répondit James sèchement. Vous feriez peut-être bien de suivre vos propres conseils... Ou est-il vrai qu'un homme qui est son propre avocat a un idiot pour client ?

Mark fit la grimace.

— Je ne l'ai certainement pas volé, mais j'avoue que je ne comprends pas.

James déchira la lettre en morceaux et les jeta dans la corbeille à papier, près de son bureau.

— Réfléchissez à deux fois avant de convaincre Nancy de révéler ses liens familiaux avec moi, dit-il froidement. Un fou a tué ma femme... Je n'ai pas l'intention de perdre aussi ma petite-fille.

*

P'tit Loup se glissait entre les arbres, dans le sillage de son père, attiré par une curiosité terrifiée, une envie irrépressible de savoir ce qui se passait. Sans connaître l'expression « Savoir, c'est pouvoir », il en comprenait l'impératif. Comment pourrait-il retrouver sa mère autrement ? Cela faisait des semaines qu'il ne s'était pas senti aussi courageux, et il savait que la bienveillance de Bella et le doigt complice que Nancy avait posé sur ses lèvres n'y étaient pas étrangers. Ils lui parlaient d'avenir. Seul avec Renard, il ne pensait qu'à la mort.

Il n'y voyait rien dans cette nuit trop noire, mais il trottinait d'un pas léger, se mordant les lèvres lorsque des branches et des ronces l'égratignaient. Avec le temps, ses yeux s'adaptèrent à la faible lueur de la lune.

Il entendait toujours le craquement des brindilles lorsque le pas plus lourd de Renard s'enfonçait dans le sol de la forêt. Il s'arrêtait de temps en temps, soucieux de ne pas se précipiter aveuglément dans un piège comme l'autre fois, mais Renard avançait toujours en direction du Manoir. Avec le flair de son homonyme, P'tit Loup savait que l'homme regagnait son territoire, toujours le même arbre — son poste d'observation favori. Le regard et l'oreille aux aguets, l'enfant se déplaçait sur une tangente pour définir son propre territoire.

Il ne se passa rien pendant plusieurs minutes. Soudain, P'tit Loup sursauta. Renard parlait. L'enfant se recroquevilla, persuadé que quelqu'un se trouvait avec lui, mais devant l'absence de réponse, il devina que Renard téléphonait de son portable. Il ne comprenait pas bien ce qu'il disait, mais les inflexions de sa voix lui rappelèrent celles du Joli Renard… c'était bizarre, parce qu'il apercevait le vieil homme près d'une des fenêtres du rez-de-chaussée de la maison.

*

« … J'ai les lettres et je sais son nom… Nancy Smith… capitaine dans les Royal Engineers. Vous devez être fier d'avoir un autre soldat dans la famille. Elle ressemble à ce que vous étiez quand vous étiez jeune, vous ne trouvez pas ? Grande et brune… tout votre portrait… Quel dommage qu'elle soit aussi peu docile. Inutile que vous soyez mêlée à tout cela, lui avez-vous écrit… et la voilà. Eh bien, à quoi servira l'ADN, maintenant ? Sait-elle qui est son père ? Avez-vous l'intention de le lui apprendre avant que quelqu'un d'autre ne le fasse ? »

Mark repassa l'enregistrement plusieurs fois.

— Si c'est Leo, il croit vraiment que vous êtes le père de Nancy.

— Il sait bien que non.

James laissa tomber plusieurs dossiers par terre en cherchant celui qui portait l'étiquette « Divers ».

— Dans ce cas, ce n'est pas Leo, conclut Mark d'un air sombre. Nous avons fait fausse route.

Résigné, James renonça à ses recherches et joignit les mains devant sa bouche.

— Bien sûr que si, c'est Leo, dit-il avec une surprenante fermeté. Il *faut* absolument que vous le compreniez, Mark. Vous êtes une aubaine pour lui : vos réactions sont tellement prévisibles. Vous paniquez chaque fois qu'il change de position au lieu de garder votre sang-froid et de l'obliger à annoncer son jeu.

Mark regarda par la fenêtre, dans l'obscurité qui s'étendait à l'infini, et reconnut sur son visage, reflété dans la vitre, l'expression traquée qui marquait les traits de James depuis deux jours. Quel qu'il fût, cet homme était entré dans la maison, et il avait vu Nancy. Sans doute les épiait-il en cet instant précis.

— C'est peut-être vous qui êtes une aubaine, James, murmura-t-il. Avouez que votre réaction à l'égard de votre fils est, elle aussi, parfaitement prévisible.

— C'est-à-dire ?

— Leo est toujours la première personne que vous accusez, en toute circonstance.

19

Prue avait le même air traqué quand elle leur ouvrit la porte. Un coup d'œil à travers le rideau lui avait révélé la lueur d'une voiture de couleur claire dans l'allée, et elle avait immédiatement pensé que c'était la police qui venait l'arrêter. Elle était prête à feindre l'absence, mais une voix cria :

— Allons, Mrs Weldon. Nous savons que vous êtes là.

Elle mit la chaîne de sécurité et entrouvrit la porte de quelques centimètres, posant un regard inquiet sur les deux silhouettes indistinctes qui se tenaient sur le seuil.

— Qui êtes-vous ? Que voulez-vous ? demanda-t-elle d'une voix affolée.

— James Jolly-Renard et Mark Ankerton, dit Mark en introduisant son pied entre la porte et le chambranle. Allumez dehors, vous y verrez mieux.

Elle pressa sur l'interrupteur et, les reconnaissant, reprit un peu courage.

— Si vous êtes venus me remettre une assignation, je ne l'accepterai pas. Je n'ai pas l'intention d'accepter *quoi que ce soit* de vous, dit-elle, égarée.

Mark émit un grognement irrité.

— Bien sûr que si. Vous accepterez la vérité. Laissez-nous entrer, je vous prie. Nous voulons vous parler.

— Non.

Elle poussa la porte de l'épaule, essayant de la refermer.

— Je ne retirerai pas mon pied, Mrs Weldon. Où est votre mari ? Les choses iront beaucoup plus vite si nous pouvons lui parler en même temps qu'à vous. (Il éleva la voix.) Mr Weldon ! Pourriez-vous venir, s'il vous plaît ? James Jolly-Renard voudrait vous parler !

— Il n'est pas là, siffla Prue, pesant de tout son poids contre le cuir fragile du mocassin de Mark. Je suis seule et vous me faites peur. Je vous laisse une chance de retirer votre pied. Si vous n'en profitez pas, je claque la porte. Ne vous plaignez pas si ça fait mal.

Elle relâcha brièvement la pression et vit la chaussure disparaître.

— Et maintenant, *fichez le camp* ! hurla-t-elle en s'appuyant contre le panneau et en bloquant le verrou. Sinon, j'appelle la police.

— Excellente idée, fit la voix de Mark de l'autre côté de la porte. C'est d'ailleurs ce que nous allons faire si vous refusez de nous parler. Je me demande ce que votre mari en pensera. Ce que je lui ai appris ce matin n'a pas eu l'air de lui faire particulièrement plaisir. Si j'ai bien compris, il n'était pas au courant de vos petits appels téléphoniques… Je dois dire qu'il en est resté comme deux ronds de flan.

Elle soufflait bruyamment sous l'effet de la peur et de l'effort.

— La police prendra mon parti, haleta-t-elle, se penchant en avant pour maîtriser sa poitrine palpitante. Vous n'avez pas le droit de terroriser les gens comme ça.

— Vous auriez dû y penser avant de vous en prendre

à James. Ou peut-être vous croyez-vous au-dessus des lois ? (Sa voix prit un ton plus intime.) Dites-moi… auriez-vous été aussi vindicative si Ailsa n'avait pas pris la tangente chaque fois qu'elle vous apercevait ? Dur à digérer, non ? Si seulement vous aviez pu vous vanter d'être copine avec la dame du Manoir… mais Ailsa vous a fait clairement comprendre qu'elle ne supportait pas votre langue de vipère. (Il émit un petit rire.) Non, je mets la charrue avant les bœufs. Vous avez *toujours* été mauvaise langue… C'est dans votre nature… Vous auriez fini par téléphoner même si Ailsa avait encore été en vie — ne fût-ce que pour vous venger du surnom dont elle vous avait affublée…

Il s'arrêta en entendant Prue pousser un cri d'effroi, immédiatement suivi du cliquetis de la chaîne et du bruit du verrou qui tournait.

— Je crois qu'elle nous fait une crise cardiaque, dit James en ouvrant la porte. Regardez-moi cette sotte. Elle va casser son fauteuil si elle continue.

Mark entra et jeta un regard sévère à Prue qui essayait de reprendre haleine, affalée sur un délicat siège d'osier.

— Qu'avez-vous fait ?

Il referma la porte d'un coup de talon et tendit son porte-documents à James.

— Je lui ai effleuré l'épaule. Je n'ai jamais vu personne bondir aussi haut.

Mark se pencha pour lui prendre le coude.

— Allons, Mrs Weldon, dit-il en l'aidant à se redresser et en passant son autre bras autour de ses épaules pour la soutenir. Prenez un siège plus solide. Où est le salon ?

— Ça doit être ici, dit James en pénétrant dans une pièce, sur la gauche. Installez-la sur le canapé, voulez-vous ? Je vais tâcher de trouver un peu de cognac.

— Il vaudrait peut-être mieux de l'eau. (Mark la fit asseoir pendant que James regagnait la cuisine à la recherche d'un verre.) Vous ne devriez pas laisser votre porte arrière ouverte, lui dit-il froidement, constatant avec un soulagement dissimulé que ses joues reprenaient un peu de couleur. C'est une invitation à entrer.

Elle voulut dire quelque chose, mais elle avait la bouche trop sèche. Elle essaya alors de le gifler. Elle n'était pas encore à l'article de la mort, songea-t-il en se mettant hors de portée.

— Vous n'avez droit qu'à un usage mesuré de la force, Mrs Weldon. Vous êtes tellement lourde que vous m'avez déjà brisé le pied. Si vous recommencez, je pourrais me décider à porter plainte.

Elle le fusilla du regard avant de prendre le verre que James lui tendait et d'en avaler le contenu d'un trait.

— Dick va être furieux…, dit-elle dès qu'elle eut retrouvé l'usage de la parole. Il va… il va…

Les mots lui manquaient.

— Quoi donc ?

— Vous traîner devant les tribunaux !

— Vraiment ? demanda Mark. C'est ce que nous allons voir. Pouvez-vous me donner son numéro de portable ?

— Je refuse de vous répondre.

— Celui de son fils doit figurer dans l'annuaire, dit James en se laissant tomber dans un fauteuil. Je crois qu'il s'appelle Jack. Si ma mémoire est bonne, l'autre partie de l'exploitation se trouve à Compton Newton, et il vit sur place. Il pourra certainement vous donner le numéro du portable de Dick.

Prue s'empara promptement du téléphone posé près du canapé et le serra contre elle.

— Vous n'appellerez pas d'ici.

— Si… mais à mes frais, dit Mark en sortant son

portable de sa poche et en composant le numéro des renseignements. Oui, s'il vous plaît. Compton Newton… au nom de Weldon… initiale du prénom J… Merci.

Il coupa puis recomposa un numéro.

Prue repartit à l'attaque, essayant de lui arracher le téléphone des mains.

Mark s'éloigna en grimaçant.

— Oui… allô ? Mrs Weldon ? Je suis navré… Belinda. Je comprends très bien… Mrs Weldon est votre belle-mère… (il leva un sourcil en direction de Prue)… et vous préférez éviter toute confusion. Je ne peux que vous approuver. Oui, je m'appelle Mark Ankerton. Je suis le notaire du colonel Jolly-Renard. J'aimerais prendre contact de toute urgence avec votre beau-père. Sauriez-vous où je peux le trouver… ou s'il a un numéro de portable auquel je pourrais le joindre ? (Il observa Prue, amusé.) Il est chez vous. C'est parfait. Puis-je lui parler ? Oui, dites-lui que c'est à propos de notre petit entretien de ce matin. Je suis chez lui avec le colonel… nous sommes venus parler à Mrs Weldon, mais elle nous assure que son mari portera plainte contre nous si nous ne vidons pas les lieux immédiatement. J'aimerais avoir confirmation de ses intentions. Cela pourrait peser sur notre décision éventuelle de mêler la police à cette affaire.

Il tambourina du pied sur le tapis en rythme en attendant. Quelques secondes plus tard, il éloigna le téléphone de son oreille. Dick hurlait dans l'appareil. Il fit une ou deux tentatives pour interrompre sa tirade, mais ne réussit à placer un mot que lorsque Dick manqua de souffle.

— Merci, Mr Weldon. Je pense avoir compris l'essentiel… non, je préférerais que vous le disiez vous-même à votre femme. Voulez-vous que je vous la passe ? Bien… au revoir.

Il appuya sur « fin » et laissa tomber le portable dans sa poche.

— Mon Dieu, mon Dieu, mon Dieu ! J'ai l'impression que vous vous êtes mis tout le monde à dos. Vous ne semblez pas avoir beaucoup d'appuis de ce côté-là.

— Ça ne vous regarde pas.

— Si j'ai bien compris, l'époux de Mrs Bartlett est à peu près dans le même état que le vôtre… Ils n'étaient pas au courant de vos petites combines. Ils y auraient mis fin promptement.

Prue ne répondit pas.

— C'est bien ce que pensait James, du reste, et c'est pour cette raison qu'il s'est abstenu de porter plainte pour le moment… il ne voulait pas causer d'ennuis à Dick ni à Julian. Il espérait que s'il ne réagissait pas, vous vous lasseriez ou que vos maris commenceraient à se demander ce que vous fabriquiez. Mais les choses sont allées trop loin. Vos menaces sont trop ignominieuses pour que nous continuions à les ignorer.

— Je n'ai jamais menacé personne, protesta-t-elle. Je n'ai jamais rien dit. C'est à Eleanor que vous devriez parler. C'est elle qui a commencé.

— C'était donc une idée de Mrs Bartlett ?

Prue regarda ses mains. Après tout, quelle loyauté devait-elle à son amie ? Elle avait appelé Shenstead House deux fois au cours de la dernière heure et chaque fois, Julian lui avait dit qu'Ellie n'était « pas disponible ». Ce qui voulait dire qu'elle était là et qu'elle refusait de lui parler. Le ton ironique de Julian le lui avait d'ailleurs confirmé. Prue avait excusé Ellie, pensant qu'elle ne voulait pas parler en présence de Julian, mais elle la soupçonnait à présent de tout lui mettre sur le dos pour rester dans ses petits papiers.

La rancœur de Prue ne cessait de croître. Elle était la moins coupable, et la plus attaquée.

— Ce n'était en tout cas pas la mienne, d'idée, marmonna-t-elle. Je ne suis pas du genre à harceler les gens au téléphone… c'est pour ça que je n'ai jamais rien dit.

— Alors pourquoi appeler ?

— Eleanor appelle ça de la justice naturelle, dit-elle, en évitant de regarder ses interlocuteurs en face. Personne d'autre que nous ne semble s'intéresser à la manière dont Ailsa est morte.

— Je vois, fit Marc, sarcastique. Alors malgré une enquête de police, une autopsie et l'ouverture d'une instruction judiciaire, vous décrétez que l'affaire n'intéresse personne. Voilà une étrange conclusion, Mrs Weldon. Comment en êtes-vous arrivées là ?

— J'ai entendu James et Ailsa se disputer. Ce n'est pas une chose facile à oublier.

Mark l'observa un instant.

— C'est donc cela ? demanda-t-il, incrédule. Vous vous êtes érigée en juge, en jury et en bourreau sur la foi d'une unique querelle entre deux personnes, que vous ne pouviez ni voir ni même entendre correctement ? C'était votre seul indice ?

Elle se tortilla, mal à l'aise. Comment répéter en présence de James ce qu'Eleanor savait ?

— Je sais ce que j'ai entendu, dit-elle, se raccrochant à son seul véritable argument.

Une certitude obstinée.

— J'en doute fort. (Mark posa son porte-documents sur ses genoux et en sortit un magnétophone.) J'aimerais vous faire écouter ces messages, Mrs Weldon. (Il repéra une prise près du fauteuil de James et brancha l'appareil, le tendant à James pour qu'il le mette en marche.) Ensuite, j'aimerais que vous me disiez ce que vous pensez avoir entendu.

*

Les allégations d'inceste n'avaient rien pour choquer Prue — elle les connaissait déjà —, mais leur interminable répétition la bouleversa. Tous ces détails complaisamment réitérés de viol d'enfant lui donnaient l'impression d'être souillée, d'être partie prenante de cette kyrielle d'accusations. Elle avait beau se dire que les appels n'avaient pas été passés en bloc, à la file, leur accumulation n'en était pas moins écœurante. Elle avait envie de dire : « Arrêtez, j'en ai assez entendu », mais elle savait ce qu'on lui répondrait : James n'avait pas eu le choix, lui.

De temps en temps, les diatribes stridentes d'Eleanor et les monologues déformés de Dark Vador étaient ponctués d'intervalles de silence où la bande n'avait enregistré que le bruit de halètements furtifs — les siens. Elle reconnaissait ses silences soudains, lorsqu'elle s'éloignait du combiné, craignant que Dick ne se soit réveillé et ne descende voir ce qu'elle faisait. Elle reconnaissait son excitation frémissante, lorsque la crainte d'être surprise et un sentiment de toute-puissance s'entrechoquaient dans sa poitrine, produisant, à l'inhalation, de légères stridulations.

Elle cherchait à se convaincre que les attaques acerbes d'Eleanor étaient bien pires, en vain. Les mots — quels qu'ils fussent — avaient le mérite d'être francs —, les halètements — choix furtif du lâche — étaient tout bonnement obscènes. Prue *aurait dû* dire quelque chose. Pourquoi ne l'avait-elle pas fait ?

Parce qu'elle n'avait pas cru Eleanor…

Elle se rappelait les chuchotements fielleux de Vera Dawson : Ailsa était revenue précipitamment d'une mission de deux ans en Afrique, parce qu'Elizabeth avait contracté une mononucléose infectieuse à l'internat. Personne n'avait été dupe, bien sûr. On savait que la gamine était intenable. Il lui arrivait si souvent de faire le mur — la nuit, de préférence. Ça devait bien finir par arriver. On racontait que James n'avait appris l'existence du bébé qu'à son retour, plusieurs mois après son adoption. Il s'était mis dans une colère noire en découvrant qu'Ailsa avait, une fois de plus, aidé Elizabeth à se tirer d'un mauvais pas.

Eleanor disait que ça ne prouvait rien, sinon qu'il arrivait à James de se mettre en colère. Une mission à l'étranger n'empêchait pas de prendre des vacances, et si Elizabeth prétendait que son père était en Angleterre au moment de la conception, c'était suffisant. Elle n'avait jamais vu de femme aussi ravagée qu'Elizabeth, avait-elle déclaré à Prue. Il fallait qu'elle en ait vu de toutes les couleurs pour être dans un état pareil. En l'obligeant à abandonner son enfant, on avait enfoncé une jeune fille déjà vulnérable dans une spirale de dépression. Ceux qui en doutaient n'avaient qu'à aller parler à Elizabeth. Comme Eleanor.

L'atroce succession cliquetante de messages se poursuivait, avec une intervention de Prue pour deux d'Eleanor et cinq de Dark Vador. Prue commençait à se dire qu'elle s'était fait rouler. Tout le monde était dans le coup, lui avait dit Eleanor. Les gens étaient blêmes à l'idée que James se soit tiré impunément de ce crime. Les « filles » téléphonaient au moins une fois par jour, de préférence la nuit pour le réveiller. C'était le seul moyen de venger Ailsa.

Prue releva la tête quand James appuya sur le bouton « stop ». Un lourd silence tomba sur la pièce. Elle n'osait pas regarder le colonel en face, et lorsqu'elle eut enfin le courage de le faire, une bouffée de honte lui empourpra le cou. Il avait tellement vieilli, songeat-elle. Elle gardait le souvenir d'un homme très droit, séduisant, aux joues hâlées et aux yeux clairs. Elle découvrait un vieillard voûté et émacié, aux vêtements qui flottaient autour de lui.

— Alors ? demanda Mark.

Elle se mordilla la lèvre.

— Je n'ai entendu que trois personnes, Eleanor, cet homme et moi. Il y a d'autres bandes ?

— Plusieurs, oui, dit-il en désignant de la tête son porte-documents ouvert sur le sol, mais il n'y a personne d'autre que vous, Mrs Bartlett et votre ami qui déguise sa voix par lâcheté. Vous vous êtes un peu relâchée ces derniers temps, Mrs Weldon, mais pendant les quatre premières semaines, vous avez appelé toutes les nuits, avec une parfaite régularité. Voulez-vous que je vous le prouve ? Choisissez la bande que vous voudrez, et nous vous la ferons écouter.

Elle secoua la tête sans rien dire.

— Le contenu de ces messages n'a pas l'air de vous intéresser beaucoup, reprit Mark au bout d'un moment. Un catalogue de viols d'enfants et d'inceste ne vous émeut pas ? J'ai passé des heures à écouter ces bandes et je dois vous avouer que je suis effondré. Effondré que l'on puisse exploiter la souffrance d'un enfant avec un tel cynisme. Dans quelle intention ? Humilier l'auditeur ?

Elle passa nerveusement la langue sur ses lèvres.

— Euh… euh… Eleanor voulait que James sache que nous étions au courant.

— Au courant de quoi ? Et je vous saurais gré de ne pas appeler le colonel Jolly-Renard par son prénom, Mrs Weldon. S'il vous a autorisé un jour à l'utiliser, vous avez perdu ce droit la première fois que vous avez décroché le téléphone dans une intention malveillante.

Rouge de honte, elle agita une main désespérée vers le répondeur.

— Au courant… au courant… de *ça*. Nous ne trouvions pas normal qu'il s'en tire comme ça.

— Mais alors pourquoi ne pas l'avoir dénoncé à la police ? On juge actuellement des cas d'inceste qui remontent à trente ans. Si ces accusations étaient vraies, le colonel serait passible d'une longue peine de prison. Et si vous pouviez démontrer qu'il a brutalisé sa fille, on aurait moins de mal à croire qu'il ait pu battre Ailsa, comme vous le prétendez. (Il s'interrompit.) Je suis peut-être idiot, mais je comprends mal la logique de ces appels. Vous vous êtes entourée de tant de précautions — votre mari lui-même n'en était pas informé. Que cherchiez-vous à obtenir ? C'est du chantage ? Vous vouliez lui réclamer de l'argent en échange de votre silence ?

Prue fut prise de panique.

— Ce n'est pas ma faute, balbutia-t-elle. Demandez tout cela à Eleanor. Je lui ai dit que ce n'était pas vrai… Faire justice… elle n'avait que ce mot à la bouche. Elle m'a raconté que toutes les filles du club de golf téléphonaient… J'étais sûre que nous étions des dizaines à appeler… Autrement, je ne l'aurais pas fait.

— Pourquoi seulement des femmes ? demanda Mark. Pourquoi n'avez vous pas mis d'hommes dans le coup ?

— Parce qu'ils avaient pris le parti de Ja… du colonel. (Elle jeta un regard coupable en direction du vieil homme.) Ça ne m'a jamais plu, plaida-t-elle. C'est pour ça que je ne disais rien…

Elle se réfugia dans le silence.

James se redressa dans son fauteuil.

— Il y a eu un ou deux appels au début, avant que je n'installe le répondeur, lui dit-il. Le même genre que les vôtres — de longs silences —, mais je n'ai pas reconnu les numéros. C'était sans doute vos amies. Elles ont dû s'estimer quittes avec un appel. Vous auriez dû leur poser la question. Les gens font rarement ce qu'on leur demande de faire, à moins d'en tirer quelque plaisir.

La honte tournait à l'humiliation. Cette affaire avait été un délicieux secret au sein de leur petite bande. Signes de tête, clins d'œil, fous rires quand elle leur avait raconté que Dick s'était levé pour aller aux toilettes au milieu de la nuit et avait failli tomber sur elle, recroquevillée au-dessus du téléphone dans le noir. Fallait-il être idiote pour suivre Eleanor comme un petit chien, alors que les autres évitaient soigneusement de se salir les mains ! Après tout, qui le saurait ? Si le plan d'Eleanor pour « débusquer James » avait marché, elles auraient toutes pu s'en attribuer le mérite. Dans le cas contraire, jamais Eleanor et Prue n'auraient deviné la duplicité de leurs complices.

L'écho des paroles de Jack lui martelait l'esprit. « ... *ces appels invraisemblables que tu as passés à ce pauvre vieux... la seule personne à te croire est cette imbécile de Bartlett...* » Ses amies pensaient-elles la même chose ? Étaient-elles aussi écœurées et incrédules que sa famille ? Elle connaissait la réponse, évidemment, et ses derniers vestiges d'amour-propre ruisselèrent en larmes sur ses joues rebondies.

— Ce n'était pas par plaisir..., parvint-elle à murmurer. Je n'avais pas vraiment envie de le faire... Ça m'a toujours fait peur.

James leva une main soucieuse comme pour l'absoudre, mais Mark lui coupa l'herbe sous le pied.

— Vous vous en êtes délectée à chaque instant, l'accusa-t-il durement, et si j'ai mon mot à dire, le colonel saisira la justice — avec ou sans le concours de la police. Vous avez terni sa réputation... sali la mémoire de sa femme... compromis sa santé par vos appels malveillants... soutenu et encouragé celui qui a tué ses animaux et cambriolé sa maison... mis en danger sa vie...

(Furieux, il prit une profonde inspiration.) Qui vous a incitée à faire cela, Mrs Weldon ?

Désespérée, elle serra les bras sur sa poitrine, les propos de Mark tournoyant dans son esprit. *Chantage… réputation ternie… malveillance… tué… cambrioler…*

— Je n'ai jamais entendu parler de cambriolage, gémit-elle.

— Mais vous saviez qu'Henry avait été tué ?

— Pas tué, protesta-t-elle. Il est mort, c'est tout. C'est Eleanor qui me l'a appris.

— Comment le savait-elle ?

Elle eut l'air effrayé.

— Je ne sais plus. Non… *vraiment*… j'ai oublié. Tout ce je sais, c'est qu'elle jubilait. On allait finir par lui rendre la monnaie de sa pièce, voilà ce qu'elle disait. (Elle appuya ses mains sur sa bouche.) Oh, c'est trop affreux ! Je suis désolée. Il était tellement gentil, ce chien. On l'a vraiment tué ?

— Quelqu'un lui a broyé la patte et le museau avant de le lancer, agonisant, sur la terrasse du colonel. Ce que nous pensons, c'est que le même individu a mutilé un *renard* sous les yeux d'Ailsa, la nuit où elle est morte. C'est probablement ce que vous avez entendu. Votre fameux coup de poing était le bruit d'un marteau s'abattant sur le crâne d'un renard ; voilà pourquoi Ailsa l'a traité de dément. Voilà l'homme que vous avez aidé, Mrs Weldon. Alors, qui est-ce ?

Ses yeux s'élargirent.

— Je ne sais pas, chuchota-t-elle, essayant de se remémorer le bruit du « coup de poing » et retraçant, avec une lucidité soudaine, la succession exacte des événements. Oh, mon Dieu, je me suis trompée. C'est après qu'il a crié « salope ».

Mark échangea un regard interrogateur avec James.

Le vieil homme esquissa l'ombre d'un sourire.

— Elle portait des bottes en caoutchouc, dit-il. Elle a dû lui flanquer un bon coup de pied. Elle ne supportait aucune forme de cruauté.

Mark lui rendit son sourire avant de reporter son attention sur Prue.

— Il me faut un nom, Mrs Weldon. Qui vous a dit de faire cela ?

— Personne… Eleanor, c'est tout.

— Votre amie lit un texte préparé. Il est purement et simplement impossible qu'elle sache autant de choses sur les Jolly-Renard. De qui les tient-elle ?

Prue posa ses mains contre sa bouche dans une tentative désespérée pour trouver une réponse.

— Elizabeth, pleurnicha-t-elle. Eleanor est allée la voir à Londres.

*

Au débouché de l'allée de la ferme, Mark prit à gauche et se dirigea vers la route reliant Dorchester à Wareham.

— Où allez-vous ? demanda James.

— À Bovington. Il faut que vous disiez la vérité à Nancy, James. (Il se frotta l'occiput : sa migraine du matin revenait en force.) D'accord ?

— Vous avez sans doute raison, soupira le colonel, mais elle ne court aucun danger immédiat, Mark. Les seules adresses qui figurent sur le dossier sont celle de ses parents à Hereford et celle du QG de son régiment. Il n'y a rien sur Bovington.

— Merde !

Mark jura en appuyant violemment sur la pédale de frein ; il donna un coup de volant à gauche, et s'arrêta sur l'herbe du bas-côté. Il tira son portable de sa poche et composa le 192 :

— Smith… initiale du prénom J… Métairie basse, Ferme de la Combe, Herefordshire.

Il alluma le plafonnier.

— Prions qu'ils aient passé toute la journée dehors, dit-il en composant le numéro. Mrs Smith ? Bonjour, ici Mark Ankerton. Vous vous souvenez de moi ? Le notaire du colonel Jolly-Renard… En effet, oui… Je l'ai vue aussi… Je passe Noël avec lui. Une sacrée émotion. Le plus beau cadeau qu'elle ait pu lui faire… Non, non, j'ai son numéro de portable. Si je vous appelle en fait, c'est parce que… il y a quelqu'un qui l'importune… oui, un de ses sergents… je voulais vous demander, dans l'éventualité où il vous appellerait, de ne pas lui dire qu'elle se trouve à Bovington… Je vois… une femme… non, c'est parfait… à vous aussi, Mrs Smith.

20

Bella se demandait depuis combien de temps le petit se tenait à côté d'elle. Il faisait un froid de loup. Emmitouflée dans son manteau et son écharpe, elle écoutait *Madame Butterfly* sur son baladeur. Zadie avait rentré les chiens pour leur donner leur soupe, et le monde entier aurait pu franchir la barrière sans que Bella bronche. « *Un bel dì vedremo* » s'élevait, s'enflait tandis que Butterfly voyait le navire de Pinkerton surgir à l'horizon et son mari bien-aimé gravir la colline de leur maison pour venir la chercher. C'était un rêve. Une vision opiniâtre, désespérée. La réalité, Butterfly n'allait pas tarder à l'apprendre, c'était l'abandon. Pour les femmes, la réalité était *toujours* l'abandon, songea Bella tristement.

Elle avait rouvert les yeux en soupirant pour découvrir P'tit Loup, tremblant dans son pull-over et son jean élimé. « Putain, lança-t-elle, en retirant les écouteurs de ses oreilles, tu es mort de froid. Quel cornichon tu fais ! Viens là. Fourre-toi sous mon manteau. T'es un drôle de petit gars, franchement. Qu'est-ce que c'est que cette manie de te faufiler partout sans faire de bruit ?

C'est pas normal. Pourquoi est-ce qu'on t'entend jamais ? »

Elle l'enveloppa dans un pan de sa capote militaire, et il se laissa faire, se pelotonnant contre son grand corps moelleux. C'était la sensation la plus délicieuse qu'il eût jamais éprouvée. Chaleur. Sécurité. Douceur. Avec Bella, il se sentait plus en confiance qu'il ne l'avait jamais été avec sa mère. Il lui embrassa le cou et les joues, et laissa reposer ses bras sur sa poitrine.

Elle posa un doigt sous son menton et leva son visage vers le clair de lune.

— T'es sûr que t'as que dix ans ? demanda-t-elle, taquine.

— J'crois bien, dit-il d'une voix endormie.

— Pourquoi t'es pas au lit ?

— J'peux pas entrer dans le bus. Renard l'a fermé.

— Bon sang, c'est pas vrai ! grommela-t-elle, furieuse. Et où est-ce qu'il est passé ?

— J'sais pas. (Il pointa un doigt en direction de Shenstead Farm.) Il a pris par là, à travers les bois. Il a dû se faire conduire quelque part.

— Comment ça ?

— J'sais pas. Il téléphone et quelqu'un vient le chercher. Quand Maman était là, des fois, je le suivais. Maintenant, ça m'amuse plus trop.

Bella l'assit sur ses genoux à l'intérieur de son immense manteau et posa le menton sur sa tête.

— Tu sais quoi, mon chou, j'aime pas beaucoup ce qui se passe ici. J'ai bien envie de me tirer avec mes filles demain… mais je me fais de la bile pour toi. Si seulement je savais ce que ton papa a dans le crâne… (Elle s'interrompit un instant, songeuse.) Et si je t'amenais aux flics demain matin, pour que tu leur racontes ce qui s'est passé avec ta maman ? Ils vont sûrement te placer dans une famille d'accueil pendant un petit moment — au moins, tu seras à l'abri de Renard —, et tu finiras par retrouver ta maman et Loupiot. Qu'est-ce que t'en penses ?

P'tit Loup secoua la tête énergiquement.

— Non. J'ai peur des flics.

— Pourquoi ?

— Ils vérifient si t'as des bleus, et si t'en as, ils t'emmènent.

— Et t'as peur d'en avoir ?

— Y a des chances. Et alors, ils t'envoient en enfer.

Son corps chétif frissonna, et Bella se demanda, indignée, qui avait bien pu lui raconter des histoires pareilles.

— Pourquoi est-ce que t'irais en enfer parce que t'as des bleus, mon chou ? C'est pas ta faute ! C'est celle de Renard !

— C'est contraire à la loi, expliqua-t-il. Les docteurs se mettent drôlement en colère si les enfants ont des bleus. T'as pas intérêt à être dans les parages quand ça arrive.

Seigneur Dieu ! Quel esprit pervers avait bien pu imaginer ce raisonnement révoltant ? Bella le serra contre elle.

— Te fais pas de bile, mon chou. Tu peux me croire. Il faut vraiment avoir fait quelque chose de très méchant pour que les docteurs et les flics se fâchent, et toi, t'as rien fait de mal.

— Mais *toi*, si, dit P'tit Loup qui avait surpris l'appel téléphonique de Bella bien caché sous sa couverture. T'aurais pas dû dire à Renard où est Nancy. Tout ce qu'elle a fait, c'est dénouer la corde pour pouvoir être ton amie. (Il leva les yeux vers le visage rond de Bella.) Tu crois qu'il va la couper avec son rasoir ? demanda-t-il tristement.

— Ça risque pas, mon chou, dit-elle, rassurante, en

reposant son menton sur sa tête. Je lui ai raconté qu'elle faisait des manœuvres de nuit dans la plaine de Salisbury. Ça grouillait de soldats, il y a trois jours — ils doivent s'entraîner pour l'Afghanistan —, alors autant chercher une aiguille dans une meule de foin... en plus, il faudrait que l'aiguille y soit, bien sûr.

*

Message de Mark
Urgent. M'appeler D que poss.

*

Mark avait essayé une dernière fois d'obtenir la communication, puis il avait glissé son portable dans la main de James et tourné le volant pour remettre la Lexus sur la route.

— Vous savez faire marcher ces trucs ?

James posa les yeux sur le minuscule appareil. Les boutons brillèrent quelques secondes dans l'obscurité avant de s'éteindre.

— J'ai bien peur que non, avoua-t-il. Le seul téléphone portable dont je me sois jamais servi avait la taille d'une boîte à chaussures.

— Ça ne fait rien. Passez-le-moi quand ça sonnera.

Mark appuya à fond sur l'accélérateur et fila à tombeau ouvert sur la route étroite, ses roues frôlant les bas-côtés.

James se cramponna au tableau de bord :

— Voulez-vous que je vous donne un petit aperçu de la vie militaire ?

— Pourquoi pas ?

— Outre le problème du terrorisme de l'IRA — un risque tout à fait actuel —, il y a aujourd'hui la menace d'Al Qaïda. Autrement dit, les camps militaires sont des zones strictement interdites pour quiconque n'a pas les papiers ni les autorisations nécessaires... personnel militaire compris. (Il tressaillit en voyant une haie s'approcher dangereusement des phares.) En tant que civils, tout ce que nous pouvons espérer, vous et moi, c'est que le sergent de faction acceptera de téléphoner et de demander à Nancy de nous rejoindre à la barrière. À mon avis, il refusera et nous conseillera de faire une demande en bonne et due forme demain, par la voie officielle. Il ne peut être question en *aucune* circonstance de nous balader dans le camp à sa recherche. Et notre ami Dark Vador sera soumis aux mêmes restrictions.

Les pneus crissèrent dans un virage.

— Vous voulez dire que ce n'est pas la peine d'y aller ?

— Je doute très sérieusement qu'il soit raisonnable de perdre la vie dans cette tentative, dit le vieil homme sèchement. Mais si nous décidons de nous y rendre tout de même, un quart d'heure de plus ou de moins ne fera aucune différence pour la sécurité de Nancy.

— Désolé. (Mark ralentit, adoptant une vitesse plus raisonnable.) Je pense simplement qu'il faut qu'elle sache ce qui se passe.

— Nous n'en savons rien nous-mêmes.

— La mettre en garde, au moins.

— Votre message l'aura fait. (Le vieil homme eut l'air de s'excuser.) Ce n'est pas en prenant la poudre d'escampette que nous découvrirons quoi que ce soit, Mark. La débandade sent la panique. Au contraire, si nous tenons notre position, nous aurons une chance d'apprendre contre qui ou contre quoi nous nous battons.

— Vous ne faites que cela depuis des semaines, remarqua Mark, impatient. Et cela ne vous a conduit nulle part. D'ailleurs, je ne comprends pas que l'idée qu'il sache son nom et son adresse ne vous émeuve pas plus que ça. C'est vous qui ne cessez de le décrire comme un dément.

— Voilà précisément pourquoi je préfère le tenir à l'œil, dit James calmement. Nous ne savons pas grand-chose sur lui, mais nous savons qu'il est à notre porte. Très certainement avec les routards. Manifestement, il nous a épiés… il nous a peut-être même suivis chez Mrs Weldon… dans ce cas, il aura vu quelle route nous prenions en partant de chez elle. À l'heure qu'il est, le Manoir est sans défense. C'était peut-être l'objectif de son dernier appel.

Les phares de Mark repérèrent une trouée dans la haie, à quelques mètres devant eux : la barrière d'un champ. Il s'engagea dans le passage et s'apprêtait à faire demi-tour, quand James posa gentiment la main sur son bras.

— Vous feriez un piètre soldat, mon garçon, dit-il avec un sourire dans la voix. Vous devriez apprendre à réfléchir avant d'agir. Il faut définir une tactique avant de rebrousser chemin, ventre à terre. Je n'ai pas plus envie de me lancer tête baissée dans un piège que le petit garçon de cet après-midi.

D'un air las, Mark arrêta le moteur et éteignit ses phares.

— Je préférerais que nous allions trouver la police, dit-il. À vous entendre, on a l'impression que vous menez une petite guerre personnelle qui ne concerne que vous. Mais trop d'innocents risquent d'être entraînés dans cette affaire. Cette femme — Bella —, et le petit garçon. Vous avez dit vous-même qu'on se servait probablement d'eux. Alors comment pouvez-vous imaginer qu'ils ne sont pas en danger, eux aussi ?

— Leo ne s'intéresse pas à eux, dit James. Ils ne sont qu'un prétexte à sa présence ici.

— Vous voulez dire que ce fameux Renard ne serait autre que Leo ?

— Non, à moins qu'il ait un enfant dont il ne m'a jamais parlé... ou que l'enfant ne soit pas le sien. (Il tendit le portable à Mark.) La police ne s'y intéressera pas tant qu'il n'y aura pas de victime, dit-il avec cynisme. Ces temps-ci, il faut être mort ou agonisant pour attirer l'attention, et encore... Appelez Elizabeth. Elle ne décrochera pas — toutes les communications sont transférées sur son répondeur —, mais je suis presque sûr qu'elle écoute. Inutile de me la passer... elle refuse de m'adresser la parole depuis la mort d'Ailsa... mais peut-être acceptera-t-elle de vous parler.

— Que voulez-vous que je lui dise ?

— Ce que vous voudrez qui puisse la convaincre de nous donner quelques informations, répondit James durement. Essayez de savoir où est Leo. L'éloquence, c'est votre partie, non ? Trouvez quelque chose. Il doit bien y avoir moyen de persuader ma fille unique de se conduire décemment pour la première fois de sa vie. Interrogez-la sur son entrevue avec Mrs Bartlett. Je ne sais pas, moi, demandez-lui pourquoi elle a menti...

Mark ralluma le plafonnier et chercha son porte-documents sur la banquette arrière.

— C'est sur ce ton-là que vous parlez à Elizabeth ? demanda-t-il sans insister, repoussant son siège et ouvrant la serviette sur ses genoux.

Il sortit son ordinateur portable et le posa en équilibre sur son couvercle. L'écran s'alluma.

— Je ne lui parle jamais. Elle ne décroche pas.

— Mais vous laissez des messages ?

James acquiesça, agacé.

— Hmm.

Mark attendit que les icônes apparaissent sur l'écran, puis sélectionna le dossier d'Elizabeth.

— Bien, dit-il, parcourant du regard les détails relatifs, pour la plupart, à sa pension mensuelle. Je propose que nous achetions sa bonne volonté en l'augmentant de cinq cents livres par mois. Mettons que ce soit votre cadeau de Noël.

Le vieil homme était outré.

— Vous n'y pensez pas, bafouilla-t-il. Je ne devrais même pas lui verser quoi que ce soit. Vous n'imaginez quand même pas que je vais l'augmenter. Elle vient d'ailleurs de toucher cinquante mille livres de sa mère.

Un léger sourire éclaira le visage de Mark.

— Vous ne lui en avez pas fait cadeau, James, c'était sa part de l'héritage d'Ailsa.

— Et alors ?

— C'est *vous* qui lui demandez une faveur aujourd'hui. Écoutez, je sais que toute cette affaire vous exaspère — et je sais que nous en avons déjà discuté jusqu'à plus soif. Il n'en reste pas moins que vous lui avez constitué une rente après l'échec de son mariage.

— Seulement parce que nous jugions qu'elle avait été injustement traitée. Nous ne l'aurions jamais fait si nous avions été informés des détails de son divorce. Elle s'est conduite comme une gourgandine… racolant dans les pubs, prête à se vendre au premier venu, pourvu qu'il lui paie un verre.

— Peut-être. Malheureusement, le résultat a été le même. (Mark leva une main apaisante.) Je sais… je sais… mais si vous voulez obtenir des informations, il faut que je dispose d'un argument de poids… et, franchement, ce n'est pas en lui faisant la morale que vous en tirerez quelque chose. Vous avez déjà essayé. Je suis sûr que la perspective d'une rallonge de cinq cents livres sera plus efficace.

— Et si vous vous trompez ?

— Je ne me trompe pas, dit Mark catégoriquement.

D'ailleurs… comme j'ai l'intention de me montrer *extrêmement* aimable avec elle, vous feriez mieux de descendre de voiture. Ou alors, jurez-moi que vous ne direz pas un mot.

James baissa sa vitre et sentit le froid de la nuit le pincer au visage.

— Je me tairai.

*

Pas de réponse. Comme l'avait annoncé James, l'appel fut immédiatement dirigé vers le répondeur. Mark utilisa tout le temps qui lui était imparti, parlant finances et expliquant que, n'ayant pu joindre Elizabeth personnellement, il était au regret de lui annoncer que le versement serait obligatoirement différé. Il recomposa le numéro plusieurs fois, soulignant l'urgence de sa démarche et lui demandant de bien vouloir décrocher si elle était là. Manifestement, elle ne mordait pas à l'hameçon. Il laissa son numéro de portable, lui demandant de le rappeler dans la soirée si la proposition l'intéressait.

— Quand lui avez-vous parlé pour la dernière fois ? demanda-t-il à James.

— Je ne sais plus très bien. La dernière fois que je l'ai *vue*, c'était aux obsèques, mais elle est venue et repartie sans un mot.

— Je m'en souviens. (Mark fit défiler l'écran vers le bas.) Sa banque accuse réception des chèques. Je suppose qu'ils nous préviendraient si son compte n'était pas débité ?

— Que voulez-vous dire ?

Le jeune homme haussa les épaules.

— Rien de particulier… Je m'interrogeais seulement sur les raisons de ce long silence. (Il pointa un fichier

344

de la fin novembre.) Je lui ai écrit il y a un mois pour lui rappeler, comme tous les ans, de vérifier si l'assurance de sa maison et de son contenu était à jour. Elle ne m'a pas répondu.

— Elle le fait, habituellement ?

Mark acquiesça.

— Oui. D'autant plus volontiers que c'est une dépense que vous avez accepté de prendre en charge. La prime n'arrive à échéance qu'à la fin du mois prochain, mais j'aurais déjà dû avoir de ses nouvelles. Je la menace toujours de venir la voir si elle ne me fournit pas cette évaluation. Officiellement, la maison et son contenu sont toujours à vous, ce qui l'empêche de s'en débarrasser. (Il cliqua sur son agenda.) J'ai noté qu'il fallait que je prenne contact avec elle à la fin de la semaine prochaine.

James réfléchit un moment.

— Mrs Weldon n'a-t-elle pas dit que Mrs Bartlett l'avait vue ?

— Si, et je me demande bien comment elle a fait pour la trouver. J'imagine mal Elizabeth répondre à un appel de Phytolaque.

Il ouvrit son carnet d'adresses électronique.

— Il serait peut-être judicieux de parler à Mrs Bartlett ?

Mark posa les yeux sur les coordonnées de Becky qui s'affichaient à l'écran et se demanda s'il les avait conservées à dessein. Il avait déchiré tous les autres documents qui pouvaient lui permettre de la joindre — nettoyé la mémoire du numéro de portable qui lui avait jadis été aussi familier que le sien —, mais peut-être y avait-il une partie de lui-même qui se refusait à l'effacer entièrement de sa vie.

— Je vais d'abord essayer quelqu'un d'autre, dit-il, reprenant son portable. Il y a peu de chances que ça marche — elle ne répondra sans doute pas non plus —, mais ça vaut peut-être la peine d'essayer.

— Qui est-ce ?

— Une ancienne maîtresse de Leo. Sans doute acceptera-t-elle de me parler. Nous étions assez proches un moment.

— Comment la connaissez-vous ?

Mark composa le numéro de Becky.

— Nous devions nous marier en juin, dit-il d'une voix impassible. Le 7 mars, elle a donné un alibi à Leo pour la nuit où Ailsa est morte, et quand je suis rentré à la maison, elle était partie. Leur liaison a duré quelques mois. (Il adressa à James un sourire contrit en approchant le téléphone de son oreille.) Voilà pourquoi j'ai admis que Leo ne pouvait pas se trouver à Shenstead cette nuit-là. J'aurais dû vous le dire… Je regrette de ne pas l'avoir fait. L'orgueil est une chose terrible. Si je pouvais revenir en arrière, je vous assure que je le ferais.

Le vieil homme soupira.

— Nous le ferions tous, mon garçon, nous le ferions tous.

*

Un vrai moulin à paroles. Chaque phrase s'achevait par « mon chéri ». Était-ce vraiment lui ? Comment allait-il ? Pensait-il à elle ? Elle avait toujours *su* qu'il finirait par l'appeler. Où était-il ? Pouvait-elle rentrer ? Elle l'aimait tant. Tout cela n'était qu'un terrible malentendu. Chéri… chéri… chéri…

« *C'est un terme d'affection qui ne veut pas dire grand-chose… Ça me ferait vomir qu'on me dise un truc pareil…* »

Mark aperçut son reflet sévère dans le pare-brise.

D'un geste brusque, il éteignit le plafonnier. Il se demandait pourquoi le départ de Becky l'avait tellement bouleversé. Entendre sa voix le troublait aussi peu que si elle avait été une étrangère.

— Je suis assis dans ma voiture, au fin fond du Dorset, en compagnie du colonel Jolly-Renard, l'interrompit-il, choisissant de répondre à la question du lieu. J'appelle de mon portable et je n'ai plus beaucoup de batterie. Nous cherchons à joindre Elizabeth de toute urgence, mais elle ne répond pas. Je me demandais si tu saurais où la trouver.

Il y eut un bref silence.

— Le colonel écoute ?

— Oui.

— Il est au courant pour… ?

— Je viens de l'en informer.

— Oh, mon Dieu, je suis désolée, mon chéri. Ça doit être terriblement gênant. Crois-moi, si je pouvais…

Mark l'interrompit encore.

— Il s'agit d'Elizabeth, Rebecca. Est-ce que tu l'as vue récemment ?

Il ne l'avait jamais appelée Rebecca et elle resta à nouveau silencieuse un moment.

— Tu es en colère, dit-elle enfin.

James l'aurait plutôt cru accablé d'ennui. Seigneur, songea-t-il, donnez-lui une femme douée d'intelligence, qui sache ne pas insister.

— Nous parlerons de tout cela à mon retour, dit Mark pour l'amadouer. Pour le moment, c'est Elizabeth qui m'intéresse. Quand l'as-tu vue pour la dernière fois ?

Sa voix s'anima un peu.

— En juillet. Elle est passée chez Leo à peu près une semaine avant mon départ. Ils sont sortis tous les deux… je ne l'ai pas revue depuis.

— Qu'est-ce qu'elle voulait ?

— Je n'en sais rien. Parler à Leo en tête à tête. Elle était complètement bourrée, alors j'ai préféré ne pas poser de questions. Tu la connais.

— Leo t'a raconté quelque chose, après ?

— Pas vraiment. Simplement qu'elle perdait les pédales et qu'il l'avait raccompagnée chez elle. (Elle s'interrompit.) C'était déjà arrivé une fois. La police avait appelé pour dire qu'on leur avait amené une femme… une histoire un peu bizarre… elle ne savait plus où elle habitait, mais elle avait pu leur donner le numéro de Leo. (Nouvelle pause.) Il a dû se passer quelque chose du même genre en juillet. Elle était tout le temps fourrée à l'appart.

Toutes ses hésitations l'incitèrent à se demander si elle lui disait bien la vérité.

— Qu'est-ce qu'elle avait ?

Son ton se fit méprisant.

— L'alcool, évidemment. Franchement, je me demande s'il lui reste un neurone en état de marche. J'ai dit à Leo qu'il fallait qu'elle se soigne, mais il n'a rien voulu entendre. Ça flattait son petit ego minable d'avoir son joujou sous la main.

— Qu'est-ce que tu veux dire par là ?

— À ton avis ? Leurs relations n'étaient pas exactement celles que l'on peut attendre d'un frère et d'une sœur, tu sais. Tu ne t'es jamais demandé pourquoi Elizabeth passe le plus clair de son temps en état de coma dépassé, et pourquoi Leo ne s'est jamais marié ?

Ce fut au tour de Mark de garder le silence.

— Tu es toujours là ?

— Oui.

— Alors je t'en prie, fais attention à ce que tu dis devant le colonel. Personne n'aura un sou si son père…

(Elle s'interrompit brusquement.) Oublie ce que je viens de dire. Leo me fait peur. C'est vraiment un salaud fini, Mark. Il a une espèce de lubie à propos de son père… je ne sais pas… quelque chose à voir avec le fait que le colonel a été torturé pendant la guerre. Ne me demande pas pourquoi, je n'y comprends rien… mais Leo le déteste à cause de ça. Je sais que ça a l'air dingue — mais, écoute, il *est* dingue —, il n'a qu'une chose en tête : forcer son vieux à capituler. C'est une idée fixe chez lui.

Mark passa en revue ses quelques notions de psychologie, acquises grâce aux informations qu'il lui était arrivé de transmettre à des avocats sur les antécédents psychiatriques de leurs clients. *Transfert… compensation… déplacement… dépersonnalisation…* Mieux valait prendre les choses dans l'ordre.

— Bien. Commençons par le type de relations dont tu parles — c'est une réalité ou une hypothèse ?

— Mais enfin, écoute ! s'énerva Becky. Je t'ai dit de faire attention à ce que tu dis. Tu es tellement indélicat, Mark. Tant que ce n'est pas toi qui es en cause, tu te fous pas mal des autres.

Voilà qui ressemblait plus à la Becky qu'il connaissait.

— C'est toi qui as parlé de ça… *chérie*, rétorqua-t-il froidement. Je n'ai rien dit que de très innocent. Alors, réalité ou hypothèse ?

— Hypothèse, reconnut-elle. Elle était tout le temps fourrée sur ses genoux. Je n'ai jamais rien *vu*, mais je suis sûre qu'ils le faisaient. J'étais au boulot toute la journée, tu sais, à gagner ce fric de m… (Elle se reprit.) Ils pouvaient faire tout ce qu'ils voulaient. De toute évidence, Elizabeth ne demandait que ça. Elle suivait Leo à la trace, comme s'il était Dieu en personne.

Mark jeta un regard à James. Il avait fermé les yeux, mais le jeune homme savait qu'il écoutait.

— Leo est très séduisant, murmura-t-il. Beaucoup de gens l'apprécient. Toi aussi, tu l'as pris pour Dieu un moment... Tu as oublié ?

— Oh, je t'en prie, arrête, supplia-t-elle. Que va penser le colonel ?

— Pas grand-chose d'autre que ce qu'il pense déjà, sans doute. Qu'est-ce que ça peut faire ? Tu ne risques pas de le rencontrer.

Elle ne répondit rien.

— C'est toi qui t'es fait des illusions, poursuivit-il, se demandant si elle espérait encore reconquérir Leo. Les autres ont mis moins de temps à le percer à jour.

— Je sais. Je l'ai appris à mes dépens, dit-elle durement. Ça fait des siècles que j'essaie de te le dire, mais tu n'écoutes pas. C'est du cinéma, rien d'autre. Il utilise les gens, puis il les jette.

Mark songea que lui faire remarquer « Je te l'avais bien dit » ne mènerait à rien.

— Et toi, comment t'a-t-il utilisée ?

Elle ne répondit pas.

— Son alibi, c'était du flan ?

Il y eut un long silence, comme si elle hésitait entre plusieurs réponses possibles.

— Non, dit-elle finalement.

— Tu en es sûre ?

Il entendit un sanglot étouffé.

— C'est un vrai salaud, Mark. Il m'a piqué tout mon fric, puis il m'a obligée à emprunter à mes parents et à mes sœurs. Ils sont tous furieux contre moi... Je ne sais plus quoi faire. Ils veulent que je récupère l'argent, mais il me fait tellement peur. J'espérais que... après tout, tu es le notaire de son père, tout ça… Je pensais qu'il pourrait peut-être…

Sa voix se perdit dans le silence.

Mark prit une profonde inspiration pour dissimuler son irritation.

— Quoi donc ?

— Tu sais bien…

— Te rembourser ?

— Tu crois qu'il pourrait faire ça ? demanda-t-elle d'un ton manifestement soulagé.

— Franchement, ça m'étonnerait… mais je vais lui en parler. À condition que tu me répondes franchement. Est-ce que tu as fouillé dans mon porte-documents ? Est-ce que tu as appris à Leo que le colonel était à la recherche de sa petite-fille ?

— Une seule fois. J'ai vu un projet de testament qui mentionnait l'existence d'une petite-fille. C'est tout ce que je lui ai dit. Il n'y avait pas de nom, rien. Je ne pensais pas mal faire, franchement… La seule chose qui l'intéressait, c'était de savoir combien ils allaient toucher, Lizzie et lui.

Une voiture approchait sur la route étroite, l'aveuglant de ses phares. Elle roulait à vive allure, et au moment où elle croisa la Lexus, un violent courant d'air secoua l'habitacle. Elle passa bien trop près, mettant les nerfs de Mark à vif.

— *Bon sang !* jura-t-il, en allumant ses phares.

— Ne te fâche pas, implora Becky à l'autre bout du fil. Je sais que je n'aurais pas dû faire ça… mais j'avais tellement peur. Il est vraiment atroce quand on ne fait pas ce qu'il veut.

— Ah bon ? Qu'est-ce qu'il fait ?

Elle ne pouvait ou ne voulait pas répondre. Quelle que fût la terreur — réelle ou imaginaire — que Leo lui inspirait, elle n'avait pas l'intention de la confier à

Mark. Elle préféra jouer les effarouchées pour essayer de persuader Mark de récupérer l'argent de ses parents.

Il raccrocha, prétendant que sa batterie était à plat.

Il y a un an, il l'aurait crue sur parole…

… aujourd'hui, il se méfiait d'elle comme de la peste.

21

Prue se sentait affreusement seule. Elle avait trop honte pour téléphoner à l'une de ses amies, et sa fille ne répondait pas. Tout le monde l'abandonnait. Sans doute Jenny était-elle, elle aussi, chez Jack et Belinda. Elle éprouvait un ressentiment grandissant à l'égard d'Eleanor. Elle l'imaginait chez elle, avec Julian, usant de tous ses charmes pour ranimer sa flamme, tandis que Prue se trouvait devant un abîme de rejet, et une perspective de divorce.

Son amertume se concentrait sur celle qui se disait son amie. L'existence de Dark Vador demeurait en marge de ses réflexions. Elle avait l'esprit trop obnubilé par son infortune pour se demander qui il était et quel type de relations il entretenait avec Eleanor. Et ce fut avec un frisson de terreur que, levant les yeux, elle découvrit le visage d'un homme à la fenêtre — une vision fugitive, un éclair de peau blême et d'orbites sombres. Un cri jaillit immédiatement de sa bouche.

Cette fois, elle appela la police. La peur rendait ses propos incohérents, mais elle réussit à donner son adresse. La police, qui s'attendait à des problèmes depuis l'arrivée des routards, envoya immédiatement une voiture de patrouille. Pendant ce temps, au commissariat, une inspectrice gardait Prue en ligne pour essayer de la calmer. Mrs Weldon pouvait-elle décrire l'individu ? L'avait-elle reconnu ? La description de Prue avait tout du portrait stéréotypé du cambrioleur ou de l'agresseur.

— Un visage blafard… un regard fixe…

En tout cas, ce n'était ni James Jolly-Renard, ni Mark Ankerton, répétait-elle obstinément.

La policière lui demanda quelle raison elle aurait eu de soupçonner le colonel Jolly-Renard ou Mr Ankerton et obtint pour toute réponse un récit confus d'irruption à son domicile, de tentative d'intimidation, d'inceste, de harcèlement téléphonique, de bandes magnétiques, de Dark Vador, de chien assassiné et d'innocence immaculée de Prue.

— C'est à Eleanor Bartlett, de Shenstead House, que vous devriez parler, insistait Prue comme si c'était la police qui l'avait appelée, et non l'inverse. C'est elle qui est à l'origine de tout ça.

La femme transmit l'information à un collègue qui avait participé à l'enquête sur le décès d'Ailsa Jolly-Renard. Voilà qui pourrait l'intéresser, lui dit-elle. Une certaine Mrs Weldon suggérait la présence de quelques squelettes pour le moins singuliers dans le placard des Jolly-Renard.

*

Ce fut la détresse qui délia la langue de Prue. De toute la journée, personne ne lui avait manifesté la moindre bienveillance, et la voix rassurante de l'inspectrice, suivie de l'arrivée de deux costauds en uniforme venus passer la maison et le jardin au peigne fin, eut raison de son obstination comme aucune brutalité n'aurait pu le faire. Les larmes lui vinrent aux yeux lorsqu'un des agents lui tendit une tasse de thé en lui disant qu'il n'y avait pas lieu de s'inquiéter. L'intrus, quel qu'il fût, avait disparu.

Une demi-heure plus tard, quand l'inspecteur Monroe arriva, elle faisait tant et plus pour aider la police. Mieux informée depuis la visite de James et de Mark, elle donna un compte rendu nébuleux des événements, qui s'achevait par la description d'une voix déformée au téléphone, l' « assassinat » du chien de James et l'allusion de Mark à un cambriolage qui aurait eu lieu au Manoir.

Monroe fronça les sourcils.

— Savez-vous qui est l'homme qui téléphone ?

— Non, mais je suis sûre qu'Eleanor Bartlett le sait, répondit-elle avec empressement. Je pensais qu'elle tenait ses informations d'Elizabeth… C'est ce qu'elle m'avait dit, en tout cas… mais Mr Ankerton est d'avis qu'Eleanor ne fait que réciter un texte, et je suis toute prête à lui donner raison. Quand on les écoute tous les deux — l'homme et elle —, on remarque tout de suite qu'ils répètent la même chose.

— Ce qui voudrait dire, selon vous, que cet homme lui dicte ses propos ?

— Oui, enfin, je suppose.

— Vous pensez donc que Mrs Bartlett est de mèche avec cet individu pour faire chanter le colonel Jolly-Renard ?

Pareille idée n'était jamais venue à l'esprit de Prue.

— Oh, non… il s'agissait seulement de faire honte à James pour qu'il avoue.

— Qu'il avoue quoi ?

— Le meurtre d'Ailsa.

— Le décès de Mrs Jolly-Renard est dû à des causes naturelles.

Prue agita une main désespérée.

— Je sais bien que ce sont les conclusions du coroner... mais personne n'y a cru.

L'inspecteur préféra ne pas relever cette généralisation. Il feuilleta ses notes.

— Et vous pensez que le colonel l'a tuée parce que la veille de sa mort, Mrs Jolly-Renard aurait appris par sa fille que c'était lui le père de l'enfant d'Elizabeth ? Êtes-vous certaine que Mrs Jolly-Renard a vu sa fille ce jour-là ?

— Elle est allée à Londres.

— Londres est une grande ville, Mrs Weldon, et d'après nos informations, Mrs Jolly-Renard a assisté à une réunion du comité directeur d'une de ses œuvres de charité. Du reste, Elizabeth et Leo Jolly-Renard ont affirmé l'un comme l'autre ne pas avoir vu leur mère depuis six mois. Voilà qui ne cadre pas avec vos allégations.

— Ce ne sont pas mes allégations, protesta-t-elle. Je n'ai jamais fait la moindre allégation. Je n'ai jamais dit un seul mot au téléphone.

Le froncement de sourcils de Monroe s'accentua encore.

— Vous saviez pourtant que votre amie le prétendait. Alors qui lui a mis en tête cette idée d'un entretien entre Elizabeth Jolly-Renard et sa mère ?

— Probablement Elizabeth, murmura Prue, mal à l'aise.

— Dans ce cas, pourquoi nous avoir dit qu'elle n'avait pas vu sa mère depuis six mois ?

— Je ne sais pas. (Elle se mordit la lèvre, anxieuse.) Je ne savais pas que vous étiez au courant qu'Ailsa s'était rendue à Londres. Eleanor a toujours prétendu que James ne vous l'avait pas dit.

Un petit sourire sarcastique joua sur les lèvres de l'inspecteur.

— Vous n'avez pas une très haute opinion de la police du Dorset, me semble-t-il.

— Au contraire, au contraire ! Je vous trouve formidables.

Le sourire s'effaça sur-le-champ.

— Dans ce cas, vous auriez dû vous douter que nous avions vérifié les faits et gestes de Mrs Jolly-Renard les jours qui ont précédé sa mort. Les circonstances de son décès n'étaient pas parfaitement claires jusqu'aux résultats d'autopsie du médecin légiste. Nous avons passé deux jours à interroger toutes les personnes susceptibles de l'avoir rencontrée.

Prue s'éventa tandis qu'une bouffée de chaleur lui embrasait le cou.

— Eleanor m'a dit que vous étiez tous des francs-maçons… le médecin légiste aussi.

Monroe la dévisagea pensivement.

— Votre amie est mal informée, malveillante ou ignorante, dit-il avant de se replonger dans ses notes. Si j'ai bien compris, vous avez été convaincue de la véracité de cette histoire par la querelle que vous avez surprise : Mrs Jolly-Renard aurait accusé son mari d'avoir détruit la vie d'Elizabeth…

— Cela se tenait…

Il l'ignora.

— … mais maintenant, vous n'êtes plus tout à fait sûre qu'elle s'adressait bien au colonel. Et vous craignez de vous être trompée dans le déroulement des événements, c'est bien ça ? Vous avez tendance à donner raison à Mr Ankerton lorsqu'il établit un lien entre le bruit que vous avez entendu et la mort du chien du colonel quelques jours plus tard. Il se demande si quelqu'un n'aurait pas torturé un renard sous les yeux de Mrs Jolly-Renard.

— C'est déjà si loin. Sur le coup, j'ai vraiment pensé… j'étais bouleversée, d'autant plus que le lendemain matin, Ailsa était morte… Je ne voyais pas qui d'autre que James pouvait être coupable.

Il garda le silence un moment, retournant dans sa tête les quelques points qu'il avait marqués.

— Le colonel a trouvé un renard mutilé sur sa terrasse au début de l'été, lança-t-il à brûle-pourpoint. Vous êtes au courant ? Savez-vous s'il y en a eu d'autres depuis ?

Elle secoua la tête.

— Votre amie Mrs Bartlett pourrait-elle y être pour quelque chose ?

— Mon Dieu, non, certainement pas ! protesta-t-elle, scandalisée. Eleanor *adore* les bêtes.

— Ce qui ne l'empêche pas d'en manger, j'imagine.

— Vous n'êtes pas juste.

— Bien peu de gens le sont, répondit Monroe, impassible. Présentons les choses autrement. À la suite du décès de son épouse, le colonel Jolly-Renard a été victime de toute une série d'actes de malveillance. Vous me dites que le harcèlement téléphonique était une idée de votre amie. Alors pourquoi ne pas envisager qu'elle soit également responsable de la mort de son chien ?

— Parce qu'elle a peur des chiens, dit-elle pitoyablement. Surtout d'Henry. C'était un danois. (Elle secoua la tête, aussi perplexe que lui.) C'est tellement cruel… Je ne comprends pas.

— Et vous ne trouvez pas cruel d'accuser un vieil homme d'inceste ?

— Ellie disait qu'il se défendrait bec et ongles si ce n'était pas vrai. Or il n'a pas pipé mot… il s'est terré chez lui et a fait comme si de rien n'était.

Monroe n'était pas convaincu.

— Est-ce que vous l'auriez cru s'il vous avait dit que ce n'était pas vrai ? En l'absence de l'enfant, c'était la parole du colonel contre celle de sa fille ; votre amie et vous aviez déjà décidé de donner raison à Elizabeth Jolly-Renard.

— Pourquoi aurait-elle menti ?

— Vous la connaissez ?

Prue secoua la tête.

— Moi si, Mrs Weldon, et si j'ai accepté sa déposition affirmant que sa mère ne lui avait pas rendu visite la veille de sa mort, c'est uniquement parce que j'ai procédé à une vérification auprès de ses voisins, qui la croisent tous les jours. Votre amie en a-t-elle fait autant ?

— Je ne sais pas.

— Évidemment. Il y a bien des choses que vous ne savez pas, ce qui ne vous empêche pas de vous ériger en juge… et de changer d'avis comme de chemise dès que quelqu'un met votre parole en doute. Vous me disiez tout à l'heure que vous aviez fait savoir à Mrs Bartlett que, selon vous, il était impossible que le colonel soit le père de cet enfant ; pourtant, vous avez participé docilement à la campagne de harcèlement. Pourquoi ? Mrs Bartlett vous a-t-elle promis de l'argent si vous acceptiez de ternir la réputation du colonel ? Aurait-*elle* quelque chose à gagner à ce qu'il soit obligé de partir de chez lui ?

Les mains de Prue se portèrent précipitamment vers ses joues brûlantes.

— Bien sûr que non ! s'écria-t-elle. Vous n'avez pas le droit de suggérer une chose pareille !

— Et pourquoi ?

Devant la brutalité de la question, elle se raccrocha à des arguments pitoyables.

— Tout semble évident aujourd'hui… mais ce n'était pas le cas sur le moment. Eleanor était tellement sûre d'elle… j'avais *vraiment* surpris cette terrible dispute. Ailsa a *vraiment* dit que la vie d'Elizabeth était détruite. Je vous assure que je ne me trompe pas.

L'inspecteur esquissa un sourire incrédule. Il avait assisté à trop de procès pour croire à l'infaillibilité de la mémoire.

— Dans ce cas, pourquoi toutes vos amies se sont-elles dégonflées ? Vous m'avez dit avoir été étonnée de constater que vous étiez la seule à avoir tenu parole. Que vous aviez l'impression de vous être fait avoir.

Il s'interrompit ; devant l'absence de réaction de Prue, il poursuivit :

— À supposer que Mrs Bartlett soit aussi naïve que vous — ce dont je doute —, l'instigateur doit être l'homme qui parle comme Dark Vador. Qui est-ce ?

Cette question inspira à Prue la même angoisse que lorsque Mark la lui avait posée.

— Je n'en sais rien, murmura-t-elle lamentablement. Avant ce matin, j'ignorais jusqu'à son existence. Eleanor ne m'a jamais parlé de lui, elle m'a toujours dit que c'étaient les filles qui téléphonaient…

Elle s'interrompit brusquement, comme si son esprit tâtonnait à travers le brouillard de honte et de confusion qui l'avait envahie depuis la visite de James.

— Que je suis bête, s'exclama-t-elle dans un éclair soudain de lucidité. Elle m'a menti sur toute la ligne.

*

Une voiture de police s'arrêta devant la corde tendue, et deux agents solidement charpentés en descendirent, laissant les faisceaux lumineux des phares illuminer le campement. Aveuglée, Bella fit descendre P'tit Loup de ses genoux et se leva, l'abritant sous le pan de son manteau.

— Bonsoir, messieurs, dit-elle en remontant son écharpe sur sa bouche. Je peux vous aider ?

— Il y a une dame plus haut, sur la route, qui a repéré un intrus dans sa propriété, fit le plus jeune des deux, en coiffant son képi. (Il s'approcha en tendant le bras vers la droite.) Quelqu'un de chez vous est parti par là au cours des deux dernières heures ?

Bella sentit P'tit Loup trembler.

— J'ai remarqué personne, mon chou, dit-elle cordialement au policier, mais je regardais vers la route… alors, je pouvais rien voir.

En son for intérieur, elle maudissait Renard. À quoi bon interdire à tout le monde de quitter le campement après la nuit, alors qu'il était le premier à enfreindre le règlement ? À moins, bien sûr, de vouloir s'assurer que la voie serait libre pour piller le village à sa guise. L'idée que Renard puisse être un voleur ordinaire la rassurait. Elle le ramenait à des dimensions humaines, et dédramatisait les allusions constantes de P'tit Loup au rasoir qu'il avait dans sa poche.

Le second policier s'étrangla de rire en s'approchant du halo de lumière.

— Mais c'est Bella Preston, ma parole ! Il faudrait plus qu'une écharpe et un gros manteau pour que je ne reconnaisse pas cette silhouette et cette voix. Qu'est-ce que tu mijotes cette fois ? Pas une autre rave, j'espère. On est à peine remis de la dernière.

Bella reconnut immédiatement un des médiateurs de la police, qu'elle avait rencontré à la rave de Barton Edge. Martin Barker. Un chic type. Grand, les yeux bruns, la quarantaine tassée. Plutôt joli garçon, qui plus est. Elle abaissa son écharpe en souriant.

— Non, non, non. Tout est dans les règles, parfaitement légal, Mr Barker. Ce terrain n'appartient à personne, alors on en revendique l'appropriation par occupation.

Un nouveau gloussement.

— Tu as lu trop de contes de fées, Bella.

— Peut-être, mais on a bien l'intention de rester ici jusqu'à ce que quelqu'un nous présente des papiers prouvant que le terrain est à lui. On a bien le droit d'essayer — *tout le monde* a le droit. Simplement, on a été les premiers à y penser.

— N'y crois pas trop, mon chou, dit-il en l'imitant. Avec un peu de chance, vous obtiendrez un peu plus des sept jours de délai légaux. Mais je veux bien m'appeler Arthur si vous êtes encore là dans deux semaines. Qu'est-ce que tu en dis ?

— Ça t'irait pas si mal. Tu peux me dire pourquoi t'es tellement sûr de toi ?

— Qu'est-ce qui vous fait penser que ce terrain n'appartient à personne ?

— Y a pas d'acte de propriété.

— Qu'est-ce que tu en sais ?

Excellente question, songea Bella. Ils avaient cru Renard sur parole, comme ils avaient cru tout ce qu'il disait.

— C'est que, tu vois, répondit-elle, on n'a pas l'impression qu'il y ait quelqu'un au village qui tienne vraiment à nous déloger. Il y en a bien un ou deux qui sont venus râler et nous menacer de nous envoyer leurs avocats, mais le seul homme de loi qu'on ait vu, c'était un notaire. Apparemment, la présence de squatters à la porte de son client ne le dérangeait pas plus que ça.

— Si j'étais toi, je ne m'y fierais pas, l'avisa gentiment Martin Barker. Ils vont s'occuper de cette affaire dès que les fêtes seront passées. Il y a trop d'argent investi dans le coin pour qu'ils laissent des itinérants comme vous faire baisser le prix de l'immobilier. Tu connais les règles aussi bien que moi, Bella. Les riches s'enrichissent, les pauvres s'appauvrissent, et les gens comme toi et moi n'y pouvons rien. (Il posa sa main sur la corde.) Tu veux bien nous laisser entrer ? On voudrait s'assurer que personne d'ici n'est dans le coup.

Bella fit un signe d'acquiescement. Ils entreraient de toute façon, quoi qu'elle dise — sur simple présomption de trouble à l'ordre public, faute de mieux —, mais Martin avait la courtoisie de demander l'autorisation. Elle appréciait.

— Bien sûr. On n'est pas venus ici pour créer des ennuis, alors plus vite vous nous aurez comptés, mieux ça vaudra.

Elle voulait bien jouer les saint-bernard pour le fils de Renard, mais pas pour Renard. Ce salaud n'avait qu'à se débrouiller tout seul, se dit-elle en montrant P'tit Loup, toujours pelotonné sous son manteau.

— C'est P'tit Loup. Il habite chez moi, avec les filles. Sa maman n'est pas là en ce moment.

Tremblant de peur, P'tit Loup dévisagea les policiers. La confiance qu'il avait placée en Bella commençait à s'évanouir, lui laissant les genoux flageolants. Il lui avait bien dit pourtant que Renard n'était pas là. Qu'est-ce qu'ils allaient faire en découvrant le bus vide ? Bella n'aurait jamais dû les laisser entrer… elle n'aurait jamais dû parler de sa mère… ils allaient voir ses bleus et ils l'emmèneraient…

Les traits de l'enfant étaient crispés de peur, et Martin s'accroupit pour se mettre à son niveau.

— Salut, P'tit Loup ! Tu veux que je te raconte une blague ?

P'tit Loup se blottit contre les jambes de Bella.

— Tu sais ce qui est petit, rond et vert, qui monte et qui descend ?

Pas de réponse.

— Un petit pois dans un ascenseur. (Martin scruta le visage sérieux de l'enfant.) Tu la connaissais déjà, hein ?

L'enfant secoua la tête.

— Tu ne la trouves pas drôle ?

Un infime signe d'assentiment.

Martin soutint son regard un moment, puis il se releva en lui adressant un clin d'œil. La panique du gamin était palpable, mais il était difficile de dire si c'étaient les policiers en tant que tels qu'il redoutait ou l'éventuel résultat d'une fouille du campement. Une chose était sûre, cependant. Si cela faisait vraiment un certain temps que Bella s'occupait de lui, il n'aurait pas porté des vêtements aussi inadaptés à une nuit d'hiver et n'aurait pas eu l'air à moitié mort de faim.

— Bien, dit-il. Et si tu nous présentais tes amis, Bella ? Mon collègue s'appelle Sean Wyatt. Tu peux leur dire que tout ce qui nous intéresse, c'est l'intrus de Shenstead Farm.

Elle fit un signe de tête, prenant fermement P'tit Loup par la main.

— Pour autant que je sache, y a rien à trouver, Mr Barker, dit-elle avec toute la conviction dont elle était capable. On n'est rien que des familles, et on a mis ce projet en train comme on a l'intention de le continuer... en respectant toutes les règles, pour que personne puisse se plaindre. Vous trouverez peut-être un peu de came dans un coin, mais rien de bien méchant.

Il s'effaça pour la laisser passer devant lui, observant qu'elle commençait par le bus situé sur la droite du demi-cercle — le plus éloigné —, où des rais de lumière filtraient par les interstices des stores. Il s'intéressait évidemment bien davantage au véhicule de gauche, qui attirait le regard de P'tit Loup comme un aimant et semblait plongé dans les ténèbres.

*

Longeant le campement pour rejoindre Shenstead House, l'inspecteur Monroe aperçut des silhouettes qui se découpaient devant les bus, éclairées par les phares du véhicule de ses collègues, arrêté à l'entrée. On pouvait raisonnablement supposer que le visage aperçu à la fenêtre appartenait à l'un des squatters, mais il avait bien l'intention de tirer au clair les propos de Mrs Weldon, prétendant que son amie était devenue « bizarre » depuis qu'elle avait rendu visite aux routards. C'était un prétexte comme un autre pour interroger Mrs Bartlett ; après tout, il n'avait rien d'autre à se mettre sous la dent. Personne n'avait porté plainte contre elle et le dossier sur le décès de Mrs Jolly-Renard était classé depuis plusieurs mois.

Mais Monroe était curieux. La mort d'Ailsa continuait à le tarauder, malgré le verdict du coroner. Il avait été le premier sur les lieux, et le spectacle de ce corps frêle, adossé au cadran solaire, vêtu d'une mince chemise de nuit, d'une robe de chambre d'homme élimée et d'une paire de bottes en caoutchouc, l'avait marqué. Malgré la conclusion de l'enquête, l'image d'un crime n'avait cessé de s'imposer à lui. Les traces de sang à un mètre du corps, l'incongruité des vêtements de nuit légers et des grosses bottes, la déduction évidente que quelque chose avait troublé le sommeil de cette femme et qu'elle était sortie pour en avoir le cœur net.

Prue était évidemment hystérique. Elle s'était persuadée que l'attitude « bizarre » d'Eleanor signifiait que l'intrus n'était autre que Dark Vador. Il l'avait

365

remise en place — « *Vous avez la fâcheuse habitude de croire que deux et deux font cinq. Mrs Weldon* » —, mais la coïncidence entre l'arrivée des routards et la brouille entre les deux femmes lui avait fait dresser l'oreille. Il avait trop d'expérience pour établir des liens sans preuve, mais c'était une éventualité qu'il gardait présente à l'esprit.

Il s'arrêta devant l'entrée de Shenstead Manor, se demandant s'il valait mieux aller discuter avec le colonel Jolly-Renard avant de s'adresser à Mrs Bartlett. Il ne serait pas inutile de connaître avec précision la teneur de ses appels, mais si le colonel refusait de coopérer, Monroe n'aurait plus aucun prétexte pour aller interroger cette femme. Il lui fallait une plainte officielle, ce que le notaire du colonel ne manquerait pas de lui rappeler, en admettant qu'il fût pour quelque chose dans les réticences de son client.

C'étaient d'ailleurs celles-ci qui intriguaient le plus Monroe. Il ne pouvait s'empêcher de penser que Dark Vador était un proche du colonel — un soupçon confirmé par l'emploi d'un déformateur de voix et par la remarque du notaire à Mrs Weldon, affirmant que son amie était remarquablement informée sur la famille Jolly-Renard.

Il n'avait pas oublié non plus que dans les heures qui avaient suivi la mort de son épouse, le colonel avait accusé son fils de l'avoir assassinée…

*

Ce fut Julian qui répondit. Il examina le mandat de Monroe, qui demanda à pouvoir s'entretenir avec Mrs Bartlett, puis haussa les épaules et ouvrit tout grand la porte.

— Elle est ici.

Il le fit entrer au salon.

— La police veut te parler, dit-il d'un air indifférent. Je suis dans mon bureau.

Monroe vit l'inquiétude qui avait envahi les traits de la femme céder la place au soulagement dès que son mari annonça son intention de se retirer.

— Je vous prierai de n'en rien faire, monsieur. Ce que j'ai à dire à votre épouse concerne tous les habitants de cette maison.

— Ça m'étonnerait beaucoup, répondit Julian froidement.

— Qu'en savez-vous ?

— Je n'ai été informé de ces foutus coups de fil que cet après-midi. (Il scruta le visage impassible de l'inspecteur.) C'est bien pour cela que vous êtes ici, non ?

Monroe tourna les yeux vers Eleanor.

— Pas exactement, non. Mrs Weldon nous a avertis de la présence d'un rôdeur à Shenstead Farm et elle semble penser que votre femme pourrait savoir de qui il s'agit. L'événement s'est produit peu de temps après que le colonel Jolly-Renard et son notaire lui ont fait entendre des enregistrements de la voix de Mrs Bartlett et d'un homme, formulant des allégations identiques contre le colonel. Mrs Weldon croit que cet homme est celui qui s'est introduit chez elle. J'espère que Mrs Bartlett pourra nous éclairer un peu sur cette affaire.

Eleanor avait l'air assommée.

— Je ne comprends absolument pas de quoi vous parlez, bégaya-t-elle.

— Excusez-moi. Je ne me suis sans doute pas bien exprimé. Mrs Weldon pense que ce fameux intrus n'est autre que l'homme qui est à l'origine d'une campagne de diffamation contre le colonel Jolly-Renard. Elle pense également qu'il s'agit d'un des itinérants qui se sont installés dans le bois, au-dessus du village... Vous lui auriez parlé ce matin, selon elle, et votre comportement depuis aurait été assez étrange. Il déguise sa voix au téléphone, mais Mrs Weldon prétend que vous le connaissez.

Les commissures des lèvres d'Eleanor s'affaissèrent, dessinant un fer à cheval des plus rébarbatifs.

— C'est ridicule, lança-t-elle. Cette pauvre Prue ne sait plus quoi inventer. Elle a toujours été un peu mythomane. Si j'étais vous, je m'interrogerais sur la réalité de cet intrus. Elle est tout à fait capable d'avoir imaginé ça pour attirer l'attention. Vous savez sans doute qu'elle s'est disputée avec son mari et qu'il envisage de demander le divorce ?

Monroe n'en savait rien, mais il n'avait pas l'intention de l'admettre.

— Elle a peur, dit-il. Selon elle, cet homme a mutilé le chien du colonel et l'a laissé devant sa porte.

Nerveuse, Eleanor jeta un regard furtif en direction de son mari.

— Je ne suis pas au courant de cette histoire.

— Vous saviez que le chien était mort, Mrs Bartlett. Mrs Weldon affirme que ça vous a fait plutôt plaisir… (Il fit une pause, pour donner plus de poids à ses paroles.) Vous auriez dit qu'on lui avait rendu la monnaie de sa pièce, ou quelque chose de ce genre.

— C'est complètement absurde.

Julian ne prit la parole que pour l'enfoncer.

— Ça te ressemblerait bien. Tu n'as jamais pu supporter ce pauvre Henry.

Il se tourna vers Monroe.

— Asseyez-vous donc, inspecteur, dit-il, lui désignant un fauteuil et s'installant dans un autre. J'avais cru qu'il ne s'agissait que de cette… (il esquissa un geste de dégoût)… humiliante affaire des appels téléphoniques de mon épouse et de Prue Weldon. Je me suis trompé, me semble-t-il. Pouvez-vous m'expliquer exactement de quoi il retourne ?

En s'asseyant, Monroe observa le visage d'Eleanor. Elle était d'une autre espèce que son amie — plus forte, plus solide —, mais ses yeux reflétaient l'imminence de la catastrophe aussi distinctement que ceux de Prue.

l'un ou l'autre. »

22

Martin Barker se disait précisément la même chose tandis que Bella cherchait à le convaincre que s'il n'y avait pas de lit pour P'tit Loup dans son bus, c'était parce qu'il préférait dormir sur la banquette, dans un sac de couchage.

— C'est un vrai nomade, notre P'tit Loup, dit-elle avec une feinte assurance tandis que l'inquiétude creusait des rides sur son front. Il aime pas trop les lits, pas vrai, chéri ?

Les yeux de l'enfant s'écarquillèrent encore. La terreur ne le quittait pas, augmentant à chaque pas qui les rapprochait du bus plongé dans l'obscurité. Bella fit plusieurs tentatives pour le laisser dans un autre véhicule, mais il s'accrochait à son manteau, refusant de la quitter. Barker faisait mine de ne rien voir, mais il commençait à se demander sérieusement quel rapport unissait le petit garçon à ce bus mystérieux.

Désespérée, Bella prit P'tit Loup par les épaules et le serra contre elle. « Du calme, petit gars, suppliait-elle intérieurement. Tu vas finir par tomber dans les pommes. » Elle avait l'impression de traîner derrière elle une enseigne lumineuse qui clignotait : *Bien sûr, on a quelque chose à cacher. C'est nous les débiles qui servons d'appâts pendant que le salaud qui nous a fourrés dans ce merdier fait son petit tour au village.*

Elle était furieuse contre Renard, mais pas seulement parce qu'il leur avait mis la police sur le dos. Personne n'avait le droit de terroriser un gosse au point qu'il soit tétanisé à la seule vue d'un uniforme. Elle n'avait qu'une envie : prendre Martin Barker à part et lui sortir tout ce qui la tracassait — la mère et le frère disparus, les bleus du petit —, mais à quoi bon, si P'tit Loup s'obstinait à nier. Il avait encore plus peur des autorités que de Renard. Dans la tête de n'importe quel gamin, un mauvais père vaut toujours mieux que pas de père du tout.

Mais tout au fond d'elle-même, un autre souci la rongeait : P'tit Loup disait que Renard avait quitté le campement, mais elle n'avait que sa parole. Et s'il se trompait ? Et si Renard était revenu subrepticement à travers bois et les épiait depuis son bus ? Alors ? La situation du petit ne serait-elle pas mille fois pire ? Et si c'était ça qui le tracassait vraiment ? La crainte que Bella fasse ou dise quelque chose qui puisse mettre Renard en colère ?

— Il ne sait pas ce que « nomade » veut dire, expliqua-t-elle à Barker. Il croit que c'est quelque chose de mal. (Elle donna au petit une bourrade rassurante.) Pourquoi tu vas pas retrouver les filles, mon chou, pendant que j'accompagne ces messieurs au dernier bus ? Renard avait dit qu'il tiendrait la barrière cette nuit, tu te rappelles ? Il doit dormir. Il va sûrement pas être content qu'on le réveille comme ça... pas la peine que tu l'entendes dire des horreurs, juste parce qu'il est de mauvais poil.

La curiosité de Barker fut soudain en alerte. *Renard ?* Il était prêt à parier que dans une communauté aussi restreinte que celle-ci, il y avait forcément un lien de parenté entre un Renard et un P'tit Loup.

Il ébouriffa les cheveux de P'tit Loup.

— C'est ton papa ? demanda-t-il gentiment, en levant un sourcil interrogateur en direction de Bella.

Pas de réponse.

Bella hocha doucement la tête.

— C'est pas un fameux cuistot, notre Renard… alors le pauvre gosse mange pas toujours à sa faim. (Elle regardait Barker avec insistance, comme si elle essayait de lui faire comprendre quelque chose.) C'est pour ça que je l'ai pris chez moi pour un moment.

Barker acquiesça.

— Et où est sa mère ?

— P'tit Loup est pas trop…

Brusquement, le petit se dégagea de l'étreinte affectueuse de Bella. Il avait été sur ses gardes dès l'instant où elle avait dit que sa mère n'était pas là ; il savait que le policier poserait la question tôt ou tard.

— Elle est dans le Devon, dit-il précipitamment.

Barker s'étrangla.

— Alors, comme ça, tu as une langue ?

P'tit Loup laissa les yeux vers le sol, méfiant. Cet homme vous regardait comme s'il pouvait lire dans vos pensées. Il poursuivit en phrases hachées :

— Ma mère est en vacances, avec mon frère. Ils se trouvent chez des amis. J'ai préféré rester avec mon père. Il est très occupé parce que c'est lui, l'organisateur de ce projet. Voilà pourquoi je prends mes repas chez Bella. Ce n'est pas de la charité. Mon papa lui donne de l'argent. Maman et Loupiot nous rejoindront dans quelques jours. Renard aime les familles. C'est pour cela qu'il les a choisies pour fonder cette communauté.

Ils étaient aussi interloqués l'un que l'autre. Martin Barker à cause du langage élaboré de P'tit Loup —

comme Bella, il l'avait cru plus jeune qu'il n'était —, Bella parce qu'il s'était soudain mis à parler avec l'accent raffiné de son père. Elle esquissa un sourire embarrassé en voyant le policier froncer les sourcils. *D'ici qu'ils l'accusent de l'avoir kidnappé…*

— Il regarde trop la télé. (Elle fit mine de chercher un titre.) Il doit se prendre pour — comment il s'appelle déjà ? — Mark Lester dans *Oliver* ! (Elle passa une main affectueuse dans la tignasse blonde de P'tit Loup.) Il pourrait jouer le rôle, mais dans le fond, il ressemble plus à l'Arsouille.

Barker leva un sourcil amusé.

— Tu te verrais bien en Nancy, c'est ça, Bella ? La pute au grand cœur du repaire de brigands de Fagin ?

Bella grimaça un sourire.

— Sauf que je suis pas une pute, que c'est pas un repaire de brigands et que j'ai pas l'intention de me faire descendre par Bill Sikes.

— Hmm. Et qui joue Bill Sikes ?

— Oliver Reed, répondit-elle résolument, se maudissant de n'avoir pas fait un meilleur choix. C'est plein d'Oliver dans ce foutu film.

Barker se baissa pour regarder le dernier bus à travers le pare-brise de celui de Bella.

— Et Renard ?

— Ça risque pas, dit-elle en passant devant lui pour le conduire à l'extérieur. (Elle sentit P'tit Loup se cramponner à son manteau.) J'ai choisi *Oliver* au hasard, alors te mets pas à faire du Freud avec ça. Le gamin adore imiter les voix. J'aurais aussi bien pu te sortir *Le Petit Lord Fauntleroy*.

— Ou *Greystoke, la légende de Tarzan*, suggéra-t-il.

— Ouais. Pourquoi pas ? C'est un super-imitateur, j'te dis.

Barker la suivit d'un pas lourd.

— Tous ces films racontent l'histoire de petits orphelins sauvés par leurs grands-pères, Bella.

— Et alors ?

Par-delà la tête blonde de P'tit Loup, il chercha à distinguer les lumières de Shenstead Manor à travers les arbres.

— Drôle de coïncidence, c'est tout.

*

James secoua la tête quand Mark se lança dans des explications à propos de l'alibi de Leo.

— Inutile de vous perdre dans les détails, murmura-t-il doucement. Je comprends. Je me suis toujours demandé pourquoi vous aviez fait cause commune avec la police quand j'ai accusé Leo. Maintenant je sais. Ça n'a pas dû être facile pour vous. (Il s'interrompit.) Son alibi est-il toujours aussi solide ?

Mark songea à l'instant d'hésitation de Becky. Il écarta la main, paume baissée, comme pour dire « pas si sûr ».

— J'ai toujours été convaincu que c'était Leo que Mrs Weldon avait entendu cette nuit-là, reprit James, en guise d'excuse. On nous a souvent confondus au téléphone.

Le jeune homme réfléchit un instant.

— Becky m'a dit que la dernière fois qu'elle avait vu Elizabeth, elle était complètement dans le cirage… Si j'ai bien compris, Leo a dû aller la chercher au poste de police, parce qu'elle ne savait même plus où elle habitait.

James le suivit immédiatement sur ce terrain.

— Ça a toujours été un risque. Le père d'Ailsa a fini comme ça. Il buvait tellement qu'il a sombré dans la démence à soixante-dix ans.

— Elle doit être sacrément mal en point tout de même, pour oublier son adresse. Après tout, elle n'a pas beaucoup plus de quarante ans. (Mark fit une nouvelle fois défiler le fichier d'Elizabeth, cherchant certains détails de correspondance.) Si je ne me trompe, je n'ai pas eu de ses nouvelles depuis le mois de juin, quand elle a accusé réception des cinquante mille livres d'Ailsa. Et la dernière fois que Becky l'a vue, c'était en juillet ; elle était apparemment ivre morte. Combien de fois lui avez-vous téléphoné ?

— Dix… douze fois. Elle ne m'a jamais rappelé, alors j'ai fini par arrêter.

— C'était quand ?

— Peu après les premiers appels téléphoniques. Il m'a paru ridicule de continuer à essayer de la joindre. Je pensais qu'elle était dans le coup.

— À la mi-novembre, donc ?

— À peu près, oui.

— Mais elle n'avait répondu à aucun appel depuis mars ?

— En effet.

— Et vous avez toujours pu laisser un message ? La boîte vocale n'était pas pleine ?

James secoua la tête.

— Bien, ça veut dire que quelqu'un les a effacés. C'est toujours ça. Et Leo ? Quand lui avez-vous parlé pour la dernière fois ?

Un bref instant de silence.

— La semaine dernière.

Mark le regarda, étonné.

— Et… ?

Le vieil homme soupira tristement.

— J'ai parlé… il a écouté… il a raccroché. Une conversation à sens unique.

— Qu'avez-vous dit ?

— Pas grand-chose. Je dois avouer que j'ai perdu mon sang-froid quand il s'est mis à rire.

— L'avez-vous accusé d'être Dark Vador ?

— Notamment.

— Et il n'a rien dit ?

— Non, il a ri, c'est tout.

— Combien de fois lui aviez-vous parlé avant cela ?

— Vous voulez dire : depuis la mort d'Ailsa ? Une seule fois… le soir des obsèques. (Son débit était un peu haché, comme s'il ne maîtrisait pas ses émotions aussi bien qu'il l'aurait voulu.) Il… il a téléphoné vers onze heures pour me dire que j'étais un salaud d'avoir donné son nom à la police. Il a dit que je méritais tout ce qui m'arrivait… et qu'il espérait bien que quelqu'un parviendrait à me mettre la mort d'Ailsa sur le dos. Tout à fait déplaisant, croyez-moi.

Mark le dévisagea attentivement.

— A-t-il dit autre chose au sujet de sa mère ?

— Non. Il n'a fait que me fustiger. Toujours la même rengaine… c'est toujours moi qui suis en tort… jamais lui.

Mark songea aux deux jours d'interrogatoire de James.

— Comment savait-il que c'était vous qui aviez donné son nom ?

— La police a dû le lui dire.

— Ça m'étonnerait beaucoup. C'est un point que j'ai soulevé sur le moment — en votre présence —, et on nous a assuré que ni Leo ni Elizabeth ne sauraient d'où venait cette suggestion. D'après l'inspecteur Monroe, les proches sont interrogés systématiquement en cas de mort suspecte, de sorte que la question ne risquait même pas de se poser.

James hésita.

— Il faut croire que certaines promesses n'ont pas été tenues.

— Dans ce cas, pourquoi Leo ne vous a-t-il pas appelé dès que la police est venue le voir ? Je me demande plutôt s'il n'aurait pas appris quelque chose au moment de l'enterrement. Il aurait ruminé ça en rentrant chez lui et vous aurait téléphoné, fou de rage.

James fronça les sourcils.

— Il n'a parlé à personne. Elizabeth et lui sont repartis aussi vite qu'ils étaient venus. Ça a fait jaser, d'ailleurs.

Mark parcourut une nouvelle fois son carnet d'adresses.

— Je vais l'appeler, James. Même règle que tout à l'heure. Soit vous sortez de la voiture, soit vous ne desserrez pas les dents. D'accord ?

Le menton du vieil homme se crispa de fureur.

— Pas si vous lui offrez de l'argent.

— J'aurai peut-être à le faire... à vous de voir si vous tenez à savoir qui se cache derrière Dark Vador.

— Vous perdez votre temps, s'obstina James. Il ne l'admettra jamais.

Mark poussa un soupir d'impatience.

— Très bien. Alors expliquez-moi comment Mrs Bartlett a pu joindre Elizabeth. Même si elle avait son numéro de téléphone, ce dont je doute puisqu'elle est sur liste rouge, pourquoi Elizabeth lui aurait-elle répondu alors qu'elle ne répond à personne ? Connaît-elle cette femme ? L'a-t-elle déjà rencontrée ? Je vois mal Ailsa faire les présentations. Elle détestait Mrs Bartlett et n'aurait certainement pas voulu qu'une telle commère sache quoi que ce soit des affaires d'Elizabeth. Tout le pays aurait immédiatement été au courant. Est-ce vous qui avez fait les présentations ?

James regardait par la fenêtre.

— Non.

— Bien. Les mêmes arguments valent pour Leo. À ma connaissance, il n'a pas remis les pieds à Shenstead depuis que vous avez remboursé sa dette — il n'a pas dépassé Dorchester pour l'enterrement —, alors comment a-t-il fait la connaissance de Mrs Bartlett ? Il est sur liste rouge, lui aussi. Comment s'est-elle procuré son numéro ? Comment aurait-elle pu lui écrire sans avoir son adresse ?

— Vous venez de dire qu'il a dû parler à quelqu'un aux obsèques.

— Les choses n'étaient pas tout à fait aussi précises dans mon esprit… je voulais parler du *jour* des obsèques. Ça ne tient pas debout, James, poursuivit Mark lentement, essayant de mettre un peu d'ordre dans ses idées. Si Dark Vador est bien Leo, comment a-t-il pu avoir l'idée de s'adresser à Mrs Bartlett ? Je le vois mal aller démarcher les gens et leur demander de participer à une campagne de diffamation. À ce compte-là, il aurait été plus logique de choisir Mrs Weldon. Au moins, il était de notoriété publique qu'elle avait témoigné contre vous… mais si elle dit vrai, personne n'est jamais venu la voir…

Il se tut.

— Eh bien ?

Mark reprit son téléphone et composa le numéro de portable de Leo.

— Je ne sais pas, dit-il d'un ton irrité, sinon que vous n'auriez jamais dû laisser les choses aller aussi loin. Je me demande si toute cette affaire ne serait pas un écran de fumée, une simple manœuvre de diversion. (Il pointa un index accusateur vers James.) Vous ne valez pas mieux que Leo. Tout ce que vous voulez, l'un comme l'autre, c'est une capitulation sans condition. Il faut être deux pour faire la guerre, James, et deux pour conclure une paix honorable.

*

Message de Nancy

Votre ligne est OQP. Suis au Manoir. Et vous ?

*

Bob Dawson écoutait la radio. Il sentit les poils de sa nuque se hérisser lorsque sa femme entra furtivement dans la cuisine. Elle le dérangeait. C'était la seule pièce où il se sentait vraiment chez lui, parce que c'était la seule que Vera évitait d'ordinaire. Dans son esprit dément, la cuisine était devenue le symbole de toutes les corvées qu'on lui infligeait, et elle ne s'y rendait que lorsque la faim la contraignait à quitter la télévision.

Elle lui jeta un regard noir en franchissant la porte, ses lèvres pincées marmonnant des imprécations qu'il n'entendait pas.

— Qu'est-ce qu'il y a ? demanda-t-il, agacé.

— Où est mon thé ?

— T'as qu'à te le faire toi-même, dit-il en reposant son couteau et sa fourchette et en repoussant son assiette vide. Je ne suis pas ton esclave.

Ils entretenaient des rapports de haine. Deux êtres solitaires, condamnés à vivre sous le même toit, incapables de communiquer autrement que par l'agressivité. Il en avait toujours été ainsi. Bob l'emportait par la brutalité physique, Vera par la malveillance. Une lueur mauvaise brilla dans ses yeux lorsqu'elle perçut un écho de ses propres rengaines.

— Tu as encore volé, siffla-t-elle, reprenant un autre refrain éculé. Qu'est-ce que tu as fait de mon argent ? Où est-ce qu'il est ?

— Là où tu l'as caché, vieille folle.

Sa bouche se tordit et se déforma dans un effort pour convertir sa pensée confuse en discours.

— Il est pas à sa place. Rends-le-moi, t'entends ?

Bob, dont la patience n'avait jamais été la vertu première, serra le poing et le brandit vers elle.

— T'as pas fini de m'accuser comme ça ? C'est toi, la voleuse de la famille. T'as toujours été une voleuse et tu le seras toujours.

— C'était pas moi, marmonna-t-elle d'un air têtu, comme s'il suffisait de ressasser un mensonge pour lui donner l'empreinte de la vérité.

Les réactions de l'homme étaient aussi prévisibles que celles de la femme.

— Si t'as remis ça depuis la mort de madame, je te fiche dehors, fulmina-t-il. Je m'en fous pas mal que tu sois gâteuse, mais j'ai pas l'intention de perdre ma maison parce que tu passes ton temps à chaparder.

— On n'aurait pas à se faire de mauvais sang si la baraque était à nous. Un homme qui se respecte aurait payé une maison à sa femme.

Il tapa du poing sur la table.

— Tu vas la boucler, oui ?

— T'es même pas un homme, Bob Dawson. Tu fais le malin en public, mais au lit, t'es qu'une chiffe molle.

— Ta gueule !

— Cause toujours.

— T'en veux une ? menaça-t-il, furieux.

Il s'attendait à la voir reculer en tremblant, comme d'habitude, mais un sourire sournois s'insinua dans ses yeux.

La poisse ! Il aurait dû savoir que les menaces ne suffiraient pas. Il se leva d'un bond, envoyant sa chaise par terre.

— Je t'avais prévenue ! hurla-t-il. Je t'avais dit de pas

le voir. Il est où ? Il est ici ? C'est pour ça qu'on a des romanos au Bois-Taillis ?

— C'est pas tes oignons, cracha-t-elle. C'est pas à toi de me dire à qui je dois parler. J'ai des droits.

Il la frappa violemment au visage.

— *Où il est ?* gronda-t-il.

Elle esquiva, la tête rentrée dans les épaules, les yeux étincelants de haine et de méchanceté.

— Il va t'avoir. Tu verras. T'es vieux. Il a pas peur de toi. Il a peur de personne.

Bob décrocha sa veste, suspendue à un crochet près de l'évier.

— C'est qu'un con, lança-t-il avant de sortir en claquant la porte.

*

Belles paroles, que la réalité de la nuit rendait dérisoires. Poussés par le vent d'ouest, des nuages masquaient la lune, et sans lampe de poche, Bob n'y voyait rien. Il se tourna vers le Manoir, espérant se guider d'après les lumières du salon. Il eut le temps de constater avec étonnement que le Manoir était plongé dans l'obscurité avant qu'un marteau ne s'abattît sur son crâne. La nuit noire l'engloutit.

23

L'inspecteur Monroe commençait à en avoir assez des femmes mûres qui feignaient l'ignorance. Il croisa les jambes et parcourut la pièce du regard, écoutant Eleanor Bartlett grommeler et bougonner, indignée qu'il ait pu suggérer qu'elle connaissait l'intrus de Prue. Le village grouillait de nomades, et chacun savait que c'étaient des voleurs. Quant à une campagne de diffamation, c'était un bien grand mot pour un ou deux appels téléphoniques destinés à prévenir le colonel que ses secrets étaient éventés. Sans doute la police était-elle au courant de la nature des accusations ?

La question était de pure forme. Sans attendre de réponse, elle entreprit de dresser la liste des ignominies de James avec une profusion de détails lubriques, qui étaient autant destinés à Julian, se dit Monroe, qu'à lui-même. Elle cherchait à se justifier en dépeignant le colonel comme un monstre et, à en croire l'expression songeuse de Julian, la manœuvre n'était pas loin de réussir.

— En plus, Henry n'était pas le chien de James, assena-t-elle. C'était celui d'*Ailsa*… et si quelqu'un l'a tué, c'est probablement James lui-même. C'est un homme d'une indicible cruauté.

Monroe reporta son attention sur elle.

— Avez-vous la preuve de ce que vous avancez ?

— Bien sûr que oui. C'est Elizabeth qui m'a raconté tout ça. Insinuez-vous qu'elle soit capable de mentir à propos de faits aussi graves ?

— Quelqu'un ment, de toute évidence. Si j'en crois Mrs Weldon, le colonel Jolly-Renard se trouvait à l'étranger au moment de la conception de l'enfant.

De nouveaux grommellements. Ce n'était qu'un ragot que Prue avait déniché Dieu sait où — entendu d'une oreille et très certainement déformé en cours de route. Si l'inspecteur connaissait Prue aussi bien qu'elle, il saurait qu'elle comprenait toujours tout de travers. D'ailleurs, Prue avait changé d'avis dès qu'Eleanor lui avait raconté dans le détail ce qu'Elizabeth lui avait confié.

— Vous feriez mieux de poser à James deux ou trois questions à propos de meurtre et d'inceste, lança-t-elle, au lieu de venir m'intimider parce que j'ai fait le travail à votre place. (Elle reprit son souffle.) Bien sûr, tout le monde sait pourquoi… vous êtes de mèche avec lui.

Le regard de l'inspecteur lui fit baisser les yeux.

— Ça ne mérite même pas une réponse, Mrs Bartlett.

Sa bouche esquissa une moue méprisante.

— C'est pourtant la pure vérité. Vous n'avez jamais enquêté correctement sur la mort d'Ailsa. Vous avez étouffé l'affaire pour éviter à James d'être mêlé à un scandale.

Il haussa les épaules.

— Si vous croyez une chose pareille, ça veut dire qu'on peut vous faire avaler n'importe quoi, et je ne peux que me méfier de tout ce que vous dites… y compris de vos accusations contre le colonel.

Elle se lança dans un nouveau flot de justifications. Il

fallait la croire, évidemment. Sinon, pourquoi James n'avait-il pas démenti ses propos ? Eleanor n'avait jamais dissimulé son identité, contrairement à cette lâche de Prue. Si James avait pris la peine de venir lui exposer sa version des faits, Eleanor l'aurait écouté. La vérité, elle ne voulait rien d'autre. Ailsa était son amie, et manifestement, les deux enfants de James pensaient que leur père l'avait assassinée. Eleanor avait été bouleversée d'apprendre qu'Ailsa avait dû subir des violences conjugales... surtout depuis qu'Elizabeth lui avait raconté ce qui *lui* était arrivé autrefois. Si la police avait pris la peine de poser les bonnes questions, l'enquête aurait pu être menée tambour battant.

Monroe la laissa divaguer, s'amusant à comparer le « séjour » des Bartlett au « salon » décati du Manoir. Chez Eleanor, tout était neuf, immaculé. Un mobilier crème sur une somptueuse moquette à longues mèches. Des murs chocolat destinés à donner un peu de vigueur au décor. Des rideaux pastel, drapés à l'autrichienne, pour ajouter une touche « romantique » à la pièce victorienne à haut plafond.

C'était très « déco », très cher, et cela ne révélait strictement rien sur les gens qui y vivaient. Sinon qu'ils étaient riches, et que le tape-à-l'œil ne leur déplaisait pas. Pas de tableaux aux murs, pas d'objets de famille, pas de chaleureux désordre montrant que les habitants se sentaient bien dans leur environnement. Il préférait mille fois le salon du Manoir, songea-t-il, où les goûts de plusieurs siècles rivalisaient pour attirer l'attention, et où une centaine de personnalités, et de générations de chiens, avaient laissé leur empreinte sur les canapés de cuir éraflés et sur les tapis persans élimés.

De temps à autre, son regard se posait sur le visage anguleux de la femme. Elle lui rappelait une vedette de cinéma américain vieillissante qui découvrait exagérément les dents parce qu'elle s'était fait faire un lifting de trop dans une tentative désespérée pour rattraper sa jeunesse en fuite. Il se demanda avec qui Eleanor était en compétition — certainement pas avec Mrs Weldon. Sans doute avec son mari, aux cheveux teints et au jean moulant. Quel genre de relation pouvaient-ils bien avoir, si pour eux le paraître passait avant le bien-être ? Ou peut-être chacun était-il terrifié à l'idée de perdre l'autre ?

Il laissa le silence retomber quand elle s'interrompit, refusant de lui accorder une victoire morale en prenant la défense de la police.

— Quand vous êtes-vous installés ici ? demanda-t-il à Julian.

L'homme regardait sa femme comme s'il ne l'avait encore jamais vue.

— Il y a quatre ans. Nous habitions Londres.

— Avant le boom de l'immobilier, c'est ça ?

Eleanor prit l'air agacé, comme si l'idée d'avoir manqué cette aubaine de justesse lui restait encore sur le cœur.

— Ça n'a pas fait grande différence pour nous, dit-elle majestueusement. Nous habitions Chelsea. Les logements y ont toujours atteint des prix élevés.

Monroe acquiesça.

— J'étais dans la police londonienne il y a encore dix-huit mois, dit-il sur le ton de la conversation. La valeur de notre maison a grimpé de vingt pour cent en douze mois.

Julian haussa les épaules.

— Dites-vous bien que c'est la seule fois où l'infla-tion aura joué en votre faveur. L'économie londonienne est en plein essor, ce qui n'est pas le cas du sud-ouest de l'Angleterre. C'est aussi simple que cela. Si vous vous lassez du Dorset, Londres sera devenu bien trop cher pour vous.

Un petit sourire joua sur les lèvres de Monroe.

— Pour vous aussi, sans doute.

Julian posa son menton sur ses doigts joints, les yeux toujours fixés sur Eleanor.

— À moins d'accepter d'en rabattre. Il est clair que nous n'obtiendrions jamais l'équivalent de Shenstead House à Chelsea… Même plus, j'en ai bien peur, un clapier des années 1970 en banlieue. Malheureusement, mon épouse ne semble pas avoir songé aux conséquences financières d'une inflation à sens unique.

Monroe prit bonne note du « même plus ».

— Qu'est-ce qui vous a conduits ici ?

— Un licen…

Eleanor lui coupa la parole.

— Mon mari était directeur dans une société de construction immobilière. On lui a fait une offre de retraite très avantageuse et nous avons décidé de l'accepter. Nous avons toujours eu envie d'habiter la campagne.

— De quelle société s'agit-il ? demanda Monroe en sortant son carnet.

Il y eut un instant de silence.

— Lacey's, dit Julian avec un petit rire. D'ailleurs, je n'étais pas directeur, je n'étais que cadre. L'inflation londonienne m'a tout l'air de toucher jusqu'au désir d'impressionner ses nouveaux voisins. Pour éviter toute confusion, sachez que nous habitions au 12 Croydon Road, et que nous n'avions le même code postal que Chelsea que parce que la limite de quartier passait au fond du jardin. (Sa bouche s'étira dans un sourire déplaisant.) Je crois que c'est toi qui es en train de recevoir la monnaie de ta pièce, Ellie.

Elle avait l'air plus alarmée que ne semblait le justifier la dénonciation de quelques pieux mensonges.

— Tu es vraiment idiot, aboya-t-elle.

Il renifla avec mépris.

— Ça c'est la meilleure ! Tu connais quelque chose de plus idiot que de cracher dans la soupe ? Comment penses-tu pouvoir continuer à vivre ici, alors que tu t'es mis à dos tous nos voisins ? Avec qui vas-tu aller courir les boutiques ? Et jouer au golf ? Tu vas te retrouver coincée à la maison, à pleurnicher et à te plaindre d'être seule. Tu imagines dans quelle situation tu me mets ? Comment crois-tu que mes amis vont juger ta conduite ? Tu ne penses qu'à toi, Ellie… comme toujours.

Eleanor essaya maladroitement de détourner l'attention sur Monroe.

— L'inspecteur n'est pas venu ici pour assister à une scène de ménage. Je suis sûr qu'il comprend que la situation est stressante pour toi comme pour moi… il n'y a tout de même pas de quoi se mettre en colère.

Le visage de Julian s'embrasa.

— Et si j'ai envie de me mettre en colère, ce n'est pas toi qui m'en empêcheras, si ? Tu ne pourrais pas arrêter de mentir, pour une fois ? Cet après-midi encore, tu jurais n'être pour rien dans cette histoire de fous, et voilà que tu me déballes un tas de conneries sur James qui serait un père incestueux ? Et c'est qui, ce type au déformateur de voix ? Bordel, mais qu'est-ce que c'est que ce merdier ?

— Je t'en prie, ne jure pas, dit-elle d'un air pincé. C'est grossier et parfaitement superflu.

« Elle n'est pas très intelligente », songea Monroe en voyant les joues de son mari virer au violet.

— Eh bien, Mrs Bartlett ? enchaîna-t-il. Voilà une excellente question. Qui est cet homme ?

La rage de Julian menaçait d'exploser et Eleanor se tourna vers le policier avec reconnaissance.

— Je n'en ai pas la moindre idée. Prue vous a raconté d'incroyables balivernes. Il est vrai que je suis allée discuter avec les nomades pour essayer de comprendre ce qui se passait là-bas — à la demande de *Prue*, je tiens à le signaler —, mais je ne vois pas ce qui l'autorise à penser que je puisse les *connaître*. (Elle haussa les épaules de dégoût.) Ce n'est pas mon genre. Ce sont des gens *épouvantables*.

Son ton était convaincant, mais Monroe se rappela qu'elle avait eu vingt bonnes minutes depuis son arrivée pour se fabriquer des excuses.

— L'homme qui m'intéresse est celui qui parle en déformant sa voix.

Elle eut l'air sincèrement perplexe.

— Je ne comprends pas, je regrette.

— Je vous demande un nom, Mrs Barlett. Vous vous êtes déjà mise dans une situation des plus délicates avec ces appels téléphoniques. Je suis sûr que vous ne tenez pas à aggraver votre cas en refusant de nous communiquer des informations.

Elle secoua la tête nerveusement.

— Je ne sais pas de quoi vous parlez, inspecteur. Je n'ai jamais entendu personne utiliser un tel appareil.

Peut-être était-elle plus fine qu'il ne l'avait cru.

— Il ne s'en sert peut-être pas quand il vous parle. Je vais présenter les choses autrement. Qui vous a indiqué ce que vous deviez dire ? Qui a écrit votre scénario ?

— Personne, protesta-t-elle. Je n'ai fait que répéter ce que m'a dit Elizabeth. (Elle semblait avoir repris un peu d'assurance.) C'est un peu facile de vous en prendre à moi, mais je l'ai *crue*… comme vous la croiriez si vous l'entendiez. Elle est sûre que c'est son père qui a tué sa mère… et elle raconte des choses absolument terrifiantes… c'était franchement dur à entendre. C'est une femme ravagée… une femme profondément *triste*… pouvez-vous imaginer ce que ça doit être de donner naissance à un enfant dans des circonstances aussi effroyables… et d'être obligée de l'abandonner ?

Monroe l'observait attentivement.

— Qui a pris contact avec vous ? demanda-t-il à brûle-pourpoint.

Elle eut l'air inquiète.

— Vous voulez savoir si j'ai appelé Elizabeth ?

— Oui.

— Non. C'est Leo qui m'a écrit pour m'inviter à aller le voir à Londres. (Elle leva des yeux embarrassés vers Julian, comme si elle s'attendait à sa réprobation.) En tout bien tout honneur, bien sûr, crut-elle bon de préciser. Je ne m'attendais absolument pas à recevoir cette lettre. Je ne lui avais jamais adressé la parole. Il m'a présenté Elizabeth. Nous nous sommes donné rendez-vous à Hyde Park. Il y a des milliers de témoins.

La réprobation de Julian n'avait rien à voir avec l'« innocence » de cette rencontre.

— Bon sang ! gémit-il. Pourquoi vouloir rencontrer Leo Jolly-Renard ? Tu sais bien qu'il est à couteaux tirés avec son père. (Il vit ses lèvres se pincer, dessinant un trait obstiné.) Je suis bête, c'est justement pour *ça*, évidemment, poursuivit-il, sarcastique. Semer la zizanie pour faire payer leurs rebuffades à James et à Ailsa ? Tu t'imaginais peut-être que, comme ça, quand Leo s'installerait au Manoir, tu aurais tes entrées dans la haute ? (Il frotta son pouce contre son index.) Ou bien tu espérais qu'il saurait te remercier si tu traînais son père dans la boue ?

Toutes ces hypothèses pouvaient être vraies, ensemble ou isolément, songea Monroe en voyant d'éloquentes taches rouges marbrer le visage d'Eleanor.

— Ce que tu peux être vulgaire ! lança-t-elle.

Les yeux de Julian étincelaient de colère.

— Tu aurais mieux fait de m'avertir. J'aurais pu t'apprendre ce que vaut la reconnaissance de Leo Jolly-Renard. (Il esquissa un cercle entre son pouce et son index et le lui mit sous le nez.) Zéro. Pas un iota. C'est un *loser*… comme sa sœur. Deux parasites, qui vivent de la charité de leur père. Une alcoolo et un joueur, ils font bien la paire, et si James est assez idiot pour leur laisser le Manoir, ils le vendront sans même attendre qu'il soit dans sa tombe.

Monroe, qui avait interrogé les deux enfants d'Ailsa, jugea la description pertinente.

— Vous semblez les connaître mieux que votre femme, remarqua-t-il. D'où savez-vous tout cela ?

Julian se tourna vers lui.

— Je l'ai entendu dire, c'est tout. Les métayers de James les connaissent depuis des années, et je vous assure qu'ils ne sont pas tendres. Des gosses pourris, des adultes irrécupérables : tout le monde est de cet avis. Paul Squires m'a raconté qu'ils auraient dû hériter de la fortune de leur mère à sa mort… mais elle a révisé son testament l'année dernière, quand James a viré le notaire qu'ils avaient pour engager Mark Ankerton. Ça explique les rancœurs aux obsèques. Ils s'attendaient à un demi-million par tête de pipe… et ils n'ont rien eu.

Ce n'était pas tout à fait exact, Monroe le savait. Les enfants avaient touché cinquante mille livres chacun. Mais par rapport à un demi-million, on pouvait peut-être dire que ce n'était « rien ».

— Vous avez assisté aux obsèques ?

Julian acquiesça.

— J'étais au fond. Je n'ai pas vu grand-chose, des rangées de têtes, c'est tout… mais tout de même, l'animosité était palpable. James et Mark étaient assis d'un côté, Leo et Elizabeth de l'autre. À la fin de l'office, ils sont sortis comme des furies, sans même dire au revoir à ce pauvre James... ils lui en voulaient sans doute d'avoir convaincu Ailsa de modifier son testament. (Il jeta un regard accusateur à son épouse.) Ça a fait jaser toutes ces bonnes femmes, vous pensez bien. Les pères sont coupables... les enfants innocents... toutes ces conneries. (Il émit un rire amer.) La plupart des hommes étaient bien contents de ne pas être à la place de James. Pauvre bougre. Il aurait dû flanquer une bonne raclée à ses gosses il y a des années de ça.

Monroe sentait frémir une déplaisante accumulation de frustrations sous-jacentes. Trop de cartes étalées d'un coup, se dit-il. Cette fois, c'était au tour d'Eleanor de regarder son mari comme si elle le découvrait.

— Ce Paul Squires, c'est un de tes copains du pub, c'est ça ? demanda-t-elle d'une voix acerbe. Comment va sa fille ? La blondasse qui fait du cheval ?

Julian haussa les épaules.

— Pas la moindre idée.

— Gemma... Gemma Squires. Elle fait partie de ta société de chasse. Ce n'est pas elle qui a un cheval qui s'appelle Monkey Business ?

Son mari eut l'air amusé.

— Il y a beaucoup de membres, tu sais, Ellie. Simplement comme ça, je pourrais te citer vingt blondes. Tu devrais venir voir, un jour. Un petit baptême du feu, ça ne te dit rien ? (Il rit en voyant la tête qu'elle faisait.) Ma femme n'aime pas beaucoup la chasse, expliqua-t-il à l'inspecteur. Elle trouve ça cruel.

Monroe s'interrogeait sur la blonde férue d'équitation.

— Sur ce point, je suis d'accord avec Mrs Bartlett, fit-il doucement. On ne peut pas dire que la lutte soit égale... une petite bête paniquée, pourchassée jusqu'à épuisement par les chevaux, puis déchiquetée à mort par les chiens. Ce n'est ni courageux, ni honorable — il faut être sadique pour y prendre plaisir. (Il sourit encore.) Ce n'est qu'un avis personnel, bien sûr. J'ignore quelle est la position officielle, mais je suis sûr que les contribuables seraient effarés s'ils savaient ce qu'on dépense pour éviter les heurts entre chasseurs et opposants à la chasse.

— Oh, Seigneur ! (Julian leva les mains dans un geste de conciliation.) À chacun son idée, n'est-ce pas ? On ne va pas se prendre à la gorge pour ça.

Monroe sourit.

— Je suis heureux de vous l'entendre dire, monsieur. Je suis sûr que le renard pense exactement la même chose chaque fois que les chiens sont sur sa piste. Vivre et laisser vivre, il ne demande rien d'autre. Le problème, c'est qu'il ne fait pas le poids. Comme vous en ce moment… (il regarda Eleanor)… et comme le colonel avec cette histoire de coups de fil. Si j'ai bien compris, vous avez demandé à Mrs Weldon d'appeler de nuit, Mrs Bartlett. Puis-je vous demander pourquoi ? Cherchiez-vous délibérément à épuiser votre victime ?

— Je… (Elle se passa sa langue sur les lèvres.) C'était le moment où nous avions le plus de chances de le trouver chez lui.

Monroe secoua la tête.

— Ce n'est pas une réponse. Selon Mrs Weldon, tous ces appels ont été enregistrés. La présence du colonel était donc un élément négligeable. Elle m'a aussi appris qu'il ne sortait plus de chez lui. Pourriez-vous m'expliquer cela ? Si vous trouvez cruel de traquer un renard jusqu'à épuisement, vous pourriez avoir un minimum de pitié pour un vieil homme de plus de quatre-vingts ans. Qu'aviez-vous donc en tête ?

Un nouveau silence. Toute cette soirée avait été

ponctuée de silences, songea-t-il, pendant lesquels des femmes venimeuses cherchaient à justifier leurs actes.

— Nous lui rendions la monnaie de sa pièce, marmonna-t-elle sans le regarder.

— Je vois, dit-il lentement. Sur la foi des propos d'une personne que vous prétendez « ravagée ». (C'était une affirmation, pas une question.) Pourquoi y a-t-il des procès, Mrs Bartlett ? Pourquoi, selon vous, les dépositions de la défense et de l'accusation sont-elles aussi soigneusement examinées par un juge et par un jury, avant que quiconque ne puisse prononcer un jugement et une condamnation ? Le bénéfice du doute ne s'appliquerait-il pas au colonel ?

Elle ne répondit pas.

— Qui a eu l'idée de travestir la rancune en justice ?

Elle retrouva sa voix.

— Ce n'était pas de la rancune.

— Dans ce cas, c'est bien pire, répliqua-t-il brutalement. Vous devrez répondre de tentative d'extorsion de fonds et de chantage, si les bandes magnétiques en possession du colonel prouvent que vous avez essayé de lui soutirer quelque chose.

Elle s'humecta les lèvres nerveusement.

— Ce n'est pas le cas, je vous assure.

— Réclamer ses aveux pour mettre fin à vos appels injurieux relève du chantage, Mrs Bartlett. Même s'il est coupable de ce dont vous l'accusez, vous n'avez pas à le menacer. Si vous avez réclamé de l'argent en échange de votre silence... (il parcourut la pièce luxueusement meublée d'un regard entendu)... ou accepté de l'argent d'un tiers pour rendre la vie impossible au colonel et l'amener à céder aux exigences de cette tierce personne, vous serez accusée d'un certain nombre de délits... le plus grave étant la complicité d'escroquerie.

— Je n'ai jamais fait cela, insista-t-elle en se tournant vers son mari.

Julian hocha la tête avec agacement.

— Ce n'est pas la peine de me regarder comme ça. Je ne ferai rien pour toi, l'avertit-il. Vous n'avez qu'à vous débrouiller toutes seules, Prue et toi. Je fais comme Dick. (Il fit mine de se laver les mains.) Trouve une autre poire pour te sortir de là.

La colère longtemps contenue d'Eleanor explosa d'un coup.

— Ça t'arrangerait bien, hein ? Tu aurais les mains libres pour t'occuper de ta roulure… et tout ça, par *ma* faute. Combien est-ce qu'elle t'a déjà coûté ? Les frais de véto… un van. (Elle reprit sa respiration en frémissant.) Tu pensais sans doute que ça pourrait durer éternellement, que tu pourrais continuer à me raconter des salades en m'achetant des saloperies… (elle donna un coup de pied dans la moquette)… comme ça. Tu la fais poireauter, c'est ça ? Tu rigoles ! Tu n'es quand même pas assez bête pour penser qu'une nana de trente ans puisse être folle de ton corps.

Julian ricana.

— Mon Dieu, Ellie, je sais ce que tu vas dire avant même que tu ouvres ton clapet. Et patati, et patata… (Il ouvrit et ferma sa main comme une bouche.) Tu ne peux pas t'en empêcher, hein ? Il faut que tu t'en prennes à quelqu'un. Mais ce n'est pas moi qui suis en cause ici — c'est *toi* — toi et ton boudin de copine. (Il renifla, moqueur.) Dis-moi quand même, est-ce que vous avez pris la peine, Prue et toi, de vous demander si vous aviez *raison* ? Vous êtes prêtes à gober n'importe quelle débilité pourvu que ça apporte de l'eau à votre moulin.

— Je te rappelle que c'est *toi* qui as dit que James ne s'était pas fait pincer, rétorqua-t-elle, furieuse. Ce salaud de James, voilà ce que tu as dit… a commis le crime parfait… il a enfermé Ailsa dans le froid et s'est bourré de barbituriques pour ne pas l'entendre pleurnicher sur la terrasse.

— Ne sois pas grotesque. Elle n'avait qu'à descendre au pavillon, si elle n'arrivait pas à rentrer. Bob et Vera ont les clés. (Ses yeux se plissèrent.) Tu ferais bien de t'inquiéter de ta santé mentale, Ellie. Vera est la seule au village à déblatérer plus que toi, et elle est complètement sénile. (Il la dévisagea attentivement, avant d'émettre un grognement d'incrédulité.) Ne me dis pas que c'est d'elle que tu tires tes informations ! Tu sais bien qu'elle a une dent contre James depuis qu'il l'a accusée de vol. Elle était mouillée jusqu'au cou, mais ça ne l'a pas empêchée de le débiner. Si tu as cru un mot de ce qu'elle dit, tu ferais vraiment bien d'aller te faire soigner.

Monroe vit l'image du cataclysme envahir les traits trop maquillés de la femme. Elle se cacha les yeux derrière ses mains.

— Je… (Elle s'interrompit.) Mais *comment* est-ce que tu sais tout ça ? demanda-t-elle brusquement. C'est cette petite salope qui te raconte des trucs pareils ?

24

Leo décrocha à la première sonnerie.

— Lizzie ? chuchota-t-il, comme s'il se trouvait dans un lieu public et ne souhaitait pas être entendu.

Le portable de Leo n'avait évidemment pas identifié Mark, mais il était curieux qu'il attribue à sa sœur un numéro inconnu.

— Non, c'est Mark Ankerton. (Il tendit l'oreille pour essayer de percevoir des bruits de fond, en vain.) Pourquoi pensiez-vous que c'était Lizzie ?

— Qu'est-ce ça peut vous faire ? rétorqua l'autre agressivement, élevant la voix immédiatement. Que voulez-vous ?

— Pourquoi pas un « Joyeux Noël, Mark. Avez-vous des nouvelles de mon père ? »

— Allez vous faire foutre.

— Où êtes-vous ?

Un petit rire.

— Vous aimeriez bien le savoir.

— Pas vraiment. En fait, c'est Lizzie que je cherche. J'ai essayé de la joindre au téléphone, mais elle ne répond pas. Sauriez-vous où elle se trouve et si tout va bien ?

— Ne me dites pas que ça vous préoccupe.

— Dans le cas contraire, je ne vous appellerais pas. (Il jeta un regard en biais à James.) Votre père a décidé d'augmenter sa pension. Il réfléchit aussi à votre situation. Il a encore sur le cœur la scène que vous lui avez faite l'autre jour… mais il tient à être juste.

Il posa une main sur le bras de James, sentant le vieil homme frémir d'indignation.

Leo émit un rire furieux.

— Vous voulez dire la scène qu'*il* m'a faite. Je n'ai pas dit un mot. Il est complètement sénile, on ne devrait plus le laisser prendre la moindre décision. (Il s'interrompit comme s'il attendait une réponse de Mark.) Vous êtes là-bas, comme d'habitude, c'est ça ? À lui bourrer le crâne, évidemment. Je vous préviens que j'ai demandé à un avocat de contester les dispositions testamentaires de mes parents. De toute évidence, le vieux est gâteux depuis des années. — Maman l'était aussi, sans doute — et vous avez rédigé un nouveau testament sans même vous interroger sur leurs facultés mentales.

Mark ignora la diatribe.

— Je suis au Manoir, en effet. Je ne voulais pas le laisser seul pour Noël. (Il fit une nouvelle tentative.) Et vous, où êtes-vous ?

Un nouveau rire irrité.

— Bon sang, quel lèche-cul ! Vous ne vouliez pas le laisser seul ? C'est à gerber ! Ce cher Mark par-ci… ce cher Mark par-là… Vous avez drôlement embobiné ma mère. Papa a toujours menacé de nous déshériter, mais Maman avait toujours promis de nous laisser son argent.

Mark donna libre cours à sa propre colère.

— Si c'est le genre de niaiseries que vous avez l'intention de servir à votre avocat, vous n'irez pas loin. Vous avez vu des copies du testament d'Ailsa, votre sœur et vous. Elle souhaitait que son argent serve à quelque chose d'utile, et ne voyait pas ce que vous pourriez en faire, à part financer vos débauches.

— Et qui lui a mis cette idée en tête ?

— Vous, en envoyant Lizzie récupérer les Monet.

— Ils sont à elle.

— Non. La mère de James les lui a confiés jusqu'à sa mort. Lizzie n'en sera propriétaire qu'à cette date. Ailsa était furieuse contre vous. Elle savait bien que vous vouliez les vendre… ce qui a provoqué une nouvelle crise avec Lizzie. Franchement, vous pouvez vous estimer heureux qu'Ailsa n'ait pas réglé les choses définitivement en léguant toute sa fortune à des œuvres de charité. En la laissant à votre père, elle vous a donné une chance de vous racheter.

— Il ne nous laissera pas un sou. Becky m'a dit que tout irait à l'enfant illégitime de Lizzie. (Un reniflement de dérision.) Comment va-t-elle, d'ailleurs ? Vous êtes de nouveau ensemble, bien sûr… elle en était certaine.

Mark eut instant d'hésitation.

— Qui ? Becky ?

— Évidemment. Pourquoi ? Vous avez beaucoup d'ex ? Je vous la rends volontiers, d'ailleurs… Vous pourrez le lui dire. Une belle hypocrite, celle-là… (un nouveau rire)… mais je ne vous apprends rien. Vous ne l'avez pas volé. Toutes ces histoires de Mandragore… J'avais un compte à régler avec vous.

Mark se caressa la mâchoire d'une main pensive.

— Je n'ai pas revu Becky depuis qu'elle m'a quitté. Je vous signale d'ailleurs que je préférerais me pendre plutôt que de récupérer vos déchets. Les marchandises avariées ne m'intéressent pas.

— Allez vous faire foutre !

— Je vous signale également, poursuivit Mark, que sans *mon* intervention, votre mère ne vous aurait pas laissé un sou. Vous pouvez me remercier pour les cinquante mille livres.

— Plutôt me pendre. Si vous me disiez plutôt où sont les Monet ?

Étrange question.

— À leur place habituelle.

— Non.

— Comment le savez-vous ?

— Ça ne vous regarde pas. Où sont-ils ?

— En sécurité, dit Mark succinctement. Votre mère n'avait pas confiance en vous. Elle était sûre que vous ne renonceriez pas aussi aisément.

— Vous voulez dire que *vous* n'aviez pas confiance en moi… Maman n'y aurait jamais pensé toute seule. (Une nouvelle pause.) Vous ne l'avez vraiment pas revue ? Elle prétendait qu'elle n'aurait qu'à lever le petit doigt pour que vous accouriez ventre à terre.

— Qui ?

— Becky. Je pensais que vous seriez suffisamment poire pour éponger ses dettes. Ça me réjouissait assez, pour être franc. L'idée de vous plumer ne me déplaisait pas. J'ai bien peur de lui avoir refilé le virus, vous savez.

— Quel virus ?

— À vous de trouver. Papa songe sérieusement à augmenter la pension de Lizzie ?

Le jeu ?

— Oui.

— De combien ?

— Cinq cents par mois.

— Seigneur ! lança Leo d'un air dégoûté. C'est franchement ridicule. Ça fait deux ans qu'il ne l'a pas augmentée. Vous n'auriez pas pu le convaincre d'en allonger mille ?

— Qu'est-ce que ça peut vous faire ? Vous n'en verrez pas la couleur de toute façon.

— Je ne l'espère pas.

Ce serait une première, alors, se dit Mark cyniquement.

— C'est quand même mieux que rien. Si elle a déjà dépensé les cinquante mille de sa mère, ça lui assurera cinquante bouteilles de gin par mois... mais James exige de lui parler avant de donner les instructions nécessaires.

— Et pour moi ?

— Nous sommes encore en pourparlers.

— En tout cas, n'attendez aucune reconnaissance de ma part. En ce qui me concerne, je préférerais vous voir six pieds sous terre.

— Allez vous faire foutre !

Cette fois, le rire était amusé.

— Je crois qu'effectivement, c'est ce que j'ai de mieux à faire pour le moment.

Mark sourit à son corps défendant.

— Racontez-moi ça, dit-il avec une pointe d'ironie.

Un bref instant de complicité s'établit entre eux.

— De toute évidence, vous avez forcé la main à Papa. Je ne sais pas pourquoi, dit alors Leo. En temps normal, il est plus du genre à nous couper les vivres qu'à augmenter la mise. Et si vous me disiez la vraie raison de votre appel ?

— Vous connaissez Eleanor Bartlett ? Elle habite Shenstead House.

Pas de réponse.

— Vous lui avez déjà parlé ? L'avez-vous présentée à Elizabeth ?

— Pourquoi voulez-vous savoir une chose pareille ?

Mark joua mentalement à pile ou face, et choisit la carte de la franchise. Qu'avait-il à perdre ? Si Leo était dans le coup, il savait déjà de quoi il parlait. *Sinon...*

— Elle accuse James d'inceste — il serait le père de l'enfant de Lizzie — et elle prétend tenir cette information de Lizzie elle-même. Elle a menacé votre père par téléphone, ce qui constitue un délit, et j'ai conseillé à James de prévenir la police. Mais avant cela, nous aimerions savoir si c'est vraiment Elizabeth qui a raconté ce mensonge à Eleanor Bartlett.

Le sourire mauvais de Leo transparaissait dans sa voix.

— Qu'est-ce qui vous fait croire que c'est un mensonge ?

— Prétendriez-vous le contraire ?

— Ça dépend combien ça vaut.

— Pas un sou.

— Mauvaise réponse, mon vieux. Papa tient beaucoup à sa réputation. Rouvrez les négociations sur cette base et essayez de savoir combien il est prêt à casquer pour la préserver.

Mark ne répondit pas immédiatement.

— Et votre réputation, Leo ? Combien vaut-elle ?

— Ce n'est pas moi qui suis dans le pétrin.

— Vous risquez fort de vous y trouver si je rapporte cet entretien à la police, en plus des accusations diverses que Becky porte contre vous.

— Je l'aurais obligée à emprunter de l'argent, c'est ça ? Foutaises, fit Leo d'un ton cinglant. Ça ne tient pas la route. Elle s'est endettée jusqu'au cou et n'a à s'en prendre qu'à elle. (Une pause méfiante.) Je croyais que vous ne lui aviez pas parlé.

— J'ai dit que je ne l'avais pas *vue*. Je lui ai téléphoné il y a une demi-heure. Elle s'est montrée très loquace… Pas très élogieuse à votre égard, pourtant… Elle vous accuse de perversion… elle prétend avoir peur de vous.

— Qu'est-ce que c'est que cette histoire ? interrompit Leo, furieux. Je ne lui ai jamais rien fait, à cette conne.

Mark jeta un regard en direction de James.

— Il ne s'agit pas d'elle. Vous avez droit à un nouvel essai.

— Qu'est-ce que ça veut dire ?

— À vous de trouver. Ça vous amusait quand il ne s'agissait pas de vous. Vous pensiez même pouvoir en tirer de l'argent.

Il y eut un long silence.

— Vous ne pourriez pas vous exprimer plus clairement ?

— Vu la situation, cela me paraît difficile.

— Papa écoute ?

— Oui.

La communication fut immédiatement coupée.

*

Nancy avait reçu trois messages contradictoires en l'espace de deux heures. L'un de James, d'une voix manifestement tourmentée, disant que malgré tout le plaisir qu'il avait eu à faire sa connaissance, il ne jugeait pas opportun, dans les circonstances présentes, qu'elle renouvelle sa visite. Un texto de Mark, prétendant que James mentait, suivi d'un autre, évoquant une urgence. Chaque fois qu'elle avait essayé d'appeler Mark sur son portable, elle avait été transférée sur sa boîte vocale et les messages qu'elle lui avait laissés étaient restés sans réponse.

Elle s'était inquiétée au point de laisser sa valise en plan et de repartir de Bovington pour un quart d'heure de route. Maintenant, elle se sentait ridicule. Quelles circonstances ? Quelle urgence ? Shenstead Manor était plongé dans le noir, et personne ne répondit à son coup de sonnette. Une lune capricieuse éclairait la façade par intermittence, mais il n'y avait pas le moindre signe de vie. Elle s'approcha des vitres de la bibliothèque, cherchant à distinguer un rai de la lumière sous la porte fermée du vestibule, mais n'aperçut que son propre reflet.

Elle était mal à l'aise. Que penserait James s'il revenait et la surprenait en train de l'espionner ? Pire, que penserait-il s'il l'observait de l'intérieur, caché dans l'obscurité ? Quelles que fussent les circonstances auxquelles il avait fait allusion, elles étaient certainement encore valables, et son message n'aurait pu être plus limpide. Il ne voulait pas la revoir. Elle se rappela ses larmes du matin, et sa propre gêne. Elle n'aurait pas dû venir.

Elle regagna la Discovery et se laissa tomber sur le siège du conducteur. Elle essaya de se persuader qu'ils étaient au pub — c'est ce que ses parents auraient fait —, mais elle en doutait. Dans les circonstances présentes — *S'agissait-il de ces fameuses circonstances ?* — elle imaginait mal qu'ils aient pu quitter la maison. Tout plaidait contre une telle hypothèse. Les messages de Mark. L'existence recluse de James. Son isolement. La proximité des nomades. Le piège tendu au chien. Ça ne tenait pas la route.

Avec un soupir, elle sortit une torche électrique du vide-poche et sauta à terre. Elle le regretterait, elle en était sûre. Ils étaient certainement assis au salon et faisaient semblant d'être sortis ; elle voyait déjà une atroce politesse se dessiner sur leurs visages quand elle apparaîtrait à la fenêtre. Elle fit le tour de la maison et longea la terrasse.

Toutes les lampes du salon étaient éteintes, et les portes-fenêtres verrouillées de l'intérieur. Elle essaya de les pousser, mais elles résistèrent. Les mains en visière, elle s'efforça de distinguer quelque chose à l'intérieur, mais la lueur sourde des braises, dans la cheminée, révélait que la pièce était vide. Par acquit de conscience, elle recula pour jeter un coup d'œil à l'étage, et un pressentiment funeste la fit frissonner : elle était juste à côté de l'endroit où Ailsa était morte.

« C'est complètement idiot », se dit-elle, agacée. Elle jouait à cache-cache avec ce maudit Mark Ankerton, et se laissait aller à des craintes superstitieuses à cause d'une femme qu'elle n'avait jamais vue. Elle sentait pourtant dans sa nuque le poids d'un regard... un souffle parfaitement audible derrière elle...

Elle se retourna d'un bond, le faisceau de sa torche dessinant une courbe vacillante.

*

Le plus âgé des policiers frappa à la porte du bus de Renard et ne fut guère surpris de ne pas obtenir de réponse. Il actionna la clenche pour vérifier si elle était verrouillée, puis jeta un regard curieux en direction de P'tit Loup. Bella laissa échapper un soupir de contrariété.

— Sale con, marmonna-t-elle tout bas avant d'esquisser un sourire forcé.

— Tu sais où il est ? demanda Barker.

Elle secoua la tête.

— Je croyais qu'il dormait. Comme je te l'ai dit, mon chou, il est de l'équipe de nuit à la barrière... c'est pour ça que j'ai commencé par l'autre bout... pour pas le réveiller plus tôt que nécessaire.

Barker reporta son attention sur P'tit Loup.

— Et toi, fiston ? Tu sais où est ton papa ?

L'enfant secoua la tête.

— Il ferme toujours le bus quand il s'en va ?

Un signe de tête affirmatif.

— Et il te dit où il va ?

Un frisson d'effroi.

— Alors qu'est-ce que tu es censé faire ? Crever de

froid ? Où est-ce que tu vas, s'il n'y a pas quelqu'un de sympa comme Bella dans les parages ? (Il était en colère, et ça se voyait.) Qu'est-ce qu'il a, dans ce bus, de plus précieux que son gamin ? demanda-t-il à Bella. Tu ne crois pas qu'il serait temps que nous ayons une petite conversation avec votre mystérieux ami ? Où est-il ? Qu'est-ce qu'il fabrique ?

Bella sentit un mouvement furtif à ses côtés.

— *Bravo !* C'est gagné ! s'écria-t-elle furieuse, en voyant P'tit Loup filer vers le bois comme s'il avait le diable à ses trousses. Bien joué, Mr Barker. Et *maintenant*, qu'est-ce qu'on va faire ? Parce que tu as vu juste sur un point, mon chou, son vieux s'en fout pas mal qu'il crève de froid… tout le monde s'en fout d'ailleurs. (Elle enfonça son doigt dans la poitrine de Barker.) Et tu veux savoir pourquoi ? Je pense qu'il a jamais été déclaré, ce pauvre môme, alors il *existe* même pas.

*

Le message de Nancy lui parvint dès qu'il eut raccroché. Cette fois, il n'y avait plus à hésiter. Il composa le 999 sur son portable avant de placer l'appareil dans son support.

— Police, dit-il d'un ton cassant en direction du micro situé au-dessus de sa tête, avant de faire faire brutalement demi-tour à la Lexus.

*

Un vrai combat de chiens, se disait Monroe en voyant les Bartlett se déchirer à belles dents. Il n'éprouvait aucune sympathie pour Eleanor, mais les sarcasmes de Julian commençaient à lui porter sur les nerfs. La dynamique de leur relation était d'une agressivité implacable, et il commençait à se demander si certains problèmes d'Eleanor ne pouvaient pas être imputés à son mari. Malgré toute sa courtoisie, ce type était une brute.

— Tu es complètement ridicule, Ellie. De toute évidence, quelqu'un t'a raconté je ne sais quels ragots et tu les montes en épingle. Qui est la salope dont tu me rebats les oreilles ?

Elle était trop excitée pour réfléchir à ses réponses.

— Les gens qui sont au Bois-Taillis, lança-t-elle. Ils nous ont épiés.

Il laissa échapper un rire étonné.

— Les romanos ?

— Ça n'a rien de drôle. Ils savent un tas de choses sur nous… mon nom… la marque de ta voiture…

— Et alors ? Ce n'est pas un secret. C'est sans doute un de ces types qui viennent en week-end qui leur aura dit tout ça. Tu ferais bien de diminuer les doses de THS et de Botox. Ça te grille les neurones.

Elle tapa du pied.

— J'ai regardé sur ton ordinateur, Julian. Tout y est. Tes e-mails à GS.

La coupe était pleine, se dit Monroe, en voyant Julian hausser les épaules, amusé. C'était trop facile pour lui. À tous les coups, il avait une étape d'avance. Le portable de Monroe vibra dans sa poche de poitrine. Il le sortit. Une demande d'intervention au Manoir.

— Ça marche. Dans trois minutes.

Il se leva.

— Il faudra que j'aie un autre entretien avec vous, dit-il à Eleanor. Avec vous aussi, Mr Bartlett.

Julian fronça les sourcils.

— Pourquoi moi ? Je ne suis pas responsable des agissements de ma femme.

— Non, monsieur, mais vous l'êtes des vôtres, dit Monroe en se dirigeant vers la porte.

*

Un crissement de pneus sur le gravier parvint aux oreilles de Nancy, et c'est avec soulagement qu'elle tourna la tête dans sa direction. Son sergent avait raison. L'imagination pouvait vous jouer de sacrés tours. Sur la pelouse, les ombres des buissons et des arbres se profilaient comme autant de figures sombres, tapies dans l'obscurité. Elle se rappela les propos de James. « Qui saurait mesurer son courage avant de se retrouver seul ? » Eh bien, elle savait maintenant…

Elle était restée figée sur place pendant un moment qui lui avait paru durer des heures, le dos vers les fenêtres, le faisceau de sa torche allant et venant, incapable de se décider à bouger. C'était complètement irrationnel. Sa formation et son expérience lui disaient de rejoindre sa voiture et de protéger ses arrières en longeant la maison, mais elle n'arrivait pas à faire un pas.

Les murs du manoir, couverts de plantes grimpantes, lui semblaient aussi menaçants que le jardin. Un épais buisson de pyracanthas, aux épines acérées, dessinait une masse renflée entre le salon et la bibliothèque. Personne ne pouvait s'y cacher, elle le savait. Elle était passée devant en se dirigeant vers la porte-fenêtre et aurait forcément remarqué si quelqu'un se dissimulait dans son ombre. Mais chaque fois qu'elle retenait son souffle, elle percevait un bruit de respiration.

— Qui est là ? demanda-t-elle.

Seul le silence lui répondit.

Lorsqu'un nuage voilait la lune et que l'obscurité s'épaississait, elle apercevait une lueur derrière les bosquets de noisetiers du Bois-Taillis. Une ou deux fois, elle entendit des rires, et une conversation étouffée. Elle avait envie d'appeler, mais le vent soufflait dans la mauvaise direction. Tous les sons qu'elle aurait pu émettre auraient été engloutis par la maison, derrière elle. De toute façon, elle n'aurait pas réussi à crier. Comme une autruche qui s'enfonce la tête dans le sable, la peur l'avait convaincue que l'inertie était plus sûre que l'affrontement.

*

Renard leva la tête, et la jeune femme perçut son mouvement. Les sens de l'homme, bien plus aiguisés que les siens, enregistrèrent sa réaction. Un éclair de vigilance angoissée à l'instant où quelque chose — une vibration de l'air peut-être — intensifiait sa peur. Elle n'avait aucune idée de l'endroit où il se trouvait, mais elle savait que le danger était là, tout près. Comme sa grand-mère, qui avait vainement supplié qu'on lui ouvre la porte mais qui avait eu trop peur de bouger parce qu'elle avait cru que la mort viendrait du marteau, et non du froid insidieux de la nuit.

Il sentait l'odeur de la peur.

… comme un renard dans un poulailler…

25

Martin Barker répondit au message radio pendant que son collègue cherchait deux torches électriques dans le coffre. Calant son pied contre le bas de la portière, il observa les silhouettes emmitouflées qui sortaient des bus. Bella avait envoyé tout le monde à la recherche de P'tit Loup.

— Oui. Compris… intrus, Shenstead Manor, hmm… c'est probable… la ferme est à moins d'un kilomètre. Oui, il en manque un… Sûrement, oui… le même type… Nancy Smith ? Non… Ne quitte pas.

Il fit signe à Bella de le rejoindre.

— Le nom complet de Renard, c'est quoi ?

Elle fit la grimace en approchant.

— Renard Teigneux.

— Son *vrai* nom, Bella.

Elle secoua la tête.

— Désolée, Mr Barker. C'est tout ce qu'il nous a dit. Même P'tit Loup n'en sait pas plus. Je lui ai demandé.

— Est-ce qu'il t'a déjà parlé d'une certaine Nancy Smith ?

Elle eut l'air ennuyée.

— Ouais, il m'a demandé d'appeler ses parents. Il

voulait savoir où elle était. Mais je ne le lui ai pas dit. Je lui ai raconté qu'elle était du côté de Salisbury. Qui est-ce ? Qu'est-ce qu'il lui veut ? Elle est venue nous voir, avant, mais Renard le sait pas.

Barker secoua la tête, plissant les yeux pour mieux distinguer le bus de Renard.

— Marque IVECO, dit-il dans l'émetteur, crème et gris… cabossé… le logo est camouflé… immatriculation : L324 UZP… Ça ira. On y va de toute façon. Son gosse est parti dans cette direction il y a à peu près cinq minutes. Il paraît que le colonel laisse sa porte ouverte, il se cache peut-être à l'intérieur… D'accord. Dis à Monroe qu'on arrive. Ne quitte pas, reprit-il alors que Bella posait une main pressante sur son bras.

— Il faudrait dire à tes gars de faire gaffe. Il a un rasoir sur lui. P'tit Loup en a une trouille bleue. En plus, ça fait un moment que sa mère et son frère ont disparu, et on est tous plutôt inquiets.

— Je croyais qu'ils étaient dans le Devon. Ce n'est pas ce que le gosse a dit ?

— Seulement parce qu'il a peur de vous. Il a entendu Renard nous dire qu'elle s'était barrée avec un mec ; ils étaient dans le Devon, ils travaillaient sur les foires. Mais P'tit Loup le croit pas, et nous non plus. Pourquoi est-ce qu'elle aurait emmené un gosse et pas l'autre ?

Zadie surgit derrière elle.

— Renard se conduit bizarrement depuis qu'on est arrivés. Il connaît Shenstead, c'est sûr. Moi, je suis sûre qu'il a déjà vécu ici. (Elle tourna la tête vers le manoir.) Cette baraque l'attire comme un aimant. Il fiche le camp par là dès qu'on a le dos tourné.

Barker reprit la radio.

— Tu as entendu ce qu'elles ont dit ?… Oui, un rasoir. À vérifier, il aurait vécu à Shenstead… À vérifier, une femme et un enfant disparus… peut-être dans le Devon. Leurs noms ? demanda-t-il à Bella en tendant le micro vers elle. Description ?

— Vulpa et Loupiot, dit-elle. Ils ressemblent à P'tit Loup comme deux gouttes d'eau. Blonds, les yeux bleus, maigres comme des clous. Désolée, Mr Barker, j'peux pas faire mieux. Je ne les ai vus qu'une fois. La mère était défoncée et le gosse avait l'air d'avoir trois ans, mais P'tit Loup dit qu'il en a six.

Barker approcha le récepteur de son oreille.

— D'accord. Dis à Monroe qu'on le retrouve à l'entrée. (Il coupa la radio et la reposa dans son support.) Bien, voilà ce qu'on va faire. Pas question que vous alliez chercher P'tit Loup. Je veux que vous vous regroupiez tous dans le bus de Bella, et que vous vous enfermiez à clé. Si Renard revient, ne vous approchez pas de lui et ne cherchez pas à le retenir. (Il griffonna un numéro dans son carnet et arracha la page.) Tu as encore ton portable, Bella ? Parfait. C'est le meilleur moyen de me joindre.

— Et P'tit Loup ?

— Plus vite nous aurons repéré Renard, plus vite nous le retrouverons.

— Et si Renard se pointe avec le gosse ?

— Mêmes instructions. Éviter l'affrontement. (Il posa la main sur l'épaule de Bella.) Je compte sur toi. Que tout le monde se tienne à distance. P'tit Loup pourrait être en danger si son père se sent acculé.

*

P'tit Loup se glissait vers l'arbre de Renard, scrutant l'obscurité pour essayer de distinguer la silhouette de son père. Dans le feu de l'action, la première idée qui était venue à son esprit affolé avait été d'aller trouver Renard et de lui demander de faire partir les policiers, mais il avait changé d'avis en entendant des branches craquer sous ses pas comme des coups de feu. Renard brandirait son rasoir si P'tit Loup ne faisait pas attention et révélait sa présence aux autres.

Par un effort de volonté extrême, l'enfant ralentit les battements paniqués de son cœur, puis, souple comme un chat, il dessina un vaste cercle pour rejoindre Renard à partir de la pente où poussaient les bouquets de noisetiers. Son père regarderait en direction du manoir, et ne repérerait pas P'tit Loup avant que celui-ci ne glisse sa main dans la sienne. C'était un excellent plan, se dit-il. Renard ne pourrait pas sortir son rasoir si P'tit Loup lui tenait la main, et il ne pourrait pas se mettre en colère si P'tit Loup ne faisait aucun bruit. Il repoussa l'image du marteau. S'il n'y pensait pas, il n'existait pas.

Mais Renard n'était pas à son poste habituel, et la peur étreignit à nouveau le cœur de l'enfant. Malgré tous les défauts de son père, il comptait sur lui pour chasser les policiers. Que faire ? Où aller sans risquer de se faire prendre ? Le froid était mordant, et il était assez intelligent pour savoir qu'il ne pouvait pas rester dehors. Il pensa alors au Joli Renard, à son visage souriant, à sa promesse de laisser sa porte ouverte, il pensa à sa grande maison et se dit qu'il serait facile de s'y cacher. Ne sachant où aller, il se laissa tomber dans le saut-de-loup et rampa de l'autre côté, sur la pelouse du manoir.

La demeure était plongée dans l'obscurité, mais cela ne le troubla pas. Il n'avait pas de montre et le temps ne signifiait rien pour lui. Il se dit que le vieil homme et ses amis dormaient. Plus préoccupé par la police que par les dangers qui pouvaient le guetter, il trottina à quatre pattes, se frayant un passage au-delà des buissons et des arbres du parc, tout en regardant attentivement par-dessus son épaule. De temps en temps, quand il jetait un coup d'œil vers la terrasse pour se repérer, il apercevait le reflet d'une lumière qui clignotait dans une des fenêtres du rez-de-chaussée. Il pensa qu'une lampe était allumée à l'intérieur de la maison, et n'y prêta pas attention.

Le choc n'en fut que plus grand quand, à vingt mètres de la terrasse, les nuages se dissipèrent et qu'il reconnut que c'était une torche. Il distingua la masse d'une silhouette vêtue de noir qui se découpait contre la porte-fenêtre, et la lueur pâle d'un visage. Il se recroquevilla, tremblant, derrière un arbre. Ce n'était pas Renard, il le savait. Il le reconnaissait toujours à son manteau. Et si c'était un policier, venu l'arrêter ?

L'humidité froide du sol traversait ses vêtements légers, et une léthargie terrible l'envahit. S'il s'endormait, il risquait de ne jamais se réveiller. L'idée le séduisait. C'était sûrement mieux que d'avoir tout le temps peur. Il s'accrocha à la pensée que si sa mère n'était pas partie, elle viendrait à son secours. Mais elle *était* partie et une petite voix cynique, qui avait commencé à se manifester depuis peu, lui disait pourquoi. Elle s'intéressait plus à elle-même et à Loupiot qu'à lui. Il posa la tête sur ses genoux, laissant les larmes couler en flots brûlants sur ses joues glacées.

— Qui est là ?

Il reconnut la voix de Nancy, sentit son angoisse mais, pensant qu'elle s'adressait à quelqu'un d'autre, il ne répondit pas. Comme elle, il retint son souffle et attendit. Le silence s'étira, interminable, jusqu'à ce qu'une curiosité inquiète pousse l'enfant à vérifier que la jeune femme était toujours là. Couché sur le ventre, il se tortilla autour de la base du tronc et, cette fois, il aperçut son père.

Renard se tenait à quelques mètres de Nancy, sur sa gauche, la tête baissée pour éviter que la lune n'éclaire son visage, la silhouette de son manteau à capuchon reconnaissable entre toutes contre le mur de pierres du manoir. La seule chose qui bougeait était le faisceau lumineux de la torche de Nancy qui allait et venait. Avec son intuition aiguisée par la peur, P'tit Loup savait qu'elle sentait la présence de Renard mais ne pouvait pas le voir. Chaque fois que la lumière se dirigeait vers lui, elle éclairait un buisson situé devant la maison, qui interceptait l'ombre dissimulée au-delà.

P'tit Loup fixait sur son père un regard insistant, se demandant s'il tenait son rasoir. Apparemment non. Il ne voyait rien de Renard, sauf l'ombre noire de son long manteau à capuchon. Pas le moindre éclair de lame. L'enfant se détendit un peu. Même si Renard le caressait au fond de sa poche, il n'était vraiment dangereux que quand il l'avait en main. Il ne se demanda même pas pourquoi son père traquait Nancy. Sa visite au campement offrait une explication suffisante. Personne n'empiétait impunément sur le territoire de Renard.

Son oreille aux aguets perçut le bruit de pneus sur le gravier, et il sentit le soulagement de Nancy qui baissa la torche pour éclairer les dalles à ses pieds. Elle n'aurait pas dû faire ça, songea-t-il, alors que Renard était obligé de passer devant elle pour se réfugier à l'arrière de la maison. Pris de panique, son regard glissa vers son père et il vit, terrorisé, la main de l'homme sortir de sa poche.

*

Monroe se rangea à côté de la Discovery de Nancy et laissa le moteur tourner pendant qu'il sortait pour regarder par les vitres de l'autre voiture. La porte du conducteur n'était pas fermée, et il se hissa derrière le volant, se penchant pour ramasser un sac de toile posé par terre, au pied du siège du passager. Il composa quelques chiffres sur son portable tout en parcourant du regard le contenu du sac.

— J'ai trouvé une voiture, dit-il. Pas trace du propriétaire, mais il y a un portefeuille. Carte Visa au nom de Nancy Smith. Les clés sont sur le contact, mais le moteur doit être arrêté depuis un moment. Il ne fait pas chaud là-dedans. (Il regarda à travers le pare-brise.) C'est complètement éteint de ce côté-ci… non, le colonel doit être dans la pièce qui donne sur la terrasse. (Il fronça les sourcils.) Sorti ? Mais alors qui a donné l'alarme ? Le notaire ? (Ses rides se creusèrent encore.) C'est un peu curieux, non ? Comment le notaire sait-il que cette femme est en danger ? Qui est-ce, d'ailleurs ? Pourquoi tout ce remue-ménage ? (La réponse le laissa pantois.) La *petite-fille* du colonel ? Mince alors ! (Entendant le bruit d'une voiture qui approchait, il leva les yeux vers l'allée.) Non, mon vieux. Je n'ai pas la moindre idée de ce qui se passe ici…

*

— Vous n'auriez pas dû leur dire qui était Nancy, fit James, irrité. Vous êtes fou ? Ça sera dans tous les journaux demain.

Mark l'ignora.

— Leo l'a appelée l'enfant illégitime de Lizzie, dit-il, montant à 140 sur un tronçon de route rectiligne. Est-ce une expression qu'il utilise habituellement ? Tel que je le connais, j'aurais penché pour la bâtarde.

James ferma les yeux lorsqu'ils négocièrent à vive allure le virage qui précédait Shenstead Farm.

— Il ne l'appelle ni ainsi ni autrement. C'est un sujet que nous n'abordons jamais. Que nous n'avons jamais

415

abordé. Si ça ne vous fait rien, je préférerais que vous vous concentriez sur la route.

Une fois encore, Mark l'ignora.

— Qui en a fait un sujet tabou ?

— Personne, dit James, exaspéré. À l'époque, ça ne paraissait pas tellement différent d'un avortement… et je ne pense pas que vous consacriez vos déjeuners à passer en revue les avortements familiaux.

— Je croyais que vous vous étiez disputés, Ailsa et vous, à ce propos.

— Raison de plus pour que le débat soit définitivement clos. La petite avait été adoptée. Il n'était pas question de revenir là-dessus.

Il se cramponna au tableau de bord, tandis que la haie griffait le flanc de la voiture.

— Pourquoi avez-vous si mal pris la chose ?

— Figurez-vous, Mark, que je ne donnerais pas un chien à quelqu'un que je ne connais pas. Alors un enfant… C'était une Jolly-Renard. Nous avions des devoirs envers elle. Sincèrement, vous roulez beaucoup trop vite.

— Arrêtez un peu de râler. Mais alors, pourquoi Ailsa a-t-elle décidé de l'abandonner ?

James soupira.

— Parce qu'elle ne voyait pas d'autre solution. Elle savait qu'Elizabeth serait incapable de s'occuper du bébé si elle l'obligeait à le garder, et elle ne pouvait tout de même pas le faire passer pour le sien.

— Qu'auriez-vous fait à sa place ?

— Admis que notre fille avait fait une bêtise et assumé nous-mêmes cette responsabilité. Bien sûr, il est toujours facile de raisonner après coup. Je ne fais aucun reproche à Ailsa. C'est à moi que j'en veux. Elle était persuadée que j'avais des idées si rigides que ce n'était même pas la peine de me consulter. (Un nouveau soupir.) Nous regrettons tous de ne pas avoir agi autrement, Mark. Ailsa pensait qu'Elizabeth aurait d'autres enfants — Leo aussi. Ils n'en ont pas eu, et ça a été tragique pour nous.

Mark ralentit en apercevant les phares d'un véhicule qui sortait du Bois-Taillis. Il jeta un regard furtif en passant, mais ne put rien distinguer au-delà du faisceau lumineux.

— Lizzie vous a-t-elle dit qui était le père ?

— Non, dit le vieil homme sèchement. À mon avis, elle n'en sait rien elle-même.

— Vous êtes sûr que Leo n'a jamais eu d'enfants ?

— Certain.

Mark rétrograda en approchant de l'allée du manoir, observant les phares de l'autre voiture surgir derrière lui.

— Pourquoi ? Il a eu un tas de maîtresses, James. En vertu de la loi des probabilités, il a bien dû commettre un faux pas un jour.

— Nous l'aurions su, rétorqua le colonel encore plus froidement. Il aurait été ravi de faire défiler ses petits bâtards dans la maison, surtout quand Ailsa a commencé à s'occuper d'associations de défense des enfants. Il en aurait profité pour lui extorquer de l'argent.

Mark franchit le portail.

— Quel gâchis, dit-il. C'est à croire qu'il ne tire que des cartouches à blanc.

*

Monroe tendit le bras par la vitre ouverte pour éteindre son moteur lorsque les deux voitures s'arrêtèrent à côté de lui. Il ouvrit la portière de la Lexus du côté du passager et se pencha à l'intérieur.

— Colonel Jolly-Renard, Mr Ankerton, dit-il. Nous nous sommes déjà vus. Inspecteur Monroe.

Mark coupa le contact et sortit de l'autre côté.

— Je me souviens de vous. L'avez-vous trouvée ? Tout va bien ?

— J'arrive à l'instant, dit Monroe en prenant James par le coude pour l'aider à se redresser. Elle ne doit pas être bien loin. Elle a laissé son sac et ses clés.

Un silence soudain les assaillit quand le moteur de Barker se tut.

*

La première réaction de P'tit Loup fut de se cacher les yeux. Ce qu'il ne voyait pas ne pouvait pas l'inquiéter. Ce n'était pas sa faute. C'était celle de *Bella*. C'était *elle* qui avait fait quelque chose de mal en téléphonant à la place de Renard. C'était *elle* qui avait laissé la police entrer au campement. *Elle* qui leur avait montré que Renard n'était pas là.

Mais il aimait bien Bella et, dans le fond, il savait que s'il l'accusait, c'était pour soulager sa propre conscience. Quelque part dans son esprit flottaient des lambeaux de souvenirs qu'il n'arrivait pas à préciser. Il avait vaguement l'impression de savoir ce qui était arrivé à sa mère et à Loupiot, sans pouvoir l'expliquer. C'était comme des fragments de rêve, un film à demi oublié. Mais il avait peur d'avoir raison, et il était rongé de remords parce qu'il savait qu'il aurait dû essayer de les aider, et qu'il ne l'avait pas fait.

Et voilà que cela recommençait.

*

Nancy avait follement envie de crier. La voiture s'était arrêtée, mais le moteur ronronnait encore. C'était évidemment James et Mark — *qui d'autre cela pouvait-il être* ? —, alors pourquoi n'entraient-ils pas dans la maison ? Pourquoi n'avaient-ils pas allumé ? Elle s'efforçait de rester calme, mais la paranoïa lui troublait l'esprit. Et si ce n'était pas James et Mark ? Et si ses cris provoquaient une réaction ? Et si personne ne venait ? Et si…

Oh mon Dieu !

*

Renard la maudissait intérieurement. Pourquoi restait-elle figée sur place ? Il la *sentait*, mais il ne la voyait pas plus qu'elle ne le voyait, et s'il était le premier à bouger, c'était elle qui aurait l'avantage. Était-elle assez courageuse — *ou assez terrorisée* — pour se débattre ? La lueur de la torche qui se reflétait sur les dalles ne lui apprenait rien, sinon que la main qui la tenait était ferme. Et ça, c'était inquiétant.

Cet adversaire-là semblait plus coriace que ceux dont il avait l'habitude…

*

Ils entendirent tous les trois d'autres véhicules arriver et freiner brutalement, dérapant dans un crissement de gravier. Dans un sanglot de terreur, sachant que son père n'attendrait pas plus longtemps, P'tit Loup se redressa et courut à toutes jambes vers la terrasse, toute son angoisse et tout son amour pour sa mère disparue s'épanchant dans un hurlement strident.

— *N-O-O-O-N !*

26

Plus tard, quand elle eut le temps d'y réfléchir à tête reposée, Nancy se demanda combien de décharges d'adrénaline un être humain pouvait supporter sans s'écrouler. Son organisme en était déjà imbibé mais quand le petit se mit à hurler, ses glandes s'emballèrent.

Les minutes qui suivirent restaient gravées dans sa mémoire, comme si le cri de P'tit Loup lui avait nettoyé l'esprit, lui rendant sa faculté de réaction. Elle se rappelait qu'elle était parfaitement calme, elle se rappelait qu'elle avait attendu que l'autre prenne l'initiative, elle se rappelait qu'elle avait éteint sa lampe parce qu'elle n'en avait plus besoin. Elle savait maintenant où l'homme se trouvait, parce qu'il avait juré tout bas en entendant le « Non » suppliant et, au cours de la fraction de seconde qu'il lui fallut pour passer à l'action, elle tria et analysa suffisamment d'informations pour savoir très exactement ce qu'il allait faire.

La présence de plusieurs voitures donnait à penser que c'était la police. Quelqu'un l'avait prévenue. Il y avait de la lumière au campement. Le cri était celui d'un enfant. Il n'y avait qu'un enfant terrorisé. Le fils du cinglé. C'était le cinglé. Renard. Il avait un rasoir sur lui. Il était obligé de prendre par le parc, en direction de la vallée. Sans voiture, il serait coincé entre Shenstead et la mer. Il fallait qu'il se débrouille pour passer sans se faire arrêter. Il lui fallait un otage.

Elle se mit en mouvement en même temps que lui, coupant sa course tandis qu'il se dirigeait en diagonale vers la voix de l'enfant. Elle avait moins de distance que lui à parcourir et le rattrapa — comme si la main du destin l'y avait conduite — à l'endroit même où Ailsa avait trouvé la mort, devant le cadran solaire. Son profil gauche était tourné vers elle et elle chercha à distinguer l'éclair d'une lame dans sa main. Elle paraissait vide. Il devait être droitier. D'un revers de sa torche, elle le frappa à la gorge avant d'assener brutalement le tranchant de sa main gauche sur son avant-bras droit, à l'instant où il se tournait vers elle. Un objet métallique tomba sur les dalles en cliquetant.

— Salope, lâcha-t-il, rageur, en reculant.

Elle alluma la torche, l'aveuglant.

— Si tu touches au gosse, ça va être ta fête, gronda-t-elle, tâtonnant du bout du pied et faisant glisser le rasoir derrière elle, contre le socle du cadran solaire.

Elle éleva la voix :

— N'approche pas, bonhomme, et surtout, ne dis rien ! cria-t-elle à l'enfant. Je ne veux pas qu'on te fasse de mal. Je vais donner à ton papa une chance de s'en sortir. Mais surtout, n'approche pas.

Une vague lueur d'amusement éclaira brièvement les yeux de Renard. P'tit Loup restait muet.

— Viens par ici, P'tit Loup. Tout de suite !

Pas de réponse.

— Tu m'entends ! *Tout de suite !* Tu veux que je lui fracasse le crâne, à cette salope ?

La voix terrifiée de P'tit Loup bégaya à quelques mètres d'eux.

— Il a un m-marteau dans sa p-poche. Il a t-tapé ma m-maman avec.

Trop tard. Nancy ne distingua qu'un mouvement confus tandis que le marteau, qu'il tenait derrière son dos, dessinait une courbe verticale, un mouvement de faux, en direction de sa mâchoire.

*

Le « No-o-on » aigu, désespéré, s'arrêta presque aussitôt, ne permettant pas aux hommes qui se trouvaient du côté de la façade de le localiser.

— Par où ? demanda Monroe.

Barker alluma sa lampe torche.

— Du côté du Bois-Taillis, dit-il. On aurait dit un enfant.

— La terrasse, dit James. C'est son terrain de chasse.

Mark fila vers la Discovery.

— Il faut le mettre à l'abri de ce cinglé, dit-il, démarrant en marche arrière dans un vrombissement.

*

Nancy ne put que reculer et lever le bras droit pour intercepter le coup. L'impact l'atteignit sous le coude, lui envoyant une onde de douleur jusqu'au sommet du crâne. Elle recula en titubant contre le cadran solaire, et trébucha sur le socle, perdant l'équilibre. Elle pivota pour éviter de s'affaler de tout son long contre le cadran, la torche glissa de ses doigts engourdis et tomba sur les dalles avant de ricocher hors de sa portée. Au moment où Nancy heurta le sol dans un bruit sourd, roulant désespérément pour éviter un nouveau coup de marteau, elle aperçut les cheveux blond pâle de l'enfant, flamboyant comme une balise lumineuse contre la toile sombre du parc. *Et merde !* Pourquoi avait-il fallu que la torche tombe dans cette direction ?

Elle se recroquevilla derrière le cadran solaire et réussit tant bien que mal à s'accroupir. *Continue à attirer son attention... Fais-le parler...*

— Tu sais qui je suis ? demanda-t-elle, tandis que Renard se baissait pour se mettre à son niveau, faisant passer le marteau dans sa main droite.

— La petite bâtarde de Lizzie.

De sa main gauche, elle tâtonna au pied du socle, cherchant le rasoir.

— Réfléchis mieux, Renard. Je suis ce que tu peux imaginer de pire. Une femme qui te résiste. (Ses doigts meurtris trouvèrent le manche de corne et sa paume l'entoura.) Voyons comment tu t'en sors contre un soldat.

Il fit tournoyer le marteau et l'abattit comme un merlin, mais elle avait prévu le geste. Le rasoir surgit et entailla l'avant-bras de l'homme. Nancy se déporta sur la droite pour maintenir le cadran solaire entre elle et lui.

— Voilà pour ma grand-mère, connard.

Il émit un grognement de douleur et rejeta son capuchon, comme s'il suffoquait. La lueur de la lampe de poche révéla son visage luisant de sueur.

— Tu n'es pas habitué à ça, hein ? Tu préfères t'en prendre aux gosses et aux vieilles dames ?

Il bondit sur elle et cette fois, elle lui balafra le poignet.

— Et ça, c'est pour la mère de P'tit Loup. Qu'est-ce que tu lui as fait ? Pourquoi est-ce que le gamin a une trouille pareille ?

Il lâcha le marteau pour se tenir le poignet ; le moteur de la Discovery vrombit du côté de la façade. Elle lut un éclair d'indécision dans ses yeux pâles, puis il se déchaîna, chargeant comme un taureau furieux. Elle réagit instinctivement, jetant le rasoir au loin et se roulant en boule, pour offrir la cible la plus compacte, la plus réduite possible. L'attaque fut brève mais violente — une orgie de coups de pied —, Nancy se tordant de douleur chaque fois que les bottes de Renard atteignaient leur but.

Il grommelait, haletant.

— La prochaine fois, demande-toi plutôt qui je suis… Je me foutais pas mal de ta grand-mère… La salope me devait…

Elle aurait capitulé si les phares de la Discovery n'avaient déchiré la nuit. Renard prit ses jambes à son cou.

*

Allongée sur le dos, par terre, les yeux fixés sur la lune striée de nuages légers, elle avait l'impression que tous les os de son corps étaient brisés. Elle sentit de petits doigts lui tâter le visage.

— Tu es morte ? demanda P'tit Loup, s'agenouillant à côté d'elle.

— Pas le moins du monde. (Elle lui sourit, le voyant distinctement dans les phares de la Discovery.) Tu es drôlement courageux, P'tit Loup. Comment ça va, mon bonhomme ?

— Pas trop bien, dit-il, les lèvres tremblantes. Je suis pas mort, mais je crois que ma maman si, et je sais pas quoi faire. Qu'est-ce qui va m'arriver ?

Ils entendirent une portière qui claquait et un bruit de course précipitée. L'ombre de Mark se dessina au-dessus d'eux dans les phares de la Discovery.

— Oh, *merde* ! Ça va ?

— Très bien. Je fais une petite sieste, c'est tout.

Nancy fit jouer l'articulation de sa main droite et la posa avec précaution autour de la taille de P'tit Loup :

— C'est la cavalerie, elle arrive toujours en dernier. *Non*, fit-elle fermement en voyant Mark se baisser pour écarter l'enfant. Laissez-nous tranquilles un moment. (Elle entendit d'autres pas sur la terrasse.) *Sérieusement*, Mark. Ne vous en mêlez pas et demandez aux autres de ne pas intervenir jusqu'à ce que je me sente prête.

— Mais vous saignez.

— Ce n'est pas mon sang. Je suis vannée, c'est tout. (Son regard croisa les yeux anxieux du jeune homme.) Il faut que je parle à P'tit Loup en tête à tête. *Je vous en prie*. Quand vous me l'avez demandé, je me suis éloignée. Faites-en autant.

Il acquiesça immédiatement et se dirigea vers les policiers, agitant les bras pour les faire ralentir. Dans la maison, les lampes s'allumèrent, tandis que James passait de pièce en pièce.

Nancy attira P'tit Loup vers elle, sentant ses os à travers ses vêtements légers. Que pouvait-elle lui dire ? Elle ne savait pas si Renard était son père ou son beau-père, si sa mère était morte ou si ce n'était que le fruit de son imagination, d'où il venait, s'il avait de la famille. En fait, elle ne savait pas plus que lui ce qu'il allait devenir, mais elle devinait qu'il serait confié aux services sociaux qui le placeraient dans une famille d'accueil dès qu'on aurait fait la lumière sur son cas. À quoi bon lui dire cela ? Quel réconfort pouvait-il trouver dans des perspectives aussi abstraites ?

— Je vais te raconter comment ça se passe à l'armée, dit-elle. Tout le monde prend soin de tout le monde. On appelle ça protéger les arrières des autres. Tu connais cette expression ?

P'tit Loup acquiesça.

— Eh bien tu vois, quand quelqu'un a si bien protégé les arrières d'un autre qu'il lui a sauvé la vie, alors

425

ça devient une dette, et l'autre est obligé d'en faire autant pour lui. Tu comprends ?

— Comme le bonhomme noir dans *Robin des bois* ?

Elle sourit.

— Exactement. Tu es Robin des bois, et moi, je suis le bonhomme noir. Tu m'as sauvé la vie, maintenant c'est à moi de sauver la tienne.

Il secoua la tête avec inquiétude.

— Mais c'est pas de ça que j'ai peur. Je crois pas que les flics vont me tuer. Je crois juste qu'ils vont être drôlement en colère à cause de ma maman et de Loupiot, … et puis de *tout ça*. (Il reprit son souffle en frissonnant.) Et ils vont m'envoyer chez des gens que je connais pas… et je serai tout seul.

Elle le serra plus fort contre elle.

— Je sais. C'est vrai que c'est drôlement effrayant. À ta place, j'aurais peur aussi. Alors peut-être que je pourrais rembourser ma dette en m'assurant que la police ne fera rien tant que tu ne m'auras pas dit que tu es prêt. Est-ce que ça pourrait compter comme te sauver la vie ?

L'enfant réfléchit.

— Je pense que oui. Mais comment tu vas faire ?

— Je vais commencer par remuer un peu pour voir si tout marche encore. (Ses jambes n'avaient pas l'air trop mal en point, mais son bras droit était engourdi du coude jusqu'au bout des doigts.) Puis tu vas t'accrocher à cette main… (elle le serra par la taille)… et la tenir jusqu'à ce que tu estimes que tu peux la lâcher. Qu'est-ce que tu en penses ?

Il avait la logique imparable de tous les enfants.

— Et qu'est-ce qui se passe si je ne la lâche jamais ?

— Alors, il faudra qu'on se marie, dit-elle avec un petit rire, grimaçant sous l'onde de douleur qui lui déchirait le flanc.

Ce salaud lui avait cassé une côte.

Ivo voulait convaincre les autres de lever le camp.

— Arrêtez de planer. Personne n'est au courant de rien, mais ça m'étonnerait beaucoup que les flics gobent ça. Avec un peu de bol, on passera vingt-quatre heures au poste pendant qu'ils essaieront de nous coller sur le dos tous les crimes du Dorset qu'ils n'ont pas été foutus d'expliquer… et au pire, ils nous retireront nos gosses et nous coffreront pour complicité dans toutes les conneries que Renard a pu faire. Il vaudrait mieux partir. On n'a qu'à laisser ce salaud affronter le peloton d'exécution tout seul.

— Qu'est-ce que tu en penses ? demanda Zadie à Bella.

La grosse femme roula une cigarette entre ses doigts boudinés et lécha le papier.

— Je crois qu'il faut rester et faire ce que dit Mr Barker.

Ivo bondit sur ses pieds.

— C'est un peu facile, dit-il, agressif. T'as passé cet accord sans nous consulter. Il faut se barrer, voilà ce que je dis… Lever le camp avant d'être vraiment dans la merde. Les flics n'ont certainement pas relevé les plaques minéralogiques, à part celle de Renard, et puis celle de Bella qu'ils connaissaient déjà. Pour le reste, ils ne peuvent avoir que des descriptions très vagues.

— Et Bella ? demanda Gray.

— Elle n'a qu'à les baratiner s'ils la chopent… dire qu'elle s'est fait de la bile pour ses gamines et n'avait pas envie d'avoir des emmerdes. C'est vrai. Aucun de nous n'a envie d'avoir des emmerdes.

Tous les yeux se tournèrent vers Bella.

— Alors ? demanda Zadie.

— J'suis pas d'accord, dit-elle doucement, s'échauffant un peu dans le feu de la dispute. D'abord, il y a tout le matos à rentrer — les vélos de mes gamines par exemple —, et j'ai pas très envie d'être dehors si Renard se pointe.

— L'union fait la force, commenta Ivo en arpentant nerveusement l'allée centrale. Si on est tous dehors, ça fera trop de cibles. Mais il faut qu'on y aille tout de suite. Plus on attend, moins on aura de chances d'y arriver. (Il pointa le menton en direction de Gray.) Tu sais très bien ce qui va se passer. On va avoir les flics sur le dos pendant des jours. C'est les gosses qui vont en faire les frais, on n'a pas besoin de ça.

Gray jeta un regard hésitant à sa femme.

— Qu'est-ce que tu en penses ?

— Peut-être, dit Zadie en haussant les épaules d'un air navré en direction de Bella.

— Peut-être rien du tout, fit cette dernière catégoriquement, en allumant une cigarette et en inhalant profondément une bouffée. J'ai promis à M. Barker que vous ne mettriez pas le nez dehors, alors on fait ce que j'ai dit. (À travers la fumée, elle jeta un regard pensif à Ivo.) Écoute-moi, toi. J'ai la vague impression que c'est à toi qu'on doit d'avoir les flics au cul et que maintenant, t'essaies de provoquer la débandade pour te sortir de là.

— Qu'est-ce que tu veux dire ?

Elle plissa les yeux.

— J'ai rien à cacher… et tu me feras pas bouger d'ici tant que je saurai pas que P'tit Loup est tiré d'affaire. Je me fous pas mal de Renard tant que j'suis dans mon bus… Je me fous pas mal de Mr Barker aussi. Tu peux pas en dire autant, toi. De quoi t'as la trouille, mec ? C'est quoi cette connerie de « tous les crimes du Dorset », hein ? Tout ce que je sais, moi, c'est que

Renard est un salaud d'assassin — probable que c'est un voleur aussi —, mais il est pas débile. Je lui ai laissé plus de temps qu'il n'en fallait pour qu'il revienne à son bus — mais tout le temps du monde aurait servi à rien s'il savait pas qu'il avait intérêt à rentrer. C'était pas toi, par hasard, qu'étais à la ferme, à chercher des outils à piquer ? Ça serait pas dans tes habitudes ? T'as assez de matos dans ta soute pour ouvrir une jardinerie, mec. J'suis pas aveugle.

— Arrête tes conneries.

Elle souffla un nuage de fumée vers le plafond.

— C'est pas des conneries. Peut-être que quand t'es venu, t'avais vraiment l'intention de monter ce projet avec nous, mais ce qu'y a de sûr c'est qu'à midi, t'avais déjà renoncé. T'as toujours eu l'intention de te barrer demain... alors j'imagine que t'as fait un petit tour au village pour te dédommager du temps perdu... (elle haussa les épaules)... et maintenant, tu fais dans ton froc à l'idée que Renard se pointe et te dérouille parce que t'as marché sur ses plates-bandes. J'sais pas trop ce qu'il fout, mais ça m'étonnerait qu'il soit enchanté de voir des flics grouiller partout.

— On est tous dans le même bateau. C'est toi qui as parlé à ton pote le flic de Vulpa et de Loupiot. Tu crois que ça va plaire à Renard, ça ?

— Ça m'étonnerait.

— Alors fais marcher ta cervelle, et fous le camp tant que la voie est libre. Les flics le trouveront pas. Il va se planquer quelque part, puis il reviendra nous demander des comptes.

— Il va sûrement pas venir nous chercher ici — faudrait déjà qu'il arrive à péter la porte, et elle est solide. (Elle sourit.) Ça changera rien pour *toi*, c'est sûr. Tu vas forcément te faire pincer. Si c'est pas par Renard, ça sera par Mr Barker quand les gens viendront se plaindre qu'on leur a fauché leurs cisailles… Mais ça, c'est *ton* problème, mec. Faut quand même que tu saches que j'ai pas l'intention de me faire égorger parce que t'as la trouille de sortir tout seul. Tu veux sauver ta peau ? D'accord, mais fais pas semblant de nous faire une fleur. Et t'as pas intérêt à emmener tes gosses et ta nana dehors, ajouta-t-elle, avec un regard vers la femme introvertie qui prétendait être l'épouse d'Ivo. Elle sera pas de taille à tenir tête à Renard si tu te fais la malle.

Il lança un coup de pied exaspéré contre un des sièges.

— Y a peut-être pas que Renard qui a envie de te tordre le cou, espèce de gros tas. T'es drôlement copine avec les flics, dis-moi. Ça serait pas toi qui les as fait venir ? Depuis ce matin, t'arrêtes pas de te faire de la bile à cause de la mère de P'tit Loup. Ça m'étonnerait pas que tu les aies prévenus.

Elle secoua la tête.

— J'l'ai pas fait… mais ç'aurait peut-être pas été une si mauvaise idée. (Elle pointa sa cigarette vers lui.) J'ai pas peur de Renard. Des salauds comme lui, j'en connais d'autres… tout sucre tout miel quand il s'agit d'arriver à ses fins… et dès que ça tourne mal, il colle tout sur le dos de quelqu'un d'autre… d'une femme, en général. Ça te rappelle personne ?

— T'as une grande gueule, Bella. Ça fait longtemps que quelqu'un aurait dû te la claquer.

— Ouais… t'as raison mon pote. Tu veux essayer ? (Elle secoua la tête avec mépris.) Non. Ça m'aurait étonnée. Après tout, c'est peut-être mieux que le projet tombe à l'eau. J'aurais fini par devenir cinglée avec un minable comme toi pour voisin.

*

La trace de Renard se perdait au bout de la terrasse. Barker et Wyatt cherchèrent des empreintes sur la pelouse mais, même après que James eut allumé les lumières extérieures, dont beaucoup ne fonctionnaient plus, ils n'arrivèrent pas à repérer la direction qu'il avait prise. Les dalles étaient constellées de taches de sang, mais si elles se poursuivaient dans l'herbe, ce n'était que du noir sur du noir dans l'obscurité de la nuit. Craignant de brouiller la piste en ajoutant leurs propres empreintes, ils renoncèrent et revinrent vers les portes-fenêtres.

Au salon, un débat animé se déroulait entre Monroe et Mark Ankerton, qui tournait le dos à la porte donnant sur le vestibule. Les deux hommes agitaient leurs index comme des matraques.

— Non, inspecteur, je suis navré. Le capitaine Smith a été très claire sur ce point. Elle refuse d'être hospitalisée. Et elle n'est pas prête pour le moment à répondre à vos questions sur les événements qui se sont déroulés sur la terrasse du colonel Jolly-Renard. En tant que juriste, j'insiste pour que sa volonté soit respectée.

— Mais bon sang, soyez raisonnable, protesta Monroe. Elle a le visage en sang et, de toute évidence, une fracture du bras. Si je n'appelle pas une ambulance, la police du Dorset risque d'être attaquée pour non-assistance à personne en danger.

Mark l'ignora.

— De plus, toujours en qualité de juriste, je tiens à prévenir P'tit Loup qu'il ne doit répondre à aucune question tant que toutes les conditions légales concernant les interrogatoires d'enfants ne seront pas réunies — à savoir, la pleine compréhension du sujet sur lequel portent les questions, l'absence de pressions, un environnement qui ne présente aucun caractère inquiétant pour lui et la présence d'un adulte qu'il connaisse et en qui il ait toute confiance.

— Je proteste contre le vocabulaire que vous employez, monsieur. Il n'est pas question d'interrogatoire. Je tiens seulement à m'assurer qu'il va bien.

Martin entra par la porte-fenêtre.

— Que se passe-t-il ? demanda-t-il.

Monroe poussa un soupir agacé.

— La fille et le petit ont disparu avec le colonel et Mr Ankerton refuse de me laisser appeler une ambulance ou de m'autoriser à les voir.

— C'est sûrement à cause du gosse, dit Barker en tendant la main vers le téléphone posé sur le bureau. Il a une peur bleue des flics. C'est pour ça qu'il a fichu le camp tout à l'heure quand on est allés perquisitionner au camp. Si j'étais vous, je les laisserais pour le moment. Avec son père qui rôde dans les parages, il vaudrait mieux qu'il ne disparaisse pas une nouvelle fois. (Il fit un signe de tête vers Ankerton.) Puis-je utiliser le téléphone ?

— Il ne fonctionne pas. Je le rebrancherai si Mr Monroe accepte de laisser mes clients tranquilles.

Barker prit l'initiative.

— Faites ce qu'il vous dit, ordonna-t-il à Monroe, ou c'est vous qui paierez les pots cassés si ce salaud s'introduit dans une maison et prend des otages. (Il lui jeta son portable.) S'il sonne, répondez. Ce sera une certaine Bella Preston. Quant à vous, monsieur, dit-il à Mark, qui se mettait à quatre pattes pour brancher la prise téléphonique, je vous suggère d'enfermer le colonel et vos clients dans une pièce jusqu'à ce que je vous donne le feu vert. Il n'est pas exclu que ce type revienne.

*

432

En raison de l'obscurité, de l'absence d'éclairage dans la vallée et du nombre trop élevé d'abris naturels pour justifier l'utilisation de l'hélicoptère de la police, il fut décidé d'abandonner les recherches jusqu'à l'aube. On mit en place des barrages routiers aux deux extrémités de Shenstead Valley et on laissa le choix aux habitants du village et aux occupants des trois fermes isolées : rester chez eux avec interdiction d'en sortir ou se faire escorter vers un lieu d'hébergement provisoire.

Les métayers et leurs familles préférèrent rester sur place, fusil de chasse pointé vers la porte d'entrée. Les Woodgate et leurs enfants partirent pour Dorchester, chez la mère de Stephen, tandis que les jumeaux du banquier et leurs petites amies, qui en avaient plus qu'assez des tâches ménagères, s'empressèrent d'accepter des chambres d'hôtel pour la nuit. Les occupants des deux gîtes regagnèrent Londres sur-le-champ, non sans protester. Ils réclameraient une indemnité. C'était scandaleux. Ils n'étaient pas venus passer leurs vacances dans le Dorset pour que la police laisse des cinglés en liberté.

Prue Weldon piqua une crise, refusant aussi bien de quitter sa maison que de rester seule, s'accrochant comme une sangsue à la main de Martin Barker et le suppliant de persuader son mari de venir la rejoindre. Il finit par obtenir gain de cause en expliquant à Dick que la police n'avait pas suffisamment d'effectifs pour surveiller les bâtiments vides. Soûl comme une barrique, Weldon se fit reconduire par Jack et Belinda qui préférèrent rester après l'avoir vu décharger son fusil de chasse sur le poulet en cocotte de Prue.

Chose surprenante, les Bartlett décidèrent d'un commun accord de ne pas partir, faisant valoir que leur maison contenait trop d'objets de valeur pour qu'ils puissent l'abandonner. Eleanor était convaincue que son intérieur serait vandalisé — « Les gens prennent un malin plaisir à déféquer sur les moquettes et à uriner contre les murs » —, tandis que Julian craignait pour sa cave — « Il y en a pour une fortune là-dedans. » On leur conseilla de monter à l'étage et de se barricader dans une chambre, mais à voir Julian arpenter le vestibule, il semblait peu probable que ce conseil serait suivi d'effet.

Quant à Vera Dawson, elle accepta de se faire conduire au Manoir pour passer la nuit auprès du colonel et de Mr Ankerton. Bob était à la pêche, expliquat-elle aux deux jeunes policiers, enfilant son manteau avec force marmonnements et chuintements avant de fermer la porte d'entrée à clé. Ils lui promirent qu'à son retour, il serait arrêté à l'un des barrages routiers et qu'il la rejoindrait au Manoir. Elle leur tapota les mains d'un air mutin. Bob serait drôlement content, leur ditelle avec un petit sourire de bonheur. Il se faisait toujours du mouron pour elle. Elle avait encore toute sa tête, bien sûr, mais sa mémoire lui jouait parfois des tours.

Restait à régler le sort des itinérants. Le problème n'était pas simple. L'activité policière autour du camping-car de Renard était intense, et les routards n'avaient pas l'air très enclins à assister impassiblement à la fouille du véhicule. Les bergers allemands aboyaient sans discontinuer, et les enfants ne cessaient d'échapper à la surveillance de leurs parents. Certains voyageurs exigeaient de pouvoir partir, alléguant que Bella était la seule à en savoir un peu plus long sur Renard. Imperturbable, la police décida de les escorter en convoi jusqu'à un terrain, dans la banlieue de Dorchester, où l'on pourrait procéder à leur interrogatoire dès le lendemain.

Il fallut abandonner cette solution lorsqu'un membre

du groupe, particulièrement pressé ou refusant d'obéir aux instructions, bloqua la sortie en embourbant son car dans le sol ameubli. Furieux, Barker lui ordonna de reconduire sa famille dans le bus de Bella pendant qu'il essaierait de trouver le moyen d'assurer la sécurité de neuf adultes accompagnés de quatorze enfants en l'absence de véhicule suffisamment spacieux pour leur faire quitter la vallée.

27

Superbe dans sa robe violette, Bella, encadrée de ses trois filles, franchit le seuil et tendit la main à James.

— Merci, monsieur, dit-elle. Je les ai tous prévenus qu'ils feraient aussi bien de garder leurs mains dans leurs poches. On voudrait pas vous causer d'ennuis. (Elle jeta un regard oblique à Ivo.) Pas vrai, Ivo ?

— Ferme-la, Bella.

Elle l'ignora.

— Mr Barker m'a dit que P'tit Loup est chez vous, poursuivit-elle en écrasant les doigts de James comme des saucisses. Comment il va ?

Submergé, James lui tapota la main.

— Très bien, ma chère. Pour le moment, nous sommes incapables de l'arracher à ma petite-fille. Ils sont en haut, dans une des chambres. Je crois qu'elle lui lit les fables d'Ésope.

— Pauvre petit chou ! Il a vraiment un truc contre les flics… Il a filé comme une fusée quand Mr Barker lui a posé des questions. Je lui disais tout le temps de pas s'en faire, mais ça a servi à rien. Je peux le voir ? On est amis, tous les deux. Peut-être que ça ira mieux s'il sait que je l'ai pas lâché.

James jeta un regard interrogateur à son notaire.

— Qu'en pensez-vous, Mark ? P'tit Loup acceptera-t-il d'échanger Nancy contre Bella ? Cela pourrait convaincre Nancy d'aller se faire soigner.

Mais Mark était assailli par les vieux bergers allemands qui reniflaient les jambes de son pantalon.

— Nous devrions peut-être les enfermer à l'office, suggéra-t-il.

— Ils vont aboyer tout le temps, avertit Zadie. Ils n'aiment pas être séparés des enfants. Tiens, dit-elle en donnant les laisses à un de ses fils. Fais gaffe qu'ils ne lèvent pas la patte partout et empêche-les de monter sur les canapés. Et *toi*, dit-elle à un autre de ses fils avec une petite tape sur la tête, débrouille-toi pour ne rien casser.

Surgissant derrière elle, Martin Barker réprima un sourire.

— C'est vraiment très aimable à vous, monsieur, dit-il à James. Je vous laisse Sean Wyatt. Si tout le monde reste dans la même pièce, la surveillance sera plus facile.

— Où souhaitez-vous que nous nous mettions ?

— Pourquoi pas dans la cuisine ?

James parcourut des yeux un océan de visages.

— Les enfants ont l'air tellement fatigués. Ne vaudrait-il pas mieux les coucher ? Il y a bien assez de chambres.

Martin Barker regarda Mark, pointa le menton vers l'argenterie posée sur une table Chippendale près de la porte et secoua la tête.

— Dans la *cuisine*, James, dit Mark fermement. Le congélateur est plein. Commençons par manger. Nous réglerons le reste ensuite, voulez-vous ? Je ne sais pas ce qu'en pensent les autres, mais moi, je suis mort de faim. Comment Vera s'en sort-elle aux fourneaux ?

— C'est une calamité.

— Je m'en charge, dit Bella, interposant ses filles entre Ivo et la table Chippendale, où ses doigts s'égaraient en direction d'un étui à cigarettes. Mon pote épluchera les patates. (Elle empoigna James fermement par le bras et l'entraîna avec elle.) Qu'est-ce qu'elle a, Nancy ? Ce salaud de Renard l'a blessée ?

*

Affolé, P'tit Loup se cramponna à Nancy lorsque le visage de Vera Dawson s'encadra dans l'embrasure de la porte.

— Elle est revenue… elle est revenue, lui chuchotat-il à l'oreille.

— Ou-ououoûh !

Nancy interrompit la lecture d'*Androclès et le lion* avec un sifflement de douleur. Elle était assise dans un fauteuil de la chambre de Mark, P'tit Loup sur ses genoux, et chaque fois que le petit bougeait, sa côte suivait le mouvement, envoyant des élancements dans son bras droit. Elle avait vainement espéré qu'il s'endormirait, mais la vieille ne les laissait pas tranquilles, et P'tit Loup se tortillait de terreur chaque fois qu'il l'apercevait.

Sans doute étaient-ce les marmonnements de Mrs Dawson qui l'inquiétaient ainsi ; autrement, c'était une curieuse réaction en présence d'une inconnue. Son angoisse était si vive qu'elle le sentait trembler. Elle le cala sur ses genoux, et fronça les sourcils en direction de la femme. Que voulait cette vieille bique ? Nancy lui avait demandé plusieurs fois de descendre, mais elle semblait irrésistiblement attirée vers eux. Elle ne les lâchait pas du regard et commençait à inspirer à Nancy la même aversion qu'à l'enfant.

— Elle ne te fera rien, chuchota-t-elle à l'oreille de P'tit Loup. Elle est vieille, c'est tout.

Mais il secoua la tête et s'accrocha à elle, terrorisé.

Perplexe, Nancy renonça à toute courtoisie.

— Fermez cette porte et partez, Mrs Dawson, dit-elle sèchement. Si vous n'obéissez pas, je serai obligée d'appeler Mr Ankerton et de l'avertir que vous nous importunez.

La vieille femme entra dans la pièce.

— Il n'y a pas de téléphone ici, mademoiselle.

Pour l'amour du ciel !

— Lâche-moi, dit-elle à P'tit Loup. Il faut que j'attrape mon portable.

Elle fouilla dans la poche de sa veste polaire, en respirant superficiellement car l'enfant s'appuyait contre elle.

— Bien, retour à la case départ. Tu sais comment ça marche ? Super. Le numéro de code est 5378. Maintenant, fais défiler les numéros jusqu'à ce que tu trouves celui de Mark Ankerton, appuie sur « appel » et mets le téléphone près de ma bouche.

Elle leva un pied botté en voyant Vera s'approcher dangereusement.

— Je suis tout à fait sérieuse, Mrs Dawson. Je vous demande de quitter cette chambre. Vous faites peur au petit. N'approchez pas.

— Vous frapperiez pas une vieille comme moi. Y a que Bob qui frappe les vieilles.

— Je n'ai pas besoin de vous frapper, Mrs Dawson, une bonne bourrade et vous serez par terre. Je n'ai pas particulièrement envie d'en arriver là, mais si vous m'y obligez, je n'hésiterai pas. Vous comprenez ce que je vous dis ?

Vera garda ses distances.

— Je suis pas idiote, marmonna-t-elle. J'ai encore toute ma tête.

— Ça sonne, dit P'tit Loup en approchant le portable de la bouche de Nancy.

Elle l'entendit se brancher sur la messagerie vocale. *Bon sang !* Cet abruti ne répondait donc *jamais* au téléphone ? *Ah, enfin !*

— Mark ? dit-elle péremptoirement. Pointez-vous un peu en haut, mon vieux. Mrs Dawson terrorise P'tit Loup et je n'arrive pas à la faire partir. (Elle montra les dents à la vieille femme.) Oui, par la force s'il le faut. Elle a l'air de perdre la boule et d'oublier qu'elle est censée rester en bas avec James et vous. Je vais le lui dire. (Elle raccrocha.) Le colonel Jolly-Renard vous réclame au salon immédiatement, Mrs Dawson. Mr Ankerton me dit qu'il est furieux que vous ne soyez pas encore là.

La vieille femme gloussa.

— Il est tout le temps furieux… c'est qu'il a sale caractère, le colonel. Exactement comme mon Bob. Mais vous en faites pas, ils vont tous finir par le payer. (Elle s'approcha de la table de chevet et prit le livre qui était posé dessus.) Vous l'aimez bien, Mr Ankerton, mademoiselle ?

Nancy reposa son pied par terre sans répondre.

— Vous devriez pas. Il a volé tout l'argent de votre mère. Et celui de votre oncle aussi. Tout ça parce que votre grand-mère s'était entichée de lui… elle lui tournait autour chaque fois qu'il venait… elle l'appelait Mandragore et flirtait avec lui comme une bécasse. Elle lui aurait tout laissé si elle était pas morte.

Elle avait prononcé toute cette tirade d'un trait, et Nancy se demanda si elle était vraiment aussi démente qu'elle en avait l'air.

— Ce sont des bêtises, Mrs Dawson. Mrs Jolly-Renard a modifié son testament plusieurs mois avant sa mort, et elle a laissé sa fortune à son mari. C'était dans le journal.

La contradiction sembla la désarçonner. Elle eut l'air perdue, comme privée d'un appui familier.

— Je sais ce que je sais.

— Eh bien alors, vous ne savez pas grand-chose. Maintenant, voudriez-vous bien quitter cette chambre ?

— Vous avez pas à me donner des ordres. Vous êtes pas chez vous. (Elle laissa tomber le livre sur le lit.) Vous êtes exactement comme le colonel et madame… Faites ci… faites ça. Vous êtes une domestique, Vera. Ne fourrez pas votre nez partout. J'ai été une bonniche, une esclave toute ma vie… (elle tapa du pied)… mais ça va plus durer longtemps, si mon garçon réussit. C'est pour ça que vous êtes venue ? Pour prendre la maison à votre maman et à votre oncle Leo ?

Nancy se demanda qui était son « garçon » et comment elle avait deviné qui elle était, alors que James avait pris la précaution de la présenter comme une simple amie de Mark.

— Vous me confondez avec quelqu'un d'autre, Mrs Dawson. Ma mère habite le Herefordshire et je n'ai pas d'oncle. Si je suis ici, c'est simplement parce que je suis une amie de Mr Ankerton.

La femme agita un doigt noueux.

— Je sais qui vous êtes. J'étais là quand vous êtes née. Vous êtes la petite bâtarde de Lizzie.

Nancy avait déjà entendu cette expression dans la bouche de Renard, et elle sentit les poils de sa nuque se hérisser.

— On va rejoindre les autres en bas. Descends, et aide-moi à sortir de ce fauteuil, tu veux ?

P'tit Loup s'écarta légèrement comme s'il s'apprêtait à obéir, mais Vera se précipita vers la porte qu'elle claqua, et il se blottit de plus belle contre Nancy.

— Je vous laisserai pas le prendre, siffla-t-elle. Soyez sage, maintenant, et rendez-le à sa grand-maman. Son papa l'attend.

Seigneur ! Elle sentit les bras de P'tit Loup se nouer autour de son cou, l'étranglant à moitié.

— Tout va bien, chéri, lui dit-elle d'une voix pressante. Fais-moi confiance, P'tit Loup. Je t'ai dit que je m'occuperai de toi et je le ferai… mais il faut que tu me laisses respirer. (Ses poumons se remplirent d'air lorsque l'enfant desserra son étreinte, et elle leva sa botte une nouvelle fois.) Ne me cherchez pas, Mrs Dawson, ou je vous balance un coup de pied dès que vous serez à ma portée. Est-ce qu'il vous reste assez de cervelle pour comprendre ça, espèce de vieille folle ?

— Vous êtes comme madame. Vous croyez que vous pouvez dire tout ce que vous voulez à la pauvre vieille Vera.

Nancy reposa son pied et banda toutes ses forces pour s'avancer dans son fauteuil.

— Pauvre vieille Vera, mon cul, lança-t-elle. Qu'avez-vous fait à P'tit Loup ? Pourquoi est-ce qu'il a tellement peur de vous ?

— Je lui ai appris les bonnes manières quand il était petit. (Un étrange sourire joua sur ses lèvres.) Il avait des jolies petites boucles brunes, exactement comme son papa.

— C'est pas vrai, c'est pas vrai ! hurla P'tit Loup, hystérique, s'accrochant à Nancy. J'ai jamais eu des cheveux bruns. Ma maman a dit que j'suis toujours été comme ça.

La bouche de Vera commença à remuer furieusement.

— Tu vas pas désobéir à ta grand-mère. Fais ce qu'on te dit. Vera sait ce qu'elle sait. Vera a encore toute sa tête.

— C'est pas ma grand-mère, chuchota P'tit Loup, implorant. Je l'ai jamais vue avant… J'ai juste peur des gens méchants… et elle est méchante, parce qu'elle sait pas sourire. Ses lignes sont toutes à l'envers.

Nancy examina le visage de la vieille femme. P'tit Loup avait raison, songea-t-elle, étonnée. Toutes les rides dessinaient des lignes descendantes, comme si le ressentiment avait creusé des tranchées dans sa peau.

— Tout va bien, dit-elle apaisante. Elle ne t'emmènera pas, ne t'en fais pas.

Elle éleva la voix.

— Vous êtes en pleine confusion, Mrs Dawson. Ce garçon n'est pas votre petit-fils.

La vieille femme se passa la langue sur les lèvres.

— Je sais ce que je sais.

Mais non, vous ne savez rien, espèce de vieille cinglée… Vous déraillez complètement…

— Alors donnez-moi le nom de votre petit-fils. Donnez-moi le nom de votre fils.

C'en fut trop pour sa cervelle détraquée. Vera sombra dans le délire.

— Vous êtes exactement comme *elle*… mais j'ai des droits… à voir comment je suis traitée, on le croirait pas… Faites ci, faites ça… Qui se soucie de la pauvre vieille Vera à part son garçon chéri ? Repose-toi un peu, Maman, qu'il dit, je m'occupe de tout. (Elle pointa un index courroucé en direction de Nancy.) Regardez un peu ce que cette chère petite Lizzie a fait. Une pute, une voleuse… mais on a tout pardonné, tout oublié parce que c'était une Jolly-Renard. Et le bébé de Vera ? Est-ce qu'on lui a pardonné ? Non. (Elle serra les poings et les frappa l'un contre l'autre dans un geste d'impuissance.) Et Vera ? Est-ce qu'on lui a pardonné ? Oh, non, il fallait que Bob sache que *Vera* était une voleuse. C'est pas vrai ?

Nancy ne savait pas de quoi elle parlait, mais elle sentit qu'elle n'avait rien à gagner à lui donner raison. Mieux valait la pousser à bout que manifester la moindre sympathie pour ses problèmes, quels qu'ils fussent. Au moins, pendant qu'elle vitupérait, elle restait à distance.

— Vous êtes *complètement* sénile, lança-t-elle, méprisante. Pourquoi devrait-on pardonner à une voleuse ? On aurait dû vous coller en prison avec votre assassin de fils — en admettant que Renard soit votre fils, ce dont je doute, puisque vous ne savez même pas comment il s'appelle.

— C'est pas *lui* qui l'a assassinée, siffla la vieille. Il l'a même pas touchée. C'était pas la peine, mais elle l'a pas volé avec sa langue de vipère… m'accuser, *moi*, d'avoir dépravé sa fille. Dites plutôt que c'est sa fille qui a dépravé mon garçon… *Ça*, c'est la vérité… l'attirer dans son lit et lui faire croire qu'elle tenait à lui… C'était *Lizzie* la pute, tout le monde l'a toujours su. Mais c'est Vera qu'on a traitée comme une pute.

Nancy se passa la langue à l'intérieur de la bouche. « *Je suis le produit complexe des circonstances de ma vie… et non le résultat prévisible et linéaire d'un accouplement accidentel qui s'est produit il y a vingt-huit ans.* » Mon Dieu ! Que cette phrase semblait ridiculement arrogante maintenant.

— Je ne sais pas de quoi vous parlez, dit-elle catégoriquement, se raidissant pour s'avancer encore un peu.

— Bien sûr que si. (Un éclair d'intelligence sournoise brillait dans les yeux fatigués.) Ça vous fait peur, hein ? Ça faisait peur à madame, aussi. C'est une chose de rechercher la petite bâtarde de Lizzie… c'est moins drôle de trouver celle de Renard. Ça lui plaisait pas du tout. Elle a voulu me bousculer pour aller le dire au colonel… mais mon garçon, il a pas été d'accord.

« Rentre, Maman, qu'il a dit, laisse-moi faire. » (Elle tapota sa poche, faisant cliqueter quelques clés.) *Voilà* pourquoi son cœur s'est arrêté de battre. Je l'ai lu sur son visage. Elle avait pas imaginé que *Vera* l'enfermerait dehors. Oh, non ! Elle qui avait eu *tant* de bonté pour Vera…

*

La tenue de la maison de James n'impressionna guère Bella.

— Qu'est-ce qui se passe avec sa femme de ménage ? demanda-t-elle quand Mark l'accompagna à l'office pour lui montrer le congélateur. (Elle contempla avec dégoût la crasse accumulée dans l'évier et les toiles d'araignée aux fenêtres.) Bon sang, vous avez vu ça ? C'est un miracle si ce pauvre vieux est pas à l'hôpital avec le tétanos et une intoxication alimentaire. Si j'étais lui, je la foutrais à la porte.

— Moi aussi, approuva Mark, mais la situation est compliquée. Il n'est pas facile de trouver quelqu'un d'autre, malheureusement. Shenstead est un village fantôme ; la plupart des maisons sont louées comme gîtes de vacances.

— C'est ce que Renard nous a dit. (Elle souleva le couvercle du congélateur et fronça le nez devant la couche de givre qui recouvrait les aliments.) Quand est-ce qu'on a ouvert ce machin pour la dernière fois ?

— Je l'ai vérifié le soir de Noël, mais je pense qu'il n'avait sans doute pas été ouvert depuis la mort de l'épouse du colonel, en mars. Vera refusait d'y toucher. Elle ne faisait déjà pas grand-chose quand Ailsa était là, mais elle ne fiche plus rien du tout ces derniers temps… elle prend ses gages et rentre chez elle.

Bella fit la grimace.

— Vous voulez dire qu'elle est *payée* pour laisser la maison dans cet état ? demanda-t-elle, incrédule. Merde alors ! C'est l'affaire du siècle.

— En plus, elle occupe gratuitement un pavillon.

Bella n'en revenait pas.

— Vous plaisantez ! Je donnerais mon bras droit pour un boulot pareil… et je ne profiterais pas de la situation, vous pouvez me croire.

Son expression fit sourire Mark.

— En toute justice, elle ne devrait probablement plus travailler du tout. Elle est aux trois quarts sénile, la pauvre vieille. Mais vous avez raison, elle profite de la situation. Le problème est que James a été très… (il chercha le mot juste)… *abattu* ces dernières semaines, ce qui fait qu'il ne l'a pas tenue à l'œil… et qu'il ne s'est occupé de rien, d'ailleurs.

Son portable se mit à sonner.

— Excusez-moi, fit-il en le sortant de sa poche et en fronçant les sourcils en déchiffrant le numéro affiché. Il approcha le combiné de sa bouche.

— Que voulez-vous, Leo ? dit-il froidement.

*

Toute la méfiance que ses origines biologiques avaient pu inspirer à Nancy la poussait à hurler pour faire taire la vieille, mais elle refusa de donner cette satisfaction à Vera. Si elle avait été seule, elle aurait nié toute relation avec Renard ou avec sa mère, mais elle était consciente que P'tit Loup buvait leurs paroles. Il ne pouvait certainement pas tout comprendre, mais elle ne pouvait se résoudre à nier toute relation avec *lui*.

— Pourquoi avez-vous fait cela ? demanda-t-elle à la vieille femme. Pour de l'argent ? Vous faisiez chanter Ailsa ?

Vera émit un grognement qui pouvait passer pour un rire.

— Et pourquoi pas ? Madame pouvait se le permettre. Ce n'était pas grand-chose pour que je dise rien à propos de votre papa. Elle disait qu'elle préférerait encore mourir, cette idiote. (Elle sembla soudain perdre le fil.) Tout le monde meurt. Bob va mourir. Mon garçon se met en colère quand les gens l'embêtent. Mais pas Vera. Vera fait ce qu'on lui dit… fais ci… fais ça… C'est pas vrai ?

Nancy se tut. Elle ne savait plus quoi dire. Valait-il mieux compatir ? Ou embrouiller encore le cerveau de la vieille en discutant ? Vera divaguait tellement que tout ce qu'elle disait n'était peut-être qu'un tissu d'affabulations, mais Nancy éprouvait une peur atroce à l'idée que les fragments la concernant ne soient exacts. Ne l'avait-elle pas redouté toute sa vie ? N'était-ce pas pour cela qu'elle avait refusé même de penser à ses origines ? N'avait-on pas raison de dire que ce que le cœur ignore ne saurait l'affecter ?

— Madame a dit que mon garçon était de la « vermine », reprit la vieille, se léchant les lèvres férocement, alors il lui a montré comment on se débarrasse de la vermine. Elle a pas aimé ça… un de ses renards, la cervelle écrabouillée… elle a dit que c'était cruel.

Nancy ferma les yeux de douleur en avançant d'un centimètre. *Il fallait continuer à la faire parler…*

— *C'était* cruel, dit-elle. Et c'était aussi cruel de tuer Henry. Qu'est-ce que ce pauvre vieux chien avait bien pu faire à votre salaud de fils ?

— C'est pas mon fils qui a fait ça. C'est l'autre.

Nancy inspira, ses terminaisons nerveuses protestant à chaque mouvement.

— Quel autre ?

— Ça vous regarde pas. Un vrai cochon, toujours à

renifler les jupons. Vera l'a vu… Vera voit tout. « Sors de la maison, Maman, qu'il a dit mon fils, c'est moi qui vais causer. » Mais moi, je l'ai vu… *et* aussi la petite coureuse qu'il traînait partout. Elle a toujours donné du souci à ses parents… leur a mené une vie d'enfer avec ses flirts et ses coucheries.

Elizabeth ?

— Arrêtez donc de vous en prendre aux autres, dit sèchement Nancy. Vous feriez mieux de vous en prendre à vous, et à votre fils.

— C'est un bon garçon.

— Tu parles ! cracha-t-elle. Il *assassine* des gens.

La langue passa encore et encore sur les lèvres.

— Il voulait pas, pleurnicha Vera. C'est la faute de madame. Vous trouvez pas ça cruel, vous, de dépenser de l'argent pour sauver des renards et de refuser de le sauver, lui ? Ça suffisait pas de le chasser de chez lui, elle voulait l'envoyer en prison, en plus. (Elle se frappa une nouvelle fois les poings l'un contre l'autre.) C'était sa faute à *elle*.

— Non, répliqua Nancy, exaspérée. C'était la *vôtre*.

Vera se recroquevilla contre le mur.

— C'est pas moi qui l'ai fait. C'est le froid. (Sa voix se perdit dans un fredonnement.) Vera l'a vue… toute froide et gelée avec presque rien sur elle et la bouche ouverte. Elle aurait eu tellement honte. C'était une dame orgueilleuse. Elle a jamais dit à personne pour Lizzie et mon garçon… jamais dit au *colonel*. Il aurait été *très* en colère. C'est qu'il a mauvais caractère, le colonel.

Nancy s'avança encore d'un centimètre.

— Dans ce cas, il va vous découper en morceaux quand je lui dirai que vous avez aidé votre fils à tuer sa femme, gronda-t-elle, les dents serrées.

Au supplice, Vera se donna une tape sur la bouche.

— C'est un bon garçon. « Repose-toi, Maman, qu'il dit. Tu as fait la bonniche, l'esclave toute ta vie. Qu'est-ce que Bob a jamais fait pour toi ? Qu'est-ce que le colonel a jamais fait pour toi ? Qu'est-ce que madame a jamais fait pour toi sauf t'enlever le bébé parce que t'étais pas assez bien ? » (Sa bouche se tordit.) Il serait parti si elle lui avait donné ce qu'il voulait.

P'tit Loup sembla enfin comprendre que Nancy essayait de s'approcher du bord du fauteuil ; il enfonça ses coudes dans le bras du fauteuil, derrière lui, soulageant les genoux de la jeune femme de son poids.

— Certainement pas, dit-elle à haute voix, pour retenir l'attention de Vera. Il aurait continué à saigner Ailsa jusqu'à ce qu'il ne reste plus rien. Tout ce qu'il sait faire, c'est voler et tuer, Mrs Dawson.

— Elle a même pas saigné, rétorqua Vera, triomphante. Mon garçon a été plus malin que ça. Y a que le renard qui a saigné.

— À propos de sang, ça vous intéressera peut-être de savoir que celui que vous voyez sur ma veste n'est pas le mien. C'est celui de votre petit garçon chéri. Alors, si vous savez où il est — et si vous tenez à lui —, vous feriez mieux de le persuader d'aller à l'hôpital au lieu de divaguer comme une vieille guenon.

La bouche de Vera s'avança dans un mouvement incontrôlable.

— Me traitez pas de guenon… J'ai des droits. Vous êtes tous les mêmes. Faites ci… faites ça… Vera a été une bonniche et une esclave toute sa vie… (elle se frappa le côté du crâne)… mais Vera sait ce qu'elle sait… Vera a encore toute sa tête.

Nancy atteignit le bord de sa chaise.

— Non.

La contradiction brutale eut raison de la faible

emprise que la vieille femme conservait encore sur la réalité.

— Vous êtes exactement comme *elle*, cracha-t-elle. À juger les gens… à dire à Vera qu'elle est sénile. Mais c'est *mon* garçon. Vous ne me croyez pas capable de reconnaître mon propre bébé ?

*

— Bien, Mark, voilà ce que je vous propose. C'est à prendre ou à laisser. Lizzie et moi sommes prêts à laisser papa tranquille s'il accepte de rétablir ses précédentes dispositions testamentaires. Nous sommes d'accord pour qu'à longue échéance, tout revienne à la gamine de Lizzie, mais à court terme, nous voulons…

— Je refuse le marché, interrompit Mark, en passant dans le couloir.

— Ce n'est pas à vous de décider.

— Vous avez raison. Dans ce cas, appelez votre père sur la ligne fixe et exposez-lui votre offre. Laisse-moi cinq minutes, et je vous promets qu'il décrochera.

— Il ne m'écoutera pas.

— Félicitations, murmura Mark, ironique. Voilà la seconde vérité que vous dites en moins d'une minute.

— Bon sang ! Quel prétentieux vous faites ! Vous voulez qu'on coopère, oui ou non ?

Mark contempla le mur du couloir.

— Il ne me semble pas que votre exigence témoigne d'une véritable volonté de coopération, Leo, et votre père sera certainement de mon avis. Je préfère ne pas lui poser la question, parce que Lizzie et vous vous retrouveriez le bec dans l'eau dès que j'aurais ouvert la bouche. (Il se caressa la mâchoire.) Voilà pourquoi. Votre nièce — la fille de Lizzie — est ici depuis dix heures ce matin. Votre père serait prêt à lui faire don de l'intégralité de ses biens dès demain, si elle était d'accord... mais ce n'est pas dans ses intentions. Elle est diplômée d'Oxford, elle est capitaine dans l'armée et doit hériter de l'exploitation agricole de mille hectares que ses parents adoptifs possèdent dans le Herefordshire. Si elle est venue, c'est parce que votre père lui a écrit dans un moment de dépression et qu'elle a été assez touchée pour donner suite. Elle n'attend rien de lui... elle ne veut rien de lui. Elle est venue sans la moindre arrière-pensée, par simple gentillesse... et évidemment, votre père en est fou.

— Il ne s'en cache pas, je suppose, fit l'autre avec un soupçon d'amertume. Comment réagirait-elle s'il la traitait comme une criminelle ? Moins bien, je parie. C'est facile d'être gentil avec le vieux quand il vous traite comme une altesse... et c'est drôlement dur quand il vous considère comme un moins que rien.

Mark aurait pu répondre : « Vous ne l'avez pas volé », mais il s'en abstint.

— N'avez-vous jamais pensé qu'il éprouvait peut-être la même chose que vous ? Il va bien falloir que quelqu'un accepte de faire la paix.

— Vous le lui avez dit ?

— Oui.

— Et alors ?

— Un petit coup de main ne serait pas inutile dans la situation actuelle.

— Pourquoi est-ce toujours à moi de faire le premier pas ? (Mark perçut un rire assourdi.) Vous savez pourquoi il m'a appelé, l'autre jour ? Pour radoter à propos de mes fameux larcins. J'ai eu droit à tout le catalogue de mes forfaits depuis mes dix-sept ans jusqu'à aujourd'hui. Conclusion : j'ai tué ma mère dans un accès de fureur avant de me lancer dans une campagne de diffamation pour l'obliger à me léguer sa fortune. Mon père ne sait pas ce que pardonner veut dire. Il a pris la mesure de mon caractère quand j'étais encore à l'école, et il ne reviendra pas là-dessus. (Un nouveau rire.) Je me dis que tant qu'à être pendu, autant que ce soit pour un bœuf que pour un œuf.

— Vous pourriez essayer de le surprendre, suggéra Mark.

— Comme sa petite-fille parfaite ? Vous êtes sûr que c'est la bonne, d'ailleurs ? D'après ce que vous m'en dites, elle ne ressemble pas beaucoup aux Jolly-Renard.

— Selon votre père, c'est un heureux mélange entre votre grand-mère et votre mère.

— Je comprends mieux. Elles n'étaient Jolly-Renard que par alliance. Comment est-elle ? Elle ressemble à Lizzie ?

— Pas du tout. Elle est grande, brune — en fait, c'est plutôt à vous qu'elle ressemble, mais elle a les yeux bruns. C'est une chance. Si elle avait eu les yeux bleus, j'aurais peut-être cru Becky.

Un nouveau rire.

— Et si ça n'avait pas été Becky qui vous l'avait dit, je vous aurais peut-être laissé le croire… pour m'amuser. C'est une petite garce, jalouse de tout le monde… elle a eu une dent contre Lizzie dès le début. C'est votre faute, en fait. Vous l'avez incitée à se croire importante. Grave erreur. Il faut leur tenir la dragée haute. C'est le seul moyen de ne pas les bousiller pour le suivant.

— Je ne joue pas aux chaises musicales, Leo. Je préférerais avoir une femme bien à moi, et fonder une famille.

Il y eut un bref instant d'hésitation.

— Dans ce cas, vous feriez mieux d'oublier tout ce que vous avez appris à l'école, mon vieux. C'est un mythe que des parents aux yeux bleus ne peuvent pas avoir d'enfants aux yeux bruns. Maman était la grande spécialiste des explications génétiques. Ça lui faisait du bien de pouvoir imputer les vices de ses enfants et l'alcoolisme de son père à un vague ancêtre porté sur la bouteille.

Une autre pause, pour vérifier si Mark mordait à l'hameçon. Constatant que ce n'était pas le cas, Leo poursuivit :

— Ne vous en faites pas. Je vous jure que je ne suis pour rien dans le bébé de Lizzie. D'ailleurs, elle ne m'a jamais plu au point que j'aie envie de coucher avec elle... encore moins quand elle a commencé à fricoter avec cette racaille.

Cette fois, Mark réagit.

— Quelle racaille ?

— Des manouches irlandais que Peter Squires avait fait venir pour réparer ses clôtures. Ils ont campé dans son pré un été. C'était plutôt marrant, en fait. Maman s'était mis en tête de s'occuper de l'éducation de leurs enfants, et elle a pété les plombs quand elle a découvert que Lizzie se faisait sauter par un des mecs.

— Ça s'est passé quand ?

— Question à combien ?

— À zéro. J'interrogerai votre père.

— Il ne pourra pas vous répondre. Il n'était pas là... et Maman ne lui en a jamais parlé. Silence absolu. Elle ne voulait surtout pas que les voisins l'apprennent. Moi-même je ne l'ai su que plus tard. J'étais en France pendant quatre semaines et quand je suis rentré, maman avait bouclé Lizzie à double tour. Elle n'aurait pas dû. Elle aurait mieux fait de laisser les choses suivre leur cours.

— Pourquoi ?

— Un premier amour, rendez-vous compte, dit Leo, cynique. Ma pauvre sœur a idéalisé toute cette affaire et ça a été le début de la dégringolade.

*

Nancy banda les muscles de ses cuisses, et parvint à se redresser en vacillant, P'tit Loup en équilibre sur sa hanche gauche. Il aurait suffi d'une plume pour la faire tomber, mais elle espérait que la vieille ne s'en rendrait pas compte.

— Écartez-vous de la porte, Mrs Dawson, s'il vous plaît. Nous descendons, P'tit Loup et moi.

Vera secoua la tête.

— Renard veut récupérer son fils.

— Non.

Les réponses négatives la perturbaient. Elle recommença à frapper ses poings l'un contre l'autre.

— Il est à Renard.

— Non, dit Nancy encore plus énergiquement. Si Renard a eu des droits sur lui, il les a perdus en privant P'tit Loup de la présence de sa mère. Être père, ce n'est pas un droit de propriété, c'est un devoir d'assistance, et Renard ne s'en est pas acquitté à l'égard de cet enfant. Vous non plus, Mrs Dawson. Où étiez-vous quand P'tit Loup et sa mère ont eu besoin d'aide ?

P'tit Loup pressa sa bouche contre son oreille.

— Loupiot aussi, chuchota-t-il avec insistance. Oublie pas le p'tit Loupiot.

Nancy ignorait totalement qui était Loupiot, mais elle ne voulait pas détourner son attention de Vera.

— Loupiot aussi, répéta-t-elle. Où étiez-vous pour le petit Loupiot, Mrs Dawson ?

Apparemment, Vera n'en savait pas plus qu'elle sur Loupiot et, comme Prue Weldon, elle préféra se cramponner à ce qu'elle savait.

— C'est un bon garçon. « Repose-toi, Maman, qu'il dit. Qu'est-ce que Bob a jamais fait pour toi, à part te

454

traiter comme une bonniche ? Mais il le paiera, t'en fais pas. »

Nancy fronça les sourcils.

— Vous voulez dire que Renard n'est pas le fils de Bob ?

La confusion mentale de la vieille femme empira encore :

— C'est *mon* garçon.

La bouche de Nancy esquissa le demi-sourire qui rappelait tant celui de James. Si la vieille avait été en état de l'interpréter, elle se serait tenue sur ses gardes.

— Alors, les gens avaient raison de vous traiter de pute ?

— C'était Lizzie, la pute, siffla-t-elle. Elle couchait avec d'autres hommes.

— Bien, dit Nancy en calant P'tit Loup sur sa hanche. Après tout, peu importe avec qui elle a couché — tant que Renard n'est pas mon père… et *vous* pas ma grand-mère. Maintenant, voulez-vous bien vous reculer… vous ne vous figurez quand même pas que je vais confier P'tit Loup à une vieille garce, à une meurtrière ? Vous n'êtes pas en état de vous occuper de qui que ce soit, et certainement pas d'un enfant.

Vera trépignait d'exaspération.

— Vous vous prenez pour qui, avec vos grands airs ?… Vous êtes exactement comme *elle*. C'est elle qui prenait les bébés. Toujours à se rengorger avec ses bonnes œuvres… à croire qu'elle savait tout mieux que Vera. « Vous ne pouvez pas être une bonne mère, qu'elle disait. Je ne peux pas permettre une chose pareille. » Vous trouvez ça juste, vous ? Vera n'a pas des droits, comme les autres ? (Un doigt se leva.) Faites ci, faites ça… Et les sentiments de Vera, qui s'en soucie ?

C'était comme un disque rayé sur lequel l'aiguille change brutalement de sillon, laissant entendre des bribes de sons décousus. Le thème était identifiable, mais les fragments manquaient de cohésion et de continuité. De qui parlait-elle à présent ? se demandait Nancy. D'Ailsa ? Ailsa aurait-elle prononcé un jugement sur les aptitudes maternelles de Vera ? Cela paraissait peu probable — *en vertu de quelle autorité ?* —, mais cela pouvait expliquer l'étrange réflexion de Vera affirmant être tout de même capable de reconnaître son enfant.

Peut-être sa perplexité se refléta-t-elle sur son visage, car le doigt noueux de Vera se pointa à nouveau sur elle.

— Vous voyez, dit-elle, triomphante. Je lui ai bien dit que c'était pas juste, mais elle a pas voulu m'écouter. C'est impossible, qu'elle a dit, il vaut mieux le donner à des étrangers. Un tel crève-cœur… et tout ça pour rien, puisqu'elle a quand même fini par aller rechercher l'enfant.

— Si c'est de moi que vous parlez, dit Nancy froidement, Ailsa avait raison. Vous êtes la dernière personne au monde à qui on aurait l'idée de confier un bébé. Voyez ce que vous avez fait de votre propre fils.

Elle avança d'un pas.

— Allez-vous vous écarter ou faut-il que je vous y oblige ?

Des larmes jaillirent dans les yeux de Vera.

— C'était pas ma faute. C'était la faute de Bob. C'est lui qui leur a dit de s'en débarrasser. J'ai même pas eu le droit de le voir.

Mais Nancy ne voulait plus rien savoir. Elle demanda à P'tit Loup de tourner la poignée, et marcha vers la vieille femme, qui s'écarta à contrecœur. Avec un soupir de soulagement, Nancy poussa la porte du pied et sortit dans le couloir.

*

Leo avait pris un ton amusé.

— Quand Papa est rentré, deux ou trois mois plus tard, il a découvert que les bagues de ma mère avaient été fauchées, ainsi que des pièces d'argenterie qui se trouvaient dans les vitrines du rez-de-chaussée. Les autres objets avaient été déplacés pour masquer les vides, si bien que Maman n'avait rien vu, évidemment — de toute façon, elle ne pensait qu'à ses œuvres de charité —, mais je vous jure qu'avec Papa, ça ne s'est pas passé comme ça. Il n'avait pas franchi le seuil de la maison depuis vingt-quatre heures que le pot aux roses était découvert. Il a un tel instinct de propriété ! (Il s'interrompit pour voir si Mark relèverait le trait.) La suite, vous la connaissez. Il est tombé sur le dos de la malheureuse Vera comme la misère sur le pauvre homme… et Maman n'a jamais pipé mot.

— À quel propos ?

— Sur les micmacs de Lizzie.

— Qu'est-ce qu'elle vient faire dans cette histoire ?

— À votre avis, qui avait piqué ces satanés machins ?

— Je croyais que vous aviez avoué.

— En effet, reconnut Leo avec un rire rauque. Grossière erreur.

— C'était qui, alors ? Son petit ami ?

— Mon Dieu, non ! Je ne me serais jamais accusé à sa place. Non, c'était Lizzie. Elle est venue me voir, tremblante comme une feuille, et m'a tout raconté. Le type lui avait promis de l'épouser si elle arrivait à trouver un peu d'argent. Ils devaient s'enfuir ensemble à Gretna Green. Quelle gourde ! Elle était d'un romantisme à faire peur. Elle s'est fait complètement rouler par un bon à rien… et c'est le meilleur souvenir de sa vie.

Mark contempla le plafond. Comment discerner la vérité du mensonge ? Leo avait-il, *oui ou non*, volé son père ? Il se rendait compte que le charme de cet homme ne le laissait toujours pas insensible, mais il était devenu moins crédule. La seule certitude, c'était que Leo jouait son va-tout.

— Vera était au courant ?

— Évidemment. Elle n'a fait qu'aggraver les choses. Le mec de Lizzie avait pris la peine de la baratiner et elle ne jurait que par lui. C'était un sacré charmeur, il faut bien le dire. Vera couvrait Lizzie, pour que Maman ne sache rien.

— Pourquoi ne s'est-elle pas défendue quand votre père l'a accusée de vol ?

— Il ne lui en a même pas laissé le temps. Voilà pourquoi Lizzie est venue pleurnicher chez moi.

— Mais pourquoi votre mère vous a-t-elle cru ? Elle devait bien se douter que Lizzie était mêlée à l'affaire.

— Ça l'arrangeait. Papa lui aurait fait une scène de tous les diables, il lui aurait reproché de ne pas surveiller Lizzie. Je mens très bien, vous savez. Je lui ai dit que j'avais tout claqué au casino de Deauville. Elle n'a eu aucun mal à le croire.

« Sans doute parce que c'était vrai », se dit Mark cyniquement. En partie, du moins. Ailsa avait toujours dit que quand Leo faisait une bêtise, Lizzie lui emboîtait le pas six mois plus tard. *Mais tout de même…*

— Est-ce que Lizzie serait prête à confirmer vos propos si je les rapporte à votre père ?

— Oui. Vera aussi, si elle n'est pas complètement gaga.

— Est-ce que Lizzie est avec vous ? Je peux lui parler ?

— Non, sur les deux points. Mais je peux lui demander de vous appeler, si vous voulez.

— Où est-elle ?

— Ça ne vous regarde pas. Si elle a envie que vous le sachiez, elle vous le dira elle-même.

Mark appuya sa paume contre le mur et regarda le parquet. *Choisis ton camp…*

— Il vaudrait peut-être mieux ne pas lui dire que sa fille est ici. Je ne voudrais pas qu'elle s'imagine qu'elle va la voir. (Il entendit Leo prendre une longue inspiration.) Et avant que vous n'en fassiez le reproche à votre père, je veux que vous sachiez que c'est sa fille qui ne souhaite pas la rencontrer. Elle a des parents adoptifs adorables, et n'a pas envie de se compliquer la vie en assumant le fardeau affectif d'une nouvelle famille. De plus — soit dit entre nous —, c'est pour Lizzie que l'entrevue risque d'être le plus douloureuse. Elle ne fait pas le poids — ni par rapport à sa fille, ni par rapport à la mère adoptive de sa fille.

— Apparemment, Papa n'est pas le seul à être tombé sous le charme, dit Leo, sarcastique. Ou serait-ce un moyen de mettre la main sur la fortune de la famille, Mark ? Épouser l'héritière et ramasser le paquet ? Un peu vieux jeu, vous ne trouvez pas ?

Mark montra les dents au combiné.

— Arrêtez donc de juger le monde entier à l'aune de votre morale. Nous ne sommes pas tous des connards vieillissants qui n'ont même pas assez d'amour-propre pour refuser de se faire entretenir par leur père.

La voix enjouée de Leo révélait à quel point il était heureux de l'avoir enfin fait sortir de ses gonds.

— Mon amour-propre se porte à merveille, je vous remercie.

— Tant mieux pour vous. Dans ce cas, je vais vous donner les coordonnées d'un de mes amis. Il est spécialiste des problèmes de stérilité masculine.

— Allez vous faire foutre, dit Leo, furieux.

Et il raccrocha.

28

Quand Martin Barker regagna le campement, la fouille du bus de Renard était terminée. Les portes, les compartiments à bagages, le capot, tout avait été ouvert, mais ces investigations n'avaient pas livré grand-chose. Une table avait été dressée sous des lampes à arc, et on y avait disposé quelques objets dérisoires — des appareils électriques, des jumelles, une radio à piles —, volés, peut-être. Pour le reste, les seules prises intéressantes étaient le marteau et le rasoir ramassés sur la terrasse, et un petit coffret métallique, caché sous un lit.

— De la petite bière, dit Monroe à Barker. C'est tout ce qu'il y a. Il n'a même pas pris la peine de le fermer à clé. Deux cents livres, un permis de conduire au nom de John Peters avec une adresse dans le Lincolnshire, quelques lettres… C'est tout.

— C'est un vrai permis ?

— Fauché, ou acheté. À l'heure qu'il est, le vrai John Peters est assis, les pieds sur la table, en train de regarder un James Bond… furieux qu'on lui ait emprunté son identité.

La routine, en somme.

— Les plaques d'immatriculation ?

— Fausses.

— Le numéro du moteur ? Le numéro du châssis ?

L'inspecteur secoua la tête.

— Effacés.

— Des empreintes digitales ?

— C'est à peu près le seul indice intéressant. Le volant et le levier de vitesses en sont couverts. Nous devrions connaître son identité demain, à condition qu'il ait un casier…

— Et Vulpa et Loupiot ? Vous avez découvert quelque chose ?

— Non. Pas la moindre trace de la présence d'une femme et d'un deuxième gosse dans ce bus. C'est une porcherie, mais on n'a trouvé aucun vêtement de femme, et pas beaucoup de vêtements d'enfant. (Monroe repoussa le coffret et s'attaqua à une petite pile de papiers d'un air dégoûté.) C'est un petit rigolo. Voilà une lettre du directeur de la police, assurant Mr Peters que la gendarmerie du Dorset est très respectueuse des droits des itinérants.

Barker prit la lettre et examina l'adresse.

— Il se sert d'une boîte postale à Bristol.

— Entre autres. (Monroe fouilla dans le reste du courrier.) Il n'y a que des réponses officielles à des demandes d'information sur les droits des itinérants. Elles sont toutes adressées à des boîtes postales, dans différents coins.

Barker se pencha.

— À quoi ça sert ? À prouver que c'est un vrai routard ?

— Ça m'étonnerait. Pour moi, ça sent la fausse piste. En cas d'arrestation, il gagnera du temps pendant qu'on essaiera de retracer ses déplacements à travers tout le pays. Il n'a probablement jamais mis les pieds dans tous ces endroits. La police de Bristol pourrait passer des mois à rechercher sa piste, alors qu'il n'aura pas quitté Manchester. (Il reposa les lettres dans le coffret.) Ce n'est qu'un écran de fumée, Martin, un peu comme ce foutu bus. Ça s'annonçait bien, mais il n'y a rien dedans... (Il secoua la tête.) Je me demande bien ce que ce type a dans le ventre. Si c'est un voleur, où est sa planque ?

— Vous n'avez pas relevé de traces de sang ? demanda Barker. Bella est presque sûre qu'il s'est débarrassé de la femme et du plus jeune des enfants.

Monroe secoua la tête.

— Rien de significatif.

— Les experts médico-légaux y verront peut-être plus clair.

— Je ne vois pas comment on pourrait les faire intervenir. Sur la foi de ces seuls indices... (il poussa le coffret du coude), ... on risque tout au plus de recevoir une plainte d'un avocat. Si on découvre des corps, peut-être... mais ce n'est pas demain la veille.

— Et les traces qu'il y a sur le marteau ?

— Ça ne nous servira à rien si on n'a pas d'ADN ou de groupe sanguin pour les comparer.

— Nous pouvons toujours le mettre en garde à vue pour agression contre le capitaine Smith. Il l'a quand même salement amochée.

— Oui, mais ça ne s'est pas passé dans son véhicule... et il plaidera sûrement la légitime défense. (Il jeta un coup d'œil au sac contenant le rasoir.) Si c'est bien le sang de ce type, il doit être en plus piteux état qu'elle. Qu'est-ce qu'il fabriquait au Manoir ? Quelqu'un le sait-il ? Avez-vous relevé des traces d'effraction ?

— Non.

L'inspecteur soupira.

— C'est franchement bizarre. Quel lien y a-t-il entre

cette maison et lui ? Pourquoi s'en prendre à la petite-fille du colonel ? Qu'est-ce qu'il cherche ?

Barker haussa les épaules.

— Tout ce qu'on peut faire, c'est surveiller le bus et attendre qu'il revienne.

— Eh bien, n'y comptez pas trop, mon vieux. Pour le moment, je ne vois pas pourquoi il viendrait traîner par ici.

*

Nancy posa P'tit Loup par terre et referma la porte derrière eux. Elle lui donna la main.

— Tu es trop lourd, lui dit-elle d'un ton navré. Mes os commencent à craquer.

— Ça fait rien. Ma maman arrivait pas non plus à me porter. (Il jeta un regard inquiet dans le couloir.) On est perdus ?

— Non. Il suffit d'aller jusqu'au bout du couloir. L'escalier est juste après le coin.

— Il y a beaucoup de portes, Nancy.

— C'est une grande maison, reconnut-elle. Mais ça va aller. Je suis soldat, tu sais, et les soldats retrouvent toujours leur chemin. (Elle tira doucement sur sa main.) Allons-y. En avant, marche.

Il la retint.

— Qu'y a-t-il ?

— Renard est là, dit-il au moment où la lumière du couloir s'éteignait.

*

Le téléphone de Mark sonna immédiatement. Il écouta le message de Nancy et passa la tête par la porte de l'office.

463

— Je monte, dit-il à Bella. Il paraît que Mrs Dawson terrorise P'tit Loup.

Elle laissa retomber le couvercle du congélateur.

— Dans ce cas, je vous accompagne, répondit-elle énergiquement. J'ai deux mots à dire à cette bonne femme. Je viens de voir une saleté de rat pointer son nez de l'autre côté de la plinthe.

*

Nancy ne prit pas la peine de vérifier si P'tit Loup avait raison. Tout son instinct lui dictait un repli straté-gique. Elle lâcha sa main et rouvrit la porte de la chambre de Mark, inondant brièvement le couloir de lumière, et poussa le petit garçon à l'intérieur. Sans perdre de temps à regarder derrière elle, elle claqua la porte et pesa dessus de tout son poids, tâtonnant de sa main gauche à la recherche d'une clé. Trop tard. Renard était plus fort et plus lourd qu'elle, et elle ne put que retirer la clé pour éviter qu'il ne les enferme, empê-chant toute intervention extérieure.

— On va courir jusqu'au fond de la pièce, dit-elle à P'tit Loup d'une voix pressante. *Maintenant !*

Vera n'avait pas bougé de l'endroit où Nancy l'avait laissée, et elle ne s'interposa pas. Elle eut même l'air effrayée quand la porte céda et que Renard fit irruption dans la chambre, comme si ce débordement soudain d'activité l'inquiétait. Elle recula contre le mur alors qu'il tombait à genoux, emporté par son élan.

Le temps resta suspendu un bref instant. Renard claqua la porte d'un coup de poing, puis il leva les yeux vers Nancy, respirant bruyamment, tandis qu'elle faisait barrage entre son fils et lui. Ce furent d'étranges secondes, durant lesquelles ils purent se mesurer du regard pour la première fois. Elle ne saurait jamais l'image qu'il eut alors sous les yeux, mais elle vit un homme aux mains ensanglantées, qui lui rappela le portrait de Leo, qu'elle avait vu dans la salle à manger. Il sourit devant son visage bouleversé, comme s'il s'attendait à cette réaction, puis se redressa.

— Passe-moi le gamin.

Elle secoua la tête, la bouche trop sèche pour parler.

— Ferme la porte à clé, M'man, ordonna-t-il à Vera. Je ne veux pas que P'tit Loup file, pendant que je règle son compte à cette garce.

Vera ne bougea pas, et il se mit en colère :

— Fais ce que je te dis !

Nancy en profita pour glisser la clé dans la main de P'tit Loup derrière son dos, espérant qu'il aurait la bonne idée de la jeter par la fenêtre dès qu'il le pourrait. En même temps, elle le poussa discrètement à droite, vers une commode, sur laquelle elle avait repéré quelques serre-livres massifs. C'était son mauvais côté — elle devrait quitter Renard des yeux pour attraper le plus proche —, mais c'était la seule arme disponible. Elle ne se faisait d'ailleurs aucune illusion. Comme on disait à l'armée, elle était cuite… à moins d'un miracle.

— Va-t'en ! hurla Vera, battant l'air de ses poings devant Renard. Tu n'es *pas* mon bébé. Mon bébé est mort.

Renard la prit brutalement par la gorge et la cloua au mur.

— Ta gueule, espèce de vieille pie. Ce n'est pas le moment. Tu vas faire ce que je te dis, ou ça va être ta fête.

Nancy sentit P'tit Loup passer discrètement derrière elle et attraper le serre-livres.

— Et c'est pas non plus mon papa, murmura-t-il d'un air farouche, en glissant l'objet pesant dans sa main valide. Je crois que mon papa, c'était quelqu'un d'autre.

— Oui, dit Nancy, appuyant le serre-livres contre sa cuisse pour assurer sa prise. (La transpiration rendait ses mains glissantes.) Moi aussi, mon bonhomme.

*

Pour être parfaitement honnête, il aurait été difficile de parler d'héroïsme. Il n'avait pas pris le temps de réfléchir, il n'avait pas analysé le danger. Cela n'avait été qu'une réaction viscérale à un stimulus. C'était même un geste absurde, puisque la police se trouvait au rez-de-chaussée, mais Mark était rayonnant d'orgueil chaque fois qu'il y repensait. Lorsque Bella et lui étaient arrivés au sommet de l'escalier et s'étaient engagés dans le couloir, ils avaient aperçu une silhouette d'homme se découper contre un rai de lumière qui sortait d'une chambre. La porte claqua, replongeant le couloir dans l'obscurité.

— Qu'est-ce..., s'exclama-t-il, surpris.

— Renard, dit Bella.

Ce fut comme un chiffon rouge qu'on agite devant un taureau. Ignorant Bella qui cherchait à le retenir, Mark fonça dans le couloir et entra dans la pièce comme un bolide.

*

Dotée d'un instinct de conservation plus aiguisé, Bella prit le temps de hurler pour appeler à l'aide avant de démarrer en trombe. Elle n'avait pas pris autant d'exercice depuis des années.

*

Mark avait dépassé Renard et se trouvait au milieu de la chambre, quand il aperçut Nancy dans l'angle de la pièce.

— Attrapez ! (Elle lui lança le serre-livres.) Derrière vous, à gauche.

Il bloqua le poids comme un ballon de rugby et pivota sur ses talons à l'instant précis où Renard lâchait Vera pour lui faire face. Mark fut, lui aussi, frappé par l'extraordinaire ressemblance avec Leo, mais ce ne fut qu'une impression fugitive qui s'évanouit dès qu'il croisa le regard de l'homme. Tandis que l'appel au secours de Bella résonnait dans le couloir, il brandit le serre-livres dans sa main gauche et marcha sur l'homme.

— Un adversaire à ta mesure, ça te dirait, pour changer ?

Renard secoua la tête, mais jeta un regard prudent sur le serre-livres.

— Vous n'allez pas me frapper avec cet objet, Mr Ankerton, dit-il avec assurance tout en reculant vers la porte. Vous me fracasseriez le crâne.

Son élocution elle-même ressemblait à celle de Leo.

— Légitime défense, dit Mark en se déplaçant pour lui barrer le chemin.

— Je ne suis pas armé.

— Je sais, répondit Mark, levant le poing gauche comme pour frapper tout en envoyant un puissant crochet du droit dans la mâchoire de Renard.

Il recula en esquissant quelques pas de danse et sourit d'un air ahuri en voyant les genoux de l'homme ployer doucement.

— Tu peux remercier mon père, dit-il, s'avançant pour achever Renard d'un coup à la nuque. Il estimait qu'un gentleman se doit de connaître l'art de la boxe.

— Bien joué, mec.

Bella apparut, tout essoufflée, dans l'embrasure de la porte.

— Je vais m'asseoir dessus pour l'empêcher de bouger. Un peu de repos ne me fera pas de mal.

29

Une heure plus tard, Renard fut escorté au rez-de-chaussée, menottes aux poignets. Il refusa d'admettre qu'il était commotionné, mais Monroe, inquiet de sa pâleur et des zébrures que le rasoir de Nancy avait laissées sur ses bras, téléphona pour réserver une chambre surveillée à l'hôpital du comté. On vivait à une époque procédurière, expliqua-t-il aigrement à Mark, et il n'avait pas l'intention de donner à Renard le moindre prétexte pour réclamer des dommages et intérêts à la police du Dorset. Pour la même raison, il proposa à Nancy de se faire examiner, mais elle s'obstina dans son refus. Elle savait à quoi ressemblait un service d'urgences en période de fête, avec son défilé d'ivrognes, dit-elle, et elle se serait fait pendre plutôt que de donner à Renard le plaisir de la voir faire la queue pendant qu'il passerait en priorité.

Une fouille rapide des vastes poches du manteau de Renard avait livré plusieurs objets intéressants, dont une série de doubles des clés de Vera, un rouleau de billets de vingt livres, un téléphone portable avec un système de déformation vocale et, au grand effroi de Mark et de Nancy, un fusil à canon scié dissimulé dans une doublure de toile, sous la manche gauche. Bella prit l'air songeur quand Barker leur en fit part.

— Je trouvais bien qu'il se tortillait drôlement, dit-elle. La prochaine fois, je m'assiérai sur sa tête et je me débrouillerai pour qu'il ne reprenne pas connaissance.

Les clés en possession de Renard, sa présence dans la maison et le récit de Nancy affirmant que Vera prétendait être sa mère donnaient à penser que Renard devait avoir ses entrées à Shenstead Manor depuis un certain temps. Comme il refusait de donner la moindre explication, on remit la question à plus tard. On demanda à James de faire le tour de la maison avant que la police ne perquisitionne, le lendemain matin, et une équipe réduite fut envoyée à Manor Lodge pour procéder à un examen des lieux.

Mark prit Monroe à part pour lui demander ce qu'ils avaient trouvé dans le bus de Renard. Il s'intéressait tout particulièrement aux documents sur Nancy que Renard avait dérobés dans le bureau du colonel l'après-midi même. Ce dossier contenait des informations confidentielles, expliqua-t-il, que ni le colonel ni le capitaine Smith ne souhaitaient voir divulguer. Monroe secoua la tête. On n'avait trouvé aucun dossier de ce genre. À son tour, il fit appel aux lumières de Mark à propos des appels téléphoniques sur lesquels il avait demandé des comptes à Mrs Weldon et à Mrs Bartlett.

— Elles prétendent détenir toutes leurs informations de la fille du colonel. Pensez-vous qu'il puisse y avoir un lien entre cet homme et elle ?

— Franchement, je n'en sais rien.

Monroe le dévisagea pensivement.

— Le déformateur vocal semblerait le confirmer. Mrs Bartlett prétend avoir été informée de cette histoire d'inceste courant octobre, au moment où Leo l'a présentée à Elizabeth, mais elle nie avoir eu connaissance des messages de Dark Vador. Elle m'a paru sincère. Dans ce cas, où intervient Renard ?

— Je n'en sais rien, répéta Mark. Je n'en sais pas beaucoup plus long que vous, inspecteur. Le colonel m'a parlé de ces appels dans la soirée de Noël, et depuis, j'essaie d'y voir clair. Ces allégations sont entièrement mensongères, bien sûr, mais c'est depuis ce soir seulement que nous savons qu'elles sont censées émaner d'Elizabeth.

— Vous lui avez parlé ?

Mark secoua la tête.

— J'essaie de la joindre depuis plusieurs heures. (Il jeta un coup d'œil vers le salon, où se trouvait Vera.) Le colonel a enregistré des messages contenant des détails qui ne sont connus que de la famille. Il était difficile de ne pas en conclure qu'un des enfants du colonel, sinon les deux, était dans le coup — c'est la raison pour laquelle il ne vous a pas prévenus. Mais quelqu'un d'autre avait évidemment accès à tous ces secrets : Vera.

— D'après le capitaine Smith, Mrs Dawson a affirmé avoir laissé Mrs Jolly-Renard mourir de froid sur instruction de son fils. Est-ce que cette version des faits se tient, selon vous ?

— Dieu seul le sait, dit Mark en soupirant. Elle est complètement cinglée.

Vera ne leur fut d'aucune aide. Prostrée au salon, elle accueillit d'un air perplexe et affolé toutes les questions sur Renard, pleurnichant dans son coin. James lui demanda où était Bob, proposant que la police essaie de le joindre, mais cette suggestion sembla achever de la dérouter. Pour le moment, il n'y avait pas encore eu de confrontation entre James et Renard, qui était menotté dans la chambre d'amis. Mais le colonel fut catégorique : Vera n'avait jamais eu d'enfant. Il avait le vague souvenir d'une fausse couche dont Ailsa lui avait parlé un jour et qui lui aurait porté un coup terrible ; mais c'étaient des histoires de femmes, et il n'y avait guère prêté attention.

Nancy, quant à elle, résuma ce que Vera lui avait dit — le rôle qu'elle avait joué dans la mort d'Ailsa, ses protestations d'innocence à propos de la mutilation d'Henry qu'elle attribuait à quelqu'un d'autre, sa confusion mentale évidente à propos de sa parenté avec P'tit Loup.

— À mon avis, elle divague complètement, confia-t-elle à Monroe. Elle répète les mêmes phrases encore et encore, comme un mantra qu'elle aurait appris par cœur, et il est bien difficile de savoir si elles contiennent une part de vérité.

— Quel genre de phrases ?

— Que tout le monde trouve normal de l'exploiter… Faites ci, faites ça… Que personne ne s'intéresse à elle. (Nancy haussa les épaules.) Dès qu'il est question d'enfants, elle est en plein délire. Elle prétend avoir élevé P'tit Loup, et elle raconte qu'il avait des boucles brunes. C'est ridicule. Il arrive que les cheveux blonds foncent avec l'âge mais on n'a jamais vu un gamin brun devenir blond paille. Elle doit le prendre pour un autre.

— Pour qui, alors ?

— Je ne sais pas. Un gosse du village peut-être. (Elle secoua la tête.) Après tout, je ne sais pas si c'est tellement important. Elle a des trous de mémoire. Elle se souvient d'un petit garçon aux cheveux bruns et elle s'est mis en tête que c'était P'tit Loup.

— À moins que quelqu'un d'autre ne l'en ait persuadée.

— Ce ne serait pas bien difficile. Elle est prête à croire n'importe qui, pourvu qu'on lui témoigne un peu de sympathie. Elle a l'air de penser que le monde entier est contre elle... (elle fit la grimace)... excepté son cher garçon, bien sûr.

Elle n'avait pas très envie de rapporter ce que la vieille lui avait appris sur ses origines. C'était pour protéger P'tit Loup, se disait-elle, mais elle savait que ce n'était pas vrai. Le petit avait accepté d'accompagner Bella à la cuisine et Nancy pouvait parler en toute liberté. Mais elle resta muette, réticente à tenter le sort. Le spectre de Vera en grand-mère s'était apparemment évanoui, mais elle n'était pas sûre que Renard soit, lui aussi, hors jeu. Elle sentait au creux de l'estomac une palpitation persistante, le pressentiment insupportable que, sur ce point, Vera avait dit la vérité. Et elle se maudissait d'avoir mis le pied dans cette maison.

Préoccupée, elle répondit brutalement, caustiquement, aux questions pleines de sollicitude de James. Elle allait parfaitement bien. Son bras n'était sans doute même pas cassé, et elle avait l'intention de rentrer à Bovington et de se faire examiner là-bas. Elle souhaitait qu'on cesse de faire tant d'histoires et qu'on la laisse un peu tranquille. James se retira, mortifié. Mais Mark, avec l'intuition que lui donnait une enfance en compagnie de sept sœurs, se dirigea vers la cuisine pour y avoir une petite conversation avec P'tit Loup. Grâce aux cajoleries de Bella et en complétant tant bien que mal les lacunes de son récit — « *Elle a dit qu'elle veut pas que Renard soit son papa et qu'elle veut pas non plus que la méchante vieille dame soit sa grand-maman... Elle et moi, on pensait que nos papas, c'était quelqu'un d'autre* » —, Mark crut comprendre le problème. Et il se maudit, lui aussi, d'avoir contribué à éclaircir un passé biologique que Nancy n'avait jamais demandé à connaître.

*

Cette histoire de dossier dérobé intrigua suffisamment Monroe pour qu'il demande à Barker de retourner au bus de Renard.

— Il paraît qu'il est plutôt volumineux. Je me demande où il a bien pu le planquer ? Regardez mieux. Il doit y avoir une cachette qui nous a échappé. (Il lui tendit les clés du véhicule.) On ne peut pas bouger ce satané engin tant que le Gallois bloque la sortie, mais si vous mettez le contact, vous aurez de la lumière à l'intérieur. Ça peut être utile.

— Qu'est-ce que je suis censé chercher ?

— Un compartiment quelconque. Il y en a forcément un, Martin. Autrement, on aurait trouvé le dossier.

*

Mark sortit dans le jardin avec son portable, hors de portée de voix des occupants de la maison.

— Je vais vous faire une promesse, dit-il à Leo. Jouez franc jeu avec moi pendant cinq minutes et j'essaierai de convaincre votre père de revenir sur ses dispositions testamentaires. Ça vous intéresse ?

— Peut-être, dit l'autre, amusé. C'est à propos de la petite-fille ?

— Répondez simplement aux questions, dit Mark sévèrement. Connaissez-vous un homme qui se fait appeler Renard Teigneux ?

— Non. Pas mal, comme nom... Ça me plaît assez. Qui est-ce ? Qu'a-t-il fait ?

— Vera prétend que c'est son fils et qu'elle l'a aidé à assassiner votre mère. Mais elle déraille complètement, alors il est impossible de savoir si c'est vrai.

— Seigneur ! dit Leo, sincèrement surpris. (Il y eut un bref silence.) Écoutez, Mark, ça ne peut *pas* être vrai. Elle perd la boule, c'est sûr. Je sais qu'elle a vu le corps de maman sur la terrasse et que ça l'a drôlement secouée, parce que je l'ai appelée après les obsèques pour lui dire que j'étais désolé de n'avoir pas eu le temps de lui parler. Elle répétait constamment que Maman avait dû avoir tellement froid. Elle a dû se convaincre que c'était sa faute.

— Et ce type, c'est son fils, ou non ?

— N'importe quoi. Elle n'a pas de fils. Papa le sait bien. C'était *moi*, son chérubin aux yeux bleus. Elle m'aurait décroché la lune si je la lui avais demandée.

Mark tourna les yeux vers la maison, le front plissé par la réflexion.

— En tout cas, ce Renard Teigneux vient d'être arrêté pour s'être introduit dans le manoir. Il avait un déformateur de voix sur lui. Votre père vous a-t-il révélé que la plupart des accusations d'inceste ont été portées par quelqu'un qui parlait comme Dark Vador ?

— J'ai cru qu'il débloquait, répliqua Leo aigrement.

— Pas du tout. Ce type est un psychopathe. Il a déjà agressé votre nièce à coups de marteau, et au moment de son arrestation, on a trouvé sur lui un fusil à canon scié.

— Merde alors ! Elle va bien ?

Il avait l'air sincèrement inquiet.

— Un bras et une côte cassés, mais elle est vivante. Le problème est que Lizzie et vous êtes impliqués dans l'affaire du déformateur vocal. Mrs Bartlett a déclaré à la police que c'était vous qui l'aviez contactée en octobre pour permettre à Lizzie de lui exposer dans le détail les abus sexuels commis par votre père. Dans la mesure où Dark Vador a tenu des propos du même tonneau, la conclusion qui s'impose — et que la police ne manquera pas de tirer — est que Lizzie et vous avez commandité toute l'opération.

— C'est grotesque, protesta Leo, furieux. La conclusion qui s'impose, c'est que la Bartlett est derrière tout ça.

— Pourquoi ferait-elle cela ?

— Comment ça, pourquoi ? Elle ment comme elle respire, voilà pourquoi.

— Quel avantage y trouverait-elle ? Lizzie et vous êtes les seuls à avoir un mobile pour vouloir nuire à votre père et à l'enfant de Lizzie.

— *Bon sang !* s'écria Leo avec dégoût. Vous ne valez pas mieux que le vieux. Accusez votre chien de la rage, et tous les crétins de la planète vous aideront à le noyer. C'est ce que fait Becky, je vous préviens… et j'en ai ma dose.

Pour la seconde fois de la soirée, Mark ignora la diatribe.

— Et Lizzie ? Quelqu'un aurait-il pu la persuader de s'engager dans cette combine à votre insu ?

— Ne soyez pas idiot.

— Je ne vois pas ce que ça a d'idiot. Si Lizzie est aussi ravagée que le prétend Becky, un escroc aurait pu la convaincre de se lancer là-dedans… encore que je ne voie pas pourquoi, à moins qu'il ne pense profiter de son argent quand elle héritera. (Il croisa les doigts mentalement.) Vous disiez qu'elle ne s'était jamais remise de son premier amour. Et s'il était revenu tenter sa chance ?

— Ça ne risque pas. C'était une sale petite frappe. Il a pris le fric et il s'est barré. C'est bien dommage d'ailleurs. S'il était revenu, elle en aurait vite fait le tour, au lieu de garder le souvenir d'un don juan irlandais.

— À quoi ressemblait-il ?

— Je n'en sais fichtrement rien. Je ne l'ai jamais vu. Il était parti quand je suis rentré de France.

— Et votre mère, elle le connaissait bien ? Est-ce qu'elle aurait pu le reconnaître ?

— Aucune idée.

— Vous m'aviez dit qu'Ailsa s'était chargée de son éducation.

— Vous rigolez ? Ce n'était pas un des gamins. Il devait même être le père de la plupart d'entre eux. C'est pour ça que maman a pété les plombs. Ce mec en savait plus long sur le sexe que Casanova. Voilà pourquoi Lizzie en était folle.

— Vous en êtes sûr ?

— C'est ce que Lizzie m'a dit.

— Dans ce cas, il n'y a qu'une chance sur deux pour que ce soit vrai, dit Mark, sarcastique.

Leo était peut-être du même avis ; en tout cas, il ne réagit pas.

— Écoutez, croyez-moi ou non, mais je peux prouver que Mrs Bartlett n'a jamais parlé à Lizzie… pas en octobre, c'est certain. Ou si elle l'a fait, il a fallu qu'elle lui rende visite à l'unité de soins intensifs de l'hôpital St Thomas. Cette femme a-t-elle mentionné à la police une chambre pleine de potences à perfusions et de moniteurs ? A-t-elle dit que Lizzie est en si piteux état qu'elle ne tient même plus debout ?

Mark fut décontenancé.

— Que lui arrive-t-il ?

— Son foie l'a lâchée fin septembre et depuis, elle passe la moitié de son temps à l'hôpital. Elle loge chez moi dans l'intervalle entre les périodes de traitement. Pour le moment, elle est dans une maison de repos pour se retaper pendant quelques semaines, mais le pronostic est plus que réservé.

Mark était sincèrement bouleversé.

— Je suis navré.

— Il y a de quoi.

— Vous auriez dû prévenir votre père.

— Pour quoi faire ?

— Oh, voyons Leo. Il va être effondré.

La voix de son interlocuteur reprit un ton amusé, comme si l'ironie l'aidait à affronter la situation.

— C'est bien ce qui inquiète Lizzie. Elle se sent déjà suffisamment mal, elle n'a pas besoin de Papa en larmes à son chevet.

— Franchement, pourquoi n'avez-vous pas averti James ?

— Je lui ai promis de n'en parler à personne. Et je ne vous aurais rien dit non plus si cette grosse vache n'avait pas raconté toutes ces conneries à son sujet.

— C'est Mrs Weldon qui est grosse, rectifia Mark. Mais pourquoi Lizzie veut-elle que personne ne le sache ?

Il y eut un long silence et quand Leo reprit la parole, sa voix manquait un peu de fermeté.

— Elle préfère mourir en paix sans avoir eu à se rendre compte que tout le monde s'en fiche.

*

Quand Renard fut enfin conduit au rez-de-chaussée, la police demanda à James de se poster dans le vestibule afin qu'il essaie de l'identifier. On lui proposa de rester dans la pénombre, mais il préféra se mettre bien en vue, flanqué de l'inspecteur Monroe d'un côté et de son notaire de l'autre. Mark aurait voulu que Nancy se joigne à eux, mais elle refusa, préférant suivre le conseil de Bella et faire le guet dans le couloir menant à la cuisine pour éviter que P'tit Loup n'aperçoive accidentellement Renard, menottes aux poignets.

— Prenez votre temps, monsieur, dit Monroe à

James quand Renard surgit, encadré de deux policiers, sur le palier du premier. Rien ne presse.

Mais James le reconnut sur-le-champ.

— Il s'appelle Liam Sullivan, dit-il pendant que l'homme descendait les marches, mais je ne crois pas que ce soit son vrai nom.

— Qui est-ce ? demanda Monroe. D'où le connaissez-vous ?

— C'est un voleur à qui ma femme a fait la charité et qui le lui a bien mal rendu.

Il s'avança, obligeant les deux agents à immobiliser Renard.

— Pourquoi ? demanda-t-il simplement.

Un sourire inhabituel éclaira les yeux de Renard.

— Vous êtes comme l'Everest, colonel, dit-il dans une parfaite imitation de la voix de baryton du vieil homme. Vous êtes là.

— Qu'espériez-vous obtenir de moi ?

— Il faudra que vous posiez la question à Leo et à Lizzie. Je ne suis que leur employé, moi. Ils veulent votre argent, et les moyens leur importent peu… (Son regard s'égara en direction du couloir, comme s'il savait que Nancy s'y trouvait.) Peu leur importe aussi de savoir qui paiera les pots cassés.

— Vous mentez, dit James, la voix pleine de colère. Je sais que Vera vous a bourré la tête d'inepties à propos de votre ressemblance avec Leo, mais vos liens avec notre famille s'arrêtent là.

Le sourire de Renard s'élargit.

— Votre femme ne vous a donc jamais parlé de mes relations avec Lizzie ? Visiblement non. Elle était très douée pour étouffer les scandales. (Sa voix prit un grossier accent irlandais.) Votre fille a toujours aimé les brutes, colonel. Irlandaises, surtout.

— J'ignore de quoi vous parlez.

Renard jeta un regard à Mark.

— Mr Ankerton vous l'expliquera, affirma-t-il avec aplomb.

James se tourna vers son notaire.

— Je ne comprends pas.

Mark haussa les épaules.

— Je crois que Mr Sullivan non plus, dit-il. Vera a dû lui raconter je ne sais quels ragots, et il essaie d'en tirer ce qu'il peut.

Renard prit l'air amusé.

— Pour quelle raison pensez-vous qu'Ailsa a payé mes factures ? Par charité ? Vous plaisantez ! Elle préférait éviter que les détails sordides de la vie amoureuse de Lizzie ne soient exposés au grand jour… notamment sa passion pour les hommes qui lui rappelaient son frère.

Monroe intervint avant que James ou Mark aient eu le temps de réagir.

— D'où le connaissez-vous, monsieur ?

James s'appuya contre le montant de l'escalier. Il avait l'air effondré, comme si Renard lui avait fourni les pièces manquantes d'un puzzle.

— Il a squatté le pavillon qui fait pendant à la loge des Dawson pendant l'été 1998. Mon épouse a eu pitié de lui parce qu'il était accompagné d'une femme et de deux jeunes enfants…

Il s'interrompit, s'interrogeant visiblement sur les raisons de la compassion d'Ailsa.

— Poursuivez, l'encouragea Monroe.

— Ailsa m'a persuadé de les héberger un moment, pendant qu'elle essayait de leur trouver un logement abordable. Pendant ce temps, cet *individu*… (il fit un geste en direction de Renard)… a profité d'une vague ressemblance avec mon fils pour faire mettre ses achats sur le compte du Manoir. Ma femme a payé les notes, et avant que je me rende compte de ce qui se passait, il avait pris la poudre d'escampette avec sa famille, laissant des dettes dont Ailsa a été dans l'impossibilité de s'acquitter. J'ai dû vendre le pavillon pour les honorer.

Monroe dévisagea Renard avec curiosité. Il avait parlé à Leo au moment du décès de sa mère, mais ne se souvenait pas assez bien de ses traits pour dire si la ressemblance était criante.

— P'tit Loup était-il l'un des deux enfants qui l'accompagnaient ?

— Je ne crois pas les avoir jamais vus, mais je sais que ma femme était extrêmement inquiète que trois êtres aussi vulnérables soient soumis à l'influence d'un homme pareil.

— Avez-vous prévenu la police ?

— Bien sûr.

— Quels noms avez-vous indiqués ?

— Je ne saurais vous le dire. Ma femme a remis tous les formulaires de demande de logement à vos services, les identités doivent y figurer. Peut-être en a-t-elle gardé des copies. Dans ce cas, elles sont dans la salle à manger. (Brusquement, il fit un pas en avant et gifla Renard.) Comment avez-vous pu avoir le *culot* de revenir ici ? Quels mensonges avez-vous débités à ma femme cette fois-ci ?

Renard redressa la tête avec un sourire mauvais.

— Je lui ai dit la vérité, rétorqua-t-il. Je lui ai appris qui est le père de la petite bâtarde de Lizzie.

Monroe intercepta la main de James à l'instant où il la relevait.

— Non, monsieur, ne faites pas cela.

— Ailsa ne vous aurait jamais cru, dit le vieil homme, furieux. Elle savait parfaitement que les choses répugnantes que vous suggérez ne sont jamais arrivées.

— Oh si, colonel, elle m'a cru, mais je n'ai pas

481

prétendu que c'était *vous* le père. Ça, c'était l'idée de Lizzie — elle pensait qu'il n'en faudrait pas moins pour monter la tête à Mrs Bartlett.

James se tourna vers Mark, impuissant.

— Et qui serait le père, selon vous ? demanda Mark.

Le regard de Renard lui fit baisser les yeux.

— J'ai passé la journée à vous observer — vous avez bien du mal à ne pas laisser vos mains s'égarer. Elle me fait honneur, Mr Ankerton, vous ne trouvez pas ?

Mark secoua la tête.

— Ça ne colle pas, mon vieux. Elizabeth a les yeux bleus... vous aussi... si vous connaissiez la loi de Mendel, vous sauriez que deux parents aux yeux bleus ne peuvent pas avoir d'enfant aux yeux marron. (*Prends ça, salaud* ! Ou bien Leo avait menti pour le plaisir, ou cette andouille n'en savait pas plus que lui sur la génétique.) Vous n'auriez pas dû prendre vos informations auprès de Vera. Elle s'est toujours emmêlée dans les dates. Le gitan irlandais est venu et reparti deux ans avant la grossesse d'Elizabeth... (Il pointa le doigt vers le cœur de Renard.) Ailsa était bien placée pour le savoir, et elle ne vous aurait pas cru. Quelle que soit la raison de sa mort... et la *manière* dont elle est morte... elle savait qu'il n'y avait aucun lien entre sa petite-fille et vous.

Renard secoua la tête.

— Elle m'a reconnu les deux fois, Mr Ankerton... elle a acheté mon silence la première fois... elle l'aurait acheté la seconde si elle n'était pas morte. Elle ne voulait surtout pas que son mari sache combien de squelettes contenait le placard familial.

— C'est vous qui l'avez tuée ?

— Non, je n'étais pas là cette nuit-là.

Nancy s'avança depuis le couloir.

— Vera prétend qu'il voulait faire chanter Ailsa. Elle

avait l'air tout à fait lucide. Ailsa lui aurait dit qu'elle préférerait mourir que de lui donner de l'argent… alors il a dit à Vera de fermer la porte et de le laisser faire.

Le regard de Renard glissa sur elle.

— Mrs Dawson me confond avec Leo. Vous feriez peut-être bien de poser ces questions au fils du colonel, Mr Ankerton.

Mark esquissa un léger sourire.

— Où étiez-vous, si vous n'étiez pas ici ?

— Dans le Kent, probablement. Nous avons passé la plus grande partie du printemps dans le Sud-Est.

— Nous ?

Mark vit une goutte de sueur ruisseler sur le front de l'homme. Il n'était effrayant que dans le noir, songea-t-il. À la lumière et sous escorte, il avait l'air minable. D'ailleurs, il n'était pas vraiment intelligent. Rusé, peut-être… mais pas intelligent.

— Où sont Vulpa et Loupiot ? enchaîna-t-il. Vulpa devrait pouvoir confirmer votre alibi si vous dites à la police où elle se trouve.

Renard porta son attention sur Monroe.

— Allez-vous faire votre travail, inspecteur, ou avez-vous l'intention de confier mon interrogatoire au notaire du colonel ?

Monroe haussa les épaules.

— Vous êtes en état d'arrestation. Vous avez le droit de refuser de répondre, comme tout citoyen. Poursuivez, monsieur, lança-t-il à l'adresse de Mark. Qu'avez-vous d'autre à nous apprendre ?

— Je peux vous indiquer ce que je sais, inspecteur. (Il rassembla ses idées.) *Primo*. Quand elle avait quinze ans, Elizabeth a eu une brève liaison avec un saisonnier irlandais. Il l'a persuadée de voler pour lui, et Leo s'est accusé pour la protéger. Vera était certainement au courant de cette liaison, parce qu'elle couvrait toutes les frasques d'Elizabeth. Cette affaire a définitivement compromis les relations de confiance qui pouvaient régner entre les membres de cette maisonnée. Vera, notamment, a été accusée de vol par le colonel et cette injustice l'a révoltée… et je pense que par la suite, Mrs Jolly-Renard s'est toujours méfiée d'elle. Elle lui reprochait d'encourager Elizabeth à faire des siennes.

Il posa la main sur le bras de James pour le faire taire.

— *Secundo*. Elizabeth a eu un enfant quand elle avait dix-sept ans. C'était une fille, qui a été abandonnée et adoptée. Elizabeth n'en faisait qu'à sa tête et ignorait qui était le père. Vera était au courant de cette naissance et de l'adoption. Mais il semble qu'elle ait confondu les deux épisodes, et incité cet homme à croire que le père était le fameux Irlandais. (Il scruta le visage de Renard.) La seule personne encore en vie qui puisse identifier le saisonnier — à part Vera dont le témoignage est irrecevable — est Elizabeth elle-même… Elle prétend que c'était un homme bien plus âgé, qui était du reste le père de la plupart des enfants de son groupe.

— Elle ment, dit Renard.

— Dans ce cas, c'est votre parole contre la sienne. Si elle ne vous reconnaît pas, la police en tirera ses propres conclusions sur la véracité de toutes vos allégations… y compris au sujet de la mort de Mrs Jolly-Renard.

Il fut récompensé par une lueur d'indécision dans les yeux clairs.

— *Tertio*. Le ressentiment de Vera à l'égard de son mari et des Jolly-Renard s'est aggravé de manière exponentielle depuis les premières manifestations de sa démence sénile en 1997. La date est établie, parce que c'est à cette époque que les Jolly-Renard ont accordé aux Dawson la jouissance gratuite du pavillon jusqu'à leur mort. Le colonel vient de vous dire que Vera a farci la tête de cet homme de balivernes à propos de sa ressemblance avec Leo. À mon avis, c'est l'inverse. Il a profité de cette ressemblance pour achever d'égarer Vera. Je ne prétends pas savoir pourquoi. Mais peut-être avait-il découvert la première fois qu'il n'était pas bien difficile d'extorquer de l'argent à Ailsa. Il aura voulu recommencer. (Il s'interrompit.) Enfin, et c'est là le point essentiel, ni Leo ni Elizabeth n'ont jamais rencontré Mrs Bartlett et ne lui ont jamais parlé. Quelles que soient les intentions de ce type, les enfants du colonel ne sont pas dans le coup.

— Mrs Bartlett avait pourtant l'air très sûre d'elle, objecta Monroe.

— Elle ment, ou alors elle s'est elle-même fait abuser, dit Mark catégoriquement. Peut-être ne serait-il pas inutile de lui présenter Renard, et de voir si elle le reconnaît. Et aussi la mère de P'tit Loup quand vous l'aurez retrouvée… si vous la retrouvez. Une blonde aux yeux bleus et ce type-là pourraient sans doute faire l'affaire pour quelqu'un qui n'a jamais vu Leo et Elizabeth que de loin.

— Pouvez-vous prouver qu'ils ne sont pas dans le coup ?

— Oui. (Il posa la main sous le coude de James pour le soutenir.) La fille du colonel est mourante. Elle est atteinte d'une maladie du foie incurable et passe le plus clair de son temps à l'hôpital depuis septembre. Si elle avait rencontré Mrs Bartlett en octobre, l'entrevue aurait dû avoir lieu dans l'enceinte de l'hôpital St Thomas.

*

C'était un petit chef-d'œuvre de soudure, un double fond dans la soute à bagages avant, mais il n'échappa pas au regard perçant d'une collègue de Barker qui se demanda pourquoi une petite bande de peinture — de la largeur d'un ciseau — était effacée, à mi-hauteur d'un panneau. Elle n'aurait pas été visible à la lumière du jour, mais à la lueur d'une torche, l'éclat du métal à nu se découpa contre la peinture grise.

— Joli, fit Barker, admiratif, tandis qu'une infime pression de couteau faisait jouer un loquet à ressort, permettant à tout le panneau de se détacher de la saillie qui l'assujettissait de l'autre côté.

Il abaissa sa torche, éclairant un espace de trente centimètres de côté.

— On dirait qu'il a pillé la moitié des grandes demeures d'Angleterre.

Sa collègue se faufila à l'intérieur de la soute pour examiner le panneau de gauche.

— Il y en a encore un ici, dit-elle en tâtonnant à l'intérieur et en dégageant un second loquet au niveau du sol.

Elle tira le panneau vers elle et le déposa.

— Vous pensez qu'il y a beaucoup de choses qui appartiennent au colonel, là-dedans ?

La torche de Barker balaya les toiles et les pièces d'argenterie qui remplissaient la cavité.

— Aucune idée… mais j'imagine que si des objets manquaient, il l'aurait remarqué. (Il passa au compartiment suivant.) Si la profondeur des deux soutes était la même lors de la construction du bus, il devrait aussi y avoir un double fond de ce côté-ci. Vous voulez bien essayer ?

Sa collègue se glissa avec obligeance dans la soute à bagages et fit jouer son couteau. Elle poussa un grognement de satisfaction quand le panneau s'ouvrit d'un coup.

— Seigneur ! dit-elle en découvrant le contenu. Qu'est-ce qu'il mijote ? Il a l'intention de dévaliser la Banque mondiale, ou quoi ?

Barker éclaira un alignement de fusils à canon scié et de pistolets, arrimés par des étriers à la paroi postérieure.

— Du commerce, dit-il sèchement. C'est une devise forte. Ça ne m'étonne plus qu'il ait rôdé autour du Manoir. La famille du colonel a constitué la plus grande collection d'armes à feu du Dorset. Voilà ce que cherchait Renard.

— Dans ce cas, le colonel n'a à s'en prendre qu'à lui-même, fit la policière en détachant le deuxième panneau et en le posant au sol. C'était tenter le diable.

— Sauf que la collection ne se trouve plus au Manoir, fit remarquer Barker. Il en a fait don au musée impérial de la Guerre après la mort de sa femme. Mais personne n'a dû prendre la peine d'en avertir Renard.

30

Les ondes de choc de l'arrestation de Renard s'étendirent bien au-delà de Shenstead. Le démontage systématique du bus révéla en effet un certain nombre de preuves flagrantes de ses forfaits. Il s'était montré d'une incroyable négligence. La police mit ainsi la main sur un deuxième portable dont le répertoire contenait plusieurs numéros. Les appels passés depuis cet appareil permirent de retracer ses déplacements. On retrouva aussi les clés d'un box qui furent aussitôt transmises à différents fabricants, pour essayer de le localiser. Des passeports. Des permis de conduire — certains établis au nom de femmes. Et, chose bien plus inquiétante, des vêtements tachés de sang dissimulés comme autant de trophées dans une niche du plancher.

*

Pour les habitants de Shenstead, les effets furent plus immédiats et plus concentrés : la police fit la tournée des maisons tard dans la soirée du 26 décembre pour informer tout le monde de l'arrestation d'un homme soupçonné d'avoir assassiné Bob Dawson. La nouvelle

fut accueillie avec émoi. On voulait en savoir plus long
— *Qui était cet homme... ? Quelqu'un avait-il été
blessé ?... Y avait-il un lien avec la mort d'Ailsa ?... Et
Vera... ?* — mais les policiers restèrent très discrets,
demandant simplement à tous les occupants de se libérer le lendemain pour un interrogatoire.

L'affaire franchit les frontières de la vallée dès que
les médias s'en emparèrent. Au petit jour, des journalistes firent le siège de l'hôpital, en quête de nouvelles
du suspect et d'une certaine « Nancy », qui aurait eu un
bras cassé à la suite d'une agression au marteau. La
police se borna à confirmer le nom de l'homme assassiné et à révéler que le suspect était un itinérant venu
occuper un terrain de Shenstead. On apprit néanmoins
— grâce à Ivo qui s'empressa de monnayer ses confidences à la presse par portable — que « Nancy » était la
petite-fille illégitime du colonel Jolly-Renard. On
s'empressa d'opérer un rapprochement entre l'agression dont elle avait été victime et la mort d'Ailsa en
mars. Pourquoi s'en prenait-on ainsi à la famille du
colonel ?

L'illégitimité ajoutait encore du piment à l'affaire et
la presse était avide d'informations sur sa mère biologique et sur ses parents adoptifs. Par bonheur, se
demandant quelle garantie il avait que ses révélations
téléphoniques lui seraient rétribuées, Ivo resta évasif
sur le grade et sur le patronyme de Nancy, et Bella le
pinça avant qu'il ait pu s'esquiver et prendre directement contact avec un journaliste. Elle lui confisqua son
portable et suggéra au colonel de l'enfermer à la cave
pour la nuit. Mais, en l'absence de Mark qui était allé
conduire Nancy à l'hôpital, James préféra lui faire une
offre équivalente à celle du journal.

— Vous ne valez pas mieux que votre ami Renard,
dit-il à Ivo en libellant un chèque accompagné d'une

lettre d'envoi destinée à sa banque. Vous n'hésitez pas à détruire des existences pour en tirer profit. J'aurais pourtant donné à Renard tout ce que je possède en échange de la vie de mon épouse et j'estime que c'est un faible prix à payer pour assurer la tranquillité d'esprit de ma petite-fille.

— Chacun pour soi, répondit Ivo en empochant le chèque et la lettre et en adressant un sourire mauvais à Bella, adossée contre le mur de la bibliothèque, mais vous feriez mieux de confirmer ce chèque si la banque téléphone. Vous me l'avez remis de votre plein gré, alors vous n'avez pas intérêt à changer d'avis.

James sourit.

— Je tiens toujours mes promesses, monsieur. Si vous tenez les vôtres, la banque ne fera aucune difficulté.

— Marché conclu.

— Très bien. (Le vieil homme se leva de derrière son bureau.) Maintenant, voulez-vous avoir l'amabilité de quitter ma demeure ?

— C'est une blague ? Il est deux heures du mat. Ma femme et mes gamins dorment à l'étage.

— Ils sont les bienvenus. Pas vous. (Il fit un signe de tête à Bella.) Pouvez-vous demander à Sean Wyatt de venir un instant, ma chère ?

— Qu'est-ce que vous lui voulez, au flic ?

— Le prier de vous arrêter si vous ne partez pas immédiatement. Vous avez exploité le désarroi dans lequel m'ont plongé le meurtre de ma femme, celui de mon jardinier et la tentative d'assassinat contre ma petite-fille pour m'extorquer de l'argent. Soit vous partez immédiatement et vous encaissez votre chèque dès l'ouverture de la banque, soit vous passez la nuit avec votre ami au poste de police. Vous avez le choix.

Quelle que soit votre décision, une fois que vous aurez quitté cette maison, vous n'y remettrez plus les pieds.

Ivo lança un regard nerveux à Bella.

— Tu ne vas quand même pas prétendre que j'étais de mèche avec Renard. Je ne l'avais jamais vu de ma vie avant la réunion de sélection.

— Peut-être, dit-elle en s'écartant du mur et en ouvrant la porte qui donnait sur le vestibule. Mais le colonel a raison. Y a pas grande différence entre lui et toi. Vous vous croyez plus importants que tout le monde. Allez, grouille-toi, bouge ton cul avant qu'il me prenne l'envie de parler aux flics de tous les trucs fauchés que j'ai vus dans ton bus.

— Et ma femme et mes gosses ? geignit-il tandis que James contournait le bureau, l'obligeant à reculer. Faut quand même que je les prévienne.

— Pas question.

— Et comment voulez-vous que je les joigne, alors que j'ai même plus de téléphone ?

James eut l'air amusé.

— Vous auriez peut-être dû y penser plus tôt.

— Merde ! (Il se laissa conduire dans le vestibule.) C'est pas très réglo tout ça.

— T'as pas bientôt fini de pleurnicher ? fit Bella, dégoûtée, tirant les verrous de la porte d'entrée et l'ouvrant. T'as tes trente deniers d'argent, Judas ? Alors magne-toi avant que je change d'avis et que je te mouille à fond.

— Il me faut mon manteau, dit-il, tandis qu'une bouffée d'air glacial s'engouffrait dans la maison.

— Va te faire voir ! (Elle le poussa brutalement dehors et referma la porte d'un coup d'épaule.) Les flics vont pas le laisser retourner au campement. S'il veut pas se geler les miches, il va falloir qu'il explique pourquoi vous l'avez fichu dehors. (Elle gloussa devant

491

l'expression de James.) Mais vous y avez sûrement déjà pensé.

Il la prit par le bras.

— Allons prendre un cognac, ma chère. Nous l'avons bien mérité.

*

La vallée fut prise d'assaut dès que les barrages routiers furent levés, le 27 à l'aube, et si quelqu'un avait eu l'intention de passer inaperçu, il lui fallut rapidement déchanter. Le Manoir et le Bois-Taillis restaient placés sous surveillance policière mais les métayers, les Bartlett et les Weldon se trouvèrent à la merci de la presse et de la télévision. L'attention se concentra sur Shenstead House à cause des commentaires de Julian sur les routards publiés dans le journal local. Quelqu'un en glissa un exemplaire sous sa porte. Quant à son téléphone, il sonna sans discontinuer jusqu'à ce qu'il se décide à le débrancher. Des photographes rôdaient sous ses fenêtres, cherchant à prendre des clichés, tandis que les journalistes hurlaient des questions à n'en plus finir.

« *Vous sentez-vous responsable parce que c'est un itinérant qui a fait le coup ?* »… « *Leur avez-vous envoyé les chiens ? Est-ce que c'est cela qui a tout déclenché ?* »… « *Les avez-vous traités de voleurs en face ?* »… « *Savez-vous qui est cet homme ? Était-il déjà venu à Shenstead ?* »… « *Pourquoi s'intéressait-il au Manoir ? Pourquoi a-t-il tué le jardinier ?* »… « *Pourquoi a-t-il agressé la petite-fille du colonel ?* »… « *Pensez-vous qu'il soit responsable de la mort de Mrs Jolly-Renard ?* »

Eleanor était tapie à la cuisine, au supplice, tandis que Julian, en presque aussi piteux état qu'elle, arpentait son bureau derrière des rideaux tirés. Il avait essayé de joindre Gemma sur son portable mais chaque fois, son appel avait été dirigé vers sa messagerie. Ses tentatives pour réveiller Dick Weldon avaient été tout aussi infructueuses. Les deux portables étaient éteints et les lignes de Shenstead Farm et de la ferme des Squires étaient constamment occupées. Ils avaient dû débrancher le téléphone, eux aussi. Il ne pouvait contacter Gemma par e-mail qu'à son bureau, fermé jusqu'au 2 janvier, et son exaspération grandissait en même temps que son impuissance à savoir ce qui se passait.

Seule la police pouvait lui fournir des informations, et Julian se résolut finalement à l'appeler. Il demanda à parler à l'inspecteur Monroe.

— Nous avons besoin d'aide, lui dit-il. Je suis malade à l'idée que ces salauds découvrent cette histoire d'appels téléphoniques de ma femme. Que ferons-nous alors ?

— Il n'y a aucune raison qu'ils l'apprennent.

— Parce que vous vous figurez que je vais vous croire sur parole ? Nous ne savons rien de ce qui se passe. Qui est ce type que vous avez arrêté ? Qu'est-ce qu'il raconte ?

Monroe l'interrompit pour s'adresser à un autre interlocuteur.

— Je ferai un saut chez vous plus tard, monsieur, mais pour le moment, je vous conseille de ne pas vous montrer, votre épouse et vous. Maintenant, si vous voulez bien m'excuser…

— Vous ne croyez quand même pas vous en tirer comme ça ? l'interrompit Julian, furieux.

— Que voulez-vous savoir d'autre, monsieur ?

Julian passa une main irritée sur sa nuque.

— Les journalistes racontent que la petite-fille du colonel s'est fait agresser, elle aussi. C'est vrai ?

De nouvelles voix se firent entendre à l'autre bout du

fil, et l'idée d'être ainsi relégué au second plan attisa encore sa colère.

— Vous m'entendez ? aboya-t-il.

— Pardon, monsieur. Oui, elle a une fracture du bras, rien de grave. Le seul conseil que je puisse vous donner, c'est de faire profil bas et de garder le silence.

— Bordel ! lança Julian. On est littéralement prisonniers de ces salauds. Ils essaient de nous photographier à travers les fenêtres.

— Tout le monde est dans le même bateau, monsieur. Il faut être patient.

— N'y comptez pas, coupa-t-il. J'exige que l'on chasse ces charognards de chez moi et qu'on m'explique ce qui se passe. Tout ce qu'on nous a dit hier soir, c'est qu'un homme a été arrêté… Mais si j'en crois les questions que ces connards nous hurlent par la boîte aux lettres, ce serait un des squatters ?

— C'est exact. Nous l'avons déjà confirmé à la presse.

— Et pourquoi est-ce qu'on ne nous dit rien, à nous ?

— Je vous en aurais informé en venant vous voir. Mais en quoi est-ce tellement important ?

— Enfin, bon sang ! Vous nous avez dit hier soir que, d'après Prue, Dark Vador était un des squatters. Vous ne voyez pas dans quelle position ça nous met, si on apprend les liens entre Ellie et ce type ?

Il perçut à nouveau le bourdonnement d'une conversation étouffée.

— Je suis navré, monsieur, reprit Monroe, nous sommes extrêmement occupés. Mais qu'est-ce qui vous fait penser que le meurtre de Robert Dawson puisse être lié aux appels téléphoniques de votre femme ?

— *Rien*, répliqua Julian avec colère. C'est vous qui

avez laissé entendre qu'il pouvait y avoir un lien entre Ellie et les routards, quand vous l'avez interrogée.

— Je ne faisais que répéter les propos de Mrs Weldon… mais je ne le pensais pas sérieusement, monsieur. Mrs Weldon était dans un état épouvantable après avoir surpris un rôdeur à Shenstead Farm. La peur lui aura inspiré d'étranges conclusions. Pour le moment, nous n'avons aucune raison de rattacher les événements d'hier soir aux appels malveillants de votre épouse.

— *Bien*, grogna Julian. Dans ce cas, peut-être pourriez-vous envoyer une patrouille s'occuper des journalistes qui font le pied de grue sous mes fenêtres. Je n'ai rien à voir dans cette affaire, et on me traite comme un criminel.

— Tous nos hommes sont occupés, répondit Monroe d'un ton contrit. Si ça peut vous consoler, dites-vous que le capitaine Smith en voit de plus dures que vous.

— Je ne vois pas en quoi ça pourrait me consoler, lança-t-il. Je suis désolé qu'elle soit blessée, mais elle n'avait qu'à pas se trouver là au mauvais moment. Est-ce que vous allez m'envoyer une patrouille, ou faut-il que je fasse du grabuge pour que vous vous décidiez à intervenir ?

— Je vais vous envoyer quelqu'un, monsieur.

— Vous avez intérêt, dit Julian en raccrochant brutalement.

L'appareil se mit immédiatement à sonner et il le débrancha. Il leva deux doigts en direction des rideaux.

— Salauds, articula-t-il.

*

Monroe reposa le récepteur avec un sourire pensif à l'adresse de son supérieur.

— Je vous avais bien dit qu'il ne tarderait pas à

495

appeler. Il fait dans son froc… il veut savoir ce que Renard nous a raconté.

— Qu'est-ce que vous allez faire ?

— Le laisser mariner un moment. C'est un vrai despote, ce type… Ça l'a rendu fou que je ne sois pas disponible pour lui à cent pour cent. (Il réfléchit un instant.) Plus longtemps nous le laisserons aux mains des journalistes, plus il sera à bout de nerfs. Il n'a qu'une envie, c'est partir de chez lui, mais je ne sais pas si c'est pour mettre les voiles ou pour détruire des preuves. Les deux sans doute.

— Vous pensez sérieusement qu'il est derrière tout ça ?

Monroe haussa les épaules.

— Je suis persuadé qu'il a poussé sa femme à passer ces fameux appels. Il était bien trop détendu hier soir. Je l'ai observé de près. Il la manœuvre comme il veut. C'est incroyable. Elle se croit sûrement très forte — c'est comme ça en tout cas que Mrs Weldon la voit —, mais par rapport à son mari, elle ne fait pas le poids.

— Peut-être qu'il a simplement touché du fric pour qu'elle intervienne.

Monroe plissa les yeux en direction de la fenêtre.

— Peut-être, mais il a énormément de frais… sa femme… sa maîtresse… le cheval… la chasse… la cave. Il y avait deux jeux de clubs de golf dans l'entrée… celui de monsieur et celui de madame… sans parler de la BMW, de la Range Rover, de la décoration d'intérieur, des vêtements de marque. Si j'en crois Mark Ankerton, c'est son second mariage. Il a divorcé il y a une vingtaine d'années et a deux enfants adultes. Rappelez-vous que ce type n'a jamais dépassé l'échelon de cadre… il a dû laisser à sa première femme la moitié de ce qu'il avait… verser une pension pour les enfants… il a vendu sa maison avant le boom immobilier… et pris une retraite anticipée à cinquante-cinq ans pour mener la grande vie. (Il secoua la tête.) Il y a quelque chose qui ne colle pas.

— Renard prétend que c'est le plus grand marchand d'armes d'Europe. Selon vous, quelle probabilité y a-t-il pour que ce soit vrai ?

— Sur une échelle de un à dix ? Zéro, admit Monroe. Je pense qu'il est mouillé dans le trafic d'argenterie et de tableaux, mais qu'il fera un infarctus quand il saura, pour les fusils. Par contre, je pense que Renard dit vrai quand il prétend lui avoir remis le dossier. Bartlett savait certainement qui était le capitaine Smith. Quant à savoir de qui vient l'idée… (Sa main esquissa un mouvement de balance.) Cinquante pour cent pour l'un, cinquante pour cent pour l'autre. La chronologie des événements me ferait pencher pour Renard. Le colonel n'a jamais été très mondain, mais il n'est plus sorti de chez lui depuis la mort de sa femme. Je parie que Renard en a eu assez de charger Vera de voler pour lui, et a préféré s'en occuper lui-même. Mais la méthode utilisée — épuiser le pauvre vieux en l'obligeant à surveiller sa terrasse pendant que Renard passait par-derrière — me ferait plutôt penser à Bartlett. C'est un sale type. Ça ne m'étonnerait pas qu'il ait tué le chien du colonel pour faire monter la pression.

— Mark Ankerton m'a parlé de « brouillard de guerre ». Il s'agirait d'embrouiller le colonel à propos du lieu, de l'identité et de la puissance de ses adversaires, quelque chose comme ça.

— Je préfère les métaphores de chasse. Renard et Bartlett se valent. Tous deux prennent plaisir à terroriser les bêtes.

L'inspecteur s'étrangla.

— Le colonel n'est pas une bête.

— C'est à voir. Je vous rappelle qu'il est accusé

d'avoir violé sa fille. Que voulez-vous répondre à une allégation pareille ?

— Hmm. (L'inspecteur posa une fesse sur le bord du bureau de Monroe.) Il y a quelque chose de très personnel dans l'acharnement de Renard contre cette famille. Vous pensez qu'il dit vrai à propos de sa liaison avec la fille ? Une aubaine pour les psychiatres. La petite fille gâtée et le mauvais garçon.

— Nous demanderons confirmation dès que nous pourrons joindre Elizabeth.

— Elle niera tout en bloc, pour ne pas causer de tort au capitaine Smith.

— Je l'espère, dit Monroe. Ce type est une brute. S'il prend vraiment le capitaine pour sa fille, pourquoi l'agresser ?

L'inspecteur principal s'approcha de la fenêtre.

— Parce qu'il ne la voit pas comme un individu… seulement comme un membre de la famille qui l'obsède. C'est franchement bizarre. Le colonel et son fils ont sauté sur l'idée d'un test ADN pour prouver qu'il n'y aucun lien entre Renard et eux.

Monroe acquiesça.

— Je sais. J'ai parlé à Ankerton. Il prétend que sa ressemblance avec Leo est purement fortuite, mais que c'est elle qui a incité Renard à s'en prendre à la famille Jolly-Renard. Il m'a fait tout un laïus à propos de transfert et de dépersonnalisation… Renard aurait cherché à avilir le colonel pour se sentir supérieur, un charabia de ce genre.

— Hmm. Mais le capitaine Smith refuse le test ADN ?

— Sur les conseils d'Ankerton. (Monroe appuya son pouce et son index sur l'arête de son nez.) Laissez-la donc tranquille, patron. C'est une chic fille et rien ne l'oblige à savoir qui est son père. Ça n'a aucune incidence sur l'affaire.

L'inspecteur principal approuva.

— Renard a-t-il avoué comment Bartlett et lui ont repris contact ? Ça permettrait de savoir qui a manigancé toute cette affaire. Ils s'étaient certainement croisés en 1997, mais je ne vois pas comment Bartlett aurait su où trouver Renard après sa disparition. Il faut croire que c'est Renard qui a pris l'initiative.

— Il prétend qu'ils se sont rencontrés par hasard au Bois-Taillis, et que Bartlett l'a menacé de le dénoncer pour s'être fait passer pour Leo s'il ne le mettait pas dans le coup, cette fois.

— Qu'est-ce que Renard fabriquait au Bois-Taillis ?

— Il espionnait le Manoir. Il aurait appris la mort d'Ailsa et serait venu repérer les lieux. Il ne nie pas avoir eu l'intention de cambrioler le Manoir, mais il n'était pas d'accord avec Bartlett pour le piller de fond en comble. Toujours selon lui, Bartlett disait que le colonel était une proie rêvée. Il s'agissait simplement de l'obliger à se replier si bien sur lui-même que personne ne remarquerait que la maison avait été dévalisée avant des semaines.

— Encore aurait-il fallu que le colonel soit mort.

— D'après Renard, Bartlett avait bien l'intention de se débarrasser de lui. Ainsi que de Robert et de Vera Dawson. C'étaient des solitaires. Personne ne leur parlait. Le temps que quelqu'un se décide à venir voir ce qui se passait — Mark Ankerton probablement —, il n'y aurait plus eu de témoin, les routards seraient repartis depuis belle lurette et nous aurions évidemment concentré nos recherches sur eux.

— Vous y croyez ?

Monroe haussa les épaules.

— C'est certainement ce que prévoyait Renard, mais

je vois mal Bartlett se mouiller à ce point. Je pense que les capotes militaires et les passe-montagnes sont la clé. Il s'agissait de profiter des jours fériés pour attirer l'attention générale sur les squatters, pendant que Bartlett et Renard s'introduiraient dans le manoir, ligoteraient le colonel, pilleraient les lieux et laisseraient le pauvre vieux en plan. Bob ou Vera l'auraient trouvé quand il leur aurait pris l'idée de venir travailler. À supposer qu'il ait encore été en vie, il nous aurait dit que c'étaient les routards qui avaient fait le coup.

L'inspecteur principal croisa les bras.

— Ou bien il aurait accusé son fils, à cause du harcèlement téléphonique.

— Exactement. Renard prétend qu'ils avaient prévu d'emporter les bandes magnétiques pour que nous ne sachions rien des appels. Voilà pourquoi je pense qu'il avait l'intention d'éliminer le pauvre vieux.

— Et c'est alors que Mark Ankerton et Nancy Smith sont entrés en scène.

— Oui.

— Qu'en dit Renard ?

— Que Bartlett lui a donné l'ordre de ne rien changer au plan.

— Comment ?

— Par l'intermédiaire de Vera.

L'inspecteur principal poussa un grognement amusé.

— Cette femme lui est décidément très utile. Il lui met tout sur le dos.

— Il a un certain talent pour se servir des femmes, c'est un fait. Il n'y a qu'à voir comment il a exploité Mrs Bartlett et Mrs Weldon.

— Une alliance de vieilles sorcières, fit l'autre, morose, en regardant par la fenêtre. Voilà ce qui se passe quand de riches salauds exportent leur inflation à la campagne. Les communautés meurent et la lie remonte à la surface.

— C'est pour moi que vous dites ça, patron ?

— Allez savoir ! Vous avez une maison deux fois plus grande que la mienne, et je suis inspecteur principal, merde !

— J'ai eu du bol, c'est tout.

— Vous parlez ! Il devrait y avoir un impôt spécial pour les gens comme Bartlett et vous, qui dépensent des sommes astronomiques pour priver les ruraux de leurs maisons. Comme ça, vous seriez restés à Londres tous les deux, et moi, je n'aurais pas de psychopathe sur le dos.

Monroe sourit.

— Il serait venu quand même… et vous n'auriez pas pu profiter de mes compétences.

Un nouveau grognement amusé.

— À propos de sa femme et de Mrs Weldon ? Vous avez des idées ? Ankerton veut leur peau, mais le colonel refuse de porter plainte. Il ne veut pas que les accusations d'inceste soient livrées en pâture au public. Il dit — et je suis d'accord avec lui — que quelle que soit la fiabilité des tests ADN, les soupçons resteront.

Monroe se frotta la joue.

— On pourrait les arrêter et leur donner un avertissement ? Ça ne ferait ni chaud ni froid à des ados de quinze ans, mais ça pourrait être efficace avec deux harpies sur le retour.

— Je n'en suis pas si sûr. Elles seront de nouveau comme cul et chemise avant la fin de la semaine, à mettre tous leurs problèmes sur le dos de Bartlett. Elles n'ont pas d'autres amies. D'ailleurs, si le colonel s'était montré plus accueillant à leur égard quand elles se sont installées ici, elles ne se seraient pas conduites comme ça.

— J'espère que vous n'avez pas dit ça à Mark Ankerton.

— Inutile. J'ai l'impression que le colonel l'a compris tout seul.

*

Nancy et Bella se tenaient côte à côte à la fenêtre du salon, observant James et P'tit Loup qui se trouvaient dans le jardin. P'tit Loup avait l'air d'un bibendum dans les vieilles nippes trop grandes que Mark avait dénichées au fond d'un coffre dans la chambre de Leo, tandis que James avait décidé d'arborer le gros pardessus défraîchi de son arrière-grand-père. Ils tournaient tous les deux le dos à la maison, regardant vers la vallée et vers la mer au-delà, et les gesticulations de James donnaient à penser qu'il infligeait à P'tit Loup un cours magistral sur l'histoire de Shenstead.

— Qu'est-ce qu'il va devenir, ce pauvre mioche ? demanda Bella. Ça serait pas chic de le laisser broyer par le système. Les gamins de son âge, personne veut les adopter. Il va être placé à droite et à gauche jusqu'à ce qu'il se fiche en rogne à l'adolescence et là, ils le colleront en foyer.

Nancy secoua la tête.

— Je ne sais pas, Bella. Mark est en train de dépouiller les dossiers d'Ailsa pour essayer de dénicher une copie de la demande de logement qu'elle avait faite… S'il arrive à trouver un nom… si P'tit Loup était l'un des deux enfants… si Vera avait raison quand elle disait l'avoir élevé… s'il a de la famille… (Elle s'interrompit.) Trop de « si », dit-elle tristement. En plus, James pense que Renard ou Vera ont déjà fait des recherches en ce sens. Selon lui, les cartons d'Ailsa étaient soigneusement empilés la dernière fois qu'il est

502

entré à la salle à manger… Maintenant, il y a des papiers partout.

— Martin Barker n'a pas grand espoir non plus. Il était îlotier quand ils ont squatté le pavillon, et il a bien l'impression que c'était une femme et deux petites filles. (Elle posa une main réconfortante sur l'épaule de Nancy.) Vaut mieux que tu le saches tout de suite, mon chou. L'autre truc qu'il m'a dit, c'est qu'ils ont dégoté des fringues de gosse et de femme dans une planque, dans le bus de Renard. Ils pensent que c'est des trophées, comme ses queues de renard.

Des larmes jaillirent dans les yeux las de Nancy.

— P'tit Loup le sait ?

— C'est pas seulement un gosse et une femme, Nancy. Martin dit qu'il y a dix vêtements — tous de taille différente. Ils font des tests pour voir combien d'empreintes ADN ils en tirent. Pour le moment, on dirait bien que Renard faisait dans le meurtre en série.

— Pourquoi ? demanda Nancy, hébétée.

— J'en sais rien, mon chou. Martin dit que les gens l'acceptaient sans doute mieux s'il avait une femme et des gamins avec lui… alors il ramassait des épaves et puis, quand il en avait marre des cris… paf, un bon coup de marteau. (Elle haussa les épaules avec un gros soupir.) Moi, je pense qu'il aimait ça, ce salaud. Ça devait lui donner un sentiment de puissance de se débarrasser de gens dont personne avait rien à cirer. Ça me fout une trouille bleue, franchement. Je me demande ce qui nous serait arrivé, à moi et aux filles, si j'avais été assez conne pour me laisser avoir.

— Ça vous a tentée ?

Bella fit la grimace.

— Pendant deux ou trois heures. Je devais être pas mal défoncée. Je lui faisais pas trop confiance, mais ce que j'aimais bien, c'est qu'avec lui au moins, il se passait quelque chose. En fait, je comprends que cette pauvre vieille Vera ait craqué pour lui. Ta grand-mère aussi peut-être. Faut dire qu'il savait charmer, quand il voulait. On dit toujours que les psychopathes sont très forts pour manipuler les gens… que ça marcherait pas sans charisme.

— C'est sans doute vrai, dit Nancy en regardant James s'accroupir et passer le bras autour de la taille de P'tit Loup. À votre avis, pourquoi est-ce qu'il ne s'est pas débarrassé de P'tit Loup ?

— D'après la théorie de Martin, il avait besoin d'un gosse pour se donner l'air respectable. Sinon, son histoire d'appropriation par occupation n'aurait jamais marché. Mais j'y crois pas, moi. Il aurait pu se dégoter une camée et des mômes au dernier endroit où il s'est arrêté. Il avait pas l'intention de traîner dans le coin, alors peu importait qui il avait avec lui. J'avais parlé qu'une fois à la maman de P'tit Loup, et j'aurais pas été tellement étonnée qu'il se pointe avec un nouveau modèle. (Elle soupira encore.) C'est moche. J'aurais peut-être pu la sauver si je m'y étais intéressée un peu plus… mais qu'est-ce que t'en penses ?

Ce fut au tour de Nancy d'offrir une main compatissante.

— Vous n'y êtes pour rien. Mais quelle est *votre* théorie à propos de P'tit Loup ?

— Je sais que ça a l'air bête, mais je crois que Renard l'aimait bien. C'est un petit gars drôlement courageux… Il m'a raconté qu'il essayait de marcher comme un cow-boy pour que Renard voie pas qu'il avait la trouille… et de parler comme un bourge pour que Renard le croie intelligent. C'est peut-être le seul môme dont ce salaud se soit toqué. D'après ce que dit P'tit Loup, Renard a dû le camer jusqu'aux yeux avant de régler leur compte à Vulpa et Loupiot… et si P'tit

Loup a vu quelque chose, c'est seulement parce qu'il s'est réveillé au moment où son frère s'est mis à l'appeler. Ça vous crève le cœur, franchement. Y a pas un gosse au monde qui mérite d'avoir vécu un truc pareil… mais faut croire que Renard l'a défoncé pour pas avoir à le tuer.

— Vous pensez que P'tit Loup va comprendre ça tout seul ?

— J'espère bien que non, mon chou. Il a eu sa dose de traumatismes pour la vie, sans qu'en plus, il se croie obligé de mettre Renard sur un piédestal.

Elles se retournèrent en entendant Mark entrer.

— C'est à désespérer ! dit-il d'un ton découragé. Si Ailsa en a conservé une copie, elle n'est plus ici, c'est sûr. Il n'y a plus qu'à croiser les doigts pour que la police retrouve son exemplaire. (Il les rejoignit à la fenêtre et les prit toutes les deux par les épaules.) Comment ça va, ici ?

— James doit être en train de lui parler de l'industrie du homard, dit Nancy. Mais je ne suis pas sûre que le pardessus de l'arrière-grand-père résiste encore longtemps. J'ai comme l'impression qu'il est en train de craquer aux coutures.

— Tant mieux. Il est bon pour la poubelle. James reconnaît qu'il est resté trop longtemps prisonnier du passé. (Ce fut à son tour de pousser un gros soupir.) J'ai bien peur que la police n'insiste pour que P'tit Loup soit remis aux services sociaux. Il faudrait que vous le persuadiez, toutes les deux, de ne pas faire d'histoires.

— Oh, mon Dieu ! dit Nancy. Je lui ai promis qu'on le laisserait tranquille jusqu'à ce qu'il se sente prêt.

— Je sais, mais je pense que c'est important. Ils ont des spécialistes qui ont l'habitude de s'occuper d'enfants comme lui, et plus tôt ils pourront commencer, mieux ça vaudra. C'est ce que Bella vient de dire. Il faut qu'il se fasse une image exacte de Renard, et il n'y arrivera qu'avec l'aide de gens compétents.

— C'est pas possible qu'il se rappelle pas qui il est ni d'où il vient, intervint Bella. Il a dix ans, quand même, et il est loin d'être idiot. Hier à midi, il m'a dit qu'il avait toujours vécu avec Renard — aujourd'hui, il raconte qu'il croit qu'à un moment, il habitait dans une maison. Mais il ne sait pas quand. Il dit simplement que c'était quand Renard était pas là… mais il sait pas si c'est parce que Renard était parti… ou si c'était avant Renard. Vous croyez que la peur peut vous embrouiller les idées comme ça ?

— Je n'en sais rien, admit Mark. Mais je pense que la drogue et la malnutrition n'ont pas dû arranger les choses.

— *Moi*, je sais, dit Nancy avec force. Je n'ai jamais eu aussi peur de ma vie que la nuit dernière. Mon cerveau a complètement disjoncté. J'ai vingt-huit ans, j'ai fait des études supérieures, j'ai suivi une formation militaire, et je ne me rappelle pas avoir eu une seule pensée cohérente pendant tout le temps que j'ai passé devant ces fenêtres. Je ne sais même pas combien de temps je suis restée là. Imaginez ce que ça a dû être pour un enfant de supporter pareil niveau de terreur jour après jour, pendant des mois d'affilée. Le miracle, c'est qu'il ne soit pas devenu un vrai légume. *Moi*, en tout cas, c'est ce qui me serait arrivé, ça ne fait pas un pli.

— Ouais, fit Bella pensive. C'est sûr que Vulpa et Loupiot étaient des légumes. Vera aussi, si on veut. Qu'est-ce qu'elle va devenir, d'ailleurs ?

— J'ai trouvé une maison de santé à Dorchester qui veut bien la prendre, dit Mark.

— Qui va payer ?

— James, répondit Mark, amusé. Il veut qu'elle vide

506

les lieux le plus vite possible. Peu importe ce que ça lui coûtera. Autrement, il va finir par lui tordre le cou.

Bella pouffa.

— Le vieux ne mégote pas quand il s'agit de se débarrasser de quelqu'un. Nancy et moi, on a vu Ivo rôder dans le bois, à essayer de faire signe à sa femme. C'est plutôt marrant. Tout ce qu'il a obtenu d'elle pour le moment, c'est un bras d'honneur.

— Elle ne va pas pouvoir rester bien longtemps non plus. C'est l'autre point sur lequel la police insiste. Elle veut que les bus soient conduits en lieu sûr. Ça ne va pas être une partie de plaisir, j'imagine ; il y a des journalistes tout le long de la route, mais vous aurez une escorte policière jusqu'à destination.

Bella hocha la tête.

— Dans combien de temps ?

— Une demi-heure, dit Mark, désolé. J'ai demandé un délai supplémentaire, mais il leur faut trop d'effectifs pour surveiller le campement. Et ils veulent que la maison soit évacuée pour que James puisse procéder à un inventaire et vérifier ce qui manque. On dirait que la salle à manger a été vidée de l'essentiel de son argenterie.

La femme soupira.

— C'est toujours pareil. Dès qu'on commence à se sentir bien quelque part, ces foutus flics se pointent et nous obligent à partir. C'est la vie, pas vrai ?

— Vous voulez dire un dernier mot à P'tit Loup ?

— Tu parles, répondit-elle sans ambages. Faut que je lui explique comment me trouver s'il a besoin de moi.

31

Les photographes furent très déçus quand on leur rappela que les règles judiciaires leur interdisaient de publier avant le jugement le moindre cliché de Julian Bartlett refusant de laisser les représentants de la loi entrer chez lui. La police était arrivée en force à Shenstead House, et la fureur du propriétaire quand l'inspecteur Monroe lui présenta le mandat de perquisition fut spectaculaire. Il essaya de lui claquer la porte au nez et, n'y parvenant pas, il saisit une cravache posée sur la table de l'entrée et essaya de frapper l'inspecteur au visage. Plus jeune et plus vigoureux que lui, Monroe lui bloqua le poignet à mi-course et lui tordit le bras dans le dos, avant de le conduire de force vers la cuisine. Aucun de ceux qui se trouvaient à l'extérieur ne put entendre ce qu'il disait, ce qui n'empêcha pas les journalistes d'annoncer : « Mr Julian Bartlett de Shenstead House a été arrêté pour refus d'obtempérer assorti de voies de fait à 11 h 43. »

C'est en état de choc qu'Eleanor vit les policiers passer les menottes à Julian et lui notifier son arrestation avant de le conduire dans une autre pièce pendant qu'ils entreprenaient la fouille de la maison. Incapable de se faire à l'idée que c'était son mari qui intéressait la police et pas elle, elle se frappait la poitrine dans un geste compulsif de *mea culpa*. Elle n'ouvrit la bouche que lorsque Monroe lui présenta une série de photos et lui demanda si elle reconnaissait un des individus en question.

— Celui-ci, chuchota-t-elle en désignant Renard.

— Pourriez-vous me dire son nom, Mrs Bartlett ?

— Leo Jolly-Renard.

— D'où le connaissez-vous ?

— Je vous l'ai dit hier soir.

— Puis-je vous demander de bien vouloir me le confirmer ?

Elle s'humecta les lèvres.

— Il m'a écrit. Je l'ai retrouvé à Londres, avec sa sœur. Il me semble qu'il n'était pas coiffé comme ça. Il avait les cheveux bien plus courts — mais je me souviens parfaitement de son visage.

— Reconnaissez-vous une autre photographie ? Prenez tout votre temps. Regardez-les bien.

Elle interpréta cela comme un ordre et prit chacun des clichés, l'un après l'autre, entre ses doigts tremblants et les scruta attentivement pendant quelques secondes.

— Non, dit-elle enfin.

Monroe isola une photo du centre et la poussa vers elle.

— *Voici* Leo Jolly-Renard, Mrs Bartlett. Ce n'est pas l'homme que vous avez rencontré, vous en êtes bien sûre ?

Le peu de couleur qui lui restait s'effaça de ses joues. Elle secoua la tête.

Monroe posa sur la table une autre série de photos.

— Reconnaissez-vous l'une de ces femmes ?

Elle se pencha en avant, observant attentivement les visages.

— Non.

— Vous en êtes certaine ?

Elle acquiesça.

Il en choisit une.

— *Voici* Elizabeth Jolly-Renard, Mrs Bartlett. Vous êtes sûre que ce n'est pas la femme à laquelle vous avez parlé ?

— Oui. (Elle leva vers lui des yeux pleins de larmes.) Je ne comprends pas, inspecteur. La femme que j'ai vue était si convaincante. Personne ne peut faire *semblant* d'être ravagé à ce point, tout de même. Elle tremblait sans discontinuer pendant qu'elle me parlait. Je l'ai *crue*.

Monroe prit une chaise de l'autre côté de la table. Il serait bien temps de la chapitrer quand il coffrerait son mari ; ce qu'il voulait pour le moment, c'était la convaincre de coopérer.

— Elle avait certainement peur de l'homme qui se faisait passer pour Leo, dit-il en s'asseyant. D'ailleurs, il n'est pas impossible qu'elle vous ait dit la vérité, Mrs Bartlett... mais c'était sa propre histoire, et non celle d'Elizabeth Jolly-Renard. Malheureusement, nous avons tout lieu de penser que la jeune femme que vous avez rencontrée est morte à l'heure qu'il est, bien que nous ayons peut-être trouvé son passeport. Dans un jour ou deux, je vous soumettrai d'autres photographies. Si vous reconnaissez un de ces visages, nous pourrons mettre un nom sur elle et en savoir un peu plus long sur ce qui s'est passé.

— Mais je ne comprends pas. Pourquoi a-t-elle fait ça ? (Elle regarda le portrait de Renard.) Qui est cet homme ? Pourquoi a-t-il fait ça ?

Monroe appuya son menton sur ses mains.

— C'est à vous de me le dire, Mrs Bartlett. Je ne vois pas comment deux étrangers pouvaient savoir que vous

510

vous intéresseriez à une histoire forgée de toutes pièces à propos du colonel Jolly-Renard. Comment savaient-ils que vous goberiez des horreurs pareilles ? Comment savaient-ils que vous aviez une excellente amie, Mrs Weldon, qui ne demanderait qu'à vous seconder dans une campagne d'appels téléphoniques ? Comment savaient-ils que vous étiez convaincue, l'une comme l'autre, que le colonel avait assassiné sa femme ? (Il haussa les épaules d'un air compatissant.) Tout donne à penser qu'une personne de votre proche entourage leur a donné votre nom, vous ne croyez pas ?

Elle était vraiment d'une bêtise insondable.

— Quelqu'un qui n'aime pas James, alors ? demanda-t-elle. Sinon, je ne vois pas l'intérêt…

— Vous étiez un leurre, rien d'autre. Vos appels devaient faire croire au colonel qu'il ne pouvait faire confiance à personne… pas même à ses propres enfants. Votre rôle… (il esquissa un sourire), … que vous avez joué à la perfection, consistait à pousser un vieil homme sans défense à la confusion mentale et à l'épuisement. Pendant qu'il se concentrait sur vous — et, par ricochet, sur ses enfants en raison des accusations que vous portiez contre lui —, il se faisait dévaliser. (Il leva un sourcil interrogateur.) Qui vous connaissait assez bien pour monter un coup pareil ? Qui savait que vous en vouliez aux Jolly-Renard ? Qui pensait que ce serait amusant de vous faire faire le sale boulot à sa place ?

*

Comme le raconta plus tard Monroe à l'inspecteur principal, il est peut-être vrai que l'enfer ne connaît point de furie égale à une femme méprisée. Mais ce fut bien l'enfer qui s'ouvrit tout grand à Shenstead House quand Eleanor découvrit qu'elle s'était fait manipuler.

Une fois lancée, elle fut intarissable. Elle avait une mémoire infaillible s'agissant de l'état de leurs finances au moment de leur déménagement, de la valeur approximative du portefeuille boursier de Julian, du montant de son indemnité de retraite anticipée et de la pension réduite qu'il touchait avant d'avoir atteint ses soixante-cinq ans. Elle s'empressa de dresser la liste de ses propres frais depuis leur installation dans le Dorset, sans oublier le prix de tous leurs travaux d'aménagement. La liste des dépenses connues de Julian couvrait deux pages, les cadeaux mentionnés dans les e-mails à GS étant soigneusement portés au bas du document.

Eleanor elle-même dut se rendre à l'évidence : les sorties dépassaient largement les rentrées. À moins que Julian n'ait liquidé tous les titres qu'ils possédaient, il devait disposer d'une autre source de revenus. Elle réfuta l'hypothèse de la vente d'actions en conduisant Monroe dans le bureau de Julian et en lui remettant le dossier « Bourse » contenu dans un de ses classeurs. Elle collabora encore avec la police en compulsant tous ses autres documents financiers, et en relevant tout ce qui lui paraissait inexplicable. Son assurance grandissait à mesure que les preuves de la culpabilité de son mari s'accumulaient — des comptes bancaires et des placements dont il ne lui avait jamais parlé, des reçus de marchandises vendues qui ne leur avaient jamais appartenu, et jusqu'à sa correspondance avec une ancienne maîtresse. Elle commençait de toute évidence à se considérer comme la victime.

Monroe lui avait demandé de rechercher plus particulièrement un dossier contenant des lettres adressées par le colonel Jolly-Renard à un certain capitaine Nancy Smith. Elle finit par les dénicher au fond d'un sac-poubelle qu'elle se rappela avoir vu Julian sortir, le matin même — « *En temps normal, il n'est pas aussi serviable* » —, et qu'elle lui tendit avec un geste de triomphe. Sa jubilation ne connut plus de bornes quand un des officiers de police, continuant à fouiller au milieu du marc de café et des choux de Bruxelles, mit la main sur un déformateur de voix.

— Je vous avais bien dit que je n'y étais pour rien, glapit-elle.

Monroe, qui avait soupçonné l'existence d'un second appareil en constatant le nombre incroyable d'appels que Dark Vador avait passés, ouvrit un sachet en plastique.

— Voilà peut-être pourquoi il tenait tellement à sortir de chez lui, dit son collègue en y laissant tomber la pièce à conviction. Il espérait balancer tout ça dans une haie, de l'autre côté de Dorchester.

Monroe jeta un regard en biais à Eleanor en scellant le sachet.

— Il niera en bloc, dit-il d'un ton neutre, tant que sa femme ne pourra pas prouver qu'elle n'a jamais vu ces objets. Deux personnes vivent dans cette maison, et pour le moment, rien ne permet de désigner le coupable.

La femme poussa un cri d'orfraie, toutes ses craintes resurgissant d'un coup. Monroe en éprouva une certaine satisfaction. À ses yeux, elle était aussi coupable que son mari. Elle était peut-être moins directement liée à l'affaire, mais il avait entendu certains des messages enregistrés, et la jouissance manifeste qu'elle avait éprouvée à persécuter un vieil homme lui était restée sur l'estomac.

Mort d'un renard

On a appris hier que « Renard Teigneux », suspect numéro un de l'une des plus importantes affaires d'homicides des dix dernières années, a succombé à une tumeur du cerveau inopérable dans un hôpital londonien. Il y avait été transféré il y a dix jours depuis l'infirmerie de la maison d'arrêt de Belmarsh où il attendait son procès.

Brian Wells, 45 ans, alias « Liam Sullivan », alias « Renard Teigneux », aura conservé son mystère jusqu'au bout. Son refus de coopérer avec les enquêteurs sur un certain nombre de disparitions suspectes aura tenu sur la brèche une équipe de vingt-trois policiers. Décrit par les uns comme un séducteur, par d'autres comme un redoutable désaxé, Wells avait été appréhendé l'année dernière. L'opinion publique s'était émue lorsque la police avait révélé qu'on le soupçonnait d'avoir assassiné sauvagement trois femmes et sept enfants, dont les corps n'ont toujours pas été retrouvés.

« Nous pensons que ses victimes étaient des SDF ou des itinérants », a déclaré un porte-parole de la police. « Des mères célibataires, ou des femmes qu'il persuadait de quitter leur compagnon. Malheureusement, ce sont des personnes dont les proches ont généralement perdu la trace et dont ils ne prennent pas la peine de signaler la disparition. »

La police a été prise de soupçons après la mise en garde à vue de Wells, le 26 décembre de l'année dernière. Alors qu'il campait avec d'autres itinérants sur un terrain vague, dans le petit village de Shenstead, Dorset, il a été arrêté pour agression contre la personne de Nancy Smith, 28 ans, officier de l'armée britannique, et pour le meurtre de Robert Dawson,

72 ans, jardinier. Des armes à feu et des objets volés ont été retrouvés dans son véhicule et la police s'est intéressée à ses liens éventuels avec le milieu du grand banditisme.

Le rayon d'action des recherches s'est considérablement élargi à la suite de la déposition d'un témoin affirmant avoir vu Wells assassiner une femme et un enfant. Quelques heures plus tard, on a retrouvé des vêtements tachés de sang appartenant à sept jeunes enfants dans un compartiment dissimulé sous le plancher de son bus. La police a immédiatement craint qu'il ne s'agisse de macabres « trophées ».

Au cours des premiers mois de cette année, on a pu confirmer l'identité de deux des victimes, une femme et son fils âgé de six ans. La police n'a livré que leurs surnoms, « Vulpa » et « Loupiot », afin de préserver l'anonymat de membres de la famille qui ont échappé au massacre. Il semblerait que des tests ADN pratiqués sur ces derniers aient permis d'établir des liens génétiques avec les traces relevées sur une robe de femme et un T-shirt d'enfant. La police s'est refusée à tout commentaire, déclarant que l'enquête était en cours. Elle a appelé d'éventuels témoins dans les milieux des gens du voyage à se présenter au commissariat le plus proche.

« Toutes les informations seront traitées avec la plus grande discrétion », a déclaré une inspectrice. « Nous comprenons fort bien que certaines personnes n'aient pas envie de révéler leur véritable identité, mais nous leur demandons de nous faire confiance. Notre seule volonté est d'identifier les personnes réellement disparues. »

L'horreur de ces crimes, et plus particulièrement l'assassinat ignoble de sept enfants innocents, a frappé l'imagination du public. Comme l'a souligné la presse, qui s'inquiète de la disparition d'un SDF ? « Chacun pour soi ! » a reconnu quelqu'un. « Loin des yeux, loin du cœur », a dit un autre. « La tribu invisible », a titré un journal. Cette affaire vient rappeler tragiquement la vulnérabilité de tous les individus qui vivent en marge de la société.

Wells lui-même faisait partie de ces « marginaux ». Né dans la misère dans un quartier du sud-est de Londres, il était le fils unique de parents toxicomanes. Décrit par ses instituteurs comme un enfant « doué » et « gentil », il semblait promis à un avenir loin des bas-fonds où il avait grandi. Mais dès son entrée au collège, son attitude changea du tout au tout. Il se fit rapidement connaître des services de police et collectionna les mises en garde pour larcins, ainsi que pour consommation et trafic de stupéfiants.

Un de ses professeurs impute cette évolution à une fracture du crâne dont il aurait souffert à l'âge de 12 ans. « Sa mère s'était liée à des gens du voyage. Apparemment, leur bus a eu un accident et par la suite, Brian est devenu très irritable. » D'autres attribuent ce comportement à un QI supérieur à la normale, qui lui permettait de manipuler son entourage.

Quoi qu'il en soit, il s'était acquis au fil des ans la réputation d'un homme qu'il ne faisait pas bon contrarier. « Tout le monde avait peur de lui », a reconnu une de ses anciennes compagnes. « Il se mettait en pétard pour un rien. » Entre 18 et 37 ans, Wells a passé douze années derrière les barreaux. Au moment de sa libération en 1994, après cinq ans de détention pour possession illégale d'arme à feu et agression, il a annoncé à ses codétenus qu'il ne mettrait plus jamais les pieds en prison.

« Il nous a expliqué que le meilleur moyen de disparaître de la circulation était de se déplacer constamment », a déclaré un de ses anciens compagnons. « C'est ce qu'il a probablement fait, parce qu'on ne l'a jamais revu. Les services judiciaires et la police se reprochent mutuellement d'avoir perdu sa trace, mais à l'époque, ils étaient plutôt contents d'en être débarrassés. Ce type suait la haine. »

Il n'a pas été facile de retracer l'itinéraire de Wells entre 1994 et son arrestation l'année dernière. Malgré l'interrogatoire de plusieurs centaines de routards, la police a été incapable d'établir son lieu de résidence sur de longues périodes, au cours de ces huit années. Son *modus operandi* consistait à s'installer dans des propriétés ou sur des terrains vacants et à exploiter toutes les possibilités qui pouvaient se présenter.

« Nous l'avons repéré dans trois squats », a déclaré un inspecteur de Scotland Yard au mois de juillet. « En deux occasions, il a accepté de l'argent pour expulser les autres squatters. Nous nous demandons avec inquiétude ce que ces gens sont devenus. Un propriétaire a mentionné la présence d'une femme accompagnée de trois enfants. Nous n'en avons retrouvé aucune trace, et nous ignorons leur identité. »

Selon les routards qui ont côtoyé Wells au campement de Shenstead, cet homme était un vrai caméléon. « Il savait imiter les voix à la perfection », a déclaré Bella Preston, 36 ans. « La plupart du temps, il parlait comme s'il avait fréquenté les meilleures écoles privées. J'ai été drôlement étonnée d'apprendre qu'il venait du sud de Londres. » Zadie Farrel, 32 ans : « Il pouvait se tenir à deux mètres de vous, vous ne vous rendiez même pas compte qu'il était là. Je crois qu'il aimait espionner les gens, pour voir ce qu'ils avaient dans le ventre. »

Quand elles évoquent « Renard Teigneux », les deux femmes en frissonnent encore de terreur. « On a été vraiment naïves », reconnaît Bella. « On n'aurait jamais imaginé qu'un type pareil pouvait vivre avec nous. » « Il ne voulait pas que des étrangers voient son visage », ajoute Zadie. « Quand la police a trouvé des armes dans son bus, on en est tombés raides. J'ai réalisé qu'il aurait très bien pu nous tuer tous, personne n'aurait su qui avait fait le coup. »

Wells a été arrêté à la suite d'une tentative de cambriolage dans une ferme de Shenstead. Apercevant un intrus dans son jardin, l'épouse du propriétaire, Mrs Prue Weldon, a prévenu la police locale qui a fait le tour des propriétés voisines. Elle a surpris Wells en flagrant délit d'agression contre le capitaine

Nancy Smith dans le parc de Shenstead Manor. La petite-fille du propriétaire, le colonel Jolly-Renard, a mis son agresseur en fuite. Elle a eu un bras et plusieurs côtes fracturés. La police l'a félicitée pour son courage.

Les mobiles de Wells, tant pour l'assassinat de Robert Dawson que pour l'agression contre Nancy Smith, demeurent aussi mystérieux que l'individu lui-même. On sait qu'en 1997, il a squatté pendant trois mois un pavillon appartenant au Manoir. Il était accompagné d'une femme et de deux enfants en bas âge. On sait aussi qu'il s'est procuré frauduleusement des marchandises en se faisant passer pour le fils du propriétaire, Leo Jolly-Renard, avec lequel il présenterait, semble-t-il, une certaine ressemblance. Selon la police, Wells aurait cherché à se débarrasser de Mr Dawson et de Miss Smith dont la présence aux alentours du Manoir dans la nuit du 26 décembre l'empêchait de piller la demeure.

William Hayes, profileur, propose une autre interprétation. Le surnom de Wells, « Renard Teigneux », suggère une relation imaginaire avec les membres de la famille Jolly-Renard. Il savait beaucoup de choses à leur sujet avant de s'installer sur leurs terres en 1997, sans doute grâce aux renseignements fournis par des itinérants qui s'étaient déjà rendus dans la région. Il n'est pas exclu que son intention première ait été de profiter frauduleusement de sa ressemblance avec le fils du propriétaire, mais cette identification a fini par lui monter à la tête et par tourner à l'obsession.

Il a été traité avec une grande générosité lors de son premier séjour, notamment par l'épouse du propriétaire, qui s'est beaucoup occupée de la femme et des enfants dont il avait la charge. Peut-être cette bonté lui a-t-elle inspiré un sentiment d'appartenance, qui se sera rapidement mué en rancœur. Il a dû comprendre, en effet, que Mrs Jolly-Renard cherchait à soustraire sa compagne à son influence. Il est probable que cette inconnue et ses enfants ont été ses premières victimes.

Dans cette hypothèse, ses assassinats ultérieurs auront été fortement liés dans son esprit à la famille Jolly-Renard.

Les témoignages donnent à penser qu'entre 1997 et le 26 décembre 2001, le schéma comportemental de Wells est passé d'un modèle fortement structuré à un modèle totalement déstructuré. Quels qu'aient été les motifs de son désir de s'entourer de « familles », leur présence satisfaisait apparemment un besoin, jusqu'à ce que l'ennui et/ou l'agressivité le conduisent à s'en débarrasser. Quelques semaines après avoir massacré à coups de marteau deux membres de sa famille fictive d'itinérants, c'est avec le même instrument qu'il s'en est pris au jardinier et à la petite-fille de sa fausse famille élargie.

« Sa dépersonnalisation est peut-être due pour une part à la tumeur cérébrale dont il était déjà atteint, mais il n'est pas rare que les tueurs en série perdent progressivement le contrôle de leurs actes. Il n'est pas non plus exclu qu'il ait eu conscience de son état. Il a laissé en vie un témoin de son agression de novembre et son dernier accès de délire homicide s'est porté contre des personnes susceptibles de le reconnaître. On pourrait en conclure qu'il cherchait à se faire prendre, et à mettre ainsi fin à ses crimes. »

Tel n'est pas l'avis de Bella Preston : « Renard Teigneux portait bien son nom. Il exploitait des femmes et des enfants jusqu'à ce qu'ils cessent de l'intéresser, puis il les tuait. C'était un prédateur de la pire espèce. Ceux qui tuent par plaisir. »

Anne Cattrell

Mr Julian Bartlett,
Appt 3
32 Hardy Avenue
Dorchester
Dorset

18 septembre 2002

Cher Julian,

En réponse à ton appel téléphonique de ce matin, je te confirme que le décès de Brian Wells n'aura aucune influence sur ton affaire. Comme tu le sais, la seule déclaration qu'il a faite à la police concernait les transactions qu'il prétend avoir effectuées avec toi. Nous pouvons évidemment contester cette déposition et nous nous y emploierons. Mais je tiens à te rappeler que la plupart de ses allégations ont été confirmées par l'enquête policière, les dépositions de témoins et les pièces à conviction.

Je comprends fort bien ton exaspération, notamment concernant les conditions de ta mise en liberté sous caution ; malheureusement, l'accusation a toujours estimé que la réalité des délits que tu aurais commis peut être établie sans autre témoignage de Wells. Bien sûr, tu es parfaitement en droit de changer de défenseur. Mais les avocats ne peuvent travailler qu'avec les éléments dont ils disposent. À titre d'ami, je ne peux que t'inviter à examiner soigneusement les faits suivants, avant de te mettre en quête d'un défenseur « qui te croie ».

Comme je te l'ai déjà expliqué, il n'était pas dans ton intérêt d'essayer d'accélérer ton procès. Plus les accusations portées contre Brian Wells étaient accablantes, plus facilement le jury aurait accepté une ligne de défense te présentant comme la victime de manœuvres d'intimidation. Je me vois obligé de te rappeler, comme je l'ai fait à plusieurs reprises déjà, que tu as compromis prématurément cette plaidoirie au cours des interrogatoires, en rejetant toute la responsabilité sur ta femme.

Si nous nous fondons sur les analyses de salive prélevée sur le déformateur de voix, il ne fait pas de doute que tu as été le seul à t'en servir. Par ailleurs, Eleanor n'avait pas la signature des comptes bancaires que tu as ouverts. Ajoutons que le témoignage de Miss Gemma Squires concernant ton intérêt subit pour Leo et Elizabeth Jolly-Renard en juillet, et pour tous les secrets de famille dont Vera Dawson pouvait avoir connaissance, suggère ton implication dans cette affaire bien avant qu'Eleanor n'y soit mêlée, vers la fin octobre.

Je faillirais à mon devoir en ne te rappelant pas que le tribunal a tendance à prononcer des peines plus sévères quand un prévenu plaide « non coupable » et que ses allégations sont rejetées par la cour. Les chefs d'accusation qui pèsent contre toi ont été considérablement allégés depuis que la police et la partie plaignante ont admis que tu ignorais, comme tu le prétends, la présence d'armes à feu dans le bus de Wells, ainsi que ses intentions homicides. Néanmoins, je tiens à te faire remarquer que l'ignorance de ces faits compromet l'argument de l'intimidation que tu comptes faire valoir.

Si tu ignorais que Wells était le genre d'homme à porter des armes sur lui et à être disposé à s'en servir contre ceux qui se mettaient en travers de sa route, ta défense ne semble guère convaincante. En revanche, si tu savais qu'il était armé, un certain nombre d'accusations, dont celles relatives à la possession par Wells d'armes illégales, reprennent du poids. Je te conseille donc d'examiner soigneusement ces contradictions au cours des prochains jours, d'autant que tu n'as pu donner aucune explication satisfaisante à la présence sur ton compte bancaire d'une somme d'un montant de 75 000 £.

Ton agent de change n'a jamais entendu parler des titres que tu prétends avoir vendus et tu as été dans l'incapacité de prouver qu'ils aient jamais été en ta possession. Ton cas est encore aggravé par le témoignage de ton ancien employeur, précisant que la retraite anticipée t'a été proposée après la découverte dans ton service d'une escroquerie aux notes de frais couvrant une période de dix ans. Bien que tu aies nié, et continues à nier, toute participation à ce détournement de fonds, tu ne peux ignorer les conséquences d'une enquête policière touchant tes agissements en la matière. Si tu veux éviter toutes nouvelles accusations, il faudrait que tu puisses prouver ton innocence dans cette affaire de fraude.

Si tu avais décidé de garder le silence au cours de ton interrogatoire au lieu de céder à la provocation, un changement d'avocat aurait peut-être pu apporter à ton affaire le bénéfice d'un « regard sans préjugé ». Mais je dois t'avouer que je ne pense pas que le silence t'aurait été très utile. Les pièces à conviction et les présomptions de preuve rassemblées contre toi sont accablantes, et aucun avocat ne pourrait, en l'occurrence, te conseiller de revoir ta défense.

L'accusation peut produire des témoignages établissant que tu as rencontré Brian Wells dans un pub, le 23 juillet ; sans doute aura-t-elle du mal à prouver que cette rencontre était intentionnelle, et non fortuite. Le témoignage de Vera Dawson est irrecevable en raison de sa démence sénile ; aussi est-il impossible de prouver l'affirmation de Wells selon laquelle tu l'aurais rencontré par la suite à plusieurs reprises à Manor Lodge. En revanche, l'allégation de Miss Squires reconnaissant qu'elle t'y a accompagné le 26 juillet et qu'elle a aperçu Brian Wells par la fenêtre est pour le moins compromettante. De même que l'e-mail que tu lui as adressé le 24 octobre, dans lequel tu traitais ta femme d' « imbécile », prête à gober n'importe quoi à propos de JR parce qu'elle le déteste. On en tirera certainement des conclusions, puisque l'entrevue d'Eleanor avec Brian Wells et « Vulpa » a eu lieu le 23 octobre.

Le 27 septembre 2001, tu as nié que le colonel ou Mrs Jolly-Renard t'aient jamais montré des esquisses de Monet, un fait confirmé par le colonel. Pourtant, les empreintes digitales révèlent que Wells et toi avez manipulé une de ces esquisses, conservées dans le coffre-fort du colonel depuis deux ans, ce qui étaye l'affirmation de Wells selon laquelle il te l'a remise. Tu lui aurais dit de la rapporter au Manoir parce que son authenticité était « trop bien établie » pour qu'elle puisse être négociée. Par ailleurs, tu as été incapable d'expliquer la présence de tes empreintes sur un certain nombre de pièces d'argenterie découvertes dans le bus de Brian Wells. On a la preuve que tu as vendu à Bournemouth de l'argenterie identifiée depuis comme appartenant à Ailsa Jolly-Renard. Chose plus compromettante encore, l'analyse ADN des résidus de salive prélevés sur le timbre de l'enveloppe contenant la lettre adressée à ta femme, et censée émaner de Leo Jolly-Renard, te met directement en cause.

Tu reconnaîtras que tu as été incapable d'apporter un démenti plausible à cette accusation. Tout ce que tu as trouvé à dire, c'est que Miss Squires est « une salope finie prête à dire n'importe quoi parce que l'inspecteur Monroe lui a tapé dans l'œil » et que « les empreintes digitales sont forgées de toutes pièces ». De tels propos ne convaincront certainement aucun jury et je te demande d'admettre que mes efforts pour limiter les chefs d'accusation qui pèsent contre toi peuvent aboutir à un verdict clément, si le colonel Jolly-Renard et sa famille se voient épargner un surcroît de douleur et de tourments. En revanche, la cour t'accordera peu de compréhension si tu obliges la petite-fille du colonel à écouter des accusations d'inceste dont le caractère mensonger a été amplement attesté.

En conclusion, j'aimerais te rappeler que les avocats disposent, eux aussi, d'un droit de récusation. Si je comprends parfaitement tes nombreux griefs, concernant notamment la procédure de divorce engagée par Eleanor, la désaffection de tes amis et les mesures de contrôle judiciaire dont tu fais l'objet, rien ne m'oblige à tolérer le langage que tu as employé ce matin. Si cela devait se reproduire, je te demanderais certainement de t'adresser à un autre cabinet.

Bien à toi,

Gareth Hockley

32

Début novembre 2002

Nancy rangea sa voiture près du pavillon et traversa le potager à pied. Son aspect avait bien changé depuis la dernière fois qu'elle était venue, près d'un an plus tôt, lorsqu'elle avait obtenu une permission et quitté Bovington pour aller récupérer chez elle, dans le Herefordshire. Elle pensait alors revenir au cours de l'été, mais avait dû y renoncer. Elle avait été envoyée au Kosovo pour une nouvelle mission.

Les planches avaient été bêchées et une serre-tunnel abritait des légumes d'hiver du gel et du vent. Elle poussa la grille qui donnait sur le patio d'Ailsa. Les jardinières débordaient de chrysanthèmes, d'asters d'automne et de pensées. Le sol pavé avait été balayé, la porte et les fenêtres de l'office repeintes. Des bicyclettes d'enfants étaient appuyées contre le mur, et de la musique parvenait à ses oreilles depuis la cuisine.

Elle ouvrit la porte. L'office était impeccable, et elle entra sur la pointe des pieds pour découvrir Bella, fort occupée à disposer des verres et des canapés sur des plateaux. Elle n'avait pas changé, toujours en violet de la tête aux pieds, massive comme une tour, ses cheveux décolorés coupés court.

— Bonjour, Bella, dit Nancy depuis le seuil.

Avec un cri de joie, la femme courut vers elle, la prit par la taille et l'écrasa contre sa vaste poitrine.

— J'étais sûre que tu viendrais. Mark avait peur que tu te dégonfles au dernier moment, mais je lui ai dit que c'était pas ton genre.

Nancy rit.

— Je l'aurais peut-être fait si tu n'avais pas encombré ma boîte vocale de messages.

Elle se laissa conduire vers la cuisine.

— Ouah ! s'écria-t-elle, admirant les murs repeints de frais. C'est superbe, Bella… et ça sent rudement bon.

— Ça m'a fait plaisir de le faire, mon chou. Ce pauvre vieux Manoir. Il a jamais fait de mal à personne. Pourtant, il en a vu des vertes et des pas mûres. J'ai fini de retaper presque toutes les pièces du rez-de-chaussée… tout repeint… C'est d'un chic, je ne te dis que ça. Le colonel trouve que c'est bien mieux… mais il a pas voulu que je mette du violet. (Elle prit le visage de Nancy entre ses deux mains.) Pourquoi est-ce que tu passes par-derrière ? Tu es l'invitée d'honneur. J'ai huilé la porte d'entrée exprès pour qu'elle grince pas.

Nancy sourit.

— Je me suis dit que ce serait plus facile de passer discrètement par le couloir et de me mêler aux autres sans me faire remarquer.

— Tu rêves ! Mark fait les cent pas comme un ours atteint de migraine et le colonel ne lâche pas la pendule des yeux depuis hier après-midi. (Bella se retourna pour remplir une coupe de champagne.) Allons, ça te mettra un peu de cœur au ventre. Tu es superbe, mon chou. Je savais pas que t'avais des jambes !

Nancy lissa sa jupe d'un geste gauche.

— Comment va James ?

— Pas mal. Il a bien un coup de blues de temps en temps, mais il se remet dès qu'il reçoit une lettre de toi. Il se fait de la bile, tu sais. Il lit le journal de la première à la dernière page pour être sûr qu'il n'y a pas eu d'attaque ennemie dans ton secteur. Il est tout le temps au téléphone à demander des nouvelles à tes parents. Ils t'ont dit qu'ils sont venus nous voir ?

Elle acquiesça.

— Je suppose que ma mère a infligé à Zadie et à Gray un cours intensif de taille d'arbres fruitiers.

— *Et* persuadé le colonel de les inscrire un jour par semaine au centre de formation agricole à quelques kilomètres d'ici. Ils s'y mettent drôlement vite. On a fait pousser tous nos légumes cet été. (Elle pressa la main de Nancy.) Elle t'a dit que P'tit Loup était là ? Les services sociaux lui permettent de venir une fois par mois. Il s'en tire bien… il est chez des gens super… Il s'en sort comme un chef à l'école… Il a dû prendre quinze centimètres en un an. Il demande tout le temps de tes nouvelles. Il veut entrer dans l'armée quand il sera grand.

Nancy but une petite gorgée de champagne.

— Il est là aujourd'hui ?

— Bien sûr. Avec son papa et sa maman d'adoption.

— Il parle un peu de ce qui s'est passé ?

— Des fois. La mort de Renard l'a pas trop déboussolé. Il m'a dit que c'était tant mieux. Comme ça, personne de nous n'aurait à aller au tribunal. En un sens, c'est bien ce qu'on pense tous, non ?

— Tu as raison, approuva Nancy.

Bella se remit à ses canapés.

— Mark t'a dit que Julian Bartlett s'est fait coffrer il y a quelques semaines ?

Un nouveau signe de tête.

— Il paraît qu'il a changé de ligne de défense du jour au lendemain. Il plaide les circonstances atténuantes pour problèmes personnels.

— C'est sûr que ça devait pas être facile de s'en sortir avec une femme et une maîtresse. (Bella gloussa.) Ça fait des années qu'il vit comme ça, il paraît… Je te raconte pas la trouille qu'il a eue quand les flics ont déniché deux ou trois ex-bimbos à Londres, et des histoires de fric qu'il aurait piqué à son ancienne société.

Nancy eut l'air amusée.

— Eleanor le savait ?

— Probablement pas. Elle racontait des salades sur ce qu'il gagnait, mais Martin pense qu'elle cherchait simplement à se faire mousser. Ton grand-père dit qu'elle a pas volé ce qui lui est arrivé. Plus elle mentait sur ce que Julian valait, plus elle le rendait attrayant aux yeux de créatures vénales, voilà ce qu'il dit.

Nancy rit.

— Elle doit s'en mordre les doigts.

— Probable. Coincée dans cette grande maison, toute seule. Elle sort pas beaucoup, c'est sûr… Elle a bien trop honte. Tel est pris qui croyait prendre. Ça lui fait les pieds.

— Et les Weldon ? Ils sont encore ensemble ?

— Si on veut. Dick est un chic type. Il est venu s'ex-cuser après ton départ, il a dit qu'il n'espérait pas que le colonel puisse pardonner à Prue, mais qu'il pourrait peut-être admettre qu'elle ignorait complètement ce qui se tramait. Ce qu'il y a de sûr, c'est qu'elle est restée comme deux ronds de flan quand toute l'affaire a été déballée. C'est tout juste si elle ouvre encore le bec aujourd'hui, tellement elle a la trouille de dire une connerie.

Nancy secoua la tête.

— Je ne comprends toujours pas comment Julian a pu croire qu'il s'en tirerait.

— Martin dit qu'il a essayé de tout arrêter en téléphonant à Vera quand il a découvert la présence de Mark. Il y a effectivement un relevé d'appel sur son portable, mais Vera n'a pas dû transmettre le message. Ou alors, Renard n'était pas d'accord.

— Pourquoi est-ce qu'il n'a pas appelé Renard directement ?

— Apparemment, il ne le faisait jamais. Il en savait assez long sur les portables pour préférer ne pas avoir le numéro de Renard sur le sien. (Elle ouvrit le four et en sortit des friands.) C'est un sale con. Il a tiré un bon prix des bijoux d'Ailsa et des bricoles que Vera fauchait dans des pièces où le colonel ne mettait jamais les pieds… et puis, il a eu les yeux plus gros que le ventre. Tu sais ce que pense Martin ? Il dit que c'est parce que Julian n'a pas été sanctionné pour son détournement de fonds… Sa société a préféré casquer et étouffer l'affaire. Très mauvaise leçon. Il en a conclu que c'était facile de faucher… Il s'installe ici, rencontre des types comme Bob Dawson et Dick Weldon et se dit que les gens du Dorset ont du foin à la place du cerveau. Il se tient peinard jusqu'à ce qu'il soit en manque de fonds… c'est alors qu'un beau jour, il croise Renard dans les bois et se dit : « Mince alors ! J'ai déjà vu cette sale gueule quelque part. »

— Il s'est sûrement douté que Renard était mêlé à la mort d'Ailsa, non ?

Bella soupira.

— Martin dit qu'il s'en fichait pas mal, puisque le coroner avait admis la mort naturelle. En tout cas, ça lui donnait un moyen de pression. Vera n'arrête pas de déblatérer sur Mr Bartlett qui menaçait de prévenir les flics si son cher petit garçon ne volait pas pour lui.

Pauvre vieux colonel. C'était une proie si facile… tout seul… il ne parlait plus à ses enfants… pas de voisins… une bonne sénile… un jardinier mauvais coucheur… son notaire à Londres. Simple comme bonjour de le ratisser en douce. Les flics pensent que le campement devait servir à ça. Renard avait l'intention de vider le manoir, puis de se barrer en nous laissant en première ligne.

Nancy acquiesça. Mark lui avait déjà raconté l'essentiel.

— Je me demande lequel des deux a manigancé tout ça.

— Comment savoir ? Une chose est sûre, c'est que vous auriez pas dû être là, Mark et toi. Le colonel était censé être tout seul et imaginer que Leo était derrière tout ça. Martin pense que Renard avait l'intention de tuer le pauvre vieux de toute manière, pour pas laisser de témoin.

— Et Bartlett, qu'est-ce qu'il dit ?

Bella fit la grimace.

— Rien. Il a juste fait dans son froc quand Monroe lui a appris combien de gens Renard a probablement zigouillés. Les journalistes n'en savent pas la moitié, Nancy. Pour le moment, ils en sont à trente… et le chiffre augmente tout le temps. C'était un sadique, un vrai salopard. Les flics croient que toutes les queues de renard qu'on a retrouvées dans son bus représentent une personne, en plus d'un renard. Tu te rends compte ?

Nancy se réconforta avec une gorgée de champagne.

— Et Vera, tu l'as revue ?

— Non. Mais tous ceux qui vont à la maison de santé où on l'a mise peuvent entendre ce qu'elle a à dire. (Elle tendit le bras pour reprendre la main de Nancy.) Il y a un truc qu'elle raconte, mon chou, et j'aime mieux que tu l'apprennes par moi que par le téléphone arabe. Je sais que Mark t'a parlé des photos que la police a trouvées dans le pavillon, celles de Renard et d'Elizabeth quand ils étaient ados. Il paraît qu'il se serait acoquiné avec les Manouches qui étaient venus réparer les barrières de Mr Squires. Ça veut rien dire en ce qui te concerne… mais Vera dit à qui veut l'entendre que tu es la fille de Renard.

Nancy fit tourner sa coupe et regarda les bulles monter à la surface. Mark l'avait prévenue en janvier. Il avait ajouté, lui aussi, que ces photos ne voulaient rien dire, mais ça ne l'avait pas empêchée de passer des heures sur Internet en quête d'informations sur les allèles marron-bleu, bleu-vert, les couleurs génétiques dominantes et les variations chromatiques. Elle espérait se voir confirmer que deux parents aux yeux bleus ne pouvaient pas avoir un enfant aux yeux marron. Elle avait découvert le contraire.

Elle supposait que Mark s'était livré aux mêmes recherches, parce qu'il lui avait demandé une ou deux fois si elle n'avait aucune question à poser à Elizabeth. Ils savaient l'un comme l'autre de quoi il parlait, mais chaque fois, Nancy avait rejeté la proposition. Il n'avait pas insisté, et elle lui en savait gré. Il comprenait qu'en l'occurrence, l'incertitude valait mieux que la certitude.

Désormais, il était trop tard. Elizabeth était morte en avril, après avoir fait la paix avec son père, mais sans avoir revu l'enfant qu'elle avait abandonnée. Son seul présent à Nancy, hormis la vie, était une note manuscrite disant : « J'ai beaucoup de choses à regretter, mais je ne regrette pas de t'avoir confiée à John et à Mary Smith. C'est la meilleure chose que j'aie faite de ma vie. Affectueusement, Elizabeth. »

— Eh bien, espérons que Vera se trompe, dit-elle d'un ton badin, autrement je suis bonne pour une tumeur au cerveau d'un côté, et une cirrhose de l'autre.

— Ne sois pas idiote, dit Bella catégoriquement.

C'est pas héréditaire, la cirrhose... on se colle ça tout seul... et puis tu sais bien que Renard peut pas être ton père. C'était forcément un beau mec, grand, aux yeux bruns, intelligent, avec un cœur en or. Autrement, ce serait contraire à toutes les lois de la nature.

Nancy sourit.

— Et avec Martin, ça marche ?

— Comme sur des roulettes, répondit Bella, trop heureuse de changer de sujet. Il est là. (Elle fit un signe de tête en direction du salon.) Leo aussi. Ils meurent d'envie de te voir, mon chou. Tu veux bien qu'on y aille, maintenant ?

Nancy était pétrifiée de timidité. Ils attendaient tous beaucoup trop d'elle. À part Mark, elle n'avait revu personne depuis près d'un an. Quant à Leo, elle ne l'avait jamais rencontré.

— Je ferais peut-être mieux de ressortir et de passer par devant ?

Elle sentit soudain le poids d'un manteau envelopper ses épaules.

— J'ai une meilleure idée, dit Mark en lui prenant la main et en la conduisant vers le couloir. Allons nous promener et nous remettre les idées en place. Dans une demi-heure, nous jetterons un coup d'œil discret par la fenêtre du salon et nous verrons comment ils se débrouillent. Qu'est-ce que tu en penses ?

Nancy poussa un soupir de soulagement.

— Autant de bien que la dernière fois, répondit-elle simplement.

Un frisson d'angoisse

Chambre froide
Minette Walters

Trois étranges amies, Diana, Anne et Phoebe, vivent
retirées dans un manoir où l'on retrouve les restes
congelés d'un homme aux doigts et aux dents arrachés.
Mais le cadavre ressemble à David Muybridge, le mari
de Phoebe, disparu dix ans plus tôt dans des
circonstances mystérieuses. Deux flics vont tenter de
résoudre cette énigme inextricable et ils ne sont pas au
bout de leurs surprises...

(Pocket n° 3629)

Il y a toujours un Pocket à découvrir

Identité : incertaine

Résonances...
Minette Walters

Un clochard est retrouvé mort de faim dans le garage de la luxueuse demeure de l'architecte Amanda Powell... à un mètre d'un frigo pourtant bien rempli ! Touchée, la jeune femme prend en charge les obsèques de cet homme qu'elle affirme pourtant ne pas connaître. Le reporter Micheal Deacon, spécialiste des sans-abri, intrigué par ce fait divers, vient interroger Amanda. Très vite, l'acharnement de l'architecte à découvrir la véritable identité du vagabond lui semble suspect...

(Pocket n° 10007)

Il y a toujours un Pocket à découvrir

Si les morts pouvaient parler...

La muselière
Minette Walters

Mathilda Gillepsie est retrouvée morte dans son bain, les poignets tranchés, le visage enfermé dans une inquiétante muselière en fer rouillée, ornée de fleurs d'orties blanches. Suicide sordide ? Mathilda était une vieille femme détestable, qui parlait trop, buvait trop et terrorisait son entourage. Meurtre ? La liste des coupables est longue... d'autant plus que le testament de la vieille dame déshérite sa famille au profit de son médecin personnel. Le journal intime de Mathilda, s'il n'avait pas mystérieusement disparu, pourrait peut-être aider l'inspecteur Cooper...

(Pocket n° 4483)

Impression réalisée sur Presse Offset par

BRODARD & TAUPIN

GROUPE CPI

28349 – La Flèche (Sarthe), le 23-02-2005
Dépôt légal : mars 2005

POCKET – 12, avenue d'Italie - 75627 Paris cedex 13
Tél. : 01.44.16.05.00

Imprimé en France